GOLDMANN

D1874089

Buch

In den zwanziger Jahren des 19. Jahrhunderts befindet sich nahe dem Vendômeplatz in Paris der Parfümerieladen des César Birotteau. Der Geschäftsmann hat sich durch unermüdlichen Fleiß so weit heraufgearbeitet, daß er mit Frau und Tochter ein Leben von gutbürgerlichem Zuschnitt führen kann. Ob seiner Rechtschaffenheit und Herzensgüte erfreut er sich außerordentlicher Beliebtheit; seine treue royalistische Gesinnung verschafft ihm die Gunst des Hofes, und er bekommt das Kreuz der Ehrenlegion.

Die Freude über die Auszeichnung trübt Birotteau den Blick für seine Verhältnisse. Er überschätzt seine Fähigkeiten und glaubt sich und seiner Familie eine vornehmere Lebensweise schuldig zu sein: Laden und Wohnung werden umgebaut und erweitert. Zur Einweihung des neugestalteten Hauses plant Birotteau einen glänzenden Ball. Damit nicht genug: Um sein Vermögen weiter zu vergrößern, beteiligt er sich mit hoher Einlage an einem zweifelhaften Spekulationsgeschäft. Es wird zu seinem Bankrott führen ...

Autor

Honoré de Balzac (1799–1850) gilt als einer der größten Schriftsteller Frankreichs. Als Dreißigjähriger faßte er den ehrgeizigen Plan, in einer Serie von Romanen und Erzählungen die Gesellschaft seiner Zeit darzustellen. Der vorliegende Roman, der zuerst 1838 erschien, ist Teil dieser – unvollendet gebliebenen – Sammlung, der Balzac den Namen »Die menschliche Komödie« gab.

Die »Ausgewählten Werke« Balzacs, die der Goldmann Verlag in zwölf Taschenbüchern veröffentlicht, enthalten außer dem vorliegenden Band folgende Titel:

Das Chagrinleder. Roman (6891)
Eugénie Grandet. Roman (6900)
Die Frau von dreißig Jahren. Roman (8361)
Verlorene Illusionen. Roman (8385)
Glanz und Elend der Kurtisanen. Roman (8374)
Vater Goriot. Roman (8396)
Oberst Chabert und andere Erzählungen (8459)
Tante Bette. Roman (8476)
Vetter Pons. Roman (8494)
Der Landarzt. Roman (8513)
Die Lilie im Tal. Roman (8529)

Honoré de

BALZAC

Größe und Niedergang des César Birotteau

ROMAN

GOLDMANN VERLAG

Ungekürzte Ausgabe
Aus dem Französischen von Ernst Sander
Titel des Originals: Histoire de la Grandeur et de la Décadence de César Birotteau, Marchand Parfumeur, Adjoint au Maire du deuxième Arrondissement de Paris, Chevalier de la Légion d'honneur, etc.

Made in Germany · 1. Auflage · 11/86
© 1986 by Wilhelm Goldmann Verlag, München
Umschlagentwurf: Design Team, München
Farbige Umschlagzeichnung: Boris Sokolow, Hamburg
Druck: Presse-Druck Augsburg
Verlagsnummer: 8591
MV · Herstellung: Gisela Ernst
ISBN 3-442-8591-8

Inhalt

Größe und Niedergang des César Birotteau

Vorbemerkung von Ernst Sander

Der vollständige Titel dieses Romans lautet:

Histoire
de la Grandeur et de la Décadence
de
César Birotteau
Marchand Parfumeur
Adjoint au Maire du deuxième Arrondissement de Paris
Chevalier de la Légion-d'honneur, etc.

GESCHICHTE
DER GRÖSSE UND DES NIEDERGANGS
DES
CÉSAR BIROTTEAU,
PARFÜMHÄNDLER,
BEIGEORDNETER DES BÜRGERMEISTERS DES ZWEITEN PARISER ARRONDISSEMENTS,
RITTER DER EHRENLEGION USW.

Daß dieser Titel, der umfangreichste und pompöseste, den Balzac je einem seiner Werke vorangestellt hat, eine Persiflage desjenigen von Montesquieus ›Considérations sur les causes de la grandeur et de la décadence des Romains‹ (1734) ist, bedarf keines Beweises. Als Entstehungsort und -zeit hat Balzac notiert: »Paris, November 1837.« Diese Angabe bedarf der Korrektur; denn schon im November 1833 hatte der Autor das Werk seinem Verleger Gasselin versprochen, der es auch anzeigte. Allem Anschein nach wurde der Roman 1834 als eine Novelle skizziert, die in der Reihe ›Philosophische Studien‹ erscheinen sollte. In diesem Zustand des Entwurfs blieb das Werk mehrere Jahre lang, da die Hauptgestalt und die Geschehnisse Balzac zu alltäglich dünkten, bis ihm »an einem Glückstage«, wie er am 11. Oktober 1846 an einen Freund schrieb, der Gedanke kam, aus der Gestalt des Birotteau »das Sinnbild der Redlichkeit« zu machen, was eine Umarbeitung und Vertiefung des gesamten Stoffkomplexes bedingte. Ende 1837 war Balzac gezwungen, einen mit der Zeitung ›Le Figaro‹ geschlossenen Vertrag zu erfüllen, und so entstand ›César Birotteau‹ in seiner heutigen Gestalt – »innerhalb von siebzehn Tagen«, wie er an Mme Hanska schrieb. Das nun aber mutet unwahrscheinlich an, trotz der gewaltigen Arbeitskraft Balzacs. Der größte Teil des redigierten Manuskripts dürfte bereits vorgelegen haben, und jene siebzehn Tage haben wohl der Überarbeitung der Korrekturfahnen gedient.

Der Roman erschien im Dezember 1837, vorausdatiert auf 1838, die zweite Auflage 1839, die dritte 1844. Sie trug die kurze Widmung an Lamartine und bildete den zweiten Band der ›Szenen aus dem Pariser Leben‹ der ›Menschlichen Komödie‹.

Balzacs Beziehungen zu Lamartine sind uneinheitlich wie die zu Victor Hugo: Gegenüber beiden Dichtern wechselte er von bewundernder Zuneigung zu beinahe gehässiger Abneigung über, ohne indessen aufzuhören, bei Gelegenheit die beiden einflußreichen Männer für sich einzuspannen. Lamartine hat Balzac als Vorbild zu der Gestalt des Dichters Canalis (in ›Modeste Mignon‹ u. a.) gedient. Er hatte Lamartine 1839 bei Emile de Girardin kennengelernt, und Balzac hatte sich vergebens bemüht, den Dichter für die Verteidigung des eines Doppelmordes angeklagten Notars Peytel zu gewinnen. Lamartine hat in seinen ›Cours familiers de littérature‹ (1864) ein glänzendes Porträt Balzacs entworfen; dieser äußerte sich in einem Brief an Mme Hanska vom 18. Juli 1846 nicht eben schmeichelhaft über Lamartine. Ganz abgesehen von der Unterschiedlichkeit ihres Kunstwollens ließen die politischen Anschauungen der beiden Männer es nicht zu einer Freundschaft kommen.

I

César auf dem Gipfel

In den Winternächten hört der Lärm in der Rue Saint-Honoré nur für eine kurze Weile auf; die zur Markthalle fahrenden Gemüsehändler sorgen für die Fortsetzung der Geräusche, die die von den Theatern oder den Bällen zurückfahrenden Wagen vollführt haben. Mitten in dieser Fermate in der großen Symphonie des Pariser Straßenlärms fuhr die Frau César Birotteaus, eines Parfümhändlers an der Place Vendôme, jäh aus einem fürchterlichen Traum auf. Die Parfümhändlerin hatte sich doppelt gesehen; sie war sich selbst in zerlumpter Kleidung, mit ausgedörrter, runzliger Hand die Klinke der Tür des eigenen Ladens niederdrückend, erschienen, in dem sie gleichzeitig auf der Schwelle gestanden und auf ihrem Stuhl im Kontor gesessen hatte; sie hatte um ein Almosen gebeten und sich an der Tür und im Kontor reden hören. Sie wollte nach ihrem Mann hinüberlangen und legte die Hand auf einen Platz, der ganz kalt war. Da wurde ihre Angst so intensiv, daß sie den Hals nicht bewegen konnte; er versteinte: Die Kehle war ihr wie zugeschnürt, ihre Stimme versagte; starr und wie festgenagelt saß sie da, die stieren Augen aufgerissen, das Haar so gesträubt, daß es ihr weh tat, in den Ohren ein seltsames Klingen, das Herz zusammengepreßt, wenngleich pochend, kurzum: zugleich schweißgebadet und eiskalt, in einem Alkoven, dessen beide Türflügel offenstanden.

Die Furcht ist ein halb krankhaftes Gefühl, das den menschlichen Mechanismus so heftig bedrängt, daß dessen Fähigkeiten sich plötzlich entweder zum höchsten Leistungsgrad steigern oder in die letztmögliche Verwirrung geraten. Geraume Zeit hindurch hat die Physiologie dies Phänomen angestaunt, weil es ihre Systeme umstürzt und ihre Mutmaßungen über den Haufen wirft, obwohl es sich doch ganz einfach um einen im Innern niederzuckenden Blitzstrahl handelt, der indessen wie alle elektrischen Vorgänge in seiner Art und Weise bizarr und unberechenbar ist. Diese Erklärung wird an dem Tage eine Banalität sein, da die Gelehrten die gewaltige Rolle erkannt haben, die die Elektrizität bei menschlichen Denkvorgängen spielt.

Madame Birotteau durchlitt in jenem Augenblick einige der gewissermaßen hellseherischen Schmerzempfindungen, die die schrecklichen Entladungen der durch einen unbekannten Mechanismus geweiteten oder konzentrierten Willenskraft herbeiführen. So besaß die arme Frau während einer Zeitspanne, die sehr kurz war, wenn wir sie nach unsern Uhren messen, aber unermeßlich lang, wenn wir sie nach der Schnelligkeit der rasch aufeinanderfolgenden Eindrücke berechnen, die ungeheuerliche Macht, mehr Gedanken zu erzeugen und mehr Erinnerungen hervorbrechen zu lassen, als sie sie im gewöhnlichen Zustand ihrer Fähigkeiten während eines ganzen Tagesablaufs hätte fassen können. Der ergreifende Bericht über diesen Monolog kann in den paar ungereimten, widerspruchsvollen und sinnlosen Worten, aus denen er bestand, zusammengefaßt werden.

»Birotteau hat nicht den mindesten Grund, aus meinem Bett zu steigen! Ob er zuviel Kalbsbraten gegessen hat und sich vielleicht schlecht fühlt? Aber wenn er krank wäre, dann hätte er mich geweckt. Seit neunzehn Jahren schlafen wir zusammen in diesem Bett, in diesem selben Haus, und nie hat er sich einfallen lassen, seinen Platz zu verlassen, ohne es mir zu sagen, der arme, gute Kerl! Er ist immer nur weg gewesen, wenn er die Nacht in der Wachstube verbringen mußte. Ist er eigentlich am Abend mit mir zusammen zu Bett gegangen? Aber selbstverständlich doch, mein Gott, bin ich dumm!«

Sie warf einen Blick auf das Bett und sah die Nachtmütze ihres Mannes, die die fast konische Form des Kopfs bewahrt hatte.

»Dann ist er also tot! Ob er sich umgebracht hat? Warum?« fing sie von neuem an. »Seit er vor zwei Jahren zum Beigeordneten des Bürgermeisters ernannt worden ist, kenne ich mich in ihm nicht mehr aus. So wahr ich eine anständige Frau bin: Ist es nicht zum Erbarmen, ihm ein öffentliches Amt aufzuladen? Sein Geschäft geht gut, er hat mir einen Schal geschenkt. Aber vielleicht geht es gar nicht gut. Pah, das würde ich gemerkt haben. Weiß man je, was ein Mann im Geldbeutel hat? Andererseits haben wir heute für fünftausend Francs verkauft! Überdies kann ein Beigeordneter nicht Selbstmord begehen, dazu kennt er sich viel zu gut in den Gesetzen aus. Aber wo mag er nur stecken?«

Sie konnte weder den Hals drehen noch die Hand ausstrecken, um die Klingelschnur zu ziehen, was die Köchin, drei Kommis und einen Laufburschen in Bewegung gesetzt haben würde. Im Bann des Alpdrucks, der auch, nun sie wach war, anhielt, vergaß sie, daß ihre Tochter friedlich in einem Zimmer neben dem ihrigen schlummerte; seine Tür befand sich neben dem Fußende ihres Bettes. Schließlich rief sie: »Mann!« und bekam keine Antwort. Sie glaubte, ihn gerufen zu haben; dabei hatte sie es nur in ihrer Einbildung getan.

»Ob er etwa eine Geliebte hat? Dazu ist er zu dumm«, fuhr sie fort, »und überdies hat er mich dazu zu lieb. Hat er nicht zu Madame Roguin gesagt, er sei mir niemals untreu gewesen, nicht mal in Gedanken? Er ist die Mensch gewordene Redlichkeit, dieser Mann. Wenn einer das Paradies verdient, ist es dann etwa nicht er? Was könnte er seinem Beichtvater bekennen? Er sagt ihm immer nur Bagatellen. Er ist zwar Royalist, ohne recht zu wissen, warum, du lieber Himmel, aber er spielt sich nicht gerade mit seiner Frömmigkeit auf. Armes Katerchen, morgens um acht schleicht er heimlich zur Messe, als gehe er in ein Freudenhaus. Er fürchtet Gott um Gottes und nicht um der Hölle willen; die kümmert ihn nicht. Wie sollte er eine Geliebte haben? Er hängt mir so sehr am Rock, daß es mich schon langweilt. Ich bin sein Augapfel, er würde sich um meinetwillen beide Augen ausreißen lassen. Neunzehn Jahre lang hat er, wenn er mit mir redete, kein lautes Wort gesprochen. Sogar seine Tochter kommt erst nach mir. Aber Césarine ist ja da . . . Césarine! Césarine! Mein Mann hat nie einen Gedanken gehabt, den er mir nicht anvertraut hätte. Er hat nur zu recht gehabt, damals, als er zum ›Petit-Matelot‹ kam, zu behaupten, ich würde ihn erst richtig kennenlernen, wenn ich ihn erprobt hätte. Und nun dieses . .! Eine merkwürdige Geschichte.«

Mühsam wandte sie den Kopf und schaute verstohlen quer durch das Schlafzimmer; sie war noch ganz erfüllt von den pittoresken Nachtgeschichten, an deren Schilderung die Sprache verzweifelt und die anscheinend ausschließlich dem Pinsel des Genremalers vorbehalten sind. Mit welchen Worten ließe sich das furchtbare Zickzack der langen Schatten wiedergeben, die phantastischen Wirkungen der vom Wind geblähten Vorhänge, das flackernde Lichtspiel, das die Nachtlampe auf die Falten des roten Kalikos malt, die Flammen, die ein Gardinenhalter ausspeit, dessen schimmernde Mitte aussieht wie das Auge eines Diebes, die Geistererscheinung eines Kleides, das wirkt, als knie es, kurzum: all die Absonderlichkeiten, die die Vorstellungskraft erschrecken, und zwar in dem Augenblick, da sie nur über die Kraft verfügt, Schmerzen wahrzunehmen und sie zu vergrößern. Madame Birotteau glaubte, im anstoßenden Zimmer einen überhellen Lichtschein wahrzunehmen und dachte sofort, es sei Feuer ausgebrochen; doch als sie ein rotes Halstuch erblickte, das ihr eine Lache vergossenen Blutes zu sein schien, dachte sie nur noch an Einbrecher, zumal da sie an der Art, wie die Möbel jetzt standen, Spuren eines Kampfes zu erkennen vermeinte. Sie mußte an das in der Kasse liegende Geld denken, und da vertrieb eine wohltätige Furcht die kalte Glut des Alpdrucks; völlig verstört stürzte sie im Hemd durch ihr Schlafzimmer; sie wollte ihrem Mann zu Hilfe eilen; sie glaubte ihn im Handgemenge mit Mördern!

»Mann! Mann!« rief sie endlich mit angsterfüllter Stimme.

Sie sah den Parfümhändler mitten im Nachbarzimmer stehen; er hielt eine Elle in der Hand und nahm in der Luft Maß; aber er war so lässig in seinen grünen Kattunschlafrock mit den schokoladefarbenen Tüpfeln gehüllt, daß seine Beine vor Kälte ganz rot waren, ohne daß er es spürte, so sehr war er beschäftigt. Als César sich umdrehte und seine Frau fragte: »Na, was willst du denn, Constance?«, machte er wie alle in Berechnungen versunkenen Leute ein so ungemein albernes Gesicht, daß Madame Birotteau zu lachen anfing.

»Mein Gott, César, wie komisch du so aussiehst!« sagte sie. »Warum hast du mich allein gelassen, ohne mir etwas zu sagen? Ich wäre fast vor Angst gestorben, ich wußte gar nicht, was ich davon halten sollte. Was treibst du denn da halbnackt? Einen Mordsschnupfen wirst du dir holen. Hörst du?«

»Ja, liebe Frau, ich komme ja schon«, antwortete der Parfümhändler und ging zurück ins Schlafzimmer.

»Na, los, komm her, wärm dich und sag mir, was dir in den Kopf gekommen ist«, entgegnete Madame Birotteau, kehrte im Kamin die Asche beiseite und zündete schleunigst das Feuer wieder an. »Mir ist eiskalt. Wie blöd von mir, im Hemd aufzustehen! Aber ich hatte tatsächlich geglaubt, du würdest ermordet.«

Der Händler stellte seinen Leuchter auf den Kaminsims, wikkelte sich in seinen Schlafrock und holte mechanisch seiner Frau einen flanellenen Unterrock.

»Da, Liebes, deck dich doch zu«, sagte er. »Zweiundzwanzig zu achtzehn«, fuhr er in seinem Monolog fort, »wir könnten einen prächtigen Salon bekommen.«

»Aber hör mal, Mann, bist du etwa drauf und dran, verrückt zu werden? Träumst du?«

»Nein, Frau, ich rechne.«

»Wenn du schon Dummheiten machen willst, dann solltest du damit wenigstens warten, bis es Tag ist«, rief sie, band ihren

Unterrock unter der Nachtjacke fest und machte dann die Tür der Kammer auf, in der ihre Tochter schlief.

»Césarine schläft«, sagte sie, »sie kann uns nicht hören. Also rede doch, Mann. Was hast du vor?«

»Wir können den Ball geben.«

»Einen Ball? Wir? So wahr ich eine anständige Frau bin, du träumst, Bester.«

»Ich träume nicht die Spur, mein niedliches weißes Rehlein Hör mal zu, man muß immer tun, was man seiner Stellung schuldig ist. Die Regierung hat mich ans Licht gezogen, ich gehöre zur Regierung; wir sind verpflichtet, uns mit ihren Grundsätzen zu befassen und ihre Absichten zu fördern, indem wir sie zur Reife bringen. Der Herzog von Richelieu[1] hat es unlängst erreicht, daß die Okkupation Frankreichs ein Ende hat. Wie Monsieur de La Billardière gesagt hat, sollen alle Beamten, die die Stadt Paris repräsentieren, es sich zur Pflicht machen, jeder in seiner Einflußsphäre, die Befreiung des Staatsgebiets zu feiern. Wir wollen einen wahren Patriotismus bezeigen, der die sogenannten Liberalen zum Erröten bringen soll, diese verdammten Intriganten, was? Glaubst du, ich liebte mein Land nicht? Ich will meinen Gegnern, den Liberalen, zeigen, daß den König lieben Frankreich lieben heißt!«

»Glaubst du denn, du hast Gegner, mein guter Mann?«

»Freilich, liebe Frau, haben wir Gegner. Und die Hälfte unserer Freunde und Bekannten hier im Stadtviertel sind unsere Gegner. Sie sagen alle: Birotteau hat Glück, Birotteau stammt aus dem Nichts, und jetzt ist er Beigeordneter, ihm gelingt alles. Na, und jetzt werden sie noch mehr Mund und Nase aufsperren. Vernimm du als erste, daß ich Ritter der Ehrenlegion geworden bin: Gestern hat der König die Verfügung unterzeichnet.«

»Ja, dann«, sagte Madame Birotteau ganz gerührt, »dann müssen wir allerdings den Ball geben, Bester. Aber was hast du denn so Großes geleistet, daß dir das Kreuz verliehen worden ist?«

»Als Monsieur de La Billardière es mir gestern mitteilte«, fuhr Birotteau fort, »da habe ich mich ebenfalls, genau wie du, gefragt, worin mein Anrecht darauf bestehe; aber auf dem Heimweg ist es mir schließlich klargeworden, und ich bin mit der Regierung einer Meinung. Erstens bin ich Royalist und im Vendémiaire vor Saint-Roch[2] verwundet worden; ist es etwa nichts, zu jener Zeit für die gute Sache gekämpft zu haben? Ferner habe ich nach der Meinung verschiedener Kaufleute meine Pflichten als Handelsrichter[3] zu allgemeiner Befriedigung erfüllt. Und schließlich bin ich Beigeordneter; der König gewährt der Pariser Stadtverwaltung vier Kreuze. Nach Prüfung jener Persönlichkeiten unter den Beigeordneten, die ausgezeichnet werden konnten, hat der Präfekt mich als den ersten auf die Liste gesetzt. Übrigens muß der König mich kennen: Dank dem alten Ragon liefere ich ihm nämlich den einzigen Puder, den er benutzen mag; einzig wir besitzen das Rezept des Puders der hochseligen Königin, des armen, geliebten, erhabenen Opfers! Der Bürgermeister hat sich nachdrücklich für mich ins Zeug gelegt. So liegen die Dinge nun einmal! Wenn der König mir das Kreuz gibt, ohne daß ich ihn darum gebeten habe, kann ich es meiner Meinung nach nicht ablehnen, ohne ihn in jeder Hinsicht vor den Kopf zu stoßen. Habe ich etwa Beigeordneter werden wollen? Also, liebe Frau, da wir nun einmal Achterwind haben, wie dein Onkel Pillerault immer sagt, wenn er guter Laune ist, bin ich entschlossen, alles bei uns im Hause in Einklang mit unserm Glück zu bringen. Wenn ich etwas bin und darstelle, dann will ich es auch auf mich nehmen, zu werden, was der liebe Gott vielleicht noch aus mir machen will, meinetwegen Unterpräfekt, wenn das mein Schicksal will. Liebe Frau, du bist in einem schweren Irrtum befangen, wenn du meinst, ein Bürger habe gegenüber dem Vaterland seine Pflicht erfüllt, wenn er zwanzig Jahre lang denen, die welche haben wollten, Parfümerien verkaufte. Verlangt der Staat die Mitwirkung unserer Einsicht, so schulden wir sie ihm genauso, wie wir ihm die Mobiliar-, die Tür- und Fenstersteuer usw. schulden. Hast du etwa Lust, ewig in deinem Kontor hocken zu bleiben? Du hältst dich dort, Gott sei Lob und Dank, schon recht lange auf. Der Ball soll unser ganz persönliches Fest werden. Schluß mit dem Detailgeschäft, für dich, wohlverstanden. Ich verbrenne unser Firmenschild ›Zur Rosenkönigin‹; unsere Firma ›César Birotteau, Parfümhändler, Ragon Nachfolger‹ lasse ich übertünchen und kurz und bündig in dicken Goldbuchstaben darauf malen: ›Parfümerien‹. Das Büro, die Kasse und ein hübsches

Zimmerchen für dich bringe ich im Zwischenstock unter. Aus dem gegenwärtigen Raum hinter dem Laden, dem Eßzimmer und der Küche mache ich mein großes Ladengeschäft. Ich miete den ersten Stock des Nachbarhauses, und da breche ich eine Tür durch die Mauer. Die Treppe wird verlegt, so daß man auf einer Ebene von einem Haus ins andere gehen kann. Dann haben wir eine große Wohnung, und die wird piekfein möbliert! Ja, du sollst ein neues Schlafzimmer haben, ich richte dir ein Boudoir ein, und Césarine bekommt ein hübsches Kämmerchen. Die Buchhalterin, die du anstellen sollst, unser erster Kommis und deine Zofe (jawohl, Madame, Sie bekommen eine!) werden im zweiten Stock untergebracht. In den dritten kommen die Küche, die Köchin und der Hausdiener. Der vierte wird unser Hauptlager für Flaschen, Kristallflakons und Porzellantiegel. Die Werkstatt für unsere Arbeiterinnen wandert in den Speicher! Die Passanten sollen nicht länger mit ansehen, wie Etiketten aufgeklebt, Tüten gefüllt, Flacons ausgesucht, Phiolen verkorkt werden. Das paßte in die Rue Saint-Denis; aber für die Rue Saint-Honoré, pfui Teufel, da macht das einen schlechten Eindruck. Unser Laden muß so kokett aussehen wie ein Salon. Bedenke doch, sind wir etwa die einzigen Parfümhändler, die etwas darstellen? Haben nicht Essigfabrikanten und Senfverkäufer Offiziersstellen bei der Nationalgarde inne und sind im Schloß gern gesehen? Wir wollen tun wie sie, unser Geschäft vergrößern und gleichzeitig in die hohen Gesellschaftskreise zu gelangen versuchen.«

»Paß mal auf, Mann, weißt du, woran ich denken muß, wenn ich dich so reden höre? Also: Du kommst mir vor wie einer, der sich unnötige Schwierigkeiten aufbürdet. Denk daran, was ich dir geraten habe, als davon die Rede war, dich zum Bürgermeister zu ernennen: Sorg vor allem dafür, daß du ein ruhiges Leben hast! ›Du bist‹, so habe ich dir gesagt, ›für die Öffentlichkeit geeignet wie mein Arm für einen Windmühlenflügel. Willst du zu hoch hinaus, so wird das dein Untergang.‹ Du hast nicht auf mich gehört, und jetzt geht es mit uns abwärts. Um eine politische Rolle zu spielen, braucht man Geld; haben wir welches? Was? Du willst dein Firmenschild verbrennen, das sechshundert Francs gekostet hat, und auf die Bezeichnung ›Zur Rosenkönigin‹ verzichten, die dich mit Recht bekanntgemacht hat? Laß doch die andern ehrgeizig sein. Wer die Hand ins Feuer steckt, verbrennt sich die Finger, oder etwa nicht? Heutzutage ist die Politik ein heißes Eisen. Haben wir nicht gute hunderttausend Francs, die nicht in unserm Geschäft, unserer Fabrik und unseren Waren angelegt sind? Wenn du dein Vermögen vergrößern willst, dann tu wie 1793: Die Staatsrenten stehen auf zweiundsiebzig Francs, also kauf Rentenpapiere. Dann hast du zehntausend Francs Einkünfte, ohne daß diese Anlage unserm Geschäft schadet. Nutz die Hochkonjunktur aus, verheirate unsere Tochter, verkauf unsern Betrieb, und laß uns in deine Heimat ziehen. Redest du nicht seit fünfzehn Jahren davon, du wollest Les Trésorières kaufen, das hübsche kleine Gut bei Chinon, wo es Bäche, Wiesen, Wald, Rebberge und zwei Meierhöfe gibt, das tausend Taler einbringt, wo wir alle beide gern wohnen würden, das wir noch immer für sechzigtausend Francs haben könnten, und nun will Monsieur mit aller Gewalt etwas in der Regierung werden? Bedenke, was wir sind: nämlich Parfümhändler. Wenn dir wer vor sechzehn Jahren, als du noch nicht die Doppelte Sultaninnen-Paste und die Eau Carminative[4] erfunden hattest, gesagt hätte: ›Eines Tages werden Sie über das erforderliche Geld zum Ankauf von Les Trésorières verfügen‹: Wärst du da nicht ganz krank vor Freude geworden? Na also! Jetzt kannst du diesen Besitz kaufen; du bist doch so versessen darauf gewesen, daß du von nichts anderem geredet hast; und jetzt redest du davon, du wollest für Dummheiten das Geld ausgeben, das wir im Schweiße unseres Angesichts verdient haben, ich sage ›unseres‹, denn schließlich habe ich all die Zeit im Kontor gehockt wie ein armer Köter in seiner Hütte. Ist es nicht besser, wenn wir ein Absteigequartier bei deiner Tochter haben, nachdem sie die Frau eines Pariser Notars geworden ist, und jährlich acht Monate in Chinon wohnen, als hier aus fünf Sous sechs Weißpfennige zu machen und aus sechs Weißpfennigen nichts?' Warte die Hausse der Staatsrentenpapiere ab, dann kannst du deiner Tochter achttausend Francs Zinsen mitgeben, zweitausend behalten wir für uns, und mit dem Verkaufspreis für unser Geschäft können wir Les Trésorières kaufen. Dann nehmen wir unsere wertvollen Möbel mit in deine Heimat, mein Katerchen, und können wie die Fürsten leben, wogegen man hier, wenn man etwas vorstellen will, mindestens eine Million haben muß.«

»Eben das hatte ich von dir erwartet, Frau«, sagte César Birotteau. »Aber so dumm bin ich vorerst noch nicht (obgleich *du* mich für sehr dumm hältst), als daß ich mir all das nicht ebenfalls überlegt hätte. Jetzt hör mal gut zu. Alexandre Crottat ist für uns wie geschaffen als Schwiegersohn, und er bekommt einmal Roguins Praxis; aber glaubst du, daß er sich mit hunderttausend Francs Mitgift begnügen wird? (Das würde bedingen, daß wir alles, was wir an flüssigem Geld haben, für die Heirat unserer Tochter hergeben, und das beabsichtige ich ja auch. Lieber will ich für den Rest meiner Tage trocken Brot essen, wenn ich sie dadurch glücklich wie eine Königin sehe, als Frau eines Pariser Notars, wie du immer sagst.) Na, schön; hunderttausend Francs oder sogar achttausend Francs Zinsen reichen nicht, wenn man Roguins Praxis kaufen will. Dieser kleine Xandrot, wie wir ihn nennen, hält uns, wie alle Welt, für sehr viel reicher, als wir sind. Wenn sein Vater, der dicke Bauer, dieser ausgemachte Geizhals, nicht für hunderttausend Francs Land verkauft, wird Xandrot nicht Notar; denn Roguins Praxis ist vier- oder fünfhunderttausend Francs wert. Wenn Crottat dafür nicht die Hälfte in bar anzahlt, wie soll er sich dann aus der Affäre ziehen? Césarine muß zweihunderttausend Francs als Mitgift bekommen; und ich will, daß wir uns als gute Pariser Bürger mit fünfzehntausend Francs Zinsen zur Ruhe setzen. Also! Nun ich dir das sonnenklar gemacht habe, wirst du da nicht dein ungewaschenes Maul halten müssen?«

»Ach so! Na, wenn dir die Schätze von Peru gehören ...«

»Ja, das tun sie, mein Rehlein. Ja«, sagte er, faßte seine Frau um die Taille und gab ihr ein paar leichte Klapse; er war völlig aufgeregt von einer Freude, die sein ganzes Gesicht aufstrahlen ließ. »Ich habe dir von diesem Geschäft nichts sagen wollen, ehe es nicht in dem Topf war, in dem es kochen soll; aber, du lieber Himmel, vielleicht kommt es morgen zum Abschluß. Also paß auf: Roguin hat mir eine Spekulation vorgeschlagen, die so sicher ist, daß er sich mit Ragon, mit deinem Onkel Pillerault und zweien seiner Klienten daran beteiligen will. Wir wollen in der Nähe der Madeleine-Kirche Grundstücke aufkaufen, die wir, nach Roguins Berechnung, für ein Viertel des Wertes haben können, bis zu dem sie innerhalb dreier Jahre steigen müssen; dann nämlich sind die Pachtverträge abgelaufen, und es steht uns frei, sie auszubeuten. Wir beteiligen uns alle sechs daran zu vereinbarten Anteilen. Ich selber steuere dreihunderttausend Francs bei, damit ich mit drei Achteln beteiligt bin. Sollte einer von uns Geld brauchen, wird Roguin es ihm dadurch verschaffen, daß er seinen Anteil hypothekarisiert. Um den Stiel der Pfanne in der Hand zu behalten und zu sehen, wie der Fisch brät, habe ich darauf bestanden, daß ich dem Namen nach der Besitzer der einen Hälfte bin, die Pillerault, dem alten Ragon und mir gemeinsam gehört. Roguin soll unter dem Namen eines Monsieur Charles Claparon mein Miteigentümer sein; er soll, gleich mir, seinen Teilhabern einen Revers unterzeichnen. Die Kaufverträge werden außergerichtlich als Verkaufsversprechen ausgefertigt, bis wir die Besitzer sämtlicher Grundstücke sind. Roguin wird sich genau unterrichten, welche Kontrakte realisiert werden müssen, weil er nämlich nicht sicher ist, ob wir der Eintragung ins Grundbuch aus dem Wege gehen und die Kosten dafür auf diejenigen abschieben können, denen wir dann *en détail* verkaufen; aber dir das zu erklären, würde zu lange dauern. Sind die Grundstücke bezahlt, brauchen wir nichts zu tun, als die Arme unterzuschlagen, und dann sind wir heute in drei Jahren im Besitz einer Million. Césarine ist dann zwanzig, unser Geschäft ist verkauft, und Dank Gottes Gnade steigen wir bescheiden zu Glanz und Größe auf.«

»Ja, und woher nimmst du nun die dreihunderttausend Francs?« fragte Madame Birotteau.

»Du verstehst nichts von Geschäften, mein gutes Kätzchen. Ich schieße die hunderttausend Francs zu, die bei Roguin liegen, ich nehme vierzigtausend Francs als Darlehen auf die Gebäude und das Gartenland auf, auf dem unsere Fabriken im Faubourg du Temple stehen, wir haben zwanzigtausend Francs in Wechseln; das macht zusammen hundertsechzigtausend Francs. Bleiben also weitere hundertvierzigtausend, auf die ich Wechsel an die Order des Bankiers Charles Claparon unterzeichne; er zahlt sie mir aus, abzüglich des Diskonts. Dann können unsere hunderttausend Taler bezahlt werden: Wer Ziel hat, schuldet nichts.

Wenn die Wechsel fällig werden, lösen wir sie mit unseren Geschäftsgewinnen ein. Wenn wir sie nicht mehr einlösen können, stellt Roguin mir Beträge zu fünf Prozent zur Verfügung, die als Hypothek auf meinen Anteil an den Grundstücken eingetragen werden. Aber zu dieser Geldleiherei wird es gar nicht kommen: Ich habe eine Essenz erfunden, die das Haar wachsen läßt, das Comagen-Öl! Livingston hat mir unten eine hydraulische Presse aufgestellt; damit fabriziere ich mein Öl aus Haselnüssen; die geben unter diesem starken Druck sofort ihr ganzes Öl her. Es erscheint mir durchaus möglich, daß ich innerhalb eines Jahres daran mindestens hunderttausend Francs verdiene. Ich denke über ein Plakat nach, das mit den Worten: ›Weg mit den Perücken!‹ anfangen soll; es wird eine wunderbare Wirkung haben. Du merkst ja nie etwas von meinen schlaflosen Nächten! Seit einem Vierteljahr hindert der Erfolg des Makassar-Öls[6] mich am Schlafen. Ich will Makassar totmachen!«

»Das also sind die schönen Pläne, die du seit zwei Monaten im Schädel wälzt und von denen du mir nichts hast sagen wollen. Vorhin habe ich mich als Bettlerin vor meiner eigenen Ladentür stehen sehen; was für eine Warnung des Himmels ist das gewesen! Binnen kurzem haben wir nur noch unsere Augen, um zu weinen. Zu meinen Lebzeiten unternimmst du all das nie, hast du verstanden, César? Dahinter stecken gewisse Machenschaften, die du nicht merkst; du bist zu redlich und rechtschaffen, um bei andern Leuten Gaunereien zu argwöhnen. Aus welchem Grunde werden dir Millionen angeboten? Du beraubst dich aller deiner Mittel, du gehst Verpflichtungen ein, die deine Möglichkeiten übersteigen, und wenn dein ›Öl‹ nicht einschlägt, wenn keine Barmittel ausfindig gemacht werden, wenn die Grundstücke nicht im Wert steigen: Womit willst du dann die Wechsel bezahlen? Etwa mit den Schalen deiner Haselnüsse? Um gesellschaftlich höher zu steigen, willst du die Firma nicht mehr mit deinem Namen zeichnen, du willst das Firmenschild ›Zur Rosenkönigin‹ entfernen, und trotzdem willst du Reklameplakate verbreiten, die den Namen César Birotteau an allen Ecken und Enden und auf allen Bauzäunen in die Welt schreien.«

»Ach was, du hast es nicht kapiert. Ich will nämlich in irgendeinem Haus in der Nähe der Rue des Lombards eine Filiale unter dem Namen Popinot errichten, und dahinein setze ich den kleinen Anselme. Auf diese Weise entledige ich mich der Dankbarkeitsschuld gegen Monsieur und Madame Ragon, indem ich deren Neffen auf eigene Füße stelle; er kann es dabei zu etwas bringen. Die armen Ragons sehen mir neuerdings ganz danach aus, als sei ihnen die Petersilie verhagelt.«

»Paß nur auf, diese Leute wollen bloß dein Geld.«

»Aber welche Leute denn, mein Herz? Etwa dein Onkel Pillerault, der uns liebhat wie sein eigen Fleisch und Blut und der jeden Sonntag bei uns zu Abend ißt? Etwa der gute alte Ragon, unser Vorgänger, der auf vierzig Jahre redlichen Lebens zurückblicken kann und mit dem wir unsere Boston-Partien spielen? Oder schließlich etwa Roguin, ein Pariser Notar, ein Mann von siebenundfünfzig Jahren, der sein Amt seit einem Vierteljahrhundert innehat? Ein Pariser Notar, der die Zierde der Gesellschaft sein würde, wenn nicht alle anständigen Menschen gleich hoch eingeschätzt würden. Im Notfall würden meine Teilhaber mir helfen! Wo also ist das Komplott, mein weißes Rehlein? Hör zu, ich muß dir einmal gründlich die Wahrheit sagen! So wahr ich ein anständiger Mensch bin: Das liegt mir auf dem Herzen. – Du bist von je mißtrauisch wie eine Katze gewesen! Sobald wir im Laden ein paar Kröten in der Kasse hatten, hast du unsere Kunden für Spitzbuben gehalten. – Ich habe mich vor dir auf die Knie werfen und dich anflehen müssen, dich reich machen zu dürfen! Für ein Pariser Mädchen hast du viel zuwenig Ehrgeiz! Ohne deine ewige Angst wäre ich der glücklichste Mensch der Welt! – Wenn ich auf dich gehört hätte, hätte ich nie die Sultaninnen-Paste noch die Eau Carminative fertiggebracht. Zwar hat unser Laden uns ernährt, aber diese beiden Erfindungen und unsere Seifen haben uns die hundertsechzigtausend Francs eingebracht, die wir rund und nett besitzen! – Ohne mein Talent, denn als Parfümfabrikant bin ich begabt, wären wir kleine Detailhändler, wir würden den Teufel am Schwanz ziehen, um über den Monatsersten hinwegzukommen, und ich würde nicht zu den Honoratioren unter den Kaufleuten gehören, die sich um die Wahl zum Handelsrichter bewerben können, und ich würde auch nicht zum Beigeordneten gewählt worden sein. Weißt du, was ich sein würde? Ein kleiner

Krämer wie der alte Ragon, ich will ihn dadurch nicht herabsetzen, weil ich nämlich das Ladengeschäft achte; schließlich sind wir ja dadurch in die Höhe gekommen! – Nachdem wir vierzig Jahre lang Parfümerien verkauft haben, würden wir, gleich ihm, dreitausend Francs Zinsen haben; und bei den Preisen, die heutzutage alles hat – sie haben sich verdoppelt –, könnten wir, wie die Ragons, kaum leben. (Dies alte Ehepaar drückt mir von Tag zu Tag mehr das Herz ab. Ich muß da klarsehen, und das entscheidende Wort werde ich morgen durch Popinot erfahren!) Wäre ich deinem Rat gefolgt – wo dich das Glück nur besorgt und unruhig macht und du dich in einem fort fragst, ob du morgen noch hast, was du heute dein nennst –, dann hätte ich keinen Kredit, trüge nicht das Kreuz der Ehrenlegion und wäre nicht drauf und dran, Politiker zu werden. Ja, du magst getrost den Kopf schütteln, wenn unser Geschäft klappt, kann ich Abgeordneter von Paris werden. Oh, ich heiße nicht umsonst César, mir ist alles geglückt. – Es ist unvorstellbar, jedermann erkennt mir Fähigkeiten zu; aber hier im Hause hält ausgerechnet die einzige, der ich so sehr gefallen möchte, daß ich Blut und Wasser schwitze, um sie glücklich zu machen, mich für saudumm.«

Obwohl diese Sätze durch beredte Pausen unterbrochen und wie Kugeln abgeschossen wurden, nach dem Brauch aller, die großsprecherisch mit Gegenbeschuldigungen aufwarten wollen, drückten sie eine so tiefe, so unwandelbare Zuneigung aus, daß Madame Birotteau davon gerührt wurde; aber wie alle Frauen bediente sie sich der Liebe, die sie einflößte, um gewonnenes Spiel zu haben.

»Na, gut, Mann«, sagte sie, »wenn du mich liebhast, dann laß mich auf meine Weise glücklich sein. Weder du noch ich sind gebildete Menschen; wir verstehen uns weder darauf zu reden noch einen Diener zu machen wie die feinen Leute, wie sollen wir da im öffentlichen Leben vorwärtskommen? Ich wäre auf Les Trésorières so glücklich! Ich habe immer für die Tiere und die Vögelchen geschwärmt, und ich würde mein Leben nur zu gern damit hinbringen, für die Hühner zu sorgen und die Bauersfrau zu spielen. Laß uns unser Geschäft verkaufen und Césarine verheiraten; verzichte du auf deinen Größenwahn.

Wir können die Winter in Paris bei unserem Schwiegersohn verbringen; wir werden glücklich sein, und nichts, was in der Politik oder im Handel passiert, kann unsere Lebensweise stören. Warum andere ruinieren? Genügt unser jetziges Vermögen nicht? Wenn du Millionär wärst, könntest du dann zweimal zu Abend essen: Brauchst du eine andere Frau neben mir? Denk doch an meinen Onkel Pillerault! Der hat sich vernünftigerweise mit seinem kleinen Haben begnügt und benutzt sein Leben dazu, Gutes zu tun. Steht dem etwa der Sinn nach schönen Möbeln? Ich bin sicher, daß du schon Möbel für mich bestellt hast: Ich habe Braschon ins Haus kommen sehen, und der hat ganz bestimmt keine Parfüms kaufen wollen.«

»Na ja, mein Kind, deine Möbel sind bestellt, mit dem Umbau wird morgen angefangen; es leitet ihn ein Architekt, den Monsieur de La Billardière mir empfohlen hat.«

»Mein Gott«, rief sie aus, »erbarme dich unser!«

»Du bist nicht recht gescheit, mein Rehlein. Willst du dich etwa mit siebenunddreißig Jahren, frisch und hübsch wie du bist, bei lebendigem Leib in Chinon begraben? Ich selber bin Gott sei Dank erst neununddreißig. Der Zufall tut mir eine schöne Laufbahn auf, und die betrete ich. Wenn ich mich darauf mit der nötigen Vorsicht bewege, kann ich innerhalb der Pariser Bürgerschaft eine angesehene Firma schaffen, wie das ja auch schon früher geschehen ist; ich kann das Haus Birotteau begründen, wie es die Kellers, die Jules Desmarets, die Roguins, die Cochins, die Guillaumes, die Lebas', die Nucingens, die Saillards, die Popinots und die Matifats gibt, die in ihren Stadtvierteln etwas gelten oder gegolten haben. Also vorwärts! Wenn dies Geschäft nicht bombensicher wäre, sicher wie Goldbarren ...«

»Bombensicher!«

»Allerdings: bombensicher! Seit acht Wochen kalkuliere ich es. Ohne es mir anmerken zu lassen, ziehe ich Erkundigungen über die Bauvorhaben im Rathaus ein, bei den Architekten und bei den Bauunternehmern. Monsieur Grindot, der junge Architekt, der unsere Wohnung neu gestalten soll, ist todunglücklich, daß er kein Geld hat, um sich an unserer Spekulation zu beteiligen.«

»Es gibt was zu bauen; deshalb drängt er euch dazu, weil er euch nämlich ausnützen will.«

»Lassen Leute wie Pillerault, wie Charles Claparon und Roguin sich ausnützen? Der Gewinn ist so sicher wie der bei der Sultaninnen-Paste, ist dir das klar?«

»Aber, Bester, was braucht Roguin denn zu spekulieren, wo er seine Praxis bezahlt und sein Vermögen unter Dach gebracht hat? Ich sehe ihn manchmal bei uns vorbeigehen, und dabei wirkt er sorgenvoller als ein Staatsminister, und in seinem Blick ist etwas Verstecktes, das ich nicht mag: Er verbirgt seine Sorgen. Seit fünf Jahren hat er ein Gesicht wie ein alter Wüstling bekommen. Wer sagt dir, daß er nicht auf und davon geht, wenn er eure Kapitalien in der Hand hat? So etwas ist schon vorgekommen. Kennen wir ihn denn wirklich? Wenn er auch seit fünfzehn Jahren unser Freund ist, möchte ich nicht die Hand für ihn ins Feuer legen. Bedenk doch, er hat eine Stinknase und lebt nicht mit seiner Frau zusammen; er muß Freundinnen haben, die er bezahlt und die ihn ruinieren; das ist wohl der Grund für sein gedrücktes Aussehen. Wenn ich mich anziehe und einen Blick durch die Jalousien werfe, sehe ich ihn morgens zu Fuß heimgehen, und wo kommt er dann her? Das weiß niemand. Er macht mir den Eindruck eines Mannes, der einen zweiten Haushalt in der Stadt hat; er wirft das Geld für den seinen zum Fenster hinaus, und seine Frau für den ihren. Darf ein Notar so leben? Wenn man fünfzigtausend Francs verdient und sechzigtausend vernascht, dann ist binnen zwanzig Jahren das Vermögen aufgebraucht, und dann steht man nackt und bloß wie ein Johannesknäblein da; aber weil man es gewohnt ist zu glänzen, plündert man erbarmungslos seine Freunde aus: Jeder ist sich selbst der Nächste. Er ist eng mit dem kleinen du Tillet befreundet, unserem ehemaligen Kommis, und in dieser Freundschaft sehe ich nichts Gutes. Wenn er du Tillet nicht durchschaut, dann muß er blind sein; wenn er ihn dagegen kennt, warum ist er dann so dicke mit ihm? Jetzt wirst du mir sagen, seine Frau sei in du Tillet verschossen. Na, ich erwarte mir nichts Gutes von einem Mann, der kein Ehrgefühl hat, wenn es sich um seine Frau handelt. Und schließlich und endlich: Sind denn die gegenwärtigen Besitzer jener Grundstücke so blöd, daß sie für hundert

Sous hergeben, was hundert Francs wert ist? Wenn dir ein Kind über den Weg läuft, das nicht weiß, was ein Louis wert ist, würdest du es dann nicht über den wahren Wert aufklären? Ohne dich beleidigen zu wollen: Euer Geschäft kommt mir vor wie ein Diebstahl . . .«

»Mein Gott, wie komisch die Frauen doch zuweilen sind, und wie sie alle Gedanken durcheinanderwerfen! Wenn Roguin nicht an der Sache beteiligt wäre, dann würdest du mir sagen: ›Na, hör mal, César, du willst ein Geschäft machen, bei dem Roguin nicht dabei ist? Dann ist nichts damit los.‹ Und jetzt, wo er für uns so etwas wie eine Bürgschaft darstellt, sagst du mir . . .«

»Nein, der Bürge ist doch Monsieur Claparon.«

»Aber ein Notar kann sich doch nicht unter seinem Namen an einer Spekulation beteiligen.«

»Warum tut er dann etwas, das das Gesetz ihm verbietet? Du kennst die Gesetze; was antwortest du mir darauf?«

»Laß mich doch ausreden. Roguin macht mit, und du sagst mir, das Geschäft tauge nichts? Wo bleibt da die Vernunft? Weiter sagst du: ›Er tut etwas, das gegen das Gesetz verstößt.‹ Aber er wird schon offen hervortreten, wenn es notwendig ist. Jetzt sagst du: ›Er ist reich.‹ Kann man von mir nicht dasselbe sagen? Sind vielleicht Ragon und Pillerault zu mir gekommen und haben gesagt: ›Warum beteiligen Sie sich an diesem Geschäft, wo Sie doch Geld haben wie ein Schweinehändler?‹«

»Bei Kaufleuten ist das ganz etwas anderes als bei Notaren «

»Also kurz und gut, mein Gewissen ist sauber«, fuhr César fort. »Die Leute, die verkaufen, tun das, weil sie müssen; wir bestehlen sie nichts mehr, als man die bestiehlt, denen man Staatsrentenpapiere abkauft, wenn sie auf fünfundsiebzig stehen. Heute kaufen wir die Grundstücke zu ihrem heutigen Preis: In zwei Jahren ist es ein anderer Preis, genau wie bei den Staatspapieren. Du mußt nämlich wissen, Constance-Barbe-Joséphine Pillerault, daß du César Birotteau nie beim Begehen einer Tat ertappen wirst, die mit der strengsten Redlichkeit, mit dem Gesetz, dem Gewissen und dem Zartgefühl im Widerstreit steht. Wie kann man jemandem, der seit achtzehn Jahren auf eigenen Füßen steht, in seinem Haus der Unredlichkeit verdächtigen!«

»Nun, nun, beruhige dich, César! Eine Frau, die, wie ich, seit jener Zeit mit dir zusammenlebt, kennt dich bis zum tiefsten Seelengrund. Und schließlich bist du der Herr im Hause. Das Vermögen, das du verdient hast, nicht wahr, das gehört dir, du kannst es ausgeben. Und wenn wir in äußerste Not gerieten, würden weder ich noch meine Tochter dir deswegen auch nur einen einzigen Vorwurf machen. Aber hör: Als du die Sultaninnen-Paste und die Eau Carminative erfandest, was hast du da schon riskiert? Fünf- bis sechstausend Francs. Heute dagegen setzt du dein ganzes Vermögen auf eine Karte, und dabei bist du nicht der einzige Spieler, du hast Mitspieler, die sich als raffinierter erweisen könnten, als du es bist. Gib getrost deinen Ball, laß deine Wohnung umbauen, gib zehntausend Francs aus, das ist zwar überflüssig, aber es ruiniert uns nicht. Aber gegen dein Geschäft mit den Grundstücken bei der Madeleine erhebe ich formellen Einspruch. Du bist Parfümhändler, also sei Parfümhändler und nicht Grundstücksmakler. Wir Frauen haben einen Instinkt, der uns nicht täuscht! Ich habe dich gewarnt; jetzt tu, was du willst. Du bist Richter am Handelsgericht gewesen, du kennst die Gesetze, du hast dein Schifflein gut gesteuert, ich folge dir auch jetzt, César! Aber ich werde zittern und beben, bis ich unser Vermögen solide angelegt und Césarine gut verheiratet sehe. Wolle Gott, daß mein Traum keine Prophezeiung war!«

Diese Unterwürfigkeit ärgerte Birotteau; er gebrauchte eine harmlose List, deren er sich bereits bei ähnlichen Gelegenheiten bedient hatte.

»Paß mal auf, Constance, ich habe noch nicht fest zugesagt; aber es ist, als hätte ich es getan.«

»Ach, César, schon gut; reden wir nicht mehr darüber. Erst die Ehre, dann das Vermögen. Los, komm ins Bett, Lieber, es ist kein Feuerholz mehr da. Außerdem können wir im Bett viel besser schwatzen, wenn dir das Spaß macht. Ach, dieser gemeine Traum! Mein Gott, sich so verdoppelt zu sehen! Abscheulich ist das! Césarine und ich wollen eine neuntägige Andacht halten, damit das mit den Grundstücken glückt.«

»Gottes Hilfe schadet sicher nichts«, sagte Birotteau ernst. »Aber die Haselnußessenz ist ebenfalls eine Macht, liebe Frau!

Ich habe diese Erfindung gemacht wie damals die der Doppelten Sultaninnen-Paste, ganz zufällig: Das erste Mal dadurch, daß ich ein Buch aufschlug, und diesmal, als ich den Kupferstich ›Hero und Leander‹[7] anschaute. Du weißt ja: Eine Frau, die auf den Kopf ihres Liebhabers Öl träufelt; ist das nicht ganz reizend? Die sichersten Spekulationen sind die, die sich auf die Eitelkeit gründen, den Ehrgeiz und das Großtun. Das sind Gefühle, die nie aussterben.«

»Leider! Ich sehe es nur zu gut.«

»In einem gewissen Alter tun die Männer wer weiß was, um wieder Haare zu bekommen, wenn sie keine mehr haben. Seit einiger Zeit sagen die Friseure mir, daß sie nicht nur Makassar-Öl verkaufen, sondern alle möglichen Drogen, die das Haar färben oder von denen es heißt, sie ließen es wachsen. Seit dem Friedensschluß gelten die Männer bei den Frauen sehr viel mehr, und Frauen mögen nun mal keine Kahlköpfe, haha! Die Nachfrage nach diesem Artikel findet also ihre Erklärung in der politischen Lage. Eine Mixtur, die das Haar tadellos gesund erhält, würde sich also verkaufen wie warme Semmeln, und zwar um so eher, wenn jene Essenz von der Akademie der Wissenschaften befürwortet wird. Mein guter Monsieur Vauquelin[8] wird mir vielleicht abermals helfen. Ich will morgen zu ihm gehen und ihm meine Idee vortragen, und bei dieser Gelegenheit schenke ich ihm den Kupferstich, den ich nach zweijähriger Suche endlich in Deutschland aufgetrieben habe. Er befaßt sich gerade jetzt mit der Analyse der Haare. Chiffreville, sein Teilhaber an seiner Fabrik für chemische Produkte, hat es mir gesagt. Wenn meine Entdeckung mit der seinen übereinstimmt, wird meine Essenz von beiden Geschlechtern gekauft. Meine Idee ist ein Vermögen wert, ich sage es nochmals. Mein Gott, sie raubt mir den Schlaf. Glücklicherweise hat der kleine Popinot das schönste Haar der Welt. Wenn man dann noch ein Ladenmädchen nimmt, dessen Haar bis zur Erde niederfällt und das bezeugt, wenn sich das machen läßt, ohne Gott oder den lieben Nächsten zu nahezutreten, daß das Comagen-Öl (es wird nämlich ganz bestimmt ein Öl) alles bewirkt habe, dann werden sich alle Grauköpfe darauf stürzen wie die Armut auf die Welt. Sag mal, Liebes, und was wird mit deinem Ball? Ich bin nicht gehässig, aber ich möchte, daß der komische kleine Kerl, der du Tillet, dabei ist; er tut so dicke mit seinem Vermögen und geht mir auf der Börse immer aus dem Wege. Er weiß, daß ich etwas von ihm weiß, und das ist nichts Schönes. Vielleicht bin ich zu gut zu ihm gewesen. Wie komisch, Frau, daß man immer für seine guten Taten bestraft wird, selbstverständlich nur hienieden! Ich habe an ihm wie ein Vater gehandelt; du weißt gar nicht, was ich alles für ihn getan habe.«

»Ich bekomme eine Gänsehaut, wenn du bloß davon redest. Wenn du gewußt hättest, was er aus dir hat machen wollen, dann hättest du nicht über den Diebstahl der dreitausend Francs stillgeschwiegen; ich habe nämlich herausbekommen, wie die Sache geregelt worden ist. Hättest du ihn der Staatsanwaltschaft übergeben, dann hättest du vielleicht vielen Leuten einen Dienst erwiesen.«

»Was hat er denn mit mir vorgehabt?«

»Nichts. Wenn du diese Nacht einmal auf mich hören willst, dann gebe ich dir einen guten Rat, den nämlich, die Finger von deinem du Tillet zu lassen.«

»Würde man es nicht ungewöhnlich finden, wenn ich einen früheren Kommis, dem ich für die ersten zwanzigtausend Francs gutgesagt habe, mit denen er sein Geschäft angefangen hat, nicht in mein Haus einlüde? Komm, wir wollen Gutes um des Guten willen tun. Außerdem hat du Tillet sich vielleicht gebessert.«

»Sicher geht jetzt hier alles drunter und drüber.«

»Was redest du da von drunter und drüber? Es wird doch alles so geregelt, daß es wie am Schnürchen läuft. Hast du etwa schon vergessen, was ich dir über die Treppe und das Mieten im Nachbarhaus gesagt habe, wie ich es mit dem Schirmhändler Cayron vereinbart habe? Wir gehen morgen beide zu seinem Hauswirt Monsieur Molineux; ich habe nämlich morgen soviel zu tun wie ein Minister ...«

»Du hast mich mit deinen Plänen ganz durcheinandergebracht«, sagte Constance zu ihm, »mir brummt der Kopf. Außerdem will ich jetzt schlafen, Mann.«

»Guten Morgen«, antwortete der Ehemann. »Hör doch. Ich sage dir guten Morgen, weil es schon Morgen ist, mein Herzchen.

Ach, da ist sie schon eingeduselt, das gute Kind! Paß nur auf, du wirst reich, oder ich lege meinen Namen César ab.«

Ein paar Augenblicke danach schnarchten Constance und César friedlich.

Ein rascher Blick auf das Vorleben des Ehepaars wird die Gedanken bestätigen, die die freundschaftliche Auseinandersetzung der beiden Hauptgestalten dieser Geschichte wohl ausgelöst hat. Da diese Skizze die Lebensgewohnheiten der Kleinhändler schildert, wird sie zudem erklären, durch welch eigenartige Zufälle César Birotteau Beigeordneter und Parfümhändler, ehemaliger Offizier der Nationalgarde und Ritter der Ehrenlegion geworden ist. Wenn man sich seinen Charakter bis in alle Tiefen klar und sich die Triebfedern seines Aufstiegs bewußt macht, dann kann man verstehen, wieso kommerzielle Unglücksfälle, die starken Geistern arg zu schaffen machen, für kleine Geister zu heillosen Katastrophen werden. Geschehnisse sind nie etwas Absolutes, ihre Ergebnisse hängen völlig von den Individuen ab: Das Unglück ist für das Genie ein Sprungbrett, für den Christen ein Bad, für einen geschickten Menschen ein Schatz, für den Schwachen ein Abgrund.

Ein Rebbergarbeiter aus der Umgegend von Chinon namens Jacques Birotteau hatte die Zofe einer Dame geheiratet, deren Reben er betreute; er bekam drei Söhne, bei der Geburt des letzten starb seine Frau, und der arme Mann überlebte sie nicht lange. Die Herrin war ihrer Zofe sehr zugetan gewesen; sie ließ den ältesten der Knaben, der François hieß, zusammen mit ihren eigenen Söhnen auf ihrem Weingut erziehen und brachte ihn dann in einem Seminar unter. François Birotteau wurde zum Priester geweiht; während der Revolution hielt er sich versteckt und führte das unstete Leben der Priester, die den Eid verweigert hatten, die verfolgt wurden wie wilde Tiere und um der geringsten Kleinigkeit willen auf die Guillotine wanderten. Zu dem Zeitpunkt, da diese Geschichte beginnt, war er Vikar an der Kathedrale von Tours und hatte jene Stadt nur ein einziges Mal verlassen, um seinen Bruder César zu besuchen. Der Trubel in Paris betäubte den guten Priester so sehr, daß er nicht aus seinem Zimmer hervorzukommen wagte; er nannte die Kabrioletts ›Halbchaisen‹ und sperrte über alles Mund und Augen auf.

Nach einem Aufenthalt von einer Woche kehrte er nach Tours zurück und gelobte sich, nie wieder den Fuß in die Hauptstadt zu setzen.

Der zweite Sohn des Rebbergarbeiters, Jean Birotteau, wurde zum Militärdienst einberufen und brachte es während der ersten Kriege der Revolution rasch bis zum Hauptmann. In der Schlacht an der Trebia[9] ließ Macdonald[10] Freiwillige zum Sturm auf eine Batterie vortreten; der Hauptmann Jean Birotteau mit seiner Kompanie griff an und fiel. Das Schicksal der Birotteaus wollte es wohl, daß sie überall, wo sie Fuß faßten, von den Menschen oder den Ereignissen überwältigt wurden.

Der jüngste Sohn ist der Held dieser Geschichte. Als César mit vierzehn Jahren lesen, schreiben und rechnen konnte, kehrte er der Heimat den Rücken und wanderte mit einem Louis in der Tasche nach Paris, um sein Glück zu machen. Auf die Empfehlung eines Apothekers in Tours hin trat er als Laufjunge in das Geschäft des Parfümhändler-Ehepaars Ragon ein. César besaß zu jener Zeit ein Paar eisenbeschlagene Schuhe, eine Kniehose, blaue Strümpfe, eine geblümte Weste, einen Bauernkittel, drei grobe Hemden aus gutem Leinen und seinen Wanderstock. Wenngleich sein Haar wie das eines Chorknaben gestutzt war, besaß er doch die soliden Knochen eines Tourainers; wenn er sich manchmal der in seiner Heimat üblichen Faulheit hingab, so wurde das ausgeglichen durch das Verlangen, zu Geld zu kommen; wenn es ihm an Geist und Bildung mangelte, so besaß er einen instinktiven Rechtssinn und ein zartes Empfinden; das hatte er von seiner Mutter geerbt, einem Wesen, das gemäß einem Tourainer Ausdruck, ein ›goldenes Herz‹ war. César bekam Essen sowie monatlich sechs Francs Lohn, und er schlief in einem schäbigen Bett auf dem Speicher, neben der Köchin; die Kommis, die ihm das Packen und das Erledigen von Gängen, das Fegen des Ladens und der Straße beibrachten, machten sich über ihn lustig, während sie ihn drillten, wie das in Ladengeschäften so üblich ist, denn dort ist das Necken ein Hauptelement der Ausbildungszeit; das Ehepaar Ragon fuhr ihn an wie einen Köter. Niemand beachtete, daß der Lehrling müde war, obwohl abends seine vom Straßenpflaster mißhandelten Füße schrecklich weh taten und seine Schultern sich wie zerschlagen anfühlten. Diese rauhe Lehre des ›Jeder für sich‹, das Evangelium der Großstädte, ließ César das Pariser Leben als sehr hart empfinden. Abends weinte er und gedachte der Touraine, wo der Bauer nur arbeitet, wenn er gerade Lust dazu hat, wo der Maurer seinen Stein erst zwölfmal herumdreht, ehe er ihn setzt, wo die Faulheit so klüglich der Arbeit beigemischt ist; aber er schlief stets ein, ohne Zeit gehabt zu haben, an Auskneifen zu denken, denn am nächsten Morgen hatte er schon wieder Gänge zu erledigen, und er kam seiner Pflicht mit dem Instinkt eines Wachhundes nach. Wenn er sich zufällig einmal beklagte, lächelte der erste Kommis mit jovialer Miene.

»Tja, mein Junge«, sagte er, »es ist nicht alles rosig in der ›Rosenkönigin‹, und die Tauben fallen hier nicht gebraten vom Himmel; man muß ihnen erst nachlaufen, dann sie erhaschen, und schließlich noch etwas haben, um sie sich zuzubereiten.«

Die Köchin, eine dicke Picardin, nahm die besten Happen für sich selber und richtete an César nur das Wort, um sich über Monsieur und Madame Ragon zu beschweren, die sie nichts wegstibitzen ließen. Gegen Ende des ersten Monats mußte dieses Mädchen einmal sonntags das Haus bewachen und spann eine Unterhaltung mit César an. Die sauber gewaschene Ursule dünkte den armen Jungen, der ohne diesen Zufall an der ersten verborgenen Klippe seines Werdegangs gescheitert wäre, ganz reizend. Wie alle schutzlosen Wesen verliebte er sich in die erste Frau, die ihm einen freundlichen Blick zuwarf. Die Köchin nahm César unter ihre Obhut, und daraus ergab sich eine heimliche Liebschaft, über die die Kommis erbarmungslos spotteten. Zwei Jahre später wandte sich die Köchin von César zu dessen Glück ab, und zwar um eines jungen Landsmanns willen, der sich vom Heeresdienst gedrückt hatte und sich in Paris verborgen hielt; dieser zwanzigjährige Picarde besaß ein paar Morgen Land und ließ sich von Ursule heiraten.

Während jener beiden Jahre hatte die Köchin ihren kleinen César gut gefüttert und ihm mehrere Mysterien des Pariser Lebens erklärt; sie hatte es ihn von unten her auskosten lassen und ihm dabei aus Eifersucht einen tiefen Abscheu vor gewissen schlechten Stätten eingeflößt, deren Gefahren ihr nicht unbekannt geblieben zu sein schienen. Im Jahre 1792 hatten sich die

Füße des treulos verlassenen César an das Straßenpflaster, hatten seine Schultern sich an die Kisten, hatte sein Geist sich an das gewöhnt, was er die ›Pariser Aufschneiderei‹ nannte. Deshalb war er, als Ursule ihm den Laufpaß gegeben hatte, schnell getröstet, denn sie hatte keinem seiner instinktiven Gedanken über das Gefühlsleben entsprochen. Sie war schlüpfrig und bokkig gewesen, scheinheilig und ausbeuterisch, egoistisch und trunksüchtig; so hatte sie Birotteaus Unschuld zunichte gemacht, ohne ihm den geringsten reichen Ausblick zu eröffnen. Bisweilen hatte der arme Junge sich zu seinem Schmerz durch die für naive Herzen stärksten Bande an ein Geschöpf gebunden gesehen, mit dem er innerlich nichts gemein hatte. Als er der freie Herr seines Herzens wurde, war er herangewachsen und zählte sechzehn Jahre. Sein Verstand war durch Ursule und die Neckereien der Kommis entwickelt worden, und mit dem Handel befaßte er sich so, daß die Intelligenz sich hinter Einfalt verbarg: Er beobachtete die Kunden, erbat in Minuten, da nichts zu tun war, Erklärungen über die Waren, deren Verschiedenheiten und Aufstellung er sich merkte; eines schönen Tages kannte er sich in den Artikeln, den Preisen und Auszeichnungschiffren besser aus als sonst ein Neuling; Monsieur und Madame Ragon gewöhnten sich fortan an seine Brauchbarkeit.

An dem Tag, da die furchtbare Aushebung des Jahres II das Haus des Bürgers Ragon ausleerte, nahm César Birotteau, der zum zweiten Kommis aufgerückt war, die Gelegenheit wahr, ein Monatsgehalt von fünfzig Francs zu fordern und zu erhalten, und setzte sich mit unaussprechlicher Freude zu den Ragons an den Eßtisch. Der zweite Kommis der ›Rosenkönigin‹, der nun schon sechshundert Francs Einkünfte besaß, hatte ein Zimmer inne, in dessen seit langem begehrten Möbeln er die kleinen Habseligkeiten unterbringen konnte, die sich angesammelt hatten. Jeden zehnten Tag[11] zog er sich an wie die jungen Leute jener Zeit, denen die Mode vorschrieb, ein rohes Benehmen zur Schau zu tragen, und dieser sanfte, bescheidene Bauernjunge bezeigte ein Gehaben, das ihn zumindest zu ihresgleichen machte; auf diese Weise überschritt er die Grenzen, die zu anderen Zeiten die Dienstbarkeit zwischen der Bürgerwelt und ihm errichtet haben würde. Gegen Ende jenes Jahres wurde er seiner Ehrlichkeit wegen an die Kasse gesetzt. Die imponierende Bürgerin Ragon nahm sich der Wäsche des Kommis an, und das Kaufmannsehepaar nahm ihn sozusagen in die Familie auf.

Im Vendémiaire[12] 1794 wechselte César die hundert Goldlouis, die er besaß, gegen sechstausend Francs in Assignaten[13] und kaufte dafür zu einem Kurs von dreißig Francs Staatsrentenpapiere, die er einen Tag vor der Abwertung an der Börse bezahlte, und schloß seine Wertpapiere mit einem unsäglichen Glücksgefühl ein. Von jenem Tag an verfolgte er das Steigen und Schwanken der Börsenkurse und die politischen Geschehnisse mit einer heimlichen Angst, die ihm bei der Kunde von Rückschlägen oder Erfolgen, wie sie für diese Periode unserer Geschichte bezeichnend sind, Herzklopfen verursachte. Monsieur Ragon, der ehemalige Hofparfümlieferant Ihrer Majestät, Königin Marie-Antoinette, vertraute in solcherlei kritischen Augenblicken César Birotteau seine Anhänglichkeit an die gestürzten Tyrannen an. Dieses Bekenntnis gedieh zu einem der wichtigsten Umstände in Césars Leben. Die abendlichen Gespräche, wenn der Laden geschlossen, auf der Straße alles ruhig und Kasse gemacht war, begeisterten den Tourainer; indem er Royalist wurde, gehorchte er seinen angeborenen Gefühlen. Die Erzählung von den tugendhaften Taten Ludwigs XVI., die Anekdoten, durch die das Ehepaar die Verdienste der Königin in den Himmel hob, erhitzten Césars Phantasie. Das schreckliche Los dieser beiden gekrönten Häupter, die ein paar Schritte von dem Laden entfernt gefallen waren, empörte sein empfindsames Herz und flößte ihm Haß gegen ein Regierungssystem ein, dem es nichts ausmachte, unschuldiges Blut zu vergießen. Bei seinem Interesse an allem Kaufmännischen erkannte er, daß die festgesetzten Höchstpreise[14] und politische Stürme stets Feinde des Geschäftslebens sind. Als echter Parfümhändler haßte er überdies eine Revolution, die jedermann mit einem Tituskopf[15] herumlaufen ließ und den Gebrauch des Puders abschaffte. Da einzig die durch absolute Macht gewährte Ruhe dem Geld Leben zu leihen vermag, wurde er ein fanatischer Verfechter des Königtums. Als Monsieur Ragon seine gute Gesinnung wahrnahm, ernannte er ihn zu seinem ersten Kommis und weihte ihn in die Geheimnisse des Ladens ›Zur Rosenkönigin‹ ein, von dessen Kunden einige die eifrigsten, die opferwilligsten Emissäre der Bourbonen waren und wo die Korrespondenz des Westens[16] mit Paris durchgeführt wurde. In der Begeisterungsfähigkeit seiner Jugend und elektrisiert durch seine Beziehungen zu Männern wie Georges[17], La Billardière[18], Montauran[19], Bauvan[20], Longuy[21], Manda[22], Bernier[23], du Guénic[24] und Fontaine[25] verstrickte César sich in die Verschwörung, die die vereinigten Royalisten und Terroristen am 13. Vendémiaire gegen den sterbenden Konvent anzettelten.

César hatte die Ehre, auf den Stufen von Saint-Roch[26] gegen Napoleon zu kämpfen und wurde gleich zu Beginn der Kampfhandlungen verwundet. Wie jener Versuch ausging, ist allgemein bekannt. Barras' Adjutant stieg aus dem Dunkel empor; Birotteau wurde durch das seinige gerettet. Ein paar Freunde transportierten den kriegerischen ersten Kommis in die ›Rosenkönigin‹, wo er auf dem Speicher verborgen gehalten, von Madame Ragon verbunden und glücklicherweise vergessen wurde. César Birotteau hatte nur ein einziges Aufblitzen soldatischen Muts bekundet. Während der Monate, die seine Genesung dauerte, stellte er rechtschaffene Betrachtungen über das lächerliche Bündnis zwischen Politik und Parfümhandel an. Zwar blieb er Royalist, allein er beschloß, fortan klar und einfach ein royalistischer Parfümhändler zu sein, ohne sich je wieder zu kompromittieren, und er widmete sich diesem Vorhaben mit Leib und Seele.

Am 18. Brumaire[27] verzweifelten Monsieur und Madame Ragon an der Sache des Königtums: sie beschlossen, den Parfümhandel aufzugeben, als brave Bürger zu leben und sich nicht mehr in die Politik zu mischen. Um ihr in das Geschäft gestecktes Kapital wieder herauszubekommen, mußten sie jemand ausfindig machen, der über mehr Redlichkeit als Ehrgeiz verfügte, mehr schlichten, gesunden Menschenverstand als Befähigung; deswegen schlug Ragon das Geschäft seinem ersten Kommis vor. Birotteau, der mit seinen zwanzig Jahren bereits tausend Francs Zinsen aus staatlichen Rentenpapieren hatte, zögerte. Sein Ehrgeiz beschränkte sich darauf, in der Nähe von Chinon zu leben, sobald er es auf fünfzehnhundert Francs Zinsen gebracht und der Erste Konsul die Staatsschuld dadurch konsolidiert hatte, daß er sich in den Tuilerien festsetzte. Warum sollte er seine anständige, schlichte Unabhängigkeit durch die schwankenden Glücksumstände des Kaufmannslebens aufs Spiel setzen? fragte er sich. Er hatte nie geglaubt, daß er ein so ansehnliches Vermögen zusammenbringen werde; er dankte es jenen glücklichen Umständen, denen man sich nur aussetzt, solange man jung ist; er gedachte zu jener Zeit in der Touraine eine Frau zu heiraten, die ebenso reich war wie er, um dann Les Trésorières kaufen und bewirtschaften zu können, ein kleines Gut, nach dem ihm, seit er ein denkender Mensch war, der Sinn gestanden hatte; das zu vergrößern er träumte, das ihm tausend Taler an Einkünften abwerfen sollte, wo er in der Verborgenheit ein glückliches Leben führen wollte. Er war drauf und dran, abzulehnen, als urplötzlich die Liebe seine Entschlüsse über den Haufen warf und seinen Ehrgeiz verzehnfachte.

Seit Ursules Treulosigkeit war César enthaltsam geblieben, und zwar ebensosehr aus Furcht vor den Gefahren, denen man in Paris bei Liebesdingen ausgesetzt ist, als auch infolge seiner Arbeit. Wenn das Liebesverlangen keine Nahrung erhält, wandelt es sich in ein Bedürfnis; für Leute aus dem Mittelstand wird dann die Ehe zur fixen Idee, weil sie nur über diesen Weg zur Eroberung und zum Besitz einer Frau verfügen. So ging es auch César Birotteau. Im Laden ›Zur Rosenkönigin‹ wurde alles auf den ersten Kommis abgewälzt: Ihm blieb kein Augenblick, den er für Liebesfreuden hätte verwenden können. Bei einem solchen Leben werden die Bedürfnisse noch dringender: Daher mußte die Begegnung mit einem hübschen Mädchen, das einem liederlichen Kommis nicht weiter aufgefallen wäre, auf den braven César die größte Wirkung ausüben. Als er an einem schönen Junitag über den Pont Marie auf die Ile Saint-Louis ging, sah er an einer Ecke des Quai d'Anjou in einer Ladentür ein junges Mädchen stehen. Constance Pillerault war die erste Verkäuferin in einem Modewarengeschäft, das ›Le Petit-Matelot‹[28] hieß; es war das erste der Geschäfte, die sich seither in Paris mit mehr oder weniger gemalten Reklameschildern, flatternden Spruchbändern, Schaukästen mit aufgehängten Schals, mit Krawatten, arrangiert wie Kartenhäuser, und tausenderlei anderen händlerischen Verführungskünsten etabliert haben, mit festen Preisen, kleinen Leisten, Plakaten, optischen Täuschungen, und all das zu einem solchen Grad der Vollkommenheit gesteigert, daß die Ladenschaufenster zu kaufmännischen Dichtungen geworden sind. Die niedrigen Preise aller dieser ›Nouveautés‹ genannten Dinge, die im ›Petit-Matelot‹ zu haben waren, hatten dem Geschäft an der für Handel und Verkehr am wenigsten günstigen Stelle von Paris einen unerhörten Zulauf verschafft. Jene erste Verkäuferin war damals um ihrer Schönheit willen ebenso in aller Munde wie in der Folgezeit das schöne Limonadenmädchen des Café des Mille-Colonnes[29] und ein paar andere arme Geschöpfe, um derentwillen sich mehr junge und alte Nasen an die Fensterscheiben der Modegeschäfte, der Selterswasserbuden und der Läden gedrückt haben, als es Pflastersteine in den Pariser Straßen gibt. Der erste Kommis der ›Rosenkönigin‹, der zwischen Saint-Roch und der Rue de la Sourdière[30] wohnte und sich ausschließlich mit dem Parfümhandel beschäftigt hatte, ahnte nichts vom Vorhandensein des ›Petit-Matelot‹; die kleinen Pariser Geschäfte wissen nämlich nichts voneinander. César verliebte sich auf der Stelle so unsterblich in Constance, daß er in wütender Hast in den ›Petit-Matelot‹ hineinging und sechs Leinenhemden bestellte, über deren Preis er lange handelte und wobei er sich ganze Ballen von Leinen vorlegen ließ, gerade wie eine Engländerin, die Lust zum Einkaufen (shopping) hat. Die erste Verkäuferin geruhte, sich mit César zu befassen, als sie an einigen allen Frauen bekannten Symptomen wahrnahm, daß es ihm mehr um die Verkäuferin als um den Kauf zu tun war. Er diktierte seinen Namen und seine Adresse der Demoiselle, die nach abgeschlossenem Kauf gegenüber den bewundernden Blicken des Kunden äußerst gleichgültig war. Der arme Kommis hatte wenig zu unternehmen brauchen, um die Gunstbezeigungen Ursules zu erlangen; er war nach wie vor blöd wie ein Hammel; seine Verliebtheit ließ ihn noch ungeschickter erscheinen; er wagte kein Wort zu sagen und war viel zu geblendet, um die Gleichgültigkeit wahrzunehmen, die auf das Lächeln dieser Verkäuferin-Sirene gefolgt war.

Acht Tage lang stand er allabendlich vor dem ›Petit-Matelot‹ auf Wache und lugte nach einem Blick aus wie ein Hund an einer Küchentür nach einem Knochen, unbekümmert um die Spöttereien, die sich die Kommis und die Verkäuferinnen herausnahmen; voller Demut machte er den Käufern oder den Vorübergehenden Platz und achtete auf das, was an kleinen Geschehnissen in dem Laden vor sich ging. Ein paar Tage danach betrat er von neuem das Paradies, in dem sein Engel sich befand, weniger um Taschentücher zu kaufen, als um ihr eine glänzende Idee mitzuteilen.

»Wenn Sie Parfümerien brauchen sollten, Mademoiselle, dann könnte ich sie Ihnen wohl liefern«, sagte er, als er bezahlte.

Constance Pillerault hatte tagtäglich verlockende Anträge erhalten, in denen jedoch niemals vom Heiraten die Rede gewesen war; und obgleich ihr Herz ebenso rein war wie ihre Stirn weiß, geruhte sie erst nach einem halben Jahr des unentschiedenen Hinundhers, während welcher Zeit César seine unermüdliche Liebe andeutete, seine Huldigungen entgegenzunehmen, aber deutlicher erklären wollte sie sich nicht: Diese Vorsichtsmaßnahme gebot ihr die Unzahl ihrer ergebenen Verehrer, darunter Weingroßhändler, reiche Limonadenfabrikanten und andere, die ihr schöne Augen machten. Der Liebende hatte sich hinter Constances Vormund gesteckt, Monsieur Claude-Joseph Pillerault, der damals Eisenwarenhändler am Quai de la Ferraille war; er hatte ihn schließlich dadurch ausfindig gemacht, daß er sich der unterirdischen Spionage ergab, die ein Merkmal wahrer Liebe ist. Das rasche Fortschreiten dieser Erzählung macht es erforderlich, die Freuden einer in aller Unschuld sich entwickelnden Pariser Liebe stillschweigend zu übergehen und auch den allen Kommis eigentümlichen Hang zur Verschwendung außer acht zu lassen: die mitgebrachten ersten Melonen, feine Abendessen bei Vénua[31] nach dem Theater, sonntägliche Landpartien im Kutschwagen. César war alles andere als ein hübscher Bursche, aber er hatte nichts an sich, was gehindert hätte, daß er geliebt worden wäre. Das Pariser Leben und sein steter Aufenthalt in einem dunklen Laden hatten zwar seine kräftige bäuerliche Gesichtsfarbe verblassen lassen, aber sein üppiges schwarzes Haar, sein normannischer Pferdehals, seine kräftigen Gliedmaßen, sein schlichtes, ehrliches Gehaben, all das trug dazu bei, für ihn eingenommen zu sein. Onkel Pillerault, dem die Sorge für das Glück der Tochter seines Bruders oblag, hatte Erkundigungen eingezogen: Er billigte die Absichten des Tourainers.

1800, im schönen Monat Mai, willigte Mademoiselle Pillerault ein, César Birotteau zu heiraten; er wurde vor Freude fast ohnmächtig, als unter einem Lindenbaum in Sceaux Constance-Barbe-Joséphine in die Eheschließung einwilligte. – »Kleine«, sagte Monsieur Pillerault, »du bekommst einen guten Mann. Er hat ein warmes Herz und eine ehrenhafte Gesinnung: Er ist ohne Falsch und sauber wie ein Jesuskind: mit einem Wort, die Krone der Männer.« Constance verzichtete aus freien Stücken auf das glänzende Schicksal, von dem sie, wie alle Ladenmädchen, dann und wann geträumt hatte: Sie wollte eine anständige Frau, eine gute Hausmutter sein; in ihrer Lebensauffassung folgte sie dem frommen Programm der Mittelklasse. Diese Rolle paßte übrigens weit besser zu ihrer Denkweise als die gefährlichen Einbildungen, die die Phantasie so vieler junger Pariserinnen verführen. Constances Intelligenz war beschränkt; sie war der Typus der Kleinbürgerin, deren Tun und Lassen nicht ohne ein wenig Launenhaftigkeit vonstatten geht, die zunächst ablehnt, was sie selber sich wünscht, und sich ärgert, wenn sie beim Wort genommen wird, deren unruhige Tätigkeit sich auf die Küche und die Kasse beschränkt, auf die schwierigsten Angelegenheiten und darauf, daß die Stopfstellen in der Wäsche nicht zu sehen sind, die liebt und dabei murrt, die nur die einfachsten Gedankengänge begreift, das Kleingeld des Geistes, die über alles redet, vor allem Angst hat, alles berechnet und immer an die Zukunft denkt. Ihre kühle, aber saubere Schönheit, ihre rührende Miene und ihre Jugendfrische hinderten Birotteau daran, über Fehler nachzudenken, die übrigens durch die delikate, den Frauen angeborene Rechtlichkeit ausgeglichen wurden, durch einen übertriebenen Ordnungssinn, durch Arbeitsfanatismus und eine geniale Begabung für das Verkaufen. Constance war damals achtzehn und besaß elftausend Francs. César, dem die Liebe einen geradezu ausschweifenden Ehrgeiz eingeflößt hatte, kaufte die ›Rosenkönigin‹ und verlegte das Geschäft in ein schönes Haus in der Nähe der Place Vendôme. Er war erst einundzwanzig, war mit einer vergötterten Frau verheiratet, war Besitzer eines Geschäftsunternehmens, von dessen Kaufpreis er drei Viertel bezahlt hatte; und so mußte er eine schöne Zukunft vor sich sehen und tat es auch, vor allem, wenn er den Weg ermaß, den er von seinem Ausgangspunkt an zurückgelegt hatte. Roguin, der Notar des Ehepaars Ragon, der den Ehekontrakt aufgesetzt hatte, gab dem Parfümhändler weise Ratschläge; er hinderte ihn nämlich daran, den Rest der Kaufsumme mit der Mitgift seiner Frau zu begleichen. – »Bewahren Sie lieber einiges Kapital für ein paar gute Unternehmungen auf, mein Junge«, hatte er ihm gesagt. Birotteau blickte zu dem Notar bewundernd auf, gewöhnte sich daran, ihn um Rat zu fragen, und machte ihn sich zum Freunde. Wie Ragon und Pillerault hatte er zu dem Notarsstand ein so großes Vertrauen, daß er sich Roguin ohne den leisesten Argwohn anbefahl. Dank diesem Ratschlag hätte César, der jetzt für den Beginn seiner geschäftlichen Tätigkeit mit den elftausend Francs Constances versehen war, sein ›Haben‹ nicht gegen das des Ersten Konsuls eingetauscht, so glänzend auch das ›Haben‹ Napoleons zu sein schien. Anfangs hatte Birotteau nur eine Köchin; er wohnte im Zwischenstock über seinem Laden, einem engen Gelaß, das von einem Tapezierer recht hübsch ausgestattet worden war und wo die Jungvermählten ewige Flitterwochen begannen. Madame César wirkte in ihrem Kontor wie ein Wunder. Ihre berühmte Schönheit gewann riesigen Einfluß auf den Verkauf; unter den Elegants des Kaiserreichs war nur die Rede von der schönen Madame Birotteau. Zwar galt César als Royalist, aber man hielt ihm seine Redlichkeit zugute; zwar beneideten ihn ein paar benachbarte Kaufleute um sein Glück, aber er galt als dessen würdig. Der Schuß, den er auf den Stufen von Saint-Roch abbekommen hatte, lieh ihm den Ruf eines Mannes, der in die Geheimnisse der Politik verstrickt gewesen war, und zudem den eines tapferen Mannes, obwohl er nicht den mindesten soldatischen Mut im Herzen und keinen einzigen politischen Gedanken im Hirn hatte. Auf diese Gegebenheiten hin ernannten ihn die wackeren Männer des Arrondissements zum Hauptmann der Nationalgarde; aber er wurde von Napoleon nicht bestätigt; der, so meinte Birotteau, trug ihm nach wie vor ihrer beider Renkontre vom Vendémiaire nach. So gelangte César damals auf wohlfeile Weise zum Glanz des Verfolgten, was ihn in den Augen der Opposition interessant machte und ihm ein gewisses Ansehen verschaffte.

Folgendermaßen gestaltete sich das Schicksal dieses in seinem

Gefühlsleben beständig glücklichen und nur durch geschäftliche Sorgen beunruhigten Ehepaars.

Während des ersten Jahres weihte César Birotteau seine Frau in die Technik des Verkaufs und die Einzelheiten der Parfümerien ein; es war dies ein Gewerbe, in das sie sich bewundernswert gut einlebte; sie schien dazu geschaffen und in die Welt gesetzt worden zu sein, Kunden zu bedienen und nett zu behandeln. Doch als das Jahr um war, bekam es der ehrgeizige Parfümhändler bei der Inventur mit der Angst: Nach Abzug aller Unkosten würde er in zwanzig Jahren schwerlich das bescheidene Kapital von hunderttausend Francs verdient haben; denn so hoch bezifferte er sein Glück. Also beschloß er, schneller zu Vermögen zu gelangen; zunächst wollte er dem Einzelhandel die Fabrikation hinzugesellen. Gegen die Ansicht seiner Frau mietete er eine Baracke sowie Grundstücke im Faubourg du Temple und ließ mit dicken Buchstaben darauf malen: Fabrik des César Birotteau. In Grasse engagierte er einen Arbeiter, mit dem er Halbpart machte und der mit der Fabrikation von Seife, Essenzen und Eau de Cologne begann. Seine Teilhaberschaft mit jenem Arbeiter dauerte nur ein halbes Jahr und endete mit Verlusten, die er allein trug. Birotteau ließ sich nicht entmutigen; er wollte um jeden Preis zu einem Ergebnis gelangen und sei es nur, um nicht von seiner Frau ausgescholten zu werden; später gestand er ihr, zu jener Zeit der Verzweiflung habe ihm der Kopf geraucht wie ein Suppentopf, und mehrmals habe ihn nur seine Frömmigkeit daran gehindert, sich in die Seine zu stürzen.

Bekümmert und niedergeschlagen ob einiger fruchtloser Versuche ging er eines Tages auf dem Heimweg zum Abendessen langsam die Boulevards entlang, denn der Pariser Schlenderer ist ebensooft ein Verzweifelter wie ein Müßiggänger. Unter ein paar Büchern zu sechs Sous, die in einem auf der Erde stehenden Korbe feilgeboten wurden, zog ein staubvergilbtes Titelblatt seinen Blick auf sich: ›Abdeker oder die Kunst der Bewahrung der Schönheit.‹[32] Er griff nach dem angeblich arabischen Buch, einer Art Roman, geschrieben von einem Arzt des vorhergegangenen Jahrhunderts, und stieß auf eine Seite, auf der von Parfüms die Rede war. Er lehnte sich an einen Baum, um in dem Buch zu blättern, und las eine Anmerkung, in der der Autor das Wesen der Lederhaut und der Oberhaut erklärte und darlegte, daß diese oder jene Paste oder Seife eine der erwarteten Wirkung oft entgegengesetzte hervorbringe, wenn nämlich die Paste oder Seife einer Haut, die entspannt werden müßte, Straffung verleiht oder eine Haut entspannt, die nach Straffung verlangt. Birotteau kaufte das Buch, in dem er ein Vermögen witterte. Da er seinen eigenen Eingebungen nicht recht traute, ging er zu einem berühmten Chemiker namens Vauquelin, den er in aller Harmlosigkeit fragte, woraus ein doppelt wirksames Kosmetikum bestehen müsse, das die den Gegebenheiten entsprechenden Wirkungen auf die unterschiedlichen Arten der menschlichen Haut ausübe. Die echten Gelehrten, die wahrhaft großen Männer, groß in dem Sinne, daß ihnen zu ihren Lebzeiten niemals der Ruhm zuteil wird, den ihre gewaltige, von niemandem gekannte Arbeit verdient hätte, sind nahezu samt und sonders gefällig und freundlich zu den geistig Armen. Also nahm Vauquelin sich des Parfümhändlers an und erlaubte ihm, sich als Erfinder einer Paste auszugeben, die die Weiße der Hände bewirkt; wie sie zusammengesetzt sein müsse, hatte er ihm angegeben. Birotteau nannte sein Kosmetikum ›Doppelte Sultaninnen-Paste‹. Um sein Werk abzurunden, wendete er das Verfahren für die Paste auf ein Gesichtswasser an, das er ›Eau Carminative‹ nannte. Er ahmte auf seinem Gebiet das System des ›Petit-Matelot‹ nach, er war der erste unter den Parfümhändlern, der sich des Luxus der Plakate bediente, der Zeitungsanzeigen und anderer Reklamemittel, die, vielleicht zu Unrecht, als Scharlatanerie bezeichnet werden.

Die ›Sultaninnen-Paste‹ und die ›Eau Carminative‹ wurden im galanten und kommerziellen Universum durch bunte Plakate angekündigt, an deren Kopf zu lesen stand: »Approbiert vom Institut!« Diese zum erstenmal angewandte Formel hatte magische Wirkung. Nicht nur Frankreich, sondern der ganze Kontinent wurde vom Beherrscher der ›Rosenkönigin‹ mit gelben, roten und blauen Plakaten bepflastert, der alles, was in seinen Handelsbereich fiel, vorrätig hielt, lieferte und fabrizierte. Zu einer Zeit, da von nichts als vom Orient die Rede war, irgendein Kosmetikum als ›Sultaninnen-Paste‹ zu bezeichnen und die von diesen Worten ausgeübte Zauberwirkung in einem Land vorauszuwittern, wo jeder Mann ebensosehr Wert darauf legt, ein Sultan zu sein, wie die Frau, eine Sultanin zu werden: Das war eine Inspiration, die einem gewöhnlichen wie einem geistvollen Mann zuteil werden konnte; da indessen das Publikum stets nach den Ergebnissen urteilt, galt Birotteau, kaufmännisch gesprochen, um so mehr als ein überlegener Mensch, als er selber einen Prospekt aufsetzte, dessen lächerliche Phraseologie zu einem Grundelement des Erfolges wurde: Denn in Frankreich lacht man nur über Dinge und Menschen, mit denen man sich befaßt, und niemand befaßt sich mit etwas, dem der Erfolg versagt bleibt. Obgleich Birotteaus Dummheit ungewollt war, schrieb man ihm das Talent zu, sich im Falle des Falls dumm stellen zu können. Nicht ohne Mühewaltung ist bei der Drogistenfirma Popinot und Co., Rue des Lombards, ein Exemplar jenes Prospekts aufgestöbert worden. Dieses kuriose Stück gehört zu denen, die, auf höherer Ebene, von den Historikern als »quellenkundliche Dokumente« bezeichnet werden. Es lautete folgendermaßen:

César Birotteaus

DOPPELTE SULTANINNEN-PASTE
UND EAU CARMINATIVE

Eine wunderbare Erfindung
Approbiert vom Institut de France

Seit geraumer Zeit wird in Europa von beiden Geschlechtern gleichermaßen eine Paste für die Hände und ein Wasser für das Gesicht gewünscht, die in ihrer Wirkung bei der Toilette eine bessere Wirkung erzielen als die Eau de Cologne. Der als Parfümfabrikant in der Hauptstadt und im Ausland rühmlichst bekannte Sieur Birotteau hat, nachdem er lange, schlaflose Nächte der genauen Untersuchung der Lederhaut und Oberhaut beider Geschlechter weihte, die, eins wie das andere, mit Recht den größten Wert auf die Weichheit, die Geschmeidigkeit, den Glanz und das Samtige der Haut legen, eine Paste und ein Gesichtswasser erfunden, die, wie recht und billig, unmittelbar nachdem sie auf den Markt kamen, von der männlichen und weiblichen eleganten Pariser Welt als etwas Wunderbares bezeichnet worden sind. Tatsächlich besitzen diese Paste und dieses Wasser erstaunliche Kräfte, die sich auf die Haut auswirken, ohne sie vor der Zeit faltig zu machen, was bis zum heutigen Tage die unvermeidliche Wirkung der unbedachterweise benutzten, von geldgierigen Ignoranten erfundenen Drogen gewesen ist. Diese Erfindung beruht auf der Unterschiedlichkeit der Temperamente, die sich in zwei große Gruppen unterteilen lassen; ihnen wird durch die Farbe der Paste und des Wassers Rechnung getragen. Beide sind rosa für die Leder- und Oberhaut für Menschen von lymphatischer Konstitution, und weiß für solche, die sich eines sanguinischen Temperaments erfreuen.

Die Paste ist als ›Sultaninnen-Paste‹ bezeichnet worden, weil diese Erfindung bereits von einem arabischen Arzt für das Serail gemacht worden ist. Auf das Gutachten unseres berühmten Chemikers Vauquelin hin sind die Paste wie auch das Wasser, das nach den gleichen Prinzipien hergestellt wurde, vom Institut approbiert worden.

Jene kostbare Paste, die den süßesten Duft ausströmt, läßt die rebellischsten Sommersprossen verschwinden, bleicht die widerspenstige Haut und bringt das Schwitzen der Hände zum Verschwinden, das den Damen nicht minder lästig als den Herren ist.

Die ›Eau Carminative‹ beseitigt die leichten Pickel, von denen die Damen dann und wann zur Unzeit heimgesucht werden und die das beeinträchtigen, was sie sich beim Ball versprachen; sie erfrischt und belebt die Hautfarbe, indem sie, je nach den Erfordernissen des Temperaments, die Poren öffnet oder schließt; schon jetzt ist sie so bekannt als ein Mittel gegen die Verheerungen, die das Alter anrichtet, daß viele Damen sie aus Dankbarkeit ›Die Freundin der Schönheit‹ getauft haben.

Die ›Eau de Cologne‹ ist, rundheraus gesagt, ein banales Parfüm ohne Spezialwirkung, während die ›Doppel-Paste der Sultaninnen‹ und die ›Eau Carminative‹ zwei wirksame Essenzen von treibender, ungefährlicher Kraft auf die inneren Organe sind, deren Tätigkeit sie unterstützen; beider ihrem Wesen nach balsamischer Duft und Herz wie Hirn auf wunderbare Weise lösender und erquickender Hauch, ihr Geist, schmeicheln der Phantasie und erwecken sie; sie sind ebenso erstaunlich durch das, was sie bewirken, wie durch ihre Schlichtheit; kurzum, den

Frauen wird ein weiterer Reiz zuteil, und die Männer können ein Mittel der Verführung erwerben.

Der tägliche Gebrauch des Gesichtswassers verhindert das Brennen der Haut nach scharfem Rasieren; es verhütet zugleich das Aufspringen der Lippen und erhält sie rot; es beseitigt, natürlich bei dauernder Anwendung, die Sommersprossen und verleiht schließlich der Haut ihre Farbe wieder. Diese Wirkungen zeitigen beim Mann ein vollkommenes inneres Gleichgewicht und befreien Frauen, die an Migräne leiden, von dieser grausigen Krankheit. Mit einem Wort: Die ›Eau Carminative‹, die von den Damen bei allen Toiletteverrichtungen gebraucht werden kann, bewahrt vor allen Hautleiden, da sie die Transpiration der Gewebe nicht hindert und ihnen dennoch samtige Weichheit zuteil werden läßt.

Man wende sich unter Beifügung des Portos an César Birotteau, Ragons Nachfolger, ehemaligen Hoflieferanten der Königin Marie-Antoinette, ›Zur Rosenkönigin‹, Paris, Rue Saint-Honoré, nahe der Place Vendôme.

Der Preis der Paste beträgt pro Dose drei Francs, derjenige der Flasche sechs Francs.

Um alle Nachahmungen zu verhüten, weist Monsieur César Birotteau darauf hin, daß die Paste in Papier mit seinem Namenszug gehüllt ist und daß die Flaschen ein in das Glas eingepreßtes Siegel tragen.

Ohne daß César es ahnte, war der Erfolg Constance zu danken; sie nämlich hatte ihm geraten, die ›Eau Carminative‹ und die ›Sultaninnen-Paste‹ in Probekistchen an alle Parfümhändler Frankreichs und des Auslandes zu versenden und ihnen einen Rabatt von dreißig Prozent zuzusagen, falls sie diese beiden Artikel en gros beziehen würden. Tatsächlich waren die Paste und das Gesichtswasser mehr wert als ähnliche Schönheitsmittel und verführten die Unkundigen durch den Hinweis auf den Unterschied der Temperamente; die fünfhundert Parfümhändler in Frankreich wurden durch den Rabatt angelockt und kauften jeder jährlich bei Birotteau mehr als dreihundert Großpackungen Paste und Gesichtswasser; dieser Absatz ließ ihm zwar an dem Einzelartikel nur einen bescheidenen Gewinn, der jedoch durch den Massenvertrieb ins Riesige wuchs. Somit konnte César jetzt die Baracken und das Gelände im Faubourg du Temple kaufen; er baute dort weitläufige Fabrikationsräume und stattete seinen Laden ›Zur Rosenkönigin‹ prächtig aus; sein Hausstand genoß das kleine Glück des Wohlstands, und seine Frau hatte nicht mehr soviel Angst wie zuvor.

Für das Jahr 1810 sah Madame César eine Steigerung der Mieten voraus; sie trieb ihren Mann dazu an, Hauptmieter des Hauses zu werden, in dem sie den Laden und den Zwischenstock innehatten, und ihre Wohnung in den ersten Stock zu verlegen. Ein glücklicher Umstand brachte Constance dahin, gegenüber den Extravaganzen, die Birotteau sich für sie bei der Ausstattung der Wohnung leistete, ein Auge zuzudrücken. Der Parfümhändler war nämlich kurz zuvor zum Richter am Handelsgericht ernannt worden. Seine Redlichkeit, sein anerkannter Takt und die Achtung, deren er sich erfreute, hatten ihm dieses Ehrenamt eingetragen; fortan gehörte er zu den Notabeln der Pariser Kaufmannschaft. Um seine Kenntnisse zu erweitern, stand er morgens um fünf auf und las juristische Repertorien sowie Bücher über handelsrechtliche Streitfälle. Sein Rechtsgefühl, seine Redlichkeit, sein guter Wille, lauter wesentliche Eigenschaften für eine gerechte Entscheidung der schwierigen Fälle, die dem handelsgerichtlichen Urteil unterstehen, machten ihn zu einem der geschätztesten Richter. Sogar seine Fehler kamen seinem guten Ruf zugute. Im Gefühl seiner Unterlegenheit ordnete César willig seine Einsichten denjenigen seiner Kollegen unter, und diese fühlten sich geschmeichelt, wenn er ihnen so begierig zuhörte: Die einen waren auf die schweigende Billigung eines Mannes erpicht, den sie für hintergründig hielten, eben weil er zuzuhören verstand; die andern waren überaus angetan von seiner Bescheidenheit und seiner Liebenswürdigkeit und rühmten ihn. Die Parteien lobten sein Wohlwollen, seine versöhnliche Einstellung, und häufig wurde er bei Streitigkeiten zum Schiedsrichter gewählt, bei denen sein gesunder Menschenverstand ihn dahinbrachte, wie ein Kadi zu urteilen. Während der Zeit dieser seiner Tätigkeit legte er sich eine Ausdrucksweise zu, die mit Gemeinplätzen gespickt und mit Axiomen und Berechnungen durchsetzt war, die in wohlgerundeten Sätzen vorgebracht wurden; sie wurden glatt hingesprochen und klangen für die Ohren oberflächlicher Leute wie Beredsamkeit. Auf diese Weise gefiel er der natürlich mittelmäßigen Mehrheit, die bis in alle Ewigkeit zu banalen Arbeiten und Anschauungen verdammt ist. César vertat beim Gericht so viel Zeit, daß seine Frau ihn nötigte, in Zukunft auf dieses kostspielige Ehrenamt zu verzichten. Um 1813 sah das Ehepaar, dank seiner fortdauernden Einigkeit und nachdem es im Leben auf eine alltägliche Weise vorwärtsgekommen war, eine Ära gedeihlichen Wohlstands beginnen, die, so schien es, nichts mehr würde unterbrechen können. Ihren Freundeskreis bildeten Monsieur und Madame Ragon, ihre Vorgänger; ihr Onkel Pillerault; der Notar Roguin; die Matifats, Drogisten in der Rue des Lombards und Lieferanten der ›Rosenkönigin‹; Joseph Lebas, Tuchhändler und Nachfolger der Guillaumes im ›Haus zum ballspielenden Kater‹[33], eine der Leuchten der Rue Saint-Denis; der Richter Popinot, Madame Ragons Bruder; Chiffreville von der Firma Protez und Chiffreville; Monsieur Cochin, ein Beamter am Schatzamt und Kommanditist der Firma Matifat, und seine Frau; der Abbé Loraux, der Beichtvater und geistliche Rat der Frommen dieser Clique, und einige andere Leute. Trotz Birotteaus royalistischer Gesinnung war ihm die öffentliche Meinung damals günstig gesonnen; er galt als sehr reich, obgleich er, unabhängig von seinem Geschäft, nur hunderttausend Francs besaß. Seine regulären Geschäfte, seine Pünktlichkeit, seine Gewohnheit, nichts schuldig zu bleiben und niemals Wechsel zu diskontieren, wohl aber sichere Wechsel von denen entgegenzunehmen, denen er damit unter die Arme greifen konnte, sowie seine Gefälligkeit trugen ihm einen ungemeinen Kredit ein. Übrigens hatte er tatsächlich viel Geld verdient; aber seine Bauten und seine Fabrikationsräume hatten auch viel verschlungen. Ferner kostete sein Haushalt ihn jährlich an die zwanzigtausend Francs. Und schließlich erforderte die Erziehung Césarines, seiner einzigen Tochter, die von Constance genauso vergöttert wurde wie von ihm selbst, hohe Ausgaben. Weder der Mann noch die Frau sahen aufs Geld, wenn es sich darum handelte, der Tochter eine Freude zu machen; sie hatten sich von ihr nicht trennen wollen. Man stelle sich den Hochgenuß dieses armen Bauernjungen vor, der es zu etwas gebracht hatte, wenn er hörte, wie seine reizende Césarine am Klavier eine Sonate von Steibelt[34] übte oder eine Romanze sang; wenn er sie ein korrektes Französisch schreiben sah; wenn er sie beim Vorlesen der Werke des älteren und jungen Racine[35] und beim Erklären von deren Schönheiten bewunderte, oder wenn sie eine Landschaft zeichnete oder in Sepia malte! Welch ein Glück bedeutete es ihm, daß er in einer so schönen, so reinen Blüte fortlebte, die den mütterlichen Stengel noch nicht verlassen hatte; kurzum: in einem Engel, dessen in Entstehung begriffene Reize, dessen erste Entwicklung voller Leidenschaft verfolgt und angestaunt worden waren! Diese einzigartige Tochter war außerstande, ihren Vater zu mißachten oder sich über seine mangelhafte Bildung lustig zu machen, so sehr war sie das Musterbild eines jungen Mädchens. Als César nach Paris kam, hatte er lesen, schreiben und rechnen können; aber damit war es auch mit seiner Bildung aus gewesen; sein arbeitsreiches Leben hatte ihn daran gehindert, sich Gedanken und Kenntnisse anzueignen, die über den Parfümhandel hinausgingen. Da er nur Umgang mit Leuten hatte, denen die Wissenschaften, die Literatur gleichgültig waren und deren Bildung sich nur auf Spezialfächer erstreckte; da er keine Zeit hatte, sich mit höheren Studiengebieten zu befassen, wurde der Parfümhändler zu einem Mann der Praxis. Er übernahm, wie es nicht anders möglich war, die Ausdrucksweise, die Irrtümer und Meinungen der Pariser Bourgeoisie, die Molière, Voltaire und Rousseau ihrer großen Namen wegen bewundert und deren Werke kauft, ohne sie zu lesen; die daran festhält, man müsse ›ormoire‹ statt ›armoire‹ (Schrank) sagen, weil die Frauen in diesem Möbelstück ihr Gold (›or‹) und ihre Kleider aufbewahrten, die früher fast immer aus Moiré bestanden, und daß ›armoire‹ eine verderbte Wortbildung sei. Von Potier[36], Talma[37] und Mademoiselle Mars[38] wurde behauptet, sie seien zehnfache Millionäre und lebten nicht wie andere Menschen: Der große Tragöde esse rohes Fleisch, und Mademoiselle Mars lasse manchmal Perlen zerstampfen, um es einer berühmten ägyptischen Schauspielerin[39] gleichzutun. Der Kaiser habe in seinen Westen Ledertaschen, um immer gleich eine Handvoll Tabak schnupfen zu können, und er reite in vollem Galopp die Treppe der Orangerie zu Versailles hinauf. Die Schriftsteller und Künstler stürben infolge ihrer Sonderlichkeiten im Armenspital; übrigens seien sie samt und sonders Atheisten; man müsse sich hüten, sie zu sich einzuladen. Joseph Lebas wies voller Entsetzen auf die Geschichte der Heirat seiner Schwägerin Augustine mit dem Maler Sommervieux hin[40]; die Astronomen lebten von Spinnen. Solcherlei Lichtpunkte ihrer Kenntnisse in der französischen Sprache, der Schauspielkunst, der Politik, der Literatur und der Wissenschaft machen die Reichweite dieser bürgerlichen Intelligenzen deutlich. Geht ein Dichter durch die Rue des Lombards, so kann er, wenn er dort ein paar Parfümdüfte einschnuppert, von Asien träumen. Er erblickt bewundernd Tänzerinnen in einer vorderindischen Herberge, wenn er den Geruch der Iwarankusawurzel[41] einatmet. Das Leuchten der Cochenille macht ihn betroffen; er glaubt darin brahmanische Dichtungen, Religionen und indische Kasten wahrzunehmen. Gerät er an rohes Elfenbein, so steigt er auf Elefantenrücken, in ein Musselinzelt und frönt darin der Liebe wie der König von Lahore. Der kleine Kaufmann indessen hat keine Ahnung, woher die Produkte kommen, mit denen er Handel treibt, oder wo sie wachsen. Birotteau, der Parfümfabrikant, verstand auch nicht ein Jota von Naturwissenschaft oder Chemie. Zwar hielt er Vauquelin für einen großen Mann, doch der war für ihn eine Ausnahme; er selber stand lediglich auf der Höhe jenes Krämers, der im Ruhestand lebte und ein Gespräch über Art und Weise der Beförderung des Tees mit gewitzter Miene folgendermaßen abschloß: »Der Tee kommt nur auf zwei Wegen zu uns, entweder mit der Karawane oder über Le Havre.« Nach Birotteaus Auffassung gab es Aloe und Opium einzig und allein in der Rue des Lombards. Das vorgeblich aus Konstantinopel stammende Rosenwasser wurde wie die Eau de Cologne in Paris hergestellt. Die Herkunftsorte seien Aufschneidereien, die lediglich erfunden seien, um den Franzosen zu gefallen, die von den einheimischen Dingen nichts wissen wollten. Ein französischer Kaufmann müsse seine Erfindungen als englische ausgeben, wenn er sie propagieren wolle, gerade wie ein englischer Drogist die seinen als aus Frankreich kommend bezeichnen müsse. Nichtsdestoweniger war César im Grunde weder ein Narr noch ein Dummkopf: Seine Redlichkeit, seine Güte warfen auf alles, was er in seinem Leben tat, einen Schimmer und machten es respektabel; denn eine schöne Handlungsweise läßt jeden erdenklichen Bildungsmangel in Kauf nehmen. Seine beständigen Erfolge liehen ihm Selbstsicherheit. In Paris ist Selbstsicherheit gleichbedeutend mit der Macht, deren Zeichen sie ist. Nachdem Césars Frau ihn während der drei ersten Ehejahre hatte genau kennenlernen können, stand sie im Bann unaufhörlicher Ängste; sie stellte in jener Gemeinschaft den klugen, voraussehenden Teil dar, den Zweifel, die Opposition, die Furcht; gerade wie César die Verkörperung des Wagemuts, des Ehrgeizes, der Tatkraft, das unerhörte, vom Schicksal gespendete Glück war. Allem Anschein zum Trotz jedoch zitterte der Händler innerlich, während seine Frau im Grunde geduldig und tapfer war. Auf diese Weise gelang es einem kleinmütigen, durchschnittlichen, ungebildeten Mann ohne Ideen, Kenntnisse und Charakter, der an einem der gefährlichsten Plätze der Welt es eigentlich zu nichts hätte bringen dürfen, durch sein kluges Verhalten, sein Rechtsgefühl, die Güte einer wahrhaft christlichen Seele und durch die Liebe zu der einzigen Frau, die je wahrhaft sein eigen gewesen war, als ein bemerkenswerter, tapferer und entschlossener Mann zu gelten. Die Öffentlichkeit sieht immer nur Resultate. Pillerault und den Richter Popinot ausgenommen, sahen die Leute, mit denen César verkehrte, von ihm nur die Außenseite und waren außerstande, ihn zu beurteilen. Übrigens redeten die zwanzig oder dreißig Leute, die miteinander umgingen, unter sich alle dieselben Nichtigkeiten, schwatzten immerfort dieselben Gemeinplätze einher und betrachteten einander sämtlich in ihrem Fach als überragende Größen. Die Frauen überboten einander in guten Abendessen und Toiletten; jede von ihnen bildete sich etwas darauf ein, wenn sie etwas Verächtliches über ihren Mann geäußert hatte. Einzig Madame Birotteau war so verständig, von dem ihrigen vor andern mit Ehrerbietung und Respekt zu sprechen: Sie erblickte in ihm den Mann, der trotz seiner geheimen Unzulänglichkeiten ihrer beider Vermögen verdient hatte und dessen Ansehen auch ihr zuteil wurde. Allein bisweilen fragte sie sich, was wohl aus Welt und Gesellschaft werden würde, wenn alle vermeintlichen Größen ihrem Ehemann ähnelten. Dieses Verhalten trug nicht wenig dazu bei, die respektvolle Achtung aufrechtzuerhalten, die dem Kaufmann in einem Lande entgegengebracht wird, wo die Frauen nur zu geneigt sind, ihre Männer geringzuschätzen und sich über sie zu beschweren.

Die ersten Tage des für das kaiserliche Frankreich so verhängnisvollen Jahres 1814 waren bei den Birotteaus durch zwei Ereignisse gekennzeichnet, die in jedem andern Haushalt wenig Aufsehen erregt hätten, die indessen so beschaffen waren, daß sie auf unkomplizierte Seelen gleich denen Césars und seiner Frau großen Eindruck machten; denn wenn sie beide auf ihre Vergangenheit zurückblickten, gewahrten sie darin nur rührende Dinge. Sie hatten als ersten Kommis einen gewissen Ferdinand du Tillet angestellt; er war zweiundzwanzig Jahre alt. Dieser junge Mensch, der aus einer Parfümeriefirma ausgeschieden war, die es abgelehnt hatte, ihn am Gewinn zu beteiligen, galt als ein Genie; er hatte sich große Mühe gegeben, in die ›Rosenkönigin‹ zu gelangen, deren Besitzer, Leistungsfähigkeit und Sitten ihm bekannt waren. Birotteau hieß ihn willkommen und gab ihm tausend Francs Gehalt; er beabsichtigte, ihn zu seinem Nachfolger zu machen. Ferdinand hatte auf die Geschicke dieser Familie einen so großen Einfluß, daß es notwendig ist, einige Worte über ihn zu sagen. Zunächst hieß er einfach Ferdinand, ohne Familiennamen. Diese Namenlosigkeit dünkte ihn ein ungemeiner Vorteil in einer Zeit, da Napoleon die Familien auspreßte, um Soldaten zu bekommen. Allein er mußte irgendwie zur Welt gekommen sein; er war die Frucht irgendeiner grausamen, wollüstigen, rasch vorübergegangenen Liebesleidenschaft. Im Jahre 1793 war in Le Tillet, einer kleinen Ortschaft in der Nähe von Les Andelys[42], ein armes Mädchen zu nächtlicher Zeit im Garten des Vikars der Kirche von Le Tillet niedergekommen, hatte an die Fensterladen geklopft und sich dann ertränkt. Der gute Priester nahm sich des Kindes an, gab ihm den Namen des Kalenderheiligen jenes Tages, ernährte es und zog es auf wie sein eigenes Kind. Der Pfarrer starb 1804, ohne ein für die begonnene Schulbildung ausreichendes Erbe zu hinterlassen. Der nach Paris verschlagene Ferdinand führte dort das Leben eines Freibeuters; seine Wechselfälle hätten ihn aufs Schafott, zu Vermögen, in die Advokatur, ins Heer, ins Kaufmännische oder in den Dienerstand bringen können. Ferdinand, der ein Figarodasein führen mußte, wurde Geschäftsreisender, dann Angestellter einer Pariser Parfümhandlung; dort fand er Unterschlupf, nachdem er ganz Frankreich durchreist, die Welt kennengelernt und den Entschluß gefaßt hatte, es um jeden Preis zu etwas zu bringen. Im Jahre 1813 erachtete er es als notwendig, sein Alter festzustellen und sich einen Zivilstand zu schaffen; er setzte in Les Andelys beim Gericht ein Urteil durch, durch das seine Taufurkunde aus der Registratur des Pfarrhauses in die des Bürgermeisteramts übertragen wurde; und dort erhielt er auf seine Bitte hin die Berechtigung, den Namen du Tillet zu führen, unter dem er später bekannt wurde; er war dazu berechtigt, weil er ja in jener Gemeinde ausgesetzt worden war. Er war elternlos, hatte als Vormund lediglich den kaiserlichen Staatsanwalt, stand völlig allein in der Welt da, schuldete niemandem Rechenschaft; die Gesellschaft galt ihm als eine Stiefmutter, und er grollte ihr: Er kannte keinen Leitstern als sein Interesse, und um zu Geld zu gelangen, schien ihm jedes Mittel recht. Dieser mit gefährlichen Fähigkeiten bewaffnete Normanne verband mit seiner Begierde hochzukommen all die schlimmen Fehler, die zu Recht oder zu Unrecht seinen Landsleuten vorgeworfen werden. Hinter aalglatten Manieren verbarg sich ein ränkesüchtiger Geist; denn er war der rücksichtsloseste Prozessierer; aber wenn er das Recht anderer kühn bestritt, gab er von dem seinigen nichts preis; er zermürbte seinen Gegner durch die Zeit, er ermüdete ihn durch unbeugsame Willenskraft. Seine am meisten hervorstechende Fähigkeit war die der Scapins[43] der alten Komödie: Er besaß deren Fruchtbarkeit im Ersinnen von Hilfsmitteln, deren Geschicklichkeit im Vorbeigleiten am Unrecht, deren Gier, sich zu nehmen, was zu behalten gut ist. Kurzum, er glaubte, auf seine Bedürftigkeit den Ausspruch anwenden zu können, den der Abbé Terray im Namen des Staats getan hat[44]; es steht einem frei, später ein anständiger Mensch zu werden. Er war mit einem leidenschaftlichen Betätigungsdrang begabt, mit einer soldatischen Unerschrockenheit, von jedermann eine gute oder eine schlechte Tat zu fordern, wobei er seine Forderung schon durch die Theorie des persönlichen Interesses als gerechtfertigt betrachtete; er verachtete die Menschen zu sehr, weil er sie samt und sonders für bestechlich hielt; er war zu wenig heikel in der Wahl seiner

Mittel, weil er alle für gleichermaßen gut hielt; er war zu starrsinnig auf Erfolg und auf Geld erpicht, was beides er für die Absolution des moralischen Getriebes hielt, um sich nicht früher oder später erfolgreich durchzusetzen. Ein solcher Mensch, der zwischen dem Zuchthaus und einem Millionenreichtum stand, mußte rachsüchtig, eigenmächtig, rasch in seinen Entschlüssen, aber auch hinterhältig wie ein Cromwell werden, der der Redlichkeit den Kopf abschlagen wollte. Seine Abgründigkeit lag hinter einem spöttischen, leichtlebigen Wesen verborgen. Zwar war er nur ein simpler Kommis in einer Parfümhandlung; doch seinem Ehrgeiz setzte er keine Grenzen; er hatte die Gesellschaft mit einem gehässigen Blick umfaßt und sich gesagt: »Eines Tages sollst du mir gehören!« Er hatte sich geschworen, nicht vor seinem vierzigsten Lebensjahr zu heiraten. Er hielt sich Wort. Körperlich war Ferdinand ein schlanker junger Mann von angenehmem Wuchs und wandelbaren Umgangsformen; diese erlaubten es ihm, sich, wenn es nötig war, jeder Gesellschaftsschicht anzupassen. Sein intelligentes Gesicht gefiel auf den ersten Blick; später jedoch, wenn man es genauer kannte, gewahrte man darin seltsame Wandlungen des Ausdrucks, wie sie sich auf dem Gesicht von Menschen abzeichnen, die mit sich selbst uneins sind oder deren Gewissen sich zu gewissen Stunden regt. Sein hochroter Teint hatte ungeachtet der weichen Normannenhaut eine harte Färbung. Der Blick seiner glasigen, wie mit Silberfolie unterlegten Augen war fahrig, aber furchtbar, wenn er ihn starr auf sein Opfer richtete. Seine Stimme wirkte erloschen wie die eines Mannes, der lange geredet hat. Seine schmalen Lippen ermangelten nicht der Anmut; aber seine spitze Nase, seine leicht gewölbte Stirn kündeten von schlechter Rasse. Sein Haar schließlich, das aussah, als sei es schwarz gefärbt worden, ließ auf einen gesellschaftlichen Bastard schließen, der seine geistigen Fähigkeiten einem liederlichen großen Herrn, seine Niedrigkeit einer verführten Bauernmagd dankte, seine Kenntnisse einer nicht abgeschlossenen Bildung und seine Laster seiner Ungebundenheit. Birotteau erfuhr zu seinem höchsten Erstaunen, daß sein Kommis hochelegant gekleidet ausgehe, sehr spät heimkehre und bei Bankiers oder Notaren Bälle besuche. Diese Lebensweise mißfiel César: Seiner Meinung nach mußten die Kommis die Nase in die

Geschäftsbücher ihrer Firma stecken und ausschließlich an ihren Beruf denken. Der Parfümhändler ärgerte sich über Nichtigkeiten, er warf du Tillet freundlich vor, dieser trage zu feine Wäsche, er habe Visitenkarten, auf denen sein Name als ›F. Du Tillet‹ gestochen stehe, ein Brauch, der nach Césars kaufmännischem Rechtsempfinden lediglich den der höheren Gesellschaftsschicht Angehörenden zustand. Ferdinand war zu diesem Orgon[45] mit den Absichten des Tartuffe gekommen: Er machte Madame César den Hof, versuchte, sie zu verführen, und beurteilte seinen Chef, wie sie selber ihn beurteilte, freilich mit erschreckender Schnelligkeit. Obgleich du Tillet diskret und zurückhaltend war und nur sagte, was er sagen wollte, ließ er dennoch seine Meinungen über Menschen und Leben durchblicken, und zwar auf eine Weise, daß er dadurch die gottesfürchtige Frau erschreckte, die die religiösen Anschauungen ihres Mannes teilte und es als ein Verbrechen ansah, seinem Nächsten auch nur das geringste Leid anzutun. Trotz der Geschicklichkeit, deren Madame Birotteau sich bediente, witterte du Tillet die Verachtung, die er ihr einflößte. Constance, der Ferdinand ein paar Liebesbriefe geschrieben hatte, stellte nur zu bald eine Veränderung im Gehaben ihres Kommis fest; er schlug nämlich ihr gegenüber einen übermütigen Ton an, um den Glauben zu erwecken, es herrsche zwischen ihnen beiden ein gutes Einverständnis. Ohne ihren Mann von ihren geheimen Gründen zu unterrichten, riet sie ihm, Ferdinand zu kündigen. Was das betraf, so war Birotteau mit seiner Frau eines Sinnes. Die Kündigung des Kommis wurde beschlossen. Drei Tage vor dem Termin, an einem Samstagabend, machte Birotteau seinen monatlichen Kassenabschluß und stellte fest, daß dreitausend Francs fehlten. Er war furchtbar bestürzt, weniger um des Verlustes willen, als wegen des Verdachts, der sich auf drei Kommis, eine Köchin, einen Laufburschen und einige Gelegenheitsarbeiter richtete. An wen sollte er sich halten? Seine Frau verließ nie das Kontor. Der die Kasse führende Kommis war ein Neffe Monsieur Ragons namens Popinot, ein junger Mensch von neunzehn Jahren, der mit im Haus wohnte und die Redlichkeit in Person war. Seine Zahlen stimmten nicht mit der in der Kasse vorhandenen Summe überein; es bestand ein Defizit, und es war offensichtlich, daß die Unterschlagung nach erfolgtem Abschluß begangen worden sein mußte. Die beiden Gatten beschlossen, zu schweigen und das Hauspersonal zu überwachen. Am folgenden Sonntag kamen ihre Freunde und Bekannten zu ihnen zu Besuch. Die Familien, aus denen diese Art Clique bestand, bewirteten einander der Reihe nach. Beim Bouillotte-Spiel legte Notar Roguin einige alte Louisdors auf den Spielteppich, die Madame César ein paar Tage zuvor von einer Jungvermählten, Madame d'Espard, erhalten hatte. – »Sie haben einen Opferstock geplündert!« sagte der Parfümhändler lachend. Roguin sagte, er habe jene Geldstücke bei einem Bankier du Tillet abgewonnen, was dieser auch, ohne zu erröten, zugab. Der Parfümhändler jedoch lief dunkelrot an. Als die Abendgesellschaft zu Ende war und Ferdinand zu Bett gehen wollte, führte Birotteau ihn in den Laden; er gab vor, er habe etwas Geschäftliches mit ihm zu besprechen. – »Du Tillet«, sagte der wackere Mann, »in meiner Kasse fehlen dreitausend Francs, und ich kann niemanden verdächtigen; die Sache mit den alten Louisdors scheint so sehr gegen Sie zu zeugen, daß ich mit Ihnen darüber sprechen muß; wir werden uns also nicht schlafen legen, bis wir den Irrtum herausgefunden haben, denn schließlich kann es sich doch nur um einen Irrtum handeln. Es könnte doch sehr wohl sein, daß Sie sich einen Vorschuß auf Ihr Gehalt genommen hätten.« Du Tillet gab tatsächlich zu, die Louis genommen zu haben. Der Parfümhändler schlug sein Hauptbuch auf; das Konto seines Kommis war noch nicht belastet. – »Ich hatte es eilig; ich hätte den Betrag durch Popinot eintragen lassen müssen.« – »Das stimmt«, sagte Birotteau; ihn machte die kalte Sorglosigkeit des Normannen ganz bestürzt, der die guten Leute nur zu gut kannte, zu denen er gekommen war, um zu Vermögen zu gelangen. Der Parfümhändler und sein Kommis verbrachten die Nacht mit Nachforschungen, von denen der würdige Kaufmann wußte, daß sie unnütz seien. Bei dem Hinundher schob César drei Tausendfrancsscheine in die Kasse; er klemmte sie an den schwarzen Rand des Schubfachs; dann tat er, als sei er übermüdet; er schien eingenickt zu sein und schnarchte. Du Tillet weckte ihn triumphierend und bezeigte eine übertriebene Freude, daß er den Irrtum aufgeklärt habe. Am folgenden Tag schalt Birotteau vor allen andern den kleinen Popinot und seine

Frau aus und geriet förmlich in Zorn über deren Nachlässigkeit. Vierzehn Tage später ging Ferdinand du Tillet zu einem Börsenmakler. Der Parfümhandel passe ihm nicht, sagte er, er wolle das Bankfach kennenlernen. Als du Tillet aus Birotteaus Firma ausgeschieden war, hatte er von Madame César auf eine Weise gesprochen, die glauben ließ, sein Chef habe ihn aus Eifersucht entlassen. Ein paar Monate danach suchte du Tillet seinen ehemaligen Chef auf und bat ihn um eine Bürgschaft über zwanzigtausend Francs als Ergänzung der Garantien, die von ihm bei einem Geschäft verlangt würden, das ihm den Weg zum Reichtum bahne. Als du Tillet die Überraschung wahrnahm, die Birotteau bei dieser Unverschämtheit bezeigte, runzelte er die Brauen und fragte ihn, ob er denn kein Vertrauen zu ihm habe. Matifat und zwei Kaufleute, mit denen Birotteau in Geschäftsverbindung stand, bemerkten den Unwillen des Parfümhändlers, obgleich dieser seinen Zorn in deren Gegenwart unterdrückte. Vielleicht war ja du Tillet wieder ein anständiger Mensch geworden; seine Verfehlung konnte durch eine in Not befindliche Geliebte oder durch ein allzu gewagtes Spiel veranlaßt worden sein; die durch einen rechtschaffenen Mann im Dabeisein anderer erteilte Abweisung mußte einen noch jungen und vielleicht reuigen Menschen auf die Bahn des Verbrechens und des Unglücks treiben. Also nahm dieser Engel die Feder und setzte seinen Namenszug unter die Bürgschaft für du Tillets Wechsel, wobei er ihm sagte, er erweise diese kleine Gefälligkeit von Herzen gern einem jungen Menschen, der ihm sehr nützlich gewesen sei. Bei dieser Notlüge stieg ihm das Blut ins Gesicht. Du Tillet konnte den Blick dieses Mannes nicht ertragen; sicherlich schwor er ihm in diesem Augenblick den ruhelosen Haß, den die Engel der Finsternis gegen die Engel des Lichts hegen. Du Tillet verstand sich so gut auf die Handhabung der Balancierstange beim Tanz auf dem Drahtseil der Finanzspekulation, daß er nach außen hin immer elegant und reich wirkte, bevor er es tatsächlich war. Sobald er sich ein Kabriolett angeschafft hatte, gab er es nie wieder auf; er behauptete sich in der gehobenen Sphäre der Leute, die Vergnügungen und Geschäfte miteinander verquicken, indem sie, die Turcarets[46] ihrer Epoche, aus dem Foyer der Oper eine Filiale der Börse machen. Dank der Madame Roguin, die er bei

Birotteau kennengelernt hatte, kam er schneller mit den höchsten Finanzgewaltigen in Berührung. Gegenwärtig war Ferdinand du Tillet zu einem Wohlstand gelangt, an dem nichts Erlogenes war. Er stand sich aufs beste mit dem Bankhaus Nucingen, wo Roguin ihn eingeführt hatte; er hatte sich binnen kurzem mit den Gebrüdern Keller, mit der Hochfinanz liiert. Niemand wußte, von wo aus diesem jungen Menschen die riesigen Kapitalien zuflossen, mit denen er schaltete und waltete; man schrieb sein Glück seiner Intelligenz und seiner Redlichkeit zu.

Die Restauration machte aus César eine Persönlichkeit, die natürlich im Wirrwarr der politischen Krisen jene beiden häuslichen Zwischenfälle aus dem Gedächtnis verloren hatte. Die Unwandelbarkeit seiner royalistischen Gesinnung, die ihm übrigens seit seiner Verwundung recht gleichgültig geworden war, aber bei der er anstandshalber verblieb, und die Erinnerung an seine Aufopferung im Vendémiaire trugen ihm hohe Gönnerschaften ein, und zwar gerade, weil er nichts verlangt hatte. Er wurde zum Bataillonskommandeur in der Nationalgarde ernannt, obwohl er außerstande war, das einfachste Kommando zu geben. Im Jahre 1815 setzte Napoleon, der nach wie vor Birotteaus Feind war, ihn ab. Während der Hundert Tage wurde Birotteau von den Liberalen seines Viertels schikaniert; denn erst 1815 begannen die politischen Spaltungen innerhalb der Kaufmannschaft, die bis dahin in ihrem Wunsch nach Ruhe, deren das Geschäftsleben bedurfte, einmütig gewesen war. Bei der zweiten Restauration mußte die königliche Regierung die Stadtverwaltung neu besetzen. Der Präfekt wollte Birotteau zum Bürgermeister ernennen. Dank seiner Frau nahm der Parfümhändler bloß den Posten des Beigeordneten an, der ihn weniger hervorhob. Diese Bescheidenheit steigerte noch die Achtung, die ihm von allen Seiten entgegengebracht wurde, und trug ihm die Freundschaft des Bürgermeisters Monsieur Flament de La Billardière ein. Birotteau, der ihn in der ›Rosenkönigin‹ zu der Zeit hatte ein und aus gehen sehen, da der Laden ein Etappenort der royalistischen Umtriebe gewesen war, hatte ihn selber dem Seinepräfekten vorgeschlagen, der ihn über die zu treffende Wahl befragt hatte. Monsieur und Madame Birotteau wurden bei den Einladungen des Bürgermeisters niemals übergangen.

Schließlich sammelte Madame César zusammen mit Damen aus der besten Gesellschaft häufig in Saint-Roch. La Billardière trat wärmstens für Birotteau ein, als es darum ging, die dem Stadtrat gewährten Kreuze der Ehrenlegion zu verteilen; er wies dabei auf die vor Saint-Roch davongetragene Verwundung hin, auf seine Anhänglichkeit an die Bourbonen und die Achtung, die er genoß. Das Ministerium, das durch verschwenderische Verteilung des Kreuzes der Ehrenlegion Napoleons Werk zunichte machen, sich gefügige Kreaturen schaffen und die verschiedenen Handelszweige, die Künstler und Wissenschaftler an die Bourbonen binden wollte, setzte daher Birotteau auf die nächste Liste. Diese Gunstbezeigung im Verein mit dem Glanz, den Birotteau auf sein Arrondissement warf, brachte ihn in eine Lage, in der die Gedanken eines Mannes, dem bislang alles geglückt war, förmlich zum Größenwahn werden mußten. Die Nachricht von der Ordensauszeichnung, die der Bürgermeister ihm hatte zukommen lassen, war das letzte Argument, das den Parfümhändler dazu bestimmte, sich auf das Spekulationsgeschäft einzulassen, das er gerade seiner Frau auseinandergesetzt hatte, um so schnell wie möglich den Parfümhandel aufzugeben und in die Region des Pariser Großbürgertums aufzusteigen.

César war damals vierzig Jahre alt. Die Arbeiten, denen er sich in seiner Fabrik unterzogen hatte, hatten seinem Gesicht ein paar vorzeitige Falten eingeprägt und sein langes, buschiges Haar leicht übersilbert; durch den Druck seines Hutes hatte sich darauf ein schimmernder Kreis gebildet. Seine Stirn, auf der das Haar durch die Art, wie es dort wuchs, fünf Zacken bildete, zeugte von der Schlichtheit seines Lebens. Seine dicken Brauen wirkten nicht erschreckend, denn seine blauen Augen standen durch ihren klaren, stets freimütigen Blick in Einklang mit seiner Stirn, der Stirn eines anständigen Menschen. Seine an der Wurzel eingedrückte, an der Spitze dicke Nase lieh ihm das erstaunte Aussehen der Pariser Einfaltspinsel. Seine Lippen waren wulstig, und sein großes Kinn fiel steil ab. Sein kräftig gefärbtes Gesicht mit dem quadratischen Umriß bot durch die Verteilung der Falten, durch das Gesamt der Züge den dummschlauen Ausdruck eines typischen Bauern dar. Sein kräftiger

Körperbau, die dicken Gliedmaßen, der breite Rücken, die plumpen Füße, all das kündete übrigens den nach Paris verpflanzten Dörfler an. Seine breiten, behaarten Hände, die fetten Glieder seiner rissigen Finger, seine großen, viereckigen Fingernägel hätten allein schon seinen Ursprung bezeugt, wenn nicht ohnehin an seiner ganzen Person Spuren davon verblieben wären. Auf den Lippen hatte er das wohlwollende Lächeln, das die Kaufleute aufsetzen, wenn man bei ihnen eintritt; aber jenes Kaufmannslächeln war bei ihm das Abbild seiner inneren Zufriedenheit und seiner weichen Seele. Sein Mißtrauen erstreckte sich nur auf die Geschäfte, seine Durchtriebenheit wich an der Schwelle der Börse von ihm oder wenn er sein Hauptbuch zuklappte. Für ihn war der Argwohn dasselbe wie seine gedruckten Fakturen, eine Notwendigkeit, die das Geschäft mit sich brachte. Sein Gesicht drückte eine gewisse komische Selbstsicherheit aus, eine Aufgeblasenheit, in die sich Gutartigkeit mischte; das lieh ihm ein originelles Aussehen und bewahrte ihn vor einer allzu vollkommenen Ähnlichkeit mit den platten Gesichtern der Pariser Bourgeois. Ohne diesen Zug naiver Selbstbewunderung und des Glaubens an sich selber hätte er zuviel Respekt eingeflößt; so jedoch kam er den Leuten dadurch näher, daß auch er sein Quentchen an Lächerlichkeit beisteuerte. Für gewöhnlich kreuzte er beim Sprechen die Hände auf dem Rücken. Wenn er glaubte, er habe etwas Galantes oder Treffendes gesagt, erhob er sich unmerklich zweimal auf die Fußspitzen und ließ sich dann schwer auf die Absätze niederfallen, gleich als wolle er das Gesagte bekräftigen. Manchmal vollführte er in der Hitze der Diskussion eine jähe Drehung um sich selbst und tat ein paar Schritte, wie wenn er sich eine Entgegnung überlegen wolle; dann wandte er sich mit einer brüsken Bewegung wieder seinem Gegner zu. Niemals unterbrach er, und so wurde er oftmals das Opfer dieser genauen Beobachtung des Schicklichen; denn die andern ließen ihn nicht zu Worte kommen, und der Wackere ging weg, ohne daß er etwas hätte sagen können. Seine große geschäftliche Erfahrung hatte ihn Gewohnheiten annehmen lassen, die von manchen Leuten für Marotten gehalten wurden. Wenn ein Wechsel nicht eingelöst wurde, schickte er ihn an den Gerichtsvollzieher und kümmerte sich nicht mehr darum, bis er Kapital, Zinsen und Kosten hereinbekommen hatte; der Gerichtsvollzieher mußte die Sache so lange verfolgen, bis der betreffende Kaufmann den Bankrott anmeldete; dann jedoch nahm César von jedem weiteren Vorgehen Abstand, erschien in keiner Gläubigerversammlung und behielt seine Wechsel. Dieses System und seine unnachsichtige Verachtung gegenüber allen Pleitemachern hatte er von Monsieur Ragon übernommen, der im Lauf seines Geschäftslebens schließlich gemerkt hatte, daß man bei dergleichen Rechtsstreitigkeiten so viel Zeit verliere, daß er die magere, ungewisse Dividende, die sich bei Vergleichen ergibt, für völlig aufgewogen erachtete, wenn er seine Zeit nicht durch ewiges Hinundherlaufen, durch das Unternehmen von Schritten und das Bedachtsein auf Entschuldigungen Unredlicher vergeudete. »Wenn der Pleitemacher ein anständiger Mensch ist und wieder hochkommt, wird er einen schon bezahlen«, pflegte Monsieur Ragon zu sagen. »Wenn ihm aber die Mittel dazu versagt bleiben und er gänzlich im Elend sitzt, warum ihn dann noch quälen? Ist er ein Schurke, bekommt man niemals etwas. Spricht unsere Strenge sich herum, so gilt man als einer, mit dem nicht gut Kirschen essen ist, und wenn jede Möglichkeit eines Vergleichs ausgeschaltet ist, so wird einem gezahlt, solange überhaupt noch gezahlt werden kann.« Zu einer Verabredung kam César zur festgesetzten Stunde; aber zehn Minuten danach verschwand er mit einer Unbeugsamkeit, die nichts zum Wanken brachte; daher machte seine Pünktlichkeit auch diejenigen pünktlich, mit denen er zu tun hatte. Die von ihm auserkorene Kleidung entsprach seinen Gepflogenheiten und seiner äußeren Erscheinung. Keine Macht der Erde hätte ihn zum Verzicht auf die weißen Musselinhalsbinden bringen können, deren von seiner Frau oder seiner Tochter bestickte Enden ihm unter dem Hals herunterhingen. Seine weiße, senkrecht zugeknöpfte Pikeeweste reichte weit auf sein ziemlich stark hervorstehendes Bäuchlein hinab, da er ein wenig zur Fettleibigkeit neigte. Er trug eine blaue Hose, schwarze Seidenstrümpfe und Schnürschuhe, deren Schleifen oft aufgingen. Sein olivgrüner, stets viel zu weiter Überrock und sein breitkrempiger Hut liehen ihm das Aussehen eines Quäkers. Wenn er sich für die sonntäglichen Abendgesellschaften ankleidete, zog er eine Seidenhose an, Schuhe mit Goldschnallen sowie die unvermeidliche, viereckige Weste, deren Enden auseinanderklafften und den oberen Teil seines plissierten Jabots sehen ließen. Sein maronenbrauner Frack hatte breite Revers und lange Schöße. Noch im Jahre 1819 trug er zwei parallel herabhängende Uhrketten; die zweite legte er jedoch nur an, wenn er sich »fein machte«. So also war César Birotteau, ein würdiger Mann, dem die Mysterien, die bei der Geburt der Menschen walten, die Fähigkeit versagt hatten, das Zusammenwirken von Politik und Leben zu beurteilen; sich über das gesellschaftliche Niveau zu erheben, unterhalb dessen der Mittelstand lebt; der in allen Belangen den gängigen Irrtümern folgte: Alle seine Meinungen waren ihm eingebleut worden, und er hatte sie ohne Nachprüfung übernommen. Er war blind, aber gut, wenig geistvoll, aber tief religiös; er besaß ein reines Herz. In diesem Herzen erglänzte eine einzige Liebe, und die bildete das Licht und die Kraft seines Lebens; denn sein Drang zum Emporstreben, die geringe Zahl an Kenntnissen, die er erworben hatte: All das beruhte auf seiner innigen Zuneigung zu seiner Frau und seiner Tochter.

Was nun Madame César betrifft, die damals siebenunddreißig Jahre alt war, so ähnelte sie der Venus von Milo so vollkommen, daß alle, die sie kannten, in jener schönen Statue, als der Herzog von Rivière[47] sie schickte, ihr Bildnis erblickt hatten. Innerhalb weniger Monate wandelte dann der Kummer ihre blendend weiße Gesichtsfarbe in gelbliche Tönungen und vertiefte und schwärzte so grausam den bläulichen Ring, in dem ihre schönen grünen Augen leuchteten, daß sie das Aussehen einer alten Madonna annahm; denn nach wie vor bewahrte sie inmitten der Zeichen des Verfalls eine sanfte Reinheit, einen klaren, wenngleich traurigen Blick, und es war unmöglich, sie nicht noch immer als eine schöne Frau von bescheidener Haltung und großem Takt anzusehen. Bei dem von César geplanten Ball sollte sie übrigens zum letztenmal den erwähnten Glanz ihrer Schönheit genießen.

Jedes Dasein hat seinen Höhepunkt, eine Zeitspanne, während welcher die wirkenden Ursachen im richtigen Verhältnis zu den Wirkungen stehen. Dieser Mittag des Lebens, wo alle lebendigen Kräfte sich im Gleichgewicht befinden und sich in ihrem vollen Glanz offenbaren, ist nicht nur den organischen Wesen gemeinsam, sondern auch den Städten, den Nationen, den Ideen, den Institutionen, den Handelszweigen, den Unternehmungen, die, wie die Adelsgeschlechter und die Dynastien, entstehen, hochkommen und absinken. Woher rührt die Strenge, mit der dieses Thema des Wachsens und Vergehens allem anhaftet, das hienieden organische Gestalt annimmt? Denn sogar der Tod hat in Seuchenzeiten sein Fortschreiten, seine Verlangsamung, seinen Wiederausbruch und sein Einschlummern. Sogar unser Erdball ist vielleicht nur eine Leuchtkugel von etwas größerer Dauerhaftigkeit als andere. Die Weltgeschichte, die die Ursachen von Größe und Niedergang aller Erdendinge nacherzählt, könnte vielleicht dem Menschen warnend den Augenblick anzeigen, da er mit dem Einsatz aller seiner Fähigkeiten aufhören sollte; aber weder die Eroberer noch die Schauspieler, noch die Frauen, noch die Schriftsteller hören auf die heilsame Stimme. César Birotteau, der sich als auf der Höhe seiner Glücksumstände befindlich hätte erachten müssen, hielt diese Rastpause für einen neuen Ausgangspunkt. Er wurde sich darüber nicht klar, und übrigens haben weder die Nationen noch die Könige versucht, in unauslöschlichen Lettern die Ursache dieser Umstürze aufzuzeichnen, von denen die Weltgeschichte trächtig ist und von denen so viele regierende Häuser und Handelshäuser so große Beispiele darbieten. Warum können nicht neue Pyramiden ohne Unterlaß an den Grundsatz erinnern, der die Politik der Nationen so gut wie die der Privatleute beherrschen sollte: »Wenn die hervorgerufene Wirkung nicht in unmittelbarer Beziehung und im gleichen Verhältnis zu ihrer Ursache steht, beginnt der Zerfall?« Aber diese Monumente gibt es ja überall, es sind die Überlieferungen und die Steine, die zu uns von der Vergangenheit sprechen, die die Launen des unbezähmbaren Schicksals heiligen, dessen Hand unsere Träume auslöscht und uns beweist, daß die größten Geschehnisse sich in einer Idee zusammenfassen lassen. Troja und Napoleon sind nichts als Dichtungen. Möge diese Erzählung das Gedicht der bürgerlichen Umschwünge und Wechselfälle sein, deren noch keine Stimme gedacht hat, so sehr scheinen sie aller Größe bar zu sein, während sie doch mit dem gleichen Recht als gewaltig bezeichnet werden könnten: Es handelt sich hier um keinen Einzelmenschen, sondern um eine ganze Schar von Leiden.

Als er einschlief, befürchtete César, seine Frau könne ihm am andern Morgen mit ein paar entscheidenden Einwänden kommen, und so nahm er sich vor, ganz früh aufzustehen und alles ins reine zu bringen. Als es dämmerte, schlüpfte er also geräuschlos hinaus, ließ seine Frau im Bett liegen, zog sich behend an und ging in den Laden hinunter, gerade in dem Augenblick, da der Hausbursche die numerierten Fensterläden abnahm. Birotteau war allein, und so wartete er denn, bis die Kommis aufgestanden waren; er trat auf die Türschwelle und paßte auf, wie der Hausbursche, der Raguot hieß, seine Arbeit verrichtete, und darauf verstand sich Birotteau! Trotz der Kälte war das Wetter köstlich.

»Popinot, hol deinen Hut, zieh dir Schuhe an, sag Monsieur Célestin, er solle herunterkommen; wir zwei beiden wollen im Tuileriengarten miteinander plaudern«, sagte er, als er Anselme die Treppe herabsteigen sah.

Popinot, dies wunderbare Gegenstück zu du Tillet, den einer der glücklichen Zufälle, welche an eine Sondervorsehung glauben lassen, César zugeführt hatte, spielt in dieser Erzählung eine so große Rolle, daß er hier unbedingt im Profil dargestellt werden muß. Madame Ragon war eine geborene Popinot. Sie hatte zwei Brüder. Der eine, der jüngere, war damals Hilfsrichter am Gericht Erster Instanz im Seine-Département. Der ältere hatte einen Handel mit Rohwolle angefangen, dabei sein Vermögen vertan, war gestorben und hatte seinen einzigen Sohn, dessen Mutter bei seiner Geburt gestorben war, der Versorgung durch die Ragons und durch seinen Bruder, den Richter, überlassen, der kinderlos war. Um ihrem Neffen eine Lebensstellung zu verschaffen, hatte Madame Ragon ihn in das Parfümeriegeschäft gesteckt, in der Hoffnung, er werde Birotteaus Nachfolger werden. Anselme Popinot war klein und hatte einen Klumpfuß, welches Gebrechen der Zufall auch Lord Byron, Walter Scott und Monsieur de Talleyrand hat zuteil werden lassen, womit die damit Behafteten sich trösten mögen. Er hatte die blühende Gesichtsfarbe und die zahllosen Sommersprossen, die das Merkmal aller Rothaarigen sind; aber seine reine Stirn, seine Augen von der Farbe grau geäderten Achats, sein hübscher Mund, seine helle Haut, die Anmut keuscher Jugend, die Schüchternheit, die sein körperliches Gebrechen ihm einflößte, lösten zu seinen Gunsten gönnerhafte Gefühle aus: Schwachen bezeigt man gern Liebe. Man nahm an Popinot Anteil. Der kleine Popinot, denn so wurde er von jedermann genannt, gehörte einer streng religiösen Familie an, in der die Tugenden verständig geübt wurden und in der das Leben schlicht und erfüllt von guten Taten war. Daher bot der von seinem Onkel, dem Richter, erzogene Knabe die Vereinigung aller Eigenschaften dar, die die Jugend zu etwas so Schönem machen: Er war sittsam und voller Herzlichkeit, ein wenig schamhaft, aber voller Eifer, sanft wie ein Lamm, aber arbeitsfreudig, der Aufopferung fähig und mäßig; somit besaß er sämtliche Tugenden eines Christen aus den ersten Zeiten der Kirche. Als Popinot von einem Spaziergang durch den Tuileriengarten hörte, dem ausgefallensten Vorschlag, den sein imponierender Chef zu dieser frühen Stunde hätte machen können, glaubte er, es solle von seiner Heirat gesprochen werden; unvermittelt mußte der Kommis an Césarine denken, die eigentliche Rosenkönigin, das lebende Firmenschild; er hatte sich am selben Tag in sie verliebt, da er, zwei Monate vor du Tillet, bei Birotteau eingetreten war. Als er die Treppe hinaufstieg, mußte er also stehenbleiben, weil ihm das Herz allzusehr schwoll, weil seine Arterien allzusehr pochten; bald kam er wieder herunter und mit ihm Célestin, Birotteaus erster Kommis. Anselme und sein Chef machten sich, ohne daß zwischen ihnen ein Wort fiel, auf den Weg zum Tuileriengarten. Popinot war damals einundzwanzig; Birotteau hatte in diesem Alter geheiratet, Anselme gewahrte daher kein Hindernis für seine Eheschließung mit Césarine, obwohl das Vermögen des Parfümhändlers und die Schönheit seiner Tochter der Erfüllung so ehrgeiziger Wünsche bedenklich entgegenstanden; aber die Liebe entwickelt sich durch die Aufschwünge der Hoffnung, und je wahnwitziger diese sind, desto mehr lassen sie ihr an Glauben zuteil werden; so geschah es, daß sein Begehren desto heißer wurde, je ferner seine Geliebte ihm war. Glücklicher Junge, der in einer Zeit der Gleichmacherei, da alle Hüte einander ähnlich sind, es fertigbrachte, einen

Abstand zwischen der Tochter eines Parfümhändlers und sich selbst zu erschaffen, dem Sprößling einer alten Pariser Familie! Trotz seiner Zweifel, seiner Besorgnisse war er glücklich: Alle Tage aß er in Césarines Gesellschaft. Widmete er sich den Geschäften der Firma, so bezeigte er dabei einen Eifer und eine Begeisterung, die der Arbeit alles Bittere nahmen; da er alles für Césarine tat, war er nie müde. Bei einem Zwanzigjährigen nährt die Liebe sich durch Aufopferung. – »Das wird einmal ein Kaufmann; der bringt es zu etwas«, hatte César zu Madame Ragon gesagt, als er Anselmes Tüchtigkeit im Fabrikgetriebe gerühmt und sein Verständnis für die Finessen der Kunst der Parfümherstellung gelobt, wobei er auf die Schwere der Arbeit hingewiesen hatte, wenn es den Versand galt: Denn dann packte und vernagelte der Hinkende mit aufgekrempelten Ärmeln und nackten Armen ganz allein mehr Kisten als die übrigen Kommis zusammen. Die offenkundigen und gebilligten Werbungen Alexandre Crottats, des Bürovorstehers bei Roguin, das Vermögen von dessen Vater, einem reichen Pächter in der Brie, bildeten recht große Hindernisse für den Triumph des Verwaisten; aber diese Schwierigkeiten waren durchaus noch nicht die härtesten, die zu besiegen es galt: Popinot barg in der Tiefe seines Herzens traurige Geheimnisse, die die Kluft zwischen Césarine und ihm noch vergrößerten. Das Vermögen der Ragons, mit dem er hätte rechnen können, war gefährdet; der Verwaiste war glücklich, zu ihrem Lebensunterhalt durch Überlassung seines bescheidenen Gehalts beitragen zu können. Und dennoch glaubte er, er werde Erfolg haben! Wiederholt hatte er einige Blicke aufgefangen, die Césarine mit sichtlichem Stolz ihm zugeworfen hatte; er hatte es gewagt, im tiefen Blau ihrer Augen einen heimlichen Gedanken voll schmeichelnder Hoffnungen zu lesen. So ging er denn, getrieben von augenblicklichem Hoffen, zitternd, stumm, bewegt, wie unter ähnlichen Umständen alle jungen Menschen, für die das Leben noch in der Knospe ruht.

»Popinot«, fragte ihn der wackere Händler, »geht's deiner Tante gut?«

»Ja.«

»Dabei kommt es mir seit einiger Zeit vor, als habe sie Sorgen; ist etwa bei ihr irgend etwas nicht im Lot? Hör mal zu, mein Junge, vor mir brauchst du keine Geheimnisse zu haben; ich gehöre doch gewissermaßen zur Familie; es sind jetzt fünfundzwanzig Jahre, daß ich deinen Onkel Ragon kenne. Ich habe bei ihm mit schweren, eisenbeschlagenen Schuhen angefangen, so, wie ich aus meinem Dorf kam. Der Ort heißt zwar ›Les Trésorières‹, aber mein ganzes Vermögen bestand nur in einem Louisdor, den meine Patin mir geschenkt hatte, die selige Madame Marquise d'Uxelles, eine Verwandte des Herzogspaars von Lenoncourt; die sind ja unsere Kunden. Deswegen habe ich jeden Sonntag für sie und ihre ganze Familie gebetet; ich schicke ihrer Nichte, Madame de Mortsauf, alle ihre Parfümerien in die Touraine. Durch sie kommen immerfort neue Kunden zu mir, so zum Beispiel Monsieur de Vandenesse; der kauft jedes Jahr für zwölfhundert Francs. Wäre man nicht dankbar, weil man das Herz auf dem rechten Fleck hat, so müßte man es aus Berechnung sein: Aber dir bin ich ohne jeden Hintergedanken gut, und um deiner selbst willen.«

»Ach, Sie haben von je, wenn ich mich so ausdrücken darf, einen verdammt hellen Kopf gehabt.«

»Nein, mein Junge, nein, das genügt nicht. Ich will nicht sagen, daß mein Kopf nicht genausogut ist wie ein beliebiger anderer; aber ich bin auch rechtschaffen und ehrlich gewesen, zum Donnerwetter noch mal! Und ich habe mich zusammengenommen, ich habe immer nur meine Frau geliebt. Die Liebe ist ein famoses Vehikel; das ist ein glücklicher Ausdruck, Monsieur de Villèle[48] hat ihn gestern in der Kammer geprägt.«

»Die Liebe!« sagte Popinot. »Ach, sollte etwa . . .«

»Schau, schau, da kommt der alte Roguin zu Fuß von der Place Louis XV[49] her, morgens um acht. Was hat der gute Mann denn da zu suchen?« fragte sich César und vergaß Anselme Popinot und das Haselnußöl.

Die Vermutungen seiner Frau fielen ihm ein, und anstatt in den Tuileriengarten zu gehen, schritt Birotteau auf den Notar zu. Anselme folgte seinem Chef in einigem Abstand, ohne sich das plötzliche Interesse erklären zu können, das dieser an etwas dem Anschein nach so Bedeutungslosen nahm; aber er war nur zu glücklich über die Ermutigungen, die er in Césars Hinweis auf seine eisenbeschlagenen Schuhe, seinen Louisdor und die Liebe erblickt hatte.

Roguin, ein großer, dicker, pickelbesäter Mann mit überkahler Stirn und schwarzem Haar hatte früher eindrucksvoll gewirkt; er war kühn und jung gewesen; vom kleinen Schreiber hatte er es bis zum Notar gebracht; aber jetzt bot sein Gesicht den Augen eines Menschenkenners die Verheerungen und Schlaffheiten abgefeimter Liebesgenüsse. Wenn ein Mann in den Schlamm der Ausschweifungen eintaucht, kann es nicht anders sein, als daß sein Gesicht irgendwo Spuren ebenjenes Schlammes zeigt; daher wirkten die Falten, die Röte des Gesichts bei Roguin gemein. Anstatt des reinen Leuchtens, das unter dem Gewebe enthaltsamer Männer flammt und ihnen blühende Gesundheit leiht, gewahrte man bei ihm die Unreinheit eines von Anstrengungen, gegen die der Körper sich sträubt, aufgepeitschten Blutes. Seine Nase war auf vulgäre Weise aufgestülpt wie die von Leuten, bei denen die Säfte, wenn sie dieses Organ durchlaufen, ein verstecktes Übel hervorrufen, von dem eine tugendhafte französische Königin naiv meinte, es sei ein dem ganzen Geschlecht eigentümliches Unglück, da sie keinem anderen Mann als dem König je nahe genug gekommen war, um ihres Irrtums innezuwerden. Dadurch, daß Roguin stark spanischen Tabak schnupfte, hatte er sein Gebrechen zu vertuschen geglaubt; allein er hatte dessen Mißlichkeit nur verschlimmert, und sie wurde die Hauptursache seines Unglücks.

Ist es nicht eine gesellschaftliche Schönfärberei, die schon ein wenig zu lange betrieben wird, wenn man die Menschen immer und ewig mit falschen Farben malt und nicht die wahren Ursachen ihrer Schicksalswendungen enthüllt, die oft auf einer Krankheit beruhen? Die Sittenhistoriker haben bislang vielleicht allzusehr vernachlässigt, das körperliche Übel in seinen moralischen Verheerungen und seinen Einflüssen auf den Mechanismus des Lebens aufzuzeigen. Madame César hatte das Geheimnis von Roguins Ehe richtig erraten.

Von der Hochzeitsnacht an hatte die reizende, einzige Tochter des Bankiers Chevrel gegen den armen Notar eine unüberwindliche Abneigung gefaßt und sich auf der Stelle scheiden lassen wollen. Roguin nun aber war allzu glücklich, eine Frau, die fünfhunderttausend Francs schwer war, zu besitzen, ganz abgesehen von der zu erhoffenden Erbschaft; er hatte sie angefleht, keine Scheidungsklage einzureichen und ihr völlige Freiheit zugestanden und alle Konsequenzen eines solchen Paktes auf sich genommen. Nun Madame Roguin die unbeschränkte Herrin ihrer selbst geworden war, verhielt sie sich ihrem Mann gegenüber wie eine Kurtisane einem ältlichen Liebhaber. Roguin merkte bald, daß seine Frau ihn zu teuer zu stehen kam, und gleich vielen Pariser Ehemännern schaffte er sich in der Stadt einen zweiten Haushalt an. Da die Kosten dafür von Anfang an in vernünftigen Grenzen gehalten wurden, waren sie nur mäßig.

Ursprünglich hatte Roguin sich ohne große Unkosten mit Grisetten abgegeben, die nur zu glücklich gewesen waren, daß er sich ihrer annahm; aber seit drei Jahren verzehrte ihn eine der unbezähmbaren Leidenschaften, wie sie Männer zwischen fünfzig und sechzig überfallen; sie war berechtigt, da sie einem der herrlichsten Geschöpfe jener Zeit galt: Jene Frau ist in den Annalen der Prostitution unter dem Spitznamen ›die schöne Holländerin‹ bekannt, denn es war ihr bestimmt, zurück in den Schlund zu stürzen, wo ihr Tod sie berühmt machte. Sie war einstmals von einem Klienten Roguins aus Brügge mitgebracht worden; infolge der politischen Ereignisse hatte er verschwinden müssen und sie 1815 dem Notar abgetreten. Dieser hatte für seine Schöne ein Häuschen in den Champs-Elysées gekauft, es üppig eingerichtet und sich dazu hinreißen lassen, die kostspieligen Launen jener Frau zu befriedigen, deren Verschwendungssucht sein Vermögen aufzehrte.

Der düstere Zug, der Roguins Physiognomie überschattete und der sich aufhellte, als er seinen Klienten erblickte, hing mit mysteriösen Geschehnissen zusammen, und darunter befanden sich die Geheimnisse, denen du Tillet sein rasch erworbenes Vermögen verdankte. Du Tillet hatte bereits am ersten Sonntag andere Pläne gefaßt, da er im Haus seines Chefs beobachten konnte, wie Monsieur und Madame Roguin miteinander standen. Er war weniger gekommen, um Madame César zu verführen, als um sich Césarines Hand als Entschädigung für eine überwundene Leidenschaft anbieten zu lassen, und es war ihm nicht eben schwergefallen, auf diese Heirat zu verzichten, weil er César für reich gehalten und nun gesehen hatte, daß dem nicht so war. Er hatte den Notar ausspioniert, sich in sein Vertrauen eingeschlichen, sich der schönen Holländerin vorstellen lassen; dort hatte er herausbekommen, wie sie mit Roguin stand, und erfahren, daß sie ihrem Liebhaber drohte, es ihm heimzuzahlen, wenn er ihren Luxus einschränke. Die schöne Holländerin gehörte zu den sorglosen Frauen, die sich nie darum kümmern, woher das Geld kommt noch wie es erworben wird und die ein Fest mit den Talern eines Vatermörders veranstalten würden. Nie dachte sie abends an den nächsten Tag. Für sie war die Zukunft die Zeit nach genossenem Mahl, und das Monatsende lag in weiter Ferne, auch wenn sie Rechnungen zu bezahlen hatte. Du Tillet war entzückt, hier den ersten Hebel ansetzen zu können; er begann damit, daß er die schöne Holländerin dahin brachte, daß sie Roguin für dreißigtausend Francs jährlich liebte statt für fünfzigtausend, und das war ein Dienst, wie ihn verliebte alte Herren nur selten vergessen.

Nach einem Nachtessen, bei dem sehr viel Wein getrunken worden war, klärte Roguin schließlich du Tillet über seine kritische finanzielle Lage auf. Seine Immobilien waren mit der als Vorbehaltsgut seiner Frau eingetragenen Hypothek belastet; seine Leidenschaft hatte ihn dazu gebracht, den bei ihm hinterlegten Kapitalien seiner Klienten eine Summe zu entnehmen, die bereits die Hälfte des Werts seiner Notarspraxis überstieg. Wenn der Rest auch noch draufginge, müsse der unselige Roguin sich eine Kugel durch den Kopf schießen; er glaube nämlich, den Abscheu über den Bankrott durch Erregung des Mitleids der Öffentlichkeit mindern zu können. Du Tillet erkannte die Aussicht auf ein schnell und sicher zu gewinnendes Vermögen, das wie ein Blitz die Nacht der Trunkenheit durchleuchtete; er beruhigte Roguin und vergalt ihm sein Vertrauen mit dem Rat, seine Pistole in der Luft abzuschießen. – »Wenn ein Mann Ihres Kalibers sich so weit vorgewagt hat«, sagte er zu ihm, »dann darf er sich nicht wie ein Tölpel benehmen und aufs Geratewohl umhertappen, sondern er muß kühn und entschlossen handeln.« Er riet ihm, sofort noch eine weitere ansehnliche Summe zu entnehmen und sie ihm anzuvertrauen, damit er in ein keckes Geschäft einsteigen könne, bei der Börse oder mittels irgendeiner

Spekulation; die Wahl stand unter Tausenden offen, die damals unternommen wurden. Im Fall des Gelingens wollten sie zu zweit ein Bankhaus gründen; dabei könnten sie aus den Einlagen Nutzen ziehen; deren Erträge könnten ihm dann zur Befriedigung seiner Leidenschaft dienen. Mißglücke die Sache dagegen, so könne Roguin ja ins Ausland gehen, anstatt sich umzubringen, weil ›sein‹ du Tillet ihm bis zum letzten Sou treu sein würde. Das war ein Rettungsseil für einen Mann, der am Ertrinken war, und Roguin hatte nicht gemerkt, daß der Parfümhändlerkommis es ihm um den Hals gelegt hatte.

Du Tillet war somit Mitwisser von Roguins Geheimnis; er bediente sich seiner, um gleichzeitig die Frau, die Geliebte und den Mann in seine Gewalt zu bekommen. Madame Roguin wurde über ein Unheil unterrichtet, das sie nicht im entferntesten ahnte; sie nahm die Werbungen du Tillets an, der zu jener Zeit aus seiner Stellung bei dem Parfümhändler ausschied und seiner Zukunft sicher war. Es kostete ihn nicht viel Mühe, die Geliebte dazu zu bringen, daß sie eine Summe riskierte, um nicht wieder ihre Zuflucht zur Prostitution nehmen zu müssen, wenn ihr irgendein Unglück zustieße. Die Frau regelte ihre geschäftlichen Dinge, raffte schnell ein kleines Kapital zusammen und händigte es dem Mann ein, zu dem ihr Gatte Vertrauen hatte; denn der Notar hatte seinem Komplicen für den Anfang hunderttausend Francs zur Verfügung gestellt. Du Tillet kam Madame Roguin so nahe, daß die geldlichen Interessen dieser schönen Frau sich in Zuneigung zu ihm verwandelten; er brachte es fertig, ihr die heftigste Leidenschaft einzuflößen. Seine drei Kommanditisten hatten ihm selbstverständlich einen Anteil zugestanden; aber da er mit jenem Anteil nicht zufrieden war, brachte er die Frechheit auf, sie an der Börse spekulieren zu lassen und sich mit einem Gegenspieler ins Einverständnis zu setzen, der ihm den Betrag der vermutlich eintretenden Verluste ersetzte; denn er spekulierte für seine Klienten und für sich selber. Sobald er fünfzigtausend Francs beisammen haben würde, war er sicher, ein großes Vermögen zu erwerben; er besaß den für jene Phasen, in denen Frankreich sich damals befand, typischen Adlerblick: Er spekulierte während des Feldzugs in Frankreich[50] auf Baisse und bei der Rückkehr der Bourbonen auf Hausse. Zwei Monate nach dem Einzug Ludwigs XVIII. besaß Madame Roguin zweihunderttausend Francs und du Tillet hunderttausend Taler. Der Notar, in dessen Augen dieser junge Mann ein Engel war, hatte seine geschäftlichen Angelegenheiten wieder ins Gleichgewicht gebracht. Die schöne Holländerin warf alles zum Fenster hinaus; sie war in den Klauen eines infamen Subjekts namens Maxime de Trailles, eines ehemaligen Pagen des Kaisers. Du Tillet bekam den richtigen Namen jenes Mädchens heraus, als er einen schriftlichen Vertrag mit ihr schloß. Sie hieß Sarah Gobseck. Die Gleichheit dieses Namens mit dem eines Wucherers, den er vom Hörensagen kannte, machte ihn stutzig; er ging zu diesem alten Diskontierer, der Vorsehung der noch unter väterlicher Gewalt stehenden Söhne aus guter Familie, um zu erkunden, wie hoch sich bei ihm der Kredit seiner Verwandten belaufe. Der Brutus unter den Wucherern bezeigte sich seiner Großnichte gegenüber als unversöhnlich; aber du Tillet verstand es, sein Wohlwollen zu gewinnen, indem er sich als Sarahs Bankier ausgab, der für sie Gelder anlegen wolle. Der Charakter des Normannen und der des Wucherers paßten zueinander. Zufällig brauchte Gobseck gerade einen geschickten jungen Menschen, der eine kleine Finanzoperation im Ausland überwachen konnte. Ein Auditor im Staatsrat, der durch die Rückkehr der Bourbonen überrascht worden war, hatte den Einfall gehabt, um sich bei Hofe beliebt zu machen, nach Deutschland zu gehen und die Titel der von den Fürsten während ihrer Emigration gemachten Schulden aufzukaufen. Er bot den Gewinn aus diesem Geschäft, das für ihn eine rein politische Angelegenheit war, denen an, die ihm das erforderliche Kapital vorstrecken würden. Der Wucherer wollte die betreffenden Summen nur jeweils gegen die einzelnen angekauften Schuldforderungen nach deren Prüfung durch einen erfahrenen Bevollmächtigten herausrücken. Wucherer haben zu niemandem Vertrauen, sie wollen Garantien; für sie ist die Gelegenheit alles: Sie sind eiskalt einem Menschen gegenüber, dessen sie nicht bedürfen, aber leisetreterisch und zur Wohltätigkeit geneigt, wenn dabei für sie etwas herausspringt. Du Tillet wußte, welch eine ungeheure Rolle im Pariser Geschäftsleben unterirdisch Leute wie Werbrust und Gigonnet spielen, die Diskontierer des Handels in der Rue Saint-Denis und der Rue

Saint-Martin, und ferner Palma, der Bankier des Faubourg Poissonnière; sie arbeiteten fast immer Hand in Hand mit Gobseck. Er bot also eine Kaution in bar an, ließ sich eine Provision zusichern und verlangte, daß jene Herren das Kapital, das er ihnen zur Verfügung stellen wollte, bei ihren finanziellen Unternehmungen mitarbeiten ließen: Auf diese Weise verschaffte er sich Stützpunkte. Er begleitete Monsieur Clément Chardin des Lupeaulx auf einer Reise nach Deutschland, die sich über die Hundert Tage hinaus ausdehnte, und kam bei der zweiten Restauration wieder heim; dabei hatte er mehr die Grundlagen seines Vermögens gestärkt als sein Vermögen selber erhöht. Er hatte somit Einblicke in die Geheimnisse der geschicktesten Rechner von Paris bekommen und die Freundschaft des Mannes gewonnen, dessen bevollmächtigter Aufpasser er gewesen war; denn dieser gewandte Diskontierer hatte ihm die Triebfedern und die Rechtsprechungsweise der hohen Politik enthüllt. Du Tillet war einer der Menschen, die eine Andeutung verstehen; während jener Reise hatte er seine Ausbildung vollendet. Bei seiner Rückkehr war er sich innegeworden, daß Madame Roguin nach wie vor treu an ihm hing. Was nun den armen Notar betraf, so hatte er Ferdinand mit der gleichen Ungeduld erwartet, die seine Frau bezeigt hatte; denn die schöne Holländerin hatte ihn abermals ruiniert. Du Tillet fragte sie aus, aber was sie ausgegeben hatte, reichte nicht an die vergeudeten Summen heran. Jetzt kam du Tillet hinter das Geheimnis, das Sarah Gobseck ihm so sorgfältig verborgen hatte, nämlich ihre wahnwitzige Leidenschaft für Maxime de Trailles, dessen erste Schritte auf der Laufbahn des Lasters und der Ausschweifung schon jetzt verkündeten, was aus ihm werden würde: nämlich einer der politischen Taugenichtse, deren jede gute Regierung bedarf und die die Spielwut unersättlich gemacht hat. Bei dieser Entdeckung begriff du Tillet Gobsecks Zurückhaltung gegenüber seiner Großnichte. Unter diesen Umständen riet der Bankier du Tillet, denn er war jetzt Bankier geworden, Roguin nachdrücklich, einen Notpfennig zurückzulegen: Er solle seine reichsten Klienten in eine Spekulation verwickeln, durch die er für sich ansehnliche Summen beiseite bringen könne, für den Fall, daß es bei erneuten Bankspekulationen einmal schiefgehe. Nach einigem Auf und Ab, wobei lediglich für du Tillet und Madame Roguin etwas heraussprang, hörte der Notar endlich das Stündlein seiner Zahlungsunfähigkeit schlagen. Und jetzt wurde seine Agonie von seinem besten Freunde ausgebeutet. Du Tillet hatte das Spekulationsprojekt mit den Grundstücken rings um die Madeleine ausgeheckt. Natürlich waren die hunderttausend Francs, die Birotteau bei Roguin deponiert hatte, damit dieser sie bei Gelegenheit anlege, du Tillet eingehändigt worden, der, da er dem Parfümhändler den Garaus machen wollte, Roguin zu verstehen gegeben hatte, er riskiere weniger, wenn er seine intimen Freunde in seine Netze verstricke. – »Ein Freund«, hatte er zu ihm gesagt, »bezeigt auch noch im Zorn Mäßigung.« Nur wenige wissen heute noch, wie gering zu jener Zeit ein Klafter Grund und Boden rings um die Madeleine bewertet wurde; aber jene Grundstücke mußten notwendigerweise zu einem höheren Preis als dem gegenwärtigen verkauft werden, da man verkaufswillige Grundeigentümer ausfindig machen mußte, die sich die Gelegenheit zunutze machen wollten; du Tillet nun aber wollte in der Lage sein, den Gewinn einzustreichen, ohne die Verluste einer Spekulation auf lange Sicht zu tragen. Anders ausgedrückt: Sein Plan lief darauf hinaus, das Geschäft totzumachen und den Kadaver an sich zu bringen; er wußte ja, daß er imstande sei, ihn wiederzubeleben. Bei solcherlei Gelegenheiten arbeiteten Gobseck, Palma, Werbrust und Gigonnet für gewöhnlich einander in die Hände; aber du Tillet war mit ihnen nicht intim genug, um sie um ihre Hilfe zu bitten; überdies wollte er, während er das Ganze leitete, seinen Arm so gut verborgen halten, daß er den Profit des Gaunerstreichs einstecken konnte, ohne daß dessen Schmach ihn traf; er witterte also die Notwendigkeit, sich eine der Gliederpuppen zu verschaffen, die in der Kaufmannssprache als ›Strohmänner‹ bezeichnet werden. Der Mann, den er für seine Börsenmanöver vorgeschoben hatte, schien ihm geeignet, für ihn in die Hölle zu kommen; er maßte sich die göttlichen Rechte an, indem er einen Menschen erschuf. Aus einem ehemaligen, mittellosen und unfähigen Handelsreisenden, der nichts konnte, als endlos über jedes beliebige Thema zu reden, ohne dabei etwas zu sagen, einem Habenichts, der indessen imstande war, eine Rolle zu begreifen und zu spielen, ohne das Stück zu gefährden; begabt mit dem seltensten Ehrgefühl, dem nämlich, ein Geheimnis zu bewahren und sich zugunsten seines Auftraggebers entehren zu lassen, machte du Tillet einen Bankier, der die größten Unternehmungen startete und leitete, den Chef des Bankhauses Claparon. Es war Charles Claparons Schicksal, eines Tages den Juden und Pharisäern preisgegeben zu werden, sofern die von du Tillet eingefädelten Geschäfte zu einem Konkurs führten, und Claparon wußte das. Aber für einen armen Teufel, der trübsinnig mit ganzen vierzig Sous in der Tasche auf den Boulevards einhergeschlendert war, als sein Kamerad du Tillet ihm begegnete, waren die kleinen Anteile, die für ihn bei jedem Geschäft abfallen sollten, ein Eldorado[51]. So kam es, daß seine Freundschaft, seine Ergebenheit gegenüber du Tillet, die noch durch eine gedankenlose Dankbarkeit verstärkt und durch die Erfordernisse eines liederlichen, wirren Lebens ausgelöst wurden, ihn zu allem Ja und Amen sagen ließen. Als er dann sah, daß seine verkaufte Ehre mit soviel Vorsicht und Klugheit aufs Spiel gesetzt wurde, schloß er sich an seinen ehemaligen Kameraden an wie ein Hund an seinem Herrn. Claparon war ein sehr häßlicher Pudel, aber stets bereit, den Sprung des Curtius[52] zu tun. Bei dem gegenwärtigen Vorhaben sollte er die eine Hälfte der Grundstückskäufer repräsentieren, wie César Birotteau die andere. Die Wechsel, die Claparon von Birotteau erhalten würde, sollten von einem der Wucherer diskontiert werden, dessen Namen du Tillet vorschieben konnte, um dann Birotteau in die Abgründe eines Bankrotts zu stürzen, wenn Roguin mit seinem Kapital über alle Berge war. Die Konkursverwalter würden dann nach den Weisungen du Tillets handeln, der, als Besitzer des von dem Parfümhändler gegebenen Geldes und als sein Gläubiger unter verschiedenen Namen die Grundstücke versteigern lassen und sie zur Hälfte ihres Wertes aufkaufen wollte; bezahlt werden sollten sie mit Roguins Einlagen und der Dividende des Konkurses. Der Notar ging auf diesen Plan ein; er glaubte, auf einen beträchtlichen Anteil an der kostbaren Beute rechnen zu können, an dem, was dem Parfümhändler und seinen Mitinteressenten abgejagt werden würde; aber der Mann, dem er sich vertrauensvoll ausgeliefert hatte, mußte sich den Löwenanteil sichern und tat es auch. Roguin, der du Tillet nicht gerichtlich belangen konnte, war nur zu froh, daß ihm allmonatlich ein Knochen zum Abnagen hingeworfen wurde, irgendwo ganz hinten in der Schweiz, wo er Schönheiten zu herabgesetzten Preisen fand. Die Umstände und nicht das Nachgrübeln eines Tragikers über eine Verwicklung hatten diesen verabscheuungswürdigen Plan entstehen lassen. Haß ohne Rachebegehren ist wie ein auf Granit gefallenes Samenkorn; aber die Rache, die du Tillet César angelobt hatte, war eine ganz natürliche Regung, oder man müßte den Kampf der gefallenen Engel mit den Engeln des Lichts leugnen. Du Tillet hätte den einzigen Menschen in Paris, der um seinen Hausdiebstahl wußte, nicht ermorden können, ohne in große Ungelegenheiten zu geraten; wohl aber konnte er ihn in den Kot hinabstoßen und ihn so tief erniedrigen, daß sein Zeugnis wertlos wurde. Lange Zeit hindurch hatte seine Rache in seinem Herzen gekeimt, ohne zum Erblühen zu gelangen; denn in Paris schmiedet auch der am meisten von Haß Erfüllte kaum je Pläne; das Leben verläuft dort zu schnell, zu bewegt; es gibt zu viele unvorhergesehene Zwischenfälle; aber wenn das beständige Schwanken auch vorausschauendes Planen nicht gestattet, so verhilft es doch sehr wohl einem leidlich Listigen zum Wahrnehmen der in der Strömung wachsenden Chancen. Als Roguin du Tillet seine vertraulichen Geständnisse gemacht hatte, erblickte der Kommis darin unbestimmt und flüchtig die Möglichkeit, César zu vernichten, und darin hatte er sich nicht getäuscht. Da der Notar drauf und dran war, sein Idol zu verlassen, trank er den Rest seines Liebestranks aus dem zerbrochenen Becher; er ging alle Tage auf die Champs-Elysées und kehrte erst am frühen Morgen heim. Also hatte die mißtrauische Madame César recht gehabt. Wenn ein Mann sich entschlossen hat, die Rolle zu spielen, die du Tillet Roguin zugewiesen hatte, so erwirbt er die Talente des größten Komödianten; er bekommt Luchsaugen und den Scharfblick eines Hellsehers; er versteht es, den, der ihm auf den Leim geht, zu hypnotisieren; und so hatte der Notar Birotteau längst bemerkt, ehe Birotteau ihn gesehen hatte, und als der Parfümhändler zu ihm hinschaute, streckte der Notar ihm schon von weitem die Hand entgegen.

»Ich habe gerade das Testament einer hochgestellten Persönlichkeit entgegengenommen, die keine acht Tage mehr zu leben hat«, sagte er im natürlichsten Tonfall der Welt, »aber ich bin behandelt worden wie ein Dorfarzt: Holen lassen sie mich mit dem Wagen, und jetzt muß ich zu Fuß heimgehen.«

Diese Worte verscheuchten eine leise Wolke des Mißtrauens, die die Stirn des Parfümhändlers verdunkelt und die Roguin wahrgenommen hatte; deswegen hatte der Notar sich sorglich gehütet, als erstes die Grundstücksangelegenheit zur Sprache zu bringen; denn er wollte seinem Opfer den Todesstoß versetzen.

»Nach den Testamenten die Ehekontrakte«, sagte Birotteau, »so ist das Leben. Und in diesem Zusammenhang: Wie steht's mit unserer ehelichen Verbindung zur Madeleine? Haha, Papa Roguin«, fügte er hinzu und tippte ihn auf den Bauch.

Wenn sie ohne Frauen unter sich sind, ist es der Ehrgeiz auch des schamhaftesten Bourgeois, leicht zotig zu wirken.

»Na, wenn nicht heute«, antwortete der Notar mit diplomatischer Miene, »dann wird nie was draus. Wir fürchten, daß die Sache sich herumspricht; ich werde schon von meinen zwei reichsten Klienten heftig bedrängt, die sich an der Spekulation beteiligen wollen. Daher heißt es jetzt zugreifen oder die Finger davon lassen. Kurz nach Mittag setze ich die Verträge auf, und Sie haben noch bis eins die Möglichkeit mitzumachen. Adieu. Ich will rasch noch die Entwürfe durchlesen, die Xandrot mir letzte Nacht hat ausarbeiten müssen.«

»Dann also abgemacht, Sie haben mein Wort«, sagte Birotteau; er war hinter dem Notar hergelaufen und hatte seine Worte durch Handschlag bekräftigt. »Nehmen Sie die hunderttausend Francs, die ich meiner Tochter als Mitgift hatte geben wollen.«

»Recht so«, sagte Roguin und schritt von dannen.

Während der kurzen Zeitspanne, die Birotteau brauchte, um wieder zu dem kleinen Popinot hinüberzugehen, empfand er in seinem Innern ein heftiges Brennen; sein Zwerchfell zog sich zusammen, und es sauste ihm in den Ohren.

»Was ist Ihnen?« fragte der Kommis, als er sah, daß sein Chef ganz blaß war.

»Ach, mein Junge, ich habe eben durch ein einziges Wort ein großes Geschäft abgeschlossen; in solchem Fall ist keiner Herr seiner selbst. Übrigens ist dir ja die Sache nicht fremd, und ich bin mit dir hierhergegangen, um ungestört mit dir darüber reden zu können; es kann uns ja niemand zuhören. Deine Tante ist in Verlegenheit; wobei hat sie eigentlich ihr Geld verloren? Das sag mir mal.«

»Onkel und Tante hatten ihr Geld bei Monsieur de Nucingen stehen, und da haben sie bei der Auszahlung Wortschiner Bergwerksaktien nehmen müssen, und die werfen noch keine Dividende ab; in ihrem Alter ist es schwierig, von Hoffnungen zu leben.«

»Aber wovon leben sie denn nun eigentlich?«

»Sie machen mir die Freude, mein Gehalt anzunehmen.«

»Gut, gut, Anselme«, sagte der Parfümhändler, und in seinen Augen waren dicke Tränen zu sehen. »Du bist es wert, daß ich dich gern habe. Und deswegen sollst du für deinen in meinen Geschäften bezeigten Eifer eine hohe Belohnung bekommen.«

Als er diese Worte sprach, wuchs der Händler ebensosehr in seinen eigenen Augen wie in denen Popinots; er hatte die naive, bürgerliche Emphase hineingelegt, den Ausdruck seiner unechten Überlegenheit.

»Wie? Wissen Sie denn um meine Liebe zu ...«

»Zu wem?« fragte der Parfümhändler.

»Zu Mademoiselle Césarine.«

»Na, mein Junge, du bist aber mal keck!« rief Birotteau. »Aber behalt dein Geheimnis für dich, ich verspreche dir, daß ich es vergessen will; morgen verläßt du mein Haus. Ich bin dir deswegen nicht böse; an deiner Stelle, Teufel, Teufel! hätte ich es genauso gemacht. Sie ist so schön!«

»Oh, Monsieur!« sagte der Kommis und fühlte, wie sein Hemd feucht wurde, so schwitzte er.

»Mein Junge, so etwas läßt sich nicht im Handumdrehen deichseln: Césarine ist Herrin ihrer selbst, und ihre Mutter hat so ihre Ideen. Also nimm dich zusammen, wisch dir die Tränen ab, halte dein Herz im Zaum, und laß uns nie wieder davon reden. Ich würde nicht erröten, dich als Schwiegersohn zu haben: den Neffen Monsieur Popinots, des Richters am Gericht Erster Instanz, den Neffen der Ragons; du hast das Recht, deinen Weg zu machen, wie jeder andere: Allein es gibt da verschiedene

Wenn und Denn und Aber! Was für eine verteufelte Geschichte bringst du mir da mitten in ein Geschäftsgespräch? Komm, setz dich auf den Stuhl da, jetzt muß der Verliebte dem Kommis das Feld räumen. Popinot, bist du ein beherzter Mensch?« fragte er und schaute seinen Kommis an. »Verspürst du in dir den Mut, mit etwas zu kämpfen, das stärker ist als du, und zwar Brust an Brust zu ringen?«

»Ja.«

»Einen langen, gefährlichen Kampf durchzuhalten?«

»Um was handelt es sich?«

»Dem Makassar-Öl den Garaus zu machen!« sagte Birotteau und warf sich in die Brust wie ein Plutarchischer[53] Held. »Wir wollen uns nicht täuschen, der Feind ist stark, trefflich verschanzt, furchtbar. Das Makassar-Öl hat sich glänzend durchgesetzt. Der Einfall war geschickt. Die viereckigen Flaschen haben eine aparte Form. Bei meinem Vorhaben habe ich an dreieckige gedacht; aber nach reiflicher Überlegung würde ich kleine, dünne Glasflaschen mit Rohrüberzug vorziehen; die wirken geheimnisvoll, und die Käufer haben eine Schwäche für alles, was sie neugierig macht.«

»Das wird eine teure Geschichte«, sagte Popinot. »Man müßte es so billig wie möglich herstellen, damit man den Einzelhändlern einen hohen Rabatt einräumen kann.«

»Ganz recht, mein Junge, das sind gesunde Anschauungen. Aber bedenke eins: Das Makassar-Öl wird sich wehren! Es hat eine blendende Aufmachung und einen verlockenden Namen. Es wird als Importware angeboten, und das unsrige ist leider Gottes ein einheimisches Produkt. Also, Popinot, fühlst du die Kraft in dir, Makassar aus dem Feld zu schlagen? Zunächst könntest du es bei den Überseelieferungen übertrumpfen: Makassar scheint tatsächlich aus Indien zu kommen, also ist es das Gegebene, den Indern ein französisches Produkt zu schicken, anstatt ihnen etwas zurückzusenden, womit sie uns beliefern. Den Kleinhandel hast du daheim in der Hand. Aber im Ausland, in den Départements muß gekämpft werden! Nun aber ist die Reklame für das Makassar-Öl gut aufgezogen; wir dürfen uns nichts vormachen, es ist eine Macht, es hat sich durchgesetzt, das Publikum kennt es.«

»Ich mache ihm dennoch den Garaus«, rief Popinot, und seine Augen blitzten.

»Womit denn?« fragte Birotteau. »Da sieht man wieder mal die Hitzköpfigkeit der jungen Leute. Also laß mich erst mal ausreden.«

Anselme nahm eine Haltung ein wie ein Soldat, der vor einem Marschall von Frankreich unter Waffen steht.

»Popinot, ich habe ein Öl erfunden, das den Haarwuchs fördert, die Kopfhaut anregt und die Haarfarbe bei Männern und Frauen unverändert erhält. Diese Essenz dürfte keinen geringeren Erfolg haben als meine Paste und mein Gesichtswasser; aber ich will dies Rezept nicht selber ausbeuten, ich habe vor, mich vom Geschäft zurückzuziehen. Du, mein Junge, sollst mein Comagen-Öl lancieren. (Ich benenne es nach dem lateinischen Wort coma, das ›Haar‹ bedeutet, wie mir Monsieur Alibert[54], der Leibarzt des Königs, gesagt hat. Das Wort kommt in der Tragödie ›Bérénice‹ vor, in der Racine einen König von Comagena auftreten läßt, den Liebhaber dieser schönen, durch ihr Haar so berühmten Königin, welcher Liebhaber sicherlich sein Reich so benannt hat, um ihr zu schmeicheln! Wie geistvoll doch diese großen Genies sind! Zu den kleinsten Einzelheiten lassen sie sich herab.)«

Der kleine Popinot blieb beim Anhören dieser albernen Parenthese völlig ernst; sie war offenbar eigens für ihn, einen gebildeten Menschen, eingeschoben worden.

»Anselme, ich habe dich im Auge gehabt, weil ich die Gründung einer Firma für Drogerieartikel höchster Qualität in der Rue des Lombards plane«, sagte Birotteau. »Ich will dein stiller Teilhaber sein, ich strecke dir das Anfangskapital vor. Nach dem Comagen-Öl versuchen wir es mit Vanille-Essenz und mit Pfefferminzgeist. Kurzum, wir machen uns an das Drogengeschäft heran, indem wir es revolutionieren, indem wir seine Produkte als Konzentrate verkaufen anstatt im Naturzustand. Bist du jetzt zufrieden, du ehrgeiziger junger Mann?«

Anselme konnte nicht antworten, so beklommen war er; jedoch seine Augen, die voll Tränen standen, antworteten statt seiner. Dieses Anerbieten schien von einer väterlichen Nachsicht diktiert worden zu sein, die ihm bedeutete:

»Verdiene dir Césarine dadurch, daß du reich und angesehen wirst.«

»Monsieur«, antwortete er schließlich, wobei er Birotteaus Gerührtsein für Erstaunen hielt, »auch ich werde Erfolg haben!«

»So bin ich ebenfalls mal gewesen«, rief der Parfümhändler, »genauso habe ich mich ausgedrückt. Wenn du meine Tochter nicht bekommst, dann bekommst du jedenfalls ein Vermögen. Nanu, Junge, was ist denn in dich gefahren?«

»Lassen Sie mich hoffen, daß ich durch die Erwerbung des einen auch die andere erlange.«

»Am Hoffen kann ich dich nicht hindern, junger Freund«, sagte der durch Anselmes Stimmklang gerührte Birotteau.

»Ja, Monsieur, kann ich dann schon ab heute Maßnahmen zum Auffinden eines Geschäftslokals ergreifen, damit ich so schnell wie möglich anfangen kann?«

»Ja, mein Junge. Von morgen an wollen wir beide uns in die Fabrik einschließen. Ehe du in die Stadtgegend der Rue des Lombards gehst, sprichst du bei Livingston vor und erkundigst dich, ob meine hydraulische Presse ab morgen in Betrieb genommen werden kann. Heute abend um die Essensstunde gehen wir zu dem berühmten, guten Monsieur Vauquelin und bitten ihn um seinen Rat. Dieser Gelehrte beschäftigt sich neuerdings mit der Zusammensetzung der Haare; er hat nachgeforscht, durch welche Substanz sie ihre Farbe erhalten, wo diese Substanz herkommt und woraus das Gewebe der Haare besteht. Darauf kommt alles an, Popinot. Ich will dich in mein Geheimnis einweihen, und dann handelt es sich nur noch darum, es auf intelligente Weise auszubeuten. Ehe du zu Livingston gehst, schaust du bei Piéri Bénard[55] herein. Lieber Junge, die Uneigennützigkeit Monsieur Vauquelins ist einer der großen Schmerzen meines Lebens: Es ist unmöglich, ihn dazu zu bringen, daß er etwas von mir annimmt. Zum Glück habe ich von Chiffreville erfahren, daß er gern eine Madonna[56], die sich in Dresden befindet, in einem Kupferstich von einem gewissen Müller[57] haben möchte, und nach zweijähriger Korrespondenz mit Deutschland hat Bénard ihn nun endlich aufgetrieben, auf Chinapapier, *avant la lettre*[58]: Er kostet fünfzehnhundert Francs, mein Junge. Noch heute soll unser Wohltäter ihn in seinem Flur hängen sehen, wenn er uns hinausgeleitet; er muß natürlich gerahmt sein; überzeug dich davon. Auf diese Weise wird er sich meiner Frau und meiner selbst stets erinnern; denn was die Dankbarkeit betrifft, so beten wir seit sechzehn Jahren alle Tage für ihn zu Gott. Ich meinerseits werde ihn nie vergessen; aber, Popinot, diese bis über beide Ohren in der Wissenschaft steckenden Gelehrten vergessen alles und jedes, Frauen, Freunde und die, die ihnen verpflichtet sind. Uns übrigen Menschen erlaubt unser bißchen Verstand wenigstens, ein warmes Herz zu haben. Das tröstet einen darüber hinweg, daß man kein großer Mann ist. Diese Herren vom Institut de France, die sind ganz und gar Gehirn, das wirst du schon noch merken; in der Kirche trifft man die nie. Monsieur Vauquelin hockt in einem fort in seinem Arbeitszimmer oder in seinem Laboratorium; hoffentlich denkt er wenigstens an Gott, wenn er Gottes Werke analysiert. Also abgemacht: Ich stelle dir Kapital zur Verfügung, und ich überlasse dir meine Erfindung; wir machen Halbpart, ohne daß ein förmlicher Vertrag aufgesetzt zu werden braucht. Möge uns Erfolg zuteil werden! Wir werden schon gut miteinander auskommen. Lauf, mein Junge, ich will jetzt ins Geschäft gehen. Halt, mein Junge, ich gebe in drei Wochen einen großen Ball, laß dir einen Frack schneidern, und dann komm dazu schon als wohlbestallter Kaufmann ...«

Dieser letzte Zug von Güte rührte Popinot so sehr, daß er Césars plumpe Hand ergriff und sie küßte. Der wackere Mann hatte dem Verliebten durch diese Vertrauensbekundung geschmeichelt, und Verliebte sind zu allem fähig.

»Armer Kerl«, sagte Birotteau, als er ihn quer durch den Tuileriengarten davonlaufen sah, »wenn Césarine ihn liebte! Aber er hinkt, er hat fuchsrotes Haar, und junge Mädchen sind so sonderbar; ich glaube kaum, daß Césarine ... und außerdem will ihre Mutter sie als Notarsgattin sehen. Durch Alexandre Crottat würde sie reich: Reichtum macht alles erträglich, wogegen es kein Glück gibt, das nicht durch Elend zunichte gemacht würde. Also kurz und gut, ich habe mich entschlossen, meiner Tochter ihren freien Willen zu lassen, solange sie keine Dummheiten begeht.«

Birotteaus Nachbar war ein kleiner Händler mit Regenschirmen, Sonnenschirmen und Spazierstöcken, namens Cayron; er stammte aus dem Languedoc, machte schlechte Geschäfte, und Birotteau war ihm schon mehrmals beigesprungen. Cayron war sehr daran gelegen, sich auf seinen Laden zu beschränken und dem reichen Parfümhändler seine beiden Zimmer im ersten Stock abzutreten, weil er dadurch seinen Mietzins entsprechend verringern konnte.

»Also, Herr Nachbar«, sagte Birotteau gemütlich, als er bei dem Schirmhändler eintrat, »meine Frau ist mit der Vergrößerung unserer Geschäftsräume einverstanden! Wenn es Ihnen recht ist, gehen wir um elf zu Monsieur Molineux.«

»Mein lieber Monsieur Birotteau«, entgegnete der Schirmhändler, »ich habe von Ihnen nie etwas für diese Abtretung verlangt; aber Sie wissen ja, daß ein guter Kaufmann aus allem Geld herausschlagen muß.«

»Teufel, Teufel!« antwortete der Parfümhändler, »so dicke habe ich es nun auch wieder nicht! Ich weiß nicht, ob mein Architekt, den ich erwarte, die Sache für durchführbar hält. Bevor Sie abschließen, hat er mir gesagt, müssen wir feststellen, ob die Fußböden in gleicher Höhe liegen. Alsdann muß Monsieur Molineux sich mit dem Mauerdurchbruch einverstanden erklären; ist es etwa eine Brandmauer? Schließlich muß ich bei mir die Treppe verlegen lassen, damit der Treppenabsatz fortfällt und eine Zimmerflucht entsteht. Das alles macht hohe Kosten, und ich will mich nicht ruinieren.«

»Oh!« sagte der Südländer, »ehe Sie ruiniert sind, muß die Sonne mit der Erde geschlafen und Kinder gezeugt haben!«

Birotteau rieb sich das Kinn, hob sich auf die Fußspitzen und ließ sich auf die Hacken niederfallen.

»Übrigens«, fuhr Cayron fort, »verlange ich von Ihnen ja nichts, als daß Sie diese Wechsel hier übernehmen ...«

Und er hielt ihm einen kleinen Stapel von sechzehn Wechseln über fünftausend Francs hin.

»Aha!« sagte der Parfümhändler und blätterte in den Akzepten, »lauter Kleinzeug, zwei Monate, drei Monate ...«

»Nehmen Sie sie doch mit nur sechs Prozent Abzug«, sagte der Händler mit demütiger Miene.

»Bin ich etwa ein Wucherer?« fragte der Parfümhändler vorwurfsvoll.

»Mein Gott, ich bin damit zu Ihrem früheren Kommis du Tillet gegangen; er hat sie um keinen Preis haben wollen, wohl, um herauszubekommen, wieviel dabei zu verlieren ich bereit wäre.«

»Ich kenne die Akzeptanten nicht«, sagte der Parfümhändler.

»Ach, wir haben im Stock- und Schirmhandel so komische Namen! Es sind Hausierer.«

»Na, ich kann Ihnen nicht versprechen, daß ich sie sämtlich übernehme, aber mit den kurzfristigen wird es sich vielleicht machen lassen.«

»Lassen Sie mich doch nicht wegen der tausend Francs mit vier Monaten Sicht hinter diesen Blutegeln herlaufen, die uns das beste vom Gewinn heraussaugen; nehmen Sie mir doch alle ab. Mir diskontiert kaum einer, ich habe keinen Kredit, das bringt uns kleine Einzelhändler um.«

»Na, schön, ich nehme Ihnen Ihr Kleinzeug ab. Célestin übernimmt die Auszahlung. Halten Sie sich auf elf Uhr bereit. Da kommt grade Monsieur Grindot, mein Architekt«, fügte der Parfümhändler hinzu, als er einen jungen Herrn auftauchen sah, mit dem er sich am Vorabend bei Monsieur de La Billardière verabredet hatte. »Wider den Brauch talentierter Leute sind Sie pünktlich, Monsieur«, sagte César zu ihm und entfaltete damit ein Höchstmaß an kaufmännischer Höflichkeit. »›Wenn Pünktlichkeit‹, wie der König gesagt hat, der ein ebenso geistvoller Herr wie großer Politiker ist, ›die Höflichkeit der Könige ist‹, dann bedeutet sie gleichermaßen für uns Kaufleute bares Geld. Die Zeit, die Zeit ist Geldes wert, vor allem für euch Künstler. Der Architekt stelle die Vereinigung aller Künste dar, habe ich mir sagen lassen. Wir wollen bitte nicht durch den Laden gehen«, sagte er noch und deutete auf einen Nebeneingang.

Vier Jahre zuvor hatte Monsieur Grindot den Großen Preis für Architektur davongetragen; nach einem dreijährigen Aufenthalt auf Staatskosten war er aus Rom zurückgekehrt. In Italien hatte der junge Künstler nur die Kunst im Sinne gehabt; in Paris war er aufs Geldverdienen erpicht. Einzig und allein die Regierung kann die Millionen zur Verfügung stellen, deren ein Architekt bedarf, um sich seinen Ruhm zu erbauen; wenn man aus

Rom kommt, ist es so begreiflich, sich für Fontaine[59] oder Percier[60] zu halten, daß ein ehrgeiziger Architekt zur Regierungstreue neigt: Der liberale Stipendiat war zum Royalisten geworden und versuchte jetzt, sich durch einflußreiche Leute protegieren zu lassen. Wenn ein Träger des Großen Preises sich so verhält, nennen seine Kameraden ihn einen Duckmäuser und Streber. Dem jungen Architekten standen zwei Wege offen: dem Parfümhändler ehrlich zu dienen, oder ihn auszubeuten. Aber Birotteau war Beisitzer, Birotteau war der künftige Besitzer der Hälfte der Bauplätze an der Madeleine, um die herum früher oder später ein schönes Stadtviertel erbaut werden würde: Birotteau mußte schonend behandelt werden. Also opferte Grindot den gegenwärtigen Gewinn den künftigen Vorteilen. Geduldig hörte er sich die Pläne, die ewigen Wiederholungen, die Ideen eines jener Bourgeois an, die beständig die Zielscheibe der Pfeile, der Spöttereien des Künstlers sind, der ewige Gegenstand seiner Verachtung; er folgte dem Parfümhändler und nickte, um seinen Ideen Beifall zu zollen. Als dann der Parfümhändler alles des langen und breiten auseinandergesetzt hatte, versuchte der junge Architekt, ihm seinen eigenen Plan kurz darzulegen.

»Sie haben bereits drei Fenster nach der Straßenseite hin, ferner das Fenster im Treppenhaus, das nur den Treppenabsatz erhellt. Zu diesen vier Fenstern sollen die beiden hinzukommen, die im Nachbarhaus auf gleicher Höhe liegen, und durch Verlegung der Treppe soll an der Straßenseite eine Zimmerflucht durch die ganze Wohnung entstehen.«

»Sie haben mich vollkommen verstanden«, sagte der verblüffte Parfümhändler.

»Zur Durchführung Ihres Plans muß die neue Treppe ihr Licht von oben erhalten, und unter dem Sockel muß eine Portiersloge ausgespart werden.«

»Dem Sockel . . .?«

»Ja, das ist der Teil, auf dem die Treppe ruht . . .«

»Ich verstehe.«

»Was nun Ihre Wohnung betrifft, so lassen Sie mir bitte freie Hand bei der Raumeinteilung und der Inneneinrichtung. Ich möchte, daß sie würdig . . .«

»Würdig! Das ist das richtige Wort.«

»Welche Zeit stellen Sie mir für den Umbau zur Verfügung?«

»Drei Wochen.«

»Welche Summe wollen Sie für die Arbeiter auswerfen?«

»Wie teuer kann mich denn diese Reparatur zu stehen kommen?«

»Ein Architekt kalkuliert einen Neubau bis auf ungefähr einen Centime«, antwortete der junge Herr; »aber da ich mich nicht auf das Hineinlegen eines Bourgeois verstehe ... (verzeihen Sie: das Wort ist mir nur so entschlüpft ...), muß ich Ihnen von vornherein sagen, daß es bei Reparaturen und Flickarbeiten unmöglich ist, genau zu kalkulieren. In ungefähr acht Tagen könnte ich Ihnen einen ungefähren Kostenanschlag machen. Schenken Sie mir Ihr Vertrauen: Sie sollen eine reizende, von oben beleuchtete Treppe und eine hübsche Vorhalle nach der Straße hin bekommen, und unter dem Sockel ...«

»Schon wieder dieser Sockel ...«

»Keine Sorge, ich werde schon den Platz für eine kleine Portiersloge ausfindig machen. Ihre Wohnung soll genau erwogen und liebevoll ausgeführt werden. Jawohl, Monsieur, mir geht es um die Kunst und nicht ums Geld! Muß ich nicht vor allem von mir reden machen, um vorwärtszukommen? Meiner Meinung nach ist das beste Mittel dazu, nicht mit den Lieferanten unter einer Decke zu stecken und für billiges Geld etwas Schönes zu schaffen.«

»Mit solcherlei Gedanken, junger Mann«, sagte Birotteau gönnerhaft, »werden Sie es zu etwas bringen.«

»Also«, fuhr Grindot fort, »unterhandeln Sie direkt mit Ihren Maurern, Malern, Schlossern, Zimmerleuten und Kunstschreinern. Ich übernehme die Überprüfung ihrer Rechnungen. Mir selbst bewilligen Sie bitte ein Honorar von zweitausend Francs; das ist gut angelegtes Geld. Lassen Sie mich morgen an Ort und Stelle frei schalten und walten und sagen Sie mir, wer für Sie arbeiten soll.«

»Wieviel kann denn das Ganze, über den Daumen gepeilt, kosten?«

»Zehn- bis zwölftausend Francs«, sagte Grindot. »Aber ungerechnet das Mobiliar, denn Sie wollen sich doch wohl neues anschaffen. Geben Sie mir bitte die Adresse Ihres Tapezierers;

ich muß mich mit ihm bei der Auswahl der Farben verständigen, damit ein geschmackvolles Gesamt zustande kommt.«

»Ich beauftrage immer Monsieur Braschon in der Rue Saint-Antoine«, sagte der Parfümhändler und bezeigte dabei die Würde eines Herzogs.

Der Architekt schrieb sich die Adresse in eins der kleinen Notizbücher, die stets von einer hübschen Frau stammen.

»Also gut«, sagte Birotteau, »ich verlasse mich auf Sie. Bitte warten Sie nur noch so lange, bis ich die Sache mit dem Mietvertrag für die beiden Zimmer erledigt und die Erlaubnis für den Mauerdurchbruch bekommen habe.«

»Benachrichtigen Sie mich heute abend durch ein paar Zeilen«, sagte der Architekt. »Ich muß die Nacht über meine Pläne zeichnen, und wir arbeiten lieber für die Bourgeoisie als *pour le roi de Prusse*[61], das heißt: für uns. Ich werde auf jeden Fall schon die Maße abnehmen, die Höhen, die Größe der Wohnflächen, den Abstand der Fenster ...«

»Am vereinbarten Tag müssen wir aber fertig sein«, entgegnete Birotteau, »sonst zahle ich nicht.«

»Es muß eben geschafft werden«, sagte der Architekt. »Die Handwerker sollen die Nacht durcharbeiten; der Anstrich wird künstlich getrocknet, aber lassen Sie sich nicht von den Unternehmern übers Ohr hauen, lassen Sie sich den Preis immer im voraus sagen, und bestehen Sie auf Einhaltung des Vereinbarten.«

»Paris ist der einzige Ort der Welt, wo man dergleichen wie mit dem Zauberstab durchführen kann«, sagte Birotteau mit einer orientalischen Geste, die aus ›Tausendundeiner Nacht‹ hätte stammen können. »Erweisen Sie mir die Ehre und kommen Sie zu meinem Ball. Männer von Talent hegen wohl nicht samt und sonders die Verachtung, mit der der Handelsstand überschüttet wird, und Sie werden bei dieser Gelegenheit sicherlich einen Gelehrten ersten Ranges kennenlernen, Monsieur Vauquelin vom Institut de France; ferner Monsieur de La Billardière, den Grafen de Fontaine, den Richter Lebas und den Präsidenten des Handelsgerichts; ferner hohe Justizbeamte: den Grafen de Granville vom Königlichen Gericht und Monsieur Popinot vom Gericht Erster Instanz, Monsieur Camusot vom Handelsgericht, und dessen Schwiegervater Monsieur Cardot ... und vielleicht sogar den Herzog von Lenoncourt, den Ersten Kammerherrn des Königs. Ich lade ein paar Freunde und Bekannte ein ... um die Räumung des Landes zu feiern ... und ... meine Ernennung zum Ritter der Ehrenlegion ... (Grindot vollführte eine eigenartige Geste). Vielleicht habe ich mich dieser ... Auszeichnung ... und ... der Königlichen Gunst als würdig erwiesen ... als Handelsrichter und als Kämpfer für die Bourbonen auf den Stufen von Saint-Roch am 13. Vendémiaire; ich bin da nämlich durch Napoleon verwundet worden. Solcherlei Ansprüche ...«

Constance im Morgenkleid kam aus Césarines Schlafzimmer, wo sie sich angezogen hatte; ihr erster Blick stoppte den Redeschwung ihres Mannes; er bemühte sich, eine weniger geschwollene Wendung zu formulieren, um seinem lieben Nächsten bescheidentlich seine Größe zu Gemüte zu führen.

»Da, schau, mein Herzchen, dies ist Monsieur *de* Grindot, übrigens ein vortrefflicher junger Herr und mit einem großen Talent begabt. Er ist der Architekt, den Monsieur de La Billardière uns für die Leitung der *kleinen* Arbeiten hier im Hause empfohlen hat.«

Der Parfümhändler versteckte sich hinter seiner Frau und gab dem Architekten ein Zeichen: Bei dem Worte »kleinen« legte er einen Finger auf die Lippen, und der Künstler verstand.

»Constance, der Herr möchte die Längen- und Höhenmaße nehmen; laß es ihn tun, Beste«, sagte Birotteau und verdrückte sich auf die Straße.

»Das wird doch sicher sehr teuer?« fragte Constance den Architekten.

»Nein, Madame, sechstausend Francs, so ungefähr ...«

»So ungefähr!« rief Madame Birotteau. »Ich bitte Sie, fangen Sie nichts ohne einen Kostenanschlag und schriftliche Abmachungen an. Ich kenne mich in den Methoden der Unternehmer aus: sechstausend, das soll heißen zwanzigtausend. Wir sind nicht in der Lage, Narrheiten zu begehen. Obwohl mein Mann natürlich Herr im Hause ist, bitte ich Sie: Lassen Sie ihm Zeit zum Überlegen.«

»Madame, der Herr Beigeordnete hat mir gesagt, ich solle ihm die Wohnung innerhalb dreier Wochen fertigstellen, und wenn wir trödeln, laufen Sie Gefahr, die Kosten zu zahlen, ohne daß etwas Fertiges dabei herauskommt.«

»Es gibt Kosten und Kosten«, sagte die schöne Parfümhändlerin.

»Tja, Madame, glauben Sie, daß es für einen Architekten, der Monumentalbauten errichten möchte, sehr ruhmvoll ist, eine Wohnung auszustatten? Ich lasse mich zu dieser Kleinarbeit nur aus Gefälligkeit gegenüber Monsieur de La Billardière herab, und wenn Sie es vor mir mit der Angst bekommen ...«

Er tat, als wolle er sich zurückziehen.

»Schon gut, schon gut«, sagte Constance und ging wieder ins Schlafzimmer, wo sie den Kopf an Césarines Schulter lehnte. »Ach, Töchterchen! Dein Vater richtet sich zugrunde! Er hat einen Architekten genommen, der einen Schnurrbart und eine Fliege hat und der von Monumentalbauten redet! Er wird sicher unser ganzes Haus umkrempeln und uns einen Louvre erbauen. Wenn es sich um eine Narrheit handelt, ist César immer voneweg; letzte Nacht hat er mir von seinen Plänen erzählt, und heute früh fängt er schon mit ihrer Durchführung an.«

»Ach was, Mama, laß den Papa nur machen, dem hat der liebe Gott stets geholfen«, sagte Césarine, küßte die Mutter und setzte sich ans Klavier, um dem Architekten zu zeigen, daß der Tochter eines Parfümhändlers die schönen Künste kein unbekanntes Gelände seien.

Als der Architekt ins Schlafzimmer kam, war er betroffen über Césarines Schönheit und stand beinahe sprachlos da. Césarine war gerade aus ihrem Schlafkämmerchen gekommen; sie trug eine leichte Morgengewandung, war frisch und rosig, wie nur ein junges, achtzehnjähriges Mädchen frisch und rosig zu sein vermag, blond, niedlich und blauäugig; sie bot dem Blick des Künstlers jene in Paris so seltene Elastizität dar, die das zarteste Fleisch schwellen läßt und das Blau der Adern, das in der hellen Hautfarbe pulsiert, mit einem Farbton nuanciert, den die Maler vergöttern. Obwohl sie in der lymphatischen Atmosphäre eines Pariser Ladens lebte, in den kaum je frische Luft einströmt, in den die Sonne nur spärlich eindringt, hatte ihre geregelte Lebensweise ihr die Segnungen des Freiluftlebens einer Bewohnerin des römischen Trastevere[62] verliehen. Üppiges Haar, das im Ansatz dem ihres Vaters glich und so angeordnet war, daß ein schön geschwungener Hals sichtbar blieb, rieselte in gepflegtem Gelock nieder wie bei allen im Geschäft tätigen Mädchen, denen der Wunsch aufzufallen eine vollauf englische Sorgsamkeit in den Toilettekünsten angewöhnt hat. Die Schönheit dieses schönen Mädchens war nicht die einer Lady und auch nicht die der französischen Herzoginnen, sondern die rundliche, rotblonde Schönheit der Fläminnen des Rubens. Césarine hatte die Stupsnase ihres Vaters, aber durch die Feinheit der Modellierung ins Geistvolle verwandelt, ähnlich den spezifisch französischen Nasen, die bei Largillière[63] so wohlgelungen wirken. Ihre Haut war wie ein griffiger, fester Stoff und kündete von jungfräulicher Lebenskraft. Sie besaß die schöne Stirn ihrer Mutter, aber erhellt durch die Heiterkeit eines sorglosen Mädchens. Ihre blauen, in reicher Feuchte schimmernden Augen waren Ausdruck der zarten Anmut einer glücklichen Blondine. Wenn auch das Glück ihrem Kopf das Poetische versagte, das die Maler unbedingt ihren Porträtschöpfungen zuteil werden lassen wollen, indem sie sie ein wenig gar zu versonnen gestalten, so lieh ihr doch die unbestimmte physische Melancholie, wie sie jungen Mädchen anhaftet, die noch nie unter dem mütterlichen Fittich hervorgekommen sind, damals etwas Ideales. Ungeachtet der Erlesenheit ihrer Formen war sie von kräftiger Konstitution: Ihre Füße zeugten von der bäuerlichen Abkunft ihres Vaters, denn ihr Nachteil waren ein Mangel an Rasse und vielleicht auch die Röte ihrer Hände, Zeugnisse rein bürgerlichen Blutes. Früher oder später mußte sie beleibt werden. Da sie ein paar junge, elegante Frauen in den Laden hatte kommen sehen, hatte sie sich schließlich ein Gefühl für die Künste der Toilette zugelegt, ein gewisses Mienenspiel, eine Sprechweise und Bewegungen, die ganz nach eleganter Dame aussahen und allen jungen Leuten, auch den Kommis, den Kopf verdrehten; sie kam ihnen überaus vornehm vor. Popinot hatte sich gelobt, nie eine andere als Césarine zu heiraten. Diese geschmeidige Blondine, die ein bloßer Blick zu durchdringen schien, die ein vorwurfsvolles Wort in Tränen zerfließen ließ, war die einzige, die ihn männliche Überlegenheit fühlen zu lassen vermochte. Dies liebreizende Mädchen flößte Liebe ein, ohne einem Zeit zur Nachprüfung zu lassen, ob sie auch genügend Geist besitze, ebenjener Liebe Dauer zu verleihen; aber wozu ist das, was man in Paris als »Geist« bezeichnet, in einer Gesellschaftsklasse nütze, in der die Hauptelemente des Glücks gesunder Menschenverstand und Tugend sind? Was das Geistige anbelangt, so war Césarine ihre Mutter, nur ein wenig vervollkommnet durch das Beiwerk ihrer Ausbildung: Sie hatte eine Schwäche für Musik; sie zeichnete die ›Madonna della Sedia‹[64] mit schwarzer Kreide nach, sie las die Werke der Damen Cottin[65] und Riccoboni[66], sie las Bernardin de Saint-Pierre[67], Fénelon[68] und Racine[69]. Im Kontor bei ihrer Mutter ließ sie sich immer nur für ein paar Minuten sehen, ehe zu Tisch gegangen wurde, oder sie vertrat sie ausnahmsweise einmal. Ihre Eltern wie alle Emporkömmlinge, die geflissentlich die Undankbarkeit ihrer Kinder dadurch züchten, daß sie sie über sich selber stellen, gefielen sich darin, Césarine zu vergöttern; aber diese besaß zum Glück soviel bürgerliche Tugend, daß sie die Schwäche der beiden nicht mißbrauchte.

Madame Birotteau war dem Architekten mit beunruhigter, flehender Miene gefolgt; sie sah ihm geradezu entsetzt zu und wies ihre Tochter auf die absonderlichen Bewegungen des Zollstocks hin, des Spazierstocks der Architekten und Bauunternehmer, mit dem Grindot Maß nahm. Sie erblickte in dieser Handhabung eines Zauberstabs etwas Beschwörendes von schlimmer Vorbedeutung; ihr wären niedrigere Wände, kleinere Zimmer lieber gewesen, aber sie wagte es nicht, den jungen Herrn zu fragen, was bei diesen Hexenkunststücken nun eigentlich herauskommen solle.

»Seien Sie unbesorgt, Madame, ich nehme nichts mit«, sagte der Künstler lächelnd.

Césarine mußte unwillkürlich auflachen.

»Monsieur«, sagte Constance, die den Scherz des Architekten überhört hatte, mit flehender Stimme, »lassen Sie Sparsamkeit walten; später können wir Sie dann dafür entschädigen . . .«

Bevor César zu Monsieur Molineux ging, dem Besitzer des Nachbarhauses, wollte er noch bei Roguin den Privatvertrag abholen, den Alexandre Crottat ihm über die Abtretung der beiden Zimmer hatte aufsetzen sollen. Beim Weggehen sah Birotteau am Fenster von Roguins Arbeitszimmer du Tillet stehen.

Obgleich die Liaison seines ehemaligen Kommis mit der Frau des Notars die Anwesenheit du Tillets zu der Zeit, da die Kaufverträge über die Grundstücke ausgefertigt werden sollten, als nichts Ungewöhnliches erscheinen ließ, wurde Birotteau dadurch beunruhigt, trotz seinem Übermaß an Vertrauen. Du Tillets angeregte Miene ließ auf eine Diskussion schließen. »Sollte er ebenfalls mit der Sache zu tun haben?« fragte er sich auf Grund seiner kaufmännischen Vorsicht. Wie ein Blitz durchzuckte der Argwohn sein Inneres. Er wandte sich nochmals um, erblickte Madame Roguin, und jetzt kam ihm die Anwesenheit des Bankiers nicht mehr verdächtig vor. – »Aber wenn Constance nun dennoch recht hätte?« fragte er sich. »Wie blöd ich doch bin, auf Fraueneinfälle zu hören! Ich will übrigens noch heute vormittag darüber mit meinem Onkel reden. Von der Cour Batave[70], wo dieser Molineux wohnt, zur Rue des Bourdonnais ist es ja nur ein Katzensprung.« Ein mißtrauischer Menschenkenner, ein Kaufmann, der im Lauf seines Lebens bereits mit ein paar Gaunern zu tun gehabt hätte, wäre gerettet gewesen; aber Birotteaus bisheriges Leben, seine intellektuelle Unfähigkeit zu Induktionsschlüssen, durch die ein überlegener Mann zu den Ursachen gelangt, all das riß ihn ins Verderben. Er fand den Schirmhändler im Sonntagsstaat vor und wollte mit ihm gerade zu dem Hausbesitzer aufbrechen, als Virginie, seine Köchin, ihn am Arm faßte.

»Monsieur, Madame will nicht, daß Sie das Haus verlassen ...«

»Was ist denn nun schon wieder los«, rief Birotteau. »Immer diese Weiberideen!«

»... ehe Sie nicht Ihre Tasse Kaffee getrunken haben; sie steht für Sie bereit.«

»Ach so! Ja, richtig. Lieber Herr Nachbar«, sagte Birotteau zu Cayron, »mir geht so viel im Kopf herum, daß ich nicht auf meinen Magen höre. Tun Sie mir den Gefallen und gehen Sie voraus, wir treffen uns dann vor Monsieur Molineux' Tür, sofern Sie nicht hinaufgehen und ihm die Sache auseinandersetzen wollen; dadurch würden wir Zeit sparen.«

Monsieur Molineux war ein kleiner, grotesker Rentner, wie sie nur in Paris existieren, gerade wie eine bestimmte Flechte nur auf Island wächst[71]. Dieser Vergleich ist um so treffender, als jener Mann ein Zwittergeschöpf war und einem Tier-Pflanzenreich angehörte, das ein neuer Mercier[72] aus Kryptogamen zusammenstellen könnte, die auf, in oder unter dem Verputz unterschiedlicher Mauern seltsamer oder ungesunder Häuser, an denen diese Wesen vorzugsweise auftreten, wachsen, blühen oder sterben. Beim ersten Anblick hatte diese den Umbelliferen[73] – in Anbetracht der blauen, röhrenförmigen Mütze, die sie krönte, des von einer grünlichen Hose umgebenen Stengels und der knolligen, in Schnürschuhen steckenden Wurzeln – angehörende Menschenpflanze ein weißliches, flaches Gesicht, dem man keinerlei Giftigkeit ansah. Man hätte in diesem bizarren Produkt den Aktionär, wie er im Buche steht, erkannt, der an alle Nachrichten glaubt, die die periodisch erscheinende Presse mit ihrer Tinte tauft und der alles gesagt hat, wenn er sagt: »Lesen Sie nur die Zeitung!« Der Bürger, der seinem Wesen nach ein Freund der Ordnung ist und stets von sittlicher Entrüstung gegen die Regierung erfüllt, der er dennoch stets gehorcht, ist im Gesamt ein schwaches Geschöpf und blutgierig als einzelner, fühllos wie ein Gerichtsvollzieher, wenn es sich um sein Recht handelt; er füttert seine Vögel mit frischen Samenkörnern und seine Katze mit Fischgräten; er unterbricht das Ausfertigen einer Mietquittung, um seinem Kanarienvogel etwas vorzupfeifen, ist mißtrauisch wie ein Kerkermeister, steckt aber sein Geld in ein schlechtes Geschäft und versucht dann, den Verlust durch schmutzigen Geiz wieder wettzumachen. Die Bösartigkeit dieser Bastardpflanze enthüllte sich tatsächlich erst, wenn man sich ihrer bediente; um empfunden zu werden, verlangte ihre ekelerregende Bitterkeit nach einem Abkochen in irgendeinem Geschäft, bei dem ihre Interessen mit denen der Menschen verquickt waren. Wie alle Pariser, verspürte Molineux ein Bedürfnis, zu herrschen; er wünschte für sich den mehr oder weniger beträchtlichen Anteil am Regieren, den jeder, und sogar ein Portier, auf mehr oder weniger Opfer ausübt, auf die Frau, das Kind, den Mieter, den Kommis, auf Pferd, Hund oder den Affen, denen man durch Rückprall die Kränkungen erstattet, die man in der höheren Sphäre, nach der man strebt, empfangen hat. Dieser kleine, langweilige Greis hatte weder Frau noch Kind noch Neffen noch Nichte; mit seiner Haushälterin sprang er grob um, konnte indessen kein Aschenbrödel aus ihr machen, da sie jede Berührung vermied, wenn sie gewissenhaft ihren Pflichten oblag. Sein Drang nach Tyrannei fand also keine Stillung; um ihn zu befriedigen, hatte er geduldig die Gesetze über Mietverträge und Brandmauern durchgeackert; er hatte die Rechtsprechung ergründet, die die Pariser Häuser in den unendlichen kleinen Nebenumständen regiert, wie Grenzen der Nachbargrundstücke, Servitute, Steuern, Lasten, Kehrerlohn, Aushängen von Teppichen zu Fronleichnam, Abflußrohre, Beleuchtung, Vorspringen der Baufluchtlinie auf öffentliche Wege und Nachbarschaft gesundheitsschädigender Unternehmen. Seine Mittel, seine Tätigkeit, sein ganzes Denken galt der Erhaltung seines Standes als Hausbesitzer in voller Kriegsbereitschaft; daraus hatte er sich ein Amüsement gemacht, und sein Amüsement grenzte bereits an Monomanie. Es war seine Schwäche, die Bürger gegen den Ansturm der Gesetzwidrigkeit zu schützen; aber Gründe zur Einreichung von Klagen waren selten, und so hatte seine Leidenschaft sich schließlich auf seine Mieter erstreckt. Jeder Mieter war zu seinem Feind geworden, seinem Untergebenen, seinem Untertan, seinem Lehnsmann; er glaubte, Anrecht auf seine Hochachtung zu haben; er hielt jeden für einen ungehobelten Lümmel, der auf der Treppe an ihm vorüberging, ohne ihn anzureden. Eigenhändig schrieb er seine Mietquittungen und schickte sie am Fälligkeitstag Punkt zwölf Uhr. Säumige Mietezahler bekamen einen befristeten Zahlungsbefehl. Dann erfolgte die Pfändung, die Eintreibung der Kosten; die ganze Kavallerie der juristischen Mittel wurde sofort in Marsch gesetzt, mit der gleichen Schnelligkeit, mit der der Scharfrichter seine ›Maschine‹ handhabt. Molineux bewilligte keine Frist, keinen Aufschub; wenn es um die Miete ging, hatte er statt eines Herzens einen Knorpel. – »Ich leihe Ihnen Geld, wenn Sie welches brauchen«, pflegte er zu Zahlungsunfähigen zu sagen, »aber bezahlen Sie mir meine Miete; jede Verzögerung bringt einen Zinsverlust mit sich, für den das Gesetz uns nicht entschädigt.« Nach einer langen Prüfung der Purzelbäume schlagenden Launen der Mieter, die nichts Normales an sich hatten, die einander folgten und dabei die Gepflogenheiten ihrer Vorgänger über den Haufen warfen, nicht mehr und nicht minder wie die Dynastien, hatte er sich eine Verfassung verliehen, und er hielt getreulich daran fest. So kam es, daß der gute Mann nichts reparieren ließ; kein Kamin rauchte, seine Treppen waren sauber, seine Zimmerdecken weiß, seine Gesimse tadellos, seine Parkettböden saßen unbeweglich auf den Stützbalken, der Anstrich war in Ordnung; sämtliche Schlösser waren immer erst drei Jahre alt, nirgendwo fehlte eine Fensterscheibe, Mauerrisse gab es nicht, Sprünge im Fliesenboden wurden erst sichtbar, wenn jemand auszog, und wenn er die Wohnung wieder übernahm, ließ er sich stets von einem Schlosser, einem Maler und Glaser begleiten, sehr entgegenkommenden Leuten, wie er sagte. Übrigens stand es dem neuen Mieter frei, Verbesserungen anbringen zu lassen; aber wenn jemand so unvorsichtig war, seine Wohnung neu herrichten zu lassen, dann grübelte der kleine Molineux Tag und Nacht über einen Kündigungsgrund nach, um über die frisch instand gesetzte Wohnung wieder verfügen zu können; er bespitzelte den Mieter, lauerte ihm auf und entfesselte gegen ihn die Serie seiner üblen Machenschaften. Er kannte alle Finessen der Pariser gesetzlichen Bestimmungen über Mietverträge. Prozeßsüchtig und schreibwütig, wie er war, setzte er sanfte, höfliche Briefe an seine Mieter auf; aber hinter seinem Stil wie hinter seiner faden, zuvorkommenden Miene verbarg sich die Seele eines Shylock. Immer ließ er sich ein halbes Jahr im voraus bezahlen; abgerechnet wurde am letzten Gültigkeitstage des Mietvertrags, und dann marschierte die lange Reihe der dornigen Bedingungen auf, die er ausgeheckt hatte. Er überzeugte sich, ob in der Wohnung Möbel standen, die eine ausreichende Bürgschaft für die Miete boten. Hatte er einen neuen Mieter, so unterwarf er ihn einem förmlichen Kreuzverhör; denn gewisse Berufe wollte er nicht; der leiseste Hammerschlag erschreckte ihn. Wenn es dann einen Vertrag zu unterzeichnen galt, hob er ihn acht Tage bei sich auf und tüftelte daran herum, weil er Angst vor dem hatte, was er die ›et cetera‹ der Notare nannte. Abgesehen von seinen Ideen als Hausbesitzer galt Jean-Baptiste Molineux als gut und gefällig; er spielte Boston, ohne sich zu beschweren, sein Mitspieler habe ihn im Stich gelassen; er lachte über alles, was die Bourgeois zum Lachen bringt; er redete über das, worüber sie reden, über die Willkürlichkeit der Bäcker, die so schuftig waren, zu falschem Gewicht zu verkaufen, über die Polizei, die durch die Finger sah, über die heroischen siebzehn Abgeordneten der Linken[74]. Er las den ›Bon sens du curé Meslier‹[75] und ging zur Messe, da er sich zwischen Deismus und Christentum nicht entscheiden konnte; aber er wies die Hostie nie zurück und gab hinterher vor, er müsse sich der immer mehr um sich greifenden Anmaßung der Geistlichkeit entziehen. Der unermüdliche Bittsteller schrieb in diesem Zusammenhang Briefe an die Zeitungen, die die Zeitungen nicht abdruckten und ohne Antwort ließen. Kurzum: Er war ein achtenswerter Spießbürger, der feierlich sein Weihnachtsscheit in den Kamin legt, den Dreikönigstag feiert, Aprilscherze macht, bei schönem Wetter auf sämtlichen Boulevards spazierengeht und bereits um zwei Uhr, an Tagen, wo Feuerwerk abgebrannt wird, mit einem Brot in der Tasche, auf der Terrasse der Place Louis XV erscheint, um ganz vorn zu stehen.

Die Cour Batave, wo dieser kleine Greis wohnte, ist das Produkt einer der bizarren Bodenspekulationen, die nach ihrer Durchführung unerklärlich anmuten. Das an ein Kloster erinnernde Bauwerk mit Arkaden und Galerien an der Hofseite, ist aus Haustein erbaut und hat hinten einen Brunnen, aber einen durstigen Brunnen, der sein Löwenmaul weniger öffnet, um Wasser zu spenden, als um von allen Passanten welches zu erbitten; das Gebäude ist wahrscheinlich erfunden worden, um das Stadtviertel Saint-Denis mit einer Art Palais-Royal zu versehen. Es ist ein ungesunder, an allen vier Seiten von hohen Häusern umgebener Bau, in dem nur tagsüber Leben und Bewegung herrschen; er ist der Mittelpunkt der dunklen Passagen, die sich hier ein Stelldichein geben und die Stadtgegend um die Markthallen mit dem Viertel Saint-Martin durch die berüchtigte Rue Quincampoix verbinden, feuchte Fußsteige, auf denen eilige Leute sich Rheumatismus holen; aber bei Nacht ist keine Stelle in ganz Paris einsamer; man könnte sie als die Katakomben des Handels bezeichnen. Es gibt dort mehrere übelriechende Werkstätten, nur sehr wenige Bataver[76] und viele Gewürzkrämer. Natürlich haben die Wohnungen in diesem Kaufmannspalast keine andere Aussicht als die auf den gemeinsamen Hof, auf den sämtliche Fenster hinausgehen; deswegen sind die Mieten minimal. Monsieur Molineux wohnte in einer der Ecken, im sechsten Stock, und zwar aus Gesundheitsrücksichten: Erst siebzehn Fuß oberhalb des Erdbodens war die Luft rein. Dort genoß dieser gute Hausbesitzer eine entzückende Aussicht auf die Mühlen des Montmartre, wenn er längs der Dachrinnen spazierenging, in denen er Blumen züchtete, ungeachtet der Polizeivorschriften bezüglich der hängenden Gärten des modernen Babylon. Seine Wohnung bestand aus vier Zimmern, die kostbaren englischen Klosetts[77] nicht mitgerechnet; sie lagen im obersten Stockwerk, er hatte den Schlüssel dazu, sie gehörten ihm, er hatte sie einbauen lassen, in dieser Hinsicht war bei ihm alles in Ordnung. Betrat man die Wohnung, so enthüllte die schamlose Kahlheit sogleich den Geiz dieses Mannes: im Flur sechs Strohstühle, ein Kachelofen und an den Wänden eine flaschengrüne Tapete, vier auf Auktionen erstandene Stiche; im Eßzimmer zwei Anrichten, zwei Bauer voller Vögel, ein Tisch mit einem Wachstuch darauf, ein Barometer, eine Fenstertür, die nach den hängenden Gärten führte, und mit Roßhaar bezogene Mahagonistühle; das Wohnzimmer hatte kleine Vorhänge aus altem grünem Seidenstoff und einen mit Utrechter Samt gepolsterten Sessel, dessen Holzteile weiß gestrichen waren. Das Schlafzimmer des alten Junggesellen enthielt Möbel aus der Zeit Ludwigs XV.; sie waren durch allzu langen Gebrauch abgenützt, und eine weißgekleidete Dame hätte Angst gehabt, sich darauf schmutzig zu machen. Den Kamin schmückte eine Stutzuhr mit zwei Säulen; zwischen ihnen hing ein Zifferblatt, das einer ihren Speer schwingenden Pallas als Piedestal diente: etwas Mythologisches. Auf dem Fußboden standen Teller mit Resten von Katzenfutter; man mußte befürchten hineinzutreten. Über einer Kommode aus Rosenholz hing ein Pastellbildnis (Molineux als Jüngling). Ferner Bücher, Tische, auf denen schäbige grüne Pappkartons zu sehen waren; auf einer Konsole seine ausgestopften seligen Kanarienvögel; und schließlich ein Bett, dessen Kälte an die einer Karmeliterin hätte erinnern können.

César Birotteau war entzückt von Molineux' erlesener Höflichkeit; er hatte ihn im grauen Flanellschlafrock angetroffen, wie er auf seine Milch aufpaßte, die auf einem kleinen Blechwärmer in der Ecke des Kamins stand, und auf sein Kaffeewasser, das in einem braunen, irdenen Töpfchen kochte und das er in kleinen Portionen in seine Kaffeekanne goß. Um seinen Hauswirt nicht zu bemühen, hatte der Regenschirmhändler Birotteau die Tür geöffnet. Molineux empfand große Verehrung vor den Bürgermeistern und Beigeordneten der Stadt Paris; er nannte sie »seine Munizipalbeamten«. Beim Erblicken des Handelsrichters erhob er sich und blieb mit der Mütze in der Hand stehen, bis der große Birotteau sich gesetzt hatte.

»Nein, Monsieur, ja, Monsieur, ach, Monsieur, wenn ich die Ehre hätte ahnen können, im Schoß meiner bescheidenen Penaten ein Mitglied der Pariser Munizipalverwaltung zu beherbergen, dann glauben Sie bitte, daß ich es mir zur Pflicht gemacht haben würde, mich zu Ihnen zu begeben, obwohl ich Ihr Hausbesitzer bin oder – im Begriff stehe, es zu werden.« Birotteau machte eine Geste, durch die er ihn bitten wollte, seine Mütze wieder aufzusetzen. – »Nichts dergleichen tue ich, ich bedecke mich nicht eher wieder, als bis Sie selber sich gesetzt und bedeckt haben, sofern Sie erkältet sind; mein Zimmer ist ein bißchen kalt, die Bescheidenheit meiner Einkünfte erlaubt mir nicht ... Zur Gesundheit, Herr Beigeordneter.«

Birotteau hatte geniest, als er nach seinem Vertrag suchte. Er überreichte ihn, nicht ohne dabei zu sagen, um jede Verzögerung zu vermeiden, daß der Notar Roguin ihn auf seine Kosten aufgesetzt habe.

»Ich bestreite die Kenntnisse Monsieur Roguins nicht; er führt einen alten, unter den Pariser Notaren wohlbekannten Namen; aber ich habe nun mal meine kleinen Gewohnheiten, ich erledige meine Geschäfte selber, wohl eine verzeihliche Schwäche, und mein Notar ist ...«

»Aber unsere Angelegenheit ist doch so einfach«, sagte der Parfümhändler; er war an die raschen Entscheidungen der Kaufleute gewöhnt.

»So einfach!« rief Molineux. »In Mietdingen ist nichts einfach. Ach, Sie sind kein Hauseigentümer, Monsieur, und Sie sind deswegen desto glücklicher dran. Wenn Sie wüßten, wie weit die Mieter es mit der Undankbarkeit treiben, und was für Vorsichtsmaßnahmen zu treffen wir gezwungen sind! Passen Sie mal auf, ich hatte da einen Mieter ...«

Eine Viertelstunde lang erzählte Molineux, wie Monsieur

Gendrin, ein Zeichner, seinen wachsamen Portier in der Rue Saint-Honoré hinters Licht geführt habe. Monsieur Gendrin habe Infamien begangen, die eines Marat[78] würdig gewesen wären, unanständige Zeichnungen angefertigt, wobei die Polizei ein Auge zugedrückt habe, so weit gehe die Duldsamkeit der Polizei! Dieser Gendrin, ein durch und durch unmoralischer Künstler, bringe liederliche Frauenzimmer mit ins Haus und mache die Treppe unbegehbar, und das sei ein Streich, der eines Mannes würdig sei, der Karikaturen gegen die Regierung zeichne. Und warum alle diese Missetaten ...? Weil am 15. die Miete von ihm verlangt werde! Gendrin und Molineux müßten einen Prozeß führen, denn obwohl er nicht bezahlt habe, beanspruche der Künstler, in seiner leeren Wohnung zu bleiben. Molineux habe anonyme Briefe bekommen, in denen Gendrin, denn der sei sicherlich der Schreiber, ihm angedroht habe, er würde eines Nachts in den winkligen Gassen, die zur Cour Batave führten, ermordet werden.

»Das ist so weit gegangen, Monsieur«, fuhr er fort, »daß der Herr Polizeipräsident, dem ich meine Zwangslage anvertraute ... (ich habe dabei die Gelegenheit wahrgenommen, ihm ein paar Anregungen über die Änderungen zu geben, die in die diesbezüglichen Gesetze eingefügt werden müßten), mich ermächtigt hat, zu meiner persönlichen Sicherheit Pistolen bei mir zu tragen.«

Der kleine Greis stand auf und holte seine Pistolen.

»Da sind sie!« rief er.

»Aber von mir haben Sie doch so etwas nicht zu befürchten«, sagte Birotteau und blickte zu Cayron hinüber, den er mit einem lächelnden Blick bedachte, in dem sich Mitleid mit einem solchen Menschen abzeichnete.

Diesen Blick hatte Molineux erhascht; es kränkte ihn, einem solchen Ausdruck bei einem städtischen Verwaltungsbeamten zu begegnen, der doch die ihm Unterstehenden hätte schützen müssen. Jedem anderen hätte er ihn verziehen; aber Birotteau verzieh er ihn nicht.

»Monsieur«, fuhr er trockenen Tones fort, »einer der höchstgeachteten Handelsrichter, ein Beigeordneter, ein ehrsamer Kaufmann sollte sich nicht mit solcherlei Lappalien, denn es sind

Lappalien, befassen! Aber in unserem Fall ist ein Mauerdurchbruch durchzuführen, zu dem Ihr Hausbesitzer, der Herr Graf de Granville, sein Einverständnis erteilen muß; ferner müssen Abmachungen für die Wiederherstellung der Mauer nach Ablauf der Mietzeit getroffen werden; schließlich ist der Mietpreis ungemein niedrig, er wird steigen, die Place Vendôme wird an Wert gewinnen, sie tut es jetzt schon! Die Rue Castiglione wird gebaut! Ich lege mich fest . . . ich lege mich fest . . .«

»Machen Sie's kurz«, sagte der verblüffte Birotteau, »worauf wollen Sie hinaus? Ich kenne mich in diesen Dingen zur Genüge aus und kann mir denken, daß Ihre Gründe vor dem höchsten aller Gründe, dem Geld, verstummen werden. Also: Wieviel verlangen Sie?«

»Nur das Angemessene, Herr Beigeordneter. Auf wie lange lautet Ihr Mietvertrag?«

»Auf sieben Jahre«, antwortete Birotteau.

»Was wird in sieben Jahren mein erster Stock wert sein?« entgegnete Molineux. »Was werden dann in diesem Viertel zwei möblierte Zimmer an Miete einbringen? Vielleicht mehr als zweihundert Francs den Monat! Ich lege mich fest, ich lege mich fest durch einen Mietvertrag. Also wollen wir die Miete auf fünfzehnhundert Francs festsetzen. Bei diesem Preis willige ich in die Ausscheidung der beiden Zimmer aus dem Mietvertrag des hier anwesenden Monsieur Cayron ein«, sagte er und warf einen schielenden Blick auf den Händler, »ich gebe sie Ihnen zur Miete auf sieben hintereinander folgende Jahre. Die Kosten des Mauerdurchbruchs tragen Sie, unter der Bedingung, daß Sie mir die Einwilligung und die Verzichterklärung des Herrn Grafen de Granville auf alle Rechte vorlegen. Bei Ihnen liegt die Verantwortung für alles, was bei diesem kleinen Durchbruch passieren kann; was mich betrifft, so sind Sie nicht gehalten, die Wand wiederherstellen zu lassen; dafür geben Sie mir als Entschädigung fünfhundert Francs, sofort zahlbar: Schließlich weiß man nicht, wer am Leben bleibt und wer stirbt; ich will niemandem nachlaufen, wenn die Wand einmal wiederhergestellt werden muß.«

»Diese Bedingungen kommen mir einigermaßen gerechtfertigt vor«, sagte Birotteau.

»Ferner«, sprach Molineux weiter, »zahlen Sie mir siebenhundertfünfzig Francs *hic et nunc*[79], die erst auf das letzte Halbjahr Ihrer Mietzeit verrechnet werden; die Quittung darüber enthält der Mietvertrag. Oh, ich nehme auch Wechselchen, wenn darauf vermerkt ist: ›Gegenwert für Miete‹, damit ich meine Sicherheit nicht einbüße; den Fälligkeitstag können Sie nach Ihrem Belieben bestimmen. In Geschäftsdingen bin ich kurz und bündig. Wir müssen noch festsetzen, daß die Tür nach meiner Treppe hin zugemauert wird, und zwar auf Ihre Kosten; Sie sind nicht berechtigt, sie zu benutzen . . . Aber keine Sorge, ich beanspruche keine Entschädigung für die Wiederherstellung nach Ablauf des Mietvertrags; ich betrachte sie als in die fünfhundert Francs einbegriffen. Sie sehen: Ich bin immer gerecht.«

»So peinlich genau sind wir Kaufleute nicht«, sagte der Parfümhändler, »mit einer solchen Fülle von Formalitäten käme kein einziges Geschäft zustande.«

»Ach, im Kaufmännischen ist das ganz was anderes, und vor allem im Parfümhandel, wo alles sich im Handumdrehen abwickelt«, sagte der kleine Greis mit einem säuerlichen Lächeln. »Aber in Mietdingen, und noch dazu in Paris, ist nichts gleichgültig. Sehen Sie, ich habe da einen Mieter in der Rue Montorgueil . . .«

»Monsieur«, sagte Birotteau, »ich bin untröstlich, daß ich Sie bei Ihrem Frühstück aufhalte: Hier haben Sie den Vertrag, berichtigen Sie ihn, alles, was Sie verlangen, ist bewilligt; morgen können wir ihn dann unterschreiben, heute geben wir uns einfach unser Wort, denn morgen muß mein Architekt in der Wohnung freie Verfügung haben.«

»Monsieur«, entgegnete Molineux und blickte den Regenschirmhändler an, »der Termin ist überschritten, Monsieur Cayron will die Miete nicht bezahlen; wir wollen sie zu den Wechseln hinzuschlagen, dann läuft der Mietvertrag von Januar bis Januar. Das läßt sich dann besser berechnen.«

»Meinetwegen«, sagte Birotteau.

»Und dann noch einen Sou pro Franc für den Portier . . .«

»Aber«, sagte Birotteau, »Sie sperren mir doch die Treppe, den Eingang; da ist es nicht gerechtfertigt . . .«

»Oh, Sie sind doch Mieter«, sagte der kleine Molineux, der

Prinzipienreiter, peremptorisch, »Sie müssen natürlich auch Ihren Anteil an der Tür- und Fenstersteuer tragen. Erst wenn wir uns über all das einig sind, Monsieur, bestehen keine Schwierigkeiten mehr. Sie vergrößern sich beträchtlich, Monsieur; geht das Geschäft gut?«

»Ja«, sagte Birotteau. »Aber es besteht ein anderer Beweggrund. Ich lade ein paar Freunde und Bekannte zu mir ein, und zwar, um sowohl die Räumung unseres Landes von den Truppen der Besatzungsmächte als auch meine Aufnahme in den Orden der Ehrenlegion festlich zu begehen ...«

»Siehe da«, sagte Molineux, »eine wohlverdiente Belohnung!«

»Ja«, sagte Birotteau. »Vielleicht habe ich mich dieser Auszeichnung und der königlichen Gunst dadurch würdig erwiesen, daß ich Handelsrichter war und auf den Stufen von Saint-Roch für die Bourbonen gekämpft habe, am 13. Vendémiaire; da bin ich von Napoleon angeschossen worden; diese Leistungen ...«

»... gelten ebensoviel wie die unserer tapferen Soldaten der alten Armee. Das Ordensband ist rot, weil es in vergossenes Blut getaucht worden ist.«

Auf diese dem ›Constitutionnel‹ entlehnten Worte hin konnte Birotteau nicht anders: Er mußte den kleinen Molineux zu seinem Fest einladen, und dieser erging sich in Dankesbezeigungen und fühlte sich geneigt, ihm seine Geringschätzung nachzusehen. Der alte Mann begleitete seinen neuen Mieter bis auf den Treppenabsatz und überhäufte ihn mit Höflichkeiten. Als Birotteau sich mit Cayron in der Mitte der Cour Batave befand, schaute er seinen Begleiter mit spöttischer Miene an.

»Ich hätte nicht geglaubt, daß es so beschränkte Menschen gebe!« sagte er und unterdrückte gerade noch das Wort »blödsinnige«.

»Ach«, sagte Cayron, »nicht alle Menschen sind so gescheit wie Sie.«

Gegenüber Monsieur Molineux hatte Birotteau sich natürlich als ein überlegener Mensch vorkommen können; die Antwort des Regenschirmhändlers entlockte ihm ein Lächeln der Genugtuung, und er verabschiedete sich von ihm mit königlicher Huld.

»Ich bin in der Nähe der Markthalle«, sagte Birotteau sich,

»da kann ich gleich die Sache mit den Haselnüssen erledigen.«

Nach einer Stunde des Suchens und Erkundigens wurde Birotteau von den Marktweibern zurück in die Rue des Lombards geschickt, wo die für Konfekt bestimmten Haselnüsse verarbeitet wurden; und dort erfuhr er von den ihm befreundeten Matifats, daß ›Dörrfrüchte‹ nur bei einer gewissen Madame Angélique Madou gekauft werden könnten; sie wohne in der Rue Perrin-Gasselin[80] und leite die einzige Firma, bei der echte provençalische Lambertsnüsse[81] und echte weiße Alpen-Haselnüsse zu finden seien.

Die Rue Perrin-Gasselin ist eine der schmalen Gassen in dem quadratischen Labyrinth, das vom Quai, der Rue Saint-Denis, der Rue de la Ferronnerie und der Rue de la Monnaie umschlossen wird und sozusagen die Eingeweide der Stadt darstellt. Es wimmelt dort eine unendliche Zahl der verschiedenartigsten Waren in buntem Gemisch durcheinander, stinkende und kokette, Hering und Musselin, Seide und Honigsorten, Butter und Tüll, und vor allem eine Fülle kleiner Läden, von denen Paris so wenig eine Ahnung hat wie die meisten Menschen von dem, was in der Bauchspeicheldrüse vor sich geht; ihr Blutsauger war damals ein gewisser Bidault, genannt Gigonnet, ein Wechselmakler, der in der Rue Grenétat wohnte. Dort stehen ehemalige Pferdeställe voller Öltonnen; Wagenschuppen bergen Myriaden von Baumwollstrümpfen. Dort befindet sich der Engroshandel mit Lebensmitteln, die dann en détail in den Markthallen verkauft werden. Madame Madou, ehedem Händlerin mit frischen Seefischen, hatte sich vor zehn Jahren auf ›Dörrfrüchte‹ verlegt, und zwar durch eine Liaison mit dem Vorbesitzer ihres Geschäfts, welches Verhältnis längere Zeit hindurch das Geschwätz der Marktweiber genährt hatte; sie war von einer männlichen, herausfordernden Schönheit gewesen, die jetzt indessen in unförmiger Wohlbeleibtheit dahingeschwunden war. Sie wohnte im Erdgeschoß eines gelben, brüchigen Hauses, von dem jedes Stockwerk durch Eisenkreuze zusammengehalten wurde. Der Verstorbene hatte es fertiggebracht, sich sämtliche Konkurrenten vom Hals zu schaffen und seinen Handel zu einem Monopol umzugestalten; trotz einiger gelinder Bildungsmängel hatte seine

Erbin es vermocht, ihm geschäftsgewandt nachzufolgen; sie eilte in ihren Lagerräumen hin und her, die in Schuppen, Ställen und ehemaligen Werkstätten untergebracht waren und wo sie einen erfolgreichen Kampf gegen die Insekten ausfocht. Sie besaß weder Kontor noch Kasse, noch Geschäftsbücher, da sie weder lesen noch schreiben konnte; auf einen Brief antwortete sie mit Fausthieben, da sie ihn als eine Beleidigung betrachtete. Im übrigen war sie eine gute Seele, hatte ein kräftig gefärbtes Gesicht, trug auf dem Kopf einen über die Haube gebundenen Schal, hatte sich durch ihre Klapphorn-Stimme die Achtung der Fuhrleute verschafft; die Zwistigkeiten mit ihnen wurden stets durch eine Flasche weißen Landweins ausgeglichen. Zu Schwierigkeiten mit den Landwirten, die sie mit Früchten belieferten, konnte es nicht kommen; die Geschäftsverbindung wurde durch Barzahlung aufrechterhalten, was das einzige Verständigungsmittel zwischen beiden Teilen war, und im Sommer fuhr die alte Madou persönlich zu ihnen hinaus. Birotteau traf diese ungebärdige Händlerin inmitten von Säcken mit Haselnüssen, Maronen und Walnüssen an.

»Guten Tag, meine liebe Dame«, sagte Birotteau mit einem Anflug von Ungeniertheit.

»Deine ›liebe‹?« antwortete sie. »Ja, mein Junge, kennst du mich denn, weil wir mal in angenehmen Beziehungen zueinander gestanden haben? Haben wir zusammen Schweine gehütet?«

»Ich bin Parfümfabrikant und außerdem Beigeordneter des Bürgermeisters vom zweiten Pariser Arrondissement; daher kann ich als Beamter und Käufer wohl beanspruchen, daß Sie mir gegenüber einen anderen Ton anschlagen.«

»Ich tue, was mir paßt«, sagte das Mannweib. »Mit dem Rathaus habe ich nichts zu schaffen, und den Beigeordneten falle ich nicht zur Last. Und meine Kundschaft, die mag mich, und ich spreche mit ihr auf meine Art. Wenn ihr das nicht recht ist, soll sie sonstwo hingehen.«

»Das kommt bei einem Monopol heraus!« sagte Birotteau vor sich hin.

»Popole[82]? Der ist mein Patenjunge: Wahrscheinlich hat er was ausgefressen. Kommen Sie seinetwegen, verehrter Herr städtischer Beamter?« fragte sie mit sanfterer Stimme.

»Nein; ich hatte bereits die Ehre, Ihnen zu sagen, daß ich als Kunde komme.«

»Na schön! Wie heißt du denn, mein Junge? Du bist doch noch nie bei mir gewesen.«

»Wenn Sie so mit mir reden, müßten Sie mir eigentlich Ihre Haselnüsse billig ablassen«, sagte Birotteau und nannte ihr seinen Namen und wer und was er sei.

»Ach so, Sie sind der berühmte Birotteau mit der schönen Frau! Und was für ein Quantum von den zuckersüßen Haselnüssen wollen Sie denn haben, mein Allergeliebtester?«

»Sechstausend Pfund.«

»Soviel habe ich grade da«, sagte die Händlerin; ihre Stimme klang wie eine eingerostete Flöte. »Mein guter Mann, Sie legen nicht eben die Hände in den Schoß, wenn es gilt, die Mädchen zu verheiraten und zu parfümieren! Gott segne Sie, Sie haben zu tun. Entschuldigen Sie bitte! Aus Ihnen wird bestimmt ein guter Kunde, und die Frau, die ich auf Erden am liebsten habe, hat Sie in ihr Herz geschlossen . . .«

»Wer ist denn das . . .?«

»Na, natürlich die liebe Madame Madou!«

»Was sollen die Nüsse kosten?«

»Für Sie, Bürger, fünfundzwanzig Francs der Zentner, wenn Sie den ganzen Bestand nehmen.«

»Fünfundzwanzig Francs«, sagte Birotteau, »das macht fünfzehnhundert Francs! Und ich brauche vielleicht jährlich Tausende von Zentnern!«

»Aber sehen Sie sich doch bloß die schöne Ware an, die ist barfuß gepflückt worden!« sagte sie und tauchte ihren roten Arm in einen Sack mit Lambertsnüssen. »Und keine taube dabei, mein lieber Herr! Bedenken Sie doch, daß die Kleinhändler ihren Schund für achtzig Sous das Pfund verkaufen, und dabei mogeln sie auf vier Pfund immer ein Pfund taube darunter. Soll ich vielleicht Ihnen zu Gefallen bei meiner Ware zusetzen? Sie sind zwar ein netter Kerl, aber *so* sehr, daß ich das tun könnte, gefallen Sie mir nun auch wieder nicht! Weil Sie aber soviel brauchen, will ich auf zwanzig Francs 'runtergehen; einen Beigeordneten darf man doch nicht vor den Kopf stoßen, das könnte den jungen Ehepaaren Unglück bringen! Fassen Sie doch bloß mal die schöne Ware an, wie schwer die ist! Noch nicht fünfzig gehn aufs Pfund! Die sind voll, da ist kein Wurm drin!«

»Also gut, schicken Sie mir sechstausend für zweitausend Francs, zahlbar in drei Monaten, Rue Faubourg-du-Temple, in meine Fabrik, und zwar morgen in aller Früh.«

»Ich beeile mich wie eine frischgebackene Braut. Dann also auf Wiedersehen, Herr Bürgermeister, und tragen Sie mir nichts nach. Aber wenn es Ihnen nichts ausmacht«, sagte sie und folgte Birotteau in den Hof, »dann wär's mir lieber, wenn Sie Ihre Wechsel auf vierzig Tage ausstellten, ich bin Ihnen mit dem Preis zu sehr entgegengekommen, da kann ich nicht auch noch den Diskont verlieren! Wenn auch der Papa Gigonnet ein noch so gutes Herz hat: Er saugt uns die Seele aus dem Leib, wie 'ne Spinne 'ne Fliege auslutscht.«

»Na ja, meinetwegen, auf fünfzig Tage. Aber wir wiegen hundertpfundweise ab, damit keine tauben dazwischen sind. Sonst wird nichts draus.«

»Ach, der Hund, der kennt sich aus«, sagte Madame Madou. »Den kann man nicht übers Ohr hauen. Das hat ihm sicher die Bande in der Rue des Lombards zugeflüstert; die vollgefressenen Wölfe da, die verständigen sich immer, damit sie die armen, ahnungslosen Lämmer verschlingen können.«

Das Lamm war fünf Fuß[83] hoch und drei Fuß breit und sah aus wie ein in gestreiften Kattun, ohne Gürtel, gekleideter Prellstein.

Der in seine geschäftlichen Pläne versunkene Parfümhändler dachte, als er die Rue Saint-Honoré entlangging, über seinen Zweikampf mit dem Makassar-Öl nach; er erwog die Etiketten und die Form der Flaschen; er überlegte die Befestigung der Stöpsel, die Farbe der Reklameplakate. Und da wird immer behauptet, der Handel sei etwas Unpoetisches! Newton[84] hat sich über seinen berühmten Binomischen Lehrsatz nicht mehr den Kopf zerbrochen als Birotteau über die Comagen-Essenz; denn das ›Öl‹ war wieder zur ›Essenz‹ geworden; er sprang von einer Bezeichnung auf die andere über, ohne deren wahre Bedeutung zu kennen. Alle möglichen Kombinationen drängten sich in seinem Kopf, und er hielt dieses Grübeln ins Leere für eine wesentliche Betätigung seines Talents. In seiner Versonnenheit ging er an der Rue des Bourdonnais vorbei und mußte, als ihm sein Onkel einfiel, wieder umkehren.

Claude-Joseph Pillerault, ein ehemaliger Eisenwarenhändler mit dem Firmenschild ›Zur Goldenen Glocke‹, besaß eine der Physiognomien, die in ihrer Eigenart schön sind: Kleidung und Gehaben, Intelligenz und Herz, Ausdrucksweise und Denken, alles stand bei ihm in Einklang. Pillerault war der einzige Verwandte der Madame Birotteau, und er hatte seine ganze Liebe ihr und Césarine zugewandt, nachdem er im Verlauf seines geschäftlichen Werdegangs seine Frau und seinen Sohn und dann noch ein Adoptivkind, den Sohn seiner Köchin, verloren hatte. Diese schmerzlichen Verluste hatten den wackeren Mann zu einem christlichen Stoizismus geführt; das war eine schöne Lehre, die seinem Leben Inhalt gab und seine letzten Tage mit einem zugleich warmen und kalten Schimmer überhauchte, ähnlich dem Gold eines winterlichen Sonnenuntergangs. Sein magerer, hohlwangiger Kopf, auf dem ockerfarbene und bräunliche Töne harmonisch verschmolzen, bot eine frappante Ähnlichkeit mit dem dar, den die Maler dem Gotte Chronos leihen, freilich ins Alltägliche übertragen; denn die Gewohnheiten kaufmännischen Lebens hatten bei ihm den monumentalen, stolz abweisenden Charakter gemindert, den die Maler, die Bildhauer und die Gießer von Stutzuhren stets übertreiben. Pillerault war von mittlerer Größe und eher stämmig als dick; die Natur hatte ihn für die Arbeit und ein langes Leben gestaltet; seine breiten Schultern kündeten von einem kräftigen Knochenbau; er war nämlich von trockener Charakteranlage; keine Erregung war ihm anzumerken; dabei war er nicht fühllos. Pillerault ließ sich nach außen hin nichts anmerken, was schon sein ruhiges Wesen und sein unbewegtes Gesicht verkündeten; sein Gefühlsleben vollzog sich gänzlich in seinem Innern, ganz ohne Phrase und Emphase. Seine grünen, schwarz gepunkteten Augen fielen durch ihr unwandelbares Leuchten auf. Seine von gradlinigen Falten durchfurchte und vom Alter gegilbte Stirn war niedrig, gedrungen und hart und mit silbergrauem Haar bedeckt; es war kurz geschnitten und wirkte filzartig. Sein feiner Mund verriet Klugheit und Vorsicht, aber keine Spur von Geiz. Die Lebhaftigkeit des Blickes zeugte von enthaltsamer Lebensweise. Kurzum: Redlichkeit, Pflichtgefühl und ungeheuchelte Bescheidenheit schufen um ihn eine Aureole und liehen seinem Antlitz die Prägung guter Gesundheit. Sechzig Jahre lang hatte er das harte, nüchterne Leben eines verbissen Tätigen geführt. Seine Lebensgeschichte ähnelte der Césars, abgesehen von dessen geschäftlichem Glück. Bis zu seinem dreißigsten Jahr war er Angestellter gewesen und hatte sein gesamtes Vermögen noch im Geschäft stecken, als César bereits seine Ersparnisse in Staatspapieren anlegen konnte; schließlich hatte er sogar noch unter den gesetzlich festgesetzten Höchstpreisen zu leiden gehabt, und seine Hacken und Eisenwaren waren requiriert worden. Sein kluger, zurückhaltender Charakter, seine vorausschauenden Maßnahmen und sein mathematisch klares Denken hatten sich auf seine Arbeitsweise ausgewirkt. Die meisten seiner Geschäfte hatte er mündlich, aufs bloße Wort hin, abgeschlossen, und es war nur selten zu Differenzen gekommen. Wie alle nachdenklichen Leute war er ein guter Beobachter; er prüfte die Menschen genau, indem er sie reden ließ; so lehnte er es häufig ab, sich an dem Anschein nach vorteilhaften Geschäften zu beteiligen, wie seine Bekannten sie unternahmen, denen es dann hinterher leid tat und die sagten, Pillerault besitze ein feines Witterungsvermögen für Gauner. Er gab winzig kleinen, aber sicheren Gewinnen den Vorzug vor waghalsigen Unternehmungen, die große Summen aufs Spiel gesetzt hätten. Er handelte mit Kaminplatten, Rosten, plumpen Feuerböcken, kupfernen und eisernen Kesseln, Hacken und landwirtschaftlichen Geräten. Dieser recht unergiebige Handel erforderte eine anstrengende, mechanische Tätigkeit. Der Gewinn stand in keinem Verhältnis zu der Schufterei; das gewichtige, schwer zu handhabende und unterzubringende Material warf nur geringen Gewinn ab. Auf diese Weise hatte er viele, viele Kisten zunageln, Ballen verpacken und auspacken, viele Wagenladungen in Empfang nehmen müssen. Nie ist ein Vermögen auf so anständige Weise, so mit Recht, so ehrenhaft erworben worden wie das seine. Nie hatte er zu hohe Preise gefordert, nie war er Geschäften nachgelaufen. In den letzten Tagen hatte man ihn vor seiner Ladentür stehen und die Pfeife rauchen sehen; er hatte zu den Vorübergehenden hingeschaut und der Arbeit seiner

Angestellten zugesehen. Im Jahre 1814, denn da setzte er sich zur Ruhe, hatte sein Vermögen erstens aus siebzigtausend Francs bestanden, die in staatlichen Rentenpapieren angelegt waren und ihm fünftausend und ein paar hundert Francs Zinsen brachten; alsdann in vierzigtausend Francs, die zinslos nach fünf Jahren zahlbar waren und den Preis für sein Geschäft darstellten, das er an einen seiner Kommis verkauft hatte. Dreißig Jahre lang hatte er bei einem Umsatz von hunderttausend Francs sieben Prozent dieser Summe verdient, und die Hälfte dieses Gewinns war für seinen Lebensunterhalt draufgegangen. Das war seine Bilanz. Seine Nachbarn waren nicht gerade neidisch auf diese mäßigen Vermögensumstände; sie rühmten seine Einsicht, ohne sie zu verstehen. An der Ecke der Rue de la Monnaie und der Rue Saint-Honoré ist das Café David gelegen, wo ein paar alte Handelsleute wie auch Pillerault abends ihren Kaffee tranken. Dort hatte die Adoption des Sohns der Köchin manchmal zu einigen Scherzen herhalten müssen, solchen, mit denen man einen geachteten Mann bedenkt; denn der Eisenwarenhändler flößte eine respektvolle Hochachtung ein, ohne darauf erpicht zu sein: Seine Selbstachtung genügte ihm. Als daher Pillerault jenen armen jungen Menschen verlor, folgten mehr als zweihundert Personen dem Sarg und gingen bis zum Friedhof mit. Er war zu jener Zeit geradezu heroisch. Sein beherrschter Schmerz, der wie der aller starken Menschen war, die sich nichts anmerken lassen, steigerte noch die Sympathie des Stadtviertels für diesen »braven Mann«; denn so wurde Pillerault mit einer Betonung genannt, die den Sinn dieser Redensart betonte und sie adelte. Claude Pilleraults zur Gewohnheit gewordenes Maßhalten bewahrte ihn vor den üblichen Freuden eines müßiggängerischen Lebens, als er nach Aufgabe seines Geschäfts in den Ruhestand getreten war, der sich auf so viele Pariser Bürger erschlaffend auswirkt; er fuhr mit der gewohnten Lebensweise fort und verschaffte seinen alten Tagen Anregungen durch seine politischen Anschauungen, die, sagen wir es offen, die der äußersten Linken waren. Pillerault gehörte der Arbeiterpartei an, die nach der Revolution in der Bourgeoisie aufgegangen war. Die einzige Fehlstelle seines Charakters war die Wichtigkeit, die er dem von ihm Errungenen beimaß: Er pochte auf seine Rechte, auf die Freiheit, auf die Früchte der Revolution; er glaubte seinen Wohlstand und seine politische Sicherheit durch die Jesuiten gefährdet, deren geheime Macht die Liberalen verkündeten, und bedroht durch die Ideen, die der ›Constitutionnel‹ Monsieur[85] zuschrieb. Übrigens war er in seiner Lebensweise genauso konsequent wie in seinen Gedankengängen, in seinen politischen Meinungen war nichts Enges; er beschimpfte Andersgesonnene nicht; er hatte Angst vor Hofschranzen, er glaubte an die republikanischen Tugenden: Er bildete sich ein, Manuel[86] sei frei von jeder Übertriebenheit, er hielt den General Foy[87] für einen großen Mann, Casimir Périer[88] für ehrgeizlos, Lafayette[89] für einen politischen Propheten und Courier[90] für einen guten Menschen. Kurzum: Er hing noblen Hirngespinsten nach. Dieser gutaussehende alte Herr schätzte das Familienleben; er verkehrte bei den Ragons und bei seiner Nichte, beim Richter Popinot, bei Joseph Lebas und den Matifats. Mit fünfzehnhundert Francs bestritt er alle seine persönlichen Bedürfnisse. Den Rest seiner Einkünfte verwendete er für Werke der Wohltätigkeit und für Geschenke an seine Großnichte: Viermal im Jahr gab er seinen Freunden bei Roland in der Rue du Hasard[91] ein Abendessen und lud sie ins Theater ein. Er spielte die Rolle jener alten Junggesellen, auf die verheiratete Frauen Sichtwechsel für die Befriedigung ihrer kleinen Launen ziehen: eine Landpartie, einen Opernbesuch[92] oder eine Fahrt nach den Montagnes-Beaujon. Pillerault war damals glücklich über die Freude, die er bereitete; er genoß mit dem Herzen der anderen. Als er sein Geschäft verkauft hatte, wollte er aus der Stadtgegend, an die er sich gewöhnt hatte, nicht wegziehen; deshalb hatte er in der Rue des Bourdonnais im vierten Stock eines alten Hauses eine Dreizimmerwohnung gemietet. Gerade wie Molineux' Lebensgewohnheiten sich in seinem seltsamen Mobiliar bekundeten, war Pilleraults reines, schlichtes Leben an der Gliederung und Inneneinrichtung seiner Wohnung abzulesen; sie bestand aus einem geräumigen Flur, einem Wohnzimmer und einem Schlafzimmer. Bis auf die Dimensionen war es die Zelle eines Kartäusermönchs. Der Flur mit seinem roten, gebohnerten Fliesenboden hatte nur ein Fenster, das Perkalvorhänge mit roter Bordüre schmückten; ferner standen darin Mahagonistühle mit roten Schafledersitzen und vergoldeten Nägeln; an den olivgrün tapezierten Wänden hingen ›Der Eid der Amerikaner‹[93], das Porträt ›Bonaparte als Erster Konsul‹[94] und ›Die Schlacht bei Austerlitz‹[95]. Das sicherlich vom Tapezierer eingerichtete Wohnzimmer hatte Stühle, deren gelbe Bezüge ein Rosettenmuster aufwiesen, einen Teppich, eine nicht vergoldete, bronzene Kamingarnitur, einen gemalten Kaminschirm, eine Konsole mit einer Blumenvase unter Glas und einen runden Tisch mit Decke, auf dem ein Likörkasten stand. Das Neumodische dieses Zimmers bewies zur Genüge, daß der alte Eisenwarenhändler, der nur selten Besuch bei sich sah, den gesellschaftlichen Gepflogenheiten ein Opfer gebracht hatte. In seinem Schlafzimmer, das karg war wie das eines Mönchs oder eines alten Soldaten – Menschen, die das Leben am richtigsten einschätzen –, lenkte ein in seinem Alkoven hängendes Kruzifix mit Weihwasserbecken den Blick auf sich. Dieses Bekenntnis zum Glauben seitens eines stoischen Republikaners wirkte tief erschütternd. Den Haushalt besorgte ihm eine alte Frau; aber sein Respekt vor allem Weiblichen war so groß, daß er sich nicht die Schuhe von ihr wichsen ließ; sie wurden im Abonnement von einem Putzer gereinigt. Seine Kleidung war schlicht und immer dieselbe. Gewöhnlich trug er einen Überrock und eine blaue Tuchhose, eine bunte Weste aus Rouener Baumwolle, eine weiße Halsbinde und sehr hochgeschlossene Schuhe; an Festtagen zog er einen Frack mit Metallknöpfen an. Sein Aufstehen, sein Frühstück, seine Ausgänge, seine Hauptmahlzeit, seine Abendbesuche und sein Nachhausekommen waren aufs strengste geregelt; denn Regelmäßigkeit der Lebensführung ist Bürge für langes Leben und Gesundheit. Zwischen César, den Ragons, dem Abbé Loraux und ihm wurde nie über Politik gesprochen; denn die Mitglieder dieses geselligen Kreises kannten einander zu gut, als daß sie sich auf das Gebiet der Proselytenmacherei begeben hätten. Wie sein Neffe und wie die Ragons hatte er großes Zutrauen zu Roguin. Für ihn war ein Pariser Notar stets ein verehrungswürdiges Wesen, die personifizierte Redlichkeit. Hinsichtlich der Grundstücksspekulation hatte Pillerault eine Nachprüfung angestellt, die die Kühnheit rechtfertigte, mit der César den trüben Ahnungen seiner Frau entgegengetreten war.

Der Parfümhändler stieg die achtundsiebzig Stufen hinauf, die zu der kleinen braunen Tür der Wohnung seines Onkels führten; dabei dachte er, daß der alte Herr noch recht rüstig sein müsse, wenn er sie Tag für Tag ohne zu stöhnen erklomm. An den draußen angebrachten Kleiderhaken sah er den Überrock und die Hose hängen; Madame Vaillant war gerade dabei, sie auszubürsten und zu reinigen, während ihr Besitzer als echter Philosoph in einem grauen Flanellmorgenrock am Kamin saß und frühstückte, wobei er im ›Constitutionnel‹ oder im ›Journal du Commerce‹ die Parlamentsdebatten las.

»Lieber Onkel«, sagte César, »das Geschäft ist perfekt, die Verträge werden schon ausgefertigt, wenn du aber irgendwelche Befürchtungen oder Bedenken hast, ist es noch Zeit, zurückzutreten.«

»Warum sollte ich zurücktreten? Das Geschäft ist gut, aber wie bei allen sicheren Geschäften wird es lange dauern, bis es etwas abwirft. Meine fünfzigtausend Francs liegen auf der Bank von Frankreich bereit; ich habe gestern die letzten fünftausend Francs vom Verkauf meines Geschäfts einkassiert. Die Ragons legen darin ihr ganzes Vermögen an.«

»Na, schön; und wovon wollen sie leben?«

»Sei unbesorgt, sie werden schon durchkommen.«

»Ich verstehe, lieber Onkel«, sagte Birotteau tief bewegt und drückte dem sittenstrengen alten Herrn die Hände.

»Wie soll das Geschäft durchgeführt werden?« fragte Pillerault unvermittelt.

»Ich bin mit drei Achteln beteiligt und die Ragons mit einem Achtel; ich kann dir die Summe kreditieren, bis der notarielle Vertrag geschlossen ist.«

»Gut! Mein Junge, du bist also sehr reich, daß du so ohne weiteres dreihunderttausend Francs hineinstecken kannst? Mir scheint, daß du viel aufs Spiel setzt, wenn du sie deinem Geschäft entziehst; wird es nicht darunter leiden? Nun, das ist deine Sache. Wenn du je in eine Klemme gerietest, wo die Staatsrenten jetzt auf achtzig stehen, so könnte ich zweitausend Francs von meinen Konsols verkaufen. Aber bedenke, mein Junge: Wenn du mich um Hilfe bitten müßtest, dann griffest du das Vermögen deiner Tochter an.«

»Lieber Onkel, mit welcher Selbstverständlichkeit sagst du die schönsten Dinge! Du machst mich ganz gerührt.«

»Der General Foy hat mich eben noch ganz anders gerührt! Na, gut, geh und schließ ab: Die Grundstücke können nicht davonfliegen, zur Hälfte werden sie uns gehören; auch wenn wir sechs Jahre warten müßten, werden wir stets ein paar Einkünfte haben; es sind Lagerplätze dabei, die Mieten abwerfen; es drohen also keinerlei Verluste. Nur eine Gefahr bestände, aber das ist ja eine Unmöglichkeit, nämlich wenn Roguin mit unserem Kapital durchginge ...«

»Dabei hat meine Frau mir letzte Nacht gerade das gesagt; sie hat Angst.«

»Roguin sollte mit unserem Kapital durchgehen?« fragte Pillerault lachend, »warum denn?«

»Er habe, hat sie gesagt, diesen Nasengeruch, und wie alle Männer, die keine Frauen haben können, sei er wild auf ...«

Pillerault ließ sich ein ungläubiges Lächeln entschlüpfen, riß ein Blatt aus seinem Scheckbuch, schrieb die Summe aus und unterzeichnete.

»Hier hast du eine Zahlungsanweisung auf die Bank von Frankreich über hunderttausend Francs für die Ragons und mich. Dabei haben die armen Leute diesem Gauner von du Tillet ihre fünfzehn Wortschiner Bergwerksaktien verkauft, um die Summe voll zu machen. Wenn wackere Menschen in Not sind, drückt es einem das Herz ab. Und es sind doch so würdige, noble Menschen, mit einem Wort: die Blüte des alten Bürgertums! Ihr Bruder, der Richter Popinot, weiß nichts davon; sie halten es vor ihm geheim, um ihn nicht daran zu hindern, sich seinen Werken der Wohltätigkeit zu widmen. Es sind Leute, die wie ich ein Menschenalter lang gearbeitet haben!«

»Wolle Gott, daß mein Comagen-Öl einschlägt«, rief Birotteau, »dann wäre ich auf zwiefache Weise glücklich. Auf Wiedersehen, Onkel; du kommst doch am Sonntag mit den Ragons, Roguin und Monsieur Claparon zum Essen; wir wollen nämlich alle übermorgen unterzeichnen, weil morgen Freitag ist, und da mache ich keine Ge ...«

»Hältst du wirklich etwas von diesem Aberglauben?«

»Lieber Onkel, ich werde nie im Leben glauben, daß der Tag,

an dem der Sohn Gottes von den Menschen dem Tod überantwortet worden ist, ein Glückstag sein könne. Wir können alles Geschäftliche gut und gern auf den 21. Januar verschieben.«

»Also bis Sonntag«, sagte Pillerault ziemlich barsch.

»Abgesehen von meines Onkels politischen Ansichten«, dachte Birotteau, als er die Treppe wieder hinabstieg, »gibt es hienieden schwerlich seinesgleichen. Was geht ihn eigentlich die Politik an? Er wäre so gut dran, wenn er sich nicht darum kümmerte. Sein Eigensinn beweist, daß es keinen vollkommenen Menschen gibt.«

»Schon drei«, sagte César beim Nachhausekommen.

»Monsieur, übernehmen Sie diese Wechsel?« fragte ihn Célestin und legte ihm die geringwertigen Papiere des Schirmhändlers vor.

»Ja, zu sechs, ohne Provision. – Frau, leg alles für meine Toilette bereit, ich muß zu Monsieur Vauquelin, du kennst den Grund. Vor allem ein weißes Halstuch.«

Birotteau gab seinem Kommis ein paar Weisungen; er erblickte Popinot nicht, meinte, sein künftiger Teilhaber ziehe sich an und stieg hastig in sein Schlafzimmer hinauf, wo er, seiner Anordnung entsprechend, die ›Sixtinische Madonna‹ prächtig gerahmt vorfand.

»Na ja, ganz nett«, sagte er zu seiner Tochter.

»Aber Papa, du mußt sagen, es sei schön, sonst mokieren die Leute sich über dich.«

»Sieh mir einer dies Mädchen an, das seinen Vater zurechtweist ...! Na, für meinen Geschmack ist an ›Hero und Leander‹ ebensoviel dran. Die Madonna ist was Religiöses und gehört von Rechts wegen in eine Kapelle; aber ›Hero und Leander‹, das kaufe ich, denn bei dem Ölfläschchen ist mir einiges eingefallen ...«

»Aber Papa, daraus werde ich nicht klug.«

»Virginie, eine Droschke«, rief César mit dröhnender Stimme, als er sich rasiert hatte und als der schüchterne Popinot erschien; Césarines wegen schleppte er den Fuß nach.

Der Verliebte hatte noch nicht wahrgenommen, daß sein Gebrechen für seine Geliebte gar nicht mehr existierte. Das war ein köstlicher Liebesbeweis, der einzig Menschen zuteil zu werden vermag, die unglücklicherweise mit einem körperlichen Schaden behaftet sind.

»Monsieur«, sagte er, »die Ölpresse kann morgen in Betrieb genommen werden.«

»Nanu? Was ist denn mit dir los, Popinot?« fragte César, als er sah, daß Anselme rot geworden war.

»Ach, Monsieur, das macht das Glück, daß ich einen Laden ausfindig gemacht habe, mit einem Zimmer dahinter, einer Küche, darüber Stube und Lagerräume, für jährlich zwölfhundert Francs, in der Rue des Cinq-Diamants.«

»Es muß ein Mietvertrag auf achtzehn Jahre durchgesetzt werden«, sagte Birotteau. »Aber jetzt wollen wir erst mal zu Monsieur Vauquelin fahren; wir können unterwegs reden.«

César und Popinot stiegen vor den Augen der Kommis in die Droschke; die Angestellten sperrten Mund und Nase über die exorbitanten Toiletten und die aus der Regel fallende Benützung eines Wagens auf; sie ahnten ja nicht, was für große Dinge der Herr und Meister der ›Rosenkönigin‹ ausgeheckt hatte.

»Jetzt werden wir also die Wahrheit über die Haselnüsse erfahren«, sagte der Parfümhändler vor sich hin.

»Über die Haselnüsse?«

»Jetzt kennst du mein Geheimnis, Popinot«, sagte der Parfümhändler, »ich habe das Wort ›Haselnüsse‹ fallenlassen, und darin ist alles enthalten. Das Haselnußöl ist das einzige, das Wirkung auf den Haarwuchs besitzt; daran hat noch keine Parfümfirma gedacht. Als ich den Kupferstich ›Hero und Leander‹ sah, da hab' ich mir gesagt: ›Wenn die Alten soviel Öl für ihr Haar verbrauchten, dann haben sie irgendeinen Grund dafür gehabt‹; denn die Alten sind und bleiben die Alten, trotz aller modernen Überheblichkeit; ich bin derselben Ansicht über die Alten wie Boileau[96]. Das war mein Ausgangspunkt, und von da aus bin ich auf das Haselnußöl gekommen, dank dem kleinen Bianchon, dem Medizinstudenten, deinem Verwandten; der hat mir nämlich gesagt, seine Studienkameraden nähmen Haselnußöl zur Förderung des Wuchses ihrer Schnurr- und Backenbärte. Es fehlt uns nur noch die Bestätigung des berühmten Vauquelin. Wenn der uns aufgeklärt hat, ist jede Täuschung des Publikums ausgeschaltet. Vorhin war ich in der Markthalle bei einer Haselnußhändlerin, um das Rohmaterial einzukaufen, und gleich stehe ich vor einem der größten Gelehrten Frankreichs, um ihm die Quintessenz aus der Nase zu ziehen. Sprichwörter sind gar nicht so dumm, die Extreme berühren sich tatsächlich. Siehst du, mein Junge, der Handel ist das Bindeglied zwischen den pflanzlichen Produkten und der Wissenschaft. Angélique Madou erntet, Monsieur Vauquelin macht den Extrakt, und wir verkaufen eine Essenz. Die Haselnüsse kosten das Pfund fünf Sous, Vauquelin wird ihren Wert verhundertfachen, und wir erweisen vielleicht der Menschheit einen Dienst; denn wenn die Eitelkeit den Leuten große Qualen schafft, ist ein gutes Kosmetikum immer eine Wohltat.«

Die andachtsvolle Bewunderung, mit der Popinot dem Vater seiner Césarine lauschte, regte Birotteaus Beredsamkeit an; er erging sich in den wildesten Phrasen, die ein Bourgeois sich ausdenken kann.

»Sei voller Ehrerbietung, Anselme«, sagte er, als sie in die Straße einbogen, wo Vauquelin wohnte, »wir betreten jetzt das Sanktuarium der Wissenschaft. Stell die Madonna so, daß man sie sieht, aber nicht allzu auffällig, im Eßzimmer auf einen Stuhl. Hoffentlich verhaspele ich mich nicht bei dem, was ich sagen will«, rief Birotteau naiv. »Popinot, dieser Mann wirkt geradezu chemisch auf mich, seine Stimme erhitzt mir die Gedärme und verursacht mir sogar eine leichte Kolik. Er ist mein Wohltäter, Anselme, und in ein paar Minuten ist er auch der deine.«

Diese Worte ließen es Popinot eiskalt über den Rücken rieseln; er setzte die Füße, als gehe er auf Eiern, und musterte beunruhigten Blicks die Hausmauern. Monsieur Vauquelin war in seinem Arbeitszimmer; Birotteau wurde ihm gemeldet. Der Akademiker wußte, daß der Parfümhändler der Beigeordnete des Bürgermeisters sei und in hoher Gunst stehe; er empfing ihn.

»Sie haben mich also in all Ihrer Größe nicht vergessen«, sagte der Gelehrte, »aber vom Chemiker zum Parfümfabrikanten ist es ja nur ein Schritt.«

»Ach, Monsieur! Zwischen Ihrem Genie und der Einfalt eines Biedermanns gleich mir klafft eine Unendlichkeit. Was Sie als meine Größe bezeichnen, danke ich Ihnen, und ich werde es weder in dieser noch in jener Welt vergessen.«

»Oh, in jener sind wir, wie es heißt, alle gleich, Könige wie Flickschuster.«

»Das heißt, wenn Könige und Flickschuster sich eines frommen Wandels befleißigt haben.«

»Ist das Ihr Sohn?« fragte Vauquelin und musterte den kleinen Popinot, der ganz verstört war, daß er in diesem Arbeitszimmer nichts Ungewöhnliches sah; er war auf Ungeheuerliches gefaßt gewesen, auf gigantische Maschinen, verflüchtigte Metalle, belebte Substanzen.

»Nein, sondern ein junger Mensch, den ich gern habe und der Sie um eine Güte bitten möchte, die Ihrer Begabung gleichkommt; ist sie nicht unbegrenzt?« fragte er mit durchtriebener Miene. »Wir kommen, um zum zweitenmal Ihren Rat zu erbitten, nachdem sechzehn Jahre verstrichen sind; es handelt sich um etwas Wichtiges, und ich bin in dieser Hinsicht unwissend, wie eben ein Parfümfabrikant.«

»Nur zu; um was geht es?«

»Es ist mir bekannt, daß Ihre Nächte durch Untersuchungen des Menschenhaars beansprucht werden, daß Sie sich seiner Analyse widmen. Während Sie dabei an den Ruhm denken, habe ich mir darüber um des Geschäfts willen Gedanken gemacht.«

»Lieber Monsieur Birotteau, was wollen Sie nun eigentlich von mir? Eine Analyse des Haars?« Er langte nach einem Zettel. »Ich werde in der Akademie der Wissenschaften über dieses Thema einen Vortrag halten. Das Haar besteht aus einer ziemlich großen Quantität von Mucus, einer kleinen Quantität von weißlichem Öl, aus viel schwärzlich-grünem Öl, aus Eisen, aus ein paar Atomen Manganoxyd, phosphorsaurem Kalk, einer sehr geringen Quantität kohlensaurem Kalk, Kieselerde und viel Schwefel. Die unterschiedlichen Mengenverhältnisse dieser Stoffe bedingen die Haarfarbe. So enthalten rote Haare mehr schwärzlich-grünes Öl als die andern.«

César und Popinot rissen die Augen lächerlich weit auf.

»Neunerlei Dinge«, rief Birotteau. »Nanu? In einem Haar sind Metalle und Öle enthalten? Wahrhaftig, nur Sie, ein Mann, den ich hoch verehre, dürfen mir so was sagen, damit ich es glaube. Das ist ja toll! Gott ist groß, Monsieur Vauquelin.«

»Das Haar ist das Produkt eines drüsenartigen Organs«, fuhr der große Chemiker fort, »gewissermaßen einer an beiden Enden offenen Tasche; an dem einen Ende haftet sie an den Nerven und Gefäßen, aus dem andern sprießt das Haar hervor. Nach der Meinung einiger unserer gelehrten Kollegen, und unter ihnen befindet sich Monsieur de Blainville[97], wäre das Haar eine aus dieser Tasche oder Vertiefung, die von einer breiigen Substanz ausgefüllt wird, abgestoßene tote Absonderung.«

»Das wäre dann gerade wie zu Stäbchen erhärterter Schweiß«, rief Popinot, und der Parfümhändler gab ihm einen leichten Tritt in die Ferse.

Vauquelin lächelte über Popinots Einfall.

»Er ist nicht auf den Kopf gefallen, nicht wahr?« fragte da César mit einem Blick auf Popinot. »Aber wenn das Haar etwas Totgeborenes ist, dann kann man es unmöglich lebendig machen; wir sind erledigt! Der Reklameprospekt ist Unsinn; Sie haben keine Ahnung, wie komisch das Publikum ist; man kann doch nicht einfach kommen und ihm einreden ...«

». . . es habe Exkremente auf dem Kopf«, sagte Popinot, der Vauquelin nochmals zum Lachen bringen wollte.

»Der Luft ausgesetzte Katakomben«, antwortete ihm der Chemiker, der auf den Scherz einging.

»Und meine Haselnüsse, die ich schon gekauft habe«, rief Birotteau, dem der kommerzielle Verlust naheging. »Aber warum verkauft man dann ...«

»Beruhigen Sie sich«, sagte Vauquelin lächelnd, »ich merke, daß es sich um irgendein Geheimmittel handelt, um das Haar am Ausfallen oder Weißwerden zu hindern. Passen Sie auf, folgendes ist nach all meinen Untersuchungen meine Meinung über dies Thema. (Hier spitzte Popinot die Ohren wie ein erschreckter Hase.) – Die Entfärbung jener toten oder lebendigen Substanz wird meiner Meinung nach durch die Unterbrechung der Sekretion der farbgebenden Substanzen verursacht, was erklären würde, warum in kalten Klimaten die Haare der Tiere mit dichtem Pelz im Winter verblassen oder weiß werden.«

»Hörst du, Popinot?«

»Klar ist«, fuhr Vauquelin fort, »daß die Wandlungen des Haarwuchses auf plötzliche Veränderungen der umgebenden Temperatur zurückzuführen sind . . .«

»Der umgebenden, Popinot! Merk dir das, merk dir das!« rief César.

»Ja«, sagte Vauquelin, »vom Wechsel von Kälte und Wärme, oder von inneren Phänomenen, die dieselbe Wirkung hervorrufen. So absorbieren, vernichten oder verteilen wahrscheinlich die Migränen und andere Kopfleiden die erzeugenden Flüssigkeiten. Das Innere ist Sache der Ärzte. Was jedoch das Äußere betrifft, so geht es euch Kosmetiker an.«

»Ja, richtig, Monsieur«, sagte Birotteau, »Sie schenken mir neue Hoffnung. Ich habe an den Verkauf von Haselnußöl gedacht, weil ich meinte, daß die Alten Öl für ihr Haar verwandten, und die Alten sind und bleiben eben die Alten, da bin ich völlig einer Meinung mit Boileau. Warum haben die Athleten sich gesalbt . . .«

»Olivenöl ist ebenso gut wie Haselnußöl«, sagte Vauquelin, der gar nicht zuhörte, was Birotteau redete. »Jedes Öl ist geeignet, den Bulbus vor Einwirkungen zu bewahren, die den Substanzen schaden könnten, die ihn in Tätigkeit erhalten, wir Fachleute würden sagen: in Lösung, wenn es sich um einen chemischen Vorgang handelte. Vielleicht haben Sie recht? Haselnußöl enthält, wie Dupuytren[98] mir gesagt hat, ein Stimulans. Ich will herauszubekommen versuchen, welche Unterschiede zwischen Buchecker-, Rüb-, Oliven-, Walnußöl usw. bestehen.«

»Also habe ich mich doch nicht geirrt«, sagte Birotteau triumphierend, »ich bin einer Meinung mit einem großen Mann. Makassar ist erledigt! ›Makassar‹, Monsieur, ist ein Kosmetikum, das als ein den Haarwuchs förderndes Mittel ausgegeben, das heißt: verkauft, und zwar teuer verkauft wird.«

»Lieber Monsieur Birotteau«, sagte Vauquelin, »es sind noch nicht zwei Unzen echtes Makassar-Öl nach Europa gekommen. Makassar-Öl hat nicht die mindeste Wirkung auf den Haarwuchs, aber die Malaien wiegen es mit Gold auf, weil es das Haar erhält und weil sie nicht wissen, daß Walfischtran genauso gut ist. Keine chemische oder göttliche Macht . . .«

»Oh, göttliche . . . sagen Sie das nicht, Monsieur Vauquelin.«

»Aber lieber Herr, das oberste Gesetz, dem Gott folgen muß, ist, sich selbst stets gleichzubleiben: ohne Einheit keine Macht...«

»Ja, wenn man es so betrachtet ...«

»Keine Macht kann also bewirken, daß Kahlköpfen Haare wachsen, gerade wie man niemals ohne Gefahr rotes oder weißes Haar färben kann; wenn Sie indessen den Gebrauch des Öls empfehlen, so begehen Sie keinen Irrtum und verbreiten keine Lüge, und ich meine, daß die, die sich seiner bedienen, sich das Haar bewahren können.«

»Glauben Sie, daß die Königliche Akademie der Wissenschaften wohl eine Approbation ...«

»Oh, es handelt sich doch nicht im mindesten um ein neues Forschungsergebnis«, sagte Vauquelin. »Übrigens ist der Name der Akademie in solchem Maß von Scharlatanen mißbraucht worden, daß Ihnen dadurch nicht viel weitergeholfen würde. Mein Gewissen sträubt sich dagegen, das Haselnußöl als ein Wunder zu betrachten.«

»Welches ist eigentlich die beste Methode zu seiner Gewinnung? Absieden oder Pressen?« fragte Birotteau.

»Durch Pressen zwischen zwei heißen Platten erhalten Sie mehr Öl; aber durch Pressen zwischen zwei kalten ist es von besserer Qualität. Es muß unmittelbar auf die Kopfhaut gebracht werden«, sagte Vauquelin gütig, »und nicht ins Haar eingerieben, sonst bleibt es wirkungslos.«

»Merk dir das gut, Popinot«, sagte Birotteau mit einer Begeisterung, die sein Gesicht flammend rot färbte. »Sie sehen hier einen jungen Menschen vor sich, der diesen Tag einmal zu den schönsten seines Lebens zählen wird. Er hat Sie schon gekannt, schon verehrt, ohne Sie je gesehen zu haben. Ach, es ist bei mir daheim so oft die Rede von Ihnen; der Name, der stets in allen Herzen ist, kommt oft auf die Lippen. Meine Frau, meine Tochter und ich leben alle Tage für Sie, wie man es für seinen Wohltäter tun muß.«

»Das ist zuviel für so wenig«, sagte Vauquelin; die wortreiche Dankbarkeit des Parfümfabrikanten war ihm peinlich.

»Ta, ta, ta!« sagte Birotteau, »Sie können uns nicht daran hindern, Sie zu lieben, wenn Sie auch nichts von mir annehmen. Sie sind wie die Sonne, Sie strahlen Licht aus, und die davon erleuchtet werden, können Ihnen keine Gegengaben darbringen.«

Der Gelehrte lächelte und stand auf; der Parfümhändler und Popinot standen gleichfalls auf.

»Anselme, schau dir dieses Arbeitszimmer ganz genau an. Sie gestatten doch, Monsieur? Ihre Zeit ist so kostbar, aber er wird vielleicht nie wieder hierherkommen.«

»Na, gut. Sind Sie mit Ihrem Geschäft zufrieden?« fragte Vauquelin Birotteau; »denn schließlich sind wir ja beide Geschäftsleute . . .«

»So ziemlich«, sagte Birotteau und bewegte sich auf das Eßzimmer zu, wobei Vauquelin ihm folgte. »Aber um dieses Öl, das Comagen-Essenz heißen soll, zu lancieren, sind große Mittel erforderlich . . .«

»Essenz und Comagen sind zwei Wörter, die abscheulich klingen. Nennen Sie Ihr Kosmetikum doch einfach Birotteau-Öl. Wenn Sie mit Ihrem Namen keine Reklame machen wollen, dann nehmen Sie einen andern. – Aber da steht ja die Sixtinische Madonna! Wollen Sie etwa, Monsieur Birotteau, daß wir in Feindschaft auseinandergehen?«

»Monsieur Vauquelin«, sagte der Parfümhändler und ergriff die Hände des Chemikers, »diese Rarität hat nur Wert durch die Beharrlichkeit, die ich bei der Suche danach aufgewandt habe; ich habe ganz Deutschland durchstöbern müssen, um einen Abdruck auf Chinapapier und *avant la lettre* aufzutreiben; ich wußte ja doch, daß Sie ihn sich wünschten und daß Ihre Tätigkeit es Ihnen nicht erlaubt, ihn sich zu verschaffen; da habe ich mich eben zu Ihrem Geschäftsreisenden gemacht. Nehmen Sie damit also nicht einen bescheidenen Kupferstich, sondern meine Mühewaltung, meine Sorgfalt, alle meine Schritte und Schliche entgegen; sie mögen für Sie der Beweis einer grenzenlosen Ergebenheit sein. Mir wäre es lieber gewesen, Sie hätten sich ein paar Substanzen gewünscht, die aus der Tiefe von Abgründen hätten heraufgeholt werden müssen; dann wäre ich gekommen und hätte Ihnen gesagt: ›Hier sind sie!‹ Geben Sie mir keinen Korb. Unsereiner gerät so leicht in Vergessenheit; gestatten Sie, daß wir alle, ich, meine Frau, meine Tochter und mein künftiger Schwiegersohn dadurch Ihnen vor Augen bleiben. Wenn Sie die

Madonna anschauen, dann können Sie sich immer sagen: Es gibt gute Menschen, die an mich denken.«

»Also einverstanden«, sagte Vauquelin.

Popinot und Birotteau wischten sich die Augen, so gerührt waren sie durch den gütigen Klang, mit dem der Akademiker das gesagt hatte.

»Wollen Sie sich in Ihrer Güte noch übertreffen?« fragte der Parfümhändler.

»Womit denn?«

»Ich habe ein paar Freunde und Bekannte zu mir geladen ...« Er richtete sich auf den Hacken auf, bewahrte aber dennoch eine bescheidene Miene ... »Sowohl um die Räumung unseres Landes von den Truppen der Besatzungsmächte festlich zu begehen als auch, um meine Aufnahme in den Orden der Ehrenlegion zu feiern ...«

»Aha!« sagte der erstaunte Vauquelin.

»Vielleicht habe ich mich dieser Auszeichnung und der königlichen Gunst dadurch als würdig erwiesen, daß ich Handelsrichter gewesen bin und am 13. Vendémiaire auf den Stufen von Saint-Roch für die Bourbonen gekämpft habe, wo ich durch Napoleon angeschossen worden bin. Meine Frau gibt am Sonntag in drei Wochen einen Ball; nehmen Sie wohl daran teil? Erweisen Sie uns die Ehre, an jenem Tag mit uns zu speisen. Das würde für mich sein, als hätte ich zweimal das Kreuz erhalten. Ich werde Ihnen vorher nochmals schreiben.«

»Na, gut, ja«, sagte Vauquelin.

»Mein Herz schwillt vor Freude«, rief der Parfümhändler auf der Straße. »Er kommt zu mir ins Haus. Ich fürchte, ich habe vergessen, was er über die Haare gesagt hat: weißt du es noch, Popinot?«

»Ja, und in zwanzig Jahren werde ich es auch noch wissen.«

»Solch ein großer Mann! Dieser Blick und dieser Scharfsinn!« sagte Birotteau. »Auf eins, zwei, drei hat er unsere Gedanken erraten und uns die Mittel in die Hand gegeben, das Makassar-Öl aus dem Felde zu schlagen. Haha, es gibt kein Mittel, das das Haar wieder wachsen läßt! Makassar, du lügst! Popinot, vor uns liegt ein Vermögen. Morgen früh um sieben müssen wir in der Fabrik sein; da kommen die Haselnüsse, und wir machen

Öl; er hat gut reden, daß jedes Öl brauchbar sei; aber wenn das Publikum das wüßte, wären wir erledigt. Wenn unser Öl nicht ein bißchen Haselnußextrakt und Parfüm enthielte, wie könnten wir da vier Unzen zu drei oder vier Francs verkaufen?«

»Sie sollen einen Orden bekommen?« fragte Popinot. »Welche Ehre für ...«

»Für den Handelsstand, nicht wahr, mein Junge?«

Die triumphierende Miene César Birotteaus, der eines Vermögens sicher war, fiel seinen Kommis auf; sie machten sich untereinander Zeichen; denn die Fahrt im Kutschwagen, die Festkleidung des Kassierers und des Chefs hatten ihnen bereits die absonderlichsten Romane eingegeben. Die beiderseitige Zufriedenheit Césars und Anselmes, die sich in den diplomatischen Blicken kundtat, die sie wechselten, der hoffnungsvolle Blick, den Popinot zweimal auf Césarine warf, verkündeten ein schwerwiegendes Ereignis und bestätigten die Mutmaßungen der Kommis. Bei diesem arbeitsreichen, beinahe klösterlichen Leben beanspruchen die kleinsten Geschehnisse das gleiche Interesse, das ein Gefangener denjenigen in seinem Gefängnis zuwendet. Das Verhalten der Madame César, die die olympischen Blicke ihres Mannes mit zweiflerischem Mienenspiel beantwortete, ließ auf ein neues Unternehmen schließen; denn unter normalen Umständen hätte Madame César zufrieden sein müssen; schließlich stimmten alle Erfolge im Detailhandel sie doch froh. Noch dazu war es ein Ausnahmetag: Die Einnahmen betrugen sechstausend Francs, da ein paar ausstehende Rechnungen beglichen worden waren.

Das Eßzimmer und die Küche, die von einem kleinen Hof her ihr Licht erhielt und vom Eßzimmer durch einen Korridor getrennt war, auf den eine in den Raum hinter dem Laden eingebaute Treppe mündete, waren im Zwischenstock gelegen, wo sich früher Césars und Constances Wohnung befunden hatte; daher wirkte das Eßzimmer, in dem die Flitterwochen durchlebt worden waren, wie ein kleiner Salon. Während des Essens paßte Raguet, der verläßliche Laufbursche, auf den Laden auf; aber mit dem Nachtisch gingen die Kommis wieder in den Laden hinunter und ließen César, seine Frau und seine Tochter ihr Essen am Kamin beenden. Diese Gewohnheit stammte noch von den Ragons her, bei denen die alten Sitten und Bräuche des Kaufmannsstandes, die noch immer in Kraft waren, zwischen ihnen und den Angestellten die gewaltige Distanz aufrechterhielten, wie sie ehedem zwischen Meister und Lehrling bestanden hatte. Césarine oder Constance bereiteten dann dem Parfümhändler seine Tasse Kaffee; er saß, wenn er ihn trank, auf einer Bergère am Kamin. Während dieser Stunde setzte César seine Frau ins Bild über die kleinen Ereignisse des Tages; er erzählte ihr, was er in Paris gesehen hatte, was im Faubourg du Temple passiert war, und von den Schwierigkeiten bei seinen Herstellungsverfahren.

»Liebe Frau«, sagte er, als die Kommis hinuntergegangen waren, »heute ist sicher einer der bedeutsamsten Tage unseres Lebens! Die Haselnüsse sind gekauft, die hydraulische Presse kann morgen in Betrieb gesetzt werden, das Grundstücksgeschäft ist abgeschlossen worden. Bitte nimm doch diesen Scheck auf die Bank von Frankreich an dich«, sagte er und reichte ihr Pilleraults Zahlungsanweisung. »Der Umbau der Wohnung ist beschlossene Sache, unsere Wohnung wird vergrößert. Mein Gott, was für einen absonderlichen Kerl habe ich in der Cour Batave kennengelernt!« Und er erzählte von Monsieur Molineux.

»Ich stelle fest«, unterbrach seine Frau ihn mitten in einer Tirade, »daß du zweihunderttausend Francs Schulden gemacht hast?«

»Freilich, Frau«, sagte der Parfümhändler mit geheuchelter Unterwürfigkeit. »Du lieber Himmel, wie sollen wir die je bezahlen? Denn die Grundstücke an der Madeleine, aus denen eines Tages das schönste Viertel von ganz Paris werden wird, dürfen wir natürlich nicht mitrechnen.«

»Eines Tages, César.«

»Ach!« sagte er und spann seinen Scherz weiter aus, »meine drei Achtel sind erst in sechs Jahren eine Million wert. Und wie sollen da die zweihunderttausend Francs bezahlt werden?« fuhr César fort und vollführte eine Schreckensgeste. »Na, schön, die werden wir inzwischen hiermit bezahlen«, sagte er und zog eine Haselnuß aus der Tasche, die er bei Madame Madou eingesteckt und sorgsam aufbewahrt hatte.

Er nahm die Haselnuß zwischen die Finger und zeigte sie

Césarine und Constance. Seine Frau sagte nichts; Césarine jedoch, die ihrem Vater gerade den Kaffee reichte, fragte neugierig: »Nanu, Papa, du lachst?«

Gerade wie die Kommis hatte der Parfümhändler während des Essens die Blicke wahrgenommen, die Popinot Césarine zugeworfen hatte; jetzt wollte er Klarheit gewinnen.

»Tja, Töchterlein, diese kleine Nuß hier ist die Ursache einer Umwälzung in unserem Haus. Heute abend wird unter unserem Dach einer weniger schlafen.«

Césarine blickte ihren Vater mit einer Miene an, die zu besagen schien: »Was geht denn mich das an?«

»Popinot geht nämlich.«

Obgleich César ein kümmerlicher Beobachter war und seinen letzten Satz gleichermaßen formuliert hatte, um seiner Tochter eine Falle zu stellen und um auf seine Gründung der Firma »A. Popinot und Co.« zu sprechen zu kommen, ließ seine Vaterliebe ihn die wirren Gefühle ahnen, die aus dem Herzen des Mädchens aufstiegen, als rote Rosen auf ihren Wangen und ihrer Stirn erblühten und ihre Augen tönten; sie schlug sie nieder. Jetzt glaubte César, es seien bereits einige Worte zwischen Popinot und Césarine gewechselt worden. Doch dem war nicht so: Die beiden Kinder verstanden einander wie alle schüchternen Liebesleute, ohne daß es zwischen ihnen zu einer Aussprache gekommen wäre.

Manche Moralisten sind der Meinung, die Liebe sei die am meisten unwillkürliche, die uneigennützigste, die am wenigsten berechnende unter allen Leidenschaften, abgesehen freilich von der Mutterliebe. Diese Auffassung birgt einen groben Irrtum. Zwar kennen die meisten Menschen nicht die Beweggründe, die zum Lieben veranlassen; aber nichtsdestoweniger beruht jede körperliche oder seelische Sympathie auf Berechnungen, die der Verstand, das Gefühl oder das brutale Begehren anstellen. Die Liebe ist ihrem Wesen nach eine egoistische Regung. Wer Egoismus sagt, meint: hintergründige Berechnung. Daher könnte es jeden, den lediglich die Resultate betroffen machen, auf den ersten Blick als unwahrscheinlich oder seltsam anmuten, wenn er vernimmt, ein schönes Mädchen wie Césarine habe sich in einen armen, hinkenden, rothaarigen Jungen verliebt. Dennoch steht dieses Phänomen vollauf in Einklang mit der Arithmetik der bürgerlichen Gefühle. Ist man sich darüber klar, so wundert man sich nicht mehr über die in einem fort zu beobachtenden Ehen zwischen großen, schönen Frauen und kleinen Männern, zwischen kleinen, häßlichen Mädchen und gutaussehenden jungen Burschen. Alle Männer, die mit irgendwelchen körperlichen Gebrechen behaftet sind, mit Klumpfüßen, mit Hinken, den verschiedenen Formen des Buckels, ungemeiner Häßlichkeit, mit weinroten Flecken auf den Wangen, Muttermalen, mit Roguins Leiden und andern Mißbildungen, die vom Willen der Erzeuger unabhängig sind, haben nur zwei Entschlußmöglichkeiten: entweder sich so stellen, daß man es vor ihnen mit der Angst bekommt, oder sich erlesen gütig zu bezeigen; es ist ihnen verwehrt, sich innerhalb der mittleren Grenzen zu bewegen, die für die meisten Männer das Gegebene sind. Im ersten Fall gehört dazu Talent, Genie oder Kraft: Ein Mann vermag nur durch die Macht des Bösen Schrecken einzuflößen, Respekt nur durch Genie, Angst nur durch sehr viel Geist. Im zweiten Fall läßt er sich anbeten, er unterwirft sich auf bewundernswerte Weise der weiblichen Tyrannei und versteht sich besser auf die Liebe als Leute von untadelhafter Körperbeschaffenheit. Anselme war von tugendhaften Leuten erzogen worden, nämlich den Ragons, Musterbildern des ehrenwertesten Bürgertums, sowie von seinem Onkel, dem Richter Popinot, und so war er durch seine arglose Reinheit und sein religiöses Gefühl dahin gekommen, daß sein leichter körperlicher Schaden durch die Vortrefflichkeit seines Charakters ausgeglichen wurde. In ihrer Überraschung über ein solches Streben, das die Jugend so anziehend macht, hatten Constance und César oftmals vor Césarine Anselmes Lob gesungen. Übrigens besaßen die beiden Ladenbesitzer, so kleinlich sie auch sonst sein mochten, seelische Größe und ein gutes Verständnis für Herzensangelegenheiten. Jene Lobeserhebungen erweckten ein Echo in einem jungen Mädchen, das ungeachtet ihrer Unschuld in Anselmes reinen Augen ein glühendes Empfinden gelesen hatte; dergleichen wirkt stets schmeichelhaft, gleichgültig, welches Alter, welchen Rang und welches Äußere der Liebende hat. Der kleine Popinot mußte weit mehr Ursachen haben, eine Frau zu lieben, als ein schöner Mann. War die Frau schön, so würde er bis zu seinem letzten Lebenstag vernarrt in sie sein; seine Liebe würde ihn ehrgeizig machen, er würde sich zu Tode schuften, nur damit seine Frau glücklich sei, er würde sie als Herrin im Haus schalten und walten lassen, er würde sich von vornherein ihrer Oberherrschaft fügen. Unwillkürlich dachte Césarine so, wenn auch vielleicht nicht so unumwunden; sie erblickte aus der Vogelschau die Ernte der Liebe und machte sich Gedanken darüber, indem sie Vergleiche anstellte: Sie hatte ja das Glück ihrer Mutter vor Augen; sie wünschte sich kein anderes Leben; ihr Instinkt zeigte ihr in Anselme einen zweiten César, der durch Bildung vervollkommnet war wie ja auch sie durch die ihre; sie erträumte sich Popinot als Bürgermeister eines Arrondissements und gefiel sich darin, sich auszumalen, wie sie selber eines Tages in ihrer Pfarrkirche milde Gaben einsammeln würde wie ihre Mutter in Saint-Roch. Schließlich war es so weit mit ihr gekommen, daß sie den Unterschied zwischen Popinots linkem Bein und seinem rechten gar nicht mehr wahrnahm; sie wäre imstande gewesen, zu fragen: »Ja, hinkt er denn?« Sie mochte seine klaren Augen gern, nur zu gern hätte sie sich von der Wirkung überzeugt, die ihr eigener Blick auf jene Augen ausübte, die sogleich in schamhafter Glut aufleuchteten und sich dann schwermütig senkten. Roguins Bürovorsteher Alexandre Crottat, der die frühzeitige Erfahrung besaß, wie der ständige Umgang mit Rechtshändeln sie verleiht, trug ein halb zynisches, halb gutmütiges Wesen zur Schau, das Césarine empörte; sie war bereits empört über die Gemeinplätze, in denen er sich beim Gespräch erging. Popinots Schweigsamkeit ließ auf ein zärtliches Gemüt schließen; sie mochte sein halb melancholisches Lächeln gern, das bedeutungslose, vulgäre Äußerungen ihm entlockten; die Nichtigkeiten, die ihn zum Lächeln reizten, stießen bei ihr stets auf heftigen Widerwillen; und so lächelten sie miteinander oder waren miteinander traurig gestimmt. Seine Überlegenheit hinderte Anselme nicht daran, sich in die Arbeit zu stürzen, und sein unermüdlicher Eifer gefiel Césarine; denn sie ahnte, daß, wenn die andern Angestellten auch sagen: »Césarine heiratet mal Monsieur Roguins Bürovorsteher«, der arme, hinkende, rothaarige Anselme nicht daran verzweifelte, ihre Hand zu erlangen. Großes Hoffen beweist große Liebe.

»Wo geht er denn hin?« fragte Césarine ihren Vater und versuchte, unbefangen dreinzuschauen.

»Er etabliert sich in der Rue des Cinq-Diamants[99], und zwar, das kannst du mir glauben, auf gut Glück«, sagte Birotteau, und sein Ausruf wurde weder von seiner Frau noch von seiner Tochter verstanden.

Wenn Birotteau auf irgendeine innere Schwierigkeit stieß, machte er es wie die Insekten angesichts eines Hindernisses; er wich nach links oder rechts aus; also lenkte er das Gespräch in andere Bahnen und nahm sich vor, mit seiner Frau über Césarine zu sprechen.

»Ich habe deinem Onkel von deinen Befürchtungen und deinen Ansichten über Roguin erzählt; er hat darüber gelacht«, sagte er zu Constance.

»Du darfst niemandem weitererzählen, was wir unter vier Augen besprechen«, rief Constance. »Der arme Roguin ist vielleicht der ehrlichste Mensch auf Gottes Erdboden; er ist achtundfünfzig und denkt sicher nicht mehr an . . .«

Sie unterbrach sich rasch, als sie sah, daß Césarine die Ohren spitzte, und wies César durch einen Blick auf sie hin.

»Dann habe ich also recht getan, als ich abschloß?«

»Du bist hier der Herr«, antwortete sie.

César nahm seine Frau bei den Händen und küßte sie auf die Stirn. Jene Antwort bedeutete bei ihr stets stillschweigendes Einverständnis mit dem, was ihr Mann plante.

»Aufgepaßt«, rief der Parfümhändler, als er wieder unten in seinem Laden war, seinen Angestellten zu, »das Geschäft wird heute um zehn geschlossen. Herrschaften, ihr müßt mit Hand anlegen! Es handelt sich darum, daß während der Nacht sämtliche Möbel vom ersten in den zweiten Stock hinaufgeschafft werden müssen! Wir wollen, wie man so sagt, die kleinen Töpfe in die großen setzen, damit mein Architekt morgen freie Hand hat.«

»Popinot ist weggegangen, ohne mich um Erlaubnis zu fragen«, sagte César, als er ihn nicht erblickte. »Na, meinetwegen, er schläft ja nicht mehr hier, das hatte ich ganz vergessen. Er ist abgehauen«, dachte er, »entweder, um Monsieur Vauquelins Ideen zu Papier zu bringen, oder um den Laden zu mieten.«

»Wir kennen den Grund des Umzugs«, sagte Célestin; er

sprach im Namen der beiden andern Kommis und Raguets, die hinter ihm standen. »Dürfen wir Sie zu einer Ehre beglückwünschen, die auf das ganze Geschäft zurückstrahlt ...? Popinot hat uns erzählt, daß Sie ...«

»Na ja, Kinder, es ist nun mal so! Ich habe einen Orden bekommen. Daher wollen wir nicht nur, um die Räumung des Landes von den Truppen der Besatzungsmächte zu feiern, sondern auch, um meine Aufnahme in die Ehrenlegion festlich zu begehen, unsere Freunde und Bekannten zu uns einladen. Vielleicht habe ich mich dieser Auszeichnung und königlichen Gunst dadurch als würdig erwiesen, daß ich Handelsrichter gewesen bin und daß ich für die Sache des Königtums gekämpft habe; ich habe sie verteidigt ... als ich so alt war wie ihr, auf den Stufen von Saint-Roch, am 13. Vendémiaire; und wahrhaftig, Napoleon, der sogenannte Kaiser, hat mich angeschossen! Am Schenkel bin ich überdies noch verwundet worden, und Madame Ragon hat mich verbunden. Seid tapfer, dann werdet ihr auch belohnt! Da seht ihr, Kinder, sogar ein Unglück hat sein Gutes.«

»Es kommt doch nicht mehr zu Straßenkämpfen«, sagte Célestin.

»Das wollen wir hoffen«, sagte César und ergriff die Gelegenheit, seinen Kommis eine Moralpredigt zu halten; und er schloß diese damit ab, daß er sie einlud.

Die Aussicht auf einen Ball fachte in den drei Kommis, in Raguet und Virginie einen Eifer an, der ihnen die Gelenkigkeit von Akrobaten verlieh. Alle stiegen beladen die Treppen hinauf und hinab, ohne daß etwas zerbrochen oder umgestoßen wurde. Um zwei Uhr morgens war das Umräumen durchgeführt. César und seine Frau schliefen im zweiten Stock. Popinots Zimmer wurde dasjenige Célestins und des zweiten Kommis. Der dritte Stock wurde zu einem provisorischen Möbelmagazin.

Besessen von dem magnetischen Eifer, der durch das Zuströmen des nervösen Fluidums bewirkt wird und aus dem Zwerchfell ehrgeiziger oder verliebter Leute, die von großen Plänen vorwärtsgetrieben werden, ein Kohlenbecken macht, hatte der so sanfte und ruhige Popinot, als er vom Tisch aufgestanden war, sich im Laden gebärdet wie ein Rassepferd vor dem Rennen.

»Was ist denn in dich gefahren?« hatte Célestin ihn gefragt.

»Was für ein Tag, mein Lieber! Ich etabliere mich«, hatte er ihm zugeflüstert, »und Monsieur César bekommt einen Orden.«

»Sie sind ein Glückspilz; der Chef unterstützt Sie«, hatte Célestin gerufen.

Popinot hatte nicht geantwortet; er war verschwunden, als habe ein wütender Wind ihn von dannen geweht, der Wind des Erfolgs!

»Na ja; Glückspilz«, hatte ein Kommis, der Handschuhe nach Dutzenden ordnete, zu dem neben ihm Stehenden gesagt, welcher Etiketten kontrollierte, »der Chef hat gemerkt, daß Popinot Mademoiselle Césarine schöne Augen macht, und da er gerissen ist, der Chef, hat er sich Anselme vom Halse geschafft; ihm einen Korb zu geben, wäre schwierig gewesen, seiner Verwandten wegen. Célestin hält diese Schlauheit für Edelmut.«

Anselme Popinot war die Rue Saint-Honoré hinab und dann in die Rue des Deux-Ecus gelaufen, um einen jungen Mann mit Beschlag zu belegen, den sein kaufmännisches ›Zweites Gesicht‹ ihm als das Hauptwerkzeug für sein Vorwärtskommen bezeichnet hatte. Der Richter Popinot hatte dem gewandtesten Pariser Geschäftsreisenden, dem seine sieghafte Überredungskunst und sein Tätigkeitsdrang später das Beiwort ›der Berühmte‹ eintrugen, einmal eine Gefälligkeit erwiesen. Dieser König der Reisenden, der sich hauptsächlich dem Hutgeschäft und den ›Pariser Artikeln‹ widmete, hieß damals noch schlicht und einfach Gaudissart. Schon mit zweiundzwanzig Jahren war er durch seinen kaufmännischen Magnetismus aufgefallen. Er war zu jener Zeit beweglich, hatte fröhliche Augen, ein ausdrucksvolles Gesicht, ein unfehlbares Gedächtnis und einen sicheren Blick zum Erfassen der Geschmacksrichtung von jedermann, und so hatte er ein Anrecht auf das, was er seither geworden ist, nämlich der König der Geschäftsreisenden, der ›Franzose‹ schlechthin. Ein paar Tage zuvor hatte Popinot Gaudissart getroffen, und dieser hatte gesagt, er sei drauf und dran, eine Geschäftreise anzutreten; also hatte die Hoffnung, ihn noch in Paris anzutreffen, den Verliebten veranlaßt, sich schleunigst in die Rue des Deux-Ecus zu begeben, wo er erfuhr, der Reisende habe schon im Postbüro seinen Platz bestellt. Um Abschied von seiner geliebten Großstadt zu nehmen, sei Gaudissart ins Vaudeville gegangen; er wolle sich ein neues Stück ansehen; Popinot beschloß, auf ihn zu warten. Den Vertrieb des Haselnußöls diesem kostbaren Mann anzuvertrauen, der seine Erfahrungen darin besaß, gangbare Erfindungen der Mode unter die Leute zu bringen und der von den reichsten Firmen umworben wurde: Hieß das nicht, einen Wechsel auf das Glück ziehen? Popinot hatte Gaudissart in der Hand. Der Geschäftsreisende, der sich so gut auf die Kunst verstand, auch die widerspenstigsten Leute einzuwickeln, nämlich die kleinen Kaufleute in der Provinz, hatte sich in die erste Verschwörung verwickeln lassen, die nach den Hundert Tagen gegen die Bourbonen angezettelt worden war. Gaudissart, dem frische, freie Luft etwas Unentbehrliches war, sah sich schon unter dem Druck einer Anklage auf Tod und Leben im Gefängnis. Der mit der Untersuchung beauftragte Richter Popinot jedoch hatte Gaudissart außer Verfolgung gesetzt, aus der Erkenntnis heraus, daß einzig unvorsichtige Dummheit ihn in diese Angelegenheit verstrickt habe. Wäre er an einen Richter geraten, der darauf erpicht gewesen wäre, der Regierung zu gefallen oder der einem übertriebenen Royalismus gehuldigt hätte, so wäre der Unglückskerl aufs Schafott gewandert. Gaudissart glaubte, er danke dem Untersuchungsrichter sein Leben, und war ganz verzweifelt, daß er seinem Retter nur eine unfruchtbare Dankbarkeit bezeigen konnte. Da es für ihn unmöglich war, einem Richter zu danken, der Gerechtigkeit hatte walten lassen, war er zu den Ragons gegangen und hatte erklärt, er sei fortan der Lehnsmann der Familie Popinot. In der Zwischenzeit sah sich Popinot, wie es nicht anders sein konnte, noch einmal seinen Laden in der Rue des Cinq-Diamants an und fragte nach der Adresse des Hausbesitzers, mit dem er über den Mietvertrag unterhandeln wollte. Als Popinot das dunkle Labyrinth um die große Markthalle[100] durchirrte und über die Mittel und Wege zur Anbahnung eines raschen Erfolgs nachdachte, packte er in der Rue Aubry-le-Boucher[101] eine einzigartige, ein gutes Vorzeichen darstellende Gelegenheit beim Schopfe, mit der er César am andern Morgen aufwarten wollte. Als er, sozusagen als Schildwache, vor der Tür des Hôtel du Commerce am Ende der Rue des Deux-Ecus[102] stand, hörte er um Mitternacht fern von der Rue de

Crenelle[103] her Gaudissart die Schlußtakte eines Vaudeville singen, wobei er sich auf bezeichnende Weise mit seinem über die Pflastersteine schurrenden Spazierstock begleitete.

»Monsieur«, sagte Anselme, trat aus der Tür heraus und erschien urplötzlich vor ihm, »auf zwei Worte!«

»Elf, wenn Sie wollen«, sagte der Geschäftsreisende und hob den mit Blei gefüllten Spazierstock gegen den Angreifer.

»Ich bin doch Popinot«, sagte der arme Anselme.

»Genügt«, sagte Gaudissart, der ihn erkannt hatte. »Was brauchen Sie? Geld? Fehlt, da beurlaubt; aber das läßt sich schon auftreiben. Meinen Arm für ein Duell? Ganz der Ihre, vom Scheitel bis zur Sohle.« Und er trällerte:

»So ist, so ist
Der echte französische Krieger!«

»Schenken Sie mir zehn Minuten Gehör, nicht in Ihrem Zimmer, da könnten wir belauscht werden, sondern auf dem Quai de l'Horloge, zu dieser Stunde ist dort niemand«, sagte Popinot, »es handelt sich um etwas ungemein Wichtiges.«

»Es brennt also; dann los!«

Nach zehn Minuten wußte Gaudissart Popinots Geheimnis und hatte dessen Bedeutsamkeit erkannt.

»Herbei, Parfümkaufleut', Friseure und Krämer!«

rief Gaudissart; er parodierte dabei Lafon[104] in der Rolle des ›Cid‹[105]. »Ich will sämtliche Krämer Frankreichs und Navarras anpacken. Oh, da fällt mir was ein! Ich hatte abreisen wollen, jetzt bleibe ich hier und lasse mir vom Pariser Parfümhandel Aufträge geben.«

»Und warum?«

»Um Ihre Konkurrenz abzuwürgen, Sie Unschuldslamm! Wenn ich deren Aufträge habe, kann ich ihre perfiden Kosmetika in Öl ersäufen, indem ich mich einzig und allein mit Ihrem befasse. Das ist ein berüchtigter Kunstgriff von uns Reisenden! Haha, wir sind die Diplomaten des Handels. Famos! Was Ihren Prospekt betrifft, so überlassen Sie das mir. Mein Jugendfreund ist Andoche Finot, der Sohn des Hutmachers in der Rue du

Coq[106]; der Alte hat mich dazu angetrieben, Reisender in der Hutbranche zu werden. Andoche hat viel Geist, er hat den aller Köpfe in sich aufgenommen, die sein Vater mit Hüten bedeckt hat, er macht in Literatur, er schreibt im ›Courrier des Spectacles‹[107] über die kleinen Bühnen. Sein Vater, ein alter Hund, der allen Grund hat, sich nichts aus dem Geist zu machen, glaubt nicht an den Geist: unmöglich, ihm zu beweisen, daß Geist sich verkaufen läßt, daß man aus Geist ein Vermögen herausschlagen kann. Was den Geist anbelangt, so kennt er nur den Weingeist, den 36prozentigen. Der alte Finot will den jungen aushungern. Andoche ist ein begabter Kerl, außerdem mein Freund, mit Dummköpfen verkehre ich nur geschäftlich, Finot also macht Verschen für den ›Fidèle Berger‹; der zahlt wenigstens, während die Zeitungen, für die er sich abschuftet wie ein Galeerensklave, ihm Dreckshonorare hinwerfen. Sind das Halsabschneider! Genau wie bei den ›Pariser Artikeln‹. Finot hat eine großartige Komödie in einem Akt für Mademoiselle Mars[108] geschrieben, die berühmteste der Berühmtheiten, ach, wie ich die liebe! Na ja, und um sie aufgeführt zu sehen, hat er sie zur ›Gaîté‹[109] bringen müssen. Andoche versteht sich auf Prospekte, er geht auf die Gedanken des betreffenden Kaufmanns ein, er sitzt auf keinem hohen Pferd, er wird uns den Prospekt gratis hinhauen. Mein Gott, mit einer Terrine Punsch und ein bißchen Backwerk sind diese Leute zufrieden, denn Popinot, keine Witze: Ich reise für Sie ohne Provision und Spesenersatz, Ihre Konkurrenten bezahlen alles, die werde ich schon übers Ohr hauen. Mißverstehen Sie mich nicht. Für mich ist Ihr Erfolg Ehrensache. Meine Belohnung: daß ich bei Ihrer Hochzeit Brautführer bin! Ich reise durch Italien, durch England, durch Deutschland! Ich nehme Plakate in allen Sprachen mit, ich lasse sie überall anschlagen, in den Dörfern, an den Kirchentüren, an allen guten Stellen, die ich in den Provinzstädten kenne! Es soll schimmern, soll Furore machen, soll auf alle Köpfe kommen. Haha, Ihre Hochzeit soll nicht im stillen vor sich gehen, sondern es soll hoch dabei hergehen! Sie sollen Ihre Césarine bekommen, oder ich will nicht ›der Berühmte‹ heißen, welchen Namen der alte Finot mir verliehen hat, weil ich seine grauen Hüte durchgesetzt habe. Wenn ich Ihr Öl verkaufe, bleibe ich bei meiner Branche, dem menschlichen Kopf; Öl und Hüte gelten ja doch als Mittel zur Erhaltung des Haarwuchses.«

Als Popinot zu seiner Tante ging, wo er übernachten sollte, befand er sich durch die Aussicht auf Erfolg in einem so fiebrigen Zustand, daß die Straßen ihm Ölbäche zu sein schienen. Er schlief nur wenig, träumte, daß ihm das Haar irrsinnig wachse, und sah zwei Engel, die, wie in den Melodramen, ein Schriftband entrollten, auf dem in roten Buchstaben zu lesen stand: ›Cäsaren-Öl‹. Beim Erwachen fiel ihm dieser Traum wieder ein, und er beschloß, das Haselnußöl so zu taufen; er betrachtete diese Erscheinung während des Schlummers als eine Weisung des Himmels.

Schon lange vor dem Eintreffen der Haselnüsse waren César und Popinot in ihrem Werkraum im Faubourg du Temple; beim Warten auf die Lastträger der Madame Madou erzählte Popinot triumphierend von seinem Bündnisvertrag mit Gaudissart.

»Wir haben den berühmten Gaudissart, wir sind Millionäre«, rief der Parfümfabrikant und streckte seinem Kassierer die Hand mit einer Geste hin, wie sie wohl Ludwig XIV. ausführte, als er den Marschall de Villars[110] bei dessen Rückkehr nach der Schlacht bei Denain[111] begrüßte.

»Wir haben auch noch etwas anderes«, sagte der glückliche Kommis und zog eine kleine Flasche von flacher, gerippter Kürbisform aus der Tasche. »Ich habe zehntausend Fläschchen dieses Musters ausfindig gemacht, samt und sonders fertig und lieferbar, das Stück zu vier Sous und ein halbes Jahr Ziel.«

»Anselme«, sagte Birotteau und betrachtete die merkwürdige Form des Fläschchens, »gestern (jetzt klang seine Stimme ganz ernst) im Tuileriengarten, ja, erst gestern hast du gesagt: ›Ich werde es schaffen.‹ Und heute sage ich dir: Du wirst es schaffen! – Vier Sous! Sechs Monate Ziel! Eine originelle Form! ›Makassar‹ schwankt in seinen Grundfesten; was ist das für ein Stoß für das Makassar-Öl! Habe ich recht getan, die einzigen Haselnüsse aufzukaufen, die in ganz Paris aufzutreiben sind? Wo hast du denn die Fläschchen entdeckt?«

»Ich wartete auf den Zeitpunkt, da ich Gaudissart sprechen konnte, und da bin ich herumgeschlendert . . .«

»Genau wie ich damals«, rief Birotteau.

»Als ich die Rue Aubry-le-Boucher hinabging, ist mir bei einem Glashändler en gros, der mit Glasglocken und Glasstürzen handelt und riesige Lagerräume hat, dies Fläschchen aufgefallen. Ach, es hat mir in die Augen gestochen wie ein jähes Licht, und eine Stimme hat mir zugerufen: ›Das ist was für dich!‹«

»Er ist der geborene Kaufmann; er soll meine Tochter haben«, brummelte César vor sich hin.

»Ich gehe hinein, ich sehe in Kisten Tausende dieser Fläschchen.«

»Da hast du dich danach erkundigt?«

»Halten Sie mich wirklich für solch ein Grünhorn?« fragte Anselme schmerzlich.

»Der geborene Kaufmann!« sagte Birotteau sich nochmals.

»Ich frage nach Glasstürzen für Jesuskinder aus Wachs. Während des Handelns um die Glasstürze mokiere ich mich über die Form dieser Fläschchen. Ich bringe meinen Händler zu einer Generalbeichte; er erzählt mir haarklein, daß Faille und Bouchet, die kürzlich Pleite gemacht haben, ein Kosmetikum auf den Markt bringen und Flaschen von eigenartiger Form hatten haben wollen; er hat ihnen nicht getraut und die Hälfte in bar verlangt; Faille und Bouchet hoffen auf einen Erfolg und rücken das Geld heraus, während der Fabrikation kommt es zum Konkurs; die Konkursverwalter werden zur Zahlung aufgefordert, schließen einen Vergleich mit ihm und überlassen ihm die Flaschen und die Anzahlung als Entschädigung für ein Fabrikat, das er als lächerlich und unmöglich an den Mann zu bringen bezeichnet. Die Flaschen kosten acht Sous; er sei glücklich, wenn er sie für vier losschlagen könne; Gott weiß, wie lange er eine solch unverkäufliche Form auf Lager behalten müsse. – ›Wollen Sie sich verpflichten, zehntausend Stück davon zu vier Sous zu liefern? Ich kann Sie von Ihren Flaschen erlösen; ich bin nämlich Kommis bei Monsieur Birotteau.‹ Und ich ködere ihn, und ich bringe ihn dahin, wohin ich ihn haben will, ich habe den Mann in der Gewalt, und ich mache ihn Feuer und Flamme, und er sagt ja.«

»Vier Sous«, sagte Birotteau. »Weißt du, daß wir den Preis für das Öl auf drei Francs festsetzen und dabei dreißig Sous verdienen können, wenn wir unseren Detaillisten einen Rabatt von zwanzig einräumen?«

»Am ›Cäsaren-Öl‹!« rief Popinot.

»Am Cäsaren-Öl ...? Haha, mein Herr Verliebter, Sie wollen gleichzeitig Vater und Tochter schmeicheln. Na, meinetwegen also ›Cäsaren-Öl‹! Den Cäsaren hat die Welt gehört; sie müssen prächtiges Haar gehabt haben.«

»Cäsar war kahl«, sagte Popinot.

»Ja, weil er unser Öl nicht gebraucht hat, das werden wir behaupten! Drei Francs kostet das ›Cäsaren-Öl‹, das ›Makassar-Öl‹ kostet das Doppelte. Gaudissart tritt auf den Plan, wir verdienen jährlich hunderttausend Francs. Wir müssen nämlich allen Köpfen, die was auf sich halten, zwölf Flaschen pro Jahr vorschreiben, das macht für uns achtzehn Francs! Angenommen: zehntausend Köpfe! Macht hundertachtzigtausend Francs. Wir sind Millionäre.«

Als die Haselnüsse geliefert worden waren, knackten Raguet, die Arbeiter, Popinot und César eine genügende Menge, und ehe es vier schlug, waren ein paar Liter Öl gewonnen. Popinot begab sich mit dem Erzeugnis zu Vauquelin, und dieser schenkte Popinot eine Formel, nach der die Haselnußessenz mit billigen ölartigen Substanzen gemischt werden konnte, die sie zugleich parfümierten. Sogleich stellte Popinot einen Antrag auf ein Patent für die Erfindung und die Veredelung. Der opferbereite Gaudissart streckte Popinot das Geld für die amtliche Berechtigung vor; denn Popinot besaß den Ehrgeiz, seine Hälfte an den Kosten des Unternehmens selber zu tragen.

Glück birgt einen Rausch in sich, dem unbedeutende Menschen nie zu widerstehen vermögen. Dieser Überschwang zeitigte ein Ergebnis, das leicht vorauszusehen war. Grindot kam und legte die kolorierte Skizze einer köstlichen Innenansicht der künftigen Wohnung im Schmuck des Mobiliars vor. Der dadurch verführte Birotteau stimmte allem zu. Sofort begannen die Maurer mit den Schlägen ihrer Spitzhacken, daß das Haus erdröhnte und Constance seufzte. Sein Dekorationsmaler, Monsieur Lourdois, ein schwerreicher Unternehmer, der sich verpflichtet hatte, nichts außer acht zu lassen, redete von Vergoldungen im Salon. Als Constance dieses Wort hörte, griff sie ein.

»Monsieur Lourdois«, sagte sie, »Sie haben dreißigtausend Francs Zinsen, Sie wohnen im eigenen Haus, darin können Sie machen, was Ihnen beliebt; wir jedoch ...«

»Madame, der Handelsstand muß Glanz entfalten und sich nicht von der Aristokratie erdrücken lassen. Da außerdem Monsieur Birotteau in der Regierung sitzt, ist es ganz selbstverständlich ...«

»Ja, aber vorläufig hat er auch noch seinen Laden«, sagte Constance im Dabeisein der Kommis und der fünf Leute, die zuhörten. »Weder er noch ich noch seine Freunde und Feinde dürfen das je aus den Augen lassen.«

Birotteau hielt die Hände auf dem Rücken gefaltet; er erhob sich mehrmals auf die Fußspitzen und wippte dann wieder nieder.

»Meine Frau hat recht«, sagte er. »Wenn es uns auch gut geht: Wir wollen bescheiden bleiben. Überdies muß jeder, der noch im Geschäftsleben steht, bei seinen Ausgaben die Vernunft walten lassen und bei seinem Luxus Zurückhaltung bewahren; das macht das Gesetz ihm zur Pflicht: Er darf sich nicht zu übertriebenen Ausgaben hinreißen lassen. Wenn die Vergrößerung meiner Wohnung und deren Ausstattung gewisse Grenzen überschreiten sollten, wäre es unklug von mir, noch darüber hinauszugehen; Sie selber, Lourdois, müßten mir dann Vorwürfe machen. Das ganze Stadtviertel beobachtet mich; Leute, die vorwärtskommen, haben stets Neider und Mißgünstige! Haha, junger Mann«, sagte er zu Grindot, »Sie werden bald zur Genüge diese Erfahrung machen; aber wenn wir auch verleumdet werden, dann dürfen wir wenigstens keinen Grund zu übler Nachrede geben.«

»Weder Verleumdung noch üble Nachrede können an Sie heranreichen«, sagte Lourdois, »dazu stehen Sie zu hoch, und ferner verfügen Sie über eine zu große Erfahrung in Geschäftsdingen, daß Sie sich alles, was Sie unternehmen, genau überlegen; Sie sind einer von den ganz Durchtriebenen.«

»Stimmt, eine gewisse Geschäftserfahrung habe ich; aber wissen Sie eigentlich, warum wir uns vergrößern wollen? Wenn ich so großes Gewicht auf pünktliche Durchführung lege, dann geschieht das, weil ...«

»Nun?«

»Na ja, meine Frau und ich wollen ein paar Freunde und Bekannte einladen, zur Feier der Räumung des Landes von den Truppen der Besatzungsmächte und weil wir meine Aufnahme in den Orden der Ehrenlegion festlich begehen möchten.«

»Nanu, nanu?« sagte Lourdois. »Sie haben das Kreuz verliehen bekommen?«

»Ja; vielleicht bin ich dieser Auszeichnung und königlichen Gnade würdig dadurch, daß ich Handelsrichter gewesen bin und am 13. Vendémiaire für die Sache des Königtums gekämpft habe, bei Saint-Roch, wo ich von Napoleon angeschossen worden bin. Bitte kommen Sie doch mit Frau und Tochter ...«

»Ich bin entzückt über die Ehre, die mir zu erweisen Sie geruhen«, sagte der Liberale Lourdois. »Aber Sie sind ein Witzbold, Papa Birotteau; Sie wollen sichergehen, daß ich meine Vereinbarungen einhalte; deswegen laden Sie mich ein. Na, gut, ich nehme meine geschicktesten Handwerker; wir stecken ein Höllenfeuer an, damit die Malereien trocken werden; wir haben überdies ein Schnelltrockenverfahren; denn in einem Nebel von Kalkstaub kann natürlich nicht getanzt werden. Wir wollen firnissen, damit es nicht nach Farbe riecht.«

Drei Tage danach war die Geschäftswelt des Stadtviertels aus dem Häuschen über die Kunde von dem Ball, für den Birotteau die Vorbereitungen traf. Übrigens konnte jeder die außen angebrachten Stützpfeiler sehen, die das schnelle Verschieben der Treppe erforderlich machte, und ferner die viereckigen hölzernen Rinnen, in denen der Schutt auf die unten haltenden Karren hinabrutschte. Die emsigen Arbeiter, die auch bei Fackelschein schafften, da Tag- und Nachtschichten eingesetzt worden waren, boten Anlaß, daß die Müßiggänger, die Neugierigen auf der Straße stehenblieben, und die Klatschmäuler griffen diese Vorbereitungen auf und schwatzten von einer gewaltigen Prunkentfaltung.

An dem für den Abschluß des Spekulationsgeschäfts festgesetzten Sonntag kamen das Ehepaar Ragon und Onkel Pillerault um vier, nach der Vesper. In Anbetracht der Bauerei, sagte César, habe er an jenem Tag nur Charles Claparon, Crottat und Roguin einladen können. Der Notar hatte das ›Journal des

Débats‹[112] mitgebracht, in das Monsieur de La Billardière folgenden Artikel hatte einrücken lassen:

»Wir hören, daß die Räumung des Landes von den Truppen der Besatzungsmächte in ganz Frankreich begeistert gefeiert werden wird; in Paris jedoch haben die Mitglieder der Stadtverwaltung es für an der Zeit gehalten, die Hauptstadt wieder in dem Glanz erstrahlen zu lassen, der aus einem Gefühl für Schicklichkeit heraus während der fremden Okkupation aufgehört hatte. Sämtliche Bürgermeister und Beigeordneten haben beschlossen, Bälle zu geben: somit verspricht der Winter, glänzend zu werden; diese nationale Regung wird Nachfolge zeitigen. Unter all den in Vorbereitung befindlichen Festlichkeiten ist viel die Rede vom Ball Monsieur Birotteaus, der zum Ritter der Ehrenlegion ernannt und allgemein bekannt durch seine Aufopferung für die Sache des Königtums wurde. Monsieur Birotteau ist am 13. Vendémiaire in dem Gefecht bei Saint-Roch verwundet worden und einer der angesehensten Handelsrichter; er hat diese Auszeichnung zwiefach verdient.«

»Wie gut doch heutzutage geschrieben wird«, rief César. »Es steht über uns etwas in der Zeitung«, sagte er zu Pillerault.

»Na, wenn schon!« antwortete ihm der Onkel, dem das ›Journal des Débats‹ besonders unsympathisch war.

»Vielleicht steigert dieser Artikel den Absatz der Sultaninnen-Paste und des Gesichtswassers«, sagte Madame César ganz leise zu Madame Ragon; sie teilte die Trunkenheit ihres Mannes nicht.

Madame Ragon, eine große, dürre, verrunzelte Frau mit scharfrückiger Nase und dünnen Lippen sah beinahe aus wie eine Marquise vom alten Königshof. Ihre Augen wirkten milder durch ziemlich große Ringe, wie bei allen alten Frauen, die Kummer erlitten haben. Ihre strenge, würdevolle, wenngleich liebenswürdige Haltung erheischte Respekt. Sie besaß übrigens etwas Fremdartiges, das auffiel, ohne zum Lachen zu reizen, und das seine Erklärung in ihrer Kleidung und ihren Umgangsformen fand: Sie trug Handschuhe ohne Finger und hatte bei jedem Wetter einen Sonnenschirm mit hohem Stock bei sich, ähnlich dem, dessen sich die Königin Marie-Antoinette in Trianon bediente; ihr Kleid, dessen bevorzugte Farbe jenes ›feuille-morte‹[113] genannte Blaßbraun war, fiel an den Hüften in unnachahmlichen Falten herab, deren Geheimnis die adligen Witwen der alten Zeit mit sich ins Grab genommen haben. Sie trug noch immer die schwarze, mit Spitzen verzierte Mantille, deren weite Maschen quadratisch waren, ihre altmodischen Hauben hatten Verzierungen, die an die Ausschnitte alter Bilderrahmen mit durchbrochenem Schnitzwerk erinnerten. Sie schnupfte Tabak, und zwar unter Wahrung peinlichster Sauberkeit und mit Gesten, wie sich ihrer junge Menschen erinnern können, die das Glück hatten, ihre Großtanten und Großmütter feierlich goldene Döschen neben sich auf einen Tisch stellen und die auf ihre Fichus gefallenen Tabakkrümel abschütteln zu sehen.

Der Sieur Ragon war ein höchstens fünf Fuß großes Männlein mit einem Nußknackergesicht, von dem lediglich die Augen, zwei spitz vorstehende Backenknochen, eine Nase und ein Kinn zu sehen waren; da er keine Zähne mehr hatte, schluckte er die Hälfte seiner Worte hinunter; sprach er, so gab es einen Sprühregen; dabei war seine Redeweise galant und geziert; er setzte stets das Lächeln auf, das er zur Schau getragen hatte, um die schönen Damen zu begrüßen, die mannigfache Zufälle ehedem an seine Ladentür geführt hatten. Der Puder zeichnete auf seinem Schädel einen schneeigen, scharf umrissenen Halbmond ab, der von zwei flügelförmigen, glatten Haarbüscheln flankiert wurde; sie trennte ein kleiner, von einem Band zusammengehaltener Zopf. Er trug einen kornblumenblauen Frack, eine weiße Weste, seidene Kniehosen und Strümpfe, Schuhe mit goldenen Schnallen und schwarzseidene Handschuhe. Sein auffälligster Charakterzug war, daß er, wenn er die Straßen durchschritt, den Hut in der Hand trug. Er sah aus wie ein Bote der Pairskammer, wie ein Türsteher vor den Privatgemächern des Königs, wie einer der Leute, die ein Amt in unmittelbarer Nähe irgendeines Mächtigen haben, so daß dessen Abglanz auch auf sie fällt, obwohl sie an sich sehr wenig bedeuten.

»Na, Birotteau«, sagte er mit hoheitsvoller Miene, »reut es dich, mein Junge, daß du damals auf uns gehört hast? Haben wir je an der Dankbarkeit unserer vielgeliebten Herrscher gezweifelt?«

»Sie müssen doch recht glücklich sein, liebe Kleine«, sagte Madame Ragon zu Madame Birotteau.

»Freilich«, antwortete die schöne Parfümhändlersgattin, die nach wie vor im Bann des Sonnenschirms mit dem langen Stock, der Hauben mit den Schmetterlingsflügeln, der enganliegenden Ärmel des großen Fichu à la Julie[114] stand, die Madame Ragon trug.

»Césarine ist reizend. Kommen Sie mal her, schönes Kind«, sagte Madame Ragon mit ihrer Kopfstimme und ihrem gönnerhaften Gehaben.

»Erledigen wir das Geschäftliche vor dem Essen?« fragte Onkel Pillerault.

»Wir warten noch auf Monsieur Claparon«, sagte Roguin. »Als ich von ihm wegging, war er beim Ankleiden.«

»Monsieur Roguin«, sagte César, »Sie haben ihm doch hoffentlich gesagt, daß wir in einem schäbigen kleinen Zwischenstock essen . . .?«

»Vor sechzehn Jahren hat er ihn wunderbar gefunden«, flüsterte Constance vor sich hin.

»Mitten zwischen Bauschutt und Arbeitern.«

»Ach, Unsinn! Sie werden einen guten Kerl kennenlernen; er ist nicht heikel«, sagte Roguin.

»Ich habe Raguet im Laden als Posten hingestellt; man kann nicht mehr durch unsere Haustür gehen; Sie haben ja gesehen, daß alles demoliert ist«, sagte César zu dem Notar.

»Warum haben Sie Ihren Neffen nicht mitgebracht?« fragte Pillerault Madame Ragon.

»Kommt er nicht?« fragte Césarine.

»Nein, mein Herz«, sagte Madame Ragon. »Anselme rackert sich zu Tode, der liebe Junge. Diese luftlose, lichtlose Straße, diese stinkende Rue des Cinq-Diamants, macht mir angst; die Gosse sieht immer blau, grün oder schwarz aus. Ich fürchte, er geht da zugrunde. Aber wenn die jungen Leute sich etwas in den Kopf gesetzt haben!« sagte sie zu Césarine und vollführte dabei eine Geste, die andeutete, daß das Wort ›Kopf‹ ›Herz‹ bedeuten sollte.

»Dann hat er also seinen Mietvertrag abgeschlossen?« fragte César.

»Schon gestern, und zwar vor dem Notar«, entgegnete Ragon. »Er hat achtzehn Jahre durchgesetzt, muß aber halbjährlich vorauszahlen.«

»Na, Monsieur Ragon, sind Sie mit mir zufrieden?« fragte der Parfümfabrikant. »Ich habe ihm das Geheimnis einer Erfindung überlassen ... jetzt wissen Sie es!«

»Wir kennen Sie in- und auswendig, César«, sagte der kleine Ragon, ergriff Césars Hände und drückte sie ihm mit frommer Freundschaft.

Roguin war in beträchtlicher Unruhe, wie Claparons Auftreten sich vollziehen werde; dessen Gehaben und Redeweise konnten tugendhafte Bürgersleute gegebenenfalls erschrecken: Er hielt es also für angebracht, die Gemüter vorzubereiten.

»Sie werden«, sagte er zu Ragon, Pillerault und den Damen, »ein Original kennenlernen, das seine Geistesgaben unter einer rauhen Hülle verbirgt; er hat sich nämlich aus einer sehr untergeordneten Stellung durch seine Gewitztheit hochgearbeitet. Er wird sich schon gute Manieren angewöhnen, er verkehrt ja in Bankierskreisen. Vielleicht begegnen Sie ihm einmal auf dem Boulevard oder im Café, wo er dann herumlungert, schäbig gekleidet ist und Billard spielt: Er wirkt wie der größte Herumtreiber ... Aber dem ist nicht so; er macht Studien, er denkt dann darüber nach, wie er die Industrie durch neue Konzeptionen umgestalten könne.«

»Das verstehe ich«, sagte Birotteau; »mir sind meine besten Einfälle ebenfalls beim Spazierengehen gekommen, nicht wahr, mein Rehlein?«

»Claparon«, fuhr Roguin fort, »gewinnt dann während der Nacht die Zeit wieder, die er tagsüber darauf verwendet hat, Geschäfte ausfindig zu machen und miteinander zu verknüpfen. Alle diese hochbegabten Leute führen ein bizarres, unerklärliches Leben. Aber bei all diesem Drunter und Drüber erreicht er dennoch sein Ziel, das kann ich bezeugen: Er hat alle unsere Grundeigentümer schließlich zum Nachgeben gebracht; sie wollten erst nicht, irgend etwas kam ihnen nicht geheuer vor; da hat er ihnen etwas vorgeredet, hat sie mürbe gemacht, tagtäglich ist er zu ihnen gelaufen, und jetzt sind wir die Besitzer des Baugeländes.«

Ein sonderbares Räuspern, wie es den Trinkern von Schnäpsen und starken Getränken eigentümlich ist, kündete die absonderlichste Gestalt dieser Geschichte an und zugleich sichtlich den unumschränkten Herrn über Césars künftige Geschicke. Der Parfümhändler hastete die enge, dunkle Treppe hinab, um Raguet zu sagen, er solle den Laden abschließen, und um sich bei Claparon zu entschuldigen, daß er ihn im Eßzimmer empfange.

»Aber wieso denn? Ist doch alles wunderbar geeignet, um Gemüse zu kau ... ich wollte sagen: um Geschäfte abzuschließen.«

Trotz Roguins geschickten Vorbereitungen waren Monsieur und Madame Ragon, diese Bourgeois, die Wert auf guten Ton legten, der Menschenkenner Pillerault sowie Césarine und deren Mutter zunächst recht unangenehm berührt durch diesen angeblichen Bankier der höchsten Kreise.

Mit seinen achtundzwanzig Jahren hatte dieser ehemalige Geschäftsreisende kein einziges Haar mehr auf dem Kopf, sondern trug eine Perücke mit Korkenzieherlocken. Eine solche Haartracht erfordert jungfräuliche Frische, eine durchsichtige, milchweiße Haut, die bezauberndste weibliche Anmut; sie hob also auf eine gemeine Weise ein Gesicht hervor, das pickelig, braunrot und erhitzt war wie das eines Postillions; vorzeitige Runzeln ließen durch die Verzerrungen ihrer tiefen, schmierigen Falten auf ein lasterhaftes Leben schließen, dessen verheerende Wirkungen noch durch den schlechten Zustand der Zähne und die schwarzen Pünktchen bescheinigt wurden, die über eine rauhe Gesichtshaut verstreut waren. Claparon wirkte wie ein Provinzkomödiant, der alle Rollen beherrscht, sich in die Brust wirft, wobei das Rouge nicht mehr an seinen Backen haftet; der durch Überanstrengung entkräftet ist, teigige Lippen hat, eine stets behende Zunge, auch in der Trunkenheit, einen schamlosen Blick, ein Mensch mithin, den jede seiner Gesten kompromittiert. Sein vom fröhlichen Feuerzauber des Punschs leuchtendes Gesicht strafte alles Gerede über die Gewichtigkeit seiner Geschäfte Lügen. Deshalb hatte Claparon sich langen mimischen Übungen unterziehen müssen, bis er sich ein Verhalten beigebracht hatte, das im Einklang zu seiner vorgetäuschten Bedeutung stand. Du Tillet hatte Claparons Toilette beigewohnt wie ein Schauspieldirektor, der über das erste Auftreten seines Hauptdarstellers besorgt ist; er zitterte bei dem Gedanken, daß die grobschlächtigen Angewohnheiten eines zwanglosen Lebens womöglich im Äußeren des Bankiers in Erscheinung träten. – »Sprich möglichst wenig«, hatte er zu ihm gesagt. »Ein Bankier ist nie schwatzhaft: Er handelt, denkt, überlegt, hört zu und erwägt. Wenn du also wirken willst wie ein Bankier, so halte den Mund oder sag unbedeutende Dinge. Dämpfe deinen fidelen Blick und mach ihn ernst, auch auf die Gefahr hin, daß er dadurch dämlich wird. Bei politischen Gesprächen mußt du für die Regierung eintreten; ergeh dich in Gemeinplätzen, wie etwa: ›Das Budget ist eine schwere Last. Ein Vergleich zwischen den Parteien ist unmöglich. Die Liberalen sind gefährlich. Die Bourbonen müssen jedem Konflikt aus dem Wege gehen. Der Liberalismus ist der Deckmantel für zusammengefaßte Sonderinteressen. Die Bourbonen verheißen uns eine Epoche des Wohlstands; wir wollen sie also unterstützen, wenn wir sie auch nicht mögen. Frankreich hat genug politische Experimente gemacht‹, usw. Lümmele dich nicht auf sämtlichen Tischen herum; bedenke, daß du die Würde eines Millionärs zu wahren hast. Schniefele beim Schnupfen nicht wie ein Invalide; spiel mit deiner Tabaksdose, blick häufig auf deine Füße oder zur Zimmerdecke hinauf, ehe du antwortest, kurzum, tu, als seiest du hintergründig. Vor allem gewöhn dir deine unglückselige Gewohnheit ab, alles und jedes anzufassen. In der Gesellschaft muß ein Bankier so tun, als habe er es satt, irgend etwas anzufassen. Ja, richtig, dies noch: Du arbeitest nächtelang, die Zahlen machen dich ganz dumm, man muß so viele Elemente zusammenfassen, damit ein Geschäft zustande kommt! Soviel prüfen und erwägen! Vor allem mußt du auf alles Geschäftliche schimpfen. Geschäfte sind immer etwas Drückendes, Belastendes, Schwieriges, Dorniges. Geh darüber nicht hinaus und spezifiziere nichts. Geh nicht zu Tisch und sing dabei deine albernen Béranger[115]-Lieder, und trink nicht zuviel. Wenn du dich besäufst, ruinierst du dir deine Zukunft, Roguin wird auf dich aufpassen; du kommst mit moralischen Leuten zusammen, tugendsamen Bourgeois; erschrick sie nicht dadurch, daß du ein paar deiner Kneipenwitze vom Stapel läßt.«

Diese Moralpredigt hatte auf Charles Claparons Geist dieselbe Wirkung ausgeübt wie sein neuer Anzug auf seinen Körper. Dieser Bruder Lustig war jedermanns Freund und an zerlumpte, bequem sitzende Kleidung gewöhnt, in der sein Körper sich nicht beengter fühlte als sein Geist durch seine Ausdrucksweise; jetzt war er in einen neuen Anzug eingezwängt, auf den der Schneider ihn hatte warten lassen und den er steif wie ein Zaunpfahl zum erstenmal trug, voller Angst, wie er sich bewegen und wie er sich ausdrücken sollte; er zog die Hand wieder zurück, die er unbedachterweise nach einem Flakon oder einer Dose ausgestreckt hatte, gerade wie er mitten in einem Satz innehielt; durch all dieses, durch einen lächerlichen Mißklang, war er also der geeignete Gegenstand für Pilleraults Beobachtungen. Sein rotes Gesicht, seine Perücke mit den komischen Korkenzieherlocken straften seine Kleidung Lügen, gerade wie sein Denken im Zwiespalt zu seinen Reden stand. Die guten Bürgersleute jedoch hielten schließlich diese beständigen Widersprüche für Zerstreutheit.

»Er hat so viele Geschäfte im Kopf«, hatte Roguin gesagt.

»Die Geschäfte haben ihm nicht gerade Bildung beigebracht«, sagte Madame Ragon zu Césarine. – Das hatte Monsieur Roguin gehört; er legte den Finger auf die Lippen.

»Er ist reich, geschickt und von ungemeiner Zuverlässigkeit«, sagte er und beugte sich dabei zu Madame Ragon nieder.

»Bei solchen Eigenschaften kann man ihm manches nachsehen«, sagte Pillerault zu Ragon.

»Wir können den Vertrag vor dem Essen verlesen«, sagte Roguin, »wir sind unter uns.«

Madame Ragon, Césarine und Constance überließen die Vertragschließenden, nämlich Pillerault, Ragon, César, Roguin und Claparon, sich selbst, damit sie der Verlesung zuhören konnten, die Alexandre Crottat übernahm. César unterzeichnete zugunsten eines Klienten Roguins einen Schuldschein über vierzigtausend Francs, wofür eine Hypothek auf seine Grundstücke und Fabrikgebäude im Faubourg du Temple eingetragen werden sollte; er händigte Roguin den Scheck Pilleraults auf die Bank von Frankreich aus, gab ohne Quittung zwanzigtausend Francs in Wechseln aus seinem Portefeuille und hundertvierzigtausend Francs in Wechseln an die Order Claparons.

»Ich brauche Ihnen keine Quittung zu geben«, sagte Claparon, »Sie rechnen Ihrerseits mit Monsieur Roguin ab, wie wir unsererseits. Unsere Verkäufer erhalten von ihm ihr Geld in bar; ich verpflichte mich zu nichts anderem, als für Sie die Ergänzung Ihres Anteils durch Ihre hundertvierzigtausen Francs in Wechseln ausfindig zu machen.«

»Recht so«, sagte Pillerault.

»Ja, meine Herren, dann wollen wir die Damen wieder hereinrufen, denn ohne sie ist es frostig«, sagte Claparon und schaute dabei Roguin an, als wolle er sehen, ob sein Scherz nicht etwa zu gepfeffert gewesen sei.

»Meine Damen! Oh! Mademoiselle ist doch sicher Ihre Tochter«, sagte Claparon, hielt sich steif und blickte Birotteau an. »Na ja, Sie sind nicht ungeschickt. Keine der Rosen, die Sie je destilliert haben, läßt sich mit ihr vergleichen, und vielleicht gerade, weil Sie Rosen destilliert haben, ist es Ihnen . . .«

»Wahrhaftig«, unterbrach Roguin ihn, »ich kann nicht leugnen, daß ich Hunger habe.«

»Also zu Tisch«, sagte Birotteau.

»Wir werden also im Dabeisein des Notars speisen«, sagte Claparon und warf sich in die Brust.

»Sie tätigen wohl viele Geschäfte«, sagte Pillerault, der sich absichtlich neben Claparon setzte.

»Geradezu übertrieben viele, schockweise«, antwortete der Bankier; »aber sie sind schwierig, sozusagen dornig, da sind zum Beispiel die Kanäle. Ach, diese Kanäle! Sie können sich nicht vorstellen, was die Kanäle uns zu schaffen machen! Und das ist verständlich. Die Regierung will Kanäle. Ein Kanal ist eine Notwendigkeit, die ganz allgemein in den Départements spürbar wird und die alle Handelszweige betrifft, wie Sie ja wissen! Die Flüsse, hat Pascal[116] gesagt, sind wandernde Wege. Also sind Stapelplätze nötig[117]: Stapelplätze hängen von der Bodenbeschaffenheit ab, denn es sind erschreckend große Erdarbeiten erforderlich, Erdarbeiten sind Sache der Klasse der Armen, daher die Anleihen, die letztlich an die Armen abgeführt werden. Voltaire hat gesagt: ›Canaux, canards, canaille‹![118] Aber die Regierung hat ihre Ingenieure, die sie aufklären; es ist schwer, sie übers Ohr zu hauen, wenn man sich nicht mit ihnen ins Einvernehmen setzt; denn die Kammer ...! Ach, Monsieur, die Kammer, die macht uns Schwierigkeiten! Die will die politische Frage nicht kapieren, die hinter der Finanzfrage steckt. Auf beiden Seiten nicht die Spur von Gutgläubigkeit. Nur ein Beispiel. Die Bankfirma Keller, na schön, François Keller ist ein Redner, er greift die Regierung an, wegen des Kapitals, wegen der Kanäle. Kommt er dann nach Hause, so findet er uns vor samt unseren Vorschlägen; sie sind günstig, also muß man sich mit der Regierung einigen, die er gerade erst unverschämt angegriffen hat. Die Interessen des Redners und des Bankiers prallen aufeinander, wir stehen zwischen zwei Feuern! Jetzt verstehen Sie wohl, wieso die Geschäfte dornenvoll sind; es wollen so viele zufriedengestellt werden: die Angestellten, die Kammern, die Vorzimmer, die Minister ...«

»Die Minister?« fragte Pillerault, der mit aller Gewalt aus seinem Geschäftspartner klug werden wollte.

»Ja, natürlich, die Minister.«

»Na, dann haben die Zeitungen also doch recht«, sagte Pillerault.

»Nun ist mein Onkel glücklich bei der Politik gelandet«, sagte Birotteau, »Monsieur Claparon haut mit ihm in eine Kerbe.«

»Diese verdammten Witzbolde«, sagte Claparon, »diese Zeitungen. Monsieur, die Zeitungen stiften uns nichts als Verwirrung: Manchmal sind sie uns freilich von Nutzen, aber sie bereiten mir auch schlaflose Nächte; und die möchte ich lieber auf andere Weise hinbringen; kurz und gut: Durch das ewige Lesen und Rechnen habe ich mir die Augen verdorben.«

»Lassen Sie uns wieder auf die Minister zurückkommen«, sagte Pillerault; er hoffte auf Enthüllungen.

»Die Minister warten immer nur mit Forderungen im Interesse der Regierung auf. Aber was esse ich denn da? Ist das etwa Ambrosia[119]?« unterbrach sich Claparon. »Solche Saucen ißt man nur in Bürgerhäusern, niemals bei den Sudelköchen ...«

Bei diesem Wort hüpften die Blumen auf Madame Ragons Haube wie Ziegenböcke. Claparon merkte, daß er sich vulgär ausgedrückt hatte, und wollte die Sache wieder einrenken.

»In der Hochfinanz«, sagte er, »bezeichnet man als Sudelköche die Küchenchefs der eleganten Kneipen wie Véry und die der Frères-Provençaux[120]. Na, schön, weder die infamen Sudelköche noch unsere studierten Kochkünstler warten uns mit sämigen Saucen auf; die einen setzen uns klares Wasser mit Zitronensaft vor, die andern Produkte der Chemie.«

Das Essen ging ganz und gar unter Attacken Pilleraults hin, der diesen Mann zu ergründen suchte und immer nur ins Leere stieß; er hielt ihn für einen gefährlichen Menschen.

»Alles klappt tadellos«, flüsterte Roguin Charles Claparon zu.

»Ach, ich muß mich im Laufe des Abends wahrscheinlich ausziehen«, antwortete Claparon, der keine Luft bekam.

»Monsieur«, sagte Birotteau zu ihm, »wenn wir heute genötigt sind, das Eßzimmer zum Wohnzimmer zu machen, so geschieht das, weil wir in etwa drei Wochen ein paar Freunde zu uns einladen wollen, einerseits, um die Räumung unseres Landes von den Truppen der Besatzungsmächte zu feiern . . .«

»Gut, gut; auch ich halte zur Regierung. Ich stehe durch meine Überzeugung zu dem *status quo*[121] des großen Mannes, der die Geschicke des Hauses Österreich lenkt, ein großartiger Kerl ist das! Erhalten, um zu erwerben, und vor allem erwerben, um es dann zu behalten . . . Das ist der letzte Grund meiner Überzeugung, und sie hat die Ehre, auch die des Fürsten Metternich[122] zu sein.«

». . . andererseits um meine Aufnahme in den Orden der Ehrenlegion festlich zu begehen«, fuhr César fort.

»Ja, richtig, ich weiß. Wer hat mir nur davon erzählt? Die Kellers oder Nucingen?«

Roguin, den diese Sicherheit des Auftretens überraschte, tat eine bewundernde Geste.

»Nein, in der Abgeordnetenkammer war es.«

»In der Kammer? Etwa durch Monsieur de La Billardière?« fragte César.

»Richtig.«

»Reizend ist er«, sagte César zu seinem Onkel.

»Er redet nichts als Phrasen und wieder Phrasen«, sagte Pillerault, »Phrasen, in denen man ertrinkt.«

»Vielleicht habe ich mich als dieser Gunst würdig erwiesen . . .«, fuhr Birotteau fort.

»Durch Ihre Leistungen in der Parfümfabrikation; die Bourbonen verstehen sich darauf, jedes Verdienst zu belohnen. Ach, wir wollen uns an diese großherzigen, legitimen Fürsten halten; denen werden wir nämlich einen unerhörten Wohlstand verdanken .... Denn, das können Sie mir glauben, die Restauration fühlt, daß sie gegen das Kaiserreich ankämpfen muß; sie wird im tiefsten Frieden Eroberungen machen, Sie werden schon sehen: Eroberungen ...!«

»Sie erweisen uns doch sicherlich die Ehre, an unserm Ball teilzunehmen?« fragte Madame César.

»Um einen Abend mit Ihnen, Madame, zu verleben, würde ich eine Gelegenheit zum Verdienen von Millionen ungenützt vorübergehen lassen.«

»Er ist ganz entschieden recht schwatzhaft«, sagte César zu seinem Onkel.

Während die Ruhmessonne der Parfümerie im Abstieg die letzten Strahlen warf, ging am Kaufmannshimmel kaum sichtbar ein Stern auf. In ebendieser Stunde legte in der Rue des Cinq-Diamants der kleine Popinot den Grundstein zu seinem Vermögen. Die Rue des Cinq-Diamants, eine enge Gasse, durch die beladene Wagen nur mit Mühe hindurchkommen, mündet mit ihrem einen Ende in die Rue des Lombards und mit dem andern in die Rue Aubry-le-Boucher, gegenüber der Rue Quincampoix, einer berühmten Straße des alten Paris, von denen die Geschichte Frankreichs so viele berühmt gemacht hat. Ungeachtet dieses Mißstands macht die Ansammlung von Drogenhandlungen diese Straße zu einer günstigen Stätte, und unter diesem Gesichtspunkt hatte Popinot nicht schlecht gewählt. Das Haus, das zweite in der Richtung der Rue des Lombards, war so düster, daß zu gewissen Zeiten auch tagsüber Licht gebrannt werden mußte. Am Abend zuvor hatte der Neuling dort Besitz von den dunkelsten und am meisten abstoßenden Räumlichkeiten genommen. Sein Vorgänger, ein Händler mit Melasse und Rohzucker, hatte die Stigmata seines Gewerbes an den Wänden, im Hof und in den Lagerräumen hinterlassen. Man stelle sich einen großen, geräumigen Laden mit dicken, eisenbeschlagenen Türen vor, die dragonergrün gestrichen waren, mit langen, sichtbaren Eisenbändern, gespickt mit pilzköpfigen Nägeln, mit unten wie bei alten Bäckerläden ausgebauchten, mit Eisendraht bestehenden Gittern und ausgelegt mit großen weißen Steinplatten, von denen die meisten gesprungen waren; die Wände gelb getüncht und kahl wie die einer Wachstube. Danach kamen ein Raum hinter dem Laden und eine Küche, die ihr Licht vom Hof her erhielten; und schließlich noch ein Lagerraum nach hinten hinaus, der einmal als Pferdestall gedient haben mußte. Über eine in dem Hinterzimmer eingebaute Treppe stieg man zu zwei Zimmern hinauf, die nach der Straße zu gelegen waren; dort gedachte Popinot seine Kasse, sein Arbeitszimmer und seine Bücher unterzubringen. Über den Geschäftsräumen lagen des weiteren drei enge Kammern, die an die Brandmauer stießen und von denen aus man in den Hof blicken konnte; dort, so nahm er sich vor, wollte er wohnen. Drei verwahrloste Räume, die nichts als den Anblick auf den unregelmäßigen, düsteren, von Mauern umgebenen Hof boten, denen die, auch bei trockenstem Wetter nicht weichende Feuchtigkeit ein Aussehen lieh, als seien sie gerade frisch gestrichen worden; ein Hof, zwischen dessen Pflastersteinen eine schwarze, stinkende Schmutzmasse lag; sie war von der Melasse und dem Rohzucker zurückgeblieben. Nur eins dieser Zimmer besaß einen Kamin, alle waren nicht tapeziert und hatten einen Fußboden aus viereckigen Fliesen. Vom frühen Morgen an hatten Gaudissart und Popinot, unterstützt von einem Tapezierergehilfen, den der Geschäftsreisende aufgetrieben hatte, eigenhändig eine Tapete zu fünfzehn Sous in diesem gräßlichen Zimmer angeklebt, das der Handwerker mit Leimfarbe gestrichen hatte. Ein Schuljungenbett mit rotem Holzgestell, ein schäbiger Nachttisch, eine altertümliche Kommode, ein Tisch, zwei Lehnsessel und sechs Stühle, welches alles Richter Popinot seinem Neffen geschenkt hatte, bildeten das Mobiliar. Gaudissart hatte über den Kamin einen Wandspiegel gehängt, der halb blind und ein Gelegenheitskauf war. Gegen acht Uhr abends saßen die beiden Freunde am Kamin, in dem ein Bund Knüppelholz brannte; sie wollten den Rest ihres Mittagsmahls verspeisen.

»Weg mit der kalten Hammelkeule! Das paßt nicht zu einem Einzugsschmaus!« rief Gaudissart.

»Aber«, sagte Popinot und zeigte sein einziges Zwanzigfrancsstück vor; er hatte es zum Bezahlen des Prospekts aufgehoben. »Ich ...«

»Ich . . .«, sagte Gaudissart und klemmte sich ein Vierzigfrancsstück ins Auge.

Da erdröhnte ein Türklopferschlag in dem Hof, der einsam dalag und widerhallte, da es Sonntag war, da machen die Handwerker sich einen vergnügten Tag, und ihre Werkstätten liegen verlassen da.

»Jetzt kommt mein Getreuer aus der Rue de la Poterie[123]. – Ich«, sprach der berühmte Gaudissart weiter, »sage nämlich: ›Ich habe!‹ und nicht nur ›Ich‹!«

Tatsächlich brachten ein Kellner und zwei Küchenjungen in drei Körben ein Abendessen, dem sechs mit Kennerschaft ausgewählte Flaschen Wein zur Zierde gereichten.

»Aber wie sollen wir es denn anstellen, so viel zu essen?« fragte Popinot.

»Und der Literat?« rief Gaudissart. »Finot versteht sich aufs Festefeiern und die Eitelkeiten dieser Welt, du Naivling! Und er bringt einen Prospekt mit, der einen nicht nur die Nase, sondern auch den Mund aufsperren läßt. Hübsch gesagt, was? Prospekte haben immer Durst. Man muß den Samen anfeuchten, wenn man Blumen haben will. – Hinaus mit euch, Sklaven«, sagte er zu den Küchenjungen und warf sich in die Brust, »da habt ihr den Mammon.«

Mit einer Geste, die Napoleons, seines Idols, würdig gewesen wäre, drückte er ihnen zehn Sous in die Hand.

»Danke, Monsieur Gaudissart«, antworteten die Küchenjungen; sie freuten sich mehr über den Spaß als über das Geld.

»Und du, mein Sohn«, sagte er zu dem Kellner, der dageblieben war, um bei Tisch zu bedienen, »hier gibt es eine Portiersfrau, sie haust in den Tiefen einer Höhle, und da kocht sie manchmal, so wie einstmals Nausikaa schmutzige Wäsche wusch, aus purem Vergnügen. Begib dich zu ihr, appelliere an ihre Gutherzigkeit, begeistere sie, junger Mann, für das Heißmachen dieser Gerichte. Sag ihr, sie solle dafür gesegnet werden, und vor allem hochgeachtet von Félix Gaudissart, dem Sohn des Jean-François Gaudissart und Abkömmling des Stammes Gaudissart, gemeiner, sehr alter Proletarier, seiner Ahnherrn. Lauf und sorg dafür, daß alles gut wird, sonst haue ich dir eine in C-Dur in die Visage!«

Ein zweiter Türklopferschlag erscholl.

»Jetzt kommt der geistvolle Andoche«, sagte Gaudissart.

Ein ziemlich pausbäckiger, mittelgroßer junger Mensch, der von Kopf bis Fuß wie der Sprößling eines Hutmachers aussah, mit rundlichen Zügen, deren Feinheit unter einer steifen Miene begraben lag, erschien plötzlich. Sein Gesicht, das trübe dreinschaute wie das eines vom Elend bedrängten Menschen, strahlte auf, als er den gedeckten Tisch und die Flaschen mit den verheißungsvollen Pfropfenüberzügen erblickte. Bei Gaudissarts Ausruf blitzten seine blaßblauen Augen auf, sein dicker Kopf mit dem Kalmückengesicht schwankte von rechts nach links, und er begrüßte Popinot auf eigenartige Weise, ohne Unterwürfigkeit und ohne Respekt, wie jemand, der sich hier fehl am Platz fühlte und kein Zugeständnis machte. Er begann zu jener Zeit einzusehen, daß er keinerlei literarische Begabung habe; er gedachte indessen, als Ausbeuter bei der Literatur zu bleiben, sich auf die Schultern geistvoller Leute zu stellen und damit Geschäfte zu machen, anstatt schlecht bezahlte Werke zu schreiben. In diesem Augenblick fing er an, nachdem er das Demütigende vergeblicher Schritte und das Demütigende der fruchtlosen Versuche gründlich ausgekostet hatte, wie die Leute der Hochfinanz eine Wendung zu vollziehen und aus freien Stücken unverschämt aufzutreten. Aber dazu bedurfte er einer materiellen Grundlage, und Gaudissart hatte ihn darauf hingewiesen, daß er sich an der Propaganda von Popinots Öl beteiligen könne.

»Sie müssen auf seine Rechnung mit den Zeitungen unterhandeln, aber hauen Sie ihn dabei nicht übers Ohr, sonst gibt es zwischen uns beiden ein Duell auf Tod und Leben; verschaffen Sie ihm was für sein Geld!«

Popinot schaute den ›Autor‹ mit beunruhigter Miene an. Echte Kaufleute betrachten einen Autor stets mit einem Gefühl, in dem Schrecken, Mitleid und Neugierde sich mischen. Obgleich Popinot eine gute Erziehung genossen hatte, hatten die Lebensgewohnheiten seiner Eltern, ihr Denken, die verdummenden Arbeiten im Laden und an der Kasse seine Intelligenz eingeschränkt; sie hatte sich den Sitten und Bräuchen seines Berufs gebeugt; das ist ein Phänomen, das man beobachten kann, wenn man die Veränderungen betrachtet, die sich innerhalb von zehn

Jahren unter hundert Kameraden vollziehen, die einander nahezu ähnlich gewesen waren, als sie die Schule oder das Internat verließen. Andoche hielt jenes Betroffensein für tiefe Bewunderung.

»Ich bin dafür, daß wir den Prospekt noch vor dem Essen in den Grund bohren; dann können wir ohne Hintergedanken trinken«, sagte Gaudissart. »Nach dem Essen ist schlecht Lesen. Auch die Zunge verdaut.«

»Monsieur«, sagte Popinot, »ein Prospekt bedeutet manchmal ein Vermögen.«

»Und für kleine Leute meines Schlages«, sagte Andoche, »ist das Vermögen nur im Prospekt.«

»Hübsch gesagt«, warf Gaudissart ein. »Dieser Witzbold Andoche hat Geist wie die Vierzig[124].«

»Wie hundert«, sagte Popinot, den dieser Geistesblitz verblüfft hatte.

Der ungeduldige Gaudissart nahm das Manuskript und las laut und mit Emphase: »Cephalus-Öl!«

»›Cäsaren-Öl‹ wäre mir lieber«, sagte Popinot.

»Lieber Freund«, sagte Gaudissart, »du kennst die Provinzler nicht: Es gibt einen chirurgischen Eingriff[125], der einen ähnlichen Namen trägt, und die Leute da sind so dumm, daß sie glauben, dein Öl erleichtere die Entbindungen; um von da auf das Haar überzuleiten, dazu wären allzuviel Worte nötig.«

»Ohne meine Bezeichnung verteidigen zu wollen«, sagte der Autor, »gebe ich zu bedenken, daß ›Cephalus-Öl‹ Öl für den Kopf bedeutet und also alle Ihre Gedanken zusammenfaßt.«

»Also weiter!« sagte Popinot ungeduldig.

Hier möge der Prospekt folgen, wie er noch heute zu Tausenden im Handel verbreitet wird. (Zweites Beweisdokument.)

GOLDENE MEDAILLE AUF DER AUSSTELLUNG VON 1827

CEPHALUS-ÖL

Patentamtlich geschützt

Kein Kosmetikum kann das Haar wachsen lassen, gerade wie es kein chemisches Präparat gibt, mit dem es ohne Gefahr für den Sitz der Intelligenz gefärbt werden könnte. Die Wissenschaft hat unlängst festgestellt, daß das Haar eine tote Substanz sei und daß kein Mittel den Haarausfall oder das Ergrauen zu verhindern vermag. Um dem Dünnwerden und der Kahlköpfigkeit vorzubeugen, genügt es, den Balbus, die Haarwurzel, an der es herauswächst, vor jeglichem von außen wirkenden atmosphärischen Einfluß zu bewahren und dem Kopf die ihm eigene Wärme zu bewahren. Das CEPHALUS-ÖL beruht auf diesen von der Akademie der Wissenschaften festgestellten grundsätzlichen Erkenntnissen und zeitigt das wichtige Ergebnis, auf das die Alten, die Römer, die Griechen und die nordischen Völker so großen Wert legten; denn für sie war das Haar etwas Kostbares. Wissenschaftliche Forschungen haben ergeben, daß die Edelbürtigen, deren Kennzeichen in alten Zeiten ihr langes Haar war, sich keines anderen Mittels bedient haben; nur war ihr Verfahren, das A. Popinot, der Erfinder des Cephalus-Öls, so geschickt wiederentdeckt hat, in Vergessenheit geraten.

Das Haar zu bewahren, anstatt einen erfolglosen oder gar schädlichen Reiz auf die Kopfhaut auszuüben, die die Haarwurzeln enthält, ist also Zweck und Aufgabe des Cephalus-Öls. Tatsächlich schützt dieses Öl, das die Schuppenbildung verhindert und einen angenehmen Duft ausströmt, durch seine Bestandteile, unter denen die Hauptrolle die Lambertsnußessenz spielt, vor jeder Einwirkung der Außenluft auf den Kopf und beugt auf diese Weise Erkältungen, Schnupfen und allen schmerzhaften Affektionen der Gehirnmasse vor, der es ihre Innentemperatur beläßt. Dadurch werden die Haarwurzeln mitsamt der in ihnen enthaltenen, den Haarwuchs erzeugenden Flüssigkeiten weder von der Kälte noch der Hitze angegriffen. Das Haar, dieser prächtige Schmuck, dem Männer wie Frauen einen so hohen Wert beimessen, bewahrt also bei denen, die Cephalus-Öl dauernd anwenden, bis ins hohe Alter den Glanz, die Feinheit und den Schimmer, die den Köpfen der Kinder ein so bezauberndes Aussehen leihen.

Die Gebrauchsanweisung ist jedem Flacon beigefügt und dient ihm als Hülle.

GEBRAUCHSANWEISUNG FÜR CEPHALUS-ÖL

Es ist völlig unnütz, das Haar einzureiben; das wäre nicht nur ein törichtes Vorurteil, sondern überdies ein lästiges Verfahren, da das Kosmetikum überall seine Spuren zurückläßt. Es genügt, allmorgendlich ein dünnes Schwämmchen in das Öl zu tauchen, das Haar auseinanderzukämmen und es Strich für Strich an den Wurzeln einzureiben, so daß die Kopfhaut einen dünnen Überzug erhält; natürlich muß der Kopf zuvor mit Kamm und Bürste gereinigt werden.

Das Öl wird in Flacons, die, um jede Nachahmung zu verhindern, mit dem Namenszug des Erfinders versehen sind, zum Preis von drei Francs verkauft bei A. Popinot, Rue de Cinq-Diamants, im Quartier des Lombards, Paris.

Bestellungen werden frankiert erbeten.

Hinweis. Die Firma A. Popinot hält auch die Drogerie-Öle wie Pomeranzen-Öl, Lavendel-Öl, Süßmandel-Öl, Kakao-Öl, Kaffee-Öl, Rizinus-Öl und andere auf Lager.

»Lieber Freund«, sagte der berühmte Gaudissart zu Finot, »das ist vollendet geschrieben. Sapperlot, wie wir da mit der hohen Wissenschaft aufwarten! Wir drehen und winden uns nicht, sondern gehen geradewegs aufs Ziel los. Ich mache Ihnen mein aufrichtigstes Kompliment. Das ist angewandte Literatur.«

»Wirklich, ein schöner Prospekt«, sagte Popinot begeistert.

»Ein Prospekt, dessen erstes Wort bereits dem ›Makassar‹ den Hals bricht«, sagte Gaudissart, stand mit feierlicher Miene auf und sprach die folgenden Worte, wobei er sie durch die Gesten eines Parlamentsredners unterstrich: »›Man-kann-das-Haar-nicht-wachsen-lassen! Man-kann-es-nicht-ohne-Gefahr-färben!‹ Haha, das verbürgt den Erfolg. Die moderne Wissenschaft steht im Einklang mit den Gepflogenheiten des klassischen Altertums. Man kann sich an alte und junge Menschen gleichzeitig wenden. Hat man es mit einem alten Herrn zu tun, so sagt man: ›Haha,

Monsieur, die Alten, die Griechen und Römer, die hatten recht, die sind gar nicht so dumm gewesen, wie man uns glauben machen will!‹ Unterhandelt man mit einem jungen Mann, so sagt man: ›Mein lieber Junge, dies ist wieder eine Erfindung, die wir dem Fortschreiten der Aufklärung zu verdanken haben; es geht mit uns vorwärts. Was alles müssen wir uns noch von der Dampfkraft, vom Telegraphen und anderen Dingen erwarten! Dies Öl ist das Ergebnis eines Akademieberichts des Monsieur Vauquelin!‹ Wenn wir nun einen Absatz aus dem Memorandum Vauquelins, das er in der Akademie der Wissenschaften eingereicht hat und das unsere Behauptungen bestätigt, nachdruckten? Was? Famos! Aber jetzt zu Tisch, Finot! Jetzt wird eingehauen! Wir trinken den Champagner auf den Erfolg unseres jungen Freundes!«

»Ich habe gedacht«, sagte der Autor bescheiden, »daß die Zeit der leichten, läppischen Prospekte vorbei ist; wir treten in das Zeitalter der Wissenschaft ein, es bedarf eines gelehrten Stils, eines gewichtigen Tons, um dem Publikum zu imponieren.«

»Hinter dies Öl machen wir Dampf; es juckt mich schon in den Füßen und in der Zunge ebenfalls. Ich habe Aufträge von allen, die in der Haarpflegebranche tätig sind, und keiner von ihnen gibt mehr als dreißig Prozent; vierzig müssen wir einräumen, dann garantiere ich für hunderttausend Flaschen innerhalb von sechs Monaten. Ich mache mich über sämtliche Apotheker, Drogisten und Friseure her! Und wenn ich denen vierzig Prozent gebe, dann seifen sie ihre gesamte Kundschaft damit ein.«

Die drei jungen Leute futterten wie Raubtiere und tranken wie die Schweizer; sie berauschten sich an dem künftigen Erfolg des Cephalus-Öls.

»Dies Öl wirkt tatsächlich auf den Kopf«, sagte Finot lächelnd.

Gaudissart erging sich in ganzen Serien von Wortspielen über Öl, Haar, Kopf usw. Mitten im homerischen Gelächter der drei Freunde, beim Nachtisch, trotz aller Trinksprüche und wechselseitiger Glückwünsche erscholl ein Anschlagen des Türklopfers und wurde vernommen.

»Das ist mein Onkel! Er bringt es fertig, mich zu besuchen«, rief Popinot.

»Ein Onkel?« sagte Finot. »Und wir haben nicht mal ein Glas für ihn!«

»Der Onkel meines Freundes Popinot ist Untersuchungsrichter«, sagte Gaudissart zu Finot, »dem darf kein Streich gespielt werden, er hat mir das Leben gerettet. Ja, wenn man wie ich in der Patsche gewesen ist, angesichts des Schafotts, wo es heißt: ›Klick, und adieu, ihr Haare!‹« sagte er und ahmte dabei durch eine Geste das unheilvolle Fallbeil nach, »dann gedenkt man lebenslang des tugendhaften Richters, dem man es dankt, daß einem die Rinne erhalten geblieben ist, durch die der Champagner hinabfließt! Dann gedenkt man seiner, auch wenn man voll ist wie eine Strandhaubitze. Sie können nicht wissen, Finot, ob Sie Monsieur Popinot nicht ebenfalls noch mal nötig haben. Sapperlot, der muß begrüßt werden, daß es sich gewaschen hat.«

Tatsächlich fragte der tugendsame Untersuchungsrichter die Portiersfrau nach seinem Neffen. Anselme erkannte ihn an der Stimme und ging mit einer Kerze in der Hand hinunter, um ihm zu leuchten.

»Guten Abend, meine Herren«, sagte der Richter.

Der berühmte Gaudissart verneigte sich tief. Finot musterte den Richter mit benebeltem Blick und fand ihn ziemlich einfältig.

»Luxuriös ist es hier nicht gerade«, sagte der Richter ernst und hielt im Zimmer Umschau. »Aber mein Junge, wenn man etwas Großes anfangen will, muß man es verstehen, mit nichts anzufangen.«

»Was für ein tiefer Denker«, sagte Gaudissart zu Finot.

»Ein Konfektionsgedanke«, sagte der Journalist.

»Ach so, Sie sind ebenfalls da«, sagte der Richter, als er den Geschäftsreisenden erkannte. »Und was tun und treiben Sie hier?«

»Ich will mit all meinen geringen Mitteln zum Glück Ihres lieben Neffen beitragen, Monsieur. Wir haben uns gerade über den Prospekt für sein Öl unterhalten; in jenem Herrn dort sehen Sie den Autor dieses Prospekts, den wir für eins der schönsten Erzeugnisse der Perücken-Literatur halten.« Der Richter musterte Finot. – »Es handelt sich«, sagte Gaudissart, »um Monsieur Andoche Finot, einen der begabtesten unter den jungen Literaten; er schreibt in den Regierungsblättern hochpolitische Artikel und Kritiken über die kleinen Bühnen, sozusagen ein Prediger auf dem Wege zum Schriftsteller.«

Finot zupfte Gaudissart am Rockschoß.

»Gut, Kinder«, sagte der Richter, dem diese Worte den Anblick erklärten, den der Tisch bot; es standen darauf die Reste eines entschuldbaren Festmahls. – »Mein Junge«, sagte der Richter zu Popinot, »zieh dich gut an, wir müssen heute abend noch zu Monsieur Birotteau gehen; ich bin ihm einen Besuch schuldig. Ihr sollt euern Gesellschaftervertrag unterschreiben; ich habe ihn sorgfältig geprüft. Da ihr die Herstellung eures Öls auf dem Gelände im Faubourg du Temple betreibt, meine ich, daß er mit dir einen Mietvertrag über die Fabrikationsräume abschließen muß; es könnte mal jemand anders an seine Stelle treten und wenn alles richtig geordnet ist, geht man Streitigkeiten aus dem Wege. Die Wände hier scheinen mir feucht zu sein, Anselme; du mußt dort, wo dein Bett steht, Strohmatten aufhängen.«

»Erlauben Sie, Untersuchungsrichter«, sagte Gaudissart im schmeichlerischen Tonfall eines Höflings, »wir haben erst heute eigenhändig die Tapeten angeklebt, und ... sie sind ... noch nicht ... trocken.«

»Ihr seid sparsam! Gut!« sagte der Richter.

»Hören Sie«, sagte Gaudissart leise zu Finot, »mein Freund Popinot ist ein tugendhafter Jüngling; er geht zu seinem Onkel; wollen wir den Abend nicht bei unsern Kusinen beenden ...?«

Der Journalist zog das Futter aus seiner Westentasche heraus. Popinot sah diese Geste und steckte dem Verfasser seines Prospekts zwanzig Francs zu. Der Richter hatte am Ende der Straße eine Droschke warten lassen; er nahm seinen Neffen mit zu Birotteau. Pillerault, das Ehepaar Ragon und Roguin saßen beim Boston, und Césarine stickte ein Fichu, als Richter Popinot und Anselme erschienen. Roguin saß Madame Ragon gegenüber, zu der Césarine sich gesetzt hatte; er merkte, wie das junge Mädchen sich freute, als sie Anselme hereinkommen sah; er bedeutete seinem Bürovorsteher, daß sie rot wie eine Granatapfelblüte geworden sei.

»Heute soll also ein Tag der Verträge sein?« fragte der Parfümfabrikant, als nach den Begrüßungen der Richter ihm den Grund seines Besuchs mitgeteilt hatte.

César, Anselme und der Richter gingen in den zweiten Stock, in das improvisierte Schlafzimmer des Parfümfabrikanten, und besprachen den Mietvertrag und den Gesellschaftervertrag, den der Richter aufgesetzt hatte. Der Mietvertrag wurde auf achtzehn Jahre geschlossen, damit er mit dem über den Laden in der Rue des Cinq-Diamants übereinstimmte; das war ein dem Anschein nach geringfügiger Umstand, der sich indessen später als wichtig für Birotteaus Interessen erweisen sollte. Als César und der Richter wieder in den Zwischenstock hinunterkamen, fragte der Beamte, den das allgemeine Durcheinander und die Tätigkeit von Arbeitern an einem Sonntag bei einem so frommen Mann wie dem Parfümhändler wunderte, nach dem Grund dafür, und darauf hatte der Parfümhändler nur gewartet.

»Obwohl Sie auf Gesellschaftliches wenig Wert legen, Monsieur, werden Sie es nicht schlecht finden, daß wir die Räumung unseres Landes von den Besatzungstruppen festlich begehen wollen. Aber es ist nicht das allein. Wenn ich ein paar Freunde und Bekannte zu uns lade, so geschieht es auch, um meine Aufnahme in den Orden der Ehrenlegion zu feiern.«

»Siehe da!« sagte der Richter, der keinen Orden besaß.

»Vielleicht habe ich mich dieser Auszeichnung und königlichen Huld dadurch als würdig erwiesen, daß ich als Richter ... oh, nur am Handelsgericht ... gewirkt habe. Und dann habe ich für die Bourbonen gekämpft, auf den Stufen ...«

»Ja«, sagte der Richter.

»... von Saint-Roch, am 13. Vendémiaire, wo ich von Napoleon angeschossen worden bin.«

»Gern«, sagte der Richter. »Wenn meine Frau sich gut befindet, bringe ich sie mit.«

»Xandrot«, sagte Roguin an der Türschwelle zu seinem Bürovorsteher, »schlag es dir aus dem Kopf, Césarine je zu heiraten; dann nämlich wirst du in sechs Wochen sehen, daß ich dir einen guten Rat gegeben habe.«

»Warum?« fragte Crottat.

»Birotteau, mein Lieber, wird für seinen Ball hunderttausend Francs zum Fenster hinauswerfen, und er riskiert, obwohl ich ihm abgeraten habe, sein Vermögen bei dieser Grundstücksspekulation. In sechs Wochen haben diese Leute nichts mehr zu brechen und zu beißen. Heirate Mademoiselle Lourdois, die Tochter des Dekorationsmalers, sie hat dreihunderttausend Francs Mitgift; ich habe dir diesen Ausweg offengehalten! Wenn du mir nur lumpige hunderttausend Francs für meine Praxis bezahlen willst, kannst du sie morgen übernehmen.«

Die Prachtentfaltung bei dem Ball, den der Parfümhändler vorbereitete und den die Presse ganz Europa verkündet hatte, wurde in der Handelswelt auf andere Weise verkündet, nämlich durch den Lärm, den die Bauarbeiten Tag und Nacht verursachten. Hier erzählte man sich, César habe drei Häuser gemietet; dort wurde gesagt, er lasse in seinen Salons Vergoldungen anbringen; an anderer Stelle hieß es, es sollten Gerichte aufgetragen werden, die einzig für diese Gelegenheit erfunden worden seien; hier wurde geschwatzt, die Kaufleute seien nicht eingeladen worden, da das Fest lediglich für Angehörige der Regierung gegeben werde; dort wurde der Parfümhändler um seines Ehrgeizes willen bitter getadelt; man machte sich über sein politisches Strebertum lustig, man stritt sogar ab, daß er verwundet worden sei! Der Ball gab Anlaß zu mancherlei Ränken im zweiten Arrondissement; die Freunde verhielten sich ruhig, aber die Forderungen der bloßen Bekannten waren enorm. Jedes Glück lockt Schmarotzer herbei. Eine gehörige Anzahl von Leuten ließ sich die Einladung mehr als einen Bittgang kosten. Die Birotteaus waren entsetzt über die große Zahl von Freunden, die sie gar nicht kannten. Dieser Andrang erschreckte Madame Birotteau; von Tag zu Tag, je näher die Festlichkeit rückte, wurde ihre Miene düsterer. Vor allem gestand sie César, sie habe keine Ahnung, wie sie sich benehmen solle; sie schrecke vor den unzähligen Einzelheiten zurück, die bei solch einem Fest zu berücksichtigen seien: Wo sollte man das Tafelsilber hernehmen, wo die erforderlichen Gläser, die Erfrischungen, das Geschirr, die Bedienung? Und wer sollte all das überwachen? Sie bat Birotteau, er möge sich an die Wohnungstür stellen und nur die wirklich Eingeladenen hereinlassen; sie habe befremdliche Dinge von Leuten erzählen hören, die auf bürgerliche Bälle kämen und sich auf Freunde beriefen, die sie dann nicht nennen könnten. Als zehn Tage vorher Braschon, Grindot, Lourdois und der Bauunternehmer Cheffaroux versichert hatten, die Wohnung werde bis zu dem bewußten Sonntag, dem 17. Dezember, fix und fertig sein, kam es abends, nach dem Essen, in dem bescheidenen kleinen Wohnzimmer des Zwischenstocks, zu einer lächerlichen Konferenz zwischen César, seiner Frau und seiner Tochter, als es galt, die Liste der Gäste aufzustellen und die Einladungen zu verschicken, die ihnen am Morgen ein Drucker in schöner, nach rechts geneigter Kursivschrift auf rosa Papier zugeschickt hatte; sie entsprachen den Gesetzesformeln der kindischen, ehrbaren Höflichkeit.

»Daß wir nur ja niemanden vergessen«, sagte Birotteau.

»Wenn wir schon einen vergessen«, antwortete Constance, »so vergißt er selber sich ganz bestimmt nicht. Madame Derville, die uns bis jetzt noch nie besucht hatte, ist gestern abend erschienen und hat sich gräßlich aufgespielt.«

»Sie war sehr hübsch«, sagte Césarine, »mir hat sie gefallen.«

»Dabei ist sie vor ihrer Heirat noch weniger als ich gewesen«, sagte Constance, »sie hat in der Rue Montmartre Wäsche genäht, Hemden für deinen Vater hat sie gemacht.«

»Also, jetzt wollen wir die Liste anfangen«, sagte Birotteau, »und zwar mit den höchstgestellten Herrschaften. Schreib, Césarine: Der Herr Herzog und die Frau Herzogin von Lenoncourt ...«

»Mein Gott, César!« sagte Constance, »schick doch keine Einladungen an Leute, die du nur über den Ladentisch weg kennst. Willst du etwa auch die Prinzessin von Blamont-Chauvry einladen, die doch mit deiner verstorbenen Patin, der Marquise d'Uxelles, näher verwandt ist als der Herzog von Lenoncourt? Willst du etwa auch die Herren de Vandenesse einladen, Monsieur de Marsay, Monsieur de Ronquerolles, Monsieur d'Aiglemont, kurz und gut, alle deine Kunden? Du bist verrückt, deine Größe hat dir den Kopf verdreht.«

»Na ja; aber doch den Herrn Grafen de Fontaine und seine Familie. Weißt du, der ist damals unter dem Namen ›Grand-Jacques‹ in die ›Rosenkönigin‹ gekommen, zusammen mit ›Le Gars‹, das war der Herr Marquis de Montauran, und mit Monsieur de La Billardière, der nannte sich damals, vor der großen

Schlacht bei Saint-Roch, ›Le Nantais‹. Was war das zu jener Zeit für ein Händedrücken! ›Nur Mut, mein lieber Birotteau! Gehen Sie gleich uns in den Tod für die gute Sache!‹ Wir sind doch schließlich alte Verschwörer-Kameraden.«

»Also schreib ihn auf«, sagte Constance. »Wenn Monsieur de La Billardière und sein Sohn kommen, müssen sie doch jemanden vorfinden, mit dem sie sich unterhalten können.«

»Schreib, Césarine«, sagte Birotteau, *»Primo*, der Herr Seinepräfekt: Der mag kommen oder nicht, aber er steht an der Spitze der Stadtverwaltung: Ehre, wem Ehre gebührt! – Monsieur de La Billardière und Sohn, der Bürgermeister. Schreib hinter jeden Namen die laufende Nummer. – Mein Kollege Granet, der Beigeordnete, und Frau. Die ist zwar sehr häßlich, aber das macht nichts, wir können sie nicht übergehen! – Monsieur Curel, der Uhrmacher, der Oberst der Nationalgarde, mit Frau und seinen beiden Töchtern. Das wären die Behörden. Jetzt kommen die wichtigen Leute dran! – Der Herr Graf und die Frau Gräfin de Fontaine und deren Tochter Mademoiselle Emilie de Fontaine.«

»Eine impertinente Person; sie holt mich immer aus dem Laden heraus, damit ich mit ihr am Wagenschlag rede, und zwar bei jedem Wetter«, sagte Madame César. »Wenn die kommt, dann nur, weil sie sich über uns lustig machen will.«

»Dann kommt sie also vielleicht«, sagte César, der mit aller Gewalt Leute aus der großen Welt bei sich sehen wollte. »Weiter, Césarine. – Der Herr Graf und die Frau Gräfin de Granville, mein Hausbesitzer, der feinste Kopf am Königlichen Gerichtshof[126], wie Derville sagt. – Da fällt mir ein: Monsieur de La Billardière hat veranlaßt, daß das Ritterkreuz mir morgen durch den Herrn Grafen de Lacépède[127] persönlich überreicht wird. Also gehört es sich, daß ich dem Großkanzler eine Einladung zum Ball und zum Abendessen schicke. – Dann Monsieur Vauquelin. Schreib: Ball und Abendessen, Césarine. Und, damit ich's nicht vergesse, die ganze Familie Chiffreville und die Protez'. – Monsieur und Madame Popinot, Richter am Seine-Gericht. – Monsieur und Madame Thirion, Türhüter an den Privatgemächern des Königs, die Freunde der Ragons, und deren Tochter; die soll, so heißt es, einen der Söhne erster Ehe Monsieur Camusots heiraten.«

»César, vergiß den kleinen Horace Bianchon nicht, den Neffen Monsieur Popinots und Vetter Anselmes«, sagte Constance.

»Nein, nein! Césarine hat ja schon eine vier hinter die Popinots geschrieben. – Monsieur und Madame Rabourdin: das ist einer der Bürochefs in Monsieur de La Billardières Ressort. – Monsieur Cochin, aus derselben Behörde, mit Frau und Sohn: die sind stille Teilhaber der Matifats, und da wir nun mal bei denen sind, auch Monsieur, Madame und Mademoiselle Matifat.«

»Die Matifats«, sagte Césarine, »haben für ihre Freunde Monsieur und Madame Colleville und Monsieur und Madame Thuillier um Einladungen gebeten.«

»Wir wollen sehen«, sagte César. – »Unsern Wechselmakler Monsieur Jules Desmarets und Frau.«

»Die wird Ballkönigin!« sagte Césarine. »Die mag ich lieber als alle andern.«

»Derville und Frau.«

»Lad doch auch Monsieur und Madame Coquelin ein, die Nachfolger meines Onkels Pillerault«, sagte Constance. »Sie rechnen so bestimmt damit, daß die arme kleine Frau sich durch meine Schneiderin ein herrliches Ballkleid hat machen lassen: das Unterkleid aus weißem Satin, darüber eine mit Zichorienblüten bestickte Tüllrobe. Es hätte nicht viel gefehlt, und sie hätte sich eine golddurchwirkte Robe bestellt, als ob sie zu Hofe gehen wolle. Wenn wir die beiden auslassen, schaffen wir uns zwei erbitterte Feinde.«

»Schreib sie auf, Césarine; wir müssen dem Handelsstand Ehre erweisen; wir gehören ja selber dazu. – Monsieur und Madame Roguin.«

»Mama, Madame Roguin trägt sicher ihre Diamantenhalskette, sämtliche Brillanten und ihr Kleid aus Mechelner Spitzen.«

»Monsieur und Madame Lebas«, sagte César. »Dann den Präsidenten des Handelsgerichts mit Frau und zwei Töchtern. Die habe ich bei den Behörden vergessen. – Monsieur Lourdois mit Frau und Tochter. – Monsieur Claparon, der Bankier, Monsieur du Tillet, Monsieur Grindot, Monsieur und Madame Camusot, die reichen Seidenhändler, mit ihren Söhnen, dem von der Ecole Polytechnique und dem Advokaten.«

»Der soll um seiner Heirat mit Mademoiselle Thirion willen

zum Richter ernannt werden, aber in der Provinz«, sagte Césarine.

»Monsieur Cardot, Camusots Schwiegervater, mit sämtlichen Sprößlingen. Ja, und ferner die Guillaumes aus der Rue du Colombier; das sind Lebas' Schwiegereltern, zwei alte Leutchen, die können als Staffage dienen. – Alexandre Crottat – Célestin...«

»Papa, vergiß Monsieur Andoche Finot und Monsieur Gaudissart nicht; die beiden jungen Leute sind sehr wichtig für Monsieur Anselme.«

»Gaudissart? Der hat mal mit der Justiz zu tun gehabt. Na, kommt nicht drauf an; er geht doch dieser Tage mit unserm Öl auf Reisen, also schreib ihn auf! Und dieser Sieur Andoche Finot, wer ist das eigentlich?«

»Monsieur Anselme hat gesagt, aus dem würde mal was; er sei so geistreich wie Voltaire.«

»Ein Schriftsteller? Die sind doch alle Atheisten!«

»Lad ihn ein, Papa; es fehlt ohnehin an Tänzern. Außerdem hat er den schönen Prospekt für dein Öl verfaßt.«

»Er glaubt an unser Öl? Dann schreib ihn auf, liebes Kind.«

»Auch meine Schützlinge schreibe ich auf«, sagte Césarine.

»Schreib Monsieur Mitral auf, meinen Gerichtsvollzieher; dann Monsieur Haudry, unsern Hausarzt, nur der Form wegen, kommen wird er doch nicht.«

»Er wird schon kommen und seine Partie spielen«, sagte Césarine.

»Da fällt mir ein: Ich hoffe doch, César, daß du den Herrn Abbé Loraux zum Essen einladen wirst?«

»Dem habe ich bereits geschrieben«, sagte César.

»Oh! Wir dürfen Lebas' Schwägerin nicht vergessen, Madame Augustine de Sommervieux«, sagte Césarine. »Die arme Frau! Sie ist arg krank, sie stirbt vor Kummer, hat uns Lebas gesagt.«

»Das kommt dabei heraus, wenn man einen Künstler heiratet«, rief der Parfümhändler aus. »Sieh mal, deine Mutter ist am Einnicken«, sagte er ganz leise zu seiner Tochter. »Haha, recht gute Nacht, Frau.«

»Und wie steht es mit dem Kleid deiner Mutter?« fragte César Césarine.

»Ja, Papa, es wird rechtzeitig fertig. Mama glaubt, sie bekäme bloß ein Crêpe-de-Chine-Kleid wie ich; die Schneiderin ist überzeugt, es werde ohne Anprobe passen.«

»Wieviel Personen sind es im ganzen?« fragte César laut, als er sah, daß seine Frau die Lider aufschlug.

»Hundertneun mit den Kommis«, sagte Césarine.

»Wo sollen wir die nur alle unterbringen?« fragte Madame Birotteau. »Na«, fügte sie naiv hinzu, »auch nach diesem Sonntag wird es ja noch Montag werden.«

Bei Leuten, die auf der sozialen Leiter eine Sprosse höher steigen, geht nichts auf einfache Weise vonstatten. Weder Madame Birotteau noch César, noch sonst jemand durfte unter welchem Vorwand auch immer das erste Stockwerk betreten. César hatte Raguet, seinem Hausdiener, für den Balltag einen neuen Anzug versprochen, wenn er gut Wache halte und seinen Auftrag getreulich durchführe. Wie der Kaiser Napoleon in Compiègne, als er das Schloß für seine Hochzeit mit Marie-Louise von Österreich neu herrichten ließ, wollte Birotteau nichts Halbfertiges sehen, sondern ›die Überraschung‹ genießen. So begegneten sich also die beiden alten Gegner noch einmal ohne ihr Wissen, aber nicht auf einem Schlachtfeld, sondern auf dem Gefilde bürgerlicher Eitelkeit. Monsieur Grindot sollte nämlich César bei der Hand nehmen und ihm die Wohnung vorführen, wie ein Fremdenführer einen Schaubegierigen durch eine Gemäldegalerie geleitet. Jeder zum Haus Gehörende hatte sich übrigens *seine* Überraschung ausgedacht. Césarine, das liebe Kind, hatte ihren gesamten kleinen Sparschatz, hundert Louis, daran gewandt, für ihren Vater Bücher zu kaufen. Eines Morgens hatte Monsieur Grindot ihr anvertraut, daß in das ehemalige Schlafzimmer des Vaters, welches jetzt, eine Architektenüberraschung, in ein Arbeitszimmer umgewandelt worden war, zwei Bücherschränke kämen. Da hatte denn Césarine alle ihre Jungmädchen-Ersparnisse einem Buchhändler auf den Ladentisch geworfen, um ihrem Vater folgende Autoren zu schenken: Bossuet, Racine, Voltaire, Jean-Jacques Rousseau, Montesquieu, Molière, Buffon, Fénelon, Delille, Bernardin de Saint-Pierre, La Fontaine, Corneille, Pascal und La Harpe, kurzum, die übliche Klassikerbibliothek, die sich überall findet und die ihr Vater niemals lesen würde. Das mußte eine schreckliche Buchbinderrechnung ergeben. Der unpünktliche, berühmte Buchbinder Thouvenin[128], ein Künstler, hatte versprochen, die Bände am 15. mittags zu liefern. Césarine hatte ihre Not ihrem Onkel Pillerault geklagt, und dieser hatte die Begleichung der Rechnung übernommen. Césars Überraschung für seine Frau bestand in einem mit Spitzen garnierten kirschroten Samtkleid; er hatte es soeben seiner Tochter, seiner Mitwisserin, gegenüber erwähnt. Die Überraschung der Madame Birotteau für ihren frischgebackenen Ordensritter bildeten ein Paar goldener Schuhschnallen und ein Solitär als Krawattennadel. Und schließlich gab es ja noch für die ganze Familie als Überraschung die Wohnung; und dann sollten als große Überraschung nach vierzehn Tagen die zu bezahlenden Rechnungen folgen.

César hatte reiflich erwogen, welche Einladungen persönlich überbracht werden müßten und welche am Abend durch Raguet ausgetragen werden konnten. Er nahm eine Droschke und setzte seine Frau hinein; sie hatte sich durch einen Federhut und den Kaschmirschal, den sie sich seit fünfzehn Jahren wünschte, verunstaltet. Das Parfümhändlerpaar in großer Toilette erledigte an einem Vormittag zweiundzwanzig Besuche.

César hatte seine Frau der Schwierigkeiten enthoben, die in einem bürgerlichen Haushalt die Zubereitung all der verschiedenen Gerichte erfordert hätte, die für den Glanz des Festes unerläßlich waren. Es war zu einem diplomatischen Vertrag zwischen dem berühmten Chevet[129] und Birotteau gekommen. Chevet lieferte herrliches Tischsilber, das ihm an Leihgebühr soviel einbrachte wie ein Landgut; er lieferte überdies das Essen, die Weine und die Bedienung, die von einem respektabel aussehenden Oberkellner kommandiert wurde; sie alle trugen die Verantwortung für ihr Tun und Lassen. Chevet verlangte, daß ihm die Küche und das Eßzimmer im Zwischenstock als Hauptquartier zur Verfügung gestellt würden; er konnte ohne diese Räumlichkeiten nicht auskommen, wenn er um sechs Uhr ein Essen für zwanzig Personen und um ein Uhr morgens ein herrliches kaltes Büfett liefern sollte. Mit dem Café de Foy[130] hatte Birotteau sich über das Fruchteis geeinigt; es sollte in hübschen Tassen mit vergoldeten Löffeln auf Silbertabletts serviert werden.

Tanrade[131], eine weitere berühmte Firma, lieferte die Erfrischungen.

»Sei unbesorgt«, sagte César zu seiner Frau, als sie ihm am Vorabend ein bißchen allzu aufgeregt vorkam, »Chevet, Tanrade und das Café de Foy sind im Zwischenstock, Virginie hütet den zweiten, der Laden wird dicht gemacht. Wir brauchen nur mit dem ersten Stock Staat zu machen.«

Am 16. um zwei holte Monsieur de La Billardière César ab und begleitete ihn zu der Ordenskanzlei der Ehrenlegion[132], wo er durch den Herrn Grafen de Lacépède mit einem Dutzend anderer Ritter als Ritter empfangen werden sollte. Der Bürgermeister sah, daß dem Parfümfabrikanten die Tränen in den Augen standen: Constance hatte ihm gerade ihre Überraschung dargebracht, die goldenen Schuhschnallen und den Solitär.

»Es ist etwas Wundervolles, wenn einem soviel Liebe entgegengebracht wird«, sagte er, als er in die Droschke stieg, wobei die Schar seiner Angestellten sowie Césarine und Constance zuschauten. Alle starrten César in seiner schwarzseidenen Kniehose, den Seidenstrümpfen und dem neuen kornblumenblauen Frack an, auf dem das rote Bändchen leuchten sollte, das, wie Molineux gesagt hatte, in Blut getaucht worden war. Als César zum Essen heimkam, war er blaß vor Freude; er betrachtete sein Kreuz in allen Spiegeln, denn in der ersten Trunkenheit hatte er sich nicht mit dem Bändchen begnügt; er strahlte ohne alle falsche Bescheidenheit.

»Frau«, sagte er, »der Herr Großkanzler ist ein reizender Mensch; auf La Billardières Fürsprache hin hat er meine Einladung angenommen. Er kommt mit Monsieur Vauquelin. Monsieur de Lacépède ist ein großer Mann, jawohl, genauso groß wie Monsieur Vauquelin; er hat vierzig Bände geschrieben! Und noch dazu ist dieser Schriftsteller zugleich Pair von Frankreich. Wir dürfen nicht vergessen, ihn mit ›Eure Herrlichkeit‹ oder ›Herr Graf‹ anzureden.«

»Aber iß doch«, sagte seine Frau zu ihm. »Dein Vater ist schlimmer als ein kleiner Junge«, sagte Constance zu Césarine.

»Wie hübsch sich das in deinem Knopfloch ausnimmt«, sagte Césarine. »Jetzt muß vor dir präsentiert werden; wir wollen zusammen ausgehen.«

»Jeder Posten muß jetzt vor mir präsentieren.«

In diesem Augenblick kamen Grindot und Braschon herunter. Nach dem Essen könnten Monsieur, Madame und Mademoiselle einen ersten Blick auf die Wohnräume werfen; Braschons Vorarbeiter nagelte gerade noch ein paar Gardinenhalter fest, und drei Männer steckten die Kerzen an.

»Hundertzwanzig Kerzen werden gebraucht«, sagte Braschon.

»Das ergibt bei Trudon eine Rechnung über zweihundert Francs«, sagte Madame César, aber ihre Klagen wurden durch einen Blick des Ordensritters Birotteau zum Verstummen gebracht.

»Ihr Fest wird großartig, Herr Ritter«, sagte Braschon.

Birotteau sagte sich: »Schon stellen die Schmeichler sich ein! Der Abbé Loraux hat recht gehabt, als er mir riet, ihnen nicht in die Falle zu gehen und bescheiden zu bleiben. Ich darf meine Herkunft nicht vergessen.«

César hatte nicht verstanden, was der reiche Tapezierer aus der Rue Saint-Antoine mit seinen Worten bezwecken wollte. Braschon hatte elf vergebliche Versuche unternommen, mitsamt seiner Frau, seiner Tochter sowie der Schwiegermutter und Tante eingeladen zu werden. Braschon war Birotteaus Feind geworden. An der Türschwelle redete er ihn nicht mehr mit »Herr Ritter« an.

Die Generalprobe begann. César, seine Frau und Césarine gingen aus dem Laden hinaus und betraten ihr Heim durch die Haustür. Sie war in großem Stil neu gestaltet worden; sie hatte jetzt zwei in regelmäßige, quadratische Felder eingeteilte Flügel; in der Mitte jedes Feldes befand sich ein überstrichenes, gußeisernes Ornament. Eine solche Tür, die seither in Paris etwas ganz Gewöhnliches geworden ist, war damals etwas völlig Neues. Hinten im Vestibül war die Treppe zu sehen; sie bestand aus zwei geraden Stücken, zwischen denen sich jener Sockel befand, über den Birotteau sich so beunruhigt hatte; er bildete eine Art Loge, in der eine alte Frau untergebracht werden konnte. Jenes Vestibül hatte einen schwarz-weißen Marmorfußboden, die Wände waren marmorartig gestrichen, und beleuchtet wurde es durch eine antikisierende Lampe mit vier Schnäbeln. Der Architekt hatte Kostbarkeit und Schlichtheit vereint. Ein schmaler roter Läufer hob das Weiß der Treppenstufen hervor; sie waren aus hartem, feinkörnigem Sandstein, der mit Bimsstein geglättet worden war. Auf dem ersten Absatz war ein Eingang zum Zwischenstock. Die Tür zu den Wohnräumen war ähnlich wie die Haustür gestaltet, freilich in Kunsttischlerarbeit.

»Wie elegant!« sagte Césarine. »Und dabei ist alles ganz unauffällig.«

»Genauso ist es, Mademoiselle; die Eleganz rührt von dem richtigen Verhältnis zwischen dem fortlaufenden Piedestal der Säulen, deren Deckplatten, dem Gesims und dem ornamentalen Zierwerk her; überdies habe ich nichts vergolden lassen; die Farben sind gedämpft, alle grellen Töne sind vermieden worden.«

»Das ist ja eine ganze Wissenschaft«, sagte Césarine.

Alle betraten jetzt eine geschmackvolle, parkettierte, geräumige, schlicht ausgestattete Diele. Dann kam ein salonartiger Wohnraum mit drei Fenstern nach der Straße hin; er war in Weiß und Rot gehalten; das Gesims hatte ein elegantes Profil; die Bemalung war diskret; nichts wirkte unruhig. Auf einem weißen Marmorkamin mit Säulen stand eine mit Kennerschaft ausgewählte Garnitur; nichts daran machte einen lächerlichen Eindruck, alles stimmte gut zu den übrigen Einzelheiten. Es herrschte dort, mit einem Wort, jene ansprechende Harmonie, wie einzig Künstler sie herzustellen wissen, indem sie ein Dekorationssystem bis in die winzigsten Beiläufigkeiten durchführen; die Bourgeois ahnten davon nichts, staunten es indessen an. Ein Lüster mit vierundzwanzig Kerzen ließ die rotseidenen Draperien der Fenster aufleuchten; das Parkett bot einen so einladenden Anblick dar, daß Césarine am liebsten getanzt hätte. Durch ein grün und weiß gehaltenes Boudoir gelangte man in Césars Arbeitszimmer.

»Ich habe darin ein Bett untergebracht«, sagte Grindot und öffnete die Türen eines Alkovens, die unauffällig zwischen den beiden Bücherschränken eingefügt worden waren. »Sie oder Madame könnten einmal erkranken; dann hat jeder sein Schlafzimmer für sich.«

»Aber diese Schränke mit gebundenen Büchern! Ach, Frau! Frau!«

»Nein, die sind Césarines Überraschung.«

»Haben Sie Nachsicht mit der Rührung eines Vaters«, sagte er zu dem Architekten und küßte die Tochter.

»Aber tun Sie sich bitte keinen Zwang an, Monsieur«, sagte Grindot. »Sie sind doch hier daheim.«

In diesem Arbeitszimmer herrschten braune Farbtöne vor, die durch grüne Ornamente gehoben wurden; es waren nämlich durch eine äußerst geschickt durchgeführte Farbenharmonie sämtliche Räume der Wohnung miteinander verbunden. Auf diese Weise diente die Grundfarbe des einen Zimmers als die der Verzierungen im folgenden und umgekehrt. Auf einer Wandfüllung in Césars Zimmer glänzte der Stich ›Hero und Leander‹.

»Du sollst dies alles bezahlen«, sagte Birotteau in strahlender Laune.

»Diesen schönen Stich hat dir Monsieur Anselme geschenkt«, sagte Césarine.

Auch Anselme hatte sich eine Überraschung gestattet.

»Der arme Junge, er hat es mit mir so gemacht wie ich mit Monsieur Vauquelin.«

Dann kam das Schlafzimmer der Madame Birotteau. Dort hatte der Architekt eine Pracht entfaltet, die den guten Leuten, die er für sich hatte einnehmen wollen, gefallen mußte; er hatte sein Versprechen, sich eingehend diesem ›Umbau‹ widmen zu wollen, eingehalten. Das Zimmer war mit blauer Seide mit weißen Ornamenten ausgeschlagen; die Bezüge der Möbel bestanden aus weißem Kaschmir mit blauen Ornamenten. Die Stutzuhr auf dem weißen Marmorkamin stellte eine auf einem schönen Marmorblock kauernde Venus dar; ein hübscher Plüschläufer mit türkischem Muster verband dieses Zimmer mit dem Césarines, das dunkelblau ausgeschlagen und sehr kokett war: ein Piano, ein hübscher Spiegelschrank, ein kleines, keusches Bett mit einfachen Vorhängen und all die kleinen Möbelstücke, wie junge Mädchen sie mögen, standen darin. Das Eßzimmer lag hinter den Zimmern Birotteaus und seiner Frau; man gelangte von der Treppe aus hinein; es war im sogenannten Louis-Quatorze-Stil gehalten, mit einer Boulle-Uhr[133], Anrichten aus Messing und Schildpatt, stoffbespannten Wänden mit vergoldeten Nägeln. Die Freude der drei Menschen war unbeschreiblich, vor allem, als Madame Birotteau nochmals in ihr Zimmer ging und auf dem Bett das kirschrote Kleid mit der Spitzenverbrämung fand, das ihr Mann ihr geschenkt hatte; Virginie hatte es inzwischen auf den Zehenspitzen hineingebracht.

»Monsieur, diese Wohnung wird Ihnen viel Ehre eintragen«, sagte Constance zu Grindot. »Wir haben morgen abend hundert und einige Leute bei uns, und alle werden Ihnen Lob spenden.«

»Ich werde Sie weiterempfehlen«, sagte César. »Sie werden die Spitzen der Kaufmannschaft kennenlernen; an einem einzigen Abend werden Sie bekannter werden, als wenn Sie hundert Häuser gebaut hätten.«

Die gerührte Constance dachte nicht mehr an die Kosten noch daran, an ihrem Mann Kritik zu üben. Und zwar aus folgendem Grunde: Als am Morgen Anselme Popinot, dem Constance eine hohe Intelligenz und große kaufmännische Begabung zugestand, ›Hero und Leander‹ brachte, hatte er den Erfolg des ›Cephalus-Öls‹, den er mit beispiellosem Eifer anbahnte, als unumstößlich bezeichnet. Ungeachtet der fetten Ziffer, auf die die Kosten von Birotteaus Extravaganzen sich belaufen würden, hatte der Verliebte versprochen, sie würden innerhalb eines halben Jahres durch seinen Gewinnanteil an dem Öl wettgemacht sein. Nachdem sie neunzehn Jahre lang immerfort gezittert hatte, war es für Constance ein wohliges Gefühl, sich während eines einzigen Tages der Freude hinzugeben, und so hatte sie ihrer Tochter versprochen, das Glück ihres Mannes durch keinerlei Bedenken zu vergiften und sich gänzlich in alles zu schikken. Als Monsieur Grindot sich gegen elf verabschiedet hatte, fiel sie ihrem Mann um den Hals, vergoß ein paar Freudentränen und sagte: »Ach, César, du machst mich ganz närrisch und sehr glücklich.«

»Vorausgesetzt, daß es von Dauer ist[134], nicht wahr?« sagte César lächelnd.

»Es wird von Dauer sein; jetzt habe ich keine Angst mehr«, sagte Madame Birotteau.

»Es wurde auch Zeit«, sagte der Parfümhändler, »endlich schätzt du mich richtig ein.«

Menschen, die groß genug sind, sich ihre Schwächen einzugestehen, werden zugeben, daß ein armes Waisenmädchen, das vor achtzehn Jahren erste Verkäuferin im ›Petit-Matelot‹ auf der Ile Saint-Louis war, daß ein armer Bauernjunge, der mit einem Stock in der Hand, zu Fuß, in eisenbeschlagenen Schuhen aus der Touraine nach Paris gekommen war, sich geschmeichelt und glücklich fühlen mußten, daß sie aus so löblichen Gründen ein solches Fest geben konnten.

»Mein Gott, ich würde gut und gern hundert Francs daransetzen, wenn wir jetzt Besuch bekämen«, sagte César.

»Der Herr Abbé Loraux«, meldete Virginie.

Der Abbé Loraux erschien. Jener Priester war damals Vikar an Saint-Sulpice. Nie hat die Macht der Seele sich besser offenbart als in diesem heiligmäßigen Priester, dessen Umgang im Gedächtnis aller, die ihn kannten, tiefe Eindrücke hinterlassen hat. Sein mürrisches Gesicht war so häßlich, daß es den Vertrauen Suchenden beinahe abstieß; aber es war durch die Übung der katholischen Tugenden erhaben geworden: Schon jetzt erschimmerte es in himmlischem Glanz. Eine seinem Blut eingeträufelte Reinheit verschönte sein anmutloses Gesicht, und das Feuer der Mildherzigkeit reinigte seine unregelmäßigen Züge durch ein Phänomen, das dem entgegengesetzt war, das bei Claparon alles vertiert und entwürdigt hatte. In seinen Runzeln zeigten sich voller Anmut die drei schönen menschlichen Tugenden der Hoffnung, des Glaubens und der christlichen Liebe. Seine Redeweise war sanft, langsam und eindringlich. Seine Tracht war die der Pariser Priester; er gestattete sich einen maronenfarbenen Überrock. Kein Ehrgeiz hatte sich je in dies reine Herz geschlichen, das die Engel einmal in seiner ursprünglichen Unschuld zu Gott emportragen mußten. Es hatte erst der sanften Heftigkeit der Tochter Ludwigs XVI.[135] bedurft, um den Abbé Loraux zum Annehmen einer Pfarrstelle in Paris zu bewegen, und dabei war es eine der bescheidensten gewesen. Er schaute mit besorgtem Blick auf all den Prunk, lächelte den drei entzückten Handelsleuten zu und schüttelte sein weißes Haupt.

»Liebe Kinder«, sagte er zu ihnen, »es ist nicht meines Amtes, an Festen teilzunehmen, sondern die Betrübten zu trösten. Ich bin hergekommen, um Monsieur César zu danken und Sie zu beglückwünschen. Nur zu einem einzigen Fest will ich hierherkommen: zur Hochzeit dieses schönen Kindes.«

Nach einer Viertelstunde zog der Abbé sich zurück, ohne daß der Parfümhändler oder seine Frau es gewagt hätten, ihm die Wohnräume zu zeigen. Diese ernste Erscheinung hatte ein paar kalte Tropfen in Césars brodelnde Freude geschüttet. Jeder begab sich in seinem Luxus zur Ruhe und nahm Besitz von den bequemen, hübschen kleinen Möbeln, die er sich gewünscht hatte. Césarine half vor dem Spiegel eines Toilettentischs mit weißer Marmorplatte ihrer Mutter beim Auskleiden. César hatte sich mit ein paar Überflüssigkeiten bedacht, die er sogleich in Benutzung nehmen wollte. Alle drei dachten beim Einschlafen schon im voraus an die Freuden des nächsten Tages. Nachdem sie zur Messe gegangen waren und ihr Vespergebet gesprochen, nachdem sie den Zwischenstock den weltlichen Armen der Leute Chevets überlassen hatten, kleideten Césarine und ihre Mutter sich gegen vier Uhr an. Nie hatte Madame César eine Toilette besser gestanden als diese kirschrote, mit Spitzen garnierte Samtrobe mit den kurzen, mit Schleifchen verzierten Ärmeln: Ihre schönen, noch frischen und jugendlichen Arme, ihre weiß schimmernde Brust, ihr Hals, ihre so hübsch geformten Schultern wurden durch diesen kostbaren Stoff und die prachtvolle Farbe noch mehr betont. Die naive Selbstzufriedenheit, die jede Frau empfindet, wenn sie sich in all ihrer Macht erblickt, verlieh dem griechischen Profil der Parfümhändlersgattin eine gewisse Süße; seine Schönheit kam in seiner kameenhaften Feinheit voll zur Geltung. Césarine in ihrem weißen Crêpekleid trug auf dem Kopf einen Kranz aus weißen Rosen und eine Rose an der Hüfte; ein Schal bedeckte keusch Schultern und Brüste; sie machte Popinot ganz toll.

»Diese Leute erdrücken uns«, sagte Madame Roguin zu ihrem Mann, als die beiden hastig die Wohnung durchschritten.

Die Notarsgattin war wütend, daß sie nicht ebenso schön war wie Madame César; denn jede Frau weiß ganz genau, woran sie ist, wenn es um die Überlegenheit oder Unterlegenheit einer Rivalin geht.

»Pah, das wird nicht lange dauern; du wirst nur zu bald die arme Frau mit Schmutz bespritzen, wenn du ihr im Wagen begegnest und sie zu Fuß und ruiniert in den Straßen umherirrt!« sagte Roguin leise zu seiner Frau.

Vauquelin war von vollendeter Liebenswürdigkeit; er war mit Monsieur de Lacépède gekommen, seinem Kollegen vom Institut, der ihn im Wagen abgeholt hatte. Als die beiden Gelehrten die strahlende und funkelnde Parfümhändlerin erblickten, ergingen sie sich in wissenschaftlichen Komplimenten.

»Madame, Sie verfügen über ein Geheimnis, das der Wissenschaft unbekannt ist: das nämlich, so jung und schön zu bleiben«, sagte der Chemiker.

»Sie sind hier halbwegs daheim, Herr Akademiker«, sagte Birotteau. »Ja, Herr Graf«, fuhr er fort und wandte sich dem Großkanzler der Ehrenlegion zu, »ich danke meinen Wohlstand Monsieur Vauquelin. Ich habe die Ehre, Eurer Herrlichkeit den Herrn Präsidenten des Handelsgerichts vorzustellen. Es ist der Herr Graf de Lacépède, Pair von Frankreich, einer der großen Männer Frankreichs; er hat vierzig Bände geschrieben«, sagte er zu Joseph Lebas, der den Gerichtspräsidenten begleitete.

Die Gäste waren pünktlich. Das Essen verlief wie alle Essen in Kaufmannskreisen: über die Maßen fröhlich, bieder und gutherzig; es wurde mit grobschlächtigen Scherzen gespickt, solchen, über die stets gelacht wird. Die Vortrefflichkeit der Speisen, die Güte der Weine wurden ausgiebig gewürdigt. Als die Gesellschaft wieder in die Wohnräume ging, um den Kaffee zu trinken, war es halb zehn. Ein paar Droschken hatten bereits tanzbegierige Damen hergebracht. Eine Stunde später war der Salon voll, und der Ball nahm sich aus wie ein ›Rout‹[136]. Monsieur de Lacépède und Monsieur Vauquelin gingen, zu Birotteaus großem Bedauern; er folgte ihnen bis auf die Treppe und flehte sie an, sie möchten doch bleiben, aber vergeblich. Den Richter Popinot und Monsieur de La Billardière zurückzuhalten, gelang ihm. Abgesehen von den drei Damen, die die Aristokratie, die Finanz und die Behörden repräsentierten, also Mademoiselle de Fontaine, Madame Jules und Madame Rabourdin, Damen, deren strahlende Schönheit, Toiletten und Manieren von dieser Versammlung abstachen, boten die übrigen Frauen dem Blick nur schwere, solid gearbeitete Toiletten dar; sie wirkten irgendwie protzig, und das leiht körperlichen Massen etwas Gewöhnliches, von dem die

Unbeschwertheit und die Anmut jener drei Damen sich grausam abhob.

Die Bourgeoisie der Rue Saint-Denis machte sich auf anmaßende Weise breit und bekundete in vollem Umfang ihr Recht auf possierliche Dummheit. Es war so recht die Bourgeoisie, die ihre Kinder als Ulanen oder Nationalgardisten kostümiert herumlaufen läßt, die ›Siege und Eroberungen‹[137] und ›Der Soldat als Ackerbauer‹[138] kauft, das ›Begräbnis des Armen‹[139] bewundert, ihre Freude am Aufmarschieren der Wache hat, sonntags in ihr Landhaus hinauszieht, sich Mühe gibt, vornehm zu wirken und von der Ehre eines Amtes in der Stadtverwaltung träumt; die auf alles und jedes neidische und dennoch gutmütige, dienstbereite, der Aufopferung fähige, empfindliche, mitleidige Bourgeoisie, die sich an einer Sammlung für die Kinder des Generals Foy[140] oder für die Griechen beteiligt[141], von deren Piratenunwesen sie keine Ahnung hat, für das ›Champ d'Asile‹[142] zu einer Zeit, da es nicht mehr existierte; die von ihren Tugenden an der Nase herumgeführt und um ihrer Fehler willen von einer Gesellschaftsschicht verspottet wird, die weit weniger wert ist als sie; die gerade deswegen ein Herz hat, weil sie nichts von Konventionen weiß; diese tugendhafte Bourgeoisie, die gutartige, damit nicht immer einverstandene, Mädchen zur Arbeit erzieht, Mädchen mit guten Eigenschaften, welche indessen bei der Berührung mit den oberen Klassen hinschwinden, sowie sie sie dort hineinläßt; Mädchen ohne Geist, unter denen der Biedermann Chrysale[143] sich eine Frau gesucht haben würde; kurzum, eine Bourgeoisie, die auf das wunderbarste durch die Matifats repräsentiert wurde, die Drogisten aus der Rue des Lombards, deren Firma seit zwei Menschenaltern die ›Rosenkönigin‹ belieferte.

Madame Matifat, die einen würdigen Eindruck hatte machen wollen, trug beim Tanzen einen Turban auf dem Kopf und ein schweres, hochrotes, golddurchwirktes Kleid, welche Toilette gut zu ihrer stolzen Miene, ihrer römischen Nase und ihrer leuchtend karmesinroten Gesichtsfarbe paßte. Monsieur Matifat, der bei einer Parade der Nationalgarde so prächtig aussah, wo man auf fünfzig Schritt seinen rundlichen Bauch wahrnahm, auf dem seine Uhrkette und ein Haufen Berlocken glänzten, wurde von dieser Katharina II. des Kontors völlig beherrscht. Er war dick und kurz, war mit einer Brille bewaffnet, sein Hemdkragen reichte ihm bis zum Hinterkopf; er fiel durch seine Baßstimme und die Reichhaltigkeit seines Vokabulars auf. Nie sagte er »Corneille«, sondern »der erhabene Corneille«. Racine war »der sanfte Racine«. Voltaire? Oh, Voltaire war auf allen Gebieten der zweite, mehr geistvoll als genial, aber dennoch ein Mann von Genie! Rousseau: ein Argwöhnischer, ein Hochmütiger, der sich schließlich erhängt hat[144]. Schwerfällig pflegte er gemeine Anekdoten über Piron[145] zu erzählen, der in der Bourgeoisie als ein Mordskerl gilt. Matifat schwärmte für Schauspieler und hatte einen leichten Hang zum Obszönen; denn nach dem Vorbild des biederen Cardot, des Vorgängers Camusots, und des reichen Camusot, hielt er sich eine Geliebte. Bisweilen, wenn seine Frau merkte, daß er sich anschickte, eine Anekdote zu erzählen, sagte sie zu ihm: »Dicker, überleg dir, was du uns sagen willst.« Ungeniert redete sie ihn mit »Dicker« an. Die umfangreiche Königin der Drogen brachte sogar Mademoiselle de Fontaine aus ihrer aristokratischen Zurückhaltung: Das stolze Mädchen konnte sich ein Lächeln nicht verkneifen, als sie sie zu Matifat sagen hörte: »Mach dich nicht so über das Eis her, Dicker! Das gehört sich nicht.«

Es ist schwieriger, den Unterschied zu erklären, der die große Welt von der Bourgeoisie abhebt, als es für die Bourgeoisie ist, ihn auszulöschen. Jene in ihren Toiletten beengten Frauen wußten sich in ihrem Sonntagsstaat und trugen eine naive Freude zur Schau, die bewies, daß der Ball in ihrem arbeitsreichen Leben etwas Seltenes war, während die drei Damen, von denen jede Ausdruck einer Sphäre der guten Gesellschaft war, sich genauso gaben, wie sie es am folgenden Tag auch tun würden; sie sahen nicht aus, als hätten sie sich besonders gut angezogen; sie betrachteten sich nicht in den ungewohnten Wundern ihres Schmucks, sie machten sich keine Gedanken darüber, was für einen Eindruck sie hervorriefen; alles war erledigt gewesen, als sie vor ihrem Spiegel letzte Hand an ihre Balltoilette gelegt hatten; in ihren Gesichtern war nicht Übersteigertes; sie tanzten elegant und mit jener Gelöstheit, die unbekannte Genies einigen antiken Statuen haben zuteil werden lassen. Abweichend davon behielten die andern, die von der Arbeit Gezeichneten, ihre vulgären Posen bei und waren allzu betont ausgelassen; ihre Blicke waren voll rücksichtsloser Neugierde, ihre Stimmen bewahrten nicht den gedämpften Klang, der Ballgesprächen etwas so unnachahmlich Pikantes verleiht; vor allem mangelte es ihnen an dem impertinenten Ernst, der den Keim einer boshaften Bemerkung enthält, und auch die ruhige Haltung, an der Menschen einander erkennen, die es gewohnt sind, große Selbstbeherrschung zu üben. So geschah es, daß Madame Rabourdin, Madame Jules und Mademoiselle de Fontaine, die sich von diesem Parfümhändlerball eine riesige Belustigung versprochen hatten, sich durch ihre lässige Anmut, durch den erlesenen Geschmack ihrer Toiletten und durch ihr Gebärdenspiel von der gesamten Bourgeoisie abhoben wie die drei Hauptdarsteller der Oper von der schweren Reiterei der Komparsen. Sie wurden mit weitaufgerissenen, neidischen Augen beobachtet. Madame Roguin, Constance und Césarine stellten sozusagen das Bindeglied zwischen den Gestalten aus der Kaufmannschaft und diesen drei Typen weiblicher Aristokratie dar. Wie bei allen Bällen kam auch bei diesem ein Zeitpunkt des Lebhafterwerdens, da die Ströme von Licht, die gute Stimmung, die Musik und der Schwung des Tanzens einen Rausch erzeugten, der diese Nuancen im *crescendo*[146] des *tutti*[147] hinschwinden ließ. Der Ball war drauf und dran, in Lärm auszuarten; Mademoiselle de Fontaine wollte gehen; aber als sie Umschau nach dem Arm des verehrungswürdigen Vendéers hielt, eilten Birotteau, seine Frau und seine Tochter herbei, um zu verhindern, daß die ganze Aristokratie aus ihrer Gesellschaft desertierte.

»Es herrscht in dieser Wohnung ein Parfümduft von gutem Geschmack, der mich wirklich wundert«, sagte das impertinente Mädchen zu dem Parfümhändler, »und ich mache Ihnen deswegen mein Kompliment.«

Birotteau war so berauscht von den allgemeinen Gratulationen, daß er nicht begriff; aber seine Frau wurde rot und wußte nicht, was sie antworten sollte.

»Dies ist ein nationales Fest, das Ihnen Ehre macht«, sagte Camusot zu ihm.

»Selten habe ich einen so schönen Ball erlebt«, sagte Monsieur de La Billardière, dem es auf eine Höflichkeitslüge nicht ankam.

All diese Komplimente nahm Birotteau ernst.

»Welch ein entzückender Anblick! Und das gute Orchester! Geben Sie uns häufig solche Bälle?« fragte ihn Madame Lebas.

»Eine zauberhafte Wohnung! Haben Sie selbst sie so eingerichtet?« fragte ihn Madame Desmarets.

Birotteau riskierte eine Lüge und ließ sie glauben, er habe alles angeordnet. Césarine, die zu allen Kontertänzen aufgefordert worden war, erkannte, wieviel Zartgefühl Anselme besaß.

»Wenn ich nur auf meinen Wunsch hörte«, hatte er ihr beim Aufstehen vom Tische zugeflüstert, »würde ich Sie um die Gunst eines Kontertanzes bitten; aber dann würde mein Glück unser beider Selbstachtung teuer zu stehen kommen.«

Césarine jedoch, die fand, daß die Männer, die gesunde Beine besaßen, sich plump bewegten, wollte den Ball mit Popinot eröffnen. Popinot, dem seine Tante Mut dadurch gemacht hatte, daß sie ihm sagte, er solle es getrost wagen, wagte es auch, während des Kontertanzes mit diesem liebreizenden Mädchen von seiner Liebe zu sprechen; allein er bediente sich dabei, wie alle schüchternen Liebhaber, mancherlei Umschweife.

»Mein Glück hängt von Ihnen ab, Mademoiselle.«

»Wieso denn?«

»Es gibt nur *eine* Hoffnung, die mich dazu bringen könnte, es zu machen.«

»Dann hoffen Sie nur.«

»Wissen Sie auch, was Sie mir eben mit diesen paar Worten gesagt haben?«

»Hoffen Sie auf das Glück«, sagte Césarine mit schelmischem Lächeln.

»Gaudissart! Gaudissart!« sagte Anselme nach dem Kontertanz zu seinem Freund und preßte dessen Arm mit herkulischer Kraft, »hab Erfolg, oder ich schieße mir eine Kugel durch den Kopf. Erfolg heißt, Césarine heiraten, sie hat es mir gesagt, und sieh doch nur, wie schön sie ist!«

»Ja, sie ist reizend aufgetakelt«, sagte Gaudissart, »und reich dazu. Wir wollen sie in Öl backen.«

Das gute Einvernehmen zwischen Mademoiselle Lourdois und

Alexandre Crottat, dem designierten Nachfolger Roguins, fiel Madame Birotteau auf; sie verzichtete nicht ohne große Pein darauf, ihre Tochter zur Frau eines Pariser Notars zu machen. Onkel Pillerault, der mit dem kleinen Molineux einen Gruß gewechselt hatte, nahm in einem Lehnstuhl neben dem Bücherschrank Platz: Er sah den Kartenspielern zu, lauschte den Gesprächen und trat von Zeit zu Zeit an die Tür, um die wogenden Blumenkörbe anzuschauen, die beim Moulinet[148] von den Köpfen der Tänzerinnen gebildet wurden. Sein Verhalten war das eines wahren Philosophen. Die Männer waren gräßlich, ausgenommen du Tillet, der sich schon die Umgangsformen der großen Welt angewöhnt hatte, und ausgenommen den jungen La Billardière, einen angehenden Dandy, ferner Monsieur Jules Desmarets und die offiziellen Persönlichkeiten. Aber unter all den mehr oder weniger komischen Gestalten, die dieser Gesellschaft ihr Gepräge gaben, befand sich eine, die zwar genauso eigentümlich abgegriffen war wie ein republikanisches Hundertsousstück, aber die durch ihre Kleidung merkwürdig wirkte. Man hat wohl schon gemerkt, daß es sich um den Miniaturtyrannen aus der ›Cour Batave‹ handelte; er trug erlesene, im Schrank gelb gewordene Wäsche, bot den Blicken ein aus einer Erbschaft stammendes Spitzenjabot dar, das von einer Nadel mit einer bläulichen Kamee zusammengehalten wurde, und hatte eine kurze schwarze Seidenhose an, die seine spindeldürren Beine hervorhob, auf denen sich fortzubewegen er die Kühnheit besaß. Triumphierend zeigte César ihm die vier Zimmer, die der Architekt im ersten Stock seines Hauses geschaffen hatte.

»Hehe, das ist Ihre Sache«, sagte Molineux zu ihm. »So ausgestattet wird mein erster Stock mehr als tausend Taler wert sein.«

Birotteau antwortete mit einem Scherz, aber der Tonfall, in dem der kleine Greis diesen Satz geäußert, hatte ihn wie ein Nadelstich getroffen.

»Ich komme bald wieder in den Besitz meines ersten Stocks, dieser Mann ruiniert sich!« Das war der Sinn des Ausdrucks »wird wert sein«, den Molineux von sich gegeben hatte wie einen Tatzenhieb.

Das bläßliche Gesicht und die Mörderaugen des Hausbesitzers

machten du Tillet betroffen, dessen Aufmerksamkeit zunächst durch eine Uhrkette erregt worden war, an der ein Pfund mannigfacher, klingelnder Berlocken baumelte, sowie durch einen grünen, weißlich schimmernden Frack mit einem bizarr in die Höhe stehenden Kragen; der alte Mann wirkte auf diese Weise wie eine Klapperschlange. Daher zog der Bankier den kleinen Wucherer in ein Gespräch, um herauszubekommen, weshalb er so vergnügt dreinschaue.

»Hier, Monsieur«, sagte Molineux und trat mit einem Fuß in das Boudoir, »bin ich im Eigentum des Herrn Grafen de Granville; aber hier«, sagte er und deutete auf seinen andern Fuß, »bin ich in dem meinigen; mir gehört nämlich dieses Haus.«

Molineux war gegenüber seinen Zuhörern stets so entgegenkommend, daß er, entzückt von du Tillets aufmerksamer Miene, eine Schilderung seiner selbst gab, von seinen Lebensgewohnheiten erzählte, von der Unverschämtheit des Sieur Gendrin, und von seinen Vereinbarungen mit dem Parfümhändler, ohne die der Ball nicht hätte stattfinden können.

»Ach nein! Monsieur César hat Ihnen schon die Miete bezahlt?« sagte du Tillet. »Das ist aber sonst ganz und gar nicht seine Gewohnheit.«

»Oh, ich habe es eben verlangt; ich stehe mit meinen Mietern auf gutem Fuß!«

»Wenn Papa Birotteau Pleite macht«, sagte sich du Tillet, »dann gibt dieser komische kleine Kerl einen ausgezeichneten Konkursverwalter ab; er muß sich, wie Domitian[149], damit amüsieren, Fliegen totzumachen, wenn er allein zu Hause ist.«

Du Tillet nahm an einem Spieltisch Platz, wo Claparon, seiner Weisung entsprechend, bereits saß: Er hatte gemeint, unter dem Lichtschirm einer Bouillotte[150]-Kerze werde sein vorgeblicher Bankier am ehesten der Beobachtung entzogen sein. Als sie einander gegenübersaßen, war ihre Haltung so gänzlich die zweier Fremder, daß auch der Argwöhnischste ihr Einvernehmen nicht hätte durchschauen können. Gaudissart, der um Claparons Glück wußte, wagte nicht, ihn anzureden, als er von dem reich gewordenen Geschäftsreisenden mit dem feierlich-kalten Blick eines Emporkömmlings bedacht wurde, der von einem ehemaligen Kollegen nicht gegrüßt zu werden wünscht. Wie eine glänzende

Rakete erlosch der Ball morgens um fünf. Um diese Stunde waren von den hundert und einigen Droschken, die die Rue Saint-Honoré gefüllt hatten, nur noch etwa vierzig da. Es wurden jetzt die ›Boulangère‹ und Cotillons getanzt, die später vom englischen Galopp entthront worden sind. Du Tillet, Rougin, der jüngere Cardot, der Graf de Granville und Jules Desmarets spielten Bouillotte. Du Tillet gewann dreitausend Francs. Das Tageslicht brach an, ließ die Kerzen verblassen, und die Spieler schauten dem letzten Kontertanz zu. In bürgerlichen Häusern geht es bei diesem Höhepunkt der Lustbarkeit nicht ohne ein paar Ausartungen ab. Die Respektspersonen sind gegangen; das Berauschende der steten Bewegung, die auf alle wirkende erhitzte Luft, der auch in den harmlosesten Getränken enthaltene Alkohol haben die harte Haut der alten Damen erweicht, so daß sie sich aus Entgegenkommen an den Quadrillen beteiligen und sich der Narretei des Augenblicks überlassen; die Männer sind ins Schwitzen gekommen, das in Unordnung geratene Haar hängt ihnen ins Gesicht und leiht ihnen ein groteskes Aussehen, das zum Lachen reizt; die jungen Frauen werden leichtfertig; es sind ihnen schon ein paar Blumen aus der Frisur gefallen. Der bürgerliche Momus[151] erscheint und in seinem Gefolge fratzenhafte Gestalten! Lautes Lachen erschallt, jeder gibt sich der Ausgelassenheit hin und denkt dabei, daß anderntags die Arbeit wieder in ihre Rechte eintreten muß. Matifat tanzte mit einem Damenhut auf dem Kopf. Céleste erging sich in Improvisationen. Ein paar Damen klatschten übertrieben laut in die Hände, wenn eine Figur dieses Kontertanzes es erforderte; er schien kein Ende nehmen zu wollen.

»Wie sie sich amüsieren!« sagte der glückliche Birotteau.

»Hoffentlich machen sie nichts kaputt«, sagte Constance zu ihrem Onkel.

»Sie haben den prächtigsten Ball gegeben, den ich je erlebt habe, und ich habe viele erlebt«, sagte du Tillet zu seinem ehemaligen Chef, als er sich verabschiedete.

In den acht Symphonien Beethovens[152] gibt es ein Thema, das groß ist wie eine Dichtung und das Finale der c-Moll-Symphonie beherrscht. Wenn nach den langsamen Vorbereitungen des erhabenen Magiers, den Habeneck[153] so gut verstanden hat, eine Geste des begeisterten Dirigenten gewissermaßen den prunkvollen Vorhang dieses Bühnenbildes sich heben läßt, indem er mit seinem Taktstock das blendende Motiv beschwört, in dem alle Macht der Musik zusammengefaßt ist, dann werden die Dichter, denen dabei das Herz klopft, verstehen, daß Birotteaus Ball auf sein Leben die gleiche Wirkung ausübte wie auf ihre Seelen dieses fruchtbare Motiv, dem die Symphonie in c-Moll vielleicht ihre Überlegenheit über ihre glänzenden Schwestern verdankt. Eine strahlende Fee schwingt sich auf und erhebt ihren Zauberstab. Man vermeint das Rauschen purpurner Seidenvorhänge, die von Engeln gerafft werden, zu hören. Goldene Pforten mit plastischem Bildschmuck wie die des Florentiner Baptisteriums[154] drehen sich in diamantenen Angeln. Das Auge stürzt sich in die Abgründe köstlicher Fernblicke, es umfaßt eine Zeile herrlicher Paläste, durch die Wesen höherer Art gleiten. Der Weihrauch des Gedeihens wölkt, der Altar des Glücks erlodert, duftende Luft kreist! Göttlich lächelnde Frauenwesen in weißen, blau gesäumten Tuniken schreiten schwerelos vor unsern Augen einher und zeigen uns Antlitze von übermenschlicher Schönheit, Formen von unendlicher Zartheit. Amoretten gaukeln umher und lassen die Flammen ihrer Fackeln leuchten! Wir fühlen uns geliebt, wir sind beglückt über ein Glück, das wir erstreben, ohne es zu begreifen, und tauchen dabei in die Fluten dieser Harmonie ein, in der es von Ambrosia rieselt; sie wird jedem beschert, der sie sich erkoren hat. Die geheimsten Hoffnungen unserer Herzen sind angerührt worden und werden für kurze Zeit Wirklichkeit. Aber nachdem der Zauberer uns durch alle Himmel geleitet hat, taucht er uns durch die tiefe, geheimnisvolle Überleitung der Bässe wieder in den Pfuhl der kalten Wirklichkeit und erhebt uns abermals daraus, wenn er in uns den Durst nach seinen göttlichsten Melodien angefacht hat, so daß unsere Seele schreit: »Von neuem!« Die Seelengeschichte der glänzendsten Stelle dieses schönen Schlußsatzes ist die der Gefühle, die dieses Fest in Constance und César ausgelöst hatte. Collinet[155] hatte mit seiner kleinen Flöte das Finale ihrer Kaufmannssymphonie komponiert.

Erschöpft, aber glücklich schliefen die drei Birotteaus im Nachhall dieses Festes ein, das an Bauten, Umgestaltungen, Möbeln,

Essen und Trinken und der Bibliothek, deren Kosten Césarine zurückerstattet worden waren, an die sechzigtausend Francs verschlungen hatte, ohne daß César es ahnte. Soviel kostete das fatale rote Bändchen, das der König einem Parfümhändler ins Knopfloch gesteckt hatte. Wenn César Birotteau ein Unglück zustieß, dann genügte diese unbesonnene Ausgabe, ihn polizeigerichtlich haftbar zu machen. Ein Kaufmann gerät in einfachen Konkurs, wenn er Ausgaben gemacht hat, die als übermäßig erachtet werden. Es ist vielleicht schrecklicher, um unerheblicher Bagatellen oder Ungeschicklichkeiten willen vor die Sechste Strafkammer zu kommen, als einer riesigen Unterschlagung wegen vors Schwurgericht. In den Augen gewisser Leute ist es besser, als ein Verbrecher denn als Dummkopf dazustehen.

II

César in den Fängen des Unglücks

Acht Tage nach diesem Fest, dem letzten Aufflackern des dem Erlöschen nahen Strohfeuers eines Wohlstands, der achtzehn Jahre lang gewährt hatte, betrachtete César durch seine Ladenfenster die Vorübergehenden und grübelte über die Ausdehnung seiner geschäftlichen Unternehmungen nach; sie bedrückten ihn arg! Bislang war alles in seinem Leben einfach gewesen: Er hatte fabriziert und verkauft oder eingekauft, um weiterzuverkaufen. Heute erschreckten den armen Mann die Grundstücksspekulation, seine Teilhaberschaft an der Firma A. Popinot u. Co., die Einlösung in Umlauf gesetzter Wechsel in Höhe von hundertsechzigtausend Francs, wofür er neue Wechsel würde ausgeben müssen, was seiner Frau mißfallen würde, sofern nicht Popinot einen unerhörten Erfolg davontrug; Birotteau war verwirrt durch die Vielfalt dessen, was es zu bedenken galt; ihm war, als habe er mehr an Garnknäueln in der Hand, als er halten konnte. Wie würde Anselme sein Schifflein steuern? Birotteau war zu Popinot eingestellt wie ein Gymnasiallehrer zu einem Unterprimaner; er mißtraute seinen Fähigkeiten und bedauerte, nicht immerfort hinter ihm stehen zu können. Der Fußtritt, den er ihm bei Vauquelin verabfolgt hatte, um ihn zum Schweigen zu bringen, macht die Befürchtungen deutlich, die der junge Kaufmann dem Parfümhändler einflößte. Birotteau hütete sich sorglich davor, von seiner Frau, seiner Tochter oder seinem Kommis durchschaut zu werden; aber er kam sich zu jener Zeit vor wie ein schlichter Seineschiffer, dem ein Minister das Kommando einer Fregatte übertragen hat. Seine Gedanken wogten wie ein Nebel in seinem Gehirn, das schwerlich für Denkarbeit geschaffen war; so stand er da und versuchte klarzusehen. In diesem Augenblick erschien in der Straße ein Gesicht, gegen das er eine heftige Antipathie empfand; es war dasjenige seines zweiten Hausbesitzers, des kleinen Molineux. Jeder hat schon einmal von Geschehnissen erfüllte Träume gehabt, die ein ganzes Leben in sich begreifen und in denen ein phantastisches Wesen auftritt und schlimme Botschaften überbringt: der Intrigant des Stücks. Es war Birotteau, als habe der Zufall Molineux eine ähnliche Rolle in seinem Leben zugedacht. Während des Festes hatte dieses Gesicht teuflisch gegrinst und all die Pracht mit gehässigen Blicken betrachtet. Als César ihn nun wiedersah, mußte er desto heftiger des Eindrucks gedenken, den dieser kleine Knicker (ein Ausdruck aus seinem Vokabular) auf ihn gemacht hatte, als Molineux, der plötzlich inmitten seiner Grübelei vor ihm auftauchte, ihn abermals heftigen Widerwillen empfinden ließ.

»Monsieur«, sagte das Männlein mit seiner grauenhaft klanglosen Stimme, »wir haben die Sache so hurtig ausgehandelt, daß Sie vergessen haben, durch Unterschrift unseren kleinen Zusatz zu billigen.«

Birotteau nahm den Mietvertrag, um das Versäumte nachzuholen. Der Architekt trat herein, begrüßte den Parfümhändler und strich mit diplomatischer Miene um ihn herum.

»Monsieur«, flüsterte er ihm schließlich zu, »wie Sie wissen, ist aller Anfang schwer; Sie sind mit mir zufrieden gewesen; Sie würden mich Ihnen sehr verpflichten, wenn Sie mir mein Honorar zahlten.«

Birotteau, der sich durch die Hergabe seines Wechselportefeuilles und seiner Barmittel völlig entblößt hatte, sagte zu Célestin, er solle ein Dreimonatsakzept auf zweitausend Francs ausstellen und eine Quittung vorbereiten.

»Ich bin nur zu froh, daß Sie die Zahlung der Miete Ihres Nachbarn übernommen haben«, sagte Molineux mit tückisch-spöttischer Miene. »Mein Portier hat mir heute früh berichtet, der Friedensrichter habe dort alles versiegelt, weil nämlich der Sieur Cayron auf und davon ist.«

»Wenn ich bloß nicht um meine fünftausend Francs komme«, dachte Birotteau.

»Dabei hieß es, sein Geschäft ginge glänzend«, sagte Lourdois, der gerade eingetreten war, um dem Parfümhändler seine Rechnung zu bringen.

»Ein Kaufmann ist erst sicher vor Rückschlägen, wenn er sich zur Ruhe gesetzt hat«, sagte der kleine Molineux und faltete seinen Vertrag mit peinlicher Sorgfalt zusammen.

Der Architekt musterte den kleinen Alten mit dem Vergnügen, das jeder Künstler empfindet, wenn er eine Karikatur erblickt, die seine Meinungen über den Bourgeois bestätigt.

»Hat man den Kopf unter einem Schirm, so meint man im allgemeinen, man sei in Deckung, wenn es regnet«, sagte der Architekt.

Molineux sah sich weit genauer den Schnurrbart und die Fliege als das Gesicht des Architekten an und verachtete ihn ebenso, wie Monsieur Grindot ihn selber verachtete. Er blieb noch, um ihm beim Abschied einen Tatzenhieb zu versetzen. Durch das Zusammenleben mit seinen Katzen hatte Molineux in seinem Gehaben wie in seinen Augen etwas Katzenhaftes angenommen.

Da nun aber kamen Ragon und Pillerault herein.

»Wir haben über unsere Angelegenheit mit dem Richter gesprochen«, sagte Ragon leise zu César; »er behauptet, bei einer so gearteten Spekulation sei eine Quittung der Verkäufer und eine Eintragung ins Grundbuch erforderlich, damit wir wirklich im ungeteilten Besitz des Eigentumsrechts . . .«

»Ach so, Sie tätigen Grundstückskäufe um die Madeleine«, sagte Lourdois, »es wird viel davon geredet; da gibt's Häuser zu bauen!«

Der Dekorationsmaler, der sich sofort hatte bezahlen lassen wollen, fand, es liege in seinem Interesse, den Parfümhändler nicht zu drängen.

»Ich habe Ihnen meine Rechnung nur des Jahresschlusses wegen überreicht«, flüsterte er César zu, »ich brauche nichts, gar nichts.«

»Na, was ist denn mit dir los, César?« fragte Pillerault, als er die Überraschung seines Neffen wahrnahm, der in seiner Verblüffung beim Erblicken der Rechnung weder Ragon noch Lourdois geantwortet hatte.

»Ach, nichts weiter, bloß eine Lappalie; ich habe für fünftausend Francs Wechsel von meinem Nachbarn, dem Schirmhändler, übernommen, und nun ist er pleite. Wenn er mir faule Wechsel gegeben hat, bin ich 'reingefallen wie ein Grünhorn.«

»Dabei habe ich Ihnen schon immer gesagt: Wer am Ertrinken ist, klammert sich an seines Vaters Bein, um über Wasser zu bleiben, und zieht ihn mit sich hinab«, rief Ragon. »Wie viele Konkurse habe ich schon miterlebt! Zu Beginn der Katastrophe ist man kein Gauner im eigentlichen Sinne, aber es geht nicht anders, später wird man es.«

»Stimmt«, sagte Pillerault.

»Ach, wenn ich je in eine Abgeordnetenkammer käme oder wenn ich zu irgendwelchem Einfluß in der Regierung gelangte ...«, sagte Birotteau, wobei er sich auf die Fußspitzen erhob und sich dann wieder auf die Hacken zurückfallen ließ.

»Was würden Sie dann tun?« fragte Lourdois. »Schließlich sind Sie doch ein intelligenter Mensch.«

Molineux, den jedes Gespräch über Rechtsfragen interessierte, blieb im Laden; und da die Aufmerksamkeit anderer die Ohren spitzen läßt, hörten Pillerault und Ragon, obwohl sie Césars Ansichten kannten, dennoch ebenso ernsthaft zu wie die drei Fremden.

»Ich würde ein Gericht mit unabsetzbaren Richtern fordern, das zusammen mit einem Staatsanwalt über den Schuldigen urteilte. Nach einer Untersuchung, bei der der Richter sofort die jetzigen Funktionen der Bevollmächtigten, der Konkursverwalter und des kommissarischen Richters übernehmen müßte, würde der betreffende Kaufmann entweder für einen rehabilitierbaren, vorerst unter Geschäftsaufsicht Stehenden oder für einen Bankrotteur erklärt werden. Ist er ein rehabilitierbarer, unter Geschäftsaufsicht Stehender, so wäre er verpflichtet, alles zu bezahlen; er wäre dann der Treuhänder seines Vermögens und des

Vermögens seiner Frau; denn seine Außenstände, seine Erbschaftsansprüche, das alles gehörte seinen Gläubigern; er würde auf deren Rechnung und unter Kontrolle handeln; kurzum, er würde seine Geschäfte fortführen und bis zur völligen Tilgung der Schulden unterzeichnen. ›X., unter Geschäftsaufsicht‹. Ist er dagegen Bankrotteur, so müßte er wie früher dazu verurteilt werden, mit der grünen Mütze auf dem Kopf zwei Stunden lang in der Börsenhalle am Pranger zu stehen. Sein Vermögen, das seiner Frau und seine Forderungen würden von den Gläubigern übernommen, und er selber würde aus dem Königreich verbannt werden.«

»Dadurch würde das Geschäftsleben etwas sicherer«, sagte Lourdois, »und man würde es sich zweimal überlegen, ehe man sich auf eine Spekulation einließe.«

»Nicht mal das gegenwärtig in Kraft befindliche Gesetz wird befolgt«, sagte César außer sich. »Von hundert Kaufleuten sind mehr als fünfzig in ihren Geschäften zu fünfundsiebzig Prozent in Unterbilanz, oder sie verkaufen ihre Ware fünfundzwanzig Prozent unter dem Inventurwert und ruinieren damit den Handel.«

»Monsieur hat vollkommen recht«, sagte Molineux, »das gegenwärtige Gesetz ist allzu dehnbar. Entweder völlige Abtretung aller vorhandenen Werte oder Verluste der bürgerlichen Ehrenrechte!«

»Ja, zum Henker«, sagte César, »so wie die Dinge jetzt gehandhabt werden, muß ein Kaufmann ja zum patentierten Dieb werden. Mit seiner Unterschrift kann er aus jedermanns Kasse schöpfen.«

»Sie drücken sich sehr deutlich aus, Monsieur Birotteau«, sagte Lourdois.

»Recht hat er«, sagte der alte Ragon.

»Alle Pleiten sind verdächtig«, sagte César; er war aufgebracht über diesen kleinen Verlust, der ihm in den Ohren klang wie einem Hirsch der erste Halali-Ton.

In diesem Augenblick kam der Oberkellner und überbrachte Chevets Rechnung. Dann kamen ein Lehrling von Félix, ein Kellner des Café de Foy und Collinets Klarinettist mit den Rechnungen ihrer Auftraggeber.

»Die Viertelstunde des Rabelais[156]«, sagte Ragon lächelnd.

»Wahrhaftig, Sie haben aber auch ein großartiges Fest gegeben«, sagte Lourdois.

»Ich habe jetzt zu tun«, sagte César zu sämtlichen Boten; sie ließen ihre Rechnungen da.

»Monsieur Grindot«, sagte Lourdois, als er sah, daß der Architekt einen von Birotteau unterschriebenen Wechsel zusammenfaltete, »überprüfen Sie bitte meine Rechnung und zeichnen Sie gegen; Sie brauchen sie bloß für richtig zu erklären; alle Preise sind ja von Ihnen in Monsieur Birotteaus Namen vereinbart worden.«

Pillerault sah Lourdois und Grindot an.

»Zwischen dem Architekten und dem Unternehmer vereinbarte Preise?« flüsterte der Onkel dem Neffen zu. »Da bist du begaunert worden.«

Grindot ging; Molineux folgte ihm und machte sich mit geheimnisvoller Miene an ihn heran.

»Monsieur«, sagte er zu ihm, »Sie haben zwar gehört, was ich sagte, aber es nicht verstanden: Ich wünsche Ihnen einen Regenschirm.«

Grindot bekam es mit der Angst. Je illegaler ein Gewinn ist, desto mehr Wert legt der Mensch darauf. So ist das menschliche Herz nun einmal beschaffen. Der Architekt hatte sich tatsächlich der Wohnung mit Liebe angenommen; er hatte ihr sein ganzes Können und seine Zeit geweiht; er hatte sich für zehntausend Francs Mühe gegeben und gemeint, er sei dabei das Opfer seines Ehrgeizes geworden; die Unternehmer hatten leichtes Spiel gehabt, ihn zu verleiten. Das am meisten überzeugende Argument und die nur zu gut verstandene Drohung, ihm durch Verleumdungen schaden zu wollen, waren weniger wirksam gewesen als Lourdois' Bemerkung über die Spekulation mit den Grundstükken bei der Madeleine: Birotteau hatte gar nicht die Absicht, dort auch nur ein einziges Haus zu bauen, er spekulierte lediglich auf das Steigen der Grundstückspreise. Architekten und Unternehmer verhalten sich zueinander wie ein Autor zu den Schauspielern: sie hängen voneinander ab. Der von Birotteau mit der Aushandlung der Preise beauftragte Grindot war für die ›Leute vom Bau‹ und gegen die Bourgeois. Deshalb hatten auch die drei schwerreichen Unternehmer Lourdois, Chaffaroux und der Zimmermeister Thorein erklärt, er sei »ein guter Kerl, mit dem zu arbeiten das reine Vergnügen sei«. Grindot ahnte dumpf, daß die Rechnungen, an denen er beteiligt war, wie sein Honorar in Wechseln bezahlt werden würden, und was der kleine Greis ihm eben gesagt hatte, ließ in ihm Zweifel über deren Einlösung aufsteigen. Grindot mußte unerbittlich vorgehen, wie alle Künstler: denn diese sind die grausamsten Feinde, wenn es gegen die Bourgeois geht. Gegen Ende Dezember hatte César für siebzigtausend Francs Rechnungen vorliegen. Félix, das Café de Foy, Tanrade und die kleinen Gläubiger, die man in bar bezahlen muß, hatten dreimal bei dem Parfümhändler nachfragen lassen. Im Geschäftsleben sind dergleichen Bagatellen gefährlicher als eine Katastrophe: sie sind deren Vorboten. Bekannte Verluste sind etwas Begrenztes, eine Panik jedoch kennt keine Grenzen. Birotteau sah, daß seine Kasse leer war. Da packte den Parfümhändler, dem so etwas in seinem ganzen kaufmännischen Leben noch nicht vorgekommen war, die Angst. Wie alle Leute, die niemals längere Zeit hindurch mit dem Elend zu kämpfen hatten, verwirrte dieser für die meisten kleinen Pariser Kaufleute alltägliche Zustand Césars Hirn.

Der Parfümhändler gab Célestin Weisung, an alle seine Kunden Rechnungen zu schicken; aber ehe der erste Kommis es tat, ließ er sich diesen unerhörten Befehl wiederholen. Die ›Klienten‹, denn mit diesem gewählten Ausdruck wurden zu jener Zeit von den Kleinhändlern die Kunden bezeichnet, und César bediente sich seiner, sehr zum Verdruß seiner Frau, die ihm schließlich gesagt hatte: »Nenne sie, wie du willst, Hauptsache, sie bezahlen!« – seine Klienten also waren reiche Leute, bei denen nie ein Verlust zu befürchten gewesen wäre, die bezahlten, wenn es ihnen gerade einfiel, und bei denen César manchmal fünfzig- oder sechzigtausend Francs Außenstände hatte. Der zweite Kommis nahm sich also das Fakturenbuch vor und machte sich daran, die höchsten Rechnungen auszuziehen. César hatte Angst vor seiner Frau. Damit sie ihm die Niedergeschlagenheit nicht anmerke, die dieser ›Samum‹[157] von Unglück ihm verursachte, wollte er ausgehen.

»Guten Tag«, sagte Grindot, als er eintrat, mit der ungezwungenen Miene, die die Künstler aufsetzen, wenn sie über Geschäftliches reden, von dem sie behaupten, es sei ihnen völlig fremd. »Ich kann mit Ihrem Wechsel nicht zu Geld kommen, und so muß ich Sie bitten, ihn mir gegen harte Taler einzutauschen; dieser Schritt macht mich zum unglücklichsten aller Menschen; aber ich verstehe mich nicht auf den Umgang mit Wucherern; ich möchte mit Ihrer Unterschrift nicht von Haus zu Haus laufen, ich verstehe genug von kaufmännischen Gepflogenheiten, um zu wissen, daß sie dadurch entwertet werden würde. Also liegt es in Ihrem eigenen Interesse, wenn Sie . . .«

»Bitte etwas leiser«, sagte der verblüffte Birotteau, »das ist eine merkwürdige Überrumpelung.«

Lourdois kam herein.

»Lourdois«, sagte Birotteau, »verstehen Sie . . .?«

Birotteau hielt inne. Der arme Mann war drauf und dran gewesen, Lourdois zu bitten, Grindots Wechsel zu übernehmen und sich dabei mit der Gutgläubigkeit eines selbstsicheren Kaufmanns über den Architekten lustig zu machen; allein er hatte eine Wolke auf Lourdois' Stirn wahrgenommen und war über seine Unvorsichtigkeit erschrocken. Dieser harmlose Scherz wäre der Tod eines angezweifelten Kredits gewesen. In einem solchen Fall nimmt ein reicher Kaufmann seinen Wechsel zurück und bietet ihn nicht anderswo an. Birotteau empfand ein Schwindelgefühl, als blicke er in einen lotrecht abfallenden Abgrund.

»Mein lieber Monsieur Birotteau«, sagte Lourdois und zog ihn mit sich in den hinteren Teil des Ladens, »meine Rechnung ist geprüft, in Ordnung befunden und gegengezeichnet worden; bitte halten Sie das Geld für morgen bereit. Ich verheirate meine Tochter mit dem kleinen Crottat; er braucht Geld. Notare lassen nicht mit sich handeln, überdies habe ich noch nie Wechsel ausgestellt.«

»Schicken Sie übermorgen jemanden her«, sagte Birotteau stolz; er zählte auf die Begleichung seiner Rechnungen. »Und Sie auch«, sagte er zu dem Architekten.

»Und warum nicht sofort?« fragte der Architekt.

»Es ist heute Zahltag für meine Arbeiter im Faubourg«, sagte César; er hatte bislang noch nie gelogen.

Er nahm seinen Hut und wollte mit den beiden zusammen

weggehen. Aber gerade, als er die Tür schloß, hielten ihn der Maurer Thorein und Chaffaroux auf.

»Monsieur«, sagte Chaffaroux zu ihm, »wir brauchen dringend Geld.«

»Na, ich bin doch nicht Besitzer der Minen von Peru«, sagte César ungeduldig und ging so schnell davon, daß er bald hundert Schritt von ihnen entfernt war. – »Dahinter steckt etwas. Dieser verflixte Ball! Jetzt glaubt jeder, man habe Millionen. Trotzdem kam Lourdois' Miene mir verdächtig vor; irgendwas ist da nicht in Ordnung.«

Ziellos ging er die Rue Saint-Honoré entlang; er fühlte sich ganz aufgelöst und stieß an einer Straßenecke mit Alexandre zusammen wie ein Widder oder wie ein in die Lösung eines Problems vertiefter Mathematiker auf einen andern.

»Oh!« sagte der künftige Notar, »eine Frage! Hat Roguin Ihre vierhunderttausend Francs Monsieur Claparon übergeben?«

»Das Geschäft ist doch vor Ihren Augen abgeschlossen worden; Monsieur Claparon hat mir keine Quittung gegeben ... meine Effekten sollten doch ... verkauft werden ... Roguin hat sie ihm doch aushändigen sollen ... meine zweihundertvierzigtausend Francs in bar ... es ist doch gesagt worden, es solle beim endgültigen Kaufabschluß gezahlt werden ... Richter Popinot hat behauptet ... Die Quittung ... Aber ... Warum diese Frage?«

»Warum ich Ihnen mit dieser Frage komme? Um zu wissen, ob Ihre zweihundertvierzigtausend Francs bei Claparon oder bei Roguin sind. Roguin war mit Ihnen seit so langer Zeit liiert, daß er die Anständigkeit hätte aufbringen können, sie Claparon einzuhändigen; dann nämlich wären Sie gut davongekommen. Aber bin ich denn ganz und gar blödsinnig geworden ...? Er nimmt sie natürlich mit, zusammen mit Claparons Geld; zum Glück hatte er erst bloß hunderttausend Francs überwiesen. Roguin ist durchgebrannt, er hat von mir hunderttausend Francs als Anzahlung bekommen, ich habe darüber keine Quittung, ich habe sie ihm gegeben, wie ich Ihnen mein Portemonnaie anvertrauen würde. Ihre Grundstücksverkäufer haben keinen roten Heller bekommen; sie sind eben bei mir gewesen. Das Geld für das Darlehen auf Ihr Fabrikgelände hat weder für Sie noch für Ihren Geldgeber existiert, Roguin hatte es ebenso veruntreut wie Ihre hunderttausend Francs ... die er ... schon seit langem nicht mehr gehabt hat ... Ebenso sind Ihre letzten hunderttausend Francs hin; ich weiß noch, daß ich zur Bank von Frankreich gegangen bin und sie abgehoben habe.«

Césars Pupillen wurden so über die Maßen weit, daß er nur noch eine rote Flamme sah.

»Ihre hunderttausend Francs, meine hunderttausend Francs, die Anzahlung auf seine Praxis, Monsieur Claparons hunderttausend Francs, das macht dreihunderttausend Francs, die verschwunden sind, ohne die Unterschlagungen, die noch herauskommen werden«, fuhr der junge Notar fort. »Madame Roguins Zustand ist besorgniserregend, Monsieur du Tillet hat die ganze Nacht bei ihr gewacht. Du Tillet, der hat bei der Sache noch Glück gehabt; Roguin hat ihm einen Monat lang in den Ohren gelegen; er hat ihn in die Grundstücksspekulation verwickeln wollen, aber du Tillet hatte alles, was er flüssigmachen konnte, in eine Spekulation mit dem Bankhaus Nucingen gesteckt. Roguin hat seiner Frau einen fürchterlichen Brief geschrieben! Ich habe ihn gerade gelesen. Seit fünf Jahren hat er die Einlagen seiner Klienten veruntreut, und wofür? Für eine Geliebte, die schöne Holländerin; erst vierzehn Tage vor seinem Coup hat er sie sitzenlassen. Vollkommen mittellos hat diese Verschwenderin dagesessen; ihre Möbel sind versteigert worden, sie hatte nämlich Wechsel unterschrieben. Um sich der Verfolgung zu entziehen, hatte sie sich in ein Haus im Palais-Royal[158] geflüchtet, und da ist sie gestern abend von einem Hauptmann ermordet worden. Gott hat sie sehr schnell bestraft; sie hat doch sicherlich Roguins Vermögen verschlungen. Es gibt eben Frauen, denen nichts heilig ist. Eine Notarpraxis zu verschlingen! Außer einer Hypothek, ihrem Vorbehaltsgut, dürfte Madame Roguin keinerlei Vermögen besitzen; der ganze Besitz des Lumpen ist weit über seinen Wert belastet. Die Praxis ist für dreihunderttausend Francs verkauft worden! Ich, der ich glaubte, ein gutes Geschäft zu machen, habe damit angefangen, daß ich für Büro und Praxis noch hunderttausend Francs mehr bezahlen muß; ich habe keine Quittung; es können Umstände eintreten, die mich Praxis und Kaution kosten; die Gläubiger werden meinen, ich stecke mit ihm unter einer Decke, wenn ich von meinen hunderttausend Francs rede, und wenn man am Anfang steht, muß man auf seinen guten Ruf bedacht sein. Es kommen kaum dreißig Prozent heraus. In meinem Alter so was schlucken zu müssen! Ein Mann von neunundfünfzig Jahren, und eine Frau aushalten . . .! Der alte Narr! Vor drei Wochen hat er mir noch gesagt, ich solle nicht Césarine heiraten, Sie ständen bald ohne Brot da, dies Scheusal!«

Alexandre hätte noch lange weiterreden können; Birotteau stand da wie versteinert. Jeder Satz war für ihn ein Keulenschlag. Er hörte nur noch das Läuten von Totenglocken, gerade wie er anfangs nur die Flammen der ihn vernichtenden Feuersbrunst vor Augen gehabt hatte. Alexandre Crottat, der den würdigen Parfümhändler für stark und zahlungskräftig gehalten hatte, erschrak über seine Blässe und seine Starrheit. Roguins Nachfolger wußte nicht, daß der Notar mit mehr als nur Césars Vermögen auf und davon gegangen war. Der Gedanke an Selbstmord durchzuckte den Kopf des tief religiösen Kaufmanns. Der Selbstmord ist in einem solchen Fall ein Mittel, tausend Toden zu entrinnen; es scheint logisch zu sein, daß man dann nur einen auf sich nimmt. Alexandre Crottat bot César den Arm und wollte ihn zum Gehen veranlassen; doch das war unmöglich, die Beine versagten ihm, als sei er betrunken.

»Was ist Ihnen denn?« fragte Crottat. »Mein wackerer Monsieur César, fassen Sie sich doch! So etwas bringt einen doch nicht um! Übrigens bekommen Sie vierzigtausend Francs heraus, Ihr Geldgeber hatte den Betrag nicht flüssig, er ist Ihnen noch nicht überwiesen worden; Sie können auf Ungültigkeitserklärung des Vertrags klagen.«

»Mein Ball, mein Orden, für zweihunderttausend Francs Platzwechsel; nichts in der Kasse. Die Ragons, Pillerault . . . Und meine Frau hat alles vorausgesehen!«

Ein Regenguß wirrer Worte, die ganze Massen niederschmetternder Einfälle und unerhörter Schmerzen aufgewühlt hatten, stürzte nieder wie Hagel und zerfetzte alle Blüten auf dem Beet der ›Rosenkönigin‹.

»Ich wollte, mir würde der Kopf abgehackt«, sagte Birotteau

endlich, »er ist mir lästig, so schwer ist er, und er ist mir zu nichts mehr nütze . . .«

»Armer Papa Birotteau«, sagte Alexandre, »sind Sie denn in Gefahr?«

»Gefahr!?«

»Also dann: Mut gefaßt und gekämpft.«

»Gekämpft!« echote der Parfümhändler.

»Du Tillet ist bei Ihnen Kommis gewesen, er ist ein kluger Kopf, er hilft Ihnen sicher.«

»Du Tillet?«

»Los, kommen Sie mit!«

»Mein Gott, ich möchte in diesem Zustand nicht heimgehen! Sie, der Sie mein Freund sind, wenn es überhaupt Freunde gibt, Sie, für den ich mich interessiert habe, der Sie bei mir zum Essen gewesen sind, ich bitte Sie im Namen meiner Frau: Holen Sie eine Droschke, fahren Sie mit mir spazieren; Xandrot, bleiben Sie bei mir?« Der angehende Notar schob mit großer Mühe die leblose Maschinerie, die den Namen César führte, in eine Droschke. – »Xandrot«, sagte der Parfümhändler mit tränenerstickter Stimme, denn jetzt entrannen seinen Augen Tränen und lockerten ein wenig den eisernen Reif, der ihm den Kopf zusammenpreßte, »lassen Sie vor meiner Wohnung halten, sprechen Sie statt meiner mit Célestin. Lieber Freund, sagen Sie ihm, es gehe um mein Leben und um das meiner Frau. Unter gar keinen Umständen darf über Roguins Verschwinden geschwatzt werden. Lassen Sie Césarine herunterrrufen und bitten Sie sie, sie solle verhindern, daß jemand mit ihrer Mutter über die Affäre spricht. Es muß allen mißtraut werden, Pillerault, den Ragons, jedermann.«

Birotteaus veränderter Stimmklang machte Crottat höchst betroffen; er sah ein, wie wichtig dieser Auftrag sei. Die Rue Saint-Honoré führte zum Richter; er erfüllte also zunächst die Wünsche des Parfümhändlers, den Célestin und Césarine zu ihrem Schrecken steinern, bleich und wie stumpfsinnig im Wagenschlag sitzen sahen. »Haltet reinen Mund über dies alles«, sagte der Parfümhändler.

»Aha!« sagte sich Xandrot, »er kommt wieder zu sich; ich dachte schon, es sei aus mit ihm.«

Die Besprechung Alexandre Crottats mit dem Richter dauerte lange: Der Präsident der Notarskammer wurde geholt; César wurde überall herumgereicht wie ein Paket, er rührte sich nicht und sprach kein Wort. Abends gegen sieben brachte Alexandre Crottat den Parfümhändler heim. Der Gedanke, daß er jetzt Constance gegenübertreten müsse, gab César wieder einige Farbe. Der junge Notar war weichherzig genug, voranzugehen und Madame Birotteau zu benachrichtigen, daß ihr Mann eine Art Schlaganfall erlitten habe.

»Seine Gedanken sind ganz durcheinandergeraten«, sagte er mit einer Geste, wie man sie tut, um eine Geistesstörung anzudeuten; »vielleicht wäre es das beste, ihn zur Ader zu lassen oder ihm Blutegel anzusetzen.«

»Das mußte ja so kommen«, sagte Constance, die tausend Meilen weit davon entfernt war, eine Katastrophe zu mutmaßen, »er hat zu Wintersbeginn seine vorbeugende Medizin nicht genommen, und seit zwei Monaten schuftet er wie ein Galeerensklave, gerade als ob er nicht sein gutes Brot verdiente.«

Frau und Tochter flehten César an, sich ins Bett zu legen; auch wurde der alte Doktor Haudry geholt, Birotteaus Arzt. Der alte Haudry war ein Arzt aus der Schule Molières, ein großer Praktiker und Freund der althergebrachten Rezepte; er versah seinen Patienten mit Drogen wie ein Kurpfuscher, obwohl er ein leidlich guter Diagnostiker war. Er kam, überzeugte sich von Césars Ansehen und verordnete, daß ihm sofort Senfpflaster auf die Fußsohlen gelegt werden sollten: Er hatte die Symptome eines Blutandrangs zum Gehirn erkannt.

»Wodurch kann er das nur bekommen haben?« fragte Constance.

»Durch das feuchte Wetter«, antwortete der Arzt, dem Césarine zuvor etwas zugeflüstert hatte.

Für die Ärzte besteht häufig die Verpflichtung, wissentlich Unsinn zu reden, zur Rettung der Ehre oder des Lebens der Gesunden, die um den Kranken sind. Der alte Doktor hatte so vieles erlebt, daß er auf eine Andeutung hin im Bilde war. Césarine folgte ihm auf die Treppe hinaus und bat ihn um Verhaltungsmaßregeln.

»Ruhe, und ihn nicht reden lassen; später, wenn sein Kopf wieder frei ist, versuchen wir es dann mit Stärkungsmitteln.«

Madame César verbrachte zwei Tage am Lager ihres Mannes; zuweilen glaubte sie, er habe das Delirium. Er lag in dem schönen blauen Zimmer seiner Frau und sagte beim Anblick der Draperien, der Möbel und des kostspieligen Aufwands Dinge, die Constance unverständlich waren.

»Er ist verrückt geworden«, sagte sie zu Césarine, als César sich aufgesetzt hatte und mit feierlicher Stimme bruchstückweise Paragraphen aus dem Handelsgesetzbuch zitierte.

»Wenn die Ausgaben als übertrieben erachtet werden . . .! Schafft doch die Draperien weg!«

Nach drei entsetzlichen Tagen, in denen Césars Vernunft in Gefahr gewesen war, siegte die starke Natur des Tourainer Bauernsprößlings; sein Kopf wurde frei; Haudry ließ ihn herzstärkende Mittel und kräftige Nahrung zu sich nehmen, und nach einer zur rechten Zeit verabreichten Tasse Kaffee war der Kaufmann wieder auf den Beinen. Die erschöpfte Constance nahm den Platz ihres Mannes ein.

»Die arme Frau«, sagte César, als er sah, daß sie eingeschlafen war.

»Komm, Papa, nur Mut! Du bist ein so ungewöhnlicher Mensch, daß du mit allem fertig werden wirst. Sicher ist es halb so schlimm. Monsieur Anselme wird dir schon helfen.«

Césarine hatte diese wenig besagenden Worte, die die Zärtlichkeit noch liebevoller klingen ließ, mit so sanfter Stimme gesprochen, daß sie auch einem gänzlich Zusammengebrochenen Mut machen mußten, gerade wie das Singen einer Mutter die Schmerzen eines zahnenden Kindes einschläfert.

»Ja, mein Kind, ich will kämpfen; aber sag kein Wort zu irgend jemandem, wer es auch sei, weder zu Popinot, der an uns hängt, noch zu Pillerault. Zunächst will ich an meinen Bruder schreiben: Er ist, wie ich glaube, Domherr oder Vikar an einer Kathedrale; er lebt sparsam, er muß Geld haben. Wenn er jährlich tausend Taler auf die hohe Kante gelegt hat, und das zwanzig Jahre lang, muß er jetzt hunderttausend Francs haben. In der Provinz haben die Priester überdies Kredit.«

Césarine beeilte sich, dem Vater ein Tischchen und alles zum

Schreiben Erforderliche zu bringen; sie gab ihm die übriggebliebenen, auf rosa Papier gedruckten Balleinladungen.

»Verbrenn das alles!« schrie der Kaufmann auf. »Einzig der Teufel hat mir einflüstern können, diesen Ball zu geben. Wenn ich unterliege, stehe ich da wie ein Betrüger. Weg damit; keine Widerrede.«

Brief Césars an François Birotteau

»Lieber Bruder,
ich stecke in einer so schwierigen geschäftlichen Krise, daß ich Dich inständig bitte, mir alles Geld zu schicken, über das Du verfügen kannst, sogar wenn Du ein Darlehen aufnehmen müßtest.

Ganz der Deine

César

Deine Nichte Césarine, die mir beim Schreiben dieses Briefs zusieht, während meine arme Frau schläft, empfiehlt sich Dir und sendet Dir herzliche Grüße.«

Diese Nachschrift wurde auf Césarines Bitte hin angefügt; sie übergab den Brief Raguet.

»Vater«, sagte sie, als sie wieder heraufkam, »Monsieur Lebas ist da und möchte dich sprechen.«

»Monsieur Lebas«, rief César so erschrocken, als habe sein Unglück ihn zum Verbrecher gemacht, »ein Handelsrichter!«

»Mein lieber Monsieur Birotteau, ich nehme zuviel Anteil an Ihnen, wir kennen einander schon viel zu lange, und wir sind das erstemal zusammen zu Handelsrichtern ernannt worden, und so kann ich nicht umhin, Ihnen zu sagen, daß ein gewisser Bidault, genannt Gigonnet, ein Wucherer, Wechsel von Ihnen besitzt, die über das Bankhaus Claparon an ihn gelangt sind, Wechsel, auf denen vermerkt steht: ›ohne Garantie‹. Diese beiden Wörter sind nicht nur eine Beleidigung, sondern überdies der Tod Ihres Kredits.«

»Monsieur Claparon möchte Sie sprechen«, sagte in diesem Augenblick Célestin, »darf ich ihn heraufkommen lassen?«

»Da werden wir ja den Grund zu dieser Beschimpfung erfahren«, sagte Lebas.

»Monsieur«, sagte der Parfümhändler zu Claparon, als er ihn eintreten sah, »dies ist Monsieur Lebas, Handelsrichter und mein Freund ...«

»Ah, Sie sind also Monsieur Lebas«, fiel Claparon ihm ins Wort, »ich freue mich über diese zufällige Begegnung, Monsieur Lebas vom Handelsgericht; es gibt so viele Lebas, ohne die Hohen und die Niedrigen[159] mitzurechnen ...«

»Er hat die Wechsel gesehen«, unterbrach Birotteau den Schwätzer, »die ich Ihnen gegeben habe und die, wie Sie sagten, nicht in Umlauf kommen sollten. Er hat sie gesehen, und es stand darauf vermerkt ›ohne Garantie‹.«

»Freilich«, sagte Claparon, »sie sollen ja auch nicht in Umlauf kommen; sie sind in der Hand eines Mannes, mit dem ich viele Geschäfte tätige, des alten Bidault. Deshalb habe ich daraufgesetzt: ›ohne Garantie‹. Wenn die Wechsel nämlich hätten in Umlauf gesetzt werden sollen, müßten Sie sie direkt an seine Order ausgestellt haben. Der Herr Handelsrichter versteht sicher meine Lage. Was stellen diese Wechsel dar? Den Preis für ein Grundstück. Bezahlt von wem? Von Birotteau. Warum sollte ich durch meine Unterschrift für Birotteau Garantie leisten? Wir müssen, jeder für sich, unsern Anteil an besagtem Kaufpreis zahlen. Genügt es also nicht, daß wir gegenüber unseren Grundstücksverkäufern solidarisch haften? Bei mir steht der kaufmännische Grundsatz unwandelbar fest: Ich gebe ebensowenig unnötigerweise eine Garantie, wie ich eine Quittung über eine Summe ausstelle, die ich erst noch erhalten soll. Ich bin immer auf alles gefaßt. Wer unterschreibt, muß zahlen. Ich will mich nicht der Gefahr aussetzen, daß ich dreimal zahlen muß.«

»Dreimal!« sagte César.

»Allerdings!« fuhr Claparon fort. »Ich habe bereits unsern Verkäufern gegenüber für Birotteau garantiert; warum sollte ich auch noch für den Bankier garantieren? Wir befinden uns in einer prekären Lage; Roguin ist mir mit hunderttausend Francs durchgebrannt. Auf diese Weise kostet mich allein schon meine Hälfte an den Grundstücken fünfhunderttausend Francs statt vierhunderttausend. Roguin hat Birotteau um zweihunderttausend Francs erleichtert. Was würden Sie an meiner Stelle tun, Monsieur Lebas? Versetzen Sie sich doch mal in meine Lage. Ich habe nicht die Ehre, von Ihnen gekannt zu sein, wenigstens nicht näher, als ich Monsieur Birotteau kenne. Bitte hören Sie gut zu. Wir machen zusammen ein Geschäft auf Halbpart. Sie bringen mir Ihren Anteil in barem Geld, ich begleiche den meinen durch Wechsel; ich biete sie Ihnen an, und Sie nehmen es auf sich, sie aus purer Gefälligkeit zu diskontieren. Jetzt erfahren Sie, daß Claparon, der reiche, angesehene, hochgeachtete Bankier – ich erkenne mir alle Tugenden der Welt zu –, daß also der tugendhafte Claparon mit einer Unterbilanz von sechs Millionen in Konkurs geraten ist. Würden Sie in ebenjenem Augenblick mit Ihrer Unterschrift für die meine garantieren? Dann wären Sie irrsinnig! Nun aber, Monsieur Lebas, befindet Birotteau sich in der Lage, die ich für Claparon angenommen hatte. Sehen Sie jetzt nicht ein, daß ich dann denen, die die Wechsel genommen haben, sie als solidarisch Haftender bezahlen muß und daß ich überdies noch verpflichtet bin, für Birotteaus Anteil bis zum Betrag seiner Wechsel aufzukommen, wenn ich für sie garantiert habe, und zwar ohne daß ...«

»Wem bezahlen?« unterbrach ihn der Parfümhändler.

»Und zwar ohne daß ich dadurch in den Besitz seiner Hälfte der Grundstücke käme«, sagte Claparon, ohne den Einwurf zu beachten, »denn ich hätte ja doch kein Vorkaufsrecht; das müßte ich doch zuvor erwerben! Also hätte ich dreimal zu bezahlen.«

»An wen müßten Sie zahlen?« fragte Birotteau von neuem.

»Natürlich an den Dritten, wenn ich indossiert hätte und Sie pleite gingen.«

»Ich entziehe mich meinen Verpflichtungen nicht, Monsieur«, sagte Birotteau.

»Gut und schön«, sagte Claparon. »Sie sind Handelsrichter gewesen, Sie sind ein geschäftskundiger Kaufmann, Sie wissen, daß man auf alles gefaßt sein muß; wundern Sie sich also nicht, wenn ich tue, was mein Beruf mir gebietet.«

»Monsieur Claparon hat recht«, sagte Joseph Lebas

»Ich habe recht«, fuhr Claparon fort, »kaufmännisch gesprochen. Hier nun aber handelt es sich um ein Grundstücksgeschäft. Was muß *ich* nun also bekommen ...? Geld, weil ich nämlich unsern Verkäufern Geld auszahlen muß. Lassen wir mal die zweihundertvierzigtausend Francs beiseite, die Monsieur Birotteau schon auftreiben wird, davon bin ich überzeugt«, sagte Claparon und blickte Lebas an. »Ich bin hergekommen, um Sie um die Bagatelle von fünfundzwanzigtausend Francs zu bitten«, sagte er und blickte Birotteau an.

»Fünfundzwanzigtausend Francs«, rief César und spürte in seinen Adern Eis statt Blut. »Aber wofür denn, Monsieur?«

»Tja, mein guter Mann, wir müssen doch den Kauf vor dem Notar perfekt machen. Was den Kaufpreis betrifft, da können wir uns untereinander verständigen; aber mit dem Fiskus? Prost Mahlzeit! Der Fiskus amüsiert sich nicht mit müßigen Redensarten, der gibt nur Kredit mit der Hand in unserer Tasche, und wir haben ihm noch diese Woche vierundvierzigtausend Francs an Gebühren und Steuern auszuspucken. Ich war, als ich herkam, auf alles andere denn auf Vorwürfe gefaßt; denn da ich meinte, daß diese fünfundzwanzigtausend Francs zu zahlen Ihnen lästig sein könnte, hatte ich Ihnen mitteilen wollen, daß ich Ihnen durch den denkbar größten Zufall etwas gerettet habe . . .«

»Was denn?« fragte Birotteau und ließ das Aufstöhnen der Verzweiflung vernehmen, über das kein Mensch sich zu täuschen vermag.

»Nur eine Kleinigkeit! Die fünfundzwanzigtausend Francs in Wechseln auf verschiedene Leute, die Roguin mir zum Unterbringen gegeben hatte; ich habe Ihnen einen Teil davon für die Eintragung und die Kosten gutgeschrieben, Sie bekommen darüber noch eine genaue Abrechnung; wenn dies kleine Geschäft erledigt ist, schulden Sie mir noch sechs- oder siebentausend Francs.«

»All das scheint mir vollkommen in Ordnung zu sein«, sagte Lebas. »An Ihrer Stelle, der Sie sich anscheinend sehr gut auf dergleichen Dinge verstehen, würde ich einem Unbekannten gegenüber genauso handeln.«

»Monsieur Birotteau wird daran nicht kaputt gehen«, sagte Claparon; »um einen alten Wolf umzulegen, bedarf es mehr als nur *eines* Schusses; ich habe Wölfe mit Kugeln im Kopf davonlaufen sehen wie . . . na ja, eben wie Wölfe.«

»Wer hätte auch auf eine Schuftigkeit wie die Roguins gefaßt sein können?« fragte Lebas, der gleichermaßen über Césars Schweigen erschreckt war wie über eine so riesige Spekulation, die dem Parfümhändler doch gar nicht wesensgemäß war.

»Es hätte nicht viel gefehlt, und ich hätte Monsieur Birotteau eine Quittung über vierhunderttausend Francs ausgestellt«, sagte Claparon, »und dann wäre ich der ›Gelackmeierte‹ gewesen. Am Abend zuvor hatte ich Roguin hunderttausend Francs übergeben. Nur unser gegenseitiges Vertrauen hat mich gerettet. Ob nun das Kapital im Notarsbüro oder bei mir lag bis zum Tag des endgültigen Vertragsabschlusses, das schien uns vollkommen gleichgültig zu sein.«

»Es wäre besser gewesen, wenn jeder sein Geld bis zum Termin der Zahlung auf der Bank von Frankreich deponiert hätte«, sagte Lebas.

»Roguin war für mich die Bank von Frankreich«, sagte César. »Aber er ist doch ebenfalls an der Grundstücksspekulation beteiligt?« fuhr er fort und sah Claparon an.

»Ja, zu einem Viertel, und nur auf sein Wort hin«, antwortete Claparon. »Nächst der Eselei, ihn mit meinem Geld abhauen zu lassen, wäre es eine noch saftigere gewesen, ihm welches zu geben. Wenn er mir meine hunderttausend Francs überweist und weitere zweihunderttausend für seinen Anteil, dann werden wir sehen, was sich tun läßt! Aber er wird sich hüten, sie mir für ein Geschäft zu schicken, das fünf Jahre lang bei kleinem Feuer kochen muß, bis sich der erste Teller Suppe ergibt. Wenn er, wie es heißt, nur mit dreihunderttausend Francs auf und davon gegangen ist, dann braucht er gut und gern die fünfzehntausend Francs Zinsen, um im Ausland leidlich anständig leben zu können.«

»Dieser Bandit!«

»Tja, mein Gott, eine Leidenschaft hat Roguin dahin gebracht«, sagte Claparon. »Welcher alte Mann kann dafür einstehen, daß er sich nicht durch seine letzte Verliebtheit beherrschen und hinreißen läßt? Keiner von uns, die wir doch vernünftige Leute sind, weiß, wie er einmal enden wird. Die letzte Liebe, ja, ja, das ist die heftigste. Sehen Sie sich doch Leute wie Cardot, Camusot und Matifat an . . .! Die haben sämtlich Geliebte! Und wenn wir begaunert worden sind, ist es dann nicht unsere eigene Schuld? Warum sind wir nicht mißtrauisch einem

Notar gegenüber gewesen, der sich auf eine Spekulation eingelassen hatte? Jeder Notar, jeder Wechselmakler, jeder Agent, der auf eigene Faust Geschäfte macht, ist verdächtig. Gehen sie pleite, so gilt es als betrügerischer Bankrott; sie kommen vors Schwurgericht; da verschwinden sie also schon lieber ins Ausland. Dies soll mir eine Lehre sein. Na, schließlich sind wir zur Genüge schwache Menschen, um nicht *in contumaciam*[160] Leute verurteilen zu lassen, bei denen wir gespeist, die uns schöne Bälle gegeben haben, Leute von Welt, wie man so sagt! Keiner reicht eine Klage ein, und das ist unrecht.«

»Sehr unrecht«, sagte Birotteau; »das Gesetz über die Konkurse und die Erklärung der Zahlungsunfähigkeit muß abgeändert werden.«

»Wenn Sie meiner bedürfen sollten«, sagte Lebas zu Birotteau, »stehe ich ganz zu Ihrer Verfügung.«

»Monsieur Birotteau braucht niemanden«, sagte der unermüdliche Schwätzer; du Tillet hatte bei ihm die Schleusen aufgezogen, nachdem er Wasser hatte hineinlaufen lassen. (Claparon sagte die Lektion auf, die ihm von du Tillet sehr geschickt eingetrichtert worden war.) »Sein Fall ist klar: Roguins Konkurs wird fünfzig Prozent Dividende ergeben, wenigstens hat der kleine Crottat mir das gesagt. Außer dieser Dividende bekommt Monsieur Birotteau die vierzigtausend Francs, die sein Geldgeber nicht flüssig hatte; außerdem kann er auf seinen Grundbesitz Hypotheken aufnehmen. Nun aber haben wir an unsere Grundstücksverkäufer zweihunderttausend Francs erst in vier Monaten zu bezahlen. Bis dahin müßte Monsieur Birotteau seine Wechsel eingelöst haben, denn mit dem, was Roguin zu ihrer Einlösung bekommen hat, kann er nicht rechnen. Aber auch wenn Monsieur Birotteau ein bißchen in die Klemme geraten sollte ... na, schön, mit ein paar weiteren Wechseln kommt er schon durch.«

Der Parfümhändler hatte neuen Mut gefaßt, als er hörte, wie Claparon seine Lage analysierte und sie dadurch kurz zusammenfaßte, daß er ihm sozusagen Verhaltungsmaßregeln skizzierte. Deswegen wurde seine Haltung fest und entschlossen, und er bekam eine gewaltige Meinung von den Mitteln und Fähigkeiten dieses ehemaligen Handelsreisenden. Du Tillet hatte es für zweckmäßig gehalten, sich durch Claparon als ein Opfer Roguins hinstellen zu lassen. Er hatte hunderttausend Francs Claparon eingehändigt, der sie an Roguin weitergegeben hatte, aber dieser hatte sie du Tillet zurückerstattet. Der beunruhigte Claparon spielte seine Rolle ganz natürlich und erzählte jedem, der es wissen wollte, Roguin habe ihn hunderttausend Francs gekostet. Du Tillet hatte Claparon nicht für verläßlich genug gehalten; er vermutete bei ihm noch zuviel Ehrgefühl und Anstand, als daß er ihm seine Pläne in ihrem vollen Umfang hätte anvertrauen können; zudem wußte er, daß Claparon nicht imstande sei, sie zu erraten.

»Wenn unser erster Freund nicht unser erster Genasführter ist, werden wir keinen zweiten finden«, sagte er zu Claparon an dem Tage, da sein geschäftlicher Kuppler ihm Vorwürfe machte und er ihn beiseite warf wie ein abgenutztes Werkzeug.

Monsieur Lebas und Claparon gingen zusammen weg.

»Ich kann mich herausziehen«, sagte sich Birotteau. »Meine Passiva in einzulösenden Wechseln betragen zweihundertfünfunddreißigtausend Francs, davon fünfundsiebzigtausend auf mein Haus, und hundertfünfundsiebzigtausend auf die Grundstücke. Als Deckung habe ich die Roguin-Dividende, die sich vielleicht auf hunderttausend Francs beläuft; das Darlehen auf meine Grundstücke könnte ich rückgängig machen, also alles in allem hundertvierzig. Es kommt also darauf an, mit dem Cephalus-Öl hunderttausend Francs zu verdienen und mit Hilfe einiger Gefälligkeitswechsel oder mittels eines Bankierkredits den Zeitpunkt abzuwarten, da ich den Verlust eingebracht habe und die Grundstücke mehr wert sind.«

Wenn ein Mensch im Unglück ist, kann er sich durch eine Folge mehr oder weniger richtiger Erwägungen, mit denen er sein Kissen vollstopft, um seinen Kopf darauf auszuruhen, einen Hoffnungsroman zusammenklauben, und dadurch wird er oftmals gerettet. Viele haben das Vertrauen, das die Illusion einflößt, für Energie gehalten. Vielleicht macht die Hoffnung die Hälfte des Muts aus; daher hat der katholische Glaube sie zur Tugend erhoben. Hat die Hoffnung nicht zahlreiche Schwache dadurch gestützt, daß sie ihnen eine Frist zum Abwarten der Zufälle des Lebens gewährte? Birotteau war entschlossen, zu dem Onkel seiner Frau zu gehen und ihm seine Lage auseinanderzusetzen, ehe er anderswo Hilfe suchte; und so ging er nicht ohne ihm bislang unbekannte Ängste, die ihm so heftig zusetzten, daß er seine Gesundheit für erschüttert hielt, die Rue Saint-Honoré bis zur Rue des Bourdonnais hinab. In seinen Eingeweiden war glühende Hitze. Tatsächlich fühlen ja diejenigen, die mit dem Zwerchfell empfinden, dort Schmerzen, gerade wie diejenigen, die alles mit dem Kopf aufnehmen, Kopfschmerzen bekommen. Bei großen Krisen wird die Physis dort angegriffen, wohin das Temperament des Individuums den Sitz des Lebens verlegt hat: Die Schwachen bekommen Koliken, Napoleon fällt in Schlaf. Bevor ehrenhafte Leute durch die Zuversicht so weit getrieben werden, daß sie alle Schranken des Stolzes überspringen, müssen sie mehr als einmal im Herzen die Sporen der Notwendigkeit, dieser harten Reiterin, verspürt haben! Daher hatte Birotteau sich zwei Tage lang ansporenen lassen, ehe er zu seinem Onkel ging, und sogar dann entschloß er sich nur durch Familienrücksichten dazu: So, wie die Dinge standen, mußte er dem gestrengen Eisenhändler seine Situation offen darlegen. Dennoch überkam ihn, als er vor der Haustür stand, jenes heimliche Schwächegefühl, das jedes Kind empfunden hat, wenn es zu einem Zahnarzt hineingeht; aber dieses Aussetzen der Beherztheit betraf bei ihm das Leben als Gesamt und nicht nur einen vorübergehenden Schmerz. Langsam stieg Birotteau hinauf. Er traf den alten Herrn dabei, wie er am Kamin saß und den ›Constitutionnel‹ las, und zwar an einem runden Tischchen, auf dem sein frugales Frühstück stand: ein Brötchen, Butter, Brie-Käse und eine Tasse Kaffee.

»Das nenne ich einen wahren Weisen«, sagte Birotteau und beneidete den Onkel um seine Lebensweise.

»Na ja«, antwortete Pillerault und nahm die Brille ab, »ich habe gestern im Café David von der Angelegenheit Roguin und von der Ermordung seiner Geliebten, der schönen Holländerin, gehört! Hoffentlich hast du dir auf unsere Erklärung hin, wir wollten die tatsächlichen Eigentümer sein, von Claparon die Quittung geben lassen?«

»Ach, das ist es ja gerade, Onkel! Du hast den Finger auf die wunde Stelle gelegt. Nein!«

»Ja, zum Henker, dann bist du ruiniert«, sagte Pillerault und ließ seine Zeitung fallen; Birotteau hob sie auf, obwohl es der ›Constitutionnel‹ war.

Pillerault wurde durch die Überlegungen, die er anstellte, so heftig erschüttert, daß sein Gesicht, das wie eine Medaille strengen Stils war, erstarrte wie Metall unter dem Schlag eines Prägestempels: Er blieb reglos sitzen, blickte durch die Fensterscheiben auf die Hauswand gegenüber und lauschte Birotteaus langer Rede. Offenbar hörte er zu und urteilte; er erwog das Für und Wider mit der Ungerührtheit eines Minos[161], der den Styx[162] des Geschäftstreibens überschritten hatte, als er dem Quai des Morfondus den Rücken kehrte und seine kleine Wohnung im dritten Stock bezog.

»Na und, Onkel?« fragte Birotteau; er hatte mit der Bitte geschlossen, Pillerault möge für sechzigtausend Francs Staatsrentenpapiere verkaufen, und wartete auf eine Antwort.

»Tja, mein armer Neffe, das kann ich nicht, du steckst zu sehr in der Klemme. Die Ragons und ich verlieren je fünfzigtausend Francs. Die wackeren Leute haben auf meinen Rat hin ihre Wortschiner Bergwerksaktien verkauft: Für den Fall des Totalverlusts halte ich mich für verpflichtet, ihnen zwar nicht das Kapital zurückzuerstatten, wohl aber, sie zu unterstützen, und ebenso meine Nichte und Césarine. Vielleicht fehlt euch allen eines Tages euer täglich Brot; das findet ihr dann bei mir ...«

»Unser täglich Brot, Onkel?«

»Ja, ja, euer täglich Brot. Sieh doch die Dinge an, wie sie sind: Aus dieser Klemme ziehst du dich nicht heraus. Von meinen fünftausendsechshundert Francs Zinsen kann ich viertausend abzweigen und sie zwischen euch und den Ragons teilen. Ist dein Ruin eingetreten, so wird Constance, ich kenne sie ja, arbeiten wie eine Irre, sie wird sich alles versagen, und du ebenfalls, César!«

»Es ist noch nicht alles verloren, Onkel.«

»Ich sehe es anders an als du.«

»Ich werde dir das Gegenteil beweisen.«

»Nichts würde mir mehr Freude machen.«

Birotteau verließ Pillerault ohne eine Antwort. Er hatte Trost finden und Mut schöpfen wollen. Statt dessen hatte er einen zweiten Schlag erhalten, wenngleich im Grunde einen weniger heftigen, als der erste es gewesen war; aber statt des Kopfes hatte er sein Herz getroffen: und das Herz war bei diesem armen Mann das ganze Leben. Nachdem er ein paar Stufen hinabgestiegen war, machte er kehrt.

»Pillerault«, sagte er kühl, »Constance ist ahnungslos, bewahre wenigstens Stillschweigen. Und bitte die Ragons, nicht die Ruhe meines Hauses zu stören; denn die habe ich bei meinem Ankämpfen gegen das Unglück nötig.«

Pillerault nickte zustimmend.

»Nur Mut, César«, sagte er dann, »ich merke, du bist gegen mich eingenommen; aber später, wenn du an deine Frau und deine Tochter denkst, wirst du mich gerechter beurteilen.«

César war durch die Auffassung seines Onkels, dem er eine besondere Hellsicht zuerkannte, aller Mut genommen; er war von der höchsten Höhe seiner Hoffnung hinab in den schlammigen Morast der Ungewißheit gestürzt. Wenn ein Mann in solcherlei grausigen geschäftlichen Krisen nicht wie Pillerault eine Seele aus gehärtetem Stahl besitzt, wird er zum Spielball der Geschehnisse: Bald folgt er den Einfällen anderer, bald seinen eigenen, wie ein Wanderer Irrlichtern nachläuft. Er läßt sich vom Wirbelsturm fortreißen, anstatt sich auf den Erdboden zu legen und nicht hinzuschauen, wenn er vorüberbraust, oder aufrecht zu bleiben und seiner Bahn zu folgen, um ihm auf diese Weise zu entgehen. Trotz seines Schmerzes fiel Birotteau der Prozeß um sein Darlehen ein. Er ging in die Rue Vivienne zu seinem Anwalt Derville, damit das Verfahren so schnell wie möglich eingeleitet werde, falls der Anwalt eine Möglichkeit sah, den Vertrag für ungültig erklären zu lassen. Der Parfümhändler traf Derville in seinem Schlafrock aus weißem Flanell an; er saß ruhig und gelassen am Kamin, wie alle Anwälte, die es gewohnt sind, die schrecklichsten Eröffnungen anzuhören. Zum erstenmal wurde Birotteau sich bewußt, wie notwendig diese Kälte war, die einen leidenschaftlich erregten, verletzten, um seines gefährdeten Vermögens willen vom Fieber gepackten, schmerzhaft in seinem Lebensnerv, in seiner Ehre, in Frau und Kindern getroffenen Menschen, wie Birotteau es war, als er über sein Unglück berichtete, zu Eis erstarren lassen mußte.

»Wenn nachgewiesen werden kann«, sagte Derville, als er ihn angehört hatte, »daß der Darlehensgeber die Summe, die er Ihnen durch Roguins Vermittlung hatte leihen wollen, nicht bei Roguin hinterlegt hat, so ist, da keine Barzahlung stattgefunden hat, eine Unfälligkeitserklärung möglich: Der Darlehensgeber kann sich dann an die Kaution halten, gerade wie Sie mit Ihren hunderttausend Francs. Ich verbürge mich dann für den Prozeß, soweit man sich überhaupt für einen Prozeß verbürgen kann; denn einen im voraus gewonnenen Prozeß gibt es nicht.«

Die Ansicht eines so erfahrenen Rechtsberaters machte dem Parfümhändler wieder ein bißchen Mut; er bat Derville, innerhalb von vierzehn Tagen ein Urteil durchzusetzen. Der Anwalt antwortete, vielleicht sei innerhalb eines Vierteljahres ein Urteil zu erlangen, das den Vertrag annulliere.

»Erst in drei Monaten!« rief der Parfümhändler, der bereits geglaubt hatte, es könne ihm geholfen werden.

»Wir können zwar die Sache energisch betreiben, aber wir können Ihren Gegner nicht veranlassen, mit Ihnen Schritt zu halten: Er wird jede Vertagung des Verfahrens ausnützen, die Anwälte sind nicht immer zur Stelle; wer weiß, ob die Gegenpartei nicht ein Versäumnisurteil in Kauf nimmt? Es geht nicht alles so, wie man möchte, mein Bester!« sagte Derville lächelnd.

»Und beim Handelsgericht?« fragte Birotteau.

»Ach!« sagte der Anwalt, »Handelsrichter und Richter erster Instanz, das sind zwei Arten von Richtern. Ihr erledigt jedes Verfahren im Handumdrehen! Aber im Justizpalast müssen wir uns an die Formen halten. Die Form ist die Schutzherrin des Rechts. Möchten Sie ein überhastetes Urteil haben, durch das Sie Ihre vierzigtausend Francs einbüßen? Ihr Gegner, der diese Summe in Gefahr sieht, wird sich nämlich wehren. Vertagungen sind die spanischen Reiter der Justiz.«

»Sie haben recht«, sagte Birotteau, verabschiedete sich von Derville und ging, den Tod im Herzen.

»Alle haben sie recht! Geld her! Geld!« rief der Parfümhändler auf der Straße im Selbstgespräch, wie es alle überbeschäftigten Leute in diesem turbulenten, brodelnden Paris tun, das ein Dichter dieser Zeit einen Gärungsbottich genannt hat. Bei seinem Heimkommen sagte ihm der Kommis, der überall die Rechnungen ausgetragen hatte, daß in Anbetracht des bevorstehenden Jahreswechsels jeder die Quittung zurückgewiesen und nur die Rechnung dabehalten hätte.

Er biß sich auf die Lippen; seine sämtlichen Angestellten hatten die Köpfe gehoben und zu ihm hingeblickt.

So vergingen fünf Tage, fünf Tage, an denen Braschon, Lourdois, Thorein, Grindot und Chaffaroux, alle nicht befriedigten Gläubiger, die Chamäleonphasen durchmachten, die der Gläubiger erleidet, ehe er in den friedlichen Zustand gelangt, in den ihn das Vertrauen auf die blutigen Farben der Bellona[163] des Handels versetzt. In Paris tritt die zusammenziehende Periode des Mißtrauens ebenso schnell ein, wie die expansive Bewegung des Vertrauens lange braucht, um sich zu entscheiden: Ist der Gläubiger erst in das einschränkende System der kaufmännischen Ängste und Vorsichtsmaßnahmen geraten, so gelangt er zu den übelsten Niederträchtigkeiten, die ihn unter den Schuldner stellen. Die Gläubiger gingen von sauersüßer Höflichkeit zum Zornrot der Ungeduld, zum düstern Geflacker der Zudringlichkeit, zu Ausbrüchen der Enttäuschung, zum kalten Blau eines gefaßten Entschlusses und zur schwarzen Grobheit eingereichter gerichtlicher Vorladungen über. Braschon, jener reiche Tapezierer vom Faubourg Saint-Antoine, der nicht zum Ball eingeladen worden war, schlug als in seiner Selbstachtung gekränkter Gläubiger als erster Lärm: Er wollte binnen vierundzwanzig Stunden bezahlt werden; er verlangte Sicherheiten, und zwar keine Verpfändung der Möbel, sondern eine eingetragene Hypothek in Höhe von vierzigtausend Francs auf die Fabrikgrundstücke im Faubourg. Ungeachtet der Heftigkeit ihrer Forderungen ließen diese Leute Birotteau noch ein paar Ruhepausen, in denen er aufatmete. Anstatt diese ersten Plänklerangriffe gegen eine schwierige Stellung durch einen festen Entschluß zurückzuwerfen, setzte César seine Intelligenz ein, zu verhindern, daß seine Frau, der einzige Mensch, der ihm hätte raten können, etwas davon erfuhr. Er stand Posten vor seiner Tür und gab rings um seinen Laden Obacht. Er hatte Célestin in das Geheimnis seiner augenblicklichen Notlage eingeweiht, und Célestin hatte seinen Chef mit einem ebenso neugierigen wie erstaunten Blick gemustert: In seinen Augen schrumpfte César zusammen, wie eben bei Katastrophen an den Erfolg gewöhnte Menschen zusammenschrumpfen, deren ganze Kraft in der Fertigkeit besteht, die die Routine mittelmäßigen Intelligenzen verleiht. César besaß nicht die energiegeladene Fähigkeit, die erforderlich gewesen wäre, sich an so vielen gleichzeitig bedrohten Punkten zu verteidigen; allein er verfügte über den Mut, sich Klarheit über seine Lage zu verschaffen. Er bedurfte für Ende Dezember und den 15. Januar teils für seinen Haushalt wie für die fälligen Wechsel, seine Mietzahlungen und seine laufenden Verpflichtungen der Summe von sechzigtausend Francs, davon dreißigtausend für den 30. Dezember; alle seine Hilfsquellen ergaben kaum zwanzigtausend; somit fehlten ihm zehntausend Francs. Dennoch betrachtete er seine Lage durchaus nicht als hoffnungslos, denn er dachte bereits nur noch an den gegenwärtigen Augenblick, wie die Abenteurer, die von einem Tag zum andern leben. Ehe das Gerücht von seiner Notlage publik wurde, beschloß er also, das zu wagen, was er für einen großen Coup hielt: Er wollte sich an den bekannten François Keller wenden, den Bankier, Parlamentsredner und Philanthropen, der berühmt war seiner Wohltätigkeit und seines Verlangens wegen, sich dem Pariser Handel als nützlich zu erweisen, und bestrebt, in der Kammer stets als einer der Pariser Abgeordneten in Erscheinung zu treten. Der Bankier war Liberaler, Birotteau Royalist; aber der Parfümhändler beurteilte ihn vom Herzen aus und erblickte im Unterschied der Anschauungen nur einen Grund mehr, Kredit zu erhalten. Für den Fall, daß sich Sicherheiten als notwendig erweisen sollten, zweifelte er nicht an Popinots Opferwilligkeit; er rechnete damit, von ihm Wechsel in Höhe von etwa dreißigtausend Francs zu erbitten, mit deren Hilfe er überdies seinen Prozeß zu gewinnen gedachte; sie sollten seinen gierigsten Gläubigern als Garantie angeboten werden. Der mitteilsame Parfümhändler, der bislang seiner geliebten Constance auf dem Kopfkissen die geringsten Aufregungen seines Daseins zugeflüstert, der daraus Mut geschöpft und dabei nach Erleuchtungen durch Widerspruch getrachtet hatte, konnte sich jetzt weder mit seinem ersten Kommis noch mit seinem Onkel, noch mit seiner Frau über seine Situation unterhalten. Seine Gedanken bedrückten ihn auf zwiefache Weise. Aber dieser edelherzige Märtyrer wollte lieber leiden, als diesen Feuerbrand in die Seele seiner Frau werfen; er wollte ihr von den Gefahren berichten, wenn sie überstanden waren. Vielleicht schreckte er aber auch vor diesem grausigen Eingeständnis zurück. Die Angst, die seine Frau ihm einflößte, machte ihn mutig. Jeden Morgen ging er nach Saint-Roch und hörte eine stille Messe; er machte Gott zu seinem Vertrauten.

»Wenn ich auf dem Rückweg von Saint-Roch an meinem Haus anlange und keinen Soldaten vorfinde, wird meine Bitte erhört. Das ist dann Gottes Antwort«, sagte er sich, wenn er Gott gebeten hatte, er möge ihm helfen.

Und er war glücklich, wenn er keinem Soldaten begegnete. Aber sein Herz war so bedrückt, daß er eines andern Herzens bedurfte, an dem er hätte stöhnen und jammern können. Césarine, der er sich schon anvertraut, als er jene fatale Nachricht erhalten hatte, war und blieb seine Mitwisserin. Es wurden zwischen ihnen beiden verstohlene Blicke gewechselt, Blicke der Verzweiflung und der erloschenen Hoffnung, Anrufungen voller Glut auf beiden Seiten, geheimkräftige Fragen und Antworten, Lichtschimmer von Seele zu Seele. Birotteau spielte seiner Frau gegenüber den Heiteren und Jovialen. Wenn Constance eine Frage stellte, hieß es, pah, alles gehe gut; Popinot, um den César sich überhaupt nicht kümmerte, habe Erfolg; das Öl sei im Kommen! Claparons Wechsel würden eingelöst werden, es sei nichts zu befürchten. Dieser geheuchelten Freude wohnte etwas Erschreckendes inne. Wenn seine Frau in dem Prunkbett eingeschlafen war, setzte Birotteau sich auf und versank in Grübeleien über sein Unglück. Manchmal kam Césarine im Hemd herein, einen Schal über den weißen Schultern, barfuß.

»Papa, ich höre dich weinen«, sagte sie und weinte selbst.

Nach der Absendung des Briefs, in dem er den großen François Keller um eine Zusammenkunft gebeten hatte, war Birotteau einer solchen Betäubung anheimgefallen, daß seine Tochter ihn in die Stadt führte. In den Straßen hatte er für nichts ein Auge als für riesige rote Plakate, und sein Blick wurde gebannt durch die Worte: *Cephalus-Öl.*

Während der Sonnenuntergangskatastrophe der ›Rosenkönigin‹ war die Firma A. Popinot strahlend im Morgenrotsleuchten des Erfolgs aufgestiegen. Auf den Rat Gaudissarts und Finots hin hatte Anselme sein Öl wagemutig propagiert. Innerhalb dreier Tage waren zweitausend Plakate an den am meisten in die Augen fallenden Stellen von Paris angeschlagen worden. Niemand konnte es verhindern, mit dem ›Cephalus-Öl‹ konfrontiert zu werden und einen bündigen, von Finot erfundenen Satz über die Unmöglichkeiten zu lesen, das Haar zu neuem Wachstum zu bringen, und wie gefährlich es sei, es zu färben; hinzu kam ein Zitat aus dem Memorandum, das Vauquelin in der Akademie der Wissenschaften verlesen hatte; es war ein wahres Zertifikat für die Lebensfähigkeit des toten Haars, die allen zugesichert wurde, die das ›Cephalus-Öl‹ gebrauchen würden. Alle Pariser Friseure, alle Perückenmacher und Parfümhändler hatten an ihrer Ladentür vergoldete Rahmen angebracht, darin befand sich eine schön gedruckte Anzeige auf Velinpapier, an deren Kopf eine verkleinerte Wiedergabe des Kupferstichs nach ›Hero und Leander‹ schimmerte, und der Text lautete, gesetzt wie eine Inschrift: *»Die Völker des klassischen Altertums bewahrten sich ihr Haar durch den Gebrauch von Cephalus-Öl.«*

»Er hat den Wechselrahmen erfunden und die ewig verwendbare Anzeige!« sagte sich Birotteau, als er verblüfft stehenblieb und sich das Schaufenster der ›Cloche-d'Argent‹ anschaute.

»Hast du denn nicht in deinem eigenen Laden«, sagte seine Tochter zu ihm, »diesen Rahmen gesehen? Monsieur Anselme hat ihn doch selbst gebracht, zusammen mit dreihundert Flaschen des Öls, die er Célestin in Kommission gegeben hat!«

»Nein«, sagte er.

»Célestin hat bereits fünfzig an Laufkundschaft und sechzig an Stammkunden verkauft.«

»So, so!« sagte César.

Der von den tausend Glockentönen, die das Unglück in den Ohren seiner Opfer erdröhnen läßt, betäubte Parfümhändler hatte in einer Schwindel verursachenden Erregung gelebt; am Abend zuvor hatte Popinot eine volle Stunde auf ihn gewartet; er war erst weggegangen, nachdem er sich mit Constance und Césarine unterhalten hatte; beide hatten ihm gesagt, César sei durch ein großes geschäftliches Vorhaben völlig beansprucht.

»Ja, freilich, die Sache mit den Grundstücken.«

Zum Glück hatte Popinot, der einen Monat lang nicht aus der Rue des Cinq-Diamants herausgekommen war, der die Nächte in der Fabrik verbracht und auch sonntags dort gearbeitet hatte, inzwischen weder die Ragons noch Pillerault, noch seinen Onkel, den Richter, zu sehen bekommen. Nur zwei Stunden hatte er geschlafen, der arme Junge! Er hatte nur zwei Angestellte, aber bei dem Tempo, das die Entwicklung der Dinge angenommen hatte, würde er bald ihrer vier brauchen. Im Geschäftsleben ist die Gelegenheit alles. Wer sich nicht auf das Roß des Erfolgs schwingt und sich in dessen Mähne festhält, der verpaßt sein Glück. Popinot hatte sich gesagt, daß er herzlich willkommen geheißen würde, wenn er nach einem halben Jahr vor seinen Onkel und seine Tante hinträte und zu ihnen sagte: »Ich bin über den Berg; mein Glück ist gemacht!«, und herzlich willkommen geheißen von Birotteau, wenn er ihm, schon nach einem halben Jahr, dreißig- oder vierzigtausend Francs als seinen Gewinnanteil überbrächte. Somit hatte er nichts von Roguins Durchbrennen, von den Katastrophen und Césars bedrängter Lage gewußt und hatte Madame Birotteau kein indiskretes Wort sagen können. Popinot hatte Finot fünfhundert Francs für jede große Zeitung versprochen, und dabei gab es deren zehn!, ferner dreihundert Francs für jede Zeitung zweiten Ranges, und deren gab es zehn weitere! – sofern dreimal im Monat in ihnen ein Hinweis auf das ›Cephalus-Öl‹ gebracht würde. Finot witterte in diesen Geschäft achttausend Francs, davon dreitausend für sich selber; das war der erste Einsatz, den er auf dem großen, riesigen grünen Spieltischteppich der Spekulation wagen konnte! Also hatte er sich wie ein Löwe auf seine Freunde gestürzt, auf seine Bekannten; er erkor zu jener Zeit die Redaktionen zu seiner Wohnstatt; morgens früh erschien er verstohlen am Bett sämtlicher Redakteure, und abends ging er in den Foyers sämtlicher Theater aus und ein. – »Denk an mein Öl, lieber Freund; ich selber habe nichts damit zu schaffen, es ist ein Freundschaftsdienst, mußt du wissen! Es hängt mit Gaudissart zusammen, und der ist ein Lebemann.« So lautete der erste und der letzte Satz aller seiner Unterredungen. Er machte sich über das Ende aller Schlußkolumnen der Zeitungen her und schmuggelte Notizen hinein, wobei er den Redakteuren Geld zusteckte. Durchtrieben wie ein Statist, der Schauspieler werden will, behend wie ein Laufbursche, der im Monat sechzig Francs verdient, schrieb er zu Kopf steigende Briefe, schmeichelte er jedem Ehrgeiz, erwies er den Chefredakteuren unsaubere Gefälligkeiten, um seine Notizen unterzubringen. Geld, Einladungen zum Essen, kleine Niederträchtigkeiten, alles mußte für seinen leidenschaftlichen Betätigungsdrang herhalten. Mit Theaterbilletts bestach er die Druckereiarbeiter, die gegen Mitternacht die Zeitungsspalten fertig setzen, damit sie noch ein paar Notizen in die Sparte ›Vermischtes‹ einrückten, für die bei der Zeitung immer Notmaterial bereitliegt. Finot war dann immer in der Druckerei anwesend; er tat, als habe er einen Artikel zu korrigieren. Da er mit jedermann befreundet war, gelang es ihm, das ›Cephalus-Öl‹ über die ›Regnauld-Brustbonbons‹[164] und die ›Brasilianische Mixtur‹[165] triumphieren zu lassen, kurzum, über alle Erfindungen, die als die ersten den Geistesblitz gehabt hatten, den Einfluß des Journalismus, die Wirkung der Reklametrompete zu erkennen, die auf das Publikum durch immer wiederkehrende Notizen ausgeübt wird. In jenen unschuldsvollen Zeiten waren viele Journalisten wie die Ochsen; ihre Kräfte waren ihnen unbekannt; sie befaßten sich mit Schauspielerinnen, mit Florine, Tullia oder Mariette, usw. Sie fällten über alles schulmeisterliche Urteile und kamen auf keinen grünen Zweig. Andoches Bestrebungen waren nicht darauf gerichtet, einer Schauspielerin zu Beifall oder einem Stück zur Aufführung oder seinen eigenen Vaudevilles zur Annahme zu verhelfen noch sich Artikel bezahlen zu lassen; im Gegenteil: Er bot im geeigneten Augenblick Geld an und lud bei Gelegenheit zum Mittagessen ein; so gab es denn bald keine Zeitung mehr, die nicht über das ›Cephalus-Öl‹ berichtet hätte, über seine Zusammensetzung und Vauquelins Analysen; die sich nicht über diejenigen lustig machte, die da glaubten, man könne dem Haar zu neuem Wachstum verhelfen, die nicht auf die Gefahr hinwies, die im Färben des Haars bestand.

Diese Notizen und kleinen Artikel erquickten die Seele Gaudissarts; er bewaffnete sich mit Zeitungen, um die Vorurteile zu entkräften, und ließ gegen die Provinz das auffahren, was die Spekulanten später, in seiner Nachfolge, als »grobes Geschütz«

bezeichneten. Zu jener Zeit beherrschten die Pariser Zeitungen noch die Départements; denn diese waren noch ohne »Presseorgane«, die Unglücklichen! Die Zeitungen wurden dort ernsthaft durchgelesen, vom Titel bis zum Namen des Druckers, der Stelle, wo die Ironien der verfolgten politischen Anschauung sich verstecken konnten. Indem Gaudissart sich auf die Presse stützte, hatte er bereits in den ersten Städten glänzenden Erfolg, in denen er seiner Zunge freien Lauf ließ. Alle Kleinhändler in der Provinz wollten eingerahmte Ankündigungen mit der Reproduktion des Kupferstichs nach ›Hero und Leander‹. Finot richtete gegen das ›Makassar-Öl‹ jenen reizenden Scherz, der in den ›Funambules‹[166] soviel Gelächter hervorrief: Pierrot nahm sich einen alten Haarbesen vor, der nur noch aus kahlen Stellen bestand, goß Makassar-Öl darauf und machte ihn dadurch buschig bewachsen wie ein Baum. Diese ironische Szene erregte allgemeine Heiterkeit. Später pflegte Finot aufgeräumt zu erzählen, daß er ohne jene tausend Taler in Not und Kummer geendet haben würde. Tausend Taler hatten für ihn ein Vermögen bedeutet. Bei diesem Reklamefeldzug hatte er als erster die Macht der Zeitungsanzeige erwittert, die er dann so großzügig und klug anwandte. Drei Monate später war er Chefredakteur eines Winkelblatts; schließlich kaufte er es, und es wurde die Grundlage seines Vermögens. Gerade wie das ›grobe Geschütz‹, das der berühmte Gaudissart, dieser Murat[167] unter den Geschäftsreisenden, auf die Départements und die Grenzgebiete abgefeuert hatte, der Firma A. Popinot einen geschäftlichen Triumph bereitete, siegte es auch über die öffentliche Meinung, dank dem Hungeransturm auf die Zeitungen; es rief dieselbe lebhafte Popularität hervor, die die ›Brasilianische Mixtur‹ und die ›Regnauld-Brustbonbons‹ erlangt hatten. Von Anfang an führte diese im Sturm erfolgte Eroberung der öffentlichen Meinung zu drei Erfolgen, drei Vermögensbildungen; sie war es wert, daß Tausende von Ehrgeizigen seither in geschlossenen Bataillonen in die Arena der Zeitungen hinabgestiegen sind, wo sie die bezahlten Anzeigen geschaffen haben: eine gewaltige Revolution! In diesem Augenblick prangte die Firma A. Popinot und Co. an allen Hauswänden und in allen Schaufenstern. Birotteau war außerstande, die Reichweite einer solchen Reklame abzuschätzen; er begnügte sich damit, zu Césarine zu sagen: »Dieser kleine Popinot tritt in meine Fußstapfen!«, ohne zu begreifen, daß die Zeiten sich gewandelt hatten, ohne die Macht der neuen Propagandamittel würdigen zu können, deren Schnelligkeit und vergrößerter Wirkungsbereich weit rascher als ehedem die Handelswelt erfaßte. Seit seinem Ball hatte Birotteau seine Fabrik noch nicht wieder betreten: Er ahnte nichts von dem Schwung und der Tätigkeit, die Popinot dort entfaltet hatte. Anselme hatte sämtliche Arbeiter Birotteaus übernommen; er schlief in der Fabrik; er sah Césarine auf allen Kisten sitzen, in allen Sendungen mitverpackt liegen, auf allen Fakturen gedruckt; er sagte sich: »Sie wird meine Frau!«, wenn er, die Hemdsärmel bis zu den Ellbogen hochgekrempelt, den Rock abgelegt, wütend Nägel in eine Kiste schlug, während seine Angestellten unterwegs waren.

Nachdem César die ganze Nacht hindurch alles überlegt hatte, was er einem der großen Männer der Hochfinanz sagen und nicht sagen solle, langte er in der Rue du Houssaye[168] an und betrat nicht ohne schauerliches Herzklopfen das Stadtpalais des liberalen Bankiers; schließlich gehörte dieser doch der politischen Richtung an, die zu Recht beschuldigt wurde, sie betreibe den Sturz der Bourbonen. Wie alle kleinen Pariser Geschäftsleute wußte der Parfümhändler nichts von den Lebensgewohnheiten der Männer der Hochfinanz. Es gibt in Paris zwischen der Hochfinanz und der Geschäftswelt Banken zweiten Ranges, nützliche Vermittler für die Bank von Frankreich; sie findet in ihnen eine Garantie mehr. Constance und Birotteau, die sich nie über ihre Mittel hinaus vorgewagt hatten, deren Kasse nie leer gewesen war und die ihre Wechsel im Portefeuille behalten hatten, waren nie von jenen Banken zweiten Ranges unterstützt worden; und noch viel weniger waren sie in den höheren Regionen der Bankwelt bekannt. Vielleicht ist es falsch, wenn man sich, auch wenn man dessen nicht bedarf, keinen Kredit verschafft: Die Ansichten über diesen Punkt sind geteilt. Wie dem auch sei, Birotteau bereute jetzt tief, nie Wechsel mit seiner Unterschrift in Umlauf gesetzt zu haben. Aber da er als Beigeordneter und Politiker bekannt war, glaubte er, er brauche nur seinen Namen zu nennen; dann werde er vorgelassen werden; er ahnte nicht, daß die Audienzen dieses Bankiers einen Zustrom hatten wie die eines

Königs. Als Birotteau in den Salon geführt wurde, der vor dem Arbeitszimmer des aus so vielerlei Gründen berühmten Mannes gelegen war, gewahrte er sich inmitten einer zahlreichen Gesellschaft, die aus Abgeordneten, Schriftstellern, Journalisten, Wechselmaklern, Großkaufleuten, Sachwaltern und Ingenieuren bestand, vor allem aber aus Vertrauensleuten, die einfach zwischen den Gruppen hindurchgingen, auf eine besondere Weise an die Tür des Arbeitszimmers klopften, das sie dann außer der Reihe betraten. – »Was bin ich inmitten dieses Getriebes?« fragte sich Birotteau; er war völlig betäubt von dem Hin und Her in dieser intellektuellen Schmiede, aus der sich die Opposition ihr tägliches Brot holte und wo die Rollen der großen Tragikomödie geprobt wurden, die die Linke spielte. Zu seiner Rechten hörte er eine Diskussion über die Frage der Anleihe für die Vollendung der wichtigsten Kanalbauten, die das Amt für Wege- und Brückenbau vorgeschlagen hatte, und dabei war von Millionen die Rede! Zu seiner Linken unterhielten sich Journalisten, die beutegierig den Ehrgeiz des Bankiers ausnutzten, über die gestrige Kammersitzung und die improvisierte Rede ihres Schirmherrn. Während zweier Wartestunden bekam Birotteau den politisierenden Bankier dreimal zu Gesicht, als er Persönlichkeiten von Rang und Ansehen bis zu drei Schritten über die Schwelle seines Arbeitszimmers hinausgeleitete. Mit dem letzten, dem General Foy[169], ging François Keller sogar bis zur Flurtür.

»Ich bin erledigt!« sagte sich Birotteau, und sein Herz krampfte sich zusammen.

Als der Bankier zurück in sein Arbeitszimmer ging, fiel die Schar der Höflinge, der Freunde, der Interessenten über ihn her, wie Hunde eine hübsche Hündin verfolgen. Ein paar besonders beherzte Köter schlüpften sogar wider seinen Willen ins Allerheiligste. Die Konferenzen dauerten fünf Minuten, zehn Minuten, eine Viertelstunde. Die einen trollten sich zerknirscht, die anderen trugen eine zufriedene Miene zur Schau oder taten wichtig. Die Zeit verrann; Birotteau schaute ängstlich nach der Stutzuhr hin. Niemand zollte dem verhohlenen Schmerz, der da auf einem vergoldeten Sessel am Kamin seufzte, auch nur die geringste Beachtung – nahe der Tür jenes Arbeitszimmers, in dem das Universalheilmittel, der Kredit, residierte! César mußte schmerzlich daran denken, daß er für eine kurze Weile bei sich daheim Herr und König gewesen sei, wie dieser Mann allmorgendlich König war; und er ermaß die Tiefe des Abgrunds, in den er gestürzt war. Bitterer Gedanke! Wie viele Tränen waren während der dort verbrachten Stunde hinuntergeschluckt worden ...? Wievielmal hatte Birotteau Gott angefleht, er möge jenen Mann ihm günstig stimmen; denn er hatte bei ihm unter einer dicken Schutzschicht von leutseliger Gutmütigkeit eine Anmaßung, eine cholerische Tyrannei, eine brutale Herrschsucht wahrgenommen, die seine sanfte Seele entsetzte. Als schließlich nicht mehr als zehn oder zwölf Personen da waren, beschloß Birotteau, wenn die Außentür des Arbeitszimmers drohend knarren würde, aufzustehen, sich auf gleiche Höhe mit dem großen Redner zu erheben und ihm zu sagen: »Ich bin Birotteau!« Der Grenadier, der als der erste in die Schanze an der Moskva[170] eindrang, hat nicht mehr Mut bewiesen, als der Parfümhändler bei der Durchführung dieses Manövers zusammenraffte.

»Schließlich bin ich doch Beigeordneter«, sagte er sich, als er aufstand und seinen Namen nannte.

Die Physiognomie François Kellers wurde freundlich; offenbar wollte er liebenswürdig sein; er erblickte das rote Ordensbändchen des Parfümhändlers, trat zurück, öffnete die Tür seines Arbeitszimmers, ließ ihm den Vortritt und blieb noch eine Weile im Gespräch mit zwei Herren stehen, die sich von der Treppe her mit der Heftigkeit eines Wirbelsturms auf ihn gestürzt hatten.

»Decazes[171] möchte Sie sprechen«, sagte der eine.

»Es handelt sich darum, dem Pavillon Marsan[172] eins auszuwischen! Der König sieht klar; ob er mit uns geht?« rief der andere.

»Wir gehen zusammen in die Abgeordnetenkammer«, sagte der Bankier und trat in der Haltung des Froschs, der sich zum Ochsen aufblähen will[173], in das Arbeitszimmer.

»Wie kann er bei alledem an seine geschäftlichen Unternehmungen denken?« fragte sich der völlig überwältigte Birotteau.

Die Sonne der Überlegenheit strahlte und blendete den Parfümfabrikanten, wie das Licht die Insekten blind macht, die es nach einem milden Tagesschimmer oder dem Halbdunkel einer schönen Nacht verlangt. Auf einem riesigen Tisch sah er das Budget und die tausenderlei Druckschriften der Abgeordnetenkammer liegen, ferner die Bände des ›Moniteur‹[174], und zwar aufgeschlagen, befragt und mit angestrichenen Stellen, um einem Minister dessen frühere, vergessene Äußerungen an den Kopf werfen zu können und ihn die Wandlung seiner politischen Meinung verkünden zu lassen, unter dem Beifallsklatschen einer albernen Zuhörerschaft, die außerstande ist, zu begreifen, daß neuerdings eingetretene Geschehnisse alles ändern. Auf einem andern Tisch lagen Stapel von Mappen, Denkschriften, Pläne, Tausende von Auskünften, die einem Mann erteilt worden waren, aus dessen Kasse alle entstehenden Industrien zu schöpfen trachteten. Der königliche Luxus dieses Arbeitszimmers mit seinen Gemälden, Statuen und Kleinkunstwerken, der überladene Kaminsims, die Fülle nationaler oder ausländischer Belange, die förmlich zu Ballen aufgeschichtet dalagen, all das machte Birotteau betroffen, ließ ihn zusammenschrumpfen, steigerte seine Bangnis und ließ ihm das Blut gefrieren. Auf dem Schreibtisch François Kellers lagen Haufen von Effekten, Wechseln und kommerziellen Zirkularen. Keller setzte sich und begann mit der hastigen Unterzeichnung von Briefen, die keiner Nachprüfung bedürfen.

»Monsieur, welchem Anlaß danke ich die Ehre Ihres Besuchs?« fragte er.

Bei diesen Worten, die zu ihm allein von jener Stimme gesprochen wurden, die zu Europa zu sprechen pflegte, während die Hand eilig über das Papier glitt, hatte der arme Parfümhändler das Gefühl, es dringe ihm ein glühendes Eisen durch den Leib. Er setzte eine liebenswürdige Miene auf, wie sie der Bankier seit zehn Jahren alle annehmen sah, die ihn in eine Angelegenheit verwickeln wollten, die nur für sie selber von Bedeutung war und die ihm von vornherein das Steuer in die Hand gab. François Keller warf also César einen Blick zu, der ihm quer durch den Kopf ging, einen napoleonischen Blick. Die Nachahmung von Napoleons Blick war eine leidlich lächerliche Angewohnheit geworden, deren sich damals einige Parvenüs befleißigten, die noch nicht einmal eine Miniaturausgabe ihres Kaisers gewesen wären. Dieser Blick sauste auf Birotteau, den

Mann der Rechten, den getreuen Sklaven der Macht, das erkorene Urelement der Monarchie, nieder, wie der Stempel eines Zollbeamten, der eine Ware bezeichnet.

»Monsieur, ich will Ihre Zeit nicht mißbrauchen, ich will mich kurz fassen. Ich komme in einer rein geschäftlichen Angelegenheit zu Ihnen, nämlich, Sie zu fragen, ob ich bei Ihrer Bank einen Kredit eingeräumt bekommen kann. Da ich ehemaliger Handelsrichter und bei der Bank von Frankreich bekannt bin, verstehen Sie wohl, daß ich, wenn ich über ein gefülltes Portefeuille verfügte, mich nur dorthin zu wenden brauchte, wo Sie eine herrschende Stellung innehaben. Ich hatte die Ehre, gemeinsam mit dem Herrn Baron Thibon Handelsrichter zu sein, dem Chef der Wechselabteilung, und er würde meine Bitte schwerlich abweisen. Aber ich habe noch nie Kredit in Anspruch genommen, noch Wechsel mit meiner Unterschrift in Umlauf gesetzt; meine Unterschrift ist jungfräulich, und Sie wissen ja, auf welche Schwierigkeiten eine geschäftliche Transaktion dann stößt. (Keller schüttelte den Kopf, und Birotteau hielt diese Geste für ein Zeichen der Ungeduld.) – Monsieur, es handelt sich um Folgendes«, fuhr er fort. »Ich habe mich auf ein Grundstücksgeschäft eingelassen, das mit meinem eigentlichen Betrieb nichts zu tun hat . . .«

François Keller, der nach wie vor unterschrieb und las, ohne daß es den Anschein hatte, er höre César zu, wandte den Kopf und vollführte eine zustimmende Geste, die den Parfümfabrikanten ermutigte. Birotteau glaubte seine Sache auf gutem Wege und atmete auf.

»Bitte weiter, ich höre zu«, sagte Keller wohlgelaunt.

»Ich bin zur Hälfte am Ankauf der um die Madeleine gelegenen Grundstücke beteiligt.«

»Ja, ich habe bei Nucingen von dieser großen, durch das Bankhaus Claparon eingeleiteten Spekulation gehört.«

»Also«, sprach der Parfümhändler weiter, »ein Kredit von hunderttausend Francs, der durch meinen Anteil an jener Spekulation oder durch mein Geschäftsvermögen gedeckt wäre, würde genügen, mich bis zu dem Augenblick durchhalten zu lassen, da ich den Gewinn einkassieren würde, der demnächst bei einer Erfindung auf dem Gebiet des Parfümhandels herauskommen dürfte. Wenn es sein muß, würde ich Ihnen auch Dekkung in Gestalt von Wechseln einer neuen Firma bieten können, der Firma Popinot, eines jungen Unternehmens, das . . .«

Keller schien die Firma Popinot recht gleichgültig zu sein, und Birotteau merkte, daß er auf ein falsches Gleis geraten sei; er verstummte, erschrak über die Stille und fuhr fort: »Was die Zinsen betrifft, so . . .«

»Ja, ja«, sagte der Bankier, »die Sache ließe sich machen, zweifeln Sie nicht an meinem Wunsch, Ihnen gefällig zu sein. Aber da ich außerordentlich beschäftigt bin – denn ich habe die Finanzangelegenheiten von ganz Europa auf dem Hals, und die Abgeordnetenkammer beansprucht all meine freie Zeit –, dürfte es Sie nicht wundern, wenn Sie hören, daß ich eine Menge von Angelegenheiten meinen Büros zur Nachprüfung überlasse. Bitte gehen Sie doch hinüber zu meinem Bruder Adolphe und setzen Sie ihm auseinander, welche Sicherheiten Sie bieten; wenn er Ihr Vorhaben gutheißt, dann kommen Sie mit ihm morgen oder übermorgen wieder, zu der Stunde, da ich mich eingehend mit geschäftlichen Angelegenheiten befasse, also um fünf Uhr morgens. Wir sind glücklich und stolz, daß wir Ihr Vertrauen besitzen; Sie sind einer der konsequenten Royalisten, deren politischer Gegner man zwar sein kann, deren Achtung indessen etwas Schmeichelhaftes ist . . .«

»Monsieur«, sagte der Parfümhändler, den diese Rednertribünenphrase begeisterte, »ich bin der Ehre, die Sie mir erweisen, ebenso würdig wie der Ordensauszeichnung und königlichen Gunst . . . Ich habe sie dadurch verdient, daß ich Handelsrichter war, und im Kampfe . . .«

»Ja«, entgegnete der Bankier, »der Ruf, dessen Sie sich erfreuen, ist ein Paß, Monsieur Birotteau. Sie brauchen nichts zu tun, als ein durchführbares Geschäft vorzuschlagen, dann können Sie auf unsere Mitwirkung rechnen.«

Eine Dame, Madame Keller, eine der Töchter des Grafen de Gondreville[175], Pairs von Frankreich, öffnete eine Tür, die Birotteau übersehen hatte.

»Mein Lieber, ich hoffe, wir sehen uns noch vor Beginn der Kammersitzung«, sagte sie.

»Es ist ja schon zwei Uhr!« rief der Bankier. »Die Schlacht

hat bereits begonnen. Entschuldigen Sie mich, Monsieur, es handelt sich um den Sturz eines Ministeriums[176] . . . Suchen Sie meinen Bruder auf.«

Er begleitete den Parfümhändler bis an die Tür des Salons und sagte zu einem seiner Bedienten: »Führen Sie den Herrn zu Monsieur Adolphe.«

Der Parfümhändler hockte rittlings auf einem ›Wenn‹, dem gefügigsten Reittier der Hoffnung, während der Livrierte ihn durch ein Labyrinth von Treppen in ein Arbeitszimmer führte, das weniger prunkvoll als das des Chefs der Firma eingerichtet, aber praktischer war; er rieb sich das Kinn und hielt die Schmeicheleien des berühmten Mannes für ein sehr günstiges Vorzeichen. Er bedauerte, daß ein Gegner der Bourbonen so liebenswürdig, so vielvermögend und ein so großer Redner sei.

Im Bann dieser Illusionen betrat er ein kahles, frostiges, mit zwei Zylinderbüros und dürftigen Sesseln ausgestattetes Arbeitszimmer; überaus abgenutzte Vorhänge und ein schäbiger Teppich schmückten es. Dieser Raum verhielt sich zu dem andern wie die Küche zum Eßzimmer, die Fabrik zum Laden. Dort wurden die Bank- und Handelsgeschäfte auf Herz und Nieren geprüft, die Unterzeichnungen analysiert und die Provisionen der Bank an allen Gewinnen aus Industrieunternehmen abgebucht, die als einträglich erachtet worden waren. Dort wurden die kühnen Coups ausgeheckt, durch die die Gebrüder Keller im Großhandel bekannt waren und durch die sie sich binnen weniger Tage ein rasch ausgebeutetes Monopol geschaffen hatten. Dort wurden die Lücken der Gesetzgebung ausfindig gemacht; dort wurde schamlos ausbedungen, was in der Börse ›der Schlemmerhappen‹ genannt wird, dort wurden Kommissionsgebühren für die kleinsten Gefälligkeiten gefordert, wie etwa für die Unterstützung eines Unternehmens nur durch ihrer beider Namen und durch Kreditgewährung. Dort wurden die gesetzlich unanfechtbaren Täuschungsmanöver angezettelt, die darin bestehen, daß man ohne förmliche Verpflichtung zweifelhafte Unternehmen kommanditiert, um deren Erfolg abzuwarten, um sie dann abzuwürgen und sich ihrer dadurch zu bemächtigen, daß man in einem kritischen Augenblick seine Kapitalien zurückfordert: ein höchst übles Verfahren, durch das so viele Aktionäre über den Löffel barbiert worden sind.

Die beiden Brüder hatten ihre Rollen untereinander verteilt. Oben spielte François, der glanzvolle Mann und Politiker, sich als König auf, teilte Gnadenbeweise und Versprechungen aus und machte sich bei jedermann angenehm. Bei ihm war alles leicht; er erledigte alles Geschäftliche auf noble Weise, berauschte die Grünhörner und noch unerfahrenen Spekulanten mit dem Wein seiner Gunst und seinen zu Kopfe steigenden Reden, indem er ihnen ihre eigenen Ideen entwickelte. Unten entschuldigte Adolphe den Bruder mit dessen politischer Überbelastung und ließ den Rechen geschickt über den Spielteppich gleiten; er war der unbeliebte Bruder, der, mit dem nicht gut Kirschen essen war. Es bedurfte also einer Zusage von zwei Seiten, um mit dieser perfiden Bankfirma zu einem Abschluß zu gelangen. Oft wurde ein liebenswürdiges Ja des Prunkarbeitszimmers zu einem dürren Nein in Adolphes Arbeitsraum. Dieses hinhaltende Verfahren gewährte Frist zur Überlegung und diente oft dazu, ungeschickte Konkurrenten mit leeren Versprechungen zu vertrösten und sie um ihre Zeit zu bringen. Der Bruder des Bankiers konferierte gerade mit dem berüchtigten Palma, dem geheimen Berater des Bankhauses Keller, der sich beim Eintreten des Parfümhändlers zurückzog. Als Birotteau sein Anliegen vorgetragen hatte, warf Adolphe, der gewitztere der beiden Brüder, ein wahrer Wucherer mit stechenden Augen, schmalen Lippen und herber Gesichtsfarbe, über die Brille hinweg, wobei er den Kopf senkte, einen Blick auf César, der als ›Bankiersblick‹ bezeichnet werden muß und der etwas von dem der Geier und der Advokaten hat: Er ist gierig und gleichgültig, hell und dunkel, glänzend und düster.

»Bitte schicken Sie mir die Unterlagen, auf denen das Geschäft mit den Grundstücken an der Madeleine beruht«, sagte er, »denn darin liegt die Bürgschaft für den Kredit; sie müssen geprüft werden, ehe er Ihnen eröffnet werden kann und wir über die Zinsen reden. Wenn das Geschäft gut ist, würden wir uns, um Sie nicht zu belasten, statt des Diskonts mit einer Dividende am Reingewinn begnügen.«

»Na ja«, sagte sich Birotteau auf dem Heimweg, »ich sehe,

um was es sich handelt. Ich muß, wie der gejagte Biber, ein Stück meines Fells preisgeben. Aber besser eine Tonsur als der Tod.«

Er kam an jenem Tag frohgemut heim, er lachte breit, und seine Aufgeräumtheit war echt.

»Ich bin über den Berg«, sagte er zu Césarine, »ich bekomme einen Kredit bei den Gebrüdern Keller.«

Erst am 29. Dezember konnte Birotteau sich wieder im Arbeitszimmer Adolphe Kellers einfinden. Als der Parfümhändler das erstemal gekommen war, hatte Adolphe ein sechs Meilen von Paris gelegenes Gut besichtigt, das der große Redner kaufen wollte. Beim zweitenmal waren die beiden Kellers den ganzen Vormittag über beschäftigt: Es handelte sich um die Übernahme einer den beiden Kammern vorgeschlagenen Anleihe, und sie ließen Monsieur Birotteau bitten, am nächstfolgenden Freitag wieder vorzusprechen. Diese Verzögerungen brachten der Parfümhändler fast ums Leben. Aber endlich brach auch dieser Freitag an. Birotteau befand sich im Arbeitszimmer; er saß am Kamin neben dem Fenster und Adolphe Keller an der anderen Seite.

»Dies hier ist in Ordnung«, sagte der Bankier und deutete auf die Unterlagen, »aber was haben Sie auf den Kaufpreis der Grundstücke angezahlt?«

»Hundertvierzigtausend Francs.«

»Bar?«

»Wechsel.«

»Sind sie eingelöst?«

»Sie sind noch nicht fällig.«

»Aber wenn Sie nun die Grundstücke, in Anbetracht ihres gegenwärtigen Wertes, überzahlt hätten: Wo bliebe dann unsere Sicherheit? Sie beruhte dann lediglich auf dem Vertrauen, das Sie einflößen, und auf dem Ansehen, das Sie genießen. Aber Gefühle sind keine Basis für Geschäfte. Hätten Sie zweihunderttausend Francs bezahlt, wobei wir annehmen könnten, Sie hätten hunderttausend Francs zuviel ausgeworfen, um die Grundstücke in die Hand zu bekommen, so würden wir immer noch eine Sicherheit von hunderttausend Francs für die zu kreditierenden hunderttausend haben. Das Ergebnis für uns wäre dann, daß wir die Besitzer Ihres Anteils würden, indem wir an Ihrer Stelle bezahlten; aber dazu müßte man wissen, ob das Geschäft lohnt. Statt fünf Jahre lang zu warten, bis das Kapital sich verdoppelt hat, wäre es besser, es im Bankgeschäft arbeiten zu lassen. Es kann soviel passieren! Sie wollen Wechsel in Umlauf setzen, um damit die demnächst fälligen zu bezahlen; und das ist ein gefährliches Manöver! Sie wollen ein paar Schritte zurücktreten, um besser springen zu können. Kein Geschäft für uns.«

Dieser Satz machte Birotteau so betroffen, wie wenn der Henker ihm sein glühendes Eisen auf die Schulter gedrückt hätte, um ihn zu brandmarken; er verlor den Kopf.

»Passen Sie mal auf«, sagte Adolphe, »mein Bruder nimmt lebhaften Anteil an Ihnen, er hat mit mir über Sie gesprochen. Wir wollen uns jetzt einmal mit Ihrer geschäftlichen Lage befassen«, sagte er und warf dabei dem Parfümhändler einen Blick zu wie eine Kurtisane, die ihre Miete bezahlen soll.

Birotteau wurde zu Molineux, zu dem, den er so überlegen belächelt hatte. Der Bankier hatte ihn hingehalten; er gefiel sich darin, den armen Mann die ganze Spule seiner Gedanken abhaspeln zu lassen; er verstand sich darauf, einen Kaufmann zu verhören, wie der Richter Popinot sich darauf verstand, einen Verbrecher zum Reden zu bringen. César erzählte von seinen Unternehmungen: er brachte die ›Doppelte Sultaninnen-Paste‹ und die ›Eau Carminative‹ zur Sprache, die Sache mit Roguin, seinen Prozeß um das Hypothekendarlehen, von dem ihm nichts ausgezahlt worden war. Als er Kellers lächelndes, nachdenkliches Gesicht und sein wiederholtes Nicken sah, sagte sich Birotteau: »Er hört mir zu! Ich interessiere ihn! Ich bekomme meinen Kredit!« Dabei lachte Adolphe Keller über Birotteau, wie der Parfümhändler über Molineux gelacht hatte. César wurde fortgerissen von dem Redebedürfnis, das für alle typisch ist, die sich am Unglück berauschen: Es ließ den wahren Birotteau zum Vorschein kommen; es zeigte, wes Geistes Kind er war, indem er als Sicherheit das ›Cephalus-Öl‹ und die Firma Popinot vorschlug, seinen letzten Einsatz. Der gute Mann wiegte sich in einer falschen Hoffnung; er ließ sich von Adolphe Keller sondieren und ausfragen, und dieser erkannte in dem Parfümhändler einen dem Konkurs nahen royalistischen Hohlkopf. Adolphe war begeistert, daß ein Beigeordneter des Bürgermeisters ihres Arrondissements, ein vor kurzem mit einem Orden Ausgezeichneter, ein Angehöriger der herrschenden Macht unmittelbar vor dem Fall stand; er sagte Birotteau jetzt unumwunden, er könne ihm weder ein Konto eröffnen noch ein Wort zu seinen Gunsten zu seinem Bruder François, dem großen Redner, sagen. Wenn François sich in schwachsinnigem Edelmut erging und Leuten, die den seinen entgegengesetzte Anschauungen hegten, sowie seinen politischen Gegnern half, so wollte er, Adolphe, sich mit allen seinen Kräften solch einem närrischen Geschäftsgebaren widersetzen und den Bruder daran hindern, daß er einen alten Gegner Napoleons, einem Verwundeten von Saint-Roch, eine helfende Hand reiche. Der außer sich geratene Birotteau wollte etwas über die Habgier der Hochfinanz sagen, über ihre Härte, ihre falsche Philanthropie; aber es überkam ihn ein so heftiger Schmerz, daß er nur mühsam ein paar Phrasen über die Bank von Frankreich hervorstottern konnte, aus der ja auch die Gebrüder Keller schöpften.

»Aber«, sagte Adolphe Keller, »die Bank von Frankreich wird nie einen Kredit einräumen, den ein einfacher Bankier zu geben ablehnt.«

»Die Bank von Frankreich«, sagte Birotteau, »hat meiner Ansicht nach von je gegen ihre eigentliche Bestimmung verstoßen, wenn sie sich bei der Veröffentlichung ihres Jahresabschlusses gratuliert, daß sie am Pariser Handel nur hundert- oder zweihunderttausend Francs verloren habe; sie ist doch seine Schutzherrin.«

Adolphe fing an zu lächeln und stand mit der Geste eines Gelangweilten auf.

»Wenn die Bank von Frankreich sich damit abgeben wollte, die Leute zu kommanditieren, die hier an diesem betrügerischsten und schlüpfrigsten Platz der Finanzwelt in Geldverlegenheit geraten sind, dann müßte sie nach einem Jahr den Konkurs anmelden. Sie hat schon Mühe genug, sich gegen Wechselreiterei und unsichere Werte zu wehren; was sollte aus ihr werden, wenn sie sich auf die genaue Prüfung der Geschäftsbücher derer einlassen würde, die sich von ihr helfen lassen wollen?«

»Wo soll ich die zehntausend Francs hernehmen, die mir für morgen, Samstag, den 30.[177], fehlen?« fragte sich Birotteau, als er den Hof überschritt.

Es ist üblich, am 30. zu zahlen, wenn der 31. ein Feiertag ist. Als der Parfümhändler an das Einfahrtstor gelangte, übersah er, da seine Augen tränenfeucht waren, fast ein schönes, schweißnasses englisches Pferd, das mit einem der hübschesten Kabrioletts, die zu jener Zeit über das Pariser Pflaster rollten, vor dem Tor anhielt. Am liebsten wäre er von jenem Wagen überfahren worden; dann wäre er durch einen Verkehrsunfall zu Tode gekommen, und die Unordnung in seinen geschäftlichen Angelegenheiten wäre diesem Geschehnis zur Last gelegt worden. Er erkannte nicht du Tillet, der schlank und in einem eleganten Vormittagsanzug die Zügel seinem Diener zuwarf und über den verschwitzten Rücken seines Vollblutpferdes eine Decke breitete.

»Was führt *Sie* denn hierher?« fragte du Tillet seinen ehemaligen Chef.

Du Tillet wußte es ganz genau; die Kellers hatten von Claparon Auskünfte erbeten, und dieser hatte sich auf du Tillet bezogen und den alten, guten Ruf des Parfümhändlers zunichte gemacht. Der arme Kaufmann hatte zwar rasch seine Tränen hinuntergeschluckt; aber sie hatten nur zu deutlich gesprochen.

»Sie haben doch nicht etwa diese Wucherer um eine kleine Gefälligkeit gebeten, diese Halsabschneider des Handels, die infame Manöver gemacht, die eine Hausse in Indigo herbeigeführt haben, nachdem sie ihn aufgekauft hatten, und eine Baisse in Reis, womit sie die, die ihn zurückhielten, zwangen, ihn billig an ihre Firma zu verkaufen, denn dadurch hatten sie alles in der Hand und konnten den Marktpreis diktieren; die Leute ohne Treu und Glauben, die weder das Gesetz kennen noch ein Herz haben? Wissen Sie denn nicht, wozu die imstande sind? Sie eröffnen Ihnen einen Kredit, wenn Sie drauf und dran sind, ein glänzendes Geschäft zu machen, und sperren ihn Ihnen, wenn Sie sich im Räderwerk ebenjenes Geschäfts verfangen haben, und zwingen Sie, es ihnen zu einem schäbigen Preis abzutreten. Le Havre, Bordeaux und Marseille könnten Ihnen schöne Dinge über diese Leute erzählen. Lassen Sie's gut sein: Die Politik dient ihnen als Deckmantel für ihre Schmutzereien; deswegen beute ich sie skrupellos aus! Lassen Sie uns ein bißchen spazierengehen, lieber Birotteau! Joseph! Bewegen Sie mein Pferd, es ist zu warm geworden, und es stellt ein Kapital von tausend Talern dar.« Und er schritt auf den Boulevard zu. – »Sagen Sie mal, lieber Chef, denn Sie sind doch mein Chef gewesen, brauchen Sie etwa Geld? Diese elenden Burschen haben natürlich Sicherheiten von Ihnen verlangt. Ich nun aber kenne Sie, ich biete Ihnen Geld auf nichts als Ihre Wechsel an. Ich bin unter unsäglichen Mühen auf anständige Weise zu Vermögen gelangt: Ich bin nämlich in Deutschland gewesen, um es zu ergattern. Heute kann ich es Ihnen ja sagen: Ich habe die Schuldtitel auf den König mit sechzig Prozent Rabatt aufgekauft; dabei ist mir Ihre Bürgschaft sehr von Nutzen gewesen, und ich bin nun mal dankbar! Wenn Sie zehntausend Francs brauchen, stehen sie Ihnen zur Verfügung.«

»Was, du Tillet?« rief César. »Ist das wirklich wahr? Treiben Sie nicht Ihr Spiel mit mir? Ja, ich bin ein bißchen in Verlegenheit, aber natürlich nur für den Augenblick . . .«

»Ich weiß, die Affäre Roguin«, antwortete du Tillet. »Haha, auch ich stecke mit zehntausend Francs drin; der Gauner hat sie sich von mir geliehen, ehe er auf und davon ging; aber seine Frau wird sie mir schon aus ihrem Eingebrachten zurückerstatten. Ich habe der armen Frau geraten, sie solle nicht so dumm sein, ihr Vermögen zur Bezahlung von Schulden zur Verfügung zu stellen, die für eine Hure gemacht worden sind; das wäre schön und gut, wenn sie alles bezahlen könnte; aber wozu gewisse Gläubiger befriedigen, unter Benachteiligung der andern? Sie sind kein Roguin, ich kenne Sie«, sagte du Tillet, »Sie würden sich eher eine Kugel durch den Kopf schießen, als mich auch nur einen Sou einbüßen zu lassen. Aber da sind wir ja in der Rue de la Chaussée-d'Antin, kommen Sie mit zu mir hinauf.«

Der Emporkömmling machte sich einen Spaß daraus, seinen ehemaligen Chef durch die Privaträume zu führen, anstatt mit ihm direkt in seine Büros zu gehen; und er führte ihn ganz langsam, um ihn ein schönes, üppig ausgestattetes Eßzimmer sehen zu lassen, das in Deutschland gekaufte Bilder zierten, ferner zwei Salons von einer Eleganz und einem Luxus, wie Birotteau ihn bislang nur beim Herzog von Lenoncourt angestaunt hatte. Die Augen des Kleinbürgers wurden geblendet von Vergoldungen, von Kunstwerken, von sinnlosen Nippsachen, von kostbaren Vasen, von den tausenderlei Einzelheiten, vor denen der Luxus von Constances Zimmer verblaßte; und da Birotteau wußte, was seine eigenen Narrheiten ihn gekostet hatten, fragte er sich: »Wo hat er nur so viele Millionen hergenommen?« Er betrat das Schlafzimmer, dem gegenüber das seiner Frau ihm vorkam wie die Behausung einer Komparsin in einem dritten Stock gegenüber dem Stadtpalais einer ersten Sängerin der Oper. Die ganze Decke war mit violetter Seide bespannt, deren Falten durch weiße Seide betont waren. Ein Bettvorleger aus Hermelin hob sich von den veilchenblauen Farbtönen eines Orientteppichs ab. Die Möbel und alles, was dazu gehörte, zeigten neue Formen von übertriebener Raffiniertheit. Der Parfümhändler blieb vor einer entzückenden Stutzuhr mit Amor und Psyche stehen; sie war unlängst für einen berühmten Bankier angefertigt worden, von dem du Tillet das einzige Exemplar erhalten hatte, das außer demjenigen seines Kollegen existierte. Schließlich gelangten der ehemalige Chef und sein ehemaliger Angestellter in ein stutzerhaft elegantes, kokettes Arbeitszimmer, das mehr nach galanten Abenteuern als nach Finanzgeschäften aussah. Aus Dankbarkeit für die Betreuung ihres Vermögens hatte Madame Roguin ihm sicherlich einen Brieföffner aus ziseliertem Gold, Briefbeschwerer aus Malachit mit Bronzeverzierungen, all die kostspieligen Tändeleien eines zügellosen Luxus, geschenkt. Der Teppich, eins der prunkvollsten Erzeugnisse Belgiens, ließ ebensosehr die Augen staunen, wie er die Füße durch die weiche Dicke seiner dichten Wolle überraschte. Du Tillet ließ den armen, geblendeten, völlig verwirrten Parfümhändler an seinem Kamin Platz nehmen.

»Wollen Sie mit mir frühstücken?«

Er schellte. Es erschien ein Diener, der besser gekleidet war als Birotteau.

»Sagen Sie Monsieur Legras, er möge heraufkommen, und dann sagen Sie Joseph, er möge heimfahren; er hält vor dem Bankhaus Keller; dann gehen Sie hinein zu Adolphe Keller und bestellen ihm, ich würde ihn, anstatt ihn aufzusuchen, bis zum

Börsenbeginn hier erwarten. Lassen Sie servieren, und zwar ein bißchen hoppla!«

Diese Sätze versetzten den Parfümhändler in stummes Erstaunen.

»Er läßt den gefürchteten Adolphe Keller einfach zu sich kommen, er pfeift ihm wie einem Köter! Und das ist du Tillet?«

Ein Groom von der Größe des kleinen Däumlings klappte einen Tisch auseinander, den Birotteau gar nicht gesehen hatte, so winzig war er, und trug eine Gänseleberpastete, eine Flasche Bordeaux und lauter erlesene Dinge auf, die bei Birotteau nur zweimal alle Halbjahr bei besonderen Festtagen erschienen. Du Tillet schwelgte. Sein Haß gegen den einzigen Menschen, der das Recht hatte, ihn zu verachten, entfaltete sich so glühend, daß Birotteau ihn ein unergründliches Gefühl empfinden ließ, wie es etwa der Anblick eines Hammels auslösen würde, der sich gegen einen Tiger verteidigt. Ein edelmütiger Gedanke durchglitt sein Herz: Er überlegte, ob seine Rache nicht bereits vollzogen sei, er schwankte zwischen dem, was erwachte Mildherzigkeit, und dem, was unterdrückter Haß ihm riet.

»Ich kann diesen Mann geschäftlich zugrunde richten«, dachte er, »ich habe Gewalt über Leben und Tod in bezug auf ihn, seine Frau, bei der ich abgeblitzt bin, und seine Tochter, deren Hand mir seinerzeit ein ganzes Vermögen zu bedeuten schien. Ich habe sein Geld; jetzt wollen wir uns damit begnügen, den armen Tropf an der Leine schwimmen zu lassen, die ich halte.«

Anständigen Menschen mangelt es häufig an Takt; sie kennen kein Maßhalten im Guten, weil für sie alles ohne Umschweife und ohne Hintergedanken ist. Birotteau vollendete sein Unglück, er reizte den Tiger, er durchbohrte ihm das Herz, ohne es zu wissen, er machte ihn unversöhnlich durch ein Wort, ein Lob, eine tugendhafte Äußerung, sogar durch seine biedere Redlichkeit. Als der Kassierer kam, deutete du Tillet auf Birotteau.

»Monsieur Legras, bringen Sie mir zehntausend Francs und einen Wechsel über diese Summe an meine Order und auf drei Monate für den Herrn hier; es ist Monsieur Birotteau, Sie wissen ja!«

Du Tillet reichte die Pastete und goß dem Parfümhändler ein Glas Bordeaux ein; und dieser, nun er sich gerettet sah, brach in ein konvulsivisches Gelächter aus, streichelte seine Uhrkette, und steckte erst einen Bissen in den Mund, als sein ehemaliger Kommis ihn fragte: »Aber Sie essen ja gar nicht?« Auf diese Weise offenbarte Birotteau die Tiefe des Abgrunds, in den du Tillets Hand ihn gestoßen, aus dem er ihm herausgeholfen hatte und in den er ihn abermals hineinstoßen konnte. Als der Kassierer wiederkam, als César den Wechsel unterzeichnet und die zehn Banknoten in seiner Tasche fühlte, vermochte er nicht mehr an sich zu halten. Unmittelbar vorher hätten sein Stadtviertel und die Bank von Frankreich von seiner Zahlungsunfähigkeit erfahren, hätte er seiner Frau seinen Ruin gestehen müssen; jetzt jedoch war alles geregelt! Das Glück des Befreitseins war genauso intensiv wie die Qualen der Niederlage; wider seinen Willen wurden dem armen Mann die Augen feucht.

»Was ist Ihnen denn, lieber Chef?« fragte du Tillet. »Würden Sie nicht morgen für mich tun, was ich heute für Sie tue? Ist das nicht ganz selbstverständlich?«

»Du Tillet«, sagte der biedere Mann emphatisch und ernst, stand auf und nahm die Hand seines ehemaligen Angestellten, »ich schenke dir meine ganze Achtung wieder.«

»Wieso hatte ich die denn eingebüßt?« fragte du Tillet; er war inmitten seines Wohlstands so tief getroffen worden, daß er errötete.

»Eingebüßt ... das nicht gerade«, sagte der ob seiner Dummheit niedergeschmetterte Parfümhändler, »es war mir so dieses und jenes über Ihre Liaison mit Madame Roguin hinterbracht worden. Den Teufel auch! Einem andern die Frau wegzunehmen ...«

»Du schummelst dich 'raus, alter Freund«, dachte du Tillet und bediente sich dabei einer Redensart aus seinem früheren Beruf. Als er sich das sagte, kam er wieder auf seinen ersten Plan zurück; er wollte diesen Tugendbold niederschlagen, ihn unter die Füße treten; er wollte ihn vor der Pariser Handelswelt verächtlich machen, diesen tugendhaften, anständigen Menschen, der ihn mit der Hand in seiner Tasche ertappt hatte. Aller Haß, der politische oder der private, von Frau gegen Frau, von Mann gegen Mann, hat keinen andern Grund als ein solches Ertapptwerden. Man haßt einander nicht um geschädigter Interessen, um einer Kränkung, ja, nicht einmal um einer Ohrfeige willen: Das alles kann wiedergutgemacht werden. Aber bei einer ehrlosen Handlung ertappt worden zu sein ...? Der Zweikampf, der dann zwischen dem Verbrecher und dem Zeugen des Verbrechens anhebt, endet nur mit dem Tode des einen von beiden.

»Ach, Madame Roguin«, sagte du Tillet spöttisch, »ist die nicht eher etwas, worauf ein junger Mensch stolz sein kann? Ich verstehe Sie, lieber Chef: Es wird Ihnen erzählt worden sein, sie habe mir Geld geliehen. Dabei ist das Gegenteil der Fall, ich habe ihr ihr Vermögen gerettet, das durch die Machenschaften ihres Mannes arg gefährdet war. Der Ursprung meines Vermögens ist sauber; das habe ich Ihnen ja bereits gesagt. Ich besaß nichts, wie Sie wissen! Junge Menschen befinden sich manchmal in entsetzlichen Notlagen. Man kann sich natürlich in sein Elend schicken. Aber wenn man, wie die Republik, Zwangsanleihen gemacht hat, tja, dann zahlt man sie zurück und steht dann rechtschaffener da als Frankreich.«

»So ist es«, sagte Birotteau. »Lieber Junge ... Gott ... Hat das nicht Voltaire gesagt: ›Zur Tugend Sterblicher schuf Gott die Reue um‹?«

»Vorausgesetzt«, entgegnete du Tillet, den dies Zitat abermals tödlich kränkte, »vorausgesetzt, daß man seinem Nächsten nicht auf feige, niedrige Weise etwas wegnimmt, wie es beispielsweise geschähe, wenn Sie, ehe drei Monate um wären, Bankrott machten und meine zehntausend Francs verloren wären ...«

»Ich, und Bankrott machen?« sagte Birotteau; er hatte drei Glas Wein getrunken und befand sich in einem Freudenrausch. »Es ist doch bekannt, wie ich über Pleiten denke! Die Pleite ist für einen Kaufmann der Tod; ich würde sterben!«

»Auf Ihr Wohl«, sagte du Tillet.

»Auf deine Nachkommenschaft«, erwiderte der Parfümhändler. »Warum kaufen Sie eigentlich nicht bei mir?«

»Wahrhaftig«, sagte du Tillet, »ich gestehe es: Ich habe Angst vor Ihrer Frau; sie macht nach wie vor Eindruck auf mich! Und wenn Sie nicht mein Chef wären, wahrhaftig! Dann ...«

»Haha, du bist nicht der erste, der sie schön findet, und begehrt haben sie viele, aber sie liebt nun mal mich! Aber jetzt hören Sie mal zu, du Tillet«, fuhr Birotteau fort, »lieber Freund, bleiben Sie nicht auf halbem Weg stehen.«

»Wieso?«

Birotteau setzte du Tillet die Grundstücksspekulation auseinander, der große Augen machte und dem Parfümhändler Komplimente über seinen Scharfsinn und seinen Weitblick machte, wobei er die Spekulanten rühmte.

»Na, schön, ich freue mich über deine Billigung, Sie gelten als einer der hellsten Köpfe in der Bankwelt, du Tillet! Lieber Junge, Sie könnten mir einen Kredit bei der Bank von Frankreich verschaffen, damit ich die Erträgnisse des Cephalus-Öls abwarten kann.«

»Ich kann Sie dem Bankhaus Nucingen empfehlen«, antwortete du Tillet; er hatte sich vorgenommen, sein Opfer alle Figuren des Kontertanzes der Verkrachten durchtanzen zu lassen.

Ferdinand setzte sich an seinen Schreibtisch und schrieb folgenden Brief.

An Herrn Baron de Nucingen
Paris

»Mein lieber Baron,
der Überbringer dieses Briefes ist Monsieur César Birotteau, Beigeordneter des Bürgermeisters des Zweiten Arrondissements und einer der namhaftesten Pariser Parfümfabrikanten; er wünscht, mit Ihnen in Geschäftsverbindung zu treten: Schenken Sie ihm Vertrauen in allem, um was er Sie bitten wird; indem Sie ihm gefällig sind, sind Sie es auch

Ihrem Freunde
F. du Tillet«

Du Tillet setzte keinen Punkt über das »i« seines Namens. Für die, mit denen er Geschäfte tätigte, war dieser freiwillige Schreibfehler ein verabredetes Zeichen. Die nachdrücklichsten Empfehlungen, die wärmsten und gönnerhaftesten Fürbitten seines Briefs waren dann bedeutungslos. Ein solcher Brief, in dem die Ausrufungszeichen förmlich flehten und in dem du Tillet sich auf die Knie warf, wurde durch gebieterische Erwägungen entrissen; er hatte nicht verweigert werden können; er mußte dann als nicht angekommen betrachtet werden. Wenn sein Freund das i ohne Punkt sah, dann speiste er den Bittsteller mit leeren Versprechungen ab. Viele Weltleute, und darunter die angesehensten, sind auf diese Weise von den Geschäftsleuten, den Bankiers, den Advokaten, die sämtlich eine doppelte Unterschrift haben, eine tote und eine lebende, hinters Licht geführt worden. Sogar die intelligentesten haben sich dadurch narren lassen. Um diesen Kniff zu erkennen, muß man die zweifache Wirkung eines warmen und eines kalten Briefs erlebt haben.

»Du Tillet, Sie sind mein Retter!« sagte César, als er diesen Brief gelesen hatte.

»Du großer Gott!« sagte du Tillet. »Gehen Sie zu Nucingen und verlangen Sie Geld; wenn er meine paar Zeilen gelesen hat, gibt er Ihnen, soviel Sie haben wollen. Leider sind meine eigenen Kapitalien für einige Tage festgelegt; denn sonst würde ich Sie nicht zum Fürsten der Hochfinanz schicken; denn neben dem Baron de Nucingen sind die Gebrüder Keller nur Pygmäen. Nucingen ist der wiedererstandene Law[178]. Durch meinen Brief ist bei Ihnen am 15. Januar alles im Lot, und dann werden wir schon sehen. Nucingen und ich sind die besten Freunde von der Welt, und wenn es sich um eine Million handelte, er würde mir keine Gefälligkeit abschlagen.«

»Dies ist wie eine Wechselbürgschaft«, sagte sich Birotteau, als er, von Dankbarkeit für du Tillet erfüllt, heimging. »Ja, ja«, sagte er sich, »eine gute Tat bringt stets Früchte!« Und er philosophierte weiter ins Blaue hinein. Dennoch trübte ein Gedanke sein Glück. Zwar hatte er ein paar Tage lang seine Frau daran gehindert, ihre Nase in die Geschäftsbücher zu stecken; die Kasse hatte er Célestin aufgehalst und ihm dabei geholfen; er hatte es durchgesetzt, daß seine Frau und seine Tochter einmal die schöne Wohnung genössen, die er ihnen hergerichtet und möbliert hatte; doch als diese ersten kleinen Freuden erschöpft waren, wäre Madame Birotteau eher gestorben, als daß sie darauf verzichtet hätte, sich persönlich um die Einzelheiten der Geschäftsführung zu kümmern und, wie sie sich ausdrückte, das Heft in der Hand zu behalten. Birotteau war mit seinem Latein zu Ende; er hatte alle Kniffe und Pfiffe verbraucht, durch die er seiner Frau das Gewahren der äußeren Anzeichen seiner Bedrängnis verwehrt hatte. Constance hatte das Verschicken der Rechnungen weidlich mißbilligt; sie hatte mit den Kommis gescholten und Célestin angefahren, er wolle wohl ihre Firma ruinieren; sie war nämlich des Glaubens gewesen, Célestin sei von sich aus auf diesen Einfall gekommen. Auf Birotteaus Anordnung hin hatte Célestin sich ruhig ausschimpfen lassen. In den Augen der Angestellten beherrschte Madame César den Parfümhändler; denn man kann zwar die Öffentlichkeit, aber nicht die Hausgenossen darüber hinwegtäuschen, wer in einer Ehe tatsächlich der Überlegene ist. Also mußte Birotteau jetzt seiner Frau seine Situation eingestehen; denn die Anleihe bei du Tillet erforderte eine Rechtfertigung. Beim Heimkommen sah er nicht ohne ein Zusammenzucken Constance in ihrem Kontor sitzen; sie sah das Verzeichnis der Fälligkeitstermine durch und machte sicherlich Kassensturz.

»Womit willst du eigentlich morgen bezahlen?« fragte sie ihn leise, als er sich zu ihr gesetzt hatte.

»Mit barem Geld«, antwortete er, indem er die Banknoten aus der Tasche zog und Célestin einen Wink gab, sie hinzunehmen.

»Aber wo kommen die denn her?«

»Das erzähle ich dir heute abend. Célestin, tragen Sie auf Ende März einen Wechsel über zehntausend Francs, Order du Tillet, ein.«

»Du Tillet«, wiederholte Constance höchlichst erschrocken.

»Ich will jetzt zu Popinot gehen«, sagte César. »Es ist wenig nett von mir, daß ich noch nicht bei ihm gewesen bin. Geht sein Öl eigentlich?«

»Die dreihundert Flaschen, die er uns geschickt hat, sind sämtlich abgesetzt.«

»Mann, bleib hier, ich habe mit dir zu reden«, sagte Constance, nahm César beim Arm und zog ihn mit einer Hast in ihr Schlafzimmer, die bei jeder andern Gelegenheit lächerlich gewirkt hätte. – »Du Tillet«, sagte sie, als sie mit ihrem Mann allein war und sich überzeugt hatte, daß nur noch Césarine zugegen war, »du Tillet, der uns tausend Taler gestohlen hat ...? Du machst Geschäfte mit du Tillet, diesem gräßlichen Kerl ... der mich hat verführen wollen?« flüsterte sie ihm zu.

»Jugendeselei«, sagte Birotteau; er bekundete plötzlich sehr freie Anschauungen.

»Hör mal zu, Mann, du bist auf Abwege geraten, du gehst nicht mehr in die Fabrik. Es ist irgendwas los, das wittere ich! Du wirst es mir jetzt sagen, ich will alles wissen.«

»Na, schön«, sagte Birotteau, »es hat nicht viel gefehlt, und wir wären pleite gegangen; heute morgen sind wir es sogar noch gewesen, aber nun ist alles geregelt.«

Und er erzählte die schreckliche Geschichte seiner letzten vierzehn Tage.

»Das also war die Ursache deiner Krankheit«, rief Constance.

»Ja, Mama«, rief Césarine dazwischen. »Laß es nur gut sein, mein Vater ist sehr tapfer gewesen. Ich wünsche mir nichts, als einmal so geliebt zu werden, wie er dich liebt. Einzig an deinen Kummer hat er gedacht.«

»Jetzt ist mein Traum in Erfüllung gegangen«, sagte die arme Frau und sank auf ihre am Kamin stehende Causeuse[179]; sie war bleich, fahl und zutiefst erschrocken. »Ich habe es ja vorausgesehen. Ich habe es dir gesagt, in jener verhängnisvollen Nacht, in unserm alten Schlafzimmer, das du hast abreißen lassen; ich habe dir gesagt, es würde uns nichts mehr bleiben als die Augen zum Weinen. Arme, liebe Césarine, ich ...«

»Das sieht dir mal wieder ähnlich«, rief Birotteau. »Du wirst mir doch nicht den Mut nehmen, wenn ich ihn am nötigsten habe?«

»Verzeih, Lieber«, sagte Constance, nahm Césars Hand und drückte sie so zärtlich, daß es dem armen Mann zu Herzen ging. »Es war unrecht von mir; nun das Unglück da ist, will ich stumm, schicksalsergeben und stark sein. Nein, nie sollst du eine Klage hören.« Sie warf sich in Césars Arme und sagte schluchzend: »Hab Mut, Lieber, hab Mut. Ich werde Mut für zwei haben, wenn es sein muß.«

»Mein Öl, Frau, mein Öl rettet uns.«

»Gott gebe es«, sagte Constance.

»Kann denn Anselme meinem Vater nicht helfen?« fragte Césarine.

»Ich gehe zu ihm«, rief César; der herzzerreißende Klang der Stimme seiner Frau, die er auch nach neunzehn Jahren noch nicht völlig kannte, war ihm allzu nahe gegangen. »Constance, du brauchst keine Angst mehr zu haben. Da, lies du Tillets Brief an Monsieur de Nucingen; wir bekommen ganz sicher Kredit. Bis dahin habe ich meinen Prozeß gewonnen. Übrigens«, fügte er hinzu und bediente sich einer Notlüge, »wir haben doch auch noch unsern Onkel Pillerault; es kommt lediglich darauf an, den Mut nicht sinken zu lassen.«

»Wenn es sich bloß darum handelt!« sagte Constance lächelnd.

Birotteau war ein dicker Stein vom Herzen gefallen; er schritt aus wie einer, der in Freiheit gesetzt worden ist, obwohl er in seinem Innern die unbeschreibliche Erschöpfung verspürte, die Folge übermäßiger seelischer Kämpfe, bei denen mehr an Nerven- und Willenskraft vergeudet wird, als man täglich einsetzen darf, und bei denen man sozusagen das Lebenskapital angreift. Birotteau war bereits gealtert.

Die Firma A. Popinot in der Rue des Cinq-Diamants hatte innerhalb zweier Monate ein ganz anderes Aussehen gewonnen. Der Laden war neu getüncht worden. Die frisch gestrichenen Regale mit den vielen Flaschen darin erfreuten das Auge jedes Kaufmanns, der sich in den äußeren Kennzeichen eines guten Geschäftsganges auskennt. Auf dem Fußboden des Ladens lag haufenweise Packpapier. Das Lager enthielt Fäßchen mit verschiedenen Ölen, deren Lieferung durch Popinot der getreue Gaudissart durchgesetzt hatte. Die Buchhaltung und die Kasse war über dem Laden und dem an diesen stoßenden Raum untergebracht. Eine alte Köchin führte den Haushalt für die drei Angestellten und Popinot. Popinot war in einer Ecke seines Ladens in ein kleines, durch eine Glaswand abgetrenntes Kontor verbannt; darin stand er, hatte eine Sergeschürze umgebunden und Ärmelschoner aus grünem Leinen übergestreift; die Feder steckte ihm hinterm Ohr, wenn er nicht in einem Haufen Geschäftspapiere wühlte, wie in dem Augenblick, da Birotteau kam; da öffnete er gerade seine Post, die lauter Tratten und Bestellungen enthielt. Bei den Worten: »Na, mein Junge?«, die sein ehemaliger Chef sprach, hob er den Kopf, schloß sein Kontor ab und trat mit fröhlicher Miene vor; seine Nasenspitze war gerötet. Im Laden, dessen Tür immer offenstand, brannte nämlich kein Feuer.

»Ich hatte schon gefürchtet, Sie würden nie herkommen«, antwortete Popinot respektvoll.

Die Kommis kamen herbeigelaufen; sie wollten den großen Mann des Parfümeriegewerbes sehen, den mit einem Orden ausgezeichneten Beigeordneten, den Teilhaber ihres Chefs. Diese stummen Huldigungen schmeichelten dem Parfümfabrikanten. Birotteau, der vor kurzem noch, bei den Kellers, so klein gewesen war, verspürte das Verlangen, so zu tun wie jene: Er streichelte sein Kinn, wippte angeberisch mittels seiner Hacken und schwatzte banales Zeug.

»Na, Freundchen, wird hier auch beizeiten aufgestanden?« fragte er. – »Nein, denn manchmal gehen wir gar nicht erst zu Bett«, sagte Popinot, »an den Erfolg muß man sich anklammern . . .«

»Siehst du wohl? Habe ich's nicht gleich gesagt? Mein Öl bedeutet ein Vermögen.«

»Freilich; aber die Propaganda darf nicht vergessen werden: Ich habe Ihrem Diamanten eine gute Fassung gegeben.«

»Aber«, sagte der Parfümhändler, »wie stehen die Dinge? Hast du schon tüchtig verdient?«

»Schon nach einem Monat?« rief Popinot. »Wo denken Sie hin? Freund Gaudissart ist erst seit gut drei Wochen unterwegs, und er hat eine Extrapost genommen, ohne es mir zu sagen. Oh, er ist wacker für uns tätig! Wir verdanken meinem Onkel viel! Die Zeitungen allein schon«, sagte er leise zu Birotteau, »werden uns zwölftausend Francs kosten.«

»Die Zeitungen . . .!« rief der Beigeordnete.

»Haben Sie sie denn nicht gelesen?«

»Nein.«

»Dann wissen Sie also nichts«, sagte Popinot.

»Zwanzigtausend Francs für Plakate, Bilderrahmen und Reklamedrucksachen . . .! Hunderttausend Flaschen gekauft . . .! Ach, vorläufig heißt es bloß: alles ins Geschäft stecken. Wir fabrizieren in großem Stil. Wären Sie mal in den Faubourg gekommen, wo ich oft über Nacht geblieben bin, dann hätten Sie einen kleinen Haselnußknacker gesehen, den ich erfunden habe und der gar nicht so übel ist. Während der letzten fünf Tage habe ich auf eigene Rechnung dreitausend Francs bloß durch Kommissionsaufträge für Drogerieöle gemacht.«

»Was für ein heller Kopf«, sagte Birotteau, legte dem kleinen Popinot die Hand aufs Haar und zauste ihn, als sei er ein kleiner Junge, »ich habe es ja von vornherein gewußt.« Mehrere Leute kamen herein. – »Am Sonntag essen wir bei deiner Tante Ragon«, sagte Birotteau und überließ Popinot seinen Geschäften; er hatte gemerkt, daß der Braten, den er gerochen, noch nicht tranchiert sei. »Tolle Sache! Ein Kommis wird innerhalb von vierundzwanzig Stunden zum Kaufmann«, dachte Birotteau, der sich von Popinots Glück und sicherem Auftreten genausowenig zu erholen vermochte wie von du Tillets Luxus. »Anselme hat ein bißchen eingeschnappt dreingeschaut, als ich ihm die Hand auf den Kopf legte, gerade als ob er schon François Keller wäre.«

Birotteau hatte nicht bedacht, daß die Kommis ihm zuschauten und daß der Chef einer Firma seine Würde wahren muß. Hier wie bei du Tillet hatte der biedere Mann aus purer Herzensgüte eine Dummheit begangen, und da César, auf bourgeoise Weise ausgedrückt, außerstande war, ein echtes Gefühl zu unterdrücken, hätte er jeden andern Menschen als Anselme beleidigt.

Jenes Sonntagsessen bei den Ragons sollte die letzte Freude des Ehepaars Birotteau werden, das neunzehn Jahre lang glücklich gewesen war, und überdies eine gänzlich ungetrübte Freude. Ragon bewohnte in der Rue du Petit-Bourbon-Saint-Sulpice[180] einen zweiten Stock in einem alten Haus von würdigem Aussehen; es war eine altmodische Wohnung mit Wandspiegeln, mit den tanzenden Schäferinnen im Reifrock und den weidenden Lämmern jenes achtzehnten Jahrhunderts, dessen gravitätisches, steifes Bürgertum mit seinen altfränkischen Sitten, seinen respektvollen Vorstellungen vom Adel, seiner Hingabe an Thron und Altar durch die Ragons wunderbar verkörpert wurde. Die Möbel, die Stutzuhren, die Tischwäsche, das Geschirr: alles wirkte patriarchalisch und neu gerade durch das Alter. Im Wohnzimmer, das mit altem Damast bespannt und mit halbseidenen Vorhängen ausstaffiert war, standen ›Duchesses‹ und ›Bonheurs-du-jour‹[181]; an der Wand hing ein prächtiger Popinot, der Schöffe von Sancerre, gemalt von Latour[182], der Vater der Madame Ragon, ein sich vortrefflich ausnehmender Biedermann, der lächelte wie ein Parvenü in seinem Glanz. Daheim war

Madame Ragons unzertrennlicher Begleiter ein englisches Hündchen von der Rasse derer, die Karl II. liebte[183]; es wirkte ganz wunderbar auf ihrem kleinen, harten Rokokosofa, das sicherlich nie die Rolle von Crébillons Sofa[184] gespielt hatte. Abgesehen von all ihren guten Eigenschaften zeichneten die Ragons sich durch den Besitz alter, zur vollen Reife gelangter Weine und einiger Liköre der Madame Amphoux[185] aus, welche Leute, die es sich in den Kopf gesetzt hatten, sich in die schöne Madame Ragon zu verlieben (hoffnungslos, hatte es geheißen), ihr aus Westindien mitgebracht hatten. Deshalb erfreuten die kleinen Essen, die das Ehepaar gab, sich großer Beliebtheit! Eine bejahrte Köchin namens Jeannette betreute die beiden Alten mit blinder Hingabe; sie hätte Obst gestohlen, um ihnen Eingemachtes zu bereiten! Sie dachte nicht daran, ihr Geld auf die Sparkasse zu tragen; sie spielte damit vorsichtig in der Lotterie, weil sie hoffte, eines Tages für ihre Herrschaft das große Los zu gewinnen. Wenn ihre Herrschaft sonntags Besuch hatte, war sie ungeachtet ihrer sechzig Jahre in der Küche, um ein Auge auf die Gerichte zu haben, und bei Tisch, wo sie mit einer Behendigkeit servierte, die Mademoiselle Mars[186] in der Rolle der Suzanne in ›Figaros Hochzeit‹ reichen Beifall eingetragen haben würde.

Geladen worden waren der Richter Popinot, Onkel Pillerault, Anselme, die drei Birotteaus, die drei Matifats und der Abbé Loreaux. Madame Matifat, die neulich beim Tanzen einen Turban aufgehabt hatte, kam in einem blauen Samtkleid, dicken Baumwollstrümpfen und Schuhen aus Ziegenleder; ihre gamsledernen Handschuhe waren mit grünem Plüsch eingefaßt, ihren rosa gefütterten Hut zierten Aurikel. Um fünf waren diese zehn Leute alle versammelt. Die alten Ragons baten ihre Gäste stets inständig, doch ja pünktlich zu sein. Wenn das würdige Ehepaar eingeladen wurde, mußte dafür Sorge getragen werden, daß das Essen um diese Zeit fertig war; denn die Mägen von Siebzigjährigen gewöhnen sich nicht mehr an die neuen, vom ›guten Ton‹ vorgeschriebenen Eßzeiten.

Césarine hatte schon im voraus gewußt, daß Madame Ragon sie neben Anselme setzen würde: Wenn es um Liebe geht, haben alle Frauen, sogar die Betschwestern und die Dummen, Verständnis. Die Tochter des Parfümhändlers hatte sich also so angezogen, daß es Popinot den Kopf verdrehen mußte. Constance hatte nicht ohne Bedauern auf den Notar verzichtet, der in ihren Träumen die Rolle eines Erbprinzen gespielt hatte; nicht ohne bittere Gedanken hatte sie ihr beim Ankleiden geholfen. Die ahnungsvolle Mutter schob das keusche Gazefichu etwas tiefer, um Césarines Schultern ein wenig mehr zu entblößen und ihren Halsansatz zur Geltung zu bringen, der von bemerkenswerter Eleganz war. Unter dem Brustausschnitt kreuzten sich von links nach rechts auf altgriechische Art fünf Falten; der Ausschnitt konnte leicht aufklaffen und zeigte dann köstliche Rundungen. Das bleigraue Merinokleid mit seinen Falbeln und dem grünen Besatz zeichnete säuberlich eine Taille ab, die niemals so fein und geschmeidig gewirkt hatte. Die Ohren schmückten Gehänge aus ziseliertem Gold. Das à la chinoise hochgesteckte Haar erlaubte dem Blick, auf der köstlichen Frische einer Haut zu verweilen, die von Adern getönt wurde, in denen das reinste Leben auf den matten Stellen erglänzte. Kurzum, Césarine war auf eine so kokette Weise schön, daß Madame Matifat nicht umhin konnte, es offen zuzugeben, ohne sich dabei bewußt zu sein, daß Mutter und Tochter die Notwendigkeit, den kleinen Popinot zu bezaubern, eingesehen hatten.

Weder Birotteau noch seine Frau noch Madame Matifat, niemand störte das holde Gespräch, das die beiden von der Liebe entflammten Kinder leise in einer Fensternische führten, durch deren Ritzen die Kälte in Zugwindstößen hereindrang. Überdies wurde die Unterhaltung der Erwachsenen lebhafter, als Richter Popinot eine Äußerung über Roguins Flucht fallen ließ, wobei er darauf hinwies, daß dies schon der zweite Notar sei, der eine Verfehlung begangen habe und daß dergleichen Verbrechen bislang etwas Unbekanntes gewesen seien. Als Popinot von diesen Dingen zu sprechen anfing, hatte Madame Ragon ihren Bruder mit dem Fuß angestoßen; Pillerault hatte die Stimme des Richters übertönt, und beide hatten ihn auf Madame Birotteau hingewiesen.

»Ich weiß alles«, sagte da Constance mit zugleich weicher und gepeinigter Stimme zu ihren Freunden.

»Na«, sagte Madame Matifat zu Birotteau, der demütig den

Kopf senkte, »um wieviel hat er Sie denn erleichtert? Wenn man dem Geschwätz Glauben schenken müßte, wären Sie ruiniert.«

»Er hat von mir zweihunderttausend Francs gehabt. Was die vierzigtausend betrifft, die er mich, ohne daß sie existierten, von einem seiner Klienten hat leihen lassen, dessen Geld er veruntreut hatte, so schwebt deswegen ein Prozeß.«

»Der wird diese Woche entschieden«, sagte Popinot. »Ich hatte gemeint, Sie würden mir nicht zürnen, wenn ich dem Herrn Präsidenten Ihre Lage auseinandersetzte; er hat angeordnet, daß die Akten über Roguin ins Beratungszimmer gebracht würden, damit festgestellt werden kann, seit welchem Zeitpunkt das Kapital des Geldgebers unterschlagen war, und ferner die Beweisstücke, die Derville beigebracht hat; der hat selber plädiert, um Ihnen die Kosten zu ersparen.«

»Gewinnen wir?« fragte Madame Birotteau.

»Das weiß ich nicht«, antwortete Popinot. »Obgleich ich der Kammer angehöre, bei der der Fall anhängig ist, werde ich an der Verhandlung nicht teilnehmen, auch wenn ich hinzugezogen werden sollte.«

»Aber kann es denn bei einer so einfachen Sachlage überhaupt noch einen Zweifel geben?« fragte Pillerault. »Muß in dem Darlehensvertrag nicht bescheinigt werden, daß das Geld ausgezahlt worden ist, und müssen die Notare nicht erklären, sie hätten gesehen, wie es dem Darlehensnehmer vom Darlehensgeber eingehändigt worden ist? Roguin käme doch ins Zuchthaus, wenn er der Justiz in die Hände fiele.«

»Meiner Meinung nach«, antwortete der Richter, »kann sich der Darlehensgeber nur an den Kaufpreis von Roguins Praxis und an Roguins Kaution halten; aber sogar bei noch klareren Fällen stehen beim Königlichen Gericht manchmal die Stimmen sechs gegen sechs.«

»Wie, Mademoiselle, Monsieur Roguin ist über alle Berge?« fragte Popinot, der endlich vernommen hatte, worüber gesprochen wurde. »Monsieur César hat mir, der ich doch mein Blut für ihn hingeben würde, nichts davon erzählt ...«

Césarine begriff, daß in dieses »für ihn« die ganze Familie einbezogen war; denn wenn das unschuldige Mädchen auch über den Teufel hätte im Zweifel sein können: Über seinen Blick, der sie in eine Purpurflamme einhüllte, konnte sie sich nicht täuschen.

»Ich habe es gewußt, und ich habe es ihm gesagt; aber er hat alles vor meiner Mutter geheimgehalten und sich nur mir anvertraut.«

»Sie haben sicher bei dieser Gelegenheit mit ihm auch über mich gesprochen«, sagte Popinot. »Sie lesen in meinem Herzen, aber lesen Sie auch alles darin?«

»Vielleicht.«

»Ich bin sehr glücklich«, sagte Popinot. »Wenn Sie mir alle Furcht nehmen wollten, dann bin ich übers Jahr so reich, daß Ihr Vater mich nicht mehr so übel aufnehmen wird, wenn ich mit ihm über unsere Heirat rede. Ich will fortan nur noch fünf Stunden jede Nacht schlafen ...«

»Schaden Sie Ihrer Gesundheit nicht«, sagte Césarine in einem unnachahmlichen Tonfall und warf Popinot einen Blick zu, in dem alles, was sie dachte, zu lesen stand.

»Frau«, sagte César, als von Tisch aufgestanden wurde, »ich glaube, die beiden jungen Leute lieben sich.«

»Na, um so besser«, sagte Constance, und ihre Stimme klang dabei sehr ernst, »dann wird meine Tochter die Frau eines Mannes, der klug ist und voller Ehrgeiz steckt. Begabung ist das Beste, was ein Bräutigam mit in die Ehe bringen kann.«

Sie hatte es eilig, das Wohnzimmer zu verlassen und in Madame Ragons Schlafzimmer zu gehen. César hatte während des Essens ein paar Sätze gesagt, über die Pillerault und der Richter hatten lächeln müssen, eine solche Ahnungslosigkeit hatte daraus gesprochen; sie hatten die unglückliche Frau daran gemahnt, wie wenig ihr armer Mann befähigt war, gegen das Unglück anzukämpfen. Constance war dem Weinen nahe; sie empfand ein instinktives Mißtrauen gegen du Tillet, denn alle Mütter kennen das »Timeo Danaos et dona ferentes«[187], auch wenn sie kein Latein können. Sie weinte in den Armen ihrer Tochter und der Madame Ragon, wollte indessen den Grund ihres Kummers nicht eingestehen. – »Es sind die Nerven«, sagte sie. Der Rest des abendlichen Beisammenseins wurde von den Alten den Karten gewidmet und von den Jungen jenen kleinen, köstlichen Spielen, die als harmlos bezeichnet werden, weil sie die harmlosen Schelmereien bürgerlicher Liebschaften tarnen. Die Matifats nahmen an den Gesellschaftsspielen teil.

»César«, sagte Constance bei der Heimfahrt, »geh am 3. zu Herrn Baron de Nucingen, damit du schon im voraus weißt, daß du am 15. deine Wechsel einlösen kannst. Wenn die Sache einen Haken haben sollte, fändest du dann von heute auf morgen Hilfe?«

»Ich gehe hin, Frau«, antwortete César, drückte Constance und seiner Tochter die Hände und sagte noch: »Ach, ihr lieben weißen Lämmchen, ich habe euch ein trauriges Neujahrsgeschenk beschert!«

Bei der Dunkelheit, die in der Droschke herrschte, spürten die beiden Frauen, die den armen Parfümhändler nicht sehen konnten, wie heiße Tränen auf ihre Hände niederfielen.

»Du mußt hoffen, Lieber«, sagte Constance.

»Alles wird gut, Papa; Monsieur Anselme Popinot hat zu mir gesagt, er würde für dich sein Blut vergießen.«

»Für mich«, entgegnete César, »und für alle, die zur Familie gehören, nicht wahr?« sagte er und setzte eine heitere Miene auf.

Césarine drückte dem Vater die Hand und gab ihm dadurch zu verstehen, daß Anselme ihr Verlobter sei.

Während der drei ersten Tage des neuen Jahres wurden Birotteau zweihundert Glückwunschkarten zugesandt. Eine solche Hochflut an falschen Freundschaftsbezeigungen und Bekundungen der Geneigtheit sind etwas Schreckliches für Menschen, die merken, daß sie vom reißenden Strom des Unglücks fortgerissen werden. Birotteau sprach dreimal vergeblich im Stadtpalais des berühmten Bankiers, des Barons de Nucingen, vor. Der Jahresbeginn und die damit verbundenen Festlichkeiten rechtfertigten das Fernsein des Finanzmanns zur Genüge. Beim letztenmal drang der Parfümhändler bis in das Arbeitszimmer des Bankiers vor, wo der Prokurist, ein Deutscher, ihm sagte, Monsieur de Nucingen sei erst um fünf Uhr morgens von einem Ball heimgekehrt, den die Gebrüder Keller gegeben hätten, und werde erst um halb zehn zu sprechen sein. Birotteau verstand es, den Prokuristen für seine Angelegenheit zu interessieren; fast eine halbe Stunde lang besprach er sich mit ihm. Im Laufe des Tages schrieb ihm dieser Hausminister der Nucingens, der Baron wolle ihn am nächsten Tag, dem 12., um die Mittagsstunde empfangen. Obwohl jede Stunde einen Wermutstropfen barg, verging der Tag mit erschreckender Schnelligkeit. Der Parfümhändler fuhr in einer Droschke hin, die er dicht vor dem Palais halten ließ; der Hof war nämlich schon mit Wagen überfüllt. Dem armen Ehrenmann krampfte sich beim Anblick des Glanzes dieses berühmten Hauses das Herz zusammen.

»Dabei hat er zweimal liquidiert«, sagte er sich, als er die prächtige, mit Blumen geschmückte Treppe hinaufstieg und die Prunkgemächer durchschritt, um derentwillen die Baronin Delphine de Nucingen berühmt geworden war. Die Baronin hatte den Ehrgeiz besessen, es mit den reichsten Häusern des Faubourg Saint-Germain aufzunehmen, in denen sie noch nicht empfangen wurde. Der Baron saß mit seiner Frau beim Mittagessen. Obwohl in seinen Büros eine große Zahl von Leuten auf ihn wartete, sagte er, Freunde du Tillets hätten jederzeit bei ihm Zutritt. Birotteau zitterte vor Hoffnungsfreude, als er die Veränderung wahrnahm, die der Ausspruch des Barons auf dem Gesicht des anfangs so unverschämten Dieners zuwege brachte.

»Entschuldige, meine Liebe[188]«, sagte der Baron zu seiner Frau, stand auf und begrüßte Birotteau mit einem leichten Neigen des Kopfs, »der Herr hier ist ein guter Royalist und ein sehr intimer Freund du Tillets. Außerdem ist er Beigeordneter im Zweiten Arrondissement und gibt Bälle von asiatischer Pracht; es wird dich freuen, seine Bekanntschaft zu machen.«

»Aber ich würde mich sehr geschmeichelt fühlen, wenn ich bei Madame Birotteau Unterrichtsstunden nehmen könnte; denn Ferdinand . . .« (»Nanu?« dachte der Parfümhändler, »sie nennt ihn kurz und bündig Ferdinand?«) »hat uns von jenem Ball mit einer Bewunderung erzählt, die um so wertvoller ist, als er niemals etwas bewundert. Ferdinand ist ein strenger Kritiker; es muß also alles vollkommen gewesen sein. Geben Sie bald wieder einen Ball?« fragte sie mit überaus liebenswürdiger Miene.

»Madame, arme Leute wie wir gönnen sich nur selten ein Vergnügen«, antwortete der Parfümhändler; er wußte nicht, ob dies Spott oder ein banales Kompliment sei.

»Monsieur Grindot hat die Ausstattung Ihrer Zimmer geleitet«, sagte der Baron.

»Siehe da, Grindot! Der nette kleine Architekt, der gerade aus Rom zurückgekommen ist«, sagte Delphine de Nucingen, »für den schwärme ich, er macht entzückende Zeichnungen für mein Album.«

Kein Verschwörer, der in Venedig der ›peinlichen Frage‹ unterzogen wird, hat sich in den spanischen Stiefeln der Folter übler dran gefühlt als Birotteau in seinen Kleidern. Er hörte aus allem, was gesprochen wurde, einen spöttischen Unterton heraus.

»Auch wir geben kleine Bälle«, sagte der Baron und warf einen inquisitorischen Blick auf den Parfümhändler. »Sie sehen: alle Leute geben jetzt welche.«

»Wollen Sie nicht ganz zwanglos mit uns essen, Monsieur Birotteau?« fragte Delphine und zeigte auf den üppig beladenen Tisch.

»Frau Baronin, ich bin um geschäftlicher Dinge willen gekommen, und ich bin . . .«

»Ja«, sagte der Baron, »erlaubst du, daß wir über Geschäftliches sprechen?«

Delphine nickte zustimmend und fragte den Baron: »Willst du mir etwa Parfüms kaufen?« Der Baron zuckte die Achseln und wandte sich César zu, der nicht aus noch ein wußte.

»Du Tillet nimmt den lebhaftesten Anteil an Ihnen«, sagte er.

Endlich, dachte der arme Kaufmann, kommen wir zur Sache.

»Durch seinen Brief haben Sie bei meiner Firma einen Kredit, der nur durch mein Vermögen begrenzt wird.«

Der erquickende Balsam, den das Wasser enthielt, das der Engel der Hagar[189] in der Wüste darbot, muß dem Tau geähnelt haben, mit dem diese in einem schauderhaften Französisch vorgebrachten Worte die Adern des Parfümhändlers befeuchteten. Um Gründe zu haben, sich auf richtig gesagte und falsch verstandene Worte berufen zu können, behielt der durchtriebene Baron die schauderhafte Aussprache der deutschen Juden bei, die sich einbilden, sie sprächen Französisch.

»Sie sollen ein Kontokorrent haben. Folgendermaßen wollen wir die Sache machen«, sagte mit elsässischer Gutmütigkeit der gütige, verehrungswürdige, große Finanzmann.

Birotteau war jetzt seiner Sache sicher; als Kaufmann wußte

er, daß, wer nicht geneigt ist, Verpflichtungen einzugehen, sich nicht auf Einzelheiten der Durchführung einläßt.

»Ich brauche Ihnen nicht erst zu sagen, daß bei den Großen wie bei den Kleinen die Bank von Frankreich drei Unterschriften verlangt. Sie stellen also Wechsel auf die Order unseres Freundes du Tillet aus, und der schickt sie am selben Tag mit meiner Unterschrift an die Bank von Frankreich, und dann haben Sie nachmittags um vier den Barbetrag für die Wechsel, die Sie am Morgen unterschrieben haben, zum Zinssatz der Bank. Ich will keine Provision, kein Skonto, nichts, ich habe ja die Freude, Ihnen eine kleine Gefälligkeit erwiesen zu haben ... Aber *eine* Bedingung stelle ich!« sagte er und strich sich mit einer Bewegung von unnachahmlicher Gerissenheit mit dem linken Zeigefinger über die Nase.

»Herr Baron, sie ist im voraus zugestanden«, sagte Birotteau; er meinte, es handele sich um eine Dividende an seinen künftigen Gewinnen.

»Eine Bedingung, auf die ich den allergrößten Wert lege, ich möchte nämlich, daß meine Frau, wie sie gesagt hat, Unterrichtsstunden bei Ihrer Frau nimmt.«

»Herr Baron, ich flehe Sie an, machen Sie sich nicht über mich lustig!«

»Monsieur Birotteau«, sagte der Finanzmann mit ernster Miene, »es ist abgemacht, Sie laden uns zu Ihrem nächsten Ball ein. Meine Frau platzt vor Neid, sie will Ihre Wohnung sehen, die alle Leute so sehr rühmen.«

»Herr Baron!«

»Tja, wenn Sie nicht wollen, dann gibt's auch keinen Kredit! Sie sind gut angeschrieben, Sie! Ich weiß, der Seine-Präfekt ist bei Ihnen gewesen; es ist ihm nichts anderes übriggeblieben, er hat kommen müssen.«

»Herr Baron!«

»La Billardière ist bei Ihnen gewesen, ferner ein diensttuender Kammerherr, de Fontaine, der, wie Sie, auf der Treppe von Saint-Roch verwundet worden ist.«

»Am 13. Vendémiaire, Herr Baron!«

»Außerdem waren Monsieur de Lacépède bei Ihnen und Monsieur Vauquelin von der Akademie ...«

»Herr Baron!«

»Haha, zum Teufel, seien Sie doch nicht so bescheiden, Herr Beigeordneter, ich habe gehört, der König habe gesagt, Ihr Ball . . .«

»Der König?« fragte Birotteau; aber er konnte nichts Näheres darüber erfahren.

Jetzt betrat zwanglos ein junger Herr das Zimmer; die schöne Delphine de Nucingen hatte ihn schon von weitem am Schritt erkannt und war heftig rot geworden.

»Tag, lieber de Marsay«, sagte der Baron de Nucingen, »nehmen Sie meinen Platz ein; es sind, wie mir gesagt worden ist, haufenweise Leute in meinen Büros. Ich weiß auch, warum! Die Bergwerke von Wortschin werfen eine Dividende aus, die zweimal so groß wie das Kapital ist! Ich habe den Geschäftsbericht! Deine Einkünfte erhöhen sich um hunderttausend Francs, Frau. Jetzt kannst du dir Gürtel und andere Kinkerlitzchen kaufen, um dich hübsch zu machen, soviel du willst.«

»Großer Gott! Und die Ragons haben ihre Aktien verkauft!« rief Birotteau aus.

»Was sind das für Herren?« fragte der junge Elegant lächelnd.

»Tja«, sagte Monsieur de Nucingen und wandte sich um, da er schon bis zur Tür gelangt war, »mir scheint, daß diese Leute . . . De Marsay, dies hier ist Monsieur Birotteau, Ihr Parfümhändler; er gibt Bälle von asiatischer Pracht, und der König hat ihm eine Auszeichnung verliehen . . .«

De Marsay nahm sein Lorgnon und sagte: »Ach ja, richtig, ich glaubte, dieses Gesicht sei mir nicht unbekannt. Sie wollen wohl Ihre Geschäfte mit irgendeinem kräftigenden Kosmetikum parfümieren, sie gewissermaßen ölen . . .«

»Ja, richtig, diese Ragons«, fuhr der Baron fort und schnitt ein mißzufriedenes Gesicht, »die hatten ein Konto bei mir, ich hatte es gut mit ihnen gemeint und ihnen ein Vermögen zukommen lassen wollen; aber sie hatten keinen Tag länger warten können.«

»Herr Baron!« rief Birotteau.

Den guten Mann dünkte seine Angelegenheit über die Maßen unklar; ohne sich von der Baronin oder de Marsay zu verabschieden, lief er dem Bankier nach. Monsieur de Nucingen war schon auf der untersten Treppenstufe; der Parfümhändler holte ihn unten ein, als er gerade seine Büroräume betreten wollte. Als Monsieur de Nucingen die Tür aufmachte, sah er eine verzweifelte Geste jener armen Kreatur, der zumute war, als stürze sie in einen Schlund, und er sagte zu Birotteau: »Na, wir sind uns doch einig? Gehn Sie zu du Tillet, besprechen Sie die Sache mit ihm.«

Birotteau meinte, de Marsay habe vielleicht Einfluß auf den Baron; schwalbenschnell flog er die Treppe wieder hinauf und schlüpfte ins Eßzimmer, in dem sich ja die Baronin und de Marsay noch befinden mußten: Als er Delphine verlassen, hatte sie auf ihren Milchkaffee gewartet. Zwar sah er, daß der Kaffee serviert worden war; aber die Baronin und der junge Elegant waren verschwunden. Der Diener belächelte die Verwunderung des Parfümhändlers, der langsam die Treppe hinabstieg. César eilte zu du Tillet, der, wie ihm gesagt wurde, bei Madame Roguin auf dem Lande war. Der Parfümhändler nahm ein Kabriolett und zahlte ein Fahrgeld, für das er ebenso schnell wie mit der Eilpost nach Nogent-sur-Marne gefahren wurde. In Nogent-sur-Marne sagte der Hausmeister dem Parfümhändler, »Monsieur und Madame« seien bereits nach Paris zurückgekehrt. Völlig zerschlagen kam Birotteau heim. Als er seiner Frau und seiner Tochter von seiner Irrfahrt erzählte, verblüffte es ihn, daß seine Constance, die für gewöhnlich bei dem geringsten geschäftlichen Mißgeschick dahockte wie ein Unglücksrabe, ihm die liebevollsten Trostesworte spendete und ihm versicherte, es werde alles gut gehen.

Am andern Tage zog Birotteau schon früh um sieben, als es gerade hell zu werden anfing, in du Tillets Straße auf Posten. Er bat den Hausmeister, eine Verbindung zwischen ihm und du Tillets Diener anzubahnen und drückte dem Hausmeister zehn Francs in die Hand. Auf diese Weise erlangte César die Gunst einer Besprechung mit du Tillets Diener, den er bat, ihn zu du Tillet hineinzuführen, sobald du Tillet sichtbar werde; er steckte dem Diener zwei Goldstücke zu. Diese kleinen Opfer und großen Demütigungen, wie sie Höflingen und Bittstellern geläufig sind, ermöglichten es ihm, an sein Ziel zu gelangen. Um halb neun, als sein ehemaliger Angestellter sich gerade den Morgenrock anzog und die verworrenen Einfälle, die man beim Erwachen hat, abschüttelte, gähnte, sich reckte und dabei seinen ehemaligen Chef um Entschuldigung bat, stand Birotteau Auge in Auge dem nach Rache dürstenden Tiger gegenüber, in dem er seinen einzigen Freund zu erblicken glaubte.

»Nur zu, lassen Sie sich nicht stören!« sagte Birotteau.

»Was gibt es denn, mein guter César?« fragte du Tillet.

Nicht ohne schauerliches Herzklopfen entäußerte César sich der Antwort und der Forderungen des Barons de Nucingen, wobei du Tillet ihm unaufmerksam zuhörte; er suchte nach seinem Blasebalg und schalt seinen Diener aus, daß dieser aus purer Nachlässigkeit kein ordentliches Feuer angezündet habe.

Der Diener hatte alles belauscht, César hatte ihn nicht gesehen, ihn aber schließlich dennoch erblickt und verwirrt innegehalten; erst auf einen Sporenstich du Tillets hin, ein »Weiter, weiter, ich bin ganz Ohr!« des zerstreuten Bankiers, fuhr er fort.

Das Hemd des armen Kerls war feucht. Sein Schweiß wurde eiskalt, als du Tillet seinen starren Blick auf ihn richtete, ihn seine silberhellen, mit ein paar Goldfäden getigerten Pupillen sehen ließ und ihn mit einem diabolischen Aufleuchten bis ins Herz hinein durchbohrte.

»Lieber Chef, die Bank von Frankreich hat die Übernahme Ihrer Wechsel abgelehnt, die das Bankhaus Claparon ›ohne Garantie‹ an Gigonnet weitergegeben hatte; ist das meine Schuld? Wie konnten Sie, ein alter Handelsrichter, einen solchen Bock schießen? Ich bin vor allem Bankier. Ich kann Ihnen zwar Geld geben, aber ich kann unmöglich meine Wechselunterschrift einer Ablehnung durch die Bank von Frankreich aussetzen. Ich existiere lediglich durch Kredit. So weit ist es mit uns allen gekommen. Wollen Sie Geld?«

»Können Sie mir alles zur Verfügung stellen, was ich brauche?«

»Das hängt von der Höhe der Summe ab. Wieviel also?«

»Dreißigtausend Francs.«

»Da bricht mir ja das Dach überm Kopf zusammen«, sagte du Tillet und lachte schallend.

Als der Parfümhändler, den der Luxus du Tillets zum Narren

hielt, dies Auflachen hörte, glaubte er darin das Lachen eines Mannes zu vernehmen, für den diese Summe eine Kleinigkeit war; er atmete auf. Du Tillet schellte.

»Mein Kassierer soll heraufkommen.«

»Er ist noch nicht da, Monsieur«, antwortete der Diener.

»Diese Kerle tanzen mir auf der Nase herum! Es ist halb neun, bis zu diesem Zeitpunkt müßten schon für eine Million Geschäfte getätigt sein.«

Fünf Minuten später erschien Monsieur Legras.

»Wieviel haben wir in der Kasse?«

»Nur zwanzigtausend Francs. Sie hatten doch Order gegeben, für dreißigtausend Francs Staatsrenten gegen Kasse zu kaufen, zahlbar am 15.«

»Richtig; ich bin noch ganz im Schlaf.«

Der Kassierer musterte Birotteau mit einem schiefen Blick und zog sich zurück.

»Wenn die Wahrheit von der Erde verbannt werden sollte, würde sie ihr letztes Wort einem Kassierer anvertrauen«, sagte du Tillet. – »Sind Sie nicht bei dem kleinen Popinot beteiligt, der sich unlängst auf eigene Füße gestellt hat?« fragte er nach einer schrecklichen Pause; inzwischen hatten sich auf der Stirn des Parfümhändlers Schweißperlen gebildet.

»Freilich«, sagte Birotteau in seiner Harmlosigkeit. »Glauben Sie, daß Sie mir Wechsel von ihm über eine ansehnliche Summe diskontieren könnten?«

»Bringen Sie mir Akzepte von ihm über fünfzigtausend Francs; die kann ich Ihnen zu einem anständigen Diskontsatz bei einem gewissen Gobseck unterbringen; mit dem ist gut auszukommen, wenn er viel Geld zum Anlegen hat, und das hat er.«

Birotteau kam völlig verstört nach Hause; er hatte gar nicht gemerkt, daß die Bankiers ihn wie einen Tennisball einander zuwarfen; aber Constance hatte bereits gewittert, daß keinerlei Kredit zu bekommen war. Wenn bereits drei Bankiers abgelehnt hatten, so mußten sie sich über einen Mann, der im Licht der Öffentlichkeit stand wie der Beigeordnete, untereinander verständigt haben; folglich schied die Bank von Frankreich als Hilfsquelle aus.

»Versuch doch, zu prolongieren«, sagte Constance, »und geh

zu Monsieur Claparon, deinem Teilhaber, und zu allen, denen du Wechsel auf den 15. gegeben hast; schlag ihnen eine Prolongation vor. Es ist dann immer noch Zeit, mit Popinots Wechseln zu den Wucherern zu gehen.«

»Morgen ist der 13.!« sagte Birotteau niedergeschlagen.

Entsprechend der Ausdrucksweise seines Prospekts hatte er ein sanguinisches Temperament, und ein solches verbraucht bei Aufregungen oder Gedankenarbeit enorm viel Kräfte und bedarf absolut des Schlafs, um den Verlust wettzumachen. Césarine führte den Vater in den Salon und spielte ihm ›Rousseaus Traum‹ vor, ein sehr hübsches Klavierstück von Hérold[190], während Constance sich neben ihn setzte und handarbeitete. Der arme Mann hatte sich auf eine Ottomane gelegt, und jedesmal, wenn er den Blick auf seine Frau richtete, gewahrte er auf ihren Lippen ein sanftes Lächeln; so schlief er ein.

»Der Ärmste!« sagte Constance, »welche Qualen stehen ihm noch bevor; hoffentlich hält er durch.«

»Aber was ist dir denn, Mama?« fragte Césarine, als sie sah, daß die Mutter in Tränen ausbrach.

»Liebes Kind, ich halte den Konkurs für unabwendbar. Wenn dein Vater ihn anmelden muß, dürfen wir niemanden um Mitleid bitten. Kind, du mußt dich darauf gefaßt machen, ein einfaches Ladenmädchen zu werden. Wenn ich sehe, daß du dein Schicksal tapfer auf dich nimmst, werde auch ich die Kraft zu einem neuen Lebensbeginn aufbringen. Ich kenne deinen Vater, er wird keinen roten Heller schuldig bleiben, ich verzichte auf meine Rechte, wir verkaufen alles, was wir besitzen. Du, mein Kind, bringst morgen deinen Schmuck und deine Garderobe zu Onkel Pillerault; du bist zu nichts verpflichtet.«

Césarine erschrak grenzenlos, als sie diese mit frommer Schlichtheit hingesprochenen Worte vernahm. Es kam ihr der Gedanke, zu Anselme zu gehen; allein ihr Zartgefühl hinderte sie daran.

Am nächsten Morgen um neun fand Birotteau sich in der Rue de Provence ein; jetzt peinigten ihn ganz andere Ängste als die bislang durchlittenen. Um Kredit nachzusuchen ist im Geschäftsleben etwas ganz Einfaches. Es geschieht tagtäglich, daß jemand, der etwas unternehmen will, Kapital auftreiben muß; aber eine

Prolongation zu erbitten, das verhält sich dazu im geschäftlichen Rechtsleben wie das Polizeigericht zum Schwurgericht; es ist der erste Schritt zum Konkurs, wie das Vergehen zum Verbrechen führt. Das Geheimnis der Ohnmacht und der Geldnöte ist aus den eigenen in andere Hände geraten. Ein Kaufmann liefert sich, an Händen und Füßen gefesselt, einem andern Kaufmann aus, und Mitleid ist keine an der Börse geübte Tugend.

Der Parfümhändler, der einstmals mit vor Selbstvertrauen leuchtenden, erhobenen Augen durch Paris geschritten war, zögerte jetzt, geschwächt von Zweifeln, wie er war, zu dem Bankier Claparon hineinzugehen; er begann zu begreifen, daß bei Bankiers das Herz nur ein Muskel ist. Claparon in seiner plumpen Aufgeräumtheit war ihm so brutal vorgekommen, er hatte bei ihm so viele schlechte Manieren wahrgenommen, daß er davor zurückschreckte, ihn anzureden.

»Er ist dem Volke näher; vielleicht hat er mehr Herz!« Das war das erste anklägerische Wort, das die Wut über seine Lage ihm diktierte.

César schöpfte die letzte Dosis Mut aus seiner Seele und stieg die Treppe zu einem unansehnlichen Zwischenstock hinauf, an dessen Fenstern er grüne, vom Sonnenlicht vergilbte Gardinen wahrgenommen hatte. Er las an der Tür das Wort ›Kontore‹; es war schwarz in ein Messingoval eingraviert; er klopfte, niemand antwortete, er trat ein. Die mehr als bescheidenen Räumlichkeiten rochen nach Dürftigkeit, Geiz oder Unsauberkeit. Hinter den Messinggittern, die in Brusthöhe auf einem Getäfel aus ungestrichenem Weichholz angebracht waren, das als Trennwand zu Tischen und Pulten aus geschwärztem Holz fungierte, war kein Angestellter zu sehen. Auf diesen verlassenen Schreibtischen standen und lagen zahlreiche Tintenfässer, in denen die Tinte schimmelte, Federn, die struppig waren wie Straßenlümmel und in sich zusammengedreht, daß sie wie Monstranzen aussahen; außerdem waren sie bedeckt mit Mappen, Papieren und Drucksachen, die offenbar keinerlei Sinn und Zweck hatten. Das Parkett des Fußbodens glich dem des Sprechzimmers in einem Alumnat, so abgenutzt, schmutzig und feucht war es. Das zweite Zimmer, dessen Tür das Wort ›Kasse‹ zierte, harmonierte mit der unheilverkündenden Possenhaftigkeit des ersten Büros. In der einen Ecke befand sich ein großer Verschlag aus Eichenholz mit einem Gitterwerk aus Messingdraht, einem beweglichen Schiebefenster und einem riesigen eisernen Koffer, der wohl den Kapriolen der Ratten und Mäuse überlassen worden war. Dieser Verschlag, dessen Tür offenstand, enthielt überdies noch ein phantastisches Schreibbüro und den dazugehörigen schäbigen, durchlöcherten grünen Sessel mit zerplatzter Rückenlehne, aus der das Roßhaar in tausend ausgelassenen Korkzieherlocken hervorquoll; es erinnerte an die Perücke des Chefs. Dieser Raum, der offenbar ehedem das Wohnzimmer der Wohnung gewesen war, ehe sie in ein Bankbüro umgewandelt wurde, hatte als Hauptschmuck einen runden Tisch, auf dem eine grüne Decke lag; um ihn herum standen alte Stühle mit schwarzen Maroquinbezügen und Nägeln, deren Vergoldung abgeblättert war. Der leidlich elegante Kamin bot dem Auge nur die schwarzen Ätzflächen dar, die das Feuer hinterläßt; seine Platte war sauber, sein von Fliegen beschmutzter Spiegel wirkte vulgär, gerade wie eine Mahagonistutzuhr, die wohl aus der Versteigerung der Habe eines alten Notars stammte und die den Blick langweilte, der ohnehin schon durch zwei kerzenlose, mit klebrigem Staub bedeckte Leuchter trübe gestimmt war. Die mausgraue Tapete mit der rosa Borte zeigte durch ihr verräuchertes Aussehen, daß dies der ungesunde Aufenthaltsraum mehrerer Raucher war. Alles glich vollauf den banalen Räumen, die in den Zeitungen als ›Redaktionszimmer‹ bezeichnet werden. Birotteau, der sich scheute, als taktlos zu erscheinen, vollführte drei kurze Schläge an die Tür, die derjenigen gegenüberlag, durch die er eingetreten war.

»Herein!« rief Claparon; aus dem Klang seiner Stimme konnte auf die Entfernung geschlossen werden, und auch darauf, daß das Zimmer leer war, in dem der Parfümhändler ein gutes Feuer prasseln hörte, aber in dem der Bankier sich nicht befand.

Dieser Raum diente ihm nämlich als Privatzimmer. Zwischen dem pompösen Audienzsaal Kellers und der eigenartigen Nachlässigkeit, die bei diesem vorgeblich großen Geschäftsmann herrschte, bestand der gleiche Unterschied wie zwischen Versailles und dem Wigwam eines Huronenhäuptlings. Der Parfümhändler hatte die Bankwelt in ihrer Protzigkeit kennengelernt; jetzt sollte er ihre Dummejungenstreiche erleben.

Claparon lag in einer Art rechteckigen Nische, die sich hinter dem Arbeitszimmer befand; das gesamte, ursprünglich wohl halbwegs elegant gewesene Mobiliar war durch die Gewohnheiten eines schlampigen Lebens abgenutzt, verschlissen, zuschanden gemacht, zerfetzt, ölig und ruiniert. Beim Erblicken Birotteaus hüllte er sich in seinen schmierigen Schlafrock, legte seine Pfeife weg und zog die Bettvorhänge mit einer Hast zu, die bei dem unschuldigen Parfümhändler Argwohn über des anderen Sitten erweckte.

»Setzen Sie sich doch, Monsieur«, sagte dieses Zerrbild eines Bankiers.

Claparon trug keine Perücke; um den Kopf hatte er sich einen Schal gewickelt, der verrutscht war; er wirkte auf Birotteau um so abstoßender, als der auseinanderklaffende Schlafrock etwas wie eine weiße, gestrickte Unterjacke sehen ließ, die durch viel zu langes Tragen braun geworden war.

»Wollen Sie mit mir frühstücken?« fragte Claparon; der Ball des Parfümhändlers war ihm eingefallen; er wollte sich durch diese Einladung zugleich revanchieren und Birotteau auf eine falsche Spur leiten.

Tatsächlich bot sich auf einem runden Tisch, der flüchtig von den darauf liegenden Papieren befreit worden war, ein hübsches Nebeneinander dar: eine Pastete, Austern, Weißwein und die gewöhnlichen, in Champagner geschmorten Nieren, die in ihrer Sauce erstarrt waren. Vor der mit Steinkohlen gefüllten Kaminwanne färbte das Feuer eine Omelette mit Trüffeln goldbraun. Zwei Gedecke und deren vom Souper des Vorabends fleckigen Servietten hätten schließlich auch die harmloseste Unschuld aufgeklärt. Als einer, der sich wer weiß wie geschickt glaubte, beharrte Claparon bei seiner Aufforderung, trotz Birotteaus Ablehnung.

»Es sollte wer kommen, aber der hat nicht Wort gehalten«, rief der durchtriebene Geschäftsreisende so laut, daß eine etwa in den Bettdecken sich versteckende Person es hören mußte.

»Monsieur«, sagte Birotteau, »ich bin einzig und allein um einer geschäftlichen Angelegenheit willen gekommen; ich möchte Sie nicht lange aufhalten.«

»Ich bin mit Arbeit überhäuft«, antwortete Claparon und

zeigte auf ein Zylinderbüro und die Tische, auf denen haufenweise Papiere lagen, »für mich selber bleiben kaum ein paar armselige Minuten übrig. Eigentlich empfange ich nur samstags, aber für Sie, mein Verehrter, bin ich natürlich immer zu sprechen! Ich finde keine Zeit mehr für die Liebe und zum Bummeln, ich büße den Instinkt für die Geschäfte ein; der bedarf nämlich, um wach und lebendig zu bleiben, einer klüglich berechneten Muße. Jetzt sieht mich niemand mehr auf den Boulevards umherschlendern; ich bin nicht länger damit beschäftigt, nichts zu tun. Puh! Die Geschäfte öden mich an, ich will nichts mehr von Geschäften hören, Geld habe ich genug, aber Glück werde ich nie genug haben. Ja, wahrhaftig, ich will reisen, mir mal Italien ansehen! Ach, das liebe Italien! Sogar seine Kehrseite ist noch schön; es ist ein göttliches Land, und da werde ich wohl einer molligen und majestätischen Italienerin begegnen! Ich habe von je die Italienerinnen gemocht! Haben Sie jemals eine Italienerin gehabt? Nein? Na, dann kommen Sie doch mit mir nach Italien. Wir schauen uns Venedig an, wo die Dogen residiert haben; jetzt ist es schmählicherweise in die intelligenten Hände Österreichs gefallen, das von der Kunst keine Ahnung hat! Pah! Wir wollen die Geschäfte, die Kanäle, die Anleihen und die Regierungen auf sich beruhen lassen. Ich bin ein guter Junge, wenn ich die Taschen gespickt voll habe! Zum Donnerwetter, wir wollen verreisen!«

»Nur ein einziges Wort, Monsieur, und ich gehe wieder«, sagte Birotteau. »Sie haben meine Wechsel an Monsieur Bidault weitergegeben.«

»Sie meinen: an Gigonnet? Den guten kleinen Gigonnet ...? Der ist geschmeidig ... wie eine Schlinge.«

»Ja«, sprach César weiter. »Ich möchte ... und dabei verlasse ich mich auf Ihre Ehrenhaftigkeit und Ihren Takt ...«

Claparon verneigte sich.

»Ich möchte nämlich prolongieren können ...«

»Ausgeschlossen«, antwortete der Bankier kurz und bündig, »ich bin nicht allein an diesem Geschäft beteiligt. Wir haben sozusagen ein Konsortium gebildet, die reinste Kammer, aber wir kommen so gut miteinander aus wie die Speckstücke in der Bratpfanne. Ach, zum Teufel, wir beraten. Das mit den Grundstükken bei der Madeleine ist nichts, wir arbeiten anderswo. Ja, bester Herr, wenn wir uns nicht auf den Champs-Elysées, rings um die Börse, die demnächst fertig werden wird[191], im Stadtviertel Saint-Lazare und in Tivoli[192] beteiligt hätten, dann steckten wir nicht, wie der dicke Nucingen sagt, ›mitten drin im Geschäft‹. Was ist denn schon an der Madeleine dran? Kleines Dreckgeschäft. Brrrr! Wir spielen nicht knickerig, mein guter Mann«, sagte er, klopfte Birotteau auf den Bauch und faßte ihn um die Taille. »Also los, jetzt wird erst mal gefrühstückt, dabei plaudern wir ein bißchen«, redete Claparon weiter, um seine Weigerung zu versüßen.

»Gern«, sagte Birotteau. »Um so schlimmer für den Gast«, dachte der Parfümhändler und nahm sich vor, Claparon betrunken zu machen; er wollte herausbekommen, wer in Wahrheit seine Teilhaber bei einem Geschäft seien, das ihn immer lichtscheuer anzumuten begann.

»Gut! Victoire!« rief der Bankier.

Auf diesen Ruf hin erschien eine wahre Léonarde[193]; sie war aufgetakelt wie ein Fischweib.

»Sagen Sie meinen Angestellten, ich sei für niemanden zu sprechen, nicht mal für Nucingen, die Gebrüder Keller, Gigonnet und dergleichen Leute.«

»Bis jetzt ist bloß Monsieur Lempereur gekommen.«

»Er mag die lieben Leutchen empfangen«, sagte Claparon. »Aber die Bande soll im vordersten Zimmer bleiben. Er soll sagen, ich hätte über einen Coup nachzudenken – einen gehörigen Schluck Champagner.«

Einen ehemaligen Geschäftsreisenden betrunken zu machen ist ein Ding der Unmöglichkeit. César hatte das Schwunghafte des schlechten Benehmens für Symptome der Besäufnis gehalten, als er versucht hatte, seinen Teilnehmer auszuhorchen.

»Dieser infame Roguin steht nach wie vor mit Ihnen in Verbindung«, sagte Birotteau, »können Sie ihm nicht mal schreiben, er solle einem alten Freund, den er in Verlegenheit gebracht hat, helfen, einem Mann, bei dem er jeden Sonntag zum Essen gewesen ist und den er seit zwanzig Jahren kennt?«

»Roguin . . .? Der ist ein Idiot! Sein Anteil gehört uns. Lassen Sie nicht den Kopf hängen, Bester, alles wird tadellos klappen.

Bezahlen Sie am 15., und dann wollen wir bei nächster Gelegenheit weitersehen! Wenn ich sage, wir wollen weitersehen ... (ein Glas Wein!), dann meine ich damit, daß die Gelddinge mich nichts angehen. Ach, wenn Sie nicht zahlen, dann ziehe ich Ihnen kein schiefes Maul, ich bin an dem Geschäft bloß beteiligt, weil ich eine Kommissionsgebühr beim Ankauf und Weiterverkauf einstecken möchte, durch das nämlich, was ich aus den Grundstücksbesitzern herausschlage ... Haben Sie verstanden: Sie haben verläßliche Teilhaber, daher habe ich keine Angst, mein guter Mann. Heutzutage werden die Geschäfte immer komplizierter! Ein Geschäft verlangt die Mitwirkung von so vielen Fachleuten! Wollen Sie sich nicht an unsern Geschäften beteiligen? Kümmern Sie sich nicht um den Kleinkram mit den Pomadedosen und den Kämmen: schlecht ist das, miserabel! Barbieren Sie das Publikum über den Löffel, machen Sie mit bei der Spekulation.«

»Spekulation?« fragte der Parfümhändler. »Was ist das für ein Geschäft?«

»Das abstrakte Geschäft«, entgegnete Claparon, »ein Geschäft, das noch etwa zehn Jahre lang nur unter der Hand betrieben wird, wie der große Nucingen sagt, dieser Napoleon des Finanzwesens, und durch das ein Mann die Totalität der Ziffern umfaßt, die Gewinne abschöpft, ehe sie existieren, eine gigantische Konzeption, eine Methode, die Hoffnungen unter Dach und Fach zu bringen, kurzum: die neue Kabbala[194]! Bislang sind wir erst zehn oder zwölf skrupellose Köpfe, die in die kabbalistischen Geheimnisse dieser großartigen Kombination eingeweiht sind.«

César sperrte Augen und Ohren auf und versuchte, diese buntscheckige Phraseologie zu verstehen.

»Passen Sie auf«, sagte Claparon nach einer Pause, »dergleichen Coups erfordern Männer. Es gibt Menschen, die Ideen haben, aber kein Geld, wie alle Leute mit Ideen. Diese Leute denken, schwatzen ihre Gedanken aus und geben auf nichts Obacht. Stellen Sie sich ein Schwein vor, das in einem Wald nach Trüffeln schnuppert! Hinter ihm läuft ein spaßiger Knabe her, nämlich der Geldmann, und wartet auf das Grunzen, das vermeldet, das Schwein habe was gefunden. Wenn der Mann mit den Ideen auf irgendein gutes Geschäft gestoßen ist, gibt der Geldmann ihm einen Klaps auf die Schulter und sagt zu ihm: ›Na, was ist los? Dabei verbrennen Sie sich die Schnauze, guter Mann, dazu haben Sie nicht genug Mumm; hier sind tausend Francs, lassen Sie mich mal die Sache in Gang bringen.‹ Gut! Jetzt ruft der Bankier die Industriellen zusammen. Ans Werk, ihr Freunde! Prospekte gedruckt! Jetzt die Leute gehörig eingeseift! Man nimmt Jagdhörner und tutet aus Leibeskräften: ›Hunderttausend Francs für fünf Sous! Oder fünf Sous für hunderttausend Francs, Goldminen, Kohlenbergwerke.‹ Kurzum: die ganze gaunerische Reklamemaschinerie des Handels. Es werden Gutachten von Männern der Wissenschaft oder der Kunst gekauft, die Schaustellung fängt an, das Publikum strömt herein, es bekommt was für sein Geld, die Einnahmen fließen in unsere Taschen. Das Schwein wird in seinen Koben gesperrt und bekommt Kartoffeln, und die andern suhlen sich auf Banknoten. So ist es nun mal, mein guter Mann. Machen Sie mit! Was wollen Sie sein? Schwein, ein Geprellter, ein Hanswurst oder Millionär? Überlegen Sie sich das: Ich habe die Theorie des modernen Darlehenswesens formuliert. Besuchen Sie mich öfter, Sie werden stets einen guten, jovialen Kerl vorfinden. Die französische Jovialität ist ernst und leichtfertig zugleich; sie schadet den Geschäften nicht, im Gegenteil! Männer, die miteinander zechen und anstoßen, sind dazu geschaffen, sich gut zu verstehen! Los also! Noch ein Glas Champagner? Er ist gepflegt, das können Sie mir glauben! Der Wein ist mir unmittelbar aus Epernay geschickt worden, und zwar von einem Mann, für den ich viel davon verkauft habe, und zu guten Preisen (früher war ich mal in der Weinbranche). Jetzt bezeigt er sich dankbar und erinnert sich meiner, nun es mir gut geht. So was kommt selten vor.«

Birotteau war verblüfft über die Leichtlebigkeit und Sorglosigkeit dieses Mannes, dem alle eine erstaunliche Tiefgründigkeit und große Fähigkeiten zuerkannten; er wagte nicht mehr, ihn auszufragen. In der verworrenen Erregung, in die der Champagner ihn versetzt hatte, fiel ihm indessen ein Name ein, den du Tillet genannt hatte, und er fragte, wer der Bankier Gobseck sei und wo er wohne.

»So weit ist es also mit Ihnen gekommen, mein lieber Herr?«

fragte Claparon. »Gobseck ist genauso Bankier, wie der Henker von Paris Arzt ist. Sein erstes Wort ist: fünfzig Prozent; er entstammt aus der Schule Harpagons[195]: Er bietet Ihnen Kanarienvögel, ausgestopfte Boaschlangen, Pelzmäntel im Sommer und Nankinghosen[196] im Winter an. Und welche Sicherheiten könnten Sie ihm bieten? Damit er Ihre ungedeckten Wechsel nimmt, müßten Sie Ihre Frau bei ihm deponieren, Ihre Tochter, Ihren Regenschirm, schlechthin alles, sogar Ihren Hutkarton, Ihre Überschuhe (Sie geraten damit in eine ausgesprochene Komödie[197]), Schaufeln, Feuerzangen und das Brennholz in Ihrem Keller . . .! Gobseck, Gobseck! Sie Unglückswurm! Wer hat Sie eigentlich an diese finanzielle Guillotine gewiesen?«

»Monsieur du Tillet.«

»Ach, der Witzbold, das sieht ihm mal wieder so richtig ähnlich. Wir sind früher befreundet gewesen. Jetzt sind wir so verkracht, daß wir einander nicht mehr grüßen; glauben Sie mir bitte, daß mein Widerwille gegen ihn begründet ist: Er hat mich auf dem Grund seiner Dreckseele lesen lassen; er hat mich auf dem schönen Ball, den Sie uns gegeben haben, in ein schlechtes Licht gesetzt; ich kann ihn nicht riechen mit seiner Geckenmiene, bloß weil er was mit einer Notarsfrau hat! Ich könnte Marquisen haben, wenn ich nur wollte, und meine Achtung, die hat er sich verscherzt! Ja, meine Achtung ist eine Prinzessin und wird ihn nie in seinem Bett belästigen. Sie sind mir der Rechte, Dikkerchen, uns mit solch einem Ball aufzuwarten und dann zwei Monate später um Prolongation zu bitten! Sie können's noch weit bringen. Wollen wir nicht zusammenarbeiten? Sie haben einen guten Ruf, der kann mir zustatten kommen. Oh, du Tillet war dazu geboren, mit Gobseck Hand in Hand zu arbeiten. Mit du Tillet nimmt es hier noch mal ein schlimmes Ende. Wenn er, wie es heißt, in den Händen dieses alten Gobseck ist, dann kann es nicht lange mit ihm gut gehen. Gobseck hockt in der Ecke seines Netzes wie eine alte Spinne, die schon um die Welt gereist ist. Früher oder später, flupp!, dann schluckt der Wucherer seinen Mann hinunter wie ich dies Glas Wein. Desto besser. Du Tillet hat mir einen Streich gespielt . . . oh, einen Streich, der den Galgen verdient hätte.«

Nach anderthalb Stunden dieses sinnlosen Geschwätzes wollte

Birotteau gehen; der ehemalige Geschäftsreisende hatte gerade angefangen, ihm das Marseiller Abenteuer eines Volksvertreters zu erzählen, der in eine Schauspielerin verliebt war, die die Rolle der ›Belle Arsène‹[198] gespielt und die das royalistische Publikum ausgepfiffen hatte.

»Er erhebt sich«, sagte Claparon, »und reckt sich in seiner Loge auf: ›Wer da gepfiffen hat, soll verhaftet werden ... he! ... wenn's eine Frau ist, übernehme ich sie; wenn ein Mann, dann werden wir sehen, und wenn's keins von beiden ist, dann soll das heilige Donnerwetter dreinschlagen!‹ Wissen Sie, wie die Sache ausgegangen ist?«

»Adieu, Monsieur«, sagte Birotteau.

»Sie müssen noch mal zu mir kommen«, sagte daraufhin Claparon zu ihm. »Der erste kleine Wechsel von Cayron ist zu Protest eingegangen; ich hatte ihn indossiert, also habe ich geblecht. Ich hatte schon zu Ihnen schicken wollen; die Geschäfte gehen allem andern vor.«

Birotteau fühlte sich auf gleiche Weise ins Herz getroffen durch diese kalte, heuchlerische Zuvorkommenheit wie durch die Härte der Gebrüder Keller und die deutschen Spöttereien Nucingens. Die burschikose Vertraulichkeit dieses Menschen und seine vom Champagner ausgelösten grotesken Geständnisse hatten die Seele des ehrenhaften Parfümhändlers besudelt; er kam sich vor, als verlasse er ein finanzielles Bordell. Er stieg die Treppe hinunter und befand sich auf der Straße, ohne zu wissen, wohin er ging. Er folgte den Boulevards und schlug die Richtung nach der ›Cour Batave‹ ein. Er klomm die schmutzige, gewundene Stiege hinauf, die er vor kurzem noch strahlend und stolz hinaufgeschritten war. Er mußte an den schäbigen Geiz Molineux' denken und zitterte davor, ihn um etwas bitten zu müssen. Wie beim ersten Besuch des Parfümhändlers saß der Hausbesitzer am Kamin; aber diesmal verdaute er sein Mittagessen; Birotteau trug ihm seine Bitte vor.

»Einen Wechsel über zwölfhundert Francs prolongieren?« fragte Molineux und gab einem spöttischen Unglauben Ausdruck. »Das ist doch nicht Ihr Ernst! Wenn Sie am 15. keine fünfzehnhundert Francs zur Einlösung meines Wechsels haben, dann werden Sie mir also auch meine Quittung für die Miete unbezahlt zurückschicken? Ja, das würde mir dann sehr leid tun, denn wenn es um Geld geht, ist es bei mir aus mit der Höflichkeit; ich lebe nämlich von meinen Mieteingängen. Wovon sollte ich denn sonst bezahlen, was ich schuldig bin? Ein Kaufmann kann einen so gesunden Grundsatz nicht mißbilligen. Geld kennt niemanden; es hat keine Ohren, das Geld, es hat auch kein Herz, das Geld. Der Winter ist hart, da wird das Feuerholz teurer. Wenn Sie am 15. nicht zahlen, bekommen Sie am 16. mittags einen kleinen Zahlungsbefehl. Pah, der biedere Mitral, Ihr Gerichtsvollzieher, ist auch meiner; er wird Ihnen seinen Zahlungsbefehl im geschlossenen Umschlag schicken, mit aller Rücksichtnahme, die er Ihrer hohen Stellung schuldig ist.«

»Monsieur, ich habe noch nie mit einem Zahlungsbefehl zu tun gehabt, der gegen mich gerichtet gewesen wäre.«

»Einmal ist immer das erste Mal.«

Der ob der unverhohlenen Roheit des kleinen Greises betroffene Parfümhändler fühlte sich zu Boden geschlagen; die Totenglocke des Bankrotts klang ihm in den Ohren. Jeder Schlag erweckte ihm Erinnerungen an Aussprüche, die sein unbarmherziges Rechtsgefühl ihn über Bankrotteure hatte tun lassen. Seine Ansichten prägten sich in feurigen Schriftzügen in seine weiche Gehirnmasse ein.

»Nebenbei gesagt«, sagte Molineux, »Sie haben vergessen, auf Ihre Wechsel zu schreiben: ›Gegenwert in Miete erhalten‹; dadurch wäre mein Vorrecht gesichert.«

»Meine Lage verbietet mir, irgend etwas zum Nachteil meiner Gläubiger zu tun«, sagte der Parfümhändler; der Blick in den aufklaffenden Abgrund hatte ihn völlig stumpf gemacht.

»Gut, Monsieur, sehr gut; ich hatte geglaubt, ich wüßte in Mietsdingen über alles Bescheid, was die Herrn Mieter angeht. Jetzt habe ich von Ihnen gelernt, daß man niemals Wechsel als Bezahlung annehmen darf. Oh, ich werde zur Klage schreiten, denn Ihre Antwort sagt mir zur Genüge, daß Sie Ihren Wechsel nicht einlösen wollen. Der Fall dürfte alle Pariser Hauseigentümer interessieren.«

Birotteau ging voller Lebensekel fort. Es liegt im Wesen von dergleichen zarten, weichen Seelen, daß sie sich von einer ersten Ablehnung abschrecken lassen, gerade wie ein erster Erfolg ihnen

Mut einflößt. César hoffte jetzt nur noch auf die Treue des kleinen Popinot, der ihm natürlich einfiel, als er sich auf dem Marché des Innocents befand.

»Der arme Junge! Wer hätte mir das gesagt, als ich ihn vor sechs Wochen im Tuileriengarten auf eigene Füße stellte?«

Es war etwa vier Uhr, der Zeitpunkt, da die Richter den Justizpalast verlassen. Zufällig war der Untersuchungsrichter zu seinem Neffen gegangen. Dieser Richter, einer der scharfsinnigsten Geister für die Durchdringung seelischer Dinge, hatte etwas wie ein zweites Gesicht, das ihm erlaubte, den Sinn der unterschiedlichsten menschlichen Handlungen zu ergründen, die Keime eines Verbrechens, die Wurzeln eines Vergehens; er schaute sich Birotteau genau an, ohne daß Birotteau es ahnte. Der Parfümhändler, den es verdroß, daß er den Onkel bei dem Neffen vorfand, kam ihm vor, als sei er befangen, gedrückt, in Gedanken verstrickt. Der kleine, wie stets geschäftige Popinot mit der Feder hinterm Ohr lag abermals vor Césarines Vater sozusagen auf dem Bauch. Die banalen Redensarten, mit denen César seinen Teilhaber bedachte, schienen dem Richter die Tarnung einer wichtigen Bitte zu sein. Anstatt zu gehen, blieb der gewitzte Jurist bei seinem Neffen, obwohl das ebenjenem Neffen nicht recht war; er hatte nämlich berechnet, daß der Parfümhändler versuchen würde, ihn dadurch loszuwerden, daß er selber sich zurückzog. Als Birotteau gegangen war, ging der Richter ebenfalls, aber es fiel ihm auf, daß Birotteau auf dem Teil der Rue des Cinq-Diamants auf und ab ging, der zur Rue Aubry-le-Boucher führt. Dieser geringfügige Umstand erregte im alten Popinot Mutmaßungen über Césars Absichten; er verließ also die Rue des Lombards, und als er festgestellt hatte, daß der Parfümhändler nochmals zu Anselme hineingegangen war, tat er rasch dasselbe.

»Lieber Popinot«, hatte César zu seinem Teilhaber gesagt, »ich bin gekommen, weil ich dich um eine Gefälligkeit bitten möchte.«

»Was kann ich für Sie tun?« hatte Popinot mit großherzigem Eifer gefragt.

»Ach, du rettest mir das Leben«, hatte der Biedermann in seiner Freude über die Herzenswärme ausgerufen, die inmitten der Eiswüste schimmerte, die er seit fünfundzwanzig Tagen durchwandert hatte.

»Ich brauche fünfzigtausend Francs a conto meines Gewinnanteils; über den Zahlungsmodus würden wir uns noch verständigen.«

Popinot hatte César angestarrt, und César hatte die Augen niedergeschlagen. In diesem Augenblick war der Richter erschienen.

»Mein Junge ... Oh, Verzeihung, Monsieur Birotteau! Mein Junge, ich habe dir zu sagen vergessen ...« Und mit einer gebieterischen Richtergeste zog Popinot den Neffen auf die Straße und zwang ihn, obwohl er nur im Rock und barhäuptig war, ihm zuzuhören, während er auf die Rue des Lombards zuschritt. – »Lieber Neffe, dein ehemaliger Chef könnte in eine dermaßen schwierige geschäftliche Lage geraten sein, daß er genötigt wäre, den Konkurs anzumelden. Aber Leute, die vierzig Jahre eines redlichen Lebens hinter sich haben, die anständigsten Menschen tun, ehe sie sich dazu entschließen, im Verlangen, ihre Ehre zu retten, wie die zügellosesten Spieler; sie sind dann zu allem fähig: Sie verkaufen ihre Frauen, versetzen ihre Töchter, ziehen ihre besten Freunde mit sich ins Unglück, verpfänden, was ihnen nicht gehört; sie gehen in die Spielsäle, werden Komödianten, Lügner; sie können auf Kommando losweinen. Kurz und gut, ich habe da die sonderbarsten Dinge erlebt. Du selbst bist Zeuge gewesen, wie biedermännisch Roguin zu wirken verstand; dem hätte man doch die Kommunion ohne Beichte gegeben. Ich möchte dergleichen rigorose Schlußfolgerungen nicht in bezug auf Monsieur Birotteau ziehen; den halte ich für anständig; aber wenn er von dir verlangen sollte, du mögest irgend etwas tun, das gegen die kaufmännischen Gepflogenheiten verstößt, etwa, Gefälligkeitswechsel zu unterschreiben oder dich in ein System von Wechselschiebungen hineinzuziehen, was meiner Ansicht nach der erste Schritt zum Betrug ist, weil es sich dabei doch um falsches Papiergeld handelt, dann versprich mir, nichts zu unterzeichnen, ehe du mich nicht um Rat gefragt hast. Bedenke, daß du, wenn du seine Tochter liebst, gerade im Interesse deiner Liebe nicht deine Zukunft zunichte machen darfst. Wenn Monsieur Birotteau zu Fall kommen muß, warum sollt ihr dann alle beide zu Fall kommen? Würdet ihr euch dadurch einander nicht aller Aufstiegsmöglichkeiten deines Geschäftsunternehmens berauben, das einmal seine Zuflucht bilden könnte?«

»Danke, Onkel: Wer nicht hören will, muß fühlen«, sagte Popinot; der herzzerreißende Aufschrei seines Chefs hatte jetzt seine Erklärung gefunden.

Der Händler mit feinen und gewöhnlichen Ölen kehrte mit sorgenvoller Stirn in seinen düsteren Laden zurück. Birotteau fiel diese Veränderung auf.

»Erzeigen Sie mir die Ehre, mit hinauf in mein Zimmer zu kommen, da sind wir ungestörter als hier. Obwohl die Angestellten viel zu tun haben, könnten sie uns belauschen.«

Birotteau folgte Popinot; er stand die Ängste eines zum Tode Verurteilten aus, der nicht weiß, ob sein Urteil aufgehoben oder ob sein Berufungsantrag abgelehnt wird.

»Lieber Wohltäter«, sagte Anselme, »zweifeln Sie nicht an meiner Ergebenheit; sie ist blind. Erlauben Sie mir lediglich, Sie zu fragen, ob jene Summe Sie gänzlich zu retten vermag, ob sie nicht nur irgendeine Katastrophe hinauszögert; und weshalb wollen Sie dann mich mit hineinziehen? Sie brauchen Drei-Monats-Akzepte. Ja, aber in einem Vierteljahr wäre ich dann schwerlich imstande, sie einzulösen.«

Bleich stand Birotteau auf und blickte Popinot an.

Der erschrockene Popinot rief: »Ich stelle sie aus, wenn Sie es wollen!«

»Undankbarer!« sagte der Parfümhändler; er hatte den Rest seiner Kräfte eingesetzt, um Anselme dieses Wort ins Gesicht zu schleudern wie einen Bannfluch.

Birotteau trat auf die Tür zu und ging. Als Popinot sich von der Bestürzung erholt, in die dies schreckliche Wort ihn versetzt hatte, hastete er die Treppe hinab, lief auf die Straße; aber der Parfümhändler war nicht mehr zu erblicken. Dem Liebhaber Césarines klang noch immer der furchtbare Urteilsspruch in den Ohren, er hatte noch immer das entstellte Gesicht des armen César vor Augen; er lebte, kurz gesagt, wie Hamlet mit einem schreckeneinflößenden Geist an seiner Seite.

Birotteau schwankte wie ein Trunkener durch die Straßen jener Stadtgegend. Irgendwie gelangte er schließlich auf den

Quai, folgte ihm und ging immer weiter bis Sèvres; dort übernachtete er in einem Gasthaus, von Sinnen vor Schmerz; seine angstgequälte Frau wagte nicht, ihn, wo auch immer, suchen zu lassen. Bei solcherlei Gelegenheit kann ein zur Unzeit gegebener Alarm sich verhängnisvoll auswirken. Die vernünftige Constance opferte ihre Besorgnisse dem kaufmännischen Ansehen; sie wartete die ganze Nacht und flocht in ihre Ängste Gebete ein. War César tot? Hatte er sich aus Paris wegbegeben, auf der Fährte einer letzten Hoffnung? Am andern Morgen stellte sie sich, als seien ihr die Gründe dieses Fernbleibens bekannt; aber sie ließ ihren Onkel holen und bat ihn, zur Morgue[199] zu gehen, als César um fünf noch nicht heimgekommen war. Während dieser Zeit saß das tapfere Frauenwesen hinter dem Ladentisch; die Tochter war bei ihr und stickte. Beider Gesichter waren gefaßt; sie waren weder traurig, noch lächelten sie; sie antworteten den Kunden. Als Pillerault wiederkam, geschah es gemeinsam mit César. Auf dem Rückweg von der Börse war er ihm im Palais-Royal begegnet, wo er gezögert hatte, hinauf in die Spielsäle zu gehen. Es war der 14. Beim Abendessen konnte César nichts zu sich nehmen. Der allzu heftig zusammengezogene Magen verweigerte die Nahrungsaufnahme. Die Stunde nach der Mahlzeit war ebenfalls schauerlich. Zum hundertstenmal durchlebte der Kaufmann das schreckliche Hangen und Bangen zwischen Hoffnung und Verzweiflung, in dem jene schwachen Naturen sich dadurch schwächen, daß sie die ganze Stufenleiter freudiger Empfindungen hinaufsteigen und sich dann wieder in den tiefsten Schmerz hinabstürzen. Derville, Birotteaus Anwalt, kam und eilte in den prächtigen Salon, in dem Madame César mit aller Gewalt ihren armen Mann festhielt: Er wollte im fünften Stock zu Bett gehen, »um nicht die Mahnmale meiner Narrheit zu sehen!«, wie er sagte.

»Der Prozeß ist gewonnen«, sagte Derville.

Bei diesen Worten entspannte sich Césars verzerrtes Gesicht, aber seine Freude entsetzte den Onkel Pillerault und Derville. Die erschrockenen Frauen gingen hinaus und schluchzten in Césarines Schlafzimmer.

»Dann kann ich also ein Darlehen aufnehmen«, rief der Parfümhändler.

»Das wäre unvorsichtig«, sagte Derville; »die Gegenpartei legt Berufung ein, das Gericht kann das Urteil umstoßen; aber in einem Monat dürften wir die Entscheidung haben.«

»In einem Monat erst!«

César fiel in den Schlaf der Erschöpfung, aus dem ihn niemand zu wecken wagte. Diese Art wiedergekehrten Starrkrampfes, bei dem der Körper lebte und litt, während die Funktionen des Geistes aussetzten, diese vom Zufall vergönnte Gnadenfrist wurde von Constance, Césarine, Pillerault und Derville als eine Wohltat Gottes angesehen, und damit urteilten sie richtig. Auf diese Weise vermochte Birotteau die Nacht zu überstehen, ohne daß die Qual ihn zerriß. Er lag in einer Bergère am Kamin; an der andern Seite saß seine Frau und beobachtete ihn aufmerksam, auf den Lippen ein sanftes Lächeln, eins der Lächeln, die beweisen, daß die Frauen den Engeln näher stehen als die Männer; sie wissen in ihrem Lächeln eine unendliche Zärtlichkeit mit dem vollkommensten Mitleid zu vereinen, welches Geheimnis nur die Engel besitzen, die man bisweilen in Träumen erblickt, mit denen die Vorsehung in langen Abständen das Menschenleben durchsät. Césarine saß auf einem niedrigen Hocker zu Füßen der Mutter und streifte dann und wann mit ihrem Haar die Hände des Vaters; dadurch erwies sie ihm eine Zärtlichkeit, in die sie die Gedanken zu legen versuchte, die in solchen Krisen auszusprechen fehl am Platz ist.

Pillerault saß in seinem Sessel wie der Kanzler de l'Hospital[200] in dem seinigen im Peristyl der Abgeordnetenkammer; dieser auf alles gefaßte Philosoph trug in seinen Zügen die Intelligenz, die auf die Stirn der ägyptischen Sphinxe gemeißelt ist, und plauderte leise mit Derville. Constance hatte gemeint, man müsse den Advokaten um Rat fragen, dessen Verschwiegenheit über allen Zweifel erhaben war. Sie hatte im Kopf Bilanz gemacht und Derville die Geschäftslage zugeflüstert. Nach einer etwa einstündigen Besprechung im Dabeisein des betäubten Parfümhändlers hatte der Anwalt den Kopf geschüttelt und Pillerault angeblickt.

»Madame«, sagte er mit der grauenhaften Kaltblütigkeit der Sachwalter, »der Konkurs muß angemeldet werden. Auch wenn wir unterstellen, daß es Ihnen durch irgendeinen Kunstgriff gelänge, morgen zu zahlen, müßten Sie noch mindestens dreihunderttausend Francs auswerfen, ehe Sie Ihre Grundstücke beleihen können. Bei einem Passivum von fünfhundertfünfzigtausend Francs haben Sie ein sehr schönes Aktivum, ein sehr ertragreiches, aber das ist nicht realisierbar; also wird in naher Zukunft der Zusammenbruch erfolgen. Meiner Ansicht nach ist es besser, zum Fenster hinauszuspringen, als sich die Treppe hinunterwerfen zu lassen.«

»Das ist auch meine Meinung, liebes Kind«, sagte Pillerault.

Derville wurde von Madame César und Pillerault hinausgeleitet.

»Armer Vater«, sagte Césarine; sie war behutsam aufgestanden und hatte auf Césars Stirn einen Kuß gedrückt. »Anselme hat also nicht helfen können?« fragte sie, als der Onkel und die Mutter wieder hereinkamen.

»Der Undankbare!« rief César; dieser Name hatte ihn an der einzigen lebendigen Stelle seines Erinnerungsvermögens getroffen, wie eine niedergedrückte Klaviertaste den Hammer auf die Saite niederfallen läßt.

Seit der Sekunde, da dieses Wort dem kleinen Popinot entgegengeschleudert worden war wie ein Fluch, hatte er keine Minute Schlaf, keinen Moment Ruhe gefunden. Der unglückliche junge Mensch hatte seinen Onkel verwünscht; er war zu ihm gegangen. Um diese alte Juristenerfahrung zum Kapitulieren zu zwingen, hatte er die Beredsamkeit der Liebe entfaltet, in der Hoffnung, den Mann, einen Richter, umzustimmen, an dem menschliche Worte abglitten wie Wasser an einem Wachstuch.

»Nach kaufmännischen Gepflogenheiten«, sagte er zu ihm, »ist es durchaus statthaft, daß der geschäftsführende Teilhaber dem stillen Teilhaber eine gewisse Summe als Vorschuß auf den Gewinn auszahlt, und unsere Firma wird ganz bestimmt Gewinn abwerfen. Nach genauer Prüfung meiner Geschäftslage fühle ich mich vollauf imstande, in drei Monaten vierzigtausend Francs zu bezahlen! Die Rechtschaffenheit Monsieur Césars läßt ohne weiteres glauben, daß jene vierzigtausend Francs zum Einlösen von Wechseln verwandt werden. Also könnten uns die Gläubiger, falls es zum Konkurs kommt, keine Vorwürfe machen! Überdies, lieber Onkel, möchte ich lieber vierzigtausend

Francs einbüßen, als Césarine verlieren. In diesem Augenblick, da ich das sage, ist sie sicher schon über meine Weigerung unterrichtet und verachtet mich. Ich habe gelobt, ich wolle für meinen Wohltäter mein Blut hingeben! Ich bin jetzt in derselben Lage wie ein junger Matrose, der untergehen muß, weil er beim Schiffbruch seinem Kapitän die Hand hinstreckt, wie ein Soldat, der zusammen mit seinem General fallen muß.«

»Du bist ein gutes Herz und ein schlechter Kaufmann, dir verbleibt meine Achtung«, sagte der Richter und drückte dem Neffen die Hand. »Ich habe mir über dies alles viele Gedanken gemacht«, fuhr er fort, »ich weiß ja doch, daß du toll in Césarine verliebt bist; ich glaube, du kannst den Gesetzen des Herzens wie dem Handelsrecht genugtun.«

»Ach, Onkel, wenn du dazu Mittel und Wege gefunden hast, rettest du meine Ehre.«

»Streck Birotteau fünfzigtausend Francs vor und sichere dir gleichzeitig vertragsmäßig durch Rückkauf seinen Anteil an euerm Ölgeschäft; das ist nämlich zu einem Eigentumsrecht geworden; ich setze dir den Vertrag auf.«

Anselme umarmte den Onkel, ging heim, stellte für fünfzigtausend Francs Wechsel aus und eilte von der Rue des Cinq-Diamants nach der Place Vendôme, so daß in dem Augenblick, da Césarine, ihre Mutter und Onkel Pillerault, überrascht durch die Grabesstimme, mit der er als Antwort auf die Frage der Tochter »Der Undankbare!« gesagt hatte, den Parfümhändler anblickten, sich die Tür des Salons auftat und Popinot erschien.

»Lieber, lieber Chef«, sagte er und wischte sich die schweißgebadete Stirn ab, »hier bringe ich, um was Sie mich gebeten hatten.« Er hielt ihm die Wechsel hin. – »Ja, ich habe meine Geschäftslage genau nachgeprüft, Sie brauchen nichts zu befürchten, ich werde zahlen; retten Sie, retten Sie Ihre Ehre!«

»Ich war seiner sicher«, rief Césarine, ergriff Popinots Hand und drückte sie krampfhaft.

Madame César gab Popinot einen Kuß, der Parfümhändler richtete sich auf wie ein Gerechter, der die Posaune des Jüngsten Gerichts vernimmt; es war, als erhebe er sich aus einem Grab! Dann streckte er mit einer wahnwitzigen Bewegung die Hand aus, um die fünfzig ausgefertigten, gestempelten Wechsel zu ergreifen.

»Einen Augenblick«, sagte der furchtbare Onkel Pillerault und entriß Popinot die Wechsel, »einen Augenblick!«

Die vier Personen, aus denen die Familie bestand, César und seine Frau, Césarine und Popinot, waren bestürzt über das Tun ihres Onkels und dessen Stimmklang; entsetzt sahen sie zu, wie er die Wechsel zerriß und ins Feuer warf, das sie verzehrte, ohne daß jemand es daran hinderte.

»Onkel!«

»Onkel!«

»Onkel!«

»Aber Monsieur!«

Vier Stimmen, vier Herzen in einem einzigen, eine erschrekkende Einmütigkeit. Onkel Pillerault nahm den kleinen Popinot beim Hals, zog ihn an sein Herz und küßte ihn auf die Stirn.

»Du bist der Anbetung aller würdig, die ein Herz haben«, sagte er zu ihm. »Wenn du meine Tochter liebtest, und sie hätte eine Million, und du hättest nichts als das da (er deutete auf die schwarze Asche der Wechsel), aber sie liebte dich, dann würdet ihr in vierzehn Tagen verheiratet sein. Dein Chef«, sagte er und zeigte auf César, »ist von Sinnen. Neffe«, fuhr der gravitätische Pillerault fort und wandte sich jetzt an César, »jetzt Schluß mit den Illusionen, Neffe! Geschäfte muß man mit Talern, aber nicht mit Gefühlen machen. Dieses eben war erhaben, aber unnütz. Ich bin zwei Stunden auf der Börse gewesen, du hast nicht für zwei Heller Kredit; alle haben sie von deiner Katastrophe geredet, von den verweigerten Prolongationen, deinen Versuchen bei mehreren Bankiers, von deren Ablehnungen, von deinen närrischen Ausgaben, davon, daß du sechs Stockwerke hinaufgestiegen bist und einen Hausbesitzer aufgesucht hast, der schwatzhaft wie eine Elster ist, nur um einen Wechsel über zwölfhundert Francs verlängern zu lassen, von dem Ball, den du gegeben hättest, um deine mißliche Lage zu tarnen. Man geht sogar so weit, daß man behauptet, du habest bei Roguin überhaupt kein Depot gehabt. Deine Gegner sagen, Roguin sei nur ein Vorwand. Einer meiner Freunde war von mir beauftragt, alles in Erfahrung zu bringen; er ist zu mir gekommen und hat alle meine Vermutungen bestätigt. Jeder erwartet, daß jetzt Wechsel von Popinot in Umlauf gesetzt werden; es heißt, du habest ihn bloß auf eigene Füße gestellt, um mit ihm Wechsel zu reiten. Kurz und gut, alle Verleumdungen und üblen Nachreden, die einem Mann angehängt werden, der eine weitere Sprosse auf der sozialen Leiter emporsteigen will, gehen um diese Stunde in der Handelswelt um. Acht Tage lang würdest du vergebens Popinots fünfzig Wechsel in allen Kontoren anbieten, du würdest dich dabei bloß demütigenden Ablehnungen aussetzen, weil niemand sie wollen würde: Es kann ja nicht bewiesen werden, welche Menge du in Umlauf gesetzt hast, und man ist darauf gefaßt, daß du zu deiner Rettung den armen Jungen opferst. Du würdest, ohne daß etwas dabei herausgekommen wäre, den Kredit der Firma Popinot untergraben haben. Weißt du, was der wagemutigste Wucherer dir für diese fünfzigtausend Francs gegeben hätte? Zwanzigtausend, hörst du? Zwanzigtausend und nicht mehr. Es gibt im Geschäftsleben Zeiten, da muß man vor den Leuten drei Tage lang ohne zu essen durchhalten können, wie wenn man an einer Verdauungsstörung litte, und dann erst, am vierten Tag, wird man wieder in die Speisekammer des Kredits eingelassen. Du nun aber kannst diese drei Tage nicht überleben, das ist der Kern der Sache. Armer Neffe, fasse Mut: Du mußt den Konkurs anmelden. Hier steht Popinot, hier stehe ich, wir wollen uns, sobald deine Angestellten sich schlafen gelegt haben, an die Arbeit machen, um dir diese Jämmerlichkeit zu ersparen.«

»Onkel!« sagte der Parfümhändler und rang die Hände.

»César, willst du es so weit kommen lassen, daß du eine schmähliche Bilanz ohne jeden Aktivposten vorlegen mußt? Dein Anteil bei Popinot rettet dir die Ehre.«

Diese fatale, letzte Beleuchtung klärte César auf; endlich wurde er sich der furchtbaren Wahrheit in ihrer ganzen Reichweite bewußt, er fiel wieder auf seine Bergère zurück, von da auf die Knie, seine Gedanken verwirrten sich, er wurde wieder zum Kinde; seine Frau glaubte, er sei am Sterben, sie kniete neben ihm nieder und wollte ihm aufhelfen; aber sie tat gleich ihm, als sie sah, daß er die Hände faltete, die Augen aufhob und in schicksalsergebener Zerknirschung im Dabeisein seines

Onkels, seiner Tochter und Popinots das erhabene Gebet der Katholiken sprach:

»Vater unser, der du bist im Himmel, geheiligt werde dein Name; zu uns komme dein Reich; dein Wille geschehe, wie im Himmel, also auch auf Erden! *Unser tägliches Brot gib uns heute;* und vergib uns unsere Schuld, wie auch wir vergeben unsern Schuldigern; und führe uns nicht in Versuchung, sondern erlöse uns von dem Übel. Amen!«

Tränen traten dem Stoiker Pillerault in die Augen; überwältigt, in Tränen, hatte Césarine den Kopf an Popinots Schulter gelehnt; der stand bleich und starr wie eine Statue da.

»Komm, laß uns hinuntergehen«, sagte der alte Kaufmann zu dem jungen Menschen und nahm ihn beim Arm.

Um halb zwölf überließen sie César der Fürsorge seiner Frau und seiner Tochter. In diesem Augenblick stieg Célestin, der Prokurist, der während dieses heimlichen Gewittersturms das Geschäft geleitet hatte, zur Wohnung hinauf und trat in den Salon ein. Als Césarine seinen Schritt hörte, eilte sie ihm entgegen und machte ihm die Tür auf, damit er den kläglichen Zustand seines Chefs nicht sehe.

»Unter der heutigen Abendpost«, sagte er, »war ein Brief aus Tours; die Adresse war so schlecht geschrieben, daß er verspätet eingetroffen ist. Ich habe gedacht, er sei von Monsieur Birotteaus Bruder; deshalb habe ich ihn nicht geöffnet.«

»Vater«, rief Césarine, »ein Brief vom Onkel aus Tours.«

»Oh, dann bin ich gerettet«, rief César. »Mein Bruder! Mein Bruder!« sagte er und küßte den Brief.

Antwort François' an César Birotteau

»Tours, den 17. dieses

Mein vielgeliebter Bruder, Dein Brief hat mich tief betrübt; daher bin ich, nachdem ich ihn gelesen hatte, in die Kirche gegangen und habe Gott für Dich das heilige Opfer der Messe dargebracht und ihn bei dem Blut, das sein Sohn, unser göttlicher Erlöser, für uns vergossen hat, angefleht, einen mitleidsvollen Blick auf Deine Nöte zu werfen. In dem Augenblick, da ich mein Gebet ›Pro meo fratre Caesare‹[201] sprach, hatte ich die

Augen voller Tränen im Gedanken an Dich, von dem ich leider in den Tagen getrennt bin, da Du der Hilfe brüderlicher Freundschaft bedürfen mußt. Aber ich habe gemeint, daß der werte, verehrungswürdige Monsieur Pillerault mich wohl ersetzen werde. Mein lieber César, vergiß inmitten Deiner Kümmernisse nicht, daß dieses Leben ein Leben der Heimsuchungen und des Übergangs ist; daß wir eines Tages dafür belohnt werden, daß wir für den heiligen Namen Gottes, für seine heilige Kirche gelitten, daß wir die Lehren des Evangeliums befolgt und Tugend geübt haben: Denn anders hätten die Dinge dieser Welt keinen Sinn. Wenn ich Dich auf diese Lehren nochmals hinweise, im Wissen, wie fromm und gut Du bist, so deshalb, weil es Menschen, die sich wie Du den Stürmen dieser Welt überantwortet und sich auf das fährdevolle Meer der menschlichen Interessen gewagt haben, widerfahren kann, daß sie sich inmitten ihrer Widerwärtigkeiten, fortgerissen vom Schmerz, wie sie sind, zu Lästerungen hinreißen lassen. Fluche weder den Menschen, die Dir Kränkungen antun, noch Gott, der nach seinem Gutdünken Bitternis in Dein Leben mischt. Schau nicht auf die Erde, sondern hebe stets die Augen zum Himmel auf: Von dort kommen Tröstungen für die Schwachen, dort ist der Reichtum der Armen, dort sind die Schrecknisse der Reichen . . .«

»Aber Mann«, sagte seine Frau zu ihm, »überschlag doch das alles und sieh nach, ob er uns was schickt.«

»Wir werden diesen Brief noch häufig lesen«, entgegnete der Kaufmann, wischte sich die Tränen ab und faltete ihn auseinander; es fiel eine Anweisung auf das königliche Schatzamt heraus. »Ich hab's ja gewußt, daß ich mich auf ihn verlassen könnte, auf den armen Bruder«, sagte Birotteau und nahm die Anweisung an sich.

». . . Ich bin zu Madame de Listomère gegangen«, las er weiter, wobei seine Stimme von Schluchzen unterbrochen wurde, »und ohne ihr den Grund dafür zu sagen, habe ich sie gebeten, mir alles zu leihen, worüber sie zu meinen Gunsten verfügen könne, um die Frucht meiner Ersparnisse anschwellen zu lassen. Ihr Edelmut hat mir gestattet, die Summe auf tausend Francs zu ergänzen; ich übersende sie Dir hier in Gestalt einer Anweisung des Generalsteuereinnehmers von Tours auf das Schatzamt.«

»Das ist mir das Richtige!« sagte Constance und blickte Césarine an.

»Wenn ich mir einiges Überflüssige in meiner Lebenshaltung versage, kann ich Madame de Listomère innerhalb dreier Jahre die vierhundert Francs zurückzahlen, die sie mir geliehen hat; also beunruhige Dich deswegen nicht, lieber César. Ich schicke Dir alles, was ich auf Erden besitze, und wünsche dabei, daß diese Summe zu einer glücklichen Beendigung Deiner Schwierigkeiten beitragen möge, die doch wohl nur vorübergehend sind. Ich kenne Dein Zartgefühl, und so will ich Deinen Einwänden zuvorkommen. Verfall weder auf den Gedanken, mir diese Summe zu verzinsen noch sie mir zurückzuerstatten, wenn Du eines Tages, der bald für Dich anbrechen wird, wenn Gott geruht, meine Gebete zu erhören, die ich täglich an ihn richten werde, wieder im Wohlstand bist. Nach Deinem letzten Brief vor zwei Jahren hatte ich Dich für reich gehalten und geglaubt, ich könne meine Ersparnisse für die Armen verwenden; jetzt aber ist alles, was ich besitze, Dein. Hast Du diese vorübergehende Böe auf Deiner Lebensseefahrt überstanden, so bewahre jene Summe für meine Nichte Césarine auf, damit sie, wenn sie geheiratet hat, sich irgendeine Kleinigkeit kaufen kann, die sie an einen alten Onkel erinnert, dessen Hände sich immerfort zum Himmel erheben werden, um Gott zu bitten, daß er seinen Segen ausgieße über sie und alle, die ihr teuer sind. Und schließlich bedenke, lieber César, daß ich ein armer Priester bin, der in der Gnade Gottes lebt wie die Lerchen auf dem Felde, der lautlos seinen Pfad wandelt und danach trachtet, den Geboten unseres göttlichen Heilands zu gehorchen, und der daher nur wenig braucht. Deswegen mach Dir in der schwierigen Lage, darin du dich befindest, nicht die leisesten Gewissensbisse, und denk an mich als an einen, der Dich zärtlich liebt. Unser vortrefflicher Abbé Chapeloud, dem ich nichts von Deiner Lage gesagt habe, der aber weiß, daß ich Dir schreibe, hat mich beauftragt, allen

Angehörigen Deiner Familie die freundlichsten Grüße zu übermitteln; er wünscht Dir, daß Dein Wohlstand von Dauer sein möge. Leb wohl, lieber vielgeliebter Bruder, ich wünsche Dir, daß Gott Dir in der Lage, in der Du Dich befindest, die Gnade erweise, Dich bei guter Gesundheit zu erhalten, Dich, Deine Frau und Deine Tochter; ich wünsche Euch allen Geduld und Mut in Euren Widerwärtigkeiten.

François Birotteau
Priester, Vikar an der Kathedral- und Parochialkirche
Saint Gatien zu Tours«

»Tausend Francs!« sagte Madame Birotteau wütend.

»Bewahr sie gut auf«, sagte César ernst, »mehr besitzt er nicht. Außerdem gehören sie unserer Tochter; und wir müssen davon leben, ohne daß wir etwas von unseren Gläubigern zu erbitten brauchen.«

»Die werden glauben, du habest große Summen unterschlagen.«

»Ich kann ihnen ja den Brief zeigen.«

»Dann sagen sie, es sei eine abgekartete Sache.«

»Mein Gott, mein Gott!« rief Birotteau entsetzt. »Dasselbe habe ich von armen Leuten geglaubt, die ganz sicher in der gleichen Lage waren wie ich jetzt.«

Mutter und Tochter waren allzu bekümmert über Césars Zustand; sie saßen in tiefem Schweigen bei ihm und machten Handarbeiten. Um zwei Uhr morgens öffnete Popinot behutsam die Tür des Salons und gab Madame César einen Wink, sie möge herunterkommen. Als er seine Nichte eintreten sah, nahm der Onkel die Brille ab.

»Mein Kind, es besteht noch Hoffnung«, sagte er, »noch ist nicht alles verloren; aber dein Mann würde dem Aufundab der Verhandlungen, die zu führen sind, nicht gewachsen sein; Anselme und ich wollen es versuchen. Verlaß morgen deinen Laden nicht und notiere alle Adressen der Wechsel, denn wir haben bis vier Uhr Zeit. Folgendes meine ich. Weder Monsieur Ragon noch ich sind zu fürchten. Nehmt jetzt mal an, daß eure bei Roguin deponierten hunderttausend Francs an die Grundstücksverkäufer ausbezahlt worden seien; dann hättet ihr sie ebensowenig, wie ihr sie heute habt. Ihr seht euch hundertvierzigtausend Francs in von euch unterschriebenen Wechseln an Claparon gegenüber, und die müßtet ihr auf jeden Fall bezahlen. Auf diese Weise seid ihr nicht durch Roguins Bankrott ruiniert worden. Was nun eure Verpflichtungen betrifft, so könnt ihr früher oder später vierzigtausend Francs auf eure Fabriken aufnehmen, und sechzigtausend Francs in Wechseln auf Popinot. Man könnte also den Kampf wagen; denn später könntet ihr die Grundstücke bei der Madeleine beleihen. Wenn euer Hauptgläubiger einwilligt, euch zu helfen, so will ich mein Vermögen dransetzen; ich verkaufe meine Staatsrentenpapiere und stehe dann ohne Brot da. Popinot wird zwischen Leben und Tod schweben; und ihr seid von der geringsten geschäftlichen Schwierigkeit abhängig. Aber das Öl wird ganz sicher große Gewinne abwerfen. Popinot und ich haben uns vorhin beraten; wir wollen euch in diesem Kampf beistehen. Ach, ich will frohgemut trocken Brot essen, wenn ich nur am Horizont einen Hoffnungsschimmer gewahre. Aber es hängt alles von Gigonnet und Claparon und Konsorten ab. Popinot und ich wollen zwischen sieben und acht zu Gigonnet gehen; da werden wir herausbekommen, was von deren Absichten zu halten ist.«

Völlig außer sich stürzte Constance dem Onkel in die Arme; sie konnte nichts tun, als zu weinen und zu schluchzen. Weder Popinot noch Pillerault konnten wissen, daß Bidault, genannt Gigonnet, und Claparon nur Strohmänner du Tillets waren und daß du Tillet in der Spalte ›Vermischtes‹ folgende schreckliche Meldung lesen wollte:

»Durch Urteil des Handelsgerichts wurde der Parfümhändler César Birotteau, wohnhaft Paris, Rue Saint-Honoré Nr. 397, als in Konkurs befindlich erklärt; die provisorische Konkurseröffnung findet am 16. Januar 1819 statt. Kommissarischer Richter: Monsieur Gobenheim-Keller. Konkursverwalter: Monsieur Molineux.«

Anselme und Pillerault befaßten sich bis zum Tagesanbruch mit Césars geschäftlicher Lage. Um acht Uhr morgens machten die beiden heldenhaften Freunde, der eine ein alter Soldat, der andere ein frischgebackener Leutnant, die beide nur in Vertretung die schrecklichen Ängste derer kennenlernen sollten, die die Treppe zu Bidault, genannt Gigonnet, hinaufsteigen mußten, sich wortlos auf den Weg nach der Rue Grenétat. Sie litten beide. Mehrmals fuhr sich Pillerault mit der Hand über die Stirn.

Die Rue Grenétat ist eine Straße, deren sämtliche, von einer Unzahl von Geschäften eingenommene Häuser einen abstoßenden Anblick bieten. Alle Gebäude dort wirken grausig. Die gemeine Unsauberkeit von Werkstätten herrscht dort vor. Der alte Gigonnet bewohnte den dritten Stock eines Hauses, dessen Schiebefenster kleine, schmutzige Scheiben hatten. Die Treppe führte bis in die Straße hinunter. Die Portiersfrau hauste im Zwischenstock in einem Verschlag, der sein Licht nur von der Treppe her erhielt. Außer Gigonnet betrieben sämtliche Mieter ein Handwerk. Es herrschte ein beständiges Kommen und Gehen von Arbeitern. Deswegen waren die Treppenstufen mit einer Schicht harten oder weichen Schmutzes bedeckt, je nach der Witterung, und es verblieb darauf aller mögliche Unrat. Auf jedem Absatz dieser übelriechenden Treppe boten sich dem Blick die Namen der Handwerker dar, und zwar in Goldbuchstaben auf rot lackierten Blechschildern, und dazu Proben ihrer Meisterwerke. Zumeist ließen die offenen Türen eine bizarre Verquikkung von Haushalt und Werkstatt sehen; es erscholl daraus ein unerhörtes Geschrei und Gebrumm, ein Singen und Pfeifen, das an die nachmittägliche Stunde der Fütterung der Tiere im Jardin-des-Plantes denken ließ. Im ersten Stock wurden in einem schauderhaften Gelaß die schönsten Hosenträger der Branche ›Pariser Artikel‹ gefertigt. Im zweiten wurden inmitten des widerlichsten Schmutzes die hocheleganten Kartons hergestellt, die am Neujahrstag den Schaufenstern zur Zierde gereichen. Gigonnet starb später im Besitz von achtzehnhunderttausend Francs im dritten Stock jenes Hauses, ohne daß er sich durch irgendeinen Einwand hätte bewegen lassen, ihn zu verlassen, trotz des Anerbietens seiner Nichte Madame Saillard, ihm eine Wohnung in einem Stadtpalais der Place Royale[202] zu schenken.

»Nur Mut!« sagte Pillerault, als er an der Rehpfote zog, die an einer Klingelschnur neben Gigonnets grauer, sauberer Tür hing.

Gigonnet machte seine Tür eigenhändig auf. Die beiden Kampfzeugen des auf den Kampfplatz der Bankrotteure in die Schranken getretenen Parfümhändlers durchschritten zunächst ein korrektes, kaltes Zimmer ohne Fenstergardinen. Alle drei nahmen im zweiten Platz, wo sich der Wucherer für gewöhnlich aufhielt, und zwar an einem Kamin voller Asche, darin das Holz sich gegen das Verbrennen sträubte. Popinot erstarrte das Herz beim Anblick der grünen Mappen des Wucherers und der mönchischen Strenge dieses Arbeitszimmers in seiner Kellerluft. Er blickte benommen auf die bläuliche, mit dreifarbigen Blumen übersäte billige Tapete, die seit fünfundzwanzig Jahren an den Wänden klebte, und richtete seine betrübten Augen dann auf den Kamin, auf dem eine Stutzuhr in Form einer Lyra und längliche, reich mit vergoldetem Kupfer verzierte Sèvres-Vasen standen. Dieses Strandgut, das Gigonnet bei dem Schiffbruch von Versailles an sich gerafft, wo der Pöbel alles kurz und klein geschlagen hatte, entstammte dem Boudoir der Königin; aber neben diesen Kostbarkeiten standen zwei Leuchter erbärmlichster Form aus Schmiedeeisen und gemahnten durch diesen wüsten Kontrast, welchem Umstand die Vasen zu verdanken waren.

»Ich weiß, daß Sie schwerlich um Ihrer selbst willen zu mir kommen können«, sagte Gigonnet, »sondern des großen Birotteau wegen. Na, was gibt's denn, ihr Freunde?«

»Ich weiß, daß wir Ihnen nichts zu erklären brauchen; deshalb können wir uns kurz fassen«, sagte Pillerault. »Sie haben doch Wechsel an die Order Claparon?«

»Ja.«

»Wollen Sie die ersten fünfzigtausend davon gegen Wechsel des hier anwesenden Monsieur Popinot eintauschen, selbstverständlich unter Abzug des Diskonts?«

Gigonnet setzte seine gräßliche grüne Mütze ab, mit der er auf die Welt gekommen zu sein schien, zeigte seinen haarlosen Schädel, der die Farbe frischer Butter hatte, setzte eine Grimasse à la Voltaire auf und sagte: »Sie wollen mich mit Öl fürs Haar bezahlen; aber was soll ich damit anfangen?«

»Wenn Sie Witze machen wollen, können wir uns ja wieder auf die Socken machen«, sagte Pillerault.

»Sie sprechen wie ein Weiser, und das sind Sie ja auch«, sagte Gigonnet mit einem schmeichlerischen Lächeln.

»Ja, und wenn *ich* Monsieur Popinots Wechsel girierte?« fragte Pillerault; es war ein letzter Versuch.

»Sie sind mir so gut wie Barren Goldes, Monsieur Pillerault, aber ich brauche kein Gold, ich will bloß mein Silber.[203]«

Pillerault und Popinot grüßten und gingen. Unten auf der Treppe wankten Popinot noch immer die Knie.

»Ist das ein Mensch?« fragte er Pillerault.

»Es wird behauptet«, sagte der alte Mann. »Vergiß nie diese kurze Sitzung, Anselme! Jetzt hast du das Bankwesen ohne die Maskerade seiner angenehmen Formen kennengelernt. Unvorhergesehene Ereignisse sind die Schraube der Kelter, wir sind die Trauben, und die Bankiers sind die Fässer. Die Grundstücksspekulation ist ganz sicher gut. Gigonnet oder jemand, der hinter ihm steht, will César abwürgen und in seine Haut schlüpfen: Damit ist alles gesagt; es gibt keine Hilfe mehr. Da hast du die Bankwelt: Suche nie bei ihr Zuflucht!«

Nach diesem schrecklichen Vormittag, an dem Madame Birotteau zum erstenmal die Adressen derer notiert, die ihr Geld holen wollten, und den Bankboten unbezahlt weggeschickt hatte, sah die tapfere Frau, die glücklich war, daß sie ihrem Mann diese schmerzlichen Stunden hatte ersparen können, Anselme und Pillerault zurückkommen; sie hatte in stetig steigender Angst auf sie gewartet, und nun las sie auf ihren Gesichtern das Urteil. Die Anmeldung des Konkurses war unvermeidlich.

»Er wird diesen Schmerz nicht überleben«, sagte die arme Frau.

»Ich wünsche es ihm«, sagte Pillerault ernst. »Aber er ist so fromm, daß unter den obwaltenden Umständen einzig sein Beichtvater, der Abbé Loraux, ihm helfen kann.«

Pillerault, Popinot und Constance warteten, bis ein Angestellter den Abbé Loraux geholt hatte, ehe sie die von Célestin aufgestellte Bilanz César zur Unterschrift vorlegten. Die Kommis waren verzweifelt, sie hingen an ihrem Chef. Der gute Priester kam um vier, Constance setzte ihn über das über sie hereingebrochene Unglück ins Bild, und der Abbé stieg die Treppe hinauf wie ein Soldat, der in die Bresche eindringt.

»Ich weiß, weswegen Sie kommen«, rief Birotteau.

»Mein Sohn«, sagte der Priester, »Ihre Ergebenheit in den göttlichen Willen ist mir seit langem bekannt; aber jetzt handelt es sich um ihre Anwendung: Richten Sie die Augen stets auf das Kreuz, hören Sie nie auf, es anzublicken und denken Sie dabei an die Demütigungen, die dem Erlöser der Menschheit angetan worden sind, und wie grausam seine Passion war; dann können Sie die Kasteiungen ertragen, die Gott über Sie verhängt ...«

»Mein Bruder, der Abbé, hatte mich schon vorbereitet«, sagte César und wies auf den Brief, den er nochmals gelesen hatte und den er jetzt seinem Beichtvater hinhielt.

»Sie haben einen guten Bruder«, sagte Monsieur Loraux, »eine tugendhafte, sanfte Frau, eine zärtliche Tochter, zwei wahre Freunde, nämlich Ihren Onkel und den lieben Anselme, zwei nachsichtige Gläubiger, nämlich die Ragons; alle diese gütigen Herzen werden unablässig Balsam auf Ihre Wunden träufeln und Ihnen helfen, Ihr Kreuz zu tragen. Versprechen Sie mir, die Festigkeit eines Märtyrers zu bezeigen, dem Schlag entgegenzusehen, ohne zu wanken.«

Der Abbé hüstelte; damit gab er Pillerault ein Zeichen, der im Nebenzimmer wartete.

»Ich bin grenzenlos gefaßt«, sagte César ruhig. »Ich habe meine Ehre verloren, und ich darf an nichts denken als an ihre Wiederherstellung.«

Die Stimme des armen Parfümhändlers und sein Aussehen überraschten Césarine und den Priester. Dabei war nichts natürlicher. Alle Menschen ertragen leichter ein ihnen bekanntes, endgültiges Unglück als die grausamen Schwankungen eines Schicksals, das von einem Augenblick zum andern höchste Freude oder tiefsten Schmerz bescheren kann.

»Zweiundzwanzig Jahre lang habe ich geträumt, und heute erwache ich mit meinem alten Wanderstab in der Hand«, sagte César; er war wieder zu dem Bauernburschen aus der Touraine geworden.

Als Pillerault diese Worte hörte, schloß er den Neffen in die Arme. César gewahrte seine Frau, Anselme und Célestin. Die Papiere, die der Prokurist in der Hand hielt, besagten genug.

César musterte ruhig die Gruppe; aller Blicke waren bekümmert, aber freundschaftlich.

»Einen Augenblick!« sagte er, nestelte sein Kreuz der Ehrenlegion ab und reichte es dem Abbé Loraux, »das geben Sie mir wieder, wenn ich es in Ehren tragen kann. Célestin«, fuhr er, an seinen Prokuristen gewandt, fort, »setzen Sie meinen Antrag auf Entlassung als Beigeordneter auf. Der Herr Abbé diktiert Ihnen den Begleitbrief; Sie datieren ihn vom 14. und lassen ihn durch Raguet an Monsieur de La Billardière überbringen.«

Célestin und der Abbé Loraux gingen nach unten. Etwa eine Viertelstunde lang herrschte in Césars Arbeitszimmer tiefe Stille. Eine solche Festigkeit überraschte die Familie. Célestin und der Abbé kamen zurück; César unterschrieb sein Rücktrittsgesuch. Als Onkel Pillerault ihm die Bilanz vorlegte, vermochte der arme Mann ein grausiges nervöses Zusammenzucken nicht zu unterdrücken.

»Mein Gott, erbarme dich meiner«, sagte er, als er das furchtbare Schriftstück unterzeichnete und Célestin einhändigte.

»Monsieur«, sagte da Anselme Popinot, über dessen umwölkte Stirn ein heller Lichtschimmer glitt, »und Madame, erweisen Sie mir die Ehre, mir Mademoiselle Césarines Hand zu gewähren.«

Als er das sagte, traten allen Anwesenden die Tränen in die Augen, bis auf César; er stand auf, ergriff Anselmes Hand und sagte mit hohler Stimme zu ihm: »Mein Junge, du wirst nie die Tochter eines Bankrotteurs heiraten.«

Anselme blickte Birotteau fest an und sagte zu ihm: »Monsieur, verpflichten Sie sich im Dabeisein Ihrer ganzen Familie, sofern ich Mademoiselle als Gatte genehm bin, an dem Tag in unsere Heirat einzuwilligen, da Ihr Bankrott aufgehoben wird?«

Es entstand ein kurzes Schweigen, und alle waren gerührt durch die Empfindungen, die sich auf dem verhärmten Gesicht des Parfümhändlers abzeichneten.

»Ja«, sagte er endlich.

Anselme vollführte eine unaussprechliche Bewegung; er ergriff Césarines Hand, die sie ihm hingehalten hatte, und küßte sie.

»Willigen auch Sie ein?« fragte er Césarine.

»Ja«, sagte sie.

»Nun gehöre ich also endlich zur Familie; ich habe das Recht, mich mit ihren Angelegenheiten zu befassen«, sagte er mit einem absonderlichen Ausdruck.

Anselme entfernte sich überstürzt; er wollte keine Freude bezeigen, die allzusehr im Gegensatz zu dem Kummer seines Chefs stand. Anselme war gewiß nicht beglückt über den Konkurs; aber die Liebe ist so eigenmächtig, so selbstsüchtig! Sogar Césarine verspürte im Herzen etwas, das im Widerspruch zu ihrer bitteren Traurigkeit stand.

»Da wir nun mal dabei sind«, flüsterte Pillerault Césarine zu, »wollen wir alles zu Ende bringen.«

Madame Birotteau ließ sich eine Bekundung des Schmerzes und nicht der Zustimmung entschlüpfen.

»Neffe«, wandte Pillerault sich an César, »was gedenkst du zu tun?«

»Das Geschäft weiterzuführen.«

»Ich bin anderer Ansicht«, sagte Pillerault. »Liquidiere, verteile deine Aktiva an deine Gläubiger und laß dich in Paris nicht wieder blicken. Ich habe mich oft in eine der deinen ähnliche Lage hineinversetzt . . . (Ach, im Geschäftsleben muß man auf alles gefaßt sein! Ein Kaufmann, der den Konkurs außer Betracht läßt, ist wie ein General, der damit rechnet, er würde niemals geschlagen, und also nur ein halber Kaufmann.) Ich hätte nie das Geschäft weitergeführt. Stell dir doch vor: immer vor Leuten erröten, die man geschädigt hat, ihre mißtrauischen Blicke und ihre stummen Vorwürfe entgegennehmen? Dann lieber gleich die Guillotine . . .! Da ist im Handumdrehen alles vorbei. Aber einen Kopf haben, der immer neu wächst und tagtäglich spüren, wie er abgehackt wird, das wäre eine Marter, der ich mich entziehen würde. Viele Leute führen ihr Geschäft weiter, als wäre ihnen nichts geschehen. Die haben's gut! Die sind eben stärker als Claude-Joseph Pillerault. Wenn man gegen bar kauft, dann wird gesagt, man habe es verstanden, etwas beiseite zu bringen; wenn man ohne einen Sou dasitzt, kann man nie wieder in die Höhe kommen. Ich bedanke mich! Gib deine Aktiva hin, laß dein Geschäft verkaufen und fang etwas anderes an.«

»Aber was?« fragte César.

»Na«, sagte Pillerault, »such dir doch eine Stellung. Du hast doch Beziehungen. Den Herzog und die Herzogin von Lenoncourt, Madame de Mortsauf, Monsieur de Vandenesse! Schreib ihnen, geh zu ihnen, sie werden dich schon bei Hofe mit ein paar tausend Talern Gehalt unterbringen; deine Frau kann ebensoviel verdienen, deine Tochter vielleicht ebenfalls. Deine Lage ist durchaus nicht verzweifelt. Zu dritt könnt ihr gut und gern jährlich zehntausend Francs zusammenbringen, denn du verbrauchst ja nichts von dem, was ihr verdient: Deine beiden Frauen bekommen von mir fünfzehnhundert Francs als Taschengeld, und was dich betrifft, so werden wir schon sehen!«

Constance, nicht jedoch César, dachte über diese vernünftigen Worte nach. Pillerault begab sich zur Börse, die damals in einem Holzbau[204], der eine runde Halle bildete, abgehalten wurde; man gelangte von der Rue Feydeau aus hinein. Der Konkurs des bekannten und beneideten Parfümhändlers hatte sich bereits herumgesprochen und in den Kreisen der Großkaufleute, die damals konstitutionell eingestellt waren, große Aufregung ausgelöst. Die liberalen Kaufleute hatten in Birotteaus Fest einen kühnen Angriff auf ihre Gefühle erblickt. Die der Opposition Angehörenden wollten damals das Monopol auf die Vaterlandsliebe innehaben. Mochten die Royalisten den König lieben: Die Vaterlandsliebe war ein Privilegium der Linken, ihr gehörte das Volk. Die Regierung hatte unrecht, durch ihre Organe ein Ereignis festlich begehen zu lassen, das ausschließlich die Liberalen ausbeuten wollten. Der Sturz eines Schützlings des Hofes, eines Regierungstreuen, eines unverbesserlichen Royalisten, der am 13. Vendémiaire die Freiheit dadurch beleidigt hatte, daß er gegen die glorreiche Französische Revolution ankämpfte, dieser Sturz führte an der Börse zu Geschwätz und Beifallsbezeigungen. Pillerault wollte die öffentliche Meinung kennenlernen und ihr auf den Grund gehen. In einer der lebhaftesten Gruppen fand er sie alle beisammenstehen: du Tillet, Gobenheim-Keller, Nucingen, den alten Guillaume und dessen Schwiegersohn Joseph Lebas, Claparon, Gigonnet, Mongenod, Camusot, Gobseck, Adolphe Keller, Palma, Chiffreville, Matifat, Grindot und Lourdois.

»Tja, wie vorsichtig man doch sein muß«, sagte Gobenheim

zu du Tillet, »es hat an einem Haar gehangen, und meine Schwäger hätten Birotteau einen Kredit eingeräumt!«

»Ich stecke mit zehntausend Francs drin, um die er mich vor vierzehn Tagen gebeten hat; ich habe sie ihm einfach gegen einen Wechsel gegeben«, sagte du Tillet. »Aber ich war ihm von früher her verpflichtet, ich lasse sie ohne Bedauern schießen.«

»Ihr Neffe hat es gemacht wie alle andern auch«, sagte Lourdois zu Pillerault, »er hat Feste gegeben! Wenn ein Gauner einem Sand in die Augen streut, um das Vertrauen anzustacheln, dann verstehe ich ihn; aber wie kann ein Mann, der als die Crême der anständigen Leute galt, seine Zuflucht zu dieser abgedroschenen Bauernfängerei nehmen, auf die wir dennoch immer wieder anbeißen!«

»Wie die Blutegel«, sagte Gobseck.

»Man sollte nur Vertrauen zu Leuten haben, die in alten Budiken hausen wie Claparon«, sagte Gigonnet.

»Na hören Sie mal«, sagte der dicke Baron Nucingen zu du Tillet, »Sie wollten mir wohl einen Schabernack spielen, als Sie mir den Birotteau schickten? Ich weiß nicht«, wandte er sich an den Fabrikbesitzer Gobenheim, »warum er sich bei mir nicht fünfzigtausend Francs hat holen lassen; ich hätte sie ihm ausgezahlt.«

»O nein, Herr Baron«, sagte Joseph Lebas. »Sie haben doch ganz genau gewußt, daß die Bank von Frankreich seine Wechsel zurückgewiesen hatte; Sie selber hatten doch im Diskont-Ausschuß diesen Antrag gestellt. Der Fall dieses armen Mannes, für den ich nach wie vor hohe Achtung hege, enthält sonderbare Begleitumstände ...«

Pillerault drückte Joseph Lebas die Hand.

»Es ist tatsächlich unmöglich«, sagte Mongenod, »sich das Geschehene zu erklären, wenn man nicht annimmt, hinter Gigonnet stecke ein Bankiers-Konsortium, das das Geschäft mit den Grundstücken bei der Madeleine hintertreiben wollte.«

»Ihm ist geschehen, was stets allen denen geschehen wird, die über ihr Spezialgebiet hinausgehen«, unterbrach Claparon Mongenod. »Wenn er selber sein ›Cephalus-Öl‹ gestartet hätte, anstatt uns die Pariser Grundstücke zu verteuern, indem er sich darauf stürzte, dann hätte er zwar seine bei Roguin deponierten hunderttausend Francs verloren, aber er wäre nicht pleite gegangen. Jetzt wird er wohl unter Popinots Namen weiterarbeiten.«

»Obacht auf Popinot«, sagte Gigonnet.

Roguin war für diese Masse von Kaufleuten ›der unselige Roguin‹; der Parfümhändler war ›der arme Birotteau‹. Der eine schien durch eine große Liebesleidenschaft entschuldigt, der andere wirkte desto schuldiger seines ehrgeizigen Strebens wegen. Als Gigonnet die Börse verließ, ging er, ehe er heim in die Rue Grenétat kehrte, durch die Rue Perrin-Gasselin und schaute bei Madame Madou herein, der Händlerin mit Trockenfrüchten.

»Na, Dickmama«, sagte er mit seiner grausamen Biederkeit, »wie geht denn unser Geschäftchen?«

»So lala«, sagte Madame Madou respektvoll und bot dem Wucherer ihren einzigen Sessel mit einer herzlichen Geflissenheit an, die sie ihrem ›teuren Verstorbenen‹ schwerlich bezeigt hätte.

Die Mutter Madou, die einen widerspenstigen oder allzu kecken Fuhrknecht zu Boden geworfen, die sich nicht gescheut hätte, am 10. Oktober den Sturm auf die Tuilerien mitzumachen, die ihre besten Kunden aufzog, die, kurz gesagt, imstande gewesen wäre, im Namen der ›Damen der Markthalle‹ ohne zu zittern das Wort an den König zu richten: Angélique Madou empfing Gigonnet mit tiefem Respekt. War er bei ihr, so schwanden ihre Kräfte hin, sie erbebte unter seinem stechenden Blick. Die Leute aus dem Volk werden noch lange vor dem Henker zittern, und Gigonnet war der Henker der kleinen Geschäftsleute. In der Halle wird keine Macht höher geachtet als der Mann, der den Kurs des Geldes bestimmt. Alle übrigen menschlichen Einrichtungen bedeuten neben ihm nichts. Sogar die Justiz verwandelt sich in den Augen der Halle in den Polizeikommissar, also in eine Persönlichkeit, mit der man sich anfreunden kann. Aber der hinter seinen grünen Mappen hockende Wucherer, der mit Furcht im Herzen angeflehte Wucherer läßt einem den Scherz auf den Lippen ersterben, schnürt einem die Kehle zu, zwingt den stolzen Blick, sich zu senken, und flößt dem Volk Respekt ein.

»Wollen Sie irgendwas von mir?« fragte sie.

»Ein Nichts, eine Kleinigkeit; halten Sie sich bereit, Birotteaus Wechsel einzulösen, der gute Mann hat Pleite gemacht, alles wird eintreibbar, ich schicke Ihnen morgen die Abrechnung.«

Die Augen der Madame Madou zogen sich zunächst zusammen wie die einer Katze; dann spien sie Flammen.

»Oh, dieser Schuft! Oh, dieser Schurke! Er selber ist hierher gekommen und hat mir gesagt, er sei Beigeordneter, bloß um mich übers Ohr zu hauen! Heiliges Pfefferkorn, und dabei soll man Geschäfte machen! Auf die Bürgermeister ist kein Verlaß mehr, und die Regierung begaunert uns. Aber warten Sie nur, ich will schon zu meinem Geld kommen ...«

»Haha, bei dergleichen Geschäften zieht jeder sich aus der Schlinge, wie er kann, liebes Kind!« sagte Gigonnet und hob das Bein mit der kleinen, zuckenden Bewegung eines Katers, der über eine feuchte Stelle laufen will; jener Bewegung dankte er seinen Spitznamen[205]. »Es gibt Angeber, die sich herauszuwinden verstehen.«

»Gut, gut! Ich will meine Haselnüsse ebenfalls 'rauswinden. Marie-Jeanne! Meine Überschuhe und meinen Kaschmirschal aus Kaninchenwolle, los, los, oder ich heize dir die Backe mit einer Ohrfeige, daß alle fünf Finger drauf abgedruckt bleiben!«

»Das wird die ganze Straße anheizen«, sagte sich Gigonnet und rieb sich die Hände. »Du Tillet kann sich freuen, jetzt kommt es im Stadtviertel zum Skandal. Ich weiß nicht, was dieser arme Teufel von Parfümhändler ihm angetan hat; mir tut er leid wie ein Hund mit gebrochener Pfote. Der ist kein Mann; der hat keinen Mumm.«

Madame Madou stürmte wie ein Aufruhr im Faubourg Saint-Antoine[206] gegen sieben Uhr abends an die Tür des armen Birotteau und riß sie übertrieben heftig auf; sie war unterwegs noch wütender geworden.

»Ihr Dreckgeschmeiß, ich muß mein Geld holen, ich will mein Geld haben! Ihr rückt mein Geld 'raus, oder ich lasse euch die Riechkissen wegholen, die seidenen Kinkerlitzchen, die Fächer, lauter Waren für meine zweitausend Francs! Hat man es je erlebt, daß die Bürgermeister die Regierten bestehlen? Wenn ihr mich nicht bezahlt, schicke ich ihn ins Zuchthaus, ich gehe zum

Staatsanwalt, die Justiz soll ihren Lauf nehmen! Ich weiche nicht von der Stelle ohne mein Geld.«

Sie machte Miene, die Glastür eines Schranks aufzumachen, der Kostbarkeiten enthielt.

»Die Madou langt zu«, sagte Célestin leise zu dem neben ihm Stehenden.

Das hatte die Händlerin gehört, denn im Paroxysmus der Leidenschaft werden die Organe, je nach der Konstitution, schwächer oder vollkommener; sie knallte Célestin die kräftigste Ohrfeige, die je in einem Parfümladen verabfolgt worden ist.

»Lerne gefälligst, Damen zu respektieren, mein Engel«, sagte sie, »und zieh nicht den Namen derer in den Schmutz, die du beklaust.«

»Madame«, sagte Madame Birotteau und trat aus dem Zimmer hinter dem Laden hervor, in dem sich zufällig auch ihr Mann befand; der Onkel Pillerault hatte ihn abholen wollen; um dem Gesetz zu gehorchen, trieb er die Selbsterniedrigung so weit, daß er sich ins Gefängnis setzen lassen wollte; »Madame, um des Himmels willen, wiegeln Sie doch nicht die Passanten auf!«

»Haha, die sollen nur ’reinkommen, ich werde ihnen alles brühwarm erzählen, das wäre ja noch schöner! Jawohl, meine Ware und meine im Schweiß meines Angesichts zusammengekratzten Taler dienen dazu, daß ihr Bälle gebt! Sie spazieren aufgedonnert ’rum wie eine Königin von Frankreich, und zwar in Wolle, die ihr armen Lämmern abnehmt, wie ich eins bin! Jesus! Mir würde gestohlenes Gut die Schultern verbrennen! Ich trage bloß Kaninchenwolle auf meinem Knochengerüst, aber die gehört wenigstens mir! Ihr Raub- und Diebsgesindel, mein Geld, oder . . .«

Sie stürzte sich auf eine hübsche Schatulle mit Einlegearbeit, in der sich kostbare Toilettengegenstände befanden.

»Lassen Sie das liegen, Madame«, sagte der hinzugetretene César, »hier ist nichts mehr mein Eigentum, alles gehört meinen Gläubigern. Ich habe nichts mehr als meine Person, und wenn Sie sich derer bemächtigen und mich ins Gefängnis bringen wollen, gebe ich Ihnen mein Ehrenwort (eine Träne entrollte seinen

Augen), daß ich auf Ihren Gerichtsvollzieher warten will, auf den Büttel des Handelsgerichts und dessen Leute . . .«

Der Stimmklang und die Geste entsprachen so sehr seinem Vorhaben, daß der Zorn der Madame Madou auf der Stelle verrauchte.

»Mit meinem Kapital ist ein Notar durchgegangen; ich bin schuldlos an dem Unheil, das ich verursache«, fuhr César fort. »Aber mit der Zeit werden Sie bezahlt werden, und müßte ich mich dabei totschuften und arbeiten wie ein Tagelöhner in der Markthalle; ich werde dann eben Lastträger.«

»Na, gut, Sie sind ein wackerer Mann«, sagte das Marktweib. »Nehmen Sie mir nicht übel, was ich gesagt habe, Madame; aber jetzt muß ich ins Wasser gehen, denn Gigonnet ist hinter mir her, und ich habe nur noch Zehnmonatsakzepte, um Ihre verdammten Wechsel einzulösen.«

»Kommen Sie morgen früh zu mir«, sagte Pillerault, der ebenfalls vorgetreten war, »ich lasse Ihre Angelegenheit bei einem meiner Freunde gegen fünf Prozent regeln.«

»Siehe da! Der wackere Papa Pillerault! Ach so, der ist ja Ihr Onkel«, sagte sie zu Constance. »Na, ihr seid anständige Menschen, ich verliere also nichts, nicht wahr? Bis morgen, alter Brutus«, sagte sie zu dem ehemaligen Eisenhändler.

César wollte mit aller Gewalt inmitten seiner Ruinen bleiben; er sagte, er wolle sich auf die gleiche Weise mit allen seinen Gläubigern verständigen. Trotz den flehentlichen Bitten seiner Nichte stimmte Pillerault César zu und ließ ihn hinauf in seine Wohnung gehen. Der kundige alte Mann lief zu Monsieur Haudry, setzte ihm Birotteaus Lage auseinander und bekam von ihm das Rezept für einen Schlaftrunk, ließ ihn mischen und kam dann wieder; er wollte den Abend bei seinem Neffen verbringen. Er weihte Césarine ein und zwang César, zu trinken wie sie alle. Das Narkotikum schläferte den Parfümhändler ein; er erwachte vierzehn Stunden später in der Rue des Bourdonnais, im Schlafzimmer seines Onkels Pillerault; der alte Herr, der selber auf einem Gurtbett in seinem Wohnzimmer übernachtete, hatte ihn dort eingeschlossen. Als Constance die Droschke hatte wegrollen hören, in der Onkel Pillerault César entführte, schwand ihr der Mut. Es geschieht oftmals, daß unsere Kräfte durch die

Notwendigkeit angestachelt werden, ein Wesen aufrecht zu erhalten, das schwächer ist als wir. Nun sie allein mit ihrer Tochter im Haus zurückgeblieben war, weinte die arme Frau, wie sie geweint hätte, wenn César tot gewesen wäre.

»Mama«, sagte Césarine, setzte sich der Mutter auf den Schoß und liebkoste sie mit der Kätzchenzärtlichkeit, die Frauen wohl nur untereinander entfalten, »du hast mir gesagt, wenn ich tapfer durchhielte, würdest auch du die Kraft gegen alle Widerwärtigkeiten aufbringen. Weine also nicht, meine geliebte Mutter. Ich bin bereit, eine Stellung in irgendeinem Laden anzunehmen, und werde vergessen, was wir gewesen sind. Ich will sein, was du in deiner Jugend gewesen bist, nämlich eine erste Verkäuferin, und du sollst aus meinem Munde nie ein Wort der Klage oder des Bedauerns hören. Ich habe eine Hoffnung. Hast du nicht gehört, was Monsieur Popinot gesagt hat?«

»Der liebe Junge, er wird nie mein Schwiegersohn ...«

»Aber Mama ...!«

»Sondern wirklich mein Sohn.«

»Das Unglück«, sagte Césarine und küßte die Mutter, »hat wenigstens das eine Gute, daß es uns unsere wahren Freunde kennen lehrt.«

Schließlich gelang es Césarine, den Kummer der armen Frau dadurch zu lindern, daß sie bei ihr die Rolle einer Mutter spielte. Am andern Morgen ging Constance zum Herzog von Lenoncourt, einem der ersten Kammerherrn des Königs, und gab dort einen Brief ab, durch den sie ihn um eine Audienz zu einer bestimmten Tagesstunde bat. In der Zwischenzeit ging sie zu Monsieur de La Billardière, setzte ihm die Lage auseinander, in die César durch die Flucht des Notars geraten war, bat ihn, sie beim Herzog zu unterstützen und an ihrer Statt zu sprechen, da sie fürchte, sich ungeschickt auszudrücken. Sie wolle eine Anstellung für Birotteau; Birotteau werde der ehrlichste Kassierer sein, sofern es in der Ehrlichkeit Gradunterschiede gebe.

»Der König hat gerade den Grafen de Fontaine mit der Leitung einer Abteilung in seinem Hausministerium betraut; wir dürfen keine Zeit verlieren.«

Um zwei Uhr stiegen La Billardière und Madame César die große Treppe des Stadtpalais Lenoncourt in der Rue Saint-

Dominique hinauf und wurden bei demjenigen der Edelleute des Königs vorgelassen, den dieser bevorzugte, sofern König Ludwig XVIII. überhaupt jemanden bevorzugt hat. Die liebenswürdige Aufnahme durch diesen großen Herrn, der zu der geringen Zahl wahrer Edelleute gehörte, die das vergangene Jahrhundert dem gegenwärtigen hinterlassen hat, flößte Madame César Hoffnung ein. Die Frau des Parfümhändlers bezeigte sich in ihrem Schmerz groß und schlicht. Der Schmerz adelt die Niedrigsten, denn es wohnt ihm etwas Großes inne; und um seines Glanzes teilhaftig zu werden, genügt es, daß er echt ist. Constance war eine durch und durch echte, wahrhaftige Frau. Es handelte sich darum, so schnell wie möglich mit dem König zu sprechen.

Mitten in dieser Unterredung wurde Monsieur de Vandenesse gemeldet, und der Herzog rief aus: »Der ist Ihr Retter!«

Madame Birotteau war jenem jungen Herrn nicht unbekannt; er war ein paarmal zu ihr gekommen und hatte Kleinigkeiten erstanden, die oft genauso bedeutsam sind wie große Dinge. Der Herzog setzte ihm La Billardières Vorhaben auseinander. Als Vandenesse von dem Unglück vernommen, das den Patensohn der Marquise d'Uxelles betroffen hatte, ging er sogleich mit La Billardière zum Grafen de Fontaine; Madame Birotteau bat er, auf ihn zu warten.

Der Herr Graf de Fontaine war, wie La Billardière, einer der wackeren Edelleute, der nahezu unbekannten Helden, die in der Vendée gekämpft hatten. Birotteau war ihm kein Unbekannter; er war ihm früher in der ›Rosenkönigin‹ begegnet. Alle, die ihr Blut für die Sache des Königtums vergossen hatten, genossen zu jener Zeit Privilegien, die der König geheimhielt, um die Liberalen nicht wild zu machen. Von Monsieur de Fontaine, einem der Günstlinge Ludwigs XVIII., hieß es, er besitze des Königs volles Vertrauen. Der Graf versprach nicht nur bündig die Anstellung, sondern kam überdies mit zum Herzog von Lenoncourt, der an jenem Tag Kammerherr vom Dienst war, und bat ihn, ihm im Laufe des Abends eine kurze Audienz zu erwirken und für La Billardière eine Audienz bei Monsieur[207] zu erbitten, der eine besondere Vorliebe für diesen ehemaligen Vendéer Diplomaten hegte.

Noch am selben Abend suchte der aus den Tuilerien kommende Graf de Fontaine Madame Birotteau auf und verkündete ihr, ihr Mann würde, wenn der Vergleich zustande gekommen sei, offiziell zu einer mit zweitausendfünfhundert Francs dotierten Stellung bei der Schuldentilgungskasse berufen werden, da alle Stellen in der Königlichen Haushaltung mit adligen überzähligen Beamten besetzt seien, mit denen Abmachungen getroffen worden wären.

Dieser Erfolg stellte nur einen Teil der Versuche der Madame Birotteau dar. Die arme Frau ging auch in die Rue Saint-Denis, in das Haus ›Zum ballspielenden Kater‹, und suchte Joseph Lebas auf. Bei diesem Gang begegnete ihr in einer funkelnden Equipage Madame Roguin, die wohl Einkäufe machte. Ihre Augen und die der schönen Notarsgattin begegneten einander. Die Scham, die die glückliche Frau beim Erblicken der zugrunde gerichteten Frau nicht zu unterdrücken vermochte, flößte Constance Mut ein.

»Nie werde ich mit dem Gut anderer stolz im Wagen einherfahren«, dachte sie.

Joseph Lebas empfing sie freundlich; sie bat ihn, ihrer Tochter eine Stellung in einem angesehenen Handelshaus zu verschaffen. Lebas versprach nichts, aber acht Tage später bekam Césarine Tisch, Unterkunft und tausend Taler Gehalt bei der reichsten Pariser Modewarenfirma, die in der Gegend der Italienischen Oper eine neue Filiale eröffnen wollte. Die Kasse und die Aufsicht über das Warenlager wurden der Tochter des Parfümhändlers anvertraut; sie stand über der ersten Verkäuferin und vertrat die Firmeninhaber.

Was nun Madame César betraf, so ging sie noch am gleichen Tag zu Popinot und fragte ihn, ob sie bei ihm die Kasse, die Buchführung und den Haushalt übernehmen dürfe. Popinot war sich darüber klar, daß seine Firma die einzige sei, wo die Frau des Parfümhändlers den ihr gebührenden Respekt und eine Stellung finden könne, die sie nicht erniedrigte. Der noble junge Mensch gab ihr ein Jahresgehalt von dreitausend Francs sowie Kost und Unterkunft in seinem Zimmer, das er herrichten ließ, und zog selber in die Bodenkammer eines Kommis. So mußte also die schöne Parfümhändlerin, die einen Monat lang den

Prunk ihrer Wohnung genossen hatte, in der schrecklichen Kammer mit dem Ausblick auf den dunklen, feuchten Hof hausen, in der Gaudissart, Anselme und Finot das ›Cephalus-Öl‹ aus der Taufe gehoben hatten.

Als Molineux, der vom Handelsgericht eingesetzte Konkursverwalter, kam und Césars Aktiva mit Beschlag belegte, nahm Constance, der Célestin dabei half, mit ihm zusammen das Inventar auf. Dann verließen Mutter und Tochter schlicht gekleidet das Haus und begaben sich zu Fuß zu Onkel Pillerault, ohne sich auch nur nach dem Haus umzuwenden, in dem sie ein Drittel ihres Lebens verbracht hatten. Schweigend schritten sie nach der Rue des Bourdonnais; dort aßen sie seit ihrer Trennung zum erstenmal mit César zu Abend. Es war eine traurige Mahlzeit. Jeder hatte Muße, seinen Gedanken nachzuhängen, den Umfang seiner Verpflichtungen zu ermessen und seinen Mut zu überprüfen. Alle drei waren wie Seeleute, die bereit sind, gegen den Sturm anzukämpfen, ohne sich die Gefahr zu verhehlen. Birotteau faßte neuen Mut, als er erfuhr, mit welcher Bereitwilligkeit hochgestellte Persönlichkeiten ihm die Wege geebnet hatten; doch als er hörte, was aus seiner Tochter werden würde, brach er in Tränen aus. Dann streckte er seiner Frau die Hand hin, nun er sah, wie tapfer sie wieder zu arbeiten anfangen wollte.

Onkel Pillerault bekam zum letztenmal in seinem Leben feuchte Augen beim Anblick des rührenden Bildes, das diese drei einigen, einander umschlungen haltenden Menschen darboten, von denen Birotteau, der Schwächste und am härtesten vom Schicksal Getroffene, die Hand hob und sagte: »Laßt uns hoffen!«

»Aus Gründen der Sparsamkeit«, sagte der Onkel, »sollst du bei mir wohnen; behalt mein Schlafzimmer und teile mein Brot mit mir. Das Alleinsein langweilt mich seit langem; du ersetzt mir meinen armen Sohn, den ich verloren habe. Von hier aus sind es nur ein paar Schritte bis zu deiner Kasse in der Rue de l'Oratoire.«

»Grundgütiger Gott«, rief Birotteau, »mitten im Ungewitter ein Stern, der mich leitet.«

Dadurch, daß der Unglückliche resigniert, zehrt er sein Unglück auf. Fortan war Birotteaus Sturz eine vollendete Tatsache; er gab dazu seine Einwilligung; er wurde wieder stark.

Hat ein Kaufmann den Konkurs angemeldet, so sollte er sich lediglich damit befassen, in Frankreich oder im Ausland eine Oase ausfindig zu machen und dort zu leben, ohne sich in etwas hineinzumischen, wie ein Kind; denn das ist er ja jetzt: Das Gesetz erklärt ihn für minderjährig und unfähig zur Vollziehung eines privatrechtlichen oder staatsbürgerlichen Aktes. Aber die Sache ist nur halb so schlimm. Bevor er wieder in Erscheinung tritt, wartet er einen Geleitbrief ab, und der ist niemals von einem Konkursverwalter oder Gläubiger verweigert worden, denn wenn er ohne dieses ›exeat‹[208] angetroffen würde, müßte er ins Gefängnis wandern, während er, wenn er im Besitz dieses Schutzbriefs ist, sich gewissermaßen als Parlamentär im feindlichen Lager bewegt, nicht aus Neugier, sondern um den schlichten Absichten des Gesetzes gegen die Konkursschuldner entgegenzuwirken. Die Auswirkung jedes Gesetzes, das das Privateigentum betrifft, besteht darin, daß es ausgiebig die geistigen Fähigkeiten zu Betrügereien entwickelt. Die Gedanken des Bankrotteurs wie die aller derjenigen, deren Interesse irgendein Gesetz entgegensteht, sind darauf gerichtet, es in bezug auf sich selber unwirksam zu machen. Die Situation des bürgerlichen Todes, in dem der Bankrotteur verharren muß wie eine Schmetterlingspuppe, dauert etwa drei Monate; denn diese Zeit erfordern die Formalitäten vor der Einberufung der Versammlung, bei der zwischen den Gläubigern und dem Schuldner ein Friedensvertrag geschlossen wird; diese Transaktion wird als ›Vergleich‹ bezeichnet. Dieses Wort drückt zur Genüge aus, daß nach dem durch die gewaltsam verletzten Interessen angefachten Sturm wieder Einvernehmen herrscht.

Nach Einsichtnahme in die zusammen mit der Konkursanmeldung eingereichte Bilanz ernennt das Handelsgericht sofort einen kommissarischen Richter, der die Interessen der Schar der unbekannten Gläubiger wahrnimmt und auch den Bankrotteur gegen die Quälereien seiner gereizten Gläubiger schützen muß: Das ist eine Doppelrolle, die zu spielen herrlich wäre, wenn die kommissarischen Richter dazu Zeit hätten. Der kommissarische Richter überträgt einem Bevollmächtigten das Recht, die Hand auf das Kapital, die Außenstände und das Warenlager zu legen und dadurch die in der Bilanz aufgeführten Aktiva nachzuprüfen; endlich erläßt der Gerichtsschreiber eine Aufforderung an sämtliche Gläubiger, die mittels Anzeigen in der Presse austrompetet wird. Die falschen oder echten Gläubiger werden aufgerufen, zu kommen und sich zusammenzusetzen, um provisorische Konkursverwalter zu ernennen, die an die Stelle des Bevollmächtigten treten, in die Schuhe des Bankrotteurs schlüpfen, durch eine Fiktion des Gesetzes selber zum Bankrotteur werden und alles liquidieren, alles verkaufen, über alles Vergleiche abschließen, kurzum: alles zum Nutzen der Gläubiger zu Gelde machen können, sofern der Bankrotteur sich dem nicht widersetzt. Die meisten Pariser Bankrotteure verständigen sich mit den provisorischen Konkursverwaltern, und zwar aus folgendem Grund.

Die Einsetzung eines oder mehrerer endgültiger Konkursverwalter ist eine der leidenschaftlichsten Handlungen, zu denen sich rachedürstende, betrogene, lächerlich gemachte, gefoppte, überlistete, genarrte, bestohlene und getäuschte Gläubiger hinreißen lassen können. Obgleich im allgemeinen die Gläubiger getäuscht, bestohlen, genarrt, überlistet, gefoppt, lächerlich gemacht und betrogen werden, gibt es in Paris keine geschäftsbedingte leidenschaftliche Erregung, die länger als drei Monate dauerte. Im Geschäftsleben werden Sichtwechsel, auf deren Einlösung man ängstlich wartet, immer nur auf drei Monate ausgestellt. Nach drei Monaten sind sämtliche Gläubiger todmüde von den Maßnahmen und Gegenmaßnahmen, dem Hin und Her, das ein Konkurs mit sich bringt, und schlafen an der Seite ihrer prächtigen kleinen Frauen. Das kann Ausländern begreiflich machen, in welchem Maß in Frankreich das Provisorische definitiv ist: Auf tausend provisorische Konkursverwalter kommen nicht einmal fünf, die es definitiv werden. Der Grund für dieses feierliche Abschwören des Hasses, den ein Konkurs heraufbeschworen hat, dürfte verständlich sein. Aber es wird zur Notwendigkeit, denen, die nicht das Glück haben, Kaufleute zu sein, das Drama des Konkurses zu erklären, damit sie begreifen, wieso er in Paris zu einer der ungeheuerlichsten gesetzlichen Farcen wird und wieso Césars Pleite eine gewaltige Ausnahme bildete.

Dieses schöne kaufmännische Drama hat drei verschiedene

Akte: den Akt des Bevollmächtigten, den Akt der Konkursverwalter, und den Akt des Vergleichs. Wie alle Bühnenwerke bietet es einen doppelten Anblick dar: nämlich die Inszenierung für das Publikum und die verborgenen Mittel der Darstellung, die Vorstellung, wie sie vom Parkett aus, und die Vorstellung, wie sie von den Kulissen aus betrachtet wird. Hinter den Kulissen befinden sich der Bankrotteur und sein Anwalt, der Advokat der Kaufmannschaft, der Konkursverwalter und der Bevollmächtigte und schließlich der kommissarische Richter. Niemandem außerhalb von Paris ist es bekannt, und jedermann innerhalb von Paris weiß ganz genau, daß ein Richter am Handelsgericht der seltsamste Richter ist, den zu erschaffen sich eine Gesellschaft je erlaubt hat. Dieser Richter muß jeden Augenblick darauf gefaßt sein, daß die von ihm ausgeübte Justiz sich gegen ihn selber wendet. Paris hat es erlebt, daß der Präsident seines Handelsgerichts gezwungen war, Konkurs anzumelden. Statt daß dieser Richter ein alter Kaufmann ist, der sich in den Ruhestand zurückgezogen hat und für den dieses Richteramt der Lohn für ein sauber geführtes Leben wäre, ist er ein mit riesigen Unternehmungen überlasteter, an der Spitze einer sehr bedeutenden Firma stehender Kaufmann. Die ›conditio sine qua non‹[209] der Wahl jenes Richters, der über die Lawinen von Handelsprozessen urteilen soll, die in der Hauptstadt ohne Unterlaß herniederrollen, besteht also darin, daß er nur mit großer Mühe seine eigenen geschäftlichen Angelegenheiten zu führen vermag. Statt daß das Handelsgericht als ein nützlicher Übergang eingesetzt wäre, durch den der Kaufmann, ohne lächerlich zu wirken, in die Regionen des Adels aufsteigen könnte, setzt es sich aus im Geschäftsleben stehenden Kaufleuten zusammen, denen aus ihren Urteilen Schaden erwachsen kann, wenn sie es mit einer Gegenpartei wie Birotteau und du Tillet zu tun haben, die mit ihnen unzufrieden ist.

Der kommissarische Richter ist also notwendigerweise eine Persönlichkeit, vor der viele Worte gewechselt werden, die sie anhört und dabei an ihre eigenen Geschäfte denkt und das öffentliche Verfahren den Konkursverwaltern und dem Bevollmächtigten überläßt, abgesehen von ein paar seltsamen und bizarren Fällen, bei denen die Betrügereien sich unter absonderlichen Umständen vollzogen, die ihn dann sagen lassen, Gläubiger und Schuldner seien geschickte Leute. Diese Persönlichkeit, die in dem Drama den gleichen Platz einnimmt wie eine Königsbüste in einem Audienzsaal, befindet sich morgens zwischen fünf und sieben auf ihrem Stapelplatz, wenn sie Holzhändler ist; in ihrem Laden, wenn sie, wie ehedem Birotteau, Parfümhändler ist, oder abends nach dem Essen zwischen Birne und Käse, übrigens stets in grauenhafter Hetze. Deswegen ist diese Persönlichkeit im allgemeinen stumm. Aber lassen wir dem Gesetz Gerechtigkeit widerfahren: Die in aller Hast durchgeführte Gesetzgebung, die dieses Stoffgebiet regelt, hat dem kommissarischen Richter die Hände gebunden, und unter mannigfachen Umständen muß er seinen Segen zu Betrügereien geben, ohne sie verhindern zu können, wie man sehen wird.

Der Bevollmächtigte kann, anstatt der Mann der Gläubiger zu sein, der Mann des Schuldners werden. Jeder hofft, seinen Anteil dadurch zu vergrößern, daß er sich von dem Bankrotteur bevorzugen läßt, von dem stets angenommen wird, er verfüge noch über verborgene Schätze. Der Bevollmächtigte kann sich beiden Seiten zur Verfügung stellen, indem er entweder das Geschäft des Bankrotteurs nicht völlig zugrunde richtet oder indem er etwas für einflußreiche Leute beiseite schafft: Er schont also die Ziege und den Kohlkopf. Schon oft hat ein geschickter Bevollmächtigter es nicht zum Urteil kommen lassen: Er hat die Forderungen aufgekauft und auf diese Weise dem Kaufmann hochgeholfen; der springt dann wieder in die Höhe wie ein Gummiball. Der Bevollmächtigte hält sich an die am reichsten gefüllte Futterkrippe, sei es dadurch, daß er die stärksten Gläubiger deckt und den Schuldner fallen läßt, sei es dadurch, daß er die Gläubiger der Zukunft des betreffenden Kaufmanns aufopfert. Auf diese Weise ist das, was der Bevollmächtigte tut, das Entscheidende. Dieser Mann ist also, wie der Anwalt, in diesem Stück für jede Rolle gleich gut verwendbar; eine wie die andere übernehmen sie jedoch nur, wenn sie ihrer Honorare sicher sind. Bei einer Durchschnittszahl von tausend Konkursen ist der Bevollmächtigte neunhundertfünfzigmal der Mann des Bankrotteurs. Zu der Zeit, da diese Geschichte spielt, suchten fast alle Anwälte den kommissarischen Richter auf und schlugen ihm einen Bevollmächtigten vor, den er ernennen solle, natürlich den ihrigen, einen, der sich in den Geschäften des betreffenden Kaufmanns auskannte und der sich darauf verstehen würde, die Interessen der Gläubigerschar und die des ehrenwerten Mannes, der ins Unglück geraten war, zu versöhnen. Seit ein paar Jahren lassen sich die gewandten Richter den Bevollmächtigten, der erwünscht ist, bezeichnen, um gerade diesen nicht zu nehmen, und zu versuchen, einen halbwegs tugendhaften zu ernennen.

Während dies alles geschieht, treten die vorgeblichen oder echten Gläubiger zusammen und bezeichnen die provisorischen Konkursverwalter, die, wie gesagt, die definitiven sind. Bei dieser Wahlversammlung steht denen, die fünfzig Sous zu fordern haben, das gleiche Stimmrecht wie den Gläubigern mit einer Forderung von fünfzigtausend Francs zu: Die Stimmen werden gezählt und nicht gewogen. Diese Versammlung, in der sich auch die falschen, vom Bankrotteur eingeschmuggelten Wähler befinden, die einzigen, die bei keiner Wahl fehlen, schlägt als Kandidaten Gläubiger vor, unter denen der kommissarische Richter, ein Präsident ohne Machtbefugnisse, ›gehalten‹ ist, die Konkursverwalter auszuwählen. Auf diese Weise erhält der kommissarische Richter nahezu stets aus der Hand des Bankrotteurs die Konkursverwalter, die zu bekommen diesem genehm ist: Das ist ein weiterer Mißstand, der diese Katastrophe zu einem der burleskesten Dramen macht, denen die Justiz Schutz leihen kann. Der ins Unglück geratene Ehrenmann, der Herr der Situation, legalisiert also den von ihm vorbedachten Diebstahl. Im allgemeinen ist der Pariser Kleinhandel ohne Fehl und Tadel. Wenn ein kleiner Ladenbesitzer in Konkurs gerät, hat der arme Ehrenmann bereits den Schal seiner Frau versetzt, sein Tischsilber verpfändet; er weiß nicht mehr aus noch ein, steht mit leeren Händen da, ist völlig ruiniert und hat nicht einmal das Geld für den Anwalt, der sich nur sehr wenig seiner annimmt.

Das Gesetz verlangt, daß dem Vergleich, der dem betreffenden Kaufmann einen Teil seiner Schulden erläßt und ihn sein Unternehmen weiterbetreiben läßt, von einer gewissen Majorität der Schuldsummen und der Gläubiger zugestimmt wird. Dieses große Werk erfordert eine geschickte Diplomatie, die inmitten der widerstreitenden, einander durchkreuzenden und aufeinanderstoßenden Interessen es durchzuführen gilt, und zwar durch den Bankrotteur, seine Konkursverwalter und seinen Anwalt. Das übliche, vulgäre Manöver besteht darin, dem Teil der Gläubiger, der die vom Gesetz verlangte Majorität bildet, Prämien anzubieten, die außer den im Vergleich festgesetzten Dividenden der Schuldner zu zahlen sich verpflichtet. Gegen diesen riesigen Betrug gibt es kein Mittel: Die dreißig Handelsgerichte, die einander abgelöst haben, kennen ihn, weil sie selber ihn praktizierten. Lange Übung hat sie aufgeklärt, und so haben sie sich neuerdings entschlossen, die mit dem Makel des Betrugs behafteten Abmachungen als ungültig zu erklären; und da die Bankrotteure daran interessiert sind, sich über eine solche ›Erpressung‹ zu beschweren, hatten die Richter gehofft, auf diese Weise den Konkurs zu moralisieren; aber sie werden lediglich dazu gelangen, ihn zu etwas noch Unmoralischerem zu machen: Die Gläubiger werden noch schurkischere Tricks ersinnen, die die Richter als solche natürlich entmutigen, aus denen sie jedoch als Kaufleute Nutzen ziehen werden.

Ein anderes, überaus gängiges Manöver, dem der Ausdruck ›ernsthafter und legitimer Gläubiger‹ entlehnt worden ist, besteht darin, Gläubiger künstlich zu erschaffen, wie du Tillet ein Bankhaus erschaffen hatte, und eine gewisse Anzahl von Claparons ins Spiel zu bringen, hinter deren Haut sich der Bankrotteur verbirgt, der dadurch im gleichen Maß die Dividende seiner wahren Gläubiger vermindert und sich so Mittel für die Zukunft verschafft, wobei er sich die Menge der Stimmen und Summen sichert, die erforderlich sind, damit sein Vergleich zustande kommt. Die ›fröhlichen und illegitimen Gläubiger‹ sind wie falsche, in ein Wahlkollegium eingemogelte Wähler. Was kann der ›ernsthafte und legitime Gläubiger‹ gegen die ›fröhlichen und illegitimen Gläubiger‹ ausrichten? Er kann sich ihrer entledigen, indem er sie angreift! Gut. Um diese Eindringlinge aus dem Feld zu schlagen, muß der ›ernsthafte und legitime‹ Gläubiger sein eigenes Geschäft im Stich lassen und einen Anwalt mit der Führung seiner Sache beauftragen; da nun aber ebenjener Anwalt so gut wie nichts dabei verdient, zieht er es vor, Konkurse zu ›dirigieren‹, und eine Bagatellsache führt er nur ganz obenhin. Um den ›fröhlichen‹ Gläubiger auszustechen, muß man sich in das Labyrinth der Vorgänge hineinwagen, auf entlegene Epochen zurückgreifen, Geschäftsbücher durchstöbern, mittels der Autorität des Gerichts durchsetzen, daß der falsche Gläubiger die seinen vorlegt, die Unwahrscheinlichkeit der Fiktion aufdecken, sie dem Handelsrichter beweisen, Klage erheben, gehen, kommen, viele kalte Herzen erwärmen; alsdann muß man den Don Quijote gegenüber jedem ›illegitimen und fröhlichen‹ Gläubiger spielen, der, wenn er der ›Fröhlichkeit‹ überführt worden ist, sich mit einer Verbeugung vor den Richtern zurückzieht und sagt: »Entschuldigen Sie, Sie irren sich, ich bin ›sehr ernsthaft‹.« Und das alles vorbehaltlich der Rechte des Bankrotteurs, der den Don Quijote vor das Königliche Gericht zerren kann. Während dieser Zeit geht das Geschäft des Don Quijote schlecht, und es kann ihm geschehen, daß er selber Konkurs anmelden muß.

Moral: Der Schuldner ernennt seinen Konkursverwalter, setzt seine Schulden fest und arrangiert seinen Vergleich selber.

Wer vermöchte sich auf Grund dieser Gegebenheiten nicht die Intrigen vorzustellen, die Sganarelle[210]-Streiche, die Frontin[211]-Ausflüchte, die Mascarille[212]-Lügereien und die Windbeuteleien Scapins[213], die sich aus diesen beiden Systemen ergeben? Es gibt keine Pleite, die nicht soviel Stoff enthielte, daß der Autor, dem der Sinn danach stände, sie zu schildern, vierzehn Bände vom Umfang der ›Clarissa Harlowe‹[214] damit zu füllen vermöchte. Ein einziges Beispiel dürfte genügen. Der berüchtigte Gobseck, der Herr und Meister von Leuten wie Palma, Gigonnet, Werbrust, den Kellers und Nucingen, hatte mit einem Konkurs zu tun, bei dem er sich vorgenommen hatte, mit dem betreffenden Kaufmann gröblich zu verfahren, weil dieser es verstanden hatte, ihn hineinzulegen; Gobseck erhielt von ihm in Wechseln, die erst nach dem Vergleich fällig waren, die Summe, die zusammen mit der Dividende seine Forderung gänzlich gedeckt haben würde. Gobseck setzte die Bewilligung eines Vergleichs durch, der dem Bankrotteur einen Schuldenerlaß von fünfundsiebzig Prozent einräumte. So wurden die Gläubiger zugunsten Gobsecks benachteiligt. Aber jener Kaufmann hatte die Wechsel unerlaubtermaßen mit der Unterschrift seiner in Konkurs befindlichen Firma unterzeichnet und konnte daher auch bei ihnen jene fünfundsiebzig Prozent in Abzug bringen. Gobseck, der große Gobseck, erhielt also knapp fünfzig Prozent. Seither grüßte er seinen Schuldner immer mit einem gewissen ironischen Respekt.

Da sämtliche Finanzoperationen eines Bankrotteurs, die er zehn Tage vor seiner Pleite getätigt hat, anfechtbar sind, tragen manche klugen Menschen Sorge, gewisse Geschäfte mit einer gewissen Zahl von Gläubigern abzuschließen, die daran interessiert sind, genau wie der Bankrotteur, schnell zu einem Vergleich zu gelangen. Ganz raffinierte Gläubiger machen sich an sehr dümmliche oder sehr beschäftigte Gläubiger heran, malen ihnen den Konkurs in den schwärzesten Farben und kaufen ihnen ihre Schuldtitel um die Hälfte dessen ab, was sie bei der Liquidation wert gewesen wären; sie kommen auf diese Weise zu ihrem Gelde durch die Dividende aus ihren Schuldforderungen sowie aus der Hälfte, des Drittels oder Viertels, das sie an den aufgekauften Schuldtiteln verdienen.

Die Pleite ist das mehr oder weniger hermetische Verschließen eines Hauses, in dem die Plünderung noch ein paar Säcke mit Geld zurückgelassen hat. Glücklich der Kaufmann, der durchs Fenster, übers Dach, durch die Kellerräume, durch ein Loch entschlüpfen, einen Sack an sich raffen und so seinen Anteil vergrößern kann! Bei dieser Niederlage, wo das »Rette sich, wer kann« der Beresina[215] erschallt, ist alles illegal und legal, falsch und richtig, ehrlich und unehrenhaft. Einer, der »sich deckt«, wird bewundert. Sich decken heißt, sich einiger Werte zum Schaden der übrigen Gläubiger zu bemächtigen. Ganz Frankreich hat von den Erörterungen über eine Riesenpleite widergehallt, die sich in einer Stadt ereignete, die der Sitz eines Königlichen Gerichtshofes war und wo die Richter, die in laufender Geschäftsverbindung mit den Bankrotteuren standen, sich so dicke, schwere Gummimäntel angezogen hatten, daß der Mantel der Justiz dadurch ein Loch bekam. Es ergab sich als notwendig, aus Gründen nur zu berechtigten Argwohns, die Urteilssprechung über diesen Konkurs einem anderen Gerichtshof zu übertragen. An der Stätte, wo jener Bankrott sich ereignet hatte, wäre es unmöglich gewesen, einen kommissarischen Richter, einen Bevollmächtigten oder einen möglichen Gerichtshof aufzutreiben.

Dieses erschreckende, schmutzige Durcheinander wird in Paris so geschätzt, sofern man nicht um einer größeren Summe willen an dem Konkurs interessiert ist, daß jeder Kaufmann, so wenig er selber auch zu tun haben möge, die Pleite als ein Unglück hinnimmt, gegen das man nicht versichert ist, die Einbuße auf dem Konto ›Gewinn und Verlust‹ abbucht und nicht die Dummheit begeht, seine Zeit zu verschwenden; er fährt lieber fort, sich um seine eigenen Geschäfte zu kümmern. Was nun den Kleinhändler betrifft, den jedes Monatsende zwickt und zwackt, der sich damit befaßt, dem Leichenwagen seines Vermögens zu folgen, so schreckt er davor zurück, einen Prozeß von erschreckender Dauer und großen Kosten anzustrengen; er verzichtet darauf klarzusehen, tut wie der Großkaufmann, läßt den Kopf hängen und schickt sich in seinen Verlust.

Die Großkaufleute melden überhaupt keinen Konkurs mehr an; sie liquidieren nach einer liebenswürdigen Übereinkunft: Die Gläubiger erklären sich als abgefunden mit dem, was ihnen angeboten wird. Auf diese Weise werden die Schande, die juristischen Fristen, die Honorare der Anwälte, die Verschleuderung des Warenlagers vermieden. Jedermann glaubt, es komme bei einem Konkurs weniger heraus als bei einer Liquidation. Es gibt in Paris mehr Liquidationen als Pleiten.

Der Akt, in dem die Konkursverwalter die Hauptrolle spielen, dient dem Beweis, daß jeder Konkursverwalter unbestechlich ist und daß zwischen ihnen und dem Bankrotteur nie auch nur das geringste Einvernehmen bestanden hat. Das Parkett, das mehr oder weniger einmal Konkursverwalter gewesen ist, weiß, daß jeder Konkursverwalter ein ›gedeckter‹ Gläubiger ist. Es hört zu, es glaubt, was es will und findet sich am Tag des Vergleichs ein, nachdem drei Monate dazu benützt worden sind, die Forderungen aus den Aktiv- und Passivposten festzustellen. Dann erstatten die provisorischen Konkursverwalter der Versammlung einen kleinen Bericht, für den hier die gängige Formel folgen möge:

»Meine Herren, unsere Schuldforderung beläuft sich auf rund eine Million. Wir haben unseren Mann abgewrackt wie eine gescheiterte Fregatte. Die Nägel, die Eisenteile, das Holz, das Kupfer haben dreihunderttausend Francs ergeben. Wir haben also dreißig Prozent unserer Forderungen. Wir sind nur zu glücklich, daß wir diese Summe ausfindig gemacht haben, wogegen unser Schuldner uns nur hunderttausend Francs hätte überlassen können; also erklären wir ihn für einen Aristides[216], erkennen ihm eine Ermutigungsprämie und Ehrenkränze zu, schlagen vor, ihm seine Aktiva zu belassen und ihm zehn oder zwölf Jahre zu gewähren, um uns fünfzig Prozent auszuzahlen, die uns zuzusagen er geruht hat. Das ist der Vergleich; bitte treten Sie an den Schreibtisch heran und unterzeichnen Sie.«

Auf diese Rede hin beglückwünschen sich die erfreuten Kaufleute und sinken einander in die Arme. Nach der gerichtlichen Bestätigung dieses Vergleichs wird der Bankrotteur wieder Kaufmann wie zuvor: Seine Aktiva werden ihm zurückerstattet, er fängt von neuem mit seinen geschäftlichen Unternehmungen an, ohne des Rechts verlustig zu gehen, mit der zugesagten Dividende nochmals Pleite zu machen, eine kleine Nachpleite, wie sie häufig vorkommt: wie ein Kind, das eine Mutter neun Monate nach der Hochzeit ihrer Tochter zur Welt bringt.

Kommt der Vergleich nicht zustande, so ernennen die Gläubiger die definitiven Konkursverwalter und ergreifen außerordentliche Maßnahmen; sie tun sich zusammen und beuten das Vermögen und das Geschäft ihres Schuldners aus, sie beschlagnahmen alles, was ihm vielleicht einmal zufallen wird, die Erbschaft vom Vater, von der Mutter, von der Tante, usw. Diese rigorose Maßnahme wird mittels eines gemeinschaftlichen Vertrags durchgeführt.

Es gibt somit zwei Arten von Konkursen: den Konkurs des Kaufmanns, der sein Geschäft weiterführen will, und den Konkurs des Kaufmanns, der ins Wasser gefallen ist und sich damit begnügt, auf den Grund des Flusses hinabzusinken. Pillerault kannte diesen Unterschied nur zu gut. Seiner und Ragons Meinung nach war es ebenso schwierig, aus der ersten Art unbescholten, wie aus der zweiten reich herauszukommen. Nachdem er geraten hatte, alles im Stich zu lassen, wandte er sich an den anständigsten Anwalt der Stadt, um ihn dahin zu bringen, daß er die Liquidation des Konkurses durchführte und den Erlös den Gläubigern zur Verfügung stellte. Das Gesetz verlangt, daß die

Gläubiger während der Dauer dieses Dramas dem Bankrotteur und dessen Familie die Existenzmittel zur Verfügung stellen. Pillerault ließ den kommissarischen Richter wissen, er wolle für seine Nichte und seinen Neffen sorgen.

Von du Tillet war alles in die Wege geleitet worden, um aus dem Konkurs für seinen Chef eine andauernde Agonie zu machen. Und zwar auf folgende Weise. Die Zeit ist in Paris etwas so Kostbares, daß im allgemeinen bei Pleiten von zwei Konkursverwaltern sich nur einer mit der Sachlage befaßt. Der andere ist nur der Form wegen da: Er gibt die Bestätigung, wie der zweite Notar bei notariellen Akten. Der tätige Konkursverwalter verläßt sich ziemlich häufig auf den Anwalt. Das bringt es mit sich, daß in Paris die Konkurse der ersten Art so glatt abgewickelt werden, daß innerhalb der vom Gesetz festgelegten Fristen alles erledigt, zusammengeheftet, besorgt und gedeichselt ist! Nach hundert Tagen kann der kommissarische Richter das grauenhafte Wort eines Ministers sagen: »In Warschau herrschen Ruhe und Ordnung.«[217] Du Tillet wollte den kommerziellen Tod des Parfümhändlers. Deshalb stutzte Pillerault bei den Namen der Konkursverwalter, die unter du Tillets Einfluß ernannt worden waren. Monsieur Bidault, genannt Gigonnet, der Hauptgläubiger, sollte sich um nichts kümmern. Molineux, der kleine, greisenhafte Quälgeist, der nichts einbüßte, sollte sich um alles kümmern. Du Tillet hatte diesem kleinen Schakal den als Kaufmann Toten vorgeworfen, damit er ihn beim Verschlingen martere. Nach der Gläubigerversammlung, bei der die Konkursverwalter ernannt worden waren, ging der kleine Molineux heim; er fühlte sich »geehrt durch die Wahl seiner Mitbürger«, wie er sagte, und war glücklich, Birotteau malträtieren zu können wie ein Kind, das ein Insekt quält. Der auf dem Gesetz herumreitende Hausbesitzer bat du Tillet, ihm mit seinem hellen Kopf zu helfen und kaufte das Handelsgesetzbuch. Zum Glück hatte der durch Pillerault gewarnte Joseph Lebas beim Präsidenten des Handelsgerichts sogleich durchgesetzt, daß ein einsichtiger, wohlwollender kommissarischer Richter bestimmt wurde. Gobenheim-Keller, den du Tillet zu bekommen gehofft hatte, sah sich durch Monsieur Camusot ersetzt, den stellvertretenden Handelsrichter; er war ein reicher, liberaler Seidenhändler, der Besitzer des Hauses, in dem Pillerault wohnte, und es hieß, er sei ein anständiger Mensch.

Eine der grausigsten Szenen in Césars Leben war seine Besprechung, die mit dem kleinen Molineux abzuhalten er verpflichtet war, mit jenem Menschen, den er als so nichtig angesehen hatte und der nun, durch eine Fiktion des Gesetzes, zu César Birotteau geworden war. In Begleitung seines Onkels mußte er zur ›Cour Batave‹ gehen, zum sechsten Stockwerk hinaufsteigen und die schauderhafte Wohnung des alten Mannes betreten, seines Vormunds, sozusagen seines Richters, des Vertreters der Gläubigerschar.

»Was ist dir?« fragte Pillerault César; er hatte ihn etwas ausrufen hören.

»Ach, Onkel, du weißt nicht, was dieser Molineux für ein Mensch ist!«

»Seit fünfzehn Jahren sehe ich ihn von Zeit zu Zeit im Café David; da spielt er nämlich abends immer Domino; deshalb bin ich mit dir gekommen.«

Monsieur Molineux war übertrieben höflich zu Pillerault und von verächtlicher Herablassung zu seinem Bankrotteur. Der kleine Greis hatte sich sein Verhalten überlegt, die Nuancen seiner Haltung genau erwogen und seine Gedanken geordnet.

»Was für Auskünfte verlangen Sie?« fragte Pillerault. »Von den Forderungen ist keine angefochten worden.«

»Oh!« sagte der kleine Molineux, »die Forderungen sind in Ordnung, es ist alles nachgeprüft worden. Die Gläubiger sind ernsthaft und legitim! Aber das Gesetz, Monsieur, das Gesetz! Die Ausgaben des Bankrotteurs stehen in keinem Verhältnis zu seinem Vermögen ... Fest steht, daß der Ball ...«

»An dem Sie teilgenommen haben«, warf Pillerault ein.

»... an die sechzigtausend Francs gekostet hat oder daß wenigstens diese Summe bei dieser Gelegenheit vergeudet worden ist, obwohl die Aktiva des Bankrotteurs damals nicht mehr als hundertundeinigetausend Francs betrugen ... Es bestände also Veranlassung, den Bankrotteur vor ein Sondergericht zu stellen, unter der Anklage des strafbaren Bankrotts ...«

»Ist das Ihre Ansicht?« fragte Pillerault, als er sah, wie hart dieses Wort Birotteau traf.

»Monsieur, ich mache Unterschiede: Der Sieur Birotteau hat der Stadtverwaltung angehört ...«

»Offenbar haben Sie uns nicht hierherkommen lassen, um uns zu sagen, wir gehörten vor das Zuchtpolizeigericht?« sagte Pillerault. »Heute abend würde das ganze Café David über Ihr Vorgehen lachen.«

Die Meinung des Cafés David schien den kleinen Greis ins Bockshorn zu jagen; er blickte Pillerault verstört an. Der Konkursverwalter hatte damit gerechnet, Birotteau allein bei sich zu sehen; er hatte sich vorgenommen, als selbstherrlicher Richter, als Jupiter aufzutreten. Er hatte damit gerechnet, Birotteau durch die vorbereitete, niederschmetternde Anklagerede zu erschrecken, über seinem Haupt das Beil des Strafgesetzes zu schwingen, sich an seiner Aufregung, seinem Entsetzen zu weiden, dann sich rühren zu lassen und milder zu werden und aus seinem Opfer eine ihm bis in alle Ewigkeit dankbare Seele zu machen. Nun stand ihm anstelle seines Insekts diese alte kaufmännische Sphinx gegenüber.

»Monsieur«, sagte er, »es besteht kein Anlaß zum Lachen.«

»Entschuldigen Sie«, antwortete Pillerault. »Sie unterhandeln ziemlich ausgiebig mit Monsieur Claparon; Sie vernachlässigen die Interessen der andern Gläubiger, um zu der Entscheidung zu gelangen, daß Sie für Ihre Summen bevorzugt werden. Nun aber kann ich als Gläubiger Einspruch erheben. Der kommissarische Richter ist auch noch da.«

»Monsieur«, sagte Molineux, »ich bin unbestechlich.«

»Das weiß ich«, sagte Pillerault, »Sie haben bloß Ihr Schäfchen ins trockene gebracht. Sie sind intelligent, Sie haben dabei ebenso gehandelt wie bei der Sache mit Ihrem Mieter ...«

»Oh«, sagte der Konkursverwalter; er war wieder zum Hausbesitzer geworden, wie die in eine Frau verwandelte Katze einer Maus nachläuft[218], »in meiner Sache in der Rue Montorgueil ist noch kein Urteil erfolgt. Es ist da etwas eingetreten, das man als einen Zwischenfall bezeichnet. Der Mieter ist Hauptmieter. Dieser durchtriebene Kerl behauptet heute, daß er, da er für ein Jahr vorausbezahlt hat und da er nur ein Jahr zu ...« (Hier bedeutete Pillerault César durch einen Blick, er solle ganz genau aufpassen.) – »Und da die Miete für ein Jahr bezahlt sei, könne er die Möbel aus der Wohnung schaffen lassen. Neuer Prozeß. Tatsächlich habe ich nämlich das Pfandrecht, bis alles bezahlt worden ist; er könnte mir ja noch Reparaturkosten schulden.«

»Aber«, sagte Pillerault, »das Gesetz gesteht Ihnen doch nur für die Miete das Pfandrecht an den Möbeln zu.«

»Und für die Nebenausgaben!« sagte Molineux, der an seiner empfindlichsten Stelle getroffen war. »Der betreffende Gesetzesparagraph wird durch die über den Stoffkomplex ergangenen Urteile interpretiert; aber es wäre eine gesetzliche Regelung angebracht. Ich arbeite gerade ein Memorandum an seine Gnaden den Herrn Justizminister über diese Lücke in der Gesetzgebung aus. Es wäre der Regierung durchaus nicht unwürdig, wenn sie sich mit den Hausbesitzern befaßte. Davon hängt für den Staat alles ab; wir sind die wichtigsten Steuerzahler.«

»Sie sind vollauf befähigt, die Regierung aufzuklären«, sagte Pillerault; »aber womit könnten wir beide Ihnen Aufklärungen bezüglich unserer Angelegenheit geben?«

»Ich will wissen«, sagte Molineux mit emphatischer Wichtigtuerei, »ob Monsieur Birotteau Summen von Monsieur Popinot erhalten hat.«

»Nein«, sagte Birotteau.

Es folgte eine Diskussion über Birotteaus Anteile an der Firma Popinot, deren Ergebnis war, daß Popinot ein volles Anrecht auf die Rückzahlung seiner Vorschüsse hatte, ohne jedoch für die Hälfte der Kosten seiner Firmengründung, die Birotteau ihm schuldete, als Gläubiger auftreten zu können. Der durch Pillerault geschickt gegängelte Konkursverwalter Molineux gelangte unmerklich zu liebenswürdigeren Umgangsformen, die bewiesen, welch großen Wert er der Meinung der Stammgäste des Cafés David beilegte. Schließlich fand er sogar Worte des Trostes für Birotteau und bot ihm und Pillerault an, seine bescheidene Mahlzeit mit ihm zu teilen. Wäre der Exparfümhändler allein gekommen, so würde die Sache einen schlimmeren Verlauf genommen haben. Bei dieser Gelegenheit wie bei mancherlei anderen erwies der alte Pillerault sich als Schutzengel.

Das Handelsgesetz erlegt den Bankrotteuren eine grausige Marter auf; sie müssen persönlich zusammen mit den provisorischen Konkursverwaltern und dem kommissarischen Richter vor der Versammlung erscheinen, in der die Gläubiger über ihr Schicksal entscheiden. Für jemanden, der sich über alles hinwegsetzt, wie für den Kaufmann, der auf Rache erpicht ist, hat diese grausige Zeremonie nichts, was ihnen Furcht einjagen könnte. Aber für jemanden wie César Birotteau ist eine solche Szene eine Marter, die nur mit dem letzten Tag eines zum Tode Verurteilten verglichen werden kann. Pillerault tat, was in seinen Kräften stand, um seinem Neffen diesen furchtbaren Tag erträglich zu machen.

Im Einverständnis mit dem Bankrotteur ging Molineux folgendermaßen vor. Der Prozeß im Zusammenhang mit den in der Rue du Faubourg-du-Temple gelegenen Grundstücken war vor dem Königlichen Gericht gewonnen worden. Die Konkursverwalter hatten entschieden, daß jener Besitz verkauft werden müsse; César hatte sich dem nicht widersetzt. Du Tillet, dem die Absichten der Regierung über einen Kanal zu Ohren gekommen waren, der Saint-Denis mit der oberen Seine verbinden und durch den Faubourg-du-Temple geführt werden sollte[219], kaufte Birotteaus Grundstücke für die Summe von siebzigtausend Francs auf. Die Anrechte Césars auf die Grundstücke bei der Madeleine wurden an Monsieur Claparon abgetreten, unter der Bedingung, daß dieser auf alle Ansprüche bezüglich der von Birotteau geschuldeten Hälfte der Eintragungskosten ins Grundbuch und der Ausfertigung des Vertrags verzichtete und sich bereit erklärte, den Preis für die Grundstücke zu zahlen, sobald die den Verkäufern aus dem Konkurs zustehende Dividende gezahlt worden sei. Der Anteil des Parfümhändlers an der Firma Popinot und Co. wurde an besagten Popinot für die Summe von achtundvierzigtausend Francs verkauft. Das Unternehmen ›Zur Rosenkönigin‹ wurde von Célestin Crevel mitsamt dem Mietsrecht, den Waren, dem Mobiliar, dem Herstellungsrecht der ›Sultaninnen-Paste‹ und der ›Eau Carminative‹ sowie dem zwölfjährigen Mietsrecht an der Fabrik, deren Gerätschaften ihm gleichfalls verkauft wurden, für siebenundfünfzigtausend Francs aufgekauft. Die liquiden Aktiva beliefen sich auf hundertfünfundneunzigtausend Francs, denen die Konkursverwalter noch die siebzigtausend Francs hinzufügten, die aus der Liquidation des unseligen Roguin an Birotteau gefallen waren.

Auf diese Weise betrug das Total zweihundertfünfzigtausend Francs. Die Passiva machten vierhundertvierzigtausend aus; es ergaben sich also mehr als fünfzig Prozent Dividende. Der Konkurs ist wie eine chemische Prozedur, aus der ein geschickter Kaufmann ohne Verlust an Fett hervorzugehen trachtet. Birotteau, der in dieser Retorte bis aufs letzte destilliert worden war, ging auf eine Weise daraus hervor, die du Tillet wütend machte. Du Tillet hatte mit einem entehrenden Bankrott gerechnet und mußte es jetzt erleben, daß ein ehrlicher daraus geworden war. Er war nur in geringem Maß auf Gewinn erpicht, da er ja die Grundstücke bei der Madeleine an sich gebracht hatte, ohne den Beutel ziehen zu brauchen; aber er hätte den armen Handelsmann nur zu gern entehrt, völlig ruiniert und verunglimpft gesehen. Sicherlich würden die Gläubiger bei der Generalversammlung den Parfümhändler im Triumph herumtragen. In dem Maß, wie Birotteau wieder Mut faßte, bemaß sein Onkel als kundiger Arzt die Dosen, als er ihn in den Verlauf des Konkurses einweihte. Jede dieser rigorosen Maßnahmen bedeutete einen Schlag. Nicht ohne Schmerz vernimmt ein Kaufmann die Herabsetzung des Wertes von Dingen, die ihn soviel Geld und Mühewaltung gekostet haben. Die Nachrichten, die sein Onkel ihm übermittelte, ließen ihn zu Stein erstarren.

»Siebenundfünfzigtausend Francs für die ›Rosenkönigin‹! Dabei hat allein schon das Lager zehntausend Francs gekostet, und die Wohnräume kosten vierzigtausend Francs, und die Anlage der Fabrik, die Geräte, die Formen, die Apparate haben dreißigtausend Francs gekostet, und auch wenn fünfzig Prozent für die Rückerstattung abgezogen werden, liegen noch für zehntausend Francs Waren in meinem Laden, und die Paste und das Gesichtswasser sind allein schon einen Pachthof wert!«

Diese Jeremiaden des armen, ruinierten César berührten Pillerault nicht sehr. Der alte Kaufmann ließ sie über sich ergehen wie ein an ein Haustor angebundenes Pferd einen Platzregen; wohl aber erschreckte ihn das dumpfe Schweigen, das der Parfümhändler bewahrte, wenn die Rede auf die Gläubigerversammlung kam. Wenn man sich in den Eitelkeiten und Schwächen auskennt, von denen der Mensch in jeder sozialen Sphäre befallen ist, versteht man dann nicht, welch entsetzliche Qual es für diesen armen Mann sein mußte, daß er jetzt in das Gebäude des Handelsgerichts, in dem er als Richter gewaltet hatte, als Bankrotteur zurückkehren, daß er dort Schimpf und Schande über sich ergehen lassen mußte, wo ihm so oft Dankesbezeigungen für die von ihm geleisteten Dienste gespendet worden waren? Ihm, Birotteau, dessen unbeugsame Meinungen über Bankrotteure in der ganzen Pariser Geschäftswelt bekannt waren; ihm, der gesagt hatte: »Wenn man Konkurs anmeldet, ist man noch ein Ehrenmann; aber aus einer Gläubigerversammlung geht man nur als ein Schurke hervor!« Sein Onkel nahm die günstigen Stunden wahr, um ihn mit der Vorstellung vertraut zu machen, daß er vor seinen versammelten Gläubigern erscheinen müsse, wie das Gesetz es befahl. Diese Verpflichtung brachte Birotteau fast ins Grab. Seine stumme Fügsamkeit machte auf Pillerault tiefen Eindruck; er hatte ihn oftmals in der Nacht durch die Trennwand hindurch aufschreien hören: »Nie! Nie! Ich sterbe vorher.«

Pillerault, dieser durch sein schlichtes Leben so starke Mann, hatte Verständnis für die Schwäche. Er beschloß, Birotteau die Ängste zu ersparen, denen er bei der schrecklichen Szene des Erscheinens vor den Gläubigern vielleicht erliegen konnte, jener unvermeidlichen Szene! Das Gesetz ist in diesem Punkt genau, formell und zwingend. Der Kaufmann, der es ablehnt zu erscheinen, kann einzig um dieser Tatsache willen unter der Anklage betrügerischen Bankrotts vor das Zuchtpolizeigericht gezogen werden. Aber wenn das Gesetz den Bankrotteur dazu zwingt, sich einzufinden, so hat es nicht die Machtvollkommenheit, auch die Gläubiger hinkommen zu lassen. Eine Gläubigerversammlung ist nur in bestimmten Fällen etwas Bedeutsames: zum Beispiel, wenn es sich um die Enteignung eines Schwindlers und einen gemeinschaftlichen Vergleichsvertrag handelt, wenn keine Einigung zwischen bevorzugten und geschädigten Gläubigern zu erzielen ist oder wenn der Vergleich allzu betrügerisch ist und der Bankrotteur sich eine zweifelhafte Majorität verschafft hat. Im Falle eines Konkurses jedoch, bei dem alles realisiert worden ist, oder im Falle eines Konkurses, bei dem der Gauner alles arrangiert hat, ist die Gläubigerversammlung bloß eine Formalität. Pillerault machte sich also auf den Weg und bat nacheinander jeden Gläubiger um die Unterzeichnung einer Vollmacht für dessen Anwalt. Jeder der Gläubiger, bis auf du Tillet, hatte mit César, nachdem er ihn zu Fall gebracht, aufrichtiges Mitleid. Jeder wußte, wie der Parfümhändler sich verhalten hatte, wie sehr seine Geschäftsbücher in Ordnung, wie klar alle seine Geschäfte waren. Sämtliche Gläubiger waren froh, daß sich unter ihnen kein einziger ›fröhlicher‹ Gläubiger befand. Molineux, anfangs Bevollmächtigter, dann Konkursverwalter, hatte in Césars Haus alles vorgefunden, was der arme Mann besaß, sogar den Kupferstich ›Hero und Leander‹, das Geschenk Popinots, seine persönlichen Schmuckstücke, seine Krawattennadel, seine goldenen Schuhschnallen, seine beiden Taschenuhren, Dinge, die auch ein ehrlicher Mensch hätte mitgehen heißen, ohne zu glauben, er verstoße wider die Redlichkeit. Auch Constance hatte ihr bescheidenes Schmuckkästchen zurückgelassen. Diese rührende Befolgung des Gesetzes machte großen Eindruck auf die Handelswelt. Birotteaus Feinde stellten diese Dinge als Zeichen der Dummheit hin; aber die Verständigen sahen sie in ihrem wahren Licht, nämlich als eine prächtige Übertreibung der Redlichkeit. Nach zwei Monaten war die Börse völlig anderer Meinung geworden. Die Gleichgültigsten gaben zu, daß dieser Konkurs eine der seltensten Merkwürdigkeiten sei, die sich je in Paris ereignet hätten. Daher taten denn auch die Gläubiger im Wissen, daß sie etwa sechzig Prozent herausschlagen würden, alles, was Pillerault wollte. Es gibt nur eine recht geringe Zahl von Konkursanwälten, und so geschah es, daß mehrere Gläubiger den gleichen mit einer Vollmacht ausgestattet hatten. Es gelang Pillerault schließlich, die furchtbare Versammlung auf drei Anwälte, sich selber, Ragon, die beiden Konkursverwalter und den kommissarischen Richter zu reduzieren.

Am Morgen jenes feierlichen Tages sagte Pillerault zu seinem Neffen: »César, du kannst ohne Angst zu deiner heutigen Versammlung gehen; du triffst dort niemanden an.«

Monsieur Ragon hatte seinen Schuldner begleiten wollen. Als der ehemalige Herr und Gebieter der ›Rosenkönigin‹ seine dünne, heisere Stimme ertönen ließ, erbleichte sein Exnachfolger; aber der gütige kleine Alte breitete ihm die Arme entgegen, und Birotteau warf sich hinein wie ein Knabe in die seines Vaters, und die beiden Parfümhändler benetzten einander mit ihren Tränen. Der Bankrotteur faßte Mut, als er soviel Nachsicht gewahrte, und bestieg mit seinem Onkel die Droschke. Pünktlich um halb elf langten alle drei im Kloster Saint-Merry an, wo zu jener Zeit das Handelsgericht tagte. Es befand sich zu dieser Stunde niemand im ›Konkurssaal‹. Stunde und Tag waren mit den Konkursverwaltern und dem kommissarischen Richter vereinbart worden. Die Anwälte waren als Vertreter ihrer Klienten erschienen. Auf diese Weise war nichts geeignet, César Birotteau einzuschüchtern. Allein der arme Mann betrat Monsieur Camusots Arbeitszimmer, das zufällig einmal das seine gewesen war, nicht ohne tiefe Erschütterung, und er zitterte, als es galt, in den Konkurssaal hineinzugehen.

»Es ist kalt«, sagte Monsieur Camusot zu Birotteau, »den Herren wird es nicht unlieb sein, wenn wir hierbleiben, anstatt im Saal zu frieren. (Er ließ das Wort ›Konkurs‹ aus.) Bitte setzen Sie sich, meine Herren.«

Alle nahmen Platz, und der Richter räumte seinen Sessel dem verwirrten Birotteau ein. Die Anwälte und die Konkursverwalter unterschrieben.

»Da Sie auf alles, was Sie an Werten besaßen, verzichtet haben«, sagte Camusot zu Birotteau, »haben die Gläubiger einstimmig beschlossen, auf den Rest ihrer Forderungen zu verzichten; Ihr Vergleich ist so formuliert worden, daß er Ihren Kummer zu lindern vermag; Ihr Anwalt wird ihn schnellstens gerichtlich bestätigen lassen: Sie sind frei. Sämtlichen Handelsrichtern, mein lieber Monsieur Birotteau«, sagte Camusot und nahm Césars beide Hände, »geht Ihre Lage nahe, ohne daß Ihr Mut sie überrascht hätte, und es gibt keinen, der Ihre Redlichkeit nicht anerkannt hätte. Sie haben sich im Unglück als dessen würdig bezeigt, was Sie ehedem hier gewesen sind. Ich stehe seit zwanzig Jahren im Geschäftsleben, und dies ist das zweitemal, daß ich es erlebe, wie ein Kaufmann durch seinen Ruin in der öffentlichen Achtung steigt.«

Birotteau nahm die Hände des Richters und drückte sie mit Tränen in den Augen; Camusot fragte ihn, was er fortan zu tun gedenke, und Birotteau antwortete, er wolle arbeiten, um seine Schulden ungemindert zu bezahlen.

»Wenn Sie zur Erfüllung dieses noblen Vorhabens ein paar tausend Francs brauchen, werden Sie sie stets bei mir finden«, sagte Camusot, »ich würde sie mit großer Freude hergeben, um Zeuge einer Handlung zu sein, die in Paris etwas recht Seltenes ist.«

Pillerault, Ragon und Birotteau zogen sich zurück.

»Na, siehst du, es war alles halb so schlimm«, sagte Pillerault an der Tür des Gerichtsgebäudes zu ihm.

»Das war dein Werk, Onkel«, sagte der arme Mann gerührt.

»Jetzt sind Sie rehabilitiert; es sind nur ein paar Schritte bis zur Rue des Cinq-Diamants, kommen Sie, wir wollen meinen Neffen aufsuchen«, sagte Ragon zu ihm.

Birotteau mußte noch ein bitteres Gefühl auskosten, als er Constance in dem niedrigen, düsteren Zwischenstock über dem Laden in einem kleinen Kontor sitzen sah; ein Drittel ihres Fensters wurde von einem Schild bedeckt, auf dem zu lesen stand: A. POPINOT.

»Das ist einer von Alexanders Feldherrn[220]«, sagte er voller Galgenhumor und zeigte auf das Schild.

Diese erzwungene Heiterkeit, in der sich auf naive Weise das unverwüstliche Gefühl der Überlegenheit bekundete, die César sich zuerkannte, ließ es Ragon trotz seiner siebzig Jahre eiskalt über den Rücken laufen. César sah, wie seine Frau herunterkam und Popinot Briefe zum Unterzeichnen vorlegte; er konnte weder seinen Tränen wehren noch verhindern, daß sein Gesicht erblaßte.

»Guten Tag, mein Lieber«, sagte sie lachend zu ihm.

»Ich brauche dich nicht zu fragen, ob du dich hier wohl fühlst«, sagte César und blickte Popinot an.

»Wie bei meinem Sohn«, antwortete sie mit so zärtlicher Miene, daß der Exkaufmann ganz betroffen war.

Birotteau trat zu Popinot hin, umarmte ihn und sagte: »Eben habe ich für immer das Recht verloren, ihn meinen Sohn zu nennen.«

»Lassen Sie uns hoffen«, sagte Popinot. »Ihr Öl geht gut, dank meiner Zeitungsreklame und den Bemühungen Gaudissarts, der ganz Frankreich bearbeitet, der es mit Plakaten und Prospekten überschwemmt und der jetzt in Straßburg Prospekte in deutscher Sprache drucken läßt: Er wird über Deutschland herfallen wie eine Invasion. Wir haben bereits dreitausend Gros[221] untergebracht.«

»Dreitausend Gros!« sagte César.

»Und ich habe im Faubourg Saint-Marceau ein Grundstück erworben, nicht teuer, wo eine Fabrik gebaut wird. Die im Faubourg du Temple behalte ich bei.«

»Frau«, flüsterte Birotteau Constance zu, »mit ein bißchen Hilfe hätten wir uns dennoch herauswinden können.«

Seit jenem fatalen Tag waren César, seine Frau und seine Tochter ein Herz und eine Seele. Der arme Angestellte wollte ein Ziel erreichen, das, wenn nicht unmöglich, so doch gigantisch war: die restlose Bezahlung seiner Schulden! Jene drei Menschen, die das Band unverbrüchlicher Redlichkeit aneinanderschloß, wurden geizig und versagten sich alles: Jede armselige Kupfermünze galt ihnen als heilig. Aus Berechnung widmete sich Césarine ihrem Geschäft mit jungmädchenhafter Aufopferung. Sie durchwachte die Nächte, sie zerbrach sich den Kopf darüber, wie dem Unternehmen zu einem weiteren Aufschwung verholfen werden könne, sie machte neue Muster für die Stoffe ausfindig und brachte ihre angeborene kaufmännische Begabung zur Entfaltung. Ihre Chefs waren genötigt, ihren Arbeitseifer einzudämmen; sie belohnten ihn durch Gratifikationen; aber sie lehnte den Putz und die Schmucksachen, die ihre Chefs ihr vorschlugen, stets ab. Geld! Danach stand ihr der Sinn. Jeden Monat trug sie ihr Geld und ihren kleinen Nebenverdienst zu ihrem Onkel Pillerault. Das gleiche tat César, das gleiche Madame Birotteau. Alle drei hielten sich für ungeschickt, keiner von ihnen wollte die Verantwortung für die Anlage der Gelder übernehmen; sie hatten Pillerault die letzte Entscheidung über die Anlage ihrer Ersparnisse übertragen. Der Onkel war wieder zum Kaufmann geworden und beteiligte sich an Börsengeschäften. Später kam heraus, daß er dabei von Jules Desmarets und Joseph Lebas beraten worden war; beide hatten es sich angelegen sein lassen, ihn auf geschäftliche Möglichkeiten hinzuweisen, die nicht mit Gefahr verbunden waren.

Der bei seinem Onkel wohnende ehemalige Parfümhändler wagte keine Frage nach dem Verbleib der Summen, die durch seine Arbeit sowie durch die seiner Frau und seiner Tochter erworben worden waren. Mit gesenktem Kopf ging er durch die Straßen; er versuchte, sein niedergeschlagenes, entstelltes, verstumpftes Gesicht allen Blicken zu entziehen. César machte sich einen Vorwurf daraus, daß er noch immer Anzüge aus gutem Stoff trug.

»Wenigstens«, sagte er mit einem engelhaften Aufblicken zu seinem Onkel, »esse ich nicht das Brot meiner Gläubiger. Dein Brot dünkt mich wohlschmeckender, obwohl es mir durch das Mitleid gespendet wird, das ich dir einflöße; denn ich bedenke stets, daß ich dank diesem frommen Mitgefühl nichts von meinem Gehalt abzuziehen brauche.«

Die Kaufleute, die dem Angestellten begegneten, gewahrten an ihm keine Spur des Parfümhändlers mehr. Die Gleichgültigen bekamen eine gewaltige Vorstellung davon, wie tief ein Mensch hinabstürzen könne, wenn sie diesen Mann erblickten, über dessen Gesicht der schwärzeste Kummer seinen Trauerschleier gebreitet hatte, diesen Mann, der von etwas niedergeworfen zu sein schien, das früher an ihm nie wahrnehmbar gewesen war: vom Grübeln! Zerstört wird nur, wer zerstört werden will. Den Leichtfertigen und Gewissenlosen, denen alles gleichgültig bleibt, ist nie eine Katastrophe anzumerken. Einzig die Religion prägt zu Fall Geratenen ein besonderes Siegel auf: Sie glauben an eine Zukunft, eine Vorsehung; es geht von ihnen ein gewisses Leuchten aus, das sie kennzeichnet, sie tragen eine fromme, mit Hoffnung gemischte Schicksalsergebenheit zur Schau, die rührend wirkt; sie wissen um alles, was sie verloren haben, wie gefallene Engel, die an der Himmelspforte weinen. Bankrotteure dürfen sich nicht in der Börse einfinden. Der aus dem Bereich der Rechtschaffenen vertriebene César war das Abbild des um Verzeihung flehenden Engels.

Vierzehn Monate lang, die erfüllt waren von frommen, durch seinen Sturz in ihm ausgelösten Gedanken, versagte César sich jede Freude. Obwohl er der Freundschaft der Ragons sicher war, konnten sie ihn nicht bestimmen, zum Essen zu ihnen zu kommen, und ebenso erging es den Lebas', den Matifats, den Protez' und den Chiffrevilles, und sogar Monsieur Vauquelin; sie alle beeilten sich, in César eine überragende Tugend zu verehren.

César weilte lieber allein in seinem Zimmer, als dem Blick eines Gläubigers zu begegnen. Die herzlichsten Zuvorkommenheiten seiner Freunde erinnerten ihn bitter an seine Lage. Auch Constance und Césarine gingen jetzt nie mehr aus. An Sonn- und Feiertagen, den einzigen, an denen sie frei waren, holten die beiden Frauen zur Stunde der Messe César ab und leisteten ihm nach der Erfüllung ihrer religiösen Pflichten bei Pillerault Gesellschaft. Pillerault lud den Abbé Loraux ein, dessen Wort César in seinem Leben der Prüfungen Halt und Hilfe lieh, und sie blieben im Familienkreis beisammen. Der ehemalige Eisenhändler war, was die Rechtschaffenheit betraf, viel zu empfindlich, als daß er Césars Zartgefühl mißbilligt hätte. Deshalb war er darauf bedacht gewesen, die Zahl der Menschen zu vergrößern, in deren Mitte sich der Bankrotteur mit faltenloser Stirn Auge in Auge zeigen konnte.

Im Mai 1821 wurde die mit dem Unglück ringende Familie für ihre Bemühungen durch einen ersten Freudentag belohnt, den der Lenker ihrer Geschicke ihnen bereitete. Der letzte Sonntag jenes Monats war der Jahrestag von Constances und Césars Verlobung. Im Einvernehmen mit den Ragons hatte Pillerault in Sceaux ein kleines Landhaus gemietet, und der ehemalige Eisenhändler wollte dort eine fröhliche Einweihungsfeier geben.

»César«, sagte Pillerault am Samstagabend zu seinem Neffen, »morgen fahren wir aufs Land, und du kommst mit.«

César, der eine sehr schöne Handschrift hatte, fertigte abends immer Abschriften für Derville und andere Advokaten. Am Sonntag nun aber arbeitete er, der eine kirchliche Dispens erhalten hatte, wie ein Neger.

»Nein«, antwortete er, »Monsieur Derville wartet schon auf eine Vormundschaftsabrechnung.«

»Deine Frau und deine Tochter verdienen längst eine Belohnung. Du wirst auch lediglich unsere Freunde vorfinden: den Abbé Loraux, die Ragons, Popinot und dessen Onkel. Überdies will ich es.«

Im Wirbel ihrer Geschäfte waren César und seine Frau nie wieder hinaus nach Sceaux gekommen, obwohl sie beide dann und wann gewünscht hatten, nach dort zu fahren und den Baum wiederzusehen, unter dem der erste Kommis der ›Rosenkönigin‹

beinah ohnmächtig geworden wäre. Während der Fahrt, die César mit Frau und Tochter in einem von Popinot kutschierten Mietwagen zurücklegten, warf Constance ihrem Mann Blicke des Einverständnisses zu, ohne seinen Lippen ein Lächeln entlocken zu können. Sie flüsterte ihm etwas ins Ohr; aber seine ganze Antwort bestand in einem Kopfschütteln. Die zarten Bekundungen der Zärtlichkeit, die unwandelbar, aber ein wenig erzwungen war, machten Césars Gesicht, anstatt es aufstrahlen zu lassen, nur noch düsterer und ließen ihm ein paar Tränen, die er zurückhielt, in die Augen treten. Der arme Mann hatte diesen Weg vor zwanzig Jahren zurückgelegt, und damals war er reich, jung, hoffnungsgeschwellt und verliebt in ein junges Mädchen gewesen, das so schön war wie jetzt Césarine; damals hatte er sich ein Glück erträumt, und heute sah er auf dem Rücksitz des Wagens sein edles Kind sitzen, das blaß von den durchwachten Nächten war, und seine tapfere Frau, die nur noch die Schönheit von Städten besaß, über die Lavaströme eines Vulkans hinweggegangen sind. Nur die Liebe war geblieben! Césars Verhalten erstickte die Freude im Herzen der Tochter und Anselmes, die für ihn das reizende Beieinander von ehedem verkörperten.

»Seid glücklich, Kinder, ihr habt das Recht dazu«, sagte der arme Vater in herzzerreißendem Ton zu ihnen. »Ihr könnt einander ohne Hintergedanken liebhaben«, fügte er hinzu.

Als Birotteau diese letzten Worte sagte, hatte er die Hände seiner Frau ergriffen und sie mit einer frommen, bewundernden Inbrunst geküßt, die Constance mehr rührte als die lebhafteste Fröhlichkeit. Als sie bei dem Haus anlangten, wo Pillerault, die Ragons, der Abbé Loraux und Richter Popinot sie erwarteten, bezeigten diese fünf Ausnahmemenschen eine Haltung und fanden Blicke und Worte, die César in einen wohligen Zustand versetzten; denn sie waren alle erschüttert, daß dieser Mann noch immer so wirkte wie am Tag nach seinem Unglück.

»Geht im Gehölz von Aulnay spazieren«, sagte Onkel Pillerault und legte Césars Hand in die Constances, »geht und nehmt Anselme und Césarine mit! Um vier könnt ihr wiederkommen.«

»Die armen Menschen! Sie würden sich in unserer Gegenwart

nur beklommen fühlen«, sagte Madame Ragon, der der ungeheuchelte Schmerz ihres Schuldners naheging, »aber bald wird er sich sehr freuen.«

»Dies ist Reue ohne Sünde«, sagte der Abbé Loraux.

Vergessen zu können, das ist das große Geheimnis starker, schöpferischer Menschen; vergessen zu können nach Art der Natur, die von ihrer Vergangenheit nichts weiß, die die Mysterien ihres unermüdlichen Gebärens zu jeder Stunde von neuem beginnen läßt. Schwache Menschen, wie Birotteau einer war, leben im Schmerz, anstatt ihn in erfahrungsgesättigte Sentenzen umzuwandeln; sie sättigen sich daran und nutzen sich ab, indem sie Tag für Tag in ihr überstandenes Unglück zurückschreiten. Als die beiden Paare den Pfad eingeschlagen hatten, der in das Gehölz von Aulnay führt – es ist wie eine Krone einem der hübschesten Hügel in der Umgebung von Paris aufgesetzt –, und als die Vallée-aux-Loups sich in ihrer ganzen koketten Verspieltheit zeigte, entspannten die Schönheit des Tages, das erste Grün und die köstlichen Erinnerungen an den schönsten Tag seiner Jugend die traurigen Saiten in Césars Seele: Er drückte den Arm seiner Frau auf sein pochendes Herz, sein Blick war nicht länger glasig, ein Freudenschimmer leuchtete darin auf.

»Endlich«, sagte Constance zu ihrem Mann, »sehe ich dich selber wieder, mein armer César. Mir scheint, es geht uns jetzt gut genug, so daß wir uns von Zeit zu Zeit eine kleine Freude erlauben dürfen.«

»Kann ich das denn?« fragte der arme Mann. »Ach, Constance, deine Liebe ist das einzige Gut, das mir bleibt. Ja, ich habe sogar mein Selbstvertrauen verloren; ich habe keine Kraft mehr; mein einziger Wunsch ist, so lange zu leben, bis ich auf Erden schuldenfrei dastehe. Du, liebe Frau, die du meine Weisheit und meine Vorsicht bist, du, die du klargesehen hast, du, die kein Vorwurf trifft, du kannst fröhlich sein; ich allein unter uns dreien bin schuldig. Vor achtzehn Monaten, inmitten jenes verhängnisvollen Festes, da habe ich meine Constance, die einzige Frau, die ich geliebt habe, vielleicht noch schöner vor mir gesehen, als das junge Mädchen es war, mit dem ich vor zwanzig Jahren diesen Pfad entlanggeschritten bin, wie ihn jetzt unsere Kinder entlangschreiten ...! Innerhalb von zwanzig Monaten habe ich diese Schönheit, meinen Stolz, einen erlaubten und berechtigten Stolz, zugrunde gerichtet. Je besser ich dich kennenlerne, desto mehr liebe ich dich ... Ach, Liebste«, sagte er und lieh diesem Wort einen Ausdruck, der seiner Frau zu Herzen ging, »ich würde nur zu gern hören, daß du mich ausschimpftest, anstatt es zu erleben, daß du meinen Schmerz liebkost.«

»Ich hätte nicht geglaubt«, sagte sie, »daß nach zwanzig Ehejahren die Liebe einer Frau zu ihrem Mann noch wachsen könne.«

Dieser Ausspruch ließ César für eine kurze Weile all sein Unglück vergessen, denn er besaß soviel Herz, daß jener Ausspruch für ihn ein Vermögen bedeutete. Deshalb ging er beinahe fröhlich weiter bis zu ›ihrer beider Baum‹, der durch Zufall nicht gefällt worden war. Dort setzten die beiden Gatten sich nieder und schauten zu Anselme und Césarine hin, die immer um dieselbe Rasenfläche herumgingen, ohne sich dessen bewußt zu sein; vielleicht glaubten sie, sie gingen nach wie vor geradeaus.

»Mademoiselle«, sagte Anselme, »halten Sie mich für so feige und habgierig, daß ich aus der Erwerbung des Anteils Ihres Vaters am Cephalus-Öl selber Nutzen gezogen hätte? Ich bewahre seine Hälfte liebevoll auf und betreue sie für ihn. Ich mache mit seinem Kapital Wechselgeschäfte; und wenn dabei zweifelhafte Wechsel unterlaufen, so nehme ich sie auf mein Konto. Wir können einander erst am Tag nach der Rehabilitierung Ihres Vaters angehören, und ich beschleunige sein Herannahen mit aller Kraft, die die Liebe spendet.«

Der Liebende hätte sich sorglich gehütet, dieses Geheimnis seiner Schwiegermutter auszuplaudern. Auch bei den unschuldigsten Liebhabern besteht stets der Wunsch, in den Augen ihrer Geliebten als groß zu erscheinen.

»Und wird es bald geschehen?« fragte sie.

»Bald«, sagte Popinot. Diese Antwort wurde in einem so eindringlichen Tonfall gesprochen, daß die keusche, reine Césarine ihrem geliebten Anselme die Stirn hinhielt; er drückte einen gierigen, aber respektvollen Kuß darauf, soviel Noblesse hatte im Tun jenes Mädchens gelegen.

»Papa, alles geht gut«, sagte sie mit wissender Miene zu César. »Sei nett, plaudere, schau nicht länger traurig drein.«

Als diese so einige Familie wieder Pilleraults Haus betrat,

nahm César, obwohl er ein schlechter Beobachter war, bei den Ragons einen Wandel des Verhaltens wahr, der auf irgendein Geschehnis schließen ließ. Madame Ragons Begrüßung war von ganz besonderer Herzlichkeit; ihr Blick und ihre Sprechweise sagten César: »Wir sind bezahlt worden.«

Beim Nachtisch erschien der Notar von Sceaux; Onkel Pillerault bat ihn, Platz zu nehmen und blickte Birotteau an, der eine Überraschung zu wittern begann, ohne freilich sich deren Größe vorstellen zu können.

»Lieber Neffe, in diesen letzten achtzehn Monaten haben die Ersparnisse deiner Frau, deiner Tochter und deine eigenen zwanzigtausend Francs ergeben. Ich habe dreißigtausend Francs als Dividende aus der Konkursmasse erhalten; wir können also deinen Gläubigern fünfzigtausend Francs auszahlen. Monsieur Ragon hat dreißigtausend Francs als Dividende bekommen; der Herr Notar von Sceaux bringt dir deswegen eine Quittung über die volle Zahlungsleistung, einschließlich der Zinsen, an deine Freunde. Der Rest der Summe liegt bei Crottat; er ist für Lourdois, die alte Madou, den Maurer, den Zimmermann und die dringlichsten Gläubiger bestimmt. Im nächsten Jahr werden wir weiter sehen. Mit Zeit und Geduld erreicht man viel.«

Birotteaus Freude läßt sich nicht schildern; er warf sich seinem Onkel in die Arme und weinte.

»Ab heute muß er seinen Orden wieder tragen«, sagte Ragon zum Abbé Loraux.

Der Beichtvater befestigte das rote Bändchen im Knopfloch des Angestellten, und dieser betrachtete sich im Lauf des Abends an die zwanzigmal in den Spiegeln des Salons und bezeigte dabei eine Freude, über die Leute, die sich für höhergeartet halten, wohl gelacht haben würden, die jedoch diese wackern Bürgersleute für ganz natürlich hielten. Am folgenden Tag ging Birotteau zu Madame Madou.

»Ach so, Sie sind es, Sie guter Kerl«, sagte sie. »Ich hatte Sie nicht wiedererkannt, so weiß ist Ihr Haar geworden. Dabei braucht ihr nicht zu hungern, ihr Leutchen: Ihr habt sämtlich Stellungen. Ich jedoch rackere mich ab wie ein Pudelhund in einer Trettrommel, der die Taufe verdiente.«

»Aber Madame . . .«

»Haha, das soll kein Vorwurf sein«, sagte sie, »ich trage Ihnen nichts nach.«

»Ich bin hergekommen, weil ich Ihnen sagen wollte, daß ich Ihnen heute bei Notar Crottat den Rest Ihrer Forderung mitsamt den Zinsen bezahlen möchte ...«

»Tatsächlich?«

»Seien Sie um halb zwölf bei ihm ...«

»Das ist nobel! Volle Zahlung und vier Prozent«, sagte sie und blickte in naiver Bewunderung zu Birotteau auf. »Sie müssen übrigens wissen, lieber Herr, daß ich gute Geschäfte mit Ihrem kleinen Rotschopf mache; er ist nett, er läßt mich dick verdienen, ohne den Preis zu drücken, weil er mich nämlich entschädigen will; na, schön! Ich will Ihnen eine Quittung geben, aber behalten Sie Ihr Geld, Sie armer alter Knabe! Die Madou nimmt kein Blatt vor den Mund, sie schreit gleich los, aber sie hat *das* hier«, sagte sie und klapste sich auf das voluminöseste Fleischpolster, das je in der Markthalle bekannt geworden ist.

»Kommt nicht in Frage«, sagte Birotteau. »Das Gesetz ist unmißverständlich, ich will Sie voll und ganz bezahlen.«

»Na, dann will ich mich nicht lange bitten lassen«, sagte sie. »Und morgen trompete ich in der Markthalle aus, daß Sie ein Ehrenmann sind. Ach, solchen Spaß erlebt man nicht alle Tage!«

Dieselbe Szene erlebte der wackere Mann bei dem Dekorationsmaler, dem Schwiegervater Crottats, freilich mit ein paar Varianten. Es regnete. César stellte seinen Schirm in eine Ecke bei der Tür. Der reich gewordene Maler sah das Wasser seinen Weg in sein schönes Eßzimmer rinnen, wo er mit seiner Frau beim Frühstück saß, und war nicht eben liebenswürdig.

»Also, was wollen Sie, mein armer Papa Birotteau?« fragte er in dem barschen Ton, den viele Leute anschlagen, wenn sie mit lästigen Bettlern reden.

»Ihr Schwiegersohn hat Ihnen wohl noch nicht gesagt ...«

»Was denn?« entgegnete Lourdois ungeduldig; er mutmaßte irgendeine Bitte.

»... daß Sie sich heute um halb zwölf bei ihm einfinden möchten, um mir die völlige Bezahlung meiner Schuldsumme zu quittieren ...?«

»Oh, das ist ganz etwas anderes, nehmen Sie doch Platz, Monsieur Birotteau. Essen Sie doch einen Happen mit uns . . .«

»Machen Sie uns die Freude, an unserm Frühstück teilzunehmen«, sagte Madame Lourdois.

»Dann geht's also gut?« fragte ihn der dicke Lourdois.

»Nein; ich habe alle Tage in meinem Büro zum Frühstück eine ›flûte‹[222] essen müssen, damit ich ein bißchen Geld zusammenraffen konnte; aber im Lauf der Zeit hoffe ich allen Schaden ausgleichen zu können, den ich meinen Nächsten angetan habe.«

»Wahrhaftig«, sagte der Maler und verschlang eine dick mit Gänseleberpastete belegte Schnitte, »Sie sind ein Ehrenmann.«

»Und was macht Ihre Frau?« fragte Madame Lourdois.

»Die führt bei Monsieur Anselme Popinot die Bücher und die Kasse.«

»Die armen Leute«, sagte Madame Lourdois leise zu ihrem Mann.

»Wenn Sie meiner mal bedürfen, mein lieber Monsieur Birotteau, dann kommen Sie getrost zu mir«, sagte Lourdois, »ich könnte Ihnen helfen . . .«

»Ich bedarf Ihrer um elf«, sagte Birotteau und zog sich zurück.

Dieser erste Erfolg machte dem Bankrotteur Mut, ohne ihm indessen seine Seelenruhe wiederzugeben; das Verlangen, seine Ehre zurückzuerobern, durchtobte sein Leben maßlos; er büßte die blühende Farbe, die sein Antlitz geziert hatte, völlig ein; seine Augen erloschen, und seine Wangen wurden hohl. Wenn alte Bekannte César morgens um acht oder nachmittags um vier auf seinem Hinweg oder Rückweg auf der Rue de l'Oratoire begegneten, wobei er stets den Überrock trug, den er im Augenblick seines Sturzes angehabt hatte und den er schonte wie ein armer Leutnant seine Uniform, mit völlig weißem Haar, bleich und ängstlich, so zwangen ihn manche wider seinen Willen zum Stehenbleiben; denn sein Auge war noch immer behend, und er schlich sich an den Hauswänden entlang, wie Diebe es tun.

»Ihre Handlungsweise hat sich herumgesprochen, lieber Freund«, wurde dann gesagt. »Jedermann bedauert die Strenge, die Sie sich selbst gegenüber walten lassen, und ebenso gegenüber Ihrer Frau und Ihrer Tochter.«

»Lassen Sie sich doch ein bißchen länger Zeit«, sagten die andern, »Geldwunden sind nicht tödlich.«

»Nein, wohl aber Seelenwunden«, wurde Matifat eines Tages von dem armen, geschwächten César geantwortet.

Zu Beginn des Jahres 1823 wurde der Bau des Kanals Saint-Martin beschlossen. Die im Faubourg du Temple gelegenen Grundstücke stiegen wahnsinnig im Preis. Der Bauplan zerschnitt das jetzt du Tillet und ehedem Birotteau gehörende Gelände genau in zwei Teile. Die Firma, die die Konzession für den Kanalbau erhalten hatte, bewilligte einen exorbitanten Preis, sofern der Bankier das Gelände zu einem bestimmten Zeitpunkt übergeben könne. Der von César mit Popinot geschlossene Mietvertrag stand diesem Geschäft im Wege. Der Bankier suchte den Drogenhändler in der Rue des Cinq-Diamants auf. Popinot war du Tillet gleichgültig; aber Césarines Verlobter empfand diesem Mann gegenüber einen instinktiven Haß. Er wußte nichts von dem Diebstahl und den infamen Machenschaften des glücklichen Bankiers; aber eine innere Stimme rief ihm zu: »Dieser Mensch ist ein unbestraft gebliebener Dieb.« Popinot hätte nicht das kleinste Geschäft mit ihm abgeschlossen; schon allein seine Nähe war ihm verhaßt. Vor allem jetzt mußte er es erleben, daß du Tillet sich an der Hinterlassenschaft seines ehemaligen Chefs bereicherte; denn die Grundstücke bei der Madeleine begannen bereits im Preis so sehr zu steigen, daß man den ungeheuren Wert voraussehen konnte, den sie im Jahre 1827 haben würden. Als daher der Bankier den Grund seines Besuchs dargelegt hatte, schaute Popinot ihn mit konzentriertem Unwillen an.

»Ich will es durchaus nicht ablehnen, von meinem Mietvertrag zurückzutreten, aber ich fordere dafür sechzigtausend Francs und lasse keinen roten Heller davon ab.«

»Sechzigtausend Francs!« rief du Tillet und machte Miene, den Rückzug anzutreten.

»Ich habe noch Kontrakt auf fünfzehn Jahre und müßte, wenn ich mir eine neue Fabrik einrichtete, jährlich dreitausend Francs mehr ausgeben. Also sechzigtausend Francs, oder jedes weitere Wort erübrigt sich«, sagte Popinot und trat in seinen Laden zurück, wohin du Tillet ihm folgte.

Die Unterhandlung wurde immer hitziger, Birotteaus Name

fiel, Madame César kam herunter und sah du Tillet zum erstenmal seit dem berühmten Ball wieder. Der Bankier vollführte unwillkürlich eine überraschte Bewegung, als er die Veränderungen wahrnahm, die das Äußere seiner ehemaligen Chefin erfahren hatte, und erschreckt über das, was er angerichtet hatte, schlug er die Augen nieder.

»Der Herr hier«, sagte Popinot zu Madame Birotteau, »verdient an *Ihren* Grundstücken dreihunderttausend Francs, und verweigert *uns* sechzigtausend Francs Entschädigung für unsern Mietvertrag ...«

»Dreitausend Francs Zinsen«, sagte du Tillet emphatisch.

»Dreitausend Francs ...!« wiederholte Madame César schlicht, aber besonders eindringlich.

Du Tillet erbleichte, Popinot blickte Madame Birotteau an. Es entstanden ein paar Sekunden tiefen Schweigens, das diese Szene für Anselme noch unerklärlicher machte.

»Unterzeichnen Sie Ihre Rücktrittserklärung vom Vertrag; ich habe sie durch Crottat aufsetzen lassen«, sagte du Tillet und zog aus seiner Brusttasche ein gestempeltes Papier; »ich stelle Ihnen einen Scheck über sechzigtausend Francs auf die Bank von Frankreich aus.«

Popinot schaute Madame César an, ohne sein tiefes Erstaunen zu verhehlen; er glaubte zu träumen. Während du Tillet an einem Tisch mit darauf gestelltem Schreibpult seinen Scheck ausfertigte, verschwand Constance und stieg wieder in den Zwischenstock hinauf. Der Drogenhändler und der Bankier tauschten ihre Dokumente aus. Du Tillet verbeugte sich kühl vor Popinot und ging.

»Endlich«, sagte Popinot und sah du Tillet nach, der nach der Rue des Lombards davonging, wo sein Kabriolett hielt, »bekomme ich dank diesem sonderbaren Zwischenfall in einigen Monaten meine Césarine. Dann braucht meine arme kleine Frau sich nicht länger abzuschuften. Wie seltsam! Ein einziger Blick der Madame César hat genügt! Was spielt da zwischen ihr und diesem Halsabschneider? Die Sache kommt mir recht ungewöhnlich vor.«

Popinot schickte den Scheck zur Einlösung an die Bank von Frankreich und ging nach oben, um mit Madame Birotteau zu sprechen; er fand sie indessen nicht an der Kasse; sie war wohl in ihrem Schlafzimmer. Anselme und Constance lebten miteinander wie ein Schwiegersohn und eine Schwiegermutter, wenn beide gut miteinander auskommen; also betrat er Madame Césars Zimmer mit dem verständlichen Ungestüm eines Liebhabers, der dem Glück nahe ist. Der junge Kaufmann war über die Maßen betroffen, als er seine künftige Schwiegermutter, der er mit einem Katersprung genaht war, dabei betraf, daß sie einen Brief du Tillets las; Anselme kannte ja die Handschrift von Birotteaus früherem ersten Kommis. Eine brennende Kerze sowie die schwarzen, umherfliegenden Aschenfetzen verbrannter Briefe auf den Fliesen vor dem Kamin ließen Popinot erbeben; er besaß scharfe Augen und hatte, ohne es zu wollen, den ersten Satz des Briefes gelesen, den seine Schwiegermutter in der Hand hielt:

»Ich vergöttere Sie! Sie wissen es, Engel meines Lebens, und warum ...«

»Welche Macht haben Sie über du Tillet, daß Sie ihn zum Abschluß eines solchen Geschäfts bewogen haben?« fragte er mit dem verkrampften Lachen, das ein unterdrückter schlimmer Argwohn auslöst.

»Wir wollen lieber nicht darüber sprechen«, sagte sie; es war ihr eine schreckliche Verwirrung anzumerken.

»Ja«, sagte Popinot verdutzt, »wir wollen lieber vom Ende Ihrer Leiden sprechen.« Anselme vollführte eine Pirouette, trat ans Fenster, trommelte mit den Fingern an die Scheiben und blickte in den Hof hinab. – »Meinetwegen«, sagte er sich, »auch wenn sie etwa ein Verhältnis mit du Tillet gehabt hat: Warum sollte ich mich dann nicht als ein anständiger Mensch verhalten?«

»Was ist Ihnen, lieber Junge?« fragte die arme Frau.

»Der Reingewinn am Cephalus-Öl beträgt zweihundertzweiundvierzigtausend Francs; die Hälfte davon sind hunderteinundzwanzigtausend«, sagte Popinot kurz angebunden. »Wenn ich von dieser Summe die achtundvierzigtausend abziehe, die ich Monsieur Birotteau gegeben habe, so verbleiben dreiundsiebzigtausend; und die ergeben für Sie, wenn die sechzigtausend für den Verzicht auf den Mietvertrag hinzukommen, hundertdreiunddreißigtausend Francs!«

Madame Birotteau lauschte in Glücksängsten, die ihr Herz so heftig pochen ließen, daß Popinot es hören konnte.

»Ja«, fuhr er fort, »und da ich Monsieur Birotteau stets als meinen Teilhaber betrachtet habe, können wir über diese Summe zur Befriedigung seiner Gläubiger verfügen. Legen wir dazu die achtundzwanzigtausend Francs, die Sie erspart haben und die unser Onkel Pillerault angelegt hat, so haben wir hunderteinundsechzigtausend Francs. Unser Onkel dürfte uns die Quittung über seine fünfundzwanzigtausend Francs nicht verweigern. Keine menschliche Macht kann mich daran hindern, meinem Schwiegervater als Akontozahlung auf den nächstjährigen Gewinn die Summe zur Verfügung zu stellen, die zur vollen Befriedigung seiner Gläubiger erforderlich ist ... Und dann ... ist er ... rehabilitiert.«

»Rehabilitiert!« rief Madame César und sank vor ihrem Stuhl in die Knie. Sie ließ den Brief fallen, faltete die Hände und sprach ein Gebet. »Lieber Anselme«, sagte sie, als sie sich bekreuzigt hatte, »lieber Junge!« Sie nahm seinen Kopf, küßte ihn auf die Stirn, drückte ihn ans Herz und vollführte tausend Narreteien. – »Jetzt ist Césarine dein! Wie glücklich wird meine Tochter. Sie scheidet aus dieser Firma aus, bei der sie sich zu Tode schuftet.«

»Aus Liebe«, sagte Popinot.

»Ja«, antwortete die Mutter lächelnd.

»Nun möchte ich Ihnen ein kleines Geheimnis verraten«, sagte Popinot und schaute aus dem Augenwinkel nach dem fatalen Brief hin. »Ich habe Célestin unter die Arme gegriffen, um ihm den Kauf Ihres Geschäfts zu erleichtern, aber ich habe daran eine Bedingung geknüpft. Ihre Wohnung ist nach wie vor in dem Zustand, in dem Sie sie verlassen haben. Ich hatte da eine Idee, aber ich hätte nie geglaubt, daß der Zufall uns dabei so sehr begünstigen würde. Célestin ist verpflichtet, Ihnen Ihre alte Wohnung unterzuvermieten; er hat keinen Fuß hineingesetzt, und das gesamte Mobiliar steht Ihnen zur Verfügung. Ich habe mir den zweiten Stock vorbehalten; da möchte ich mit Césarine wohnen, sie wird Sie also nie verlassen. Nach meiner Heirat werde ich hier die Stunden zwischen acht Uhr morgens und sechs Uhr abends verbringen. Um Ihnen wieder zu einem Vermögen zu verhelfen, werde ich für hunderttausend Francs Monsieur Césars Anteil erwerben; auf diese Weise hätten Sie zehntausend Francs Zinsen. Genügt das nicht zum Glücklichsein?«

»Sagen Sie mir nichts mehr, Anselme, oder ich werde verrückt.«

Die engelhafte Haltung der Madame César und die Reinheit ihrer Augen, die Unschuld ihrer schönen Stirn straften auf so herrliche Weise die tausend Gedanken Lügen, die im Hirn des Verliebten umherwirbelten, daß er mit den Ungeheuerlichkeiten, die ihm durch den Kopf glitten, Schluß machen wollte. Ein Fehltritt war unvereinbar mit dem Leben und den Gefühlen von Pilleraults Nichte.

»Liebe, vergötterte Mutter«, sagte Anselme, »soeben war in meiner Seele unwillkürlich ein schrecklicher Argwohn aufgestiegen. Wenn Sie wollen, daß auch ich glücklich bin, dann müssen Sie ihn in dieser Minute noch zerstören.« Popinot hatte die Hand nach dem Brief ausgestreckt und ihn an sich genommen. – »Ohne es zu wollen«, fuhr er erschrocken über das Entsetzen fort, das sich auf Constances Gesicht abzeichnete, »habe ich die ersten Worte dieses von du Tillet geschriebenen Briefes gelesen. Jene Worte stimmen so seltsam mit der Wirkung zusammen, die Sie vorhin ausübten, als Sie jenen Mann im Handumdrehen dazu brachten, meiner irrsinnigen Forderung zuzustimmen, daß jedermann sie sich so auslegen würde, wie ein böser Geist es mir wider meinen Willen eingeflüstert hat. Ihr Blick und drei Worte haben genügt . . .«

»Sagen Sie kein Wort weiter«, sagte Madame César, ergriff den Brief und verbrannte ihn vor Anselmes Augen. »Mein Junge, ich bin für ein winziges Vergehen grausam bestraft worden. Deswegen sollen Sie alles erfahren, Anselme. Ich will nicht, daß der Argwohn, den die Mutter eingeflößt hat, der Tochter schadet, und überdies kann ich sprechen, ohne daß ich zu erröten brauchte: Auch meinem Mann würde ich sagen, was ich Ihnen jetzt gestehen will. Du Tillet hat mich verführen wollen; mein Mann ist davon sofort ins Bild gesetzt worden, und du Tillet mußte entlassen werden. An dem Tag, da mein Mann ihm seine Entlassung mitteilen wollte, hat er uns dreitausend Francs gestohlen!«

»Ich hätte es mir denken können«, sagte Popinot und gab durch die Betonung dieser Worte seinem ganzen Haß Ausdruck.

»Anselme, Ihre Zukunft, Ihr Glück erfordern dies vertrauliche Bekenntnis; aber es muß in Ihrem Herzen ersterben, wie es in dem meinen und dem Césars gestorben war. Sie erinnern sich wohl noch der Schimpferei meines Mannes über einen Kassenirrtum. Um einen Prozeß zu vermeiden und jenen Mann nicht ins Verderben zu stürzen, hat mein Mann wahrscheinlich dreitausend Francs in die Kasse gelegt, den Preis für diesen Kaschmirschal hier; ich habe ihn deswegen erst drei Jahre später bekommen. Das möge meinen Ausruf erklären. Ach, lieber Junge, jetzt will ich Ihnen mein kindisches Verhalten eingestehen. Du Tillet hatte mir drei Liebesbriefe geschrieben, die so bezeichnend für ihn waren«, sagte sie seufzend und schlug die Augen nieder, »daß ich sie aufbewahrt habe ... als eine Kuriosität. Ich habe sie nur ein einziges Mal wieder gelesen. Als ich du Tillet wiedersah, habe ich daran zurückdenken müssen und bin hinaufgegangen, um sie zu verbrennen, und ich habe sie mir zum letztenmal angeschaut, als Sie hereinkamen ... Das ist alles, Lieber.«

Anselme senkte ein Knie zur Erde und küßte Madame César mit einem so wundervollen Ausdruck, daß ihnen beiden die Tränen in die Augen stiegen. Die Schwiegermutter hob ihren Schwiegersohn auf, breitete ihm die Arme entgegen und drückte ihn ans Herz.

Dieser Tag sollte für César zu einem Freudentag werden. Der Privatsekretär des Königs, Monsieur de Vandenesse, kam zu ihm ins Büro, um ihm etwas zu sagen. Sie traten beide in den kleinen Hof der Schuldentilgungskasse hinaus.

»Monsieur Birotteau«, sagte der Vicomte de Vandenesse, »Ihre Bemühungen, Ihre Gläubiger zu bezahlen, sind zufällig dem König zu Ohren gekommen. Seine Majestät war gerührt über eine so edle Handlungsweise; und da der König weiß, daß Sie aus Demut das Kreuz der Ehrenlegion nicht mehr tragen, schickt er mich, um Ihnen zu befehlen, es wieder anzulegen. Da er Ihnen überdies helfen möchte, Ihren Verpflichtungen nachzukommen, hat er mich beauftragt, Ihnen diese Summe auszuhändigen; sie entstammt seiner Privatschatulle; Seine Majestät bedauert, nicht mehr für Sie tun zu können. Aber dies muß tiefstes Geheimnis bleiben. Seine Majestät empfindet es als höchst unköniglich, wenn Werke der Wohltätigkeit öffentlich bekannt werden«, sagte der Privatsekretär und übergab dem Angestellten sechstausend Francs; Birotteau war während dieser Rede von unbeschreiblichen Gefühlen durchwogt worden.

Seine Lippen vermochten nur zusammenhanglose Worte zu stottern; Vandenesse verabschiedete sich lächelnd durch einen Wink mit der Hand. Das Gefühl, das in dem armen César lebendig gewesen war, ist in Paris etwas so Seltenes, daß sein Verhalten unmerklich Bewunderung erregt hatte. Joseph Lebas, Richter Popinot, Camusot, der Abbé Loraux, Ragon, der Chef der großen Firma, in der Césarine tätig war, Lourdois, Monsieur de La Billardière hatten davon gesprochen. Die öffentliche Meinung über ihn, die sich bereits gewandelt hatte, hob ihn in den Himmel.

»Das ist ein Ehrenmann!« Dieser Ausspruch war schon mehrmals an Césars Ohr gedrungen, wenn er durch die Straßen ging, und er hatte dann die gleiche Empfindung durchlebt, die ein Autor verspürt, wenn er sagen hört: »Das ist er!« Dieser gute Ruf war für du Tillet ein schwerer Schlag. Als César die ihm vom Herrscher gesandten Banknoten eingesteckt hatte, war sein erster Gedanke, sie dazu zu benützen, daß er seinen ehemaligen ersten Kommis bezahlte. Der wackere Mann ging zur Rue de la Chaussée-d'Antin, und so geschah es, daß der Bankier, als er von seinen Geschäftsgängen heimkehrte, auf der Treppe seinem früheren Chef begegnete.

»Siehe da, mein armer Birotteau!« sagte er mit heuchlerischer Miene.

»Arm?« rief der Schuldner stolz. »Ich bin reich. Heute abend kann ich meinen Kopf mit der Genugtuung aufs Kissen legen, zu wissen, daß ich Sie bezahlt habe.«

Diese von Redlichkeit erfüllten Worte waren für du Tillet eine rasch vorübergehende Qual. Obwohl er sich allgemeiner Achtung erfreute, besaß er keine Selbstachtung; eine unüberhörbare Stimme rief ihm zu: »Dieser Mann ist erhaben!«

»Mich bezahlen? Was für Geschäfte betreiben Sie eigentlich?«

Der ehemalige Parfümhändler war überzeugt davon, daß du Tillet nicht weitererzählen werde, was er ihm im Vertrauen mitteilte, und sagte: »Ich werde nie wieder ein Geschäft betreiben. Keine Macht auf Erden hätte voraussehen können, was mir widerfahren ist. Wer weiß, ob ich nicht das Opfer eines zweiten Roguin werden würde? Aber mein Verhalten ist dem König zu Ohren gekommen, sein Herz hat geruht, mit meinen Bemühungen Mitleid zu empfinden, und er hat sie dadurch ermutigt, daß er mir vorhin eine ziemlich beträchtliche Summe hat zukommen lassen, die . . .«

»Brauchen Sie eine Quittung?« unterbrach ihn du Tillet. »Wieviel zahlen Sie . . .?«

»Alles, und sogar die Zinsen; deshalb möchte ich Sie bitten, mich die paar Schritte zu Monsieur Crottat zu begleiten.«

»Vor dem Notar!«

»Nun«, sagte César, »es ist mir nicht verboten, auf meine Rehabilitierung bedacht zu sein, und da dazu authentische Dokumente unerläßlich . . .«

»Kommen Sie«, sagte du Tillet und ging mit Birotteau hinaus, »kommen Sie, es ist ja nicht weit. Aber woher nehmen Sie soviel Geld?«

»Ich nehme es nicht«, sagte César, »ich erarbeite es mir im Schweiße meines Angesichts.«

»Sie schulden der Firma Claparon eine riesige Summe.«

»Leider ja, es ist die Schuld, die mich am härtesten bedrückt, ich glaube, ich sterbe vor Anstrengung.«

»Sie können sie niemals bezahlen«, sagte du Tillet hart.

»Da hat er recht«, dachte Birotteau.

Als der arme Mann auf dem Heimweg begriffen war, ging er aus Versehen durch die Rue Saint-Honoré; er machte nämlich sonst immer einen Umweg, damit er nicht seinen Laden und die Fenster seiner Wohnung zu sehen brauchte. Zum erstenmal seit seinem Sturz erblickte er das Haus wieder, in dem achtzehn Jahre des Glücks durch die Angstqualen dreier Monate ausgelöscht worden waren.

»Ich hatte fest geglaubt, dort würde ich meine Tage beschließen«, dachte er. Und er beschleunigte den Schritt. Er hatte das neue Firmenschild gelesen:

CELESTIN CREVEL
César Birotteau Nachfolger

»Ich leide an Augentäuschungen. Ist das nicht Césarine?« rief er, als er meinte, am Fenster einen blonden Kopf gesehen zu haben.

Er hatte tatsächlich seine Tochter erblickt, seine Frau und Popinot. Das Liebespaar wußte, daß Birotteau nie an seinem früheren Haus vorbeizugehen pflegte; und da sie außerstande waren, sich das ihm Widerfahrene vorzustellen, waren sie gekommen, um ein paar Vorkehrungen für das Fest zu treffen, das sie César zu geben gedachten. Jene bizarre Erscheinung hatte César so betroffen gemacht, daß er wie angewurzelt stehenblieb.

»Schau, schau, da steht Monsieur Birotteau und sieht sich sein ehemaliges Haus an«, sagte Monsieur Molineux zu dem Kaufmann, dessen Laden der ›Rosenkönigin‹ gegenüberlag.

»Der arme Kerl«, sagte der frühere Nachbar des Parfümhändlers, »er hat da einen wunderschönen Ball gegeben ... Zweihundert Wagen sind dagewesen.«

»Ich habe teilgenommen, und drei Monate später war er pleite«, sagte Molineux. »Ich war Konkursverwalter.«

Mit zitternden Beinen machte Birotteau, daß er wegkam; er eilte zu seinem Onkel Pillerault. Pillerault war bereits über die Geschehnisse in der Rue des Cinq-Diamants unterrichtet; er dachte, sein Neffe werde eine so große Freude wie die über seine Rehabilitierung schwerlich überstehen; er war ja der tägliche Zeuge des auf und ab schwankenden seelischen Jammers des armen Mannes gewesen, der bei seinen unbeugsamen Grundsätzen über Konkurse beharrte und der zu jeder Stunde all seine Kräfte einsetzen mußte Die Ehre war für César eine Leiche, die ihren Ostertag erleben konnte. Diese Hoffnung erhielt sein Schmerz ohne Unterlaß am Leben. Pillerault hatte es auf sich genommen, den Neffen auf den Empfang der guten Nachricht vorzubereiten. Als Birotteau bei seinem Onkel eintrat, traf er ihn dabei, wie er über die Mittel und Wege nachsann, durch die er zum Ziel gelangen könne. Daher dünkte die Freude, mit der der Angestellte von der Bezeigung der Anteilnahme von seiten des Königs erzählte, Pillerault als ein gutes Vorzeichen, und Césars Erstaunen darüber, daß er Césarine in der ›Rosenkönigin‹ gesehen hatte, bot einen vortrefflichen Anlaß, zur Sache zu kommen.

»Tja, César«, sagte Pillerault, »weißt du, wie das kommt?

Von der Ungeduld, mit der Popinot seiner Hochzeit mit Césarine entgegensieht. Er will nicht mehr, und er darf es auch nicht, um deiner übertriebenen Redlichkeit willen ihre Jugend hinschwinden und sie trockenes Brot mit dem Duft eines guten Mahls in der Nase essen lassen. Popinot will dir das erforderliche Kapital zur restlosen Bezahlung deiner Schulden geben ...«

»Er kauft seine Frau«, sagte Birotteau.

»Ist es etwa nicht ehrenhaft, seinen Schwiegervater zu rehabilitieren?«

»Aber das könnte Anlaß zu Einwendungen geben. Überdies ...«

»Überdies«, sagte der Onkel und spielte den Zornigen, »hast du vielleicht das Recht, dich selber aufzuopfern, aber nicht deine Tochter.«

Es entspann sich ein lebhaftes Streitgespräch, das Pillerault absichtlich immer hitziger werden ließ.

»Na, und wenn Popinot dir nun nichts liehe«, rief Pillerault, »wenn er dich als seinen Teilhaber betrachtet, wenn er den Preis für deinen Anteil an dem Öl, den er deinen Gläubigern bezahlt hat, als einen Vorschuß auf den Gewinn betrachtet hätte, um dich nicht auszuplündern ...«

»Dann sähe es aus, als hätte ich im Einverständnis mit ihm meine Gläubiger hinters Licht geführt.«

Pillerault tat, als habe er sich durch dieses Argument schlagen lassen. Er kannte das menschliche Herz zu gut, um nicht zu wissen, daß der würdige Mann während der Nacht über diesen Punkt mit sich selbst im Widerstreit liegen und daß dies heimliche Zwiegespräch ihn an den Gedanken seiner Rehabilitierung gewöhnen würde.

»Aber warum«, fragte er beim Essen, »sind meine Frau und meine Tochter in meiner ehemaligen Wohnung gewesen?«

»Anselme will sie mieten und darin mit Césarine wohnen. Deine Frau ist damit einverstanden. Sie haben, ohne dir etwas davon zu sagen, das Aufgebot bestellt, um deine Einwilligung zu erzwingen. Popinot sagt, es sei weniger verdienstlich, Césarine erst nach deiner Rehabilitierung zu heiraten. Die sechstausend Francs vom König steckst du ein, aber von deinen Verwandten willst du nichts annehmen! Ich könnte dir sehr wohl eine Quittung über das geben, was mir zukommt; würdest du sie etwa ablehnen?«

»Nein«, sagte César, »aber das würde mich nicht daran hindern, auch weiterhin zu sparen, damit ich dich bezahlen kann, trotz der Quittung.«

»Pure Spitzfindigkeit ist das alles«, sagte Pillerault, »und in bezug auf die Rechtschaffenheit kann man sich ja wohl auf mich verlassen. Was für eine Dummheit hast du da eben gesagt? Hast du etwa deine Gläubiger hinters Licht geführt, wenn du sie samt und sonders bezahlt hast?«

In diesem Augenblick blickte César Pillerault prüfend an, und Pillerault war tief bewegt, als er sah, wie nach drei Jahren zum erstenmal ein volles Lächeln die betrübten Züge seines armen Neffen belebte.

»Richtig«, sagte er, »sie würden ja bezahlt sein ... Aber das hieße, meine Tochter verkaufen.«

»Und ich *will* ja auch erkauft sein«, rief Césarine, die zusammen mit Popinot eingetreten war.

Die Liebenden hatten, als sie auf den Zehenspitzen in den Flur der kleinen Wohnung ihres Onkels gekommen waren, jene letzten Worte gehört; Madame Birotteau folgte ihnen auf dem Fuße. Alle drei waren in aller Eile zu den Gläubigern gefahren, die noch bezahlt werden mußten, und hatten sie für den Abend bei Alexandre Crottat zusammengerufen, wo die Quittungen bereits vorbereitet wurden. Die kraftvolle Folgerichtigkeit des verliebten Popinot triumphierte über die Skrupel Césars, der noch immer darauf bestand, sich als Schuldner zu bezeichnen und zu behaupten, durch solcherlei neuartige Schliche werde dem Gesetz ein Schnippchen geschlagen. Er gab seine Gewissensforschungen erst auf, als Popinot aufschrie: »Wollen Sie denn Ihre Tochter umbringen?«

»Ich, und meine Tochter umbringen?« fragte César stumpfsinnig.

»Ich bin doch wohl berechtigt, Ihnen eine Schenkung unter Lebenden in Höhe der Summe zu machen, die Ihnen nach meiner ehrlichen Überzeugung als Guthaben bei mir zusteht. Würden Sie sie etwa zurückweisen?«

»Nein«, sagte César.

»Also gut; dann gehen wir heute abend zu Alexandre Crottat, damit wir auf dies alles nicht wieder zurückzukommen brauchen! Wir lassen gleichzeitig unseren Ehekontrakt aufsetzen.«

Ein Antrag auf Rehabilitierung mit allen Unterlagen wurde durch Derville, den Generalstaatsanwalt des Königlichen Gerichts von Paris, eingereicht.

Während der Monate, die die Formalitäten und die Veröffentlichung von Césarines und Anselmes Aufgebot erforderten, wurde Birotteau von fieberhaften Erregungszuständen heimgesucht. Er war unruhig, er fürchtete, er werde den Tag nicht mehr erleben, an dem das Urteil verkündet werden würde. Ohne Grund bekomme er Herzklopfen, sagte er. Er klagte über dumpfe Schmerzen in diesem Organ, das ebenso abgenützt durch den Kummer war wie überanstrengt durch dieses Übermaß an Freude. Urteile bezüglich der Rehabilitierung sind etwas so Seltenes in diesem Ressort des Pariser Königlichen Gerichts, daß alle zehn Jahre kaum eins ausgesprochen wird. Für Leute, die die Gesellschaft ernst nehmen, hat der Justizapparat irgend etwas Großes und Ernstes. Die Institutionen hängen völlig von den Gefühlen ab, die die Menschen daran heften, und von der Bedeutung, mit der das Denken sie bekleidet. Wenn daher ein Volk keine Religion mehr besitzt und keinen Glauben, wenn die erste Erziehung alle erhaltenden Bande gelockert und das Kind an eine unbarmherzige Analyse gewöhnt hat, dann befindet eine Nation sich im Zustand der Auflösung; denn sie bildet nur noch durch die gemeinen Lötstellen der materiellen Interessen ein Ganzes, durch die Gebote des Kultus, den der richtig wahrgenommene Egoismus geschaffen hat. Birotteau war mit religiösen Gedanken genährt worden; er bejahte die Justiz als das, was sie in den Augen der Menschen sein sollte, als eine unmittelbare Verkörperung der Gesellschaft, als einen erhabenen Ausdruck des anerkannten Gesetzes, unabhängig von der Form, in der es sich darstellt: Je älter, gebrechlicher und weißhaariger ein Richter ist, desto feierlicher ist die Ausübung seines heiligen Amtes, die eine so tiefgehende Kenntnis der Menschen und der Dinge verlangt, die das Herz preisgibt und es verhärtet gegen das Eintreten für herzbewegende Interessen. Sie werden immer seltener, die Menschen, die nicht ohne tiefgehende innere Bewegung im alten Pariser Justizpalast die Treppe zum Königlichen Gericht hinaufsteigen, und der alte Kaufmann war einer dieser Menschen. Nur wenigen ist die majestätische Feierlichkeit jener Treppe aufgefallen; dabei ist sie gut angelegt, um diese Wirkung zu erzielen; sie befindet sich oben im äußeren Peristyl, das den Hof des Palastes ziert, und ihre Tür liegt mitten in einer Galerie[223], deren eines Ende zu der riesigen ›Salle des Pas-Perdus‹[224], während das andere zur Sainte-Chapelle[225] führt, zwei Bauwerken, die alles übrige ringsum als unbedeutend erscheinen lassen. Die Kirche des heiligen Ludwig ist eins der eindrucksvollsten Baudenkmäler von Paris; ihr Zugang am Ende jener Galerie hat etwas Düsteres und Romantisches. Die große ›Salle des Pas-Perdus‹ dagegen bietet einen lichterfüllten Anblick dar, und schwerlich läßt sich vergessen, daß Frankreichs Geschichte mit dieser Halle verbunden ist. Jener Treppe muß also etwas Grandioses innewohnen; denn sie wird kaum von den beiden anderen prächtigen Bauten erdrückt. Vielleicht wird die Seele auch bewegt beim Anblick der Stätte, wo ehedem die Urteile vollzogen wurden und die man durch das üppige Gitter des Palastes erblickt. Die Treppe mündet in einen riesigen Raum; er ist die Vorhalle desjenigen, in dem die Sitzungen der Ersten Kammer des Gerichts abgehalten werden; die Vorhalle bildet die ›Salle des Pas-Perdus‹ des Königlichen Gerichts. Man stelle sich vor, was der Bankrotteur empfinden mußte, auf den all dies Nebenher ohnehin schon großen Eindruck machte, als er zu dem Sitzungssaal emporstieg; seine Freunde waren bei ihm: Lebas, der damals Präsident des Handelsgerichts war; Camusot, sein früherer kommissarischer Richter; Ragon, sein ehemaliger Chef; der Abbé Loraux, sein Beichtvater. Der fromme Priester wies durch eine Bemerkung auf diese menschliche Prachtentfaltung hin, die sie für Césars Augen noch imposanter machte. Pillerault, dieser praktische Philosoph, hatte sich vorgenommen, schon im voraus die Freude seines Neffen noch zu steigern, um ihn von den Gefahren abzulenken, die unvorhergesehene Geschehnisse bei dem geplanten Fest vielleicht bargen. In dem Augenblick, da der ehemalige Kaufmann seine Toilette beendete, hatte er seine wahren Freunde kommen sehen; sie bestanden auf der Ehre, ihn bis zu den Schranken des Königlichen Gerichts zu geleiten. Dieses Geleit erzeugte in dem wackeren Mann eine solche Befriedigung, daß er in den Überschwang versetzt wurde, der nötig war, ihn das imponierende Schauspiel der Gerichtsverhandlung ertragen zu lassen. Birotteau fand auch noch andere Freunde in dem Sitzungssaal versammelt, an dessen Richtertisch etwa ein Dutzend Gerichtsräte saßen.

Nach dem Aufruf der Sache trug Birotteaus Anwalt den Rehabilitierungsantrag in wenigen Worten vor. Auf einen Wink des Präsidenten erhob sich der Generalstaatsanwalt und wurde aufgefordert, sich zu äußern. Im Namen der Staatsanwaltschaft stellte der Generalstaatsanwalt, der Mann, der die gerichtliche Verfolgung von Verbrechern repräsentiert, von sich aus den Antrag, dem Kaufmann seine ja nur verpfändete Ehre zurückzuerstatten: Das war ein einzigartiger Vorgang, denn ein Verurteilter kann ja lediglich begnadigt werden. Menschen mit Herz können sich vorstellen, was Birotteau empfand, als er Monsieur de Granville eine Rede halten hörte, die hier nur gekürzt wiedergegeben werden kann:

»Meine Herren«, sagte der berühmte hohe Justizbeamte, »am 16. Januar 1820 wurde Birotteau durch Spruch des Handelsgerichts des Départements Seine als in Konkurs befindlich erklärt. Das Fallissement ist weder durch Waghalsigkeiten noch durch falsche Spekulationen jenes Kaufmanns verursacht worden noch durch irgend etwas, das seine Ehre hätte beflecken können. Wir empfinden das Bedürfnis, laut zu verkünden: Dieses Unglück hatte als Grund eine der Katastrophen, wie sie zum großen Leidwesen der Justiz und der Stadt Paris immer wieder vorkommen. Es ist unserem Jahrhundert, in dem noch lange die üble Hefe der revolutionären Sitten und Ideen weitergären wird, vorbehalten geblieben, es zu erleben, daß das Pariser Notariat sich von den glorreichen Traditionen früherer Jahrhunderte entfernt und innerhalb weniger Jahre ebenso viele Konkurse gezeitigt hat, wie sie unter der alten Monarchie innerhalb zweier Jahrhunderte zu verzeichnen waren. Der Hunger nach schnell erworbenem Geld hat die nach den vorgeschriebenen Formen angestellten Beamten ergriffen, diese Wahrer des allgemeinen Wohlstands, diese vermittelnden Richter!«

Dann folgte eine Tirade über dieses Thema, bei der der Generalstaatsanwalt, den Notwendigkeiten seiner Rolle gehorchend, die Gelegenheit wahrnahm, den Liberalen, den Bonapartisten und anderen Feinden des Thrones eins auszuwischen. Die späteren Ereignisse haben bewiesen, daß dieser hohe Justizbeamte mit seinen Befürchtungen recht gehabt hat.

»Die Flucht eines Pariser Notars, der die ihm anvertrauten Kapitalien Birotteaus unterschlug, hat den Ruin des Antragstellers herbeigeführt«, fuhr er fort. »Das Gericht hat in dieser Sache ein Urteil gefällt, aus dem hervorgeht, in welchem Maß das Vertrauen der Klienten Roguins auf unwürdige Weise getäuscht worden ist. Es ist ein Vergleich zustande gekommen. Zur Ehre des Antragstellers weisen wir darauf hin, daß sein Verhalten dabei von einer bemerkenswerten Sauberkeit war, wie sie bei keinem der skandalösen Konkurse anzutreffen ist, die tagtäglich dem Pariser Handel zum Schaden gereichen. Birotteaus Gläubiger haben auch die geringsten Kleinigkeiten vorgefunden, die der Unglückliche besaß. Sie haben, meine Herren, seine Garderobe vorgefunden, seine Schmuckstücke, mit einem Wort: Dinge absolut persönlichen Gebrauchs, nicht nur die seinen, sondern auch diejenigen seiner Frau, die auf alle ihre Rechte verzichtet hat, um die Konkursmasse zu vergrößern. Birotteau hat sich bei dieser Gelegenheit als des Ansehens würdig erwiesen, das sein Ehrenamt in der Stadtverwaltung ihm eingetragen hatte; denn damals war er Beigeordneter des Bürgermeisters des Zweiten Arrondissements und war gerade mit dem Ritterkreuz der Ehrenlegion ausgezeichnet worden, das ebensosehr dem opferwilligen Royalisten verliehen worden ist, der im Vendémiaire auf den Stufen von Saint-Roch gekämpft und sie mit seinem Blut gerötet hat, wie dem seiner weisen Einsichten wegen hochgeachteten, um seiner versöhnlichen Haltung willen geliebten Handelsrichter und dem bescheidenen städtischen Beamten, der kurz zuvor die Ehre, Bürgermeister zu werden, abgelehnt und auf einen Würdigeren hingewiesen hatte, den ehrenwerten Baron de La Billardière, einen der edlen Vendéekämpfer, den er in den schlimmen Zeiten schätzen gelernt hatte.«

»Dieser Satz ist besser als meiner«, flüsterte César seinem Onkel zu.

»Daher haben die Gläubiger, die sechzig Prozent Dividende

auf ihre Schuldforderungen erhielten – dank den Verzichtleistungen, die dieser loyale Kaufmann selber sowie seine Frau und Tochter auf sich nahmen, indem sie alles zur Verfügung stellten, was sie besaßen –, in dem Vergleichsvertrag zwischen ihnen und ihrem Schuldner ihre Hochachtung zum Ausdruck gebracht und ihm den Rest ihrer Forderungen erlassen. Diese Zeugnisse seien der Aufmerksamkeit des Gerichtshofes um der Art und Weise ihrer Abfassung willen empfohlen.«

An dieser Stelle verlas der Generalstaatsanwalt die Rechtsgründe des Vergleichs vor.

»In Anbetracht einer so wohlwollenden Stellungnahme, meine Herren, hätten viele Kaufleute sich als von ihren Verpflichtungen befreit erachten können und sich stolz im Licht der Öffentlichkeit gezeigt. Davon war Birotteau weit entfernt; ohne sich entmutigen zu lassen, hat er in seinem Gewissen den Plan gefaßt, zu dem Ruhmestage zu gelangen, der heute für ihn angebrochen ist. Vor nichts ist er zurückgeschreckt. Unser vielgeliebter Herrscher hat ihm eine Stellung gewährt, damit der bei Saint-Roch Verwundete sein Brot habe; der Bankrotteur jedoch hat sein damit verbundenes Gehalt für seine Gläubiger zurückgelegt, ohne etwas davon für seinen Lebensunterhalt zu verwenden, den der Opferwille seiner Familie ihm sicherte . . .«

Mit Tränen in den Augen drückte Birotteau seinem Onkel die Hand.

»Seine Frau und seine Tochter schütteten die Früchte ihrer Arbeit in die gemeinsame Schatztruhe; sie hatten Birotteaus noblen Gedanken zu ihrem eigenen gemacht. Beide sind in der Stellung, die sie innehatten, herabgestiegen und haben eine niedrigere angetreten. Solche Opfer, meine Herren, müssen laut gerühmt werden; sie sind von allen, die gebracht werden können, die schwierigsten. Folgendes ist die Aufgabe, die Birotteau sich auferlegt hatte.«

Jetzt verlas der Generalstaatsanwalt das Ergebnis der Bilanz und führte die noch geschuldeten Summen und die Namen der Gläubiger an.

»Jede dieser Summen, die Zinsen inbegriffen, ist beglichen worden, meine Herren, und zwar nicht durch unter der Hand ausgestellte Gefälligkeitsquittungen, die strenge Nachforschungen erfordern, sondern durch authentische Quittungen, die ber gewissenhafter Prüfung durch das Gericht zu keinerlei Überraschungen führen würden und die die Richter nicht daran gehindert haben, ihre Pflicht zu erfüllen, als sie die vom Gesetz vorgeschriebene genaue Untersuchung vornahmen. Sie sollten Birotteau nicht nur die Ehre, sondern auch die Rechte wieder zuerkennen, deren er beraubt wurde, und damit werden Sie ein gerechtes Urteil fällen. Dergleichen Beispiele gelangen so selten bei Ihnen zur Verhandlung, daß wir nicht umhin können, dem Antragsteller zu bezeugen, wie sehr wir einem solchen Verhalten Beifall zollen; es ist ja bereits durch allerhöchste Gunstbezeigung ermutigt worden.« Dann verlas er seine formellen Anträge im gängigen Juristenstil. – Der Gerichtshof beriet sich, ohne erst hinauszugehen, und der Präsident erhob sich und verkündete das Urteil.

»Der Gerichtshof«, sagte er abschließend, »hat mich beauftragt, Birotteau die Genugtuung auszudrücken, die er bei der Fällung eines solchen Urteils empfindet. Gerichtsdiener, rufen Sie die nächste Sache auf.«

Birotteau trug bereits den Ehrenkaftan, in den die Sätze des berühmten Generalstaatsanwalts ihn gehüllt hatten; aber er wurde fast von Freude niedergeschmettert, als er den feierlichen Satz vernahm, den der Erste Präsident des obersten französischen Gerichtshofes sprach und der verkündete, daß sogar im Herzen der unparteiischen menschlichen Justiz milde Regungen obwalten. Er konnte seinen Platz an der Schranke nicht verlassen, es hatte den Anschein, als stehe er wie angenagelt da und starre mit verstumpfter Miene das Richterkollegium an, als bestehe es aus Engeln, die ihm gerade die Pforten des sozialen Lebens aufs neue geöffnet hätten; sein Onkel nahm ihn beim Arm und zog ihn in die Vorhalle. César, der Ludwig XVIII. nicht gehorcht hatte, steckte sich jetzt mechanisch das Bändchen der Ehrenlegion ins Knopfloch; er wurde sogleich von seinen Freunden umringt und im Triumph zum Wagen getragen.

»Wohin führt ihr mich, ihr Freunde?« fragte er Joseph Lebas, Pillerault und Ragon. – »Heim.«

»Nein, es ist drei Uhr; ich will zur Börse und wieder von meinen Rechten Gebrauch machen.«

»Also zur Börse«, sagte Pillerault zum Kutscher und gab

Lebas einen bedeutungsvollen Wink, da er bei dem Rehabilitierten beunruhigende Symptome wahrgenommen hatte; er fürchtete, Birotteau könne den Verstand verlieren.

Der ehemalige Parfümhändler betrat die Börse, sein Onkel und Lebas, diese beiden hochangesehenen Kaufleute, hatten ihn untergehakt. Seine Rehabilitierung hatte sich bereits herumgesprochen. Der erste, der die drei Kaufleute, denen Ragon folgte, erblickte, war du Tillet.

»Ach, mein lieber Chef, ich bin entzückt, daß Sie sich herausgewickelt haben. Vielleicht habe ich durch die Leichtigkeit, mit der ich mir durch den kleinen Popinot eine Feder aus dem Flügel zupfen ließ, zu dieser glücklichen Beendigung Ihrer Nöte beigetragen. Ich freue mich über Ihr Glück, als sei es das meine.«

»Das kann auch nicht anders sein«, sagte Pillerault. »Ihnen würde so etwas nie passieren.«

»Wie soll ich das auffassen, Monsieur?« fragte du Tillet.

»Na, hören Sie mal! Natürlich im guten Sinn«, sagte Lebas und lächelte über die Bosheit, mit der Pillerault sich gerächt hatte, der, ohne etwas Genaueres zu wissen, jenen Mann für einen Schurken hielt.

Matifat gewahrte César. Sogleich scharten sich die namhaftesten Kaufleute um den ehemaligen Parfümhändler und brachten ihm eine Börsianer-Ovation dar; er empfing die schmeichelhaftesten Komplimente, Händedrücke, die mancherlei Neid erregten und ein paar Gewissensbisse auslösten, denn von hundert Leuten, die dort auf und ab gingen, hatten mehr als fünfzig schon einmal liquidiert. Gigonnet und Gobseck, die in einer Ecke miteinander redeten, musterten den tugendhaften Parfümhändler, wie Naturwissenschaftler wohl den ersten Zitteraal[226] betrachtet haben, der ihnen vorgelegt wurde. Dieser Fisch, der wie eine Leydener Flasche mit Elektrizität geladen ist, stellt eine der größten Merkwürdigkeiten der Tierwelt dar. Nachdem César den Weihrauch seines Triumphs geatmet hatte, stieg er wieder in seinen Wagen, um in sein Haus zurückzukehren, wo der Ehekontrakt seiner geliebten Césarine und des treuen Popinot unterzeichnet werden sollte. Er lachte in einem fort nervös auf, was seine drei alten Freunde betroffen machte.

Ein Fehler der Jugend ist ihr Glaube, jedermann sei so widerstandsfähig wie sie, welcher Fehler übrigens mit ihren guten Eigenschaften zusammenhängt: Anstatt die Menschen und Dinge durch eine Brille zu sehen, überloht sie sie mit den Reflexen ihrer eigenen Glut und leiht ihr Übermaß an Lebenskraft auch alten Leuten. Wie César und Constance, hatte auch Popinot in seiner Erinnerung ein prunkvolles Bild von dem Ball bewahrt, den Birotteau gegeben hatte. Während der drei Jahre der Heimsuchung hatten Constance und César, ohne es einzugestehen, oft Collinets[227] Orchester gehört, hatten die mit Blumen geschmückte Versammlung vor Augen gehabt und die Freude ausgekostet, für die sie so grausam bestraft worden waren, gerade wie Adam und Eva sicherlich an die verbotene Frucht zurückgedacht haben dürften, die ihrer Nachkommenschaft Tod und Leben bescherte; denn es scheint, daß die Neuerschaffung der Engel eins der Mysterien des Himmels ist. Popinot nun aber konnte jenes Festes ohne Gewissensbisse, vielmehr mit Entzücken gedenken: Césarine in all ihrem Glanze hatte sich ihm, dem Armen, angelobt. Während jener Abendgesellschaft war ihm die Gewißheit zuteil geworden, daß er um seiner selbst willen geliebt werde! Als er daher von Célestin die durch Grindot eingerichtete Wohnung unter der Bedingung gemietet hatte, daß alles darin unberührt bleiben müsse, als er getreulich auch die geringsten, César und Constance gehörigen Dinge aufbewahrt, hatte er davon geträumt, dort seinen Ball zu geben, einen Hochzeitsball. Liebevoll hatte er dies Fest vorbereitet und dabei seinem Chef nur in den notwendigen Ausgaben, nicht aber in den unsinnigen nachgeeifert: Die unsinnigen waren ja bereits gemacht worden. Das Essen sollte von Chevet geliefert werden, die Gäste etwa die gleichen sein. Der Abbé Loraux trat an die Stelle des Großkanzlers der Ehrenlegion; Lebas, der Präsident des Handelsgerichts, fehlte mitnichten. Popinot lud Monsieur Camusot ein, um ihm für die Birotteau bezeigte Rücksichtnahme zu danken. Monsieur de Vandenesse und Monsieur de Fontaine kamen statt Roguin und dessen Frau. Césarine und Popinot hatten die Einladungen zum Ball in klüglicher Auswahl ergehen lassen. Beide scheuten gleichermaßen den öffentlichen Andrang bei einer Hochzeit; sie hatten das Beengende umgehen wollen, das zarte, reine Herzen bei dergleichen Gelegenheiten empfinden, und so waren sie auf den Gedanken gekommen, den Ball auf den Tag der Unterzeichnung des Ehekontrakts zu verlegen. Constance hatte ihr kirschrotes Kleid vorgefunden, in dem sie einen einzigen Tag lang in einem so flüchtigen Glanz gestrahlt hatte! Césarine hatte sich darin gefallen, Popinot dadurch eine Überraschung zu bereiten, daß sie in der Balltoilette erschien, über die er viele, viele Male mit ihr gesprochen hatte. Auf diese Weise sollte die Wohnung Birotteaus den bezaubernden Anblick bieten, den er einen einzigen Abend lang genossen hatte. Weder Constance noch Césarine noch Anselme waren sich der Gefahr bewußt geworden, die diese gewaltige Überraschung für César barg, und sie erwarteten ihn um vier Uhr mit einer Freude, die sie zu Kindereien verleitete.

Nach den unaussprechlichen Erregungen, die soeben sein Wiedereintritt in die Börse ihm verursacht hatte, sollte dieser Held der kommerziellen Redlichkeit noch die heftige Gemütsbewegung auf sich nehmen, die seiner in der Rue Saint-Honoré wartete. Als er sein altes Haus betrat, erblickte er am Fuß der unbetreten gebliebenen Treppe seine Frau im kirschroten Samtkleid, Césarine, den Grafen de Fontaine, den Vicomte de Vandenesse, den Baron de La Billardière, den berühmten Vauquelin: Ein leichter Schleier breitete sich da über seine Augen, und sein Onkel Pillerault, der ihm den Arm reichte, verspürte ein innerliches Erbeben.

»Es ist zuviel«, sagte der Philosoph zu dem verliebten Anselme, »keinesfalls kann er all den Wein vertragen, den du ihm einschenkst.«

Die Freude war in allen Herzen so lebhaft, daß jedermann Césars Erschütterung und seine Gleichgewichtsstörungen einer nur zu verständlichen Freudetrunkenheit zuschrieb, die indessen oftmals tödlich wirkt. Als er sich wieder in seinem Heim befand, als er seinen Salon wiedersah, seine Gäste, unter denen sich Damen in Balltoilette befanden, erscholl plötzlich in seinem Kopf und seinem Herzen der heroische Schlußsatz von Beethovens großer Symphonie. Jene ideale Musik strahlte und funkelte in allen Tonarten, sie ließ ihre Trompetenklänge in allen Windungen dieses übermüdeten Gehirns erklingen, für das sie das große Finale bedeuten sollte.

Überwältigt von diesem inneren Wohllaut nahm er den Arm seiner Frau und flüsterte ihr mit durch einen zurückgedämmten Blutstrom erstickter Stimme zu: »Mir ist gar nicht wohl!«

Die erschrockene Constance führte ihren Mann in ihr Schlafzimmer; nur mühsam gelangte er hinein, ließ sich jäh in einen Sessel fallen und sagte:

»Monsieur Haudry, Monsieur Loraux!«

Der Abbé Loraux kam; ihm folgten Gäste und Damen in Balltoilette; alle hielten inne und bildeten eine verstörte Gruppe. Angesichts dieser festlichen Gesellschaft drückte César seinem Beichtvater die Hand und neigte das Haupt auf die Brust seiner knienden Frau. Es war eine Ader in seiner Lunge geplatzt, und überdies nahm ihm ein Herzschlag den letzten Atem.

»So stirbt ein Gerechter«, sagte der Abbé Loraux mit ernster Stimme und deutete mit einer jener himmlischen Gesten auf César, wie Rembrandt sie in seinem Gemälde ›Die Auferweckung des Lazarus‹ angedeutet hat.

Jesus befiehlt der Erde, ihre Beute zurückzuerstatten; der fromme Priester zeigte dem Himmel einen Märtyrer der kaufmännischen Redlichkeit, den mit der ewigen Palme auszuzeichnen es galt.

Anmerkungen

Von Ernst Sander

1 Armand-Emmanuel, Herzog von Richelieu (1766–1822), Außenminister Ludwigs XVIII. Durch den am 20. November 1815 unterzeichneten Pariser Vertrag wurde Frankreich von den Alliierten außer andern Forderungen die Zahlung einer Kriegsentschädigung auferlegt; sie betrug 700 Millionen und verlangte die Besetzung der Grenzen, und zwar durch eine Armee von 150000 Mann, deren Unterhaltskosten Frankreich tragen mußte für eine Dauer von drei Jahren bis zur völligen Bezahlung der Entschädigungssumme. Auf dem Aachener Kongreß schloß der Herzog von Richelieu am 9. Oktober 1818 mit den alliierten Souveränen eine Konvention, auf Grund derer das französische Staatsgebiet bis zum 30. November von ihren Truppen geräumt wurde. Der Rest der von den Alliierten geforderten Entschädigung, 15 Millionen Francs, wurde durch eine Staatsanleihe aufgebracht.

2 Am 13. Vendémiaire des Jahres IV (dem 5. Oktober 1795) brach die royalistische Reaktion, die sich bislang ruhig verhalten und sich nur durch die Eskapaden der ›Muscadins‹ (Stutzer) bekundet hatte, offen aus, und zwar bei der Nachricht, der Konvent wolle, ehe er der neuen Gesetzgebenden Versammlung weiche, durch die Bürger 500 seiner Mitglieder neu wählen lassen. Auf den Appell der Sektion Lepelletier hin organisierte ein Komitee den Aufruhr der Sektionen, und Tausende von Aufrührern aller Parteien unter Führung der Royalisten bedrohten die Tuilerien. Um den Konvent zu retten, legte Barras den Oberbefehl in die Hände des Generals Bonaparte, der einige Zeit zuvor entlassen worden war. Dieser setzte die Tuilerien in den Verteidigungszustand, sicherte sich für den Fall eines Fehlschlags die Rückzugsstraße nach Saint-Cloud und organisierte die Verteidigungsfront gegen die Sektionen des rechten Ufers, die ihn lebhaft angriffen. Vielleicht hätte er weichen müssen, wenn nicht die Ankunft der Artillerie die Lage wiederhergestellt hätte. Er nahm mit seinen Geschützen die Rue Saint-Honoré unter Beschuß und zwang damit schließlich die Aufständischen, die Barrikaden errichtet hatten, nieder. Die letzte Episode dieses blutigen Tages war ein Kampf auf den Stufen der Kirche Saint-Roch. Die Vergeltung war milde: Der in den letzten Zügen liegende Konvent wagte nicht, die royalistische Reaktion zum Äußersten zu treiben: Die Guillotine wurde nicht wieder errichtet.

3 Unter dem Ancien-Régime hatten die ›Konsuln‹ genannten Richter, die in handelsrechtlichen Dingen urteilten, dieselben Funktionen, die ihnen später das durch das neue Gesetz geschaffene Handelsgericht zuwies.

4 Eigentlich: Antiblähungswasser. Gemeint ist ein Gesichtswasser, das Unreinheiten der Haut beseitigt.

5 Im Sinne von: Sehr schlecht spekulieren; denn fünf Sous entsprachen nicht sechs, sondern zwölf Weißpfennigen, der alten französischen Scheidemünze.

6 Das Makassar-Öl, ein Haarwuchsmittel, war ein Erzeugnis der englischen Parfümindustrie. Das Privileg für den Verkauf in Frankreich besaß die Firma Naquet und Co. im Palais-Royal. Das Öl hatte eine schöne rote Farbe und einen angenehmen, süßlichen Duft; es wurde in schmalen, viereckigen Flaschen mit verhältnismäßig weiter Öffnung verkauft. Die Reklame behauptete, es werde von der englischen Königsfamilie, dem Adel und der Gentry benutzt. Noch unter dem Zweiten Kaiserreich erfreute es sich großer Beliebtheit; auf der Weltausstellung von 1900 bekam es einen ›Großen Preis‹.

7 Dieser Kupferstich war von Laugier nach einem Gemälde des Girodet-Schülers Delorme geschaffen und im Salon von 1814 ausgestellt worden. Auf ihm gießt Hero duftendes Öl in das Haar des vor ihr sitzenden Leander; darunter stehen, in französischer Übersetzung von Marot, die betreffenden Verse des Musäus.

8 Nicolas-Louis Vauquelin (1763–1829) begann seine Laufbahn unter schwierigen Umständen als Laboratoriumsdiener bei einem Apotheker. Endlich lernte er den Chemiker Fourcroy kennen, der seine Ausbildung übernahm, seine chemischen Studien leitete und ihn in der Welt der Wissenschaftler förderte. Vauquelin arbeitete viele Jahre lang mit Fourcroy in der theoretischen Chemie zusammen; gemeinsam mit Haüy klärte er Fragen der Kristallographie. Er beschäftigte sich überdies erfolgreich mit organischer Chemie und Pharmazeutik und veröffentlichte eine Arbeit über die ›Analyse der Haare‹. 1818 befand Vauquelin sich auf dem Höhepunkt seiner Laufbahn; er war Mitglied des Instituts, Professor am Collège de France, am Musée und bei der Medizinischen Fakultät. Dennoch hatte er, wie Cuvier berichtet, die Gewohnheiten seiner Jugend beibehalten. Jedes Jahr kehrte er in sein Dorf zurück, wo er seine alte Mutter wiedersah, ohne die er sich nie einladen ließ, gleichgültig, welches der Rang und der

Reichtum derjenigen war, die ihn bei sich sehen wollten. In Paris machte er mit dem Kaiser genausowenig Umstände wie mit jungen Apothekern, die seine Vorlesungen hörten. Seine von Balzac geschilderte Güte brachte ihn dahin, daß er die alten, armen Schwestern seines verstorbenen Lehrers und Wohltäters Fourcroy in sein Haus aufnahm und ihnen bis zu ihrem Tode seine großzügige Fürsorge zuteil werden ließ.

9 Rechter Nebenfluß des Po; die Schlacht, in der Suwarow Macdonald besiegte, fand 1799 statt.

10 Alexandre Macdonald (1765–1840), Marschall von Frankreich; zeichnete sich bei Wagram aus und wurde zum Herzog von Tarent ernannt.

11 An diesem Tag ruhte nach den Gesetzen der Republik die Arbeit: Der Sonntag war abgeschafft worden.

12 Im republikanischen Kalender die Zeit vom 23. September bis 21. Oktober.

13 Das 1790 von der Nationalversammlung zur Tilgung der Staatsschuld dekretierte Papiergeld; sein Wert sank während der nächsten Jahre so tief, daß es im Februar 1796 außer Kurs gesetzt und gegen 1/30 des Nominalwerts umgetauscht wurde.

14 Die am 2. Mai 1793 durch den Konvent festgesetzten Höchstpreise hatten nicht die erhoffte Wirkung; die Lebenshaltung wurde dennoch immer teurer, und die Kaufleute machten Konkurs. Ein Dekret vom 24. Februar 1794 verschärfte das Gesetz über die Höchstpreise noch, sah aber Entschädigungen für die ruinierten Kaufleute vor; es kam jedoch nicht mehr zur Durchführung. Im Dezember desselben Jahres wurde das Gesetz über die Höchstpreise zurückgezogen, und es setzte sofort eine gedeihliche Entwicklung ein.

15 Die Frisur à la Titus bestand einfach aus kurzgeschnittenem Haar; sie entsprang in jener ›römisch‹ ausgerichteten Zeit der übertriebenen Wertschätzung der Tugenden des milden, gerechten Kaisers Titus (40–81), der übrigens das Haar kurzgelockt trug.

16 D.h. die Korrespondenz aus den im Aufstand gegen die Republik begriffenen Provinzen: der Vendée, Bretagne, Normandie u. a.

17 Georges Cadoudal (1771–1804), historische Gestalt, kämpfte als Rittmeister in der Kavallerie der Vendéer in Stofflets Freikorps, fuhr 1793 im Morbihan fort, die Republik zu bekämpfen, und war 1800 das aktivste Haupt der bretonischen Chounanerie. Nach

der Befriedung des Westens konspirierte er mit Moreau und Pichegru gegen das Leben des Ersten Konsuls und wurde 1804, nach dem Attentat in der Rue Nicaise, verhaftet und zum Tode verurteilt.

18 Athanase-Jean-François-Michel Flamet, Baron de La Billardière, von Balzac erfundene Gestalt, nahm an den Vendée-Kriegen teil und wurde deswegen unter der Restauration Bürgermeister des II. Pariser Arrondissements und Abteilungsleiter im Schatzamt (›Die Königstreuen‹; ›Die Beamten‹).

19 Held in Balzacs Roman ›Die Königstreuen‹; erfundene Gestalt.

20 Von Balzac erfundene Gestalt, Pflegevater Honorines (siehe ›Honorine‹).

21 Von Balzac erfundene Gestalt, die in ›Die Königstreuen‹ und ›Die Kehrseite der Zeitgeschichte‹ eine unbedeutende Rolle spielt.

22 Wahrscheinlich eine von Balzac erfundene Gestalt.

23 Der Abbé Etienne-Alexandre Bernier (1762–1806), genannt ›der Apostel der Vendée‹, war 1793 Pfarrer in Saint-Laud. Durch flammende Ansprachen wiegelte er die Bauern auf und wurde eins der Häupter des Aufstands. Er schloß sich erst Charette, dann Stofflet und d'Autichamp an und übte auf sie großen Einfluß aus. Konsulat und Konkordat söhnten ihn mit den Gegebenheiten aus; Bonaparte ernannte ihn 1802 zum Bischof von Orléans.

24 Von Balzac erfundene Gestalt; siehe ›Die Königstreuen‹ und ›Béatrix‹.

25 Von Balzac erfundene Gestalt; siehe ›Die Königstreuen‹ und ›Der Ball zu Sceaux‹.

26 Siehe Anmerkung 2.

27 Der 9. November 1799: Der aus Ägypten zurückgekehrte Bonaparte stürzt durch einen Staatsstreich das Direktorium; Errichtung der Konsulatsregierung.

28 Dieses Modegeschäft ›Zum jungen Matrosen‹ existiert noch heutzutage auf der Ile Saint-Louis.

29 Dieses Café, dessen üppige Innenausstattung 1818 erneuert worden war, lag in der Galerie de Valois des Palais-Royal. Unter dem Kaiserreich hatte es großen Zulauf wegen seiner Wirtin Mme Romain, der ›Belle Limonadière‹. Sie war ebenso schön und anmutig wie ihr Mann häßlich und unansehnlich; dennoch scheint sie ihm treu geblieben zu sein: nach seinem Tode ging sie ins Kloster.

30 Diese auch heute noch existierende Straße verläuft parallel zur Rue Saint-Roch.

31 Ein Restaurateur, der während der Revolution einen kurzen Erfolg hatte. Sein Restaurant lag zunächst in der Rue de Richelieu und wurde dann in die Salons des Hôtel de Noailles verlegt.

32 Dieses von Le Camus verfaßte, 1742 anonym in zwei Duodezbänden erschienene Werk war datiert »Im Jahre der Hedschra 1168«. Es ist während der zweiten Hälfte des 18. Jahrhunderts mehrfach neu aufgelegt worden.

33 Siehe Balzacs Novelle dieses Titels.

34 Daniel Steibelt (1765–1823), zu seiner Zeit ein hochgeschätzter Klaviervirtuose und Modekomponist.

35 Es handelt sich um den Tragödiendichter Jean Racine (1639–1699) und dessen jüngsten Sohn Louis Racine (1692–1763), den Autor religiöser Dichtungen und Verfasser einer Biographie seines Vaters.

36 Charles Potier (1775–1838), origineller, intelligenter Komiker, der bald in Les Variétés, bald an der Porte-Saint-Martin spielte und im Vaudeville und der Farce gleich große Erfolge hatte. Talma bestimmte ihn, zur Komödie großen Stils überzuwechseln, was sein Tod verhinderte.

37 François-Joseph Talma (1763–1826), Tragöde, Lieblingsschauspieler Napoleons. Er führte auf der Bühne bei seinen Inszenierungen historisch echte Kostüme ein und setzte an die Stelle der tragischen Emphase den natürlichen Tonfall.

38 Anne Boutet, genannt Mlle Mars (1779–1847), glänzende Darstellerin weiblicher Hauptrollen in den Komödien Molières und Marivaux'.

39 Anspielung auf Kleopatra VII., die durch ihre Schönheit und Launenhaftigkeit berühmte ägyptische Königin.

40 Siehe Balzacs Novelle ›Das Haus ‚Zum ballspielenden Kater'‹.

41 Andropogon squarrosus, Mittel gegen Motten.

42 Hauptstadt des Arrondissements Eure, an der Seine, 28 Kilometer von Evreux entfernt.

43 Gestalt des durchtriebenen, mit allen Wassern gewaschenen Dieners; zumal in Molières Komödie ›Les fourberies de Scapin‹ (1671).

44 Dem Abbé Joseph-Marie Terray (1715–1778), der während der letzten fünf Regierungsjahre Ludwigs XV. Finanzkontrolleur war,

werden zahlreiche Aussprüche zugeschrieben; auf welchen Balzac hier anspielt, ist ungewiß. Man könnte vielleicht an den folgenden denken: Eines Tages hielt der Erzbischof von Narbonne ihm vor, seine Methoden der Geldbeschaffung seien völlig das gleiche, wie wenn er den Leuten das Geld direkt aus der Tasche nehme. Terray erwiderte kühl: »Woher sollte ich es denn sonst nehmen?« Vielleicht schreibt Balzac aber auch Terray selber zu, was dessen Zeitgenossen von ihm gesagt haben: »Er stiehlt im Namen des Königs.«

45 Gestalt des leichtgläubigen Hausvaters in Molières ›Le Tartuffe‹ (1669).

46 Hauptgestalt der Komödie gleichen Titels von Lesage (1709), ein dummdreister Steuerpächter.

47 Charles-François de Riffardeau, Marquis, später Herzog von Rivière (1763–1828), nahm unter dem Konsulat an Cadoudals Verschwörung teil und versuchte, nach der Rückkehr von Elba den Süden gegen Napoleon aufzuwiegeln. 1816 wurde er zum Botschafter in Konstantinopel ernannt, aber 1820 auf Betreiben der französischen Kaufleute abberufen, die ihm vorwarfen, er habe ihre Interessen nur unzulänglich vertreten.

Bei der von Balzac erwähnten Statue handelt es sich um die berühmte, heute im Louvre befindliche ›Venus von Milo‹. Im Februar 1820 hatte auf der Insel Milo (Melos), die damals noch türkisch war, ein Bauer auf seinem Acker eine Grotte entdeckt, in der mehrere antike Statuen vergraben worden waren; die schönste stellte die Göttin Venus dar. Sogleich unterhandelte der französische Konsul M. Brest über den Ankauf und unterrichtete den französischen Botschafter M. de Rivière, der sich besser auf kulturelle als auf wirtschaftliche Dinge verstand. Er schickte sogleich M. de Marcellus nach Milo, der am 24. Mai den Kauf gegen Zahlung von 6000 Francs abschloß. Nach einer ziemlich langen Kreuzfahrt legte das Schiff, das die Statue transportierte, Ende Oktober in Konstantinopel an und nahm den nach Frankreich zurückgerufenen M. de Rivière an Bord. Mitte Februar 1821 gelangte die ›Venus von Milo‹ endlich nach Paris und wurde am 1. März durch den Botschafter feierlich dem König übergeben.

48 Joseph, Graf de Villèle (1773–1854), Minister Ludwigs XVIII. und Karls X.

49 Diesen Namen trug die Place de la Concorde vor der Revolution. 1815 erhielt sie ihn aufs neue, bis 1826, als sie in Place Louis XVI umgetauft wurde. Erst 1830 erhielt sie ihren heutigen Namen.

50 Frühjahr 1814.

51 Imaginäres Goldland zwischen Amazonas und Orinoko.

52 Marcus Curtius, legendärer, ritterlicher römischer Jüngling. Als ein Erdbeben auf dem Forum einen riesigen Spalt hatte aufklaffen lassen, erklärten die Wahrsager, dieser würde sich nur schließen, wenn das beste Gut Roms hineingeworfen werde. Curtius meinte, das Beste an Rom seien Waffen und Tapferkeit, und so stürzte er sich gewappnet zu Pferde in den Schlund, der sich sogleich schloß.

53 Plutarchos (50–120), griechischer Schriftsteller, bekannt zumal wegen seiner vergleichenden Lebensbeschreibungen berühmter Griechen und Römer.

54 Baron Jean-Louis Alibert (1766–1837), während der Restauration Leibarzt des Königs, Professor, Chefarzt des Hôpital Saint-Louis. Er schrieb mehrere medizinische Werke, speziell über Hautkrankheiten, und war der Liebhaber der Dichterin Marceline Desbordes-Valmore (1785–1859).

55 Piéri Bénard, ›Lieferant der Königlichen Bibliothek‹, hatte seinen Laden am Boulevard des Italiens Nr. 11.

56 Es handelt sich um die berühmte ›Sixtinische Madonna‹ Raffaels in der Dresdner Galerie.

57 Johann Friedrich Wilhelm von Müller (1782–1816), berühmter Kupferstecher. Der von Balzac erwähnte Stich nach Raffaels ›Sixtinischer Madonna‹ ist sein Hauptwerk.

58 Französisch: Vor der Schrift. Bezeichnung der zweitbesten Art von Kupferstich- oder Radierungsabdrucken mit dem Namen des Künstlers, aber ohne die volle Unterschrift, von der unverstählten Platte.

59 Pierre-François-Léonard Fontaine (1762–1833), Architekt.

60 Charles Percier (1764–1838), Architekt, Erbauer des Arc du Carrousel. Er arbeitete mit Fontaine zusammen; beide entwickelten den Empire-Stil und waren auch als Innenarchitekten und Entwerfer von Möbeln tätig.

61 Französisch: Für den König von Preußen, d. h. umsonst oder gegen schlechte Bezahlung. Die Redensart entstand, als Friedrich II. durch den Frieden von Dresden (25. Dezember 1745) seinen Bundesgenossen Ludwig XV. im Stich ließ.

62 Der vom niederen Volk bewohnte römische Stadtteil Trastevere zeichnete sich durch besonders schöne Menschen aus.

63 Nicolas de Largillière (1656–1746), Porträtmaler, der sich durch die lebendige Frische seines Kolorits auszeichnete.

64 Berühmtes Rundbild von Raffael im Palazzo Pitti in Florenz.

65 Sophie Cottin, geborene Restaud (1773–1807), schrieb während der Revolution einige sentimentale, handlungsreiche, schon beinahe romantische Romane, die den Frauen, für die sie im Grunde bestimmt waren, die Köpfe verdrehten.

66 Marie-Jeanne Riccoboni, geborene Laboras de Mézières (1714 bis 1792), Gattin des Schauspielers Riccoboni, schrieb Romane von äußerster Schlichtheit der Handlung; alles wird in Gefühle und Abschattungen von Gefühlen aufgelöst; gewisse Übertreibungen im Stilistischen und Künsteleien, Kennzeichen jenes ›Zeitalters der Empfindsamkeit‹, gereichen ihnen zum Nachteil. Aber diese Mängel fehlen in der Fortsetzung, die Mme Riccoboni zu Marivaux' unvollendet gebliebenem Roman ›Vie de Marianne‹ schrieb (den André Gide für den besten französischen Roman erklärte).

67 Jacques-Henri Bernardin de Saint-Pierre (1737–1814) schrieb u. a. den berühmten Roman ›Paul et Virginie‹, die gefühlvolle Liebesgeschichte zweier in der tropischen Wildnis der Insel Mauritius aufgewachsener Naturkinder; das Werk zeichnet sich aus durch suggestive Landschaftsschilderungen (Saint-Pierre hat drei Jahre auf Mauritius gelebt), die für die Leserschaft jener Zeit etwas völlig Neues waren.

68 François de Salignac de la Mothe Fénelon (1651–1715), Bischof von Cambrai, Autor des für seinen Schüler, den Thronfolger, geschriebenen Erziehungsromans ›Les aventures de Télémaque‹ (›Telemachs Abenteuer‹, 1699).

69 Jean-Baptiste Racine (1639–1699).

70 Die ›Cour Batave‹ wurde 1791–1795 von einer holländischen Gesellschaft erbaut, und zwar an Stelle einer Kirche ›Zum heiligen Grabe‹, die von 1326–1655 errichtet worden war. Die ebenmäßigen, aber banalen Gebäude der Cour Batave lagen dort, wo heute die Rue de la Cossonnerie zwischen dem Boulevard de Sébastopol und der Rue Saint-Denis endet.

71 Irrtum Balzacs: Die ›Isländisches Moos‹ genannte Flechte Cetraria Acharius kommt nicht nur auf Island, sondern in ganz Nord- und Mitteleuropa vor.

72 Louis-Sébastien Mercier (1740–1814), wunderlicher Politiker und phantasiebegabter Literat, auch Dramatiker, der an Diderots ›bürgerliches Drama‹ anknüpfte; er hatte mit seinen Stücken

während der Revolution, an der er aktiv teilnahm, große Erfolge. Der deutsche Sturm und Drang feierte ihn; er übersetzte Schillers ›Jungfrau von Orléans‹. Er schrieb einen seltsamen, satirischen Zukunftsroman ›L'An 2240‹ und lebendige, satirische, kuriose, durch bissigen Widerspruchsgeist ausgezeichnete Schilderungen des Pariser Lebens seiner Zeit.

73 Doldengewächse.

74 Seit 1789 hatten in der Verfassunggebenden Versammlung, also zu Beginn des parlamentarischen Regierungssystems in Frankreich, die Parteigänger der Königsgewalt es sich angewöhnt, zur Rechten des Präsidenten der Versammlung Platz zu nehmen, während die Vertreter revolutionärer Ideen zu seiner Linken saßen. Diese führten unter der Restauration bis 1820 den Namen ›Liberale‹, den die ›Ultras‹ ihnen als Beleidigung beigelegt hatten; danach nannten die Abgeordneten der Linken sich ›Unabhängige‹. In der Kammer von 1815 gab es nur neun Unabhängige, in der von 1816 ein Dutzend; die Wahlen von 1818 bescherten ihnen neunzehn Sitze: Zu den ›Unabhängigen‹ gehörten damals u. a. Lafayette, Laffitte und Benjamin Constant, sämtlich geschworene Feinde der Bourbonen und der ›Priesterpartei‹.

75 ›Der gesunde Menschenverstand des Pfarrers Meslier‹, ein Werk des atheistischen Barons Paul-Henri d'Holbach (1723–1789).
Jean Meslier (1678–1733) war Pfarrer in Etrépigny in der Champagne; er war salbungsvoll und sehr wohltätig. Nach seinem Tode wurde unter seinen Papieren ein ›Testament‹ gefunden, in dem er erklärte, er habe seit langem den Glauben an das verloren, was er gelehrt habe; die Absurdität der Dogmen und die Heuchelei des katholischen Klerus hätten ihn empört und zum Philosophen gemacht. Diese von Voltaire 1762 veröffentlichte Schrift wurde in den Händen der Enzyklopädisten eine Waffe gegen die Kirche. Holbach popularisierte sie in seinem oben erwähnten Buch und machte sie den Massen zugänglich.

76 Holländer.

77 Jene Klosetts waren unter Ludwig XV. in Frankreich eingeführt worden; sie ersetzten die ›Nachtstühle‹, mit denen sich sogar der König in Versailles begnügt hatte.

78 Jean-Paul Marat (1743–1793), berüchtigter Demagoge, Herausgeber des ›Ami du Peuple‹, wahrscheinlich Anreger der September-Morde. Als Abgeordneter im Konvent griff er Dumouriez und die Girondisten an und stimmte für die Hinrichtung des Königs. Er wurde von Charlotte Corday in der Badewanne ermordet.

79 Lateinisch: hier und jetzt.

80 Jene Straße verlief parallel der Seine; sie verschwand beim Durchbruch der Rue de Rivoli.

81 Corylus tubulosa, der gemeinen Haselnuß, Corylus avellana, verwandt, hat rotes Laub und rote Früchte; bei uns häufig als Zierstrauch in Gärten.

82 Koseform von Paul.

83 Altes Längenmaß: 32,5 cm.

84 Isaak Newton (1643–1727), Begründer der neueren mathematischen Physik und der physischen Astronomie; 1669 Professor der Mathematik in Cambridge, 1699 königlicher Münzmeister, 1703 Präsident der Royal Society. Entdeckte die Methode der Flexionen, die Zusammensetzung des Lichts, das Gravitationsgesetz, die Theorie der Lichtbrechung, der Schallfortpflanzung und der Wasserwellen und baute das erste Spiegelteleskop.

85 Hoftitel des ältesten Bruders des Königs, hier des Grafen von Artois, des späteren Karls X.

86 Jacques-Antoine Manuel (1775–1827) war während der Revolution Offizier, dann Advokat in Aix. Während der Hundert Tage war er Abgeordneter von Barcelonnette. 1818 schickte ihn das Département Vendée in die Kammer, wo er als Republikaner in der Gruppe der am meisten fortschrittlich gesonnenen Liberalen auftrat. Unter dem Ministerium Villèle, dessen Plan eines spanischen Interventionskriegs er wütend bekämpfte, kam es zu einem Skandal in der Kammer, aus der er am 3. März 1823 ausgestoßen wurde. Er zog sich daraufhin aus dem politischen Leben zurück.

87 General Maximilian-Sébastien Foy (1775–1825) hatte während der Republik unter Masséna und Moreau gedient und unter dem Kaiserreich an den Feldzügen in Spanien und Portugal und schließlich an der Schlacht bei Waterloo teilgenommen. Während der Schreckensherrschaft war er eingekerkert worden; 1801 hatte er im Heer gegen den Ersten Konsul opponiert. Mit der Restauration schied er aus dem Heeresdienst aus und ließ sich 1819 zum Abgeordneten des Départements Aisne ernennen. In der Kammer befand er sich in seinem eigentlichen Element: Dieser General war der geborene Parlamentarier. Er hielt sich stets zur liberalen Opposition; er war der erbittertste und am meisten redegewandte Gegner aller Ministerien Ludwigs XVIII. Seine unerschöpfliche und unermüdliche Rednergabe machte ihn volkstümlich. Daher

galt sein Tod für die liberale Presse als ein nationales Unglück. Eine für seine Kinder veranstaltete Sammlung ergab mehr als eine Million.

88 Casimir Périer (1777–1832), Pariser Bankier, seit 1797 Abgeordneter, gehörte während der ganzen Restauration der dynastischen Opposition an. Im besonderen bekämpfte er 1827 unter dem Ministerium Villèle die Einschränkung der Pressefreiheit. Es muß darauf hingewiesen werden, daß Casimir Périer 1830 vor der von ihm für gefährlich gehaltenen eigensinnigen Opposition der Liberalen gegen die Regierung Karls X. zurückscheute und daß er nichts zum Sturz der legitimen Dynastie tat. Als jedoch die Revolution durchgeführt worden war, schloß er sich Louis-Philippe an, der ihn mit der Leitung des ersten ›Résistance‹-Ministeriums betraute. 1832 erlag er, vermeintlich an der Cholera erkrankt, der Behandlung durch Broussais.

89 Marie-Joseph, Marquis de La Fayette (1757–1834), General und Politiker, nahm am amerikanischen Unabhängigkeitskrieg und als liberaler Royalist an den Revolutionen von 1789 und 1830 teil.

90 Paul-Louis Courier de Méré (1772–1825), Hellenist und politischer Schriftsteller.

91 Diesen Namen trug damals der Teil der Rue Thérèse zwischen der Rue Molière und der Rue Sainte-Anne.

92 Die Oper spielte zwischen 1794 und 1820 in der Salle Montansier, Rue de Richelieu, gegenüber der Bibliothek. Nach der Ermordung des Herzogs von Berry, der dort am 13. Februar 1820 erstochen worden war, wurde jenes Theater abgerissen; die Oper spielte in einem provisorischen Gebäude auf dem Gelände des Hôtel Choiseul in der Rue Lepelletier, und zwar bis 1875, bis zur Einweihung der heutigen, von Charles Garnier erbauten Oper.

93 Wahrscheinlich ist eine Nachbildung des Wandgemäldes ›Unterzeichnung der Unabhängigkeitserklärung‹ von John Trumbull (1756–1843) im Kapitol in Washington gemeint.

94 Es handelt sich wohl um eine Imitation des bekannten Gemäldes des Baron Gros, das Bonaparte in der Tracht des Konsuls stehend darstellt, barhäuptig, die Hand auf entfaltete Papiere gelegt, auf denen die Namen seiner Siege und der von ihm abgeschlossenen Verträge zu lesen sind.

95 Nachbildung eines Gemäldes von Gérard, ausgestellt im Salon von 1810, heute in der ›Galerie des Batailles‹ zu Versailles. Es gibt mehrere Stiche nach diesem Bilde.

96 Nicolas Boileau-Despréaux (1636–1711), Dichter und Kritiker, Autor der berühmten ›Art poétique‹. Er schätzte, als ein Verehrer der Antike, die ältere französische Dichtung gering ein. Den Dichtern Corneille, Racine, Molière und La Fontaine war er ein treuer Freund.

97 Henri-Marie Ducrotay de Blainville (1777–1850), Naturwissenschaftler, Schüler Cuviers, dem er sich aus Widerspruchsgeist und wissenschaftlicher Überzeugung bei seinem Sturmlauf gegen die paläontologischen Theorien anschloß. 1812 wurde er zum Lehrer an der Faculté des Sciences ernannt; 1830 zum Lehrer am Musée. Balzac begeht einen Anachronismus, indem er andeutet, Blainville sei schon 1818 ein Kollege Vauquelins in der Académie des Sciences gewesen. Er wurde nämlich erst 1823 als Nachfolger Lacépèdes hineingewählt.

98 Guillaume Dupuytren (1777–1835), berühmter Chirurg, war Professor an der Faculté de Médecine, Chefchirurg am Hôtel-Dieu, hinzugezogener Chirurg Ludwigs XVIII., Erster Chirurg Karls X. und schließlich Mitglied der Académie des Sciences. Er hat viel operiert, aber wenig geschrieben.

99 Diese Straße, die die Rue des Lombards und die Rue Aubry-le-Boucher verband, ist dem Durchbruch des Boulevard de Sébastopol zum Opfer gefallen.

100 Die Markthalle umgaben damals die Rue Saint-Denis, die Rue de la Cordonnerie und die Rue de la Tonnellerie; sie lag also dort, wo sich der östliche Teil des heutigen Hallenkomplexes befindet.

101 Diese Straße war damals länger als heute, da sie noch nicht in der Mitte vom Boulevard de Sébastopol durchschnitten wurde.

102 Von der Rue des Deux-Ecus existiert heute nur noch der Teil zwischen der Rue Jean-Jacques-Rousseau und der Rue du Louvre, wogegen früher der Teil der heutigen Rue Berger diesen Namen trug, der von der Rue du Louvre zur Rue Vauvidiers führt.

103 Als Rue de Grenelle wurde damals der Teil der Rue Jean-Jacques-Rousseau bezeichnet, der von der Rue Saint-Honoré zur Rue Coquillière führte.

104 Pierre Rapenouille, genannt Lafon (1773–1846), Tragöde.

105 Hauptgestalt aus Corneilles berühmter, gleichnamiger Tragödie (1636). Der parodierte Vers lautet in Wirklichkeit:

»Paraissez, Navarrais, Mores et Castillans.«

V. Akt, 1. Szene, Vers 1459.

106 Die heutige Rue de Marengo.

107 Der ›Courrier des Spectacles de Paris, des départements et de l'étranger‹ erschien von Mai 1818 bis Juli 1823.

108 Siehe Anmerkung 38.

109 Das heutige ›Théâtre de la Gaîté‹ oder ›Gaîté Lyrique‹, erbaut 1862, liegt an der Südseite des Square des Arts-et-Métiers.

110 Claude, Herzog von Villars (1653–1734), Marschall von Frankreich, gleich bedeutend als Feldherr und als Diplomat.

111 Stadt im Arrondissement Valenciennes; entscheidender Sieg von Villars über den Prinzen Eugen im Jahre 1712, der den Spanischen Erbfolgekrieg abschloß.

112 Das ›Journal des Débats et Décrets‹ wurde 1789 gegründet und war zunächst nur ein kleines Blatt, dessen dokumentarischer Wert darin besteht, daß es die besten Berichte über die Sitzungen und Versammlungen der Revolution gab. Erst ab 1799 wurde es zu einer wichtigen politischen und literarischen Zeitung. 1805 machte Napoleon es zu einem offiziellen Blatt; nach 1814 verfocht es liberale Tendenzen. 1830 schloß es sich Louis-Philippe an; nach 1848 hielt es sich von der Politik fern.

113 Französisch: welkes Laub.

114 Wahrscheinlich eine Anspielung auf Julie d'Etanges, die Hauptgestalt in Rousseaus Roman ›La Nouvelle Héloïse‹ (1761).

115 Pierre-Jean de Béranger (1780–1857), Liederdichter und Sänger, anfangs daseinsfreudig, später patriotisch und politisch in seinen Liedern, die noch heute volkstümlich sind.

116 Blaise Pascal (1623–1662), Geometer, Physiker, Philosoph und Schriftsteller, religiöser Denker.

117 Claparon macht hier einen unübersetzbaren Kalauer: Pascal spricht von »des chemins qui marchent«, Claparon von »marchés«.

118 Französisch: etwa: Kanäle, Enten, Pöbel.

119 Die Speise der griechischen Götter.

120 Das 1805 gegründete Café Véry befand sich auf der Terrasse des Feuillants im Tuileriengarten; 1808 siedelte es ins Palais-Royal über. Das in den Annalen der Pariser Gastronomie berühmte Restaurant war bis 1843 im Besitz der Familie Véry.
Das Restaurant der Frères-Provençaux war dem Café Véry benachbart; es bestand im Palais-Royal seit 1786.

121 Lateinisch: Beibehaltung des Zustands, in dem die Dinge sich befinden.

122 Clemens Lothar Wenzel Fürst von Metternich (1773–1859), österreichischer Staatskanzler, fast vierzig Jahre lang die Seele der Außen- und Innenpolitik Österreichs, Gegner jeder nationalen und liberalen Regung. Er empfing Balzac bei dessen Wiener Aufenthalt am 20. Mai 1835.

123 Diese kleine, parallel zur Seine verlaufende Straße existiert auch heute noch: Sie verbindet die Rue des Bourdonnais mit der Rue de la Lingerie.

124 Gemeint sind die vierzig Mitglieder der Akademie.

125 Popinots Öl heißt im Französischen: ›Huile Césarienne‹; Gaudissart weist auf die Ähnlichkeit mit der französischen Bezeichnung für den ›Kaiserschnitt‹, ›opération césarienne‹, hin.

126 ›Cour Royale‹ ist hier nicht der königliche Hof, wie vielfach übersetzt worden ist, sondern der höchste Gerichtshof der damaligen Zeit, die heutige ›haute cour‹, der Staatsgerichtshof.

127 Bernard-Germain-Étienne de Laville, Graf de Lacépède (1756 bis 1825), Naturwissenschaftler, berühmt durch die von ihm geschriebene Fortsetzung der ›Histoire naturelle des Animaux‹ von Buffon, die sich durch Vervollkommnung der Methodik des Originalwerks auszeichnet. Zu Beginn der Revolution war er den neuen Ideen günstig gesonnen; er gehörte der konstituierenden und der gesetzgebenden Nationalversammlung an, deren Vorsitz er kurze Zeit innehatte, wurde zu seinem Bedauern während der Schreckensherrschaft in den Hintergrund gedrängt, dann von Napoleon zum Senatspräsidenten, Staatsminister und Großkanzler der Ehrenlegion ernannt; er diente dem Kaiser getreu. Genauso diente er Ludwig XVIII., der ihn in die Pairskammer berief und ihm den Titel eines Großkanzlers, der ihm bei der ersten Restauration aberkannt worden war, aufs neue erteilte.

128 Joseph Thouvenin (1790–1834), ein Schüler Bozerians, hatte zwei Neuerungen eingeführt: Er ließ die für seine Einbände bestimmte Pappe walzen, und er verwandte als erster von der Levante stammendes Maroquin-Leder.

129 Chevet und sein Teilhaber Beauvais unterhielten im Palais-Royal, Galerie Vitrée 220, eine elegante Lebensmittelhandlung. Sie waren Hoflieferanten und Lieferanten Balzacs, der von ihnen 1836 eine Rechnung über 264 Francs erhielt, die noch existiert.

130 Dieses berühmte Café lag im Palais-Royal, Galerie de Montpensier. Es war in der zweiten Hälfte des 18. Jahrhunderts gegründet worden und schloß seine Pforten erst im Jahre 1863. Unter der

Restauration war es der Treffpunkt der Schriftsteller und Künstler, zumal einer kleinen Gruppe, in der Lebrun-Pindare (ziemlich eitler Lyriker, 1729–1807), der Vaudeville-Dichter Barré, der Bronzeplastiker Ravrio und der junge Maler Horace Vernet (1789 bis 1863) glänzten; für sie blieb das Café heimlich bis zwei Uhr morgens geöffnet.

131 Ein Konditor, der sein Geschäft in der Rue de Choiseul 5 hatte.

132 Das Palais der Ehrenlegion, 1786 für den Fürsten von Salm-Kyburg erbaut, unter dem Direktorium Schauplatz der Gesellschaften der Mme de Staël, von Napoleon der Ehrenlegion geschenkt, 1871 von den Kommunarden niedergebrannt und aus freiwilligen Spenden neu errichtet, liegt am Quai d'Orsay.

133 André-Charles Boulle oder Boule (1642–1732), Bildhauer und Kunsttischler, dessen Werke sich durch eine besondere Einlegearbeit aus Schildpatt und Messing auszeichnen.

134 ›Pourvu que cela dure‹, der sprichwörtlich gewordene ständige Ausspruch der Mutter Napoleons.

135 Die Herzogin von Angoulême, Schwiegertochter des Grafen von Artois, des späteren Karls X.

136 Englisch: wirrer Haufe.

137 ›Les Victoires et Conquêtes des Français‹, ein von den Generalen Beauvais, Thiébaut und Parisot 1817–1821 geschriebenes oder zusammengestelltes Werk in 24, später, 1828/29, in 34 Bänden, eine Art heroischer Geschichte Frankreichs. In der zweiten Auflage nimmt die Zeit von den Galliern bis 1792 nur sechs Bände ein; die übrigen sind den Kriegen der Revolution und des Kaiserreichs gewidmet. Die Tendenz des Werks wurde noch unterstrichen durch die Aufnahme der berühmten Bulletins des Kaisers über die Große Armee aus dem ›Moniteur‹. So wurde die Buchreihe eine Waffe der liberalen Opposition; sie begründete zum guten Teil die Napoleon-Legende, zu der auch Bérangers Lieder beitrugen.

138 Der Gedanke, entlassene Soldaten als Bauern anzusiedeln, ist uralt; er erhielt neue Nahrung durch die Entlassung der alten Krieger Napoleons. ›Le Soldat laboureur‹ ist die Bezeichnung eines Gemäldes von Horace Vernet, das durch einen Nachstich in vielen Tausenden von Exemplaren verbreitet wurde, ferner durch ein im Zirkus gespieltes Mimodrama dieses Titels und ein in den ›Variétés‹ aufgeführtes Vaudeville.

139 Nicht nachweisbar; wahrscheinlich ebenfalls ein damals populäres Gemälde.

140 Siehe Anmerkung 87.

141 In jener Zeit begann der Freiheitskampf der Griechen gegen die Türken; es wurden überall ›Philhellenenvereine‹ gebildet und Freischaren organisiert.

142 Das ›Champ d'Asile‹ (Zufluchtslager) war eine Kolonie, die nach der zweiten Restauration am Golf von Mexiko von politischen französischen Flüchtlingen, Liberalen und in erster Linie Bonapartisten gegründet worden war. Da Spanien das zur Verfügung gestellte Gebiet zurückverlangte, erhielten die Flüchtlinge von den Vereinigten Staaten ein Terrain im Staate Alabama, das sie den ›Staat Marengo‹ nannten; die Hauptstadt hieß ›Aigleville‹. Die Siedlung gedieh nicht; unter dem liberalen Ministerium Decazes kehrten die meisten Exilierten nach Frankreich zurück.

143 Gestalt in Molières Komödie ›Les femmes savantes‹ (1672).

144 Rousseau starb an einem Gehirnschlag. Nach seinem Tode wurde vielfach fälschlich behauptet, er habe Selbstmord begangen oder sei ermordet worden.

145 Alexis Piron (1689–1773), Lyriker und Dramatiker, lebenslanger Feind Voltaires. Seine satirischen Gedichte und Epigramme waren bisweilen obszön.

146 Italienisch: stärker werdend.

147 Italienisch: Alle.

148 Figur im Kontertanz.

149 Titus Flavius Domitianus (51–96), zweiter Sohn des Kaisers Vespasianus, bestieg 81 nach dem Tod seines Bruders Titus den Thron; grausamer Tyrann.

150 Hasardspiel.

151 Griechisch-römischer Gott des ausgelassenen Lachens und Spottes.

152 Der Roman spielt 1818; Beethovens neunte Symphonie wurde erst 1823 uraufgeführt; die fünfte war 1808 erschienen.

153 François-Antoine Habeneck (1781–1849), Nachfolger Kreutzers als Soloviolinist im Orchester der Oper, dann Dirigent der Conservatoire-Konzerte, Direktor der Kgl. Musik-Akademie, schließlich Dirigent der Oper. Sein größtes Verdienst ist es, Frankreich mit Beethoven bekannt gemacht zu haben.

154 Die drei reliefgeschmückten Bronzetüren des Florentiner Baptisteriums sind Werke von Andrea Pisano (1330–1336) und Lorenzo Ghiberti (1403–1424); Ghiberti ist auch der Schöpfer der Haupttür (1425–1452).

155 Collinet war zu der Zeit ein berühmter Flageolettvirtuose. Das Flageolett, das Collinet verbesserte, indem er es mit Klappen versah, ist ein kleines Blasinstrument, der letzte Vertreter der ›Schnabelflöte‹, in der Tonlage der Piccolo-Flöte, also eine Oktave höher als die gewöhnlichen Flöten. Collinet war so in Mode, daß ganz Paris nur nach seiner Musik tanzen wollte. Er hat zahlreiche Duos für Flageolett geschrieben, vor allem aber Kontertänze, die wie das Flageolett heute verschollen sind.

156 D. h. der Augenblick, da es ans Bezahlen geht. – François Rabelais (1494–1553), Benediktiner, Arzt und Schriftsteller, Humorist großen Formats in seinen Romanen ›Gargantua und Pantagruel‹.

157 Heißer, trockener Wind, der in den Sommermonaten im westlichen Asien weht und Massen feinkörnigen Sandes mit sich führt.

158 Nach dem Tod des Herzogs von Orléans blieb der Bau des Palais-Royal unvollendet; unter der Revolution, dem Kaiserreich und der Restauration war der riesige Gebäudekomplex der bevorzugte Treffpunkt der galanten Frauen, die dort offenes Haus hielten. Die Truppen der Verbündeten bei den beiden Besetzungen von Paris 1814 und 1815 feierten dort ihre Orgien.

159 Unübersetzbares Wortspiel mit dem Namen ›Lebas‹ und ›les bas‹, die Niedrigen.

160 Lateinisch: in Abwesenheit.

161 Sagenhafter König von Kreta, Sohn des Zeus, Begründer einer großen Seemacht, weiser Gesetzgeber; nach seinem Tode mit Aiakos und Rhadamanthys einer der Richter der Unterwelt.

162 In der griechischen Mythologie ein Fluß in der Unterwelt, über den die Seelen der Abgeschiedenen von dem Fährmann Charon in einem Nachen übergesetzt wurden.

163 Kriegsgöttin der Römer, Gemahlin oder Schwester des Mars.

164 Lösendes Mittel, das noch heute bei Affektionen des Halses und der Atemwege angewandt wird.

165 Bezeichnung aus der alten Pharmakopöe für ein Mittel, in dem hauptsächlich Kopaiva-Balsam enthalten war.

166 Kleines Theater am Boulevard du Temple, 1815 gegründet; es traten dort zunächst nur Equilibristen auf, außerdem gab es Marionettenspiele. Seit 1825 durften Pantomimen gespielt werden und erst 1830, nach der Revolution, dialogisierte Vaudevilles, die, zumal durch das bewundernswerte Spiel Deburaus, großen Erfolg hatten: Die Vorstellungen wurden von dem ganzen künstlerischen, literarischen und mondänen Paris besucht.

167 Joachim Murat (1767–1815), außergewöhnlich tapferer, nicht sehr intelligenter Reitergeneral, Schwager Napoleons, Großherzog von Berg, später König von Neapel. Bei dem Versuch, sein Reich wiederzuerobern, wurde er gefangengenommen und zu Pizzo erschossen. Der Gastwirtssohn starb stolz wie ein Stuart.

168 Heute der Teil der Rue Taitbout zwischen der Rue de Provence und der Rue de la Victoire.

169 Siehe Anmerkung 87.

170 An der Moskwa, einem Nebenfluß der Wolga, fand 1812 eine blutige, von den Franzosen gewonnene Schlacht gegen die Russen statt.

171 Élie, Herzog Decazes (1780–1860), liberal eingestellter, hervorragender Minister Ludwigs XVIII., mußte nach der Ermordung des Herzogs von Berry (14. Februar 1820) auf Betreiben der königlichen Familie zurücktreten. Der König, der ihn hochschätzte, ernannte ihn zum Pair von Frankreich. 1830 schloß Decazes sich Louis-Philippe an.

172 Der Pavillon de Marsan des Louvre wurde während der ganzen Regierungszeit Ludwigs XVIII. von dessen Bruder, dem Grafen von Artois, dem späteren Karl X., bewohnt, der dort Hof hielt und eine persönliche Politik zugunsten der ultra-royalistischen Partei betrieb, die sich besonders verhängnisvoll beim Sturz der Minister Richelieu und Decazes auswirkte.

173 Siehe La Fontaine, Fabeln I, 3.

174 ›La Gazette nationale ou le Moniteur universel‹, gegründet 1789, war zunächst ein reines Informationsblatt und dazu opportunistisch; es war offiziös und der Freund aller Regierungen. Deshalb kam es glatt durch alle politischen Ungewitter. Einer der Gründe für seinen Erfolg waren seine korrekten, ausführlichen Berichte über alle politischen Versammlungen der Revolution. Nach dem 18. Brumaire (dem Staatsstreich, der zur Errichtung der Konsularregierung führte) erhob Bonaparte die Zeitung zu seinem offiziellen Regierungsorgan und veröffentlichte darin seine berühmten Schlachtenbulletins. Der ›Moniteur‹ blieb Regierungsblatt auch unter der Restauration, der Juli-Regierung und dem Zweiten Kaiserreich.

175 Gestalt im Roman Balzacs ›Eine dunkle Begebenheit‹.

176 Das Ministerium Richelieu, dem das gemäßigte Ministerium Decazes (siehe Anmerkung 171) nachfolgte.

177 Kleiner Irrtum Balzacs. Der Roman spielt im Jahre 1818; aber weder 1818 noch 1819, noch 1820 fiel der 30. Dezember auf einen Samstag.

178 John Law (1671–1729), als Finanzmann eine umstrittene Gestalt. Er war unter der Régence Generalkontrolleur der Finanzen, Schöpfer der ›Compagnie des Indes‹ und Organisator eines Banksystems, das, nicht durch seine Schuld, zu einem entsetzlichen Bankrott führte. Er selber büßte dabei sein riesiges Vermögen ein und starb arm in Venedig.

179 Kleines, zweisitziges Sofa.

180 Jene Straße war die Verlängerung der Rue du Petit-Lion; sie führte von der Rue de Seine zur Place Saint-Sulpice. Heute ist sie, verbreitert und begradigt, mit der Rue Saint-Sulpice verschmolzen.

181 ›Duchesses‹ (Herzoginnen) sind breite, bequeme Lehnsessel; ein ›Bonheur-du-jour‹ (Tagesglück) ist ein kleiner Damenschreibtisch.

182 Maurice Quentin de La Tour (1704–1788), Pastellmaler, berühmt durch seine Porträts.

183 Ein sogenannter ›King Charles‹.

184 Anspielung auf den berühmten, 1754 erschienenen Roman von Claude-Prosper-Jolyot de Crébillon (1707–1777), Sohn des gleichnamigen Dramatikers. In dem Roman erzählt ein junger Brahmane, der zur Strafe für die Sünden, die er auf einem solchen Sofa beging, von Brahma in dieses Möbelstück verwandelt wurde, was er alles in dieser Gestalt erlebte.

185 Mme Amphoux (Balzac schreibt den Namen ›Anfoux‹) war Teilhaberin der Marie Brisard (Liköre dieser Marke erfreuen sich noch heute großer Beliebtheit). Ihre ›Liqueurs des Îles‹ (Westindische Liköre) waren um 1830 ebenso berühmt wie ein halbes Jahrhundert später die Champagner der ›Veuve Clicquot‹. Der bekannteste hieß ›Eau de Cannelle‹; er sollte erschöpfte Kräfte wieder anfachen.

186 Siehe Anmerkung 38.

187 Lateinisch: »Ich fürchte die Danaer (Griechen), auch wenn sie Geschenke machen.« (Vergil, Aeneis II, 49.)

188 Balzac läßt Nucingen ein grauenhaftes, mit elsässisch-deutschen und jiddischen Elementen durchsetztes Französisch sprechen, auf dessen Wiedergabe um der glatteren Lesbarkeit willen und aus anderen Gründen verzichtet worden ist.

189 1. Mose 21, 14–20.

190 Jean-Louis-Ferdinand Hérold (1791–1833), durch seinen Vater Enkelschüler Philipp-Emmanuel Bachs, studierte am Pariser Konservatorium unter Fétis, Adam und Méhul, bekam bereits nach anderthalb Jahren den Rompreis und hatte danach mit seiner ersten Oper in Neapel einen Achtungserfolg. Nach der Rückkehr nach Paris schrieb er einige mehr oder weniger erfolgreiche Opern. Von seiner Musik lebt nur noch die Ouvertüre seiner komischen Oper ›Zampa‹ (1831) in Gartenkonzerten fort. Klavierwerke schrieb er um 1820, als er Akkompagnist an der Italienischen Oper war. Er erlag mit 42 Jahren der Schwindsucht.

191 Der Neubau der Börse war 1808 begonnen worden; vollendet wurde sie erst 1827.

192 Ein berühmter Vergnügungspark am Ende der heutigen Rue de Clichy. Rutschbahnen, Gaukler, Kraftmenschen, Seiltänzer, eine Tanzfläche und Feuerwerke lockten allabendlich ein zahlreiches, begeistertes Publikum herbei. Sogar die Herzogin von Berry (die Gemahlin des 1820 ermordeten Thronfolgers) beehrte das ›Tivoli‹ mehrmals, der Mode folgend, mit ihrem Besuch. Die Stätte ist heute völlig bebaut; einzig die in der Nähe befindliche Rue de Tivoli erinnert noch daran.

193 Gestalt aus Lesages Roman ›Gil Blas‹ (1715–35).

194 Jüdische Geheimlehre.

195 Hauptgestalt in Molières Komödie ›L'Avare‹ (Der Geizige) 1667.

196 Hosen aus leichtem, hellgelbem Baumwollstoff.

197 Unübersetzbares Wortspiel mit ›socques‹ (Überschuhe) und ›soque‹ (Komödie).

198 Märchenstück in 4 Akten, Verse von Favart, Musik von Monsigny; Erstaufführung 1773. Der Stoff entstammt Voltaires Erzählung ›La Bégueule‹ (Die Spröde).

199 Das berühmte, heute nicht mehr bestehende Leichenschauhaus.

200 Michel de l'Hospital (1507–1573), Staatsmann, Kanzler von Frankreich 1560, nach dem Tode François Oliviers. Sein von Balzac erwähntes Denkmal steht zusammen mit den Statuen d'Aguesseaus, Colberts und Sullys auf der hohen Freitreppe des Palais-Bourbon.

201 Lateinisch: Für meinen Bruder Caesar.

202 Die heutige Place des Vosges.

203 Wortspiel: ›argent‹ bedeutet gleichzeitig ›Silber‹ und ›Geld‹.

204 Siehe Anmerkung 191.

205 Der Spitzname ›Gigonnet‹ ist eine Verkleinerungsform von ›gigot‹, Keule, Schenkel, Bein.

206 Am 28. April 1789 kam es im Faubourg Saint-Antoine zum ersten großen Aufruhr der sich vorbereitenden Revolution; es mußte Militär eingesetzt werden.

207 Hoftitel des ältesten Bruders des Königs; es handelt sich hier um den Grafen von Artois, den späteren Karl X.

208 Lateinisch: etwa: ›darf sich frei bewegen‹.

209 Lateinisch: unerläßliche Vorbedingung.

210 Gestalt in Molières Komödie ›Le Médecin malgré lui‹ (Der Arzt wider Willen).

211 Gestalt des durchtriebenen Dieners in Lesages Komödie ›Turcaret‹.

212 Typ des schurkischen Dieners in der Komödie des 17. und 18. Jahrhunderts.

213 Gestalt in Molières Komödie ›Les fourberies de Scapin‹.

214 Roman von Samuel Richardson (1689–1761), erschienen 1747, war von großem Einfluß auf Rousseaus ›Nouvelle Héloïse‹.

215 Anspielung auf den unglücklichen, verlustreichen Untergang der sich von Moskau zurückziehenden französischen Armee vom 27. bis 29. November 1812. Die Beresina ist ein Nebenfluß des Dnjepr.

216 Athenischer Staatsmann und Feldherr, genannt ›der Gerechte‹; er starb 467 v. Chr. in tiefer Armut.

217 Als im September 1831 das gegen das zaristische Joch im Aufstand begriffene Warschau in der eisernen Umklammerung der Belagerungstruppen Paskevis verröchelte, kam es in Paris zu Kundgebungen, bei denen eine Kriegserklärung an Rußland zugunsten Polens verlangt wurde. Am 16. September wurde Marschall Sébastiani, der Außenminister, über den Stand der polnischen Angelegenheiten interpelliert; er antwortete: »Die Regierung hat alle Meldungen bekanntgegeben, die an sie gelangt sind ... Zu dem Zeitpunkt, da sie niedergeschrieben wurden, herrschte in Warschau Ruhe.« Nun aber war die Stadt bereits am 8. von den Russen eingenommen worden, die plünderten, brandschatzten und Verbannungsurteile fällten.

218 La Fontaine, Fabeln II, 18.

219 Es handelt sich um den unter der Juli-Monarchie vollendeten Kanal Saint-Martin.

220 Nach dem Tode Alexanders des Großen 323 v. Chr. teilten seine Feldherrn, die Diadochen, sich sein Reich und wurden selbständige Fürsten.

221 Ein Gros sind zwölf Dutzend.

222 Flöte: volkstümliche Bezeichnung für die langen, schmalen Weißbrote, die, in Scheiben geschnitten, in Frankreich bei jeder Mahlzeit als Zukost gegessen werden.

223 Es handelt sich um die Galerie Marchande.

224 Die Vorhalle des Pariser Justizpalastes.

225 Alte, gotische, 1245–48 erbaute Schloßkapelle, 1791 durch die Revolution profaniert, seit 1837 durch Viollet-le-Duc wiederhergestellt; sie blieb 1871 beim Brand des Justizpalastes unversehrt: eine der köstlichsten Schöpfungen der französischen Gotik.

226 Gymnotus electricus L., 1,5 bis 1,9 m lang, Süßwasserfisch in Brasilien und Guyana.

227 Siehe Anmerkung 155.

Marcel Pagnol

Der Dichter der Provence

Von Marcel Pagnol sind folgende Taschenbücher im Goldmann Verlag erschienen:

Marcel
Eine Kindheit in der Provence. Roman.
3750 / DM 5,80

Marcel und Isabelle
Die Zeit der Geheimnisse. Roman.
3759 / DM 5,80

Die Zeit der Liebe
Kindheitserinnerungen.
3878 / DM 6,80

Die eiserne Maske
Der Sonnenkönig und das Geheimnis des großen Unbekannten. Roman.
3862 / DM 6,80

Die Wasser der Hügel
Roman.
3766 / DM 6,80

Marius - Fanny - César
Szenen aus Marseille.
3972 / DM 7,80

Goldmann

STEFAN HEYM

7113

7112

7111

7109

7110

7108

7107

7106

Der bittere Lorbeer
7101

Goldsborough
7102

Lenz oder die Freiheit
7103

7105

7104

GOLDMANN

GOLDMANN VERLAG

Walter Kempowski

„Die Treffsicherheit, mit der Kempowski den 'Originalton' der Zeit wiedergibt, ist verblüffend, und man bewundert, wie all die Gesprächsfetzen, Alltagsszenen und sehr privaten Begebenheiten zu einem großen Zeitgemälde zusammenwachsen."

Aus großer Zeit
Roman. (3933)

Schöne Aussicht
Roman. (6721)

Tadellöser & Wolff
Roman. (3892)

Manfred Bieler

„Auf reizvoll verschlungenen Wegen nähert sich der Roman seinem inneren Mittelpunkt, der Frage nach der Verwirklichung von Liebe und Treue in einer staatlich geplanten Welt, wo der ‚Untermieter Angst' nie ganz zum Schweigen kommt ... Ein eindrücklicher, farbiger Bilderbogen des ostdeutschen Alltags."

Neue Zürcher Zeitung

(6530)

Begrenzt in ihrer Einsicht, allein mit ihren Gedanken und Gefühlen und doch bereit zum Neuanfang: die Menschen dieses dramatischen Romans einer Ehe.

(3998)

GOLDMANN

Bernt Engelmann

Krupp
Die Geschichte eines Hauses – Legenden und Wirklichkeit (8532)

Deutschland ohne Juden
Eine Bilanz (8531)

Trotz alledem
Deutsche Radikale 1777–1977 (8490)

Wir sind wieder wer
Auf dem Weg ins Wirtschaftswunderland (8456)

(Hrsg., mit Walter Jens)
Klassenlektüre
106 Autoren stellen sich vor mit von ihnen selbst ausgewählten Texten (6796)

Im Gleichschritt marsch
Wie wir die Nazizeit erlebten. 1933–1939 (6727)

Bis alles in Scherben fällt
Wie wir die Nazizeit erlebten. 1939–1945 (6786)

So deutsch wie möglich - möglichst deutsch
Hintergründliches in unserer Sprache (6707)

Einig gegen Recht und Freiheit
Deutsches Anti-Geschichtsbuch (6683)

Die goldenen Jahre
Die Sage von Deutschlands glücklicher Kaiserzeit (6665)

Die Macht am Rhein
Meine Freunde, die Geldgiganten. Band I: Der alte Reichtum (6649)

Die Macht am Rhein
Meine Freunde, die Geldgiganten. Band II: Die neuen Reichen (6650)

Meine Freunde, die Manager
Ein Beitrag zur Erklärung des deutschen Wunders (6609)

Meine Freunde, die Millionäre
(6608)

O wie oben
Wie man es schafft, ganz 'O' zu sein (6590)

Auf gut deutsch
Ein Bernt-Engelmann-Lesebuch (6539)

Wie wir wurden, was wir sind
Von der bedingungslosen Kapitulation bis zur unbedingten Wiederbewaffnung (6388)

Die vergoldeten Bräute
Wie Herrscherhäuser uund Finanzimperien entstanden (6363)

(Hrsg.) **Literatur des Exils**
Eine P.E.N.-Dokumentation. Mit einem Verzeichnis der Mitglieder des P.E.N.-Zentrums Bundesrepublik Deutschland (6362)

Eingang nur für Herrschaften
Karrieren über die Hintertreppe (3699)

Preußen
Land der unbegrenzten Möglichkeiten (11300)

GOLDMANN

GOLDMANN VERLAG

Joachim Fernau
Geschichte, mit Temperament und Witz geschrieben

Ernst & Schabernack
Besinnliches und Agressives. (6722)

War es schön in Marienbad
Goethes letzte Liebe. (6703)

Wie es euch gefällt
Eine lächelnde Stilkunde. (6640)

Sprechen wir über Preußen
Die Geschichte der armen Leute. (6498)

Mein dummes Herz
Lyrik. (6480)

Komm nach Wien, ich zeig' dir was
2000 Jahre Wiener Mädl. (6383)

Die Gretchenfrage
Variationen über ein Thema von Goethe. (6306)

Und sie schämeten sich nicht
Ein Zweitausendjahr-Bericht. (3867)

Halleluja
Die Geschichte der USA. (3849)

Caesar läßt grüßen
Die Geschichte der Römer. (3831)

Die Genies der Deutschen
(3828)

Deutschland, Deutschland über alles...
Von Anfang bis Ende. (3681)

Disteln für Hagen
Eine Bestandsaufnahme der deutschen Seele. (3680)

Rosen für Apoll
Die Geschichte der Griechen. (3679)

GOLDMANN VERLAG

6x LITERARISCHES LESEVERGNÜGEN

(6849)

(6861)

(6731)

(6771)

(6556)

(6652)

GOLDMANN VERLAG

Goldmann Taschenbücher

Informativ · Aktuell
Vielseitig · Unterhaltend

Allgemeine Reihe · Cartoon
Werkausgaben · Großschriftreihe
Reisebegleiter
Klassiker mit Erläuterungen
Ratgeber
Sachbuch · Stern-Bücher
Indianische Astrologie
Grenzwissenschaften/Esoterik · New Age
Computer compact
Science Fiction · Fantasy
Farbige Ratgeber
Rote Krimi
Meisterwerke der Kriminalliteratur
Regionalia · Goldmann Schott
Goldmann Magnum
Goldmann Original

Goldmann Verlag · Neumarkter Str. 18 · 8000 München 80

Bitte senden Sie mir das neue Gesamtverzeichnis

Name ____________________

Straße ____________________

PLZ/Ort ____________________